타오르는 강
소설어 사전

# 타오르는 강 소설어 사전

—

초판인쇄_ 2014년 8월 10일
초판발행_ 2014년 8월 15일

—

엮은이_ 문순태
펴낸이_ 박성모
펴낸곳_ 소명출판
출판등록_ 제13-522호
주소_ 서울시 서초구 서초중앙로6길 15
전화_ 02-585-7840
팩스_ 02-585-7848
전자우편_ somyong@korea.com
홈페이지_ www.somyong.co.kr

—

값 15,000원
ⓒ 문순태, 2014
ISBN 979-11-85877-00-6 04810
ISBN 978-89-5626-664-0 (세트)

—

문·순·태·장·편·소·설

# 타오르는 강

## 소설어 사전

문순태 엮음

소명출판

작가의 말

# 정겨운 토박이말

　나이가 들수록 오랫동안 잊고 있었던 토박이말들이 불쑥불쑥 되살아나 놀랄 때가 있다. 오늘 아침에도 종이 쓰레기를 치우는 아내한테 "신문지와 파지를 같이 쨈매소"라고 말하고, 마치 잃어버렸던 보물을 찾기라도 한 것처럼 오달진 마음에 싱긋싱긋 웃었다. '쨈매다'는 말은 '묶다'의 토박이말로, 어려서 내가 자주 썼었다. 그러던 것이 도시에 나와 살면서부터 잊고 말았다. 이처럼 나는 오랫동안 사용하지 않았던 토박이말이 튀어나오면 메모를 해두었다가 작품에 써먹곤 한다. 얼마 전에는 '뛴잔뛴잔하다'라는 말이 생각나서 "자네 뭣 땜시 아침부텀 돈대에 나와서 뒷짐 지고 뛴잔뛴잔 헌가?"라는 대화로 소설에 써 먹었다. '뛴잔뛴잔하다', '뛴잔거리다'는 '기웃기웃하다', '여유롭게 서성거리다'라는 의미와 비슷하다.

　나는 『타오르는 강』에서 되도록 토박이말을 많이 활용하려고 했다. 토박이말이야말로 그 지역 사람들의 혼이 담긴 언어라고 생각한다. 그래서 나는 '방언'이나 '사투리'라는 표현보다 '토박이말' 혹은 '지역어'라고 해야 옳다고 생각한다. 표준어가 서울지방 사람들이 주로 쓰는 말이라면, 지역어는 지역 사람들이 쓰는 말이다. 지역마다 그 지역 사람들의 성품이나 정서가 담긴 지역어가 있는 것이다. 백제시대에는 부여 사람들이 썼던 말이, 신라 때는 경주 사람들이 썼던 말이 표준어가 되었지 않겠는가.

내가 『타오르는 강』에서 애써 토박이말을 즐겨 쓴 이유는 이 소설에 등장하는 인물들 삶의 모습을 보다 생생하게 보여주기 위한 것이기도 하지만, 또 다른 이유가 있다. 토박이말은 따뜻함과 정겨움이 배어 있다. 그래서 우리 삶에서 정겨움과 따뜻함을 되살리기 위해서라도 토박이말을 자주 써서 그 활용도를 높이고자 한 것이다. 작가는 언어의 채굴자이기 때문에 아름다운 토박이말을 살려 그 활용도를 높여야 한다. 말은 쓰지 않으면 사장되게 마련이다. '겨우'보다는 '포도시'가, '가까이'보다는 '뽀짝'이 얼마나 더 정겹게 느껴지는가.

"표준어로 쓰면 소설이 훨씬 잘 팔릴 텐데, 사투리를 뺄 수 없어요?"라고 서울의 어떤 출판사 사장이 내게 말한 적이 있다. 그의 말대로 표준어만으로 소설을 쓰면 타 지역 독자들이 쉽게 읽을 수 있어 소설이 더 잘 팔릴 수 있을지 모른다. 그러나 내 소설에서 토박이말을 빼버린다면 등장인물들의 혼이 빠져나가버린 것이나 진배없지 않겠는가.

그동안 나는 『타오르는 강』을 읽은 독자들로부터 소설에 나온 토박이말 뜻을 잘 모르겠다는 전화를 많이 받았다. 그 때마다 일일이 설명을 해주느라 진땀을 빼곤 했다. 고심 끝에 『타오르는 강 소설어사전』을 만들기로 했다. 『타오르는 강』 부록으로 소설어사전을 흔쾌히 내주신 소명출판에 깊이 감사드린다.

문순태

# 타오르는 강

소설어 사전

# ㄱ

**가난이 죄다** 가난하기 때문에 불행이나 고통을 받게 되거나 여러 가지 범죄를 저지르게 된다는 말.

> 울지 말라니께요. 언제 우리가 사람대접 받으면서 살았간디요. 가난이 죄고, 천한 몸으로 생겨난 것이 죄라면 죄지요. (1부)

**가남** '가늠' 방언. 어떤 목표나 기준에 맞는지 안 맞는지 헤아려 봄. 어떤 일이 되어 가는 형편이나 상황을 헤아려서 짐작함.

> 그래도 종놈들이라는 게 부잣집 음식을 묵어본 가남이 있어서 입맛 하나는 일품이로구만. (2부)

**가녀리게** 〔형용사〕 가녀리다. 몹시 가늘고 연약하다. 아주 가늘고 힘이 없다.

> 한 사람의 코 고는 소리는 마치 쇠죽 끓는 소리처럼 요란했고, 다른 또 한사람의 숨소리는 문풍지가 겨울바람에 파르르 떨고 있는 듯 가녀리게 들렸다. (2부)

**가늠할** 〔타동사〕 가늠하다. 일정한 목표나 기준에 맞는지 안 맞는지 헤아려 보다. 어떻게 되어 가는지 헤아려서 짐작하다.

> 별당에 불이 꺼지고 조용해지자, 쌀분이는 여태껏 믿고 의지하며 살아왔던 높고 단단한 담벽이 순간에 와르르 허물어져버린 것 같은 허망함에 몸과 마음을 가늠할 수가 없게 되었다. (1부)

**가닥 구름** 새털구름.

> 맑은 하늘에 한 가닥 구름이 떠 있는 것과 같이 순영이의 초롱초롱한 눈에 한 줄기 우수의 검은 그림자가 머물러 있기 때문이라는 것이었다. (4부)

**가랑이** 〔명사〕 원래 몸에서 끝이 갈라져 나란히 벌어진 부분. 바지 따위에서 다리가 들어가게 된 부분.

> 그는 대불이의 어깨를 찍어 잡아 흔들며 발로 대불이의 가랑이를 떠서 넘어뜨리려고 하였다. (2부)

**가랫장** 〔민속〕 고싸움놀이에 쓰이는 고 머리 쪽에 가로 댄 나무. 멜꾼들이 이것을 어깨에 메고 손을 받쳐 들어서 고를 움직인다.

정면으로 맞부딪친 고는 고멜꾼들의 미는 힘 때문에 위로 치솟아 오르고, 첫 번째 가랫장과 두 번째 가랫장은 어느덧 멜꾼들의 손에서 빠져나가 허공에 떠올랐다.⁽¹ᵇᵘ⁾

**가리나무** 〔명사〕 솔가리를 긁어모은 땔나무.

　가리나무, 삭정이, 장작, 통나무 순으로 한 줄로 길게 늘어서 있는 것이 보였다.⁽⁸ᵇᵘ⁾

**가망 없다** 바라는 대로 이루어질 가능성이 없다는 의미.

　대불이가 의원을 불러왔으나, 진맥을 해보더니 가망이 없다는 말만 하고 가버렸다.⁽²ᵇᵘ⁾

**가무잡잡하고** 〔형용사〕 가무잡잡하다. 칙칙한 느낌이 있게 가무스름하다.

　지금도 문득문득 얼굴이 가무잡잡하고 댕기머리를 길게 늘어뜨린 순금이가 생각나곤 했다.⁽⁸ᵇᵘ⁾

**가물가물했다** 〔자동사〕 가물가물하다. 조금 흐릿해져서 정신이 약간 들었다 말았다 하다. 보일 듯 말 듯 조금 희미하다.

　어디선가 만난 적이 있는 듯했지만 기억이 가물가물했다.⁽⁸ᵇᵘ⁾

**가배날** 〔민속〕 신라 유리왕(儒理王) 때 한가윗날(음력 8월 15일)에 궁중에서 하는 놀이의 하나를 이르던 말. 음력 7월 16일부터 8월 14일까지 두 왕녀가 아낙네들을 두 편으로 갈라 한 편씩 거느리고 밤낮으로 길쌈을 하여 그 많고 적음을 견주어, 진 편에서 추석에 음식을 내고 춤과 노래 등 여러 가지 놀이를 했다고 한다. 추석. 우리나라 명절 중 하나이다. 햅쌀로 송편을 빚고 햇과일 따위로 음식을 장만하여 차례를 지낸다.

　팔월이라 가배날에 노래 송편이 좋을씨고.⁽³ᵇᵘ⁾

**가부장적** 〔관용사〕 가장이 가족에 대하여 절대적인 권력을 가지는.

　사회과학을 연구하는 젊은이가 아직도 가부장적인 권위만을 생각하는 것이 이해가 되지 않았다.⁽⁹ᵇᵘ⁾

**가빠진** 〔자동사〕 가빠지다. 힘에 겨워 어려워지다.

　해수병으로 나이가 들수록 숨이 가빠진 할아버지는 여름날 밤에는 잠을 이루지 못한 채, 벽에 등을 기대고 어슷하게 발을 뻗대고 앉아 밤을 새우는 날이 많았다.⁽¹ᵇᵘ⁾

**가뿌렸더니** '가버리다' 방언.

　그래서 안 가뿌렸더니 뒈지고 말았어.⁽²ᵇᵘ⁾

**가새주리** 예전에 고문을 할 때 두 다리를 동여매고 정강이 사이에 두 개 주릿대를 꿰어 서로 어긋나게 벌려 가며 잡아 젖히던 형벌을 이르던 말.

> 헌병들은 웅보의 두 다리를 동여매어 놓고 정강이 사이에 두 개의 실팍한 작대기를 꿰어, 그 한쪽 끝을 좌우로 벌리어가면서 잡아 젖히는 가새주리 고문을 하였다.(6부)

**가스나** '계집아이' 방언.

> 가스나야, 냉큼 말하그라!(1부)

**가슴애피** '가슴앓이' 방언.

> 내 평생 세 남자허고 잠자리를 같이 해봤지만 가슴애피 앓듯 누구를 애틋허게 좋아허지는 않았구만.(8부)

**가슴에 못이 박힌 듯** 가슴에 못이 박히다. 마음속 깊이 상처가 되다.

> 그런 그녀의 얼굴을 볼 때마다 대불이는 가슴에 못이 박힌 듯 아팠다.(2부)

**가심** '가슴' 방언.

> 개동아, 너도 느그 아부지를 네 가심에 묻고 살어라.(7부)

**가용** **명사** 쓸 수 있음. 집안 살림에 필요하여 씀.

> 우리 내외에 손자 놈 딸리고 찬모 둘에 머슴이 넷, 담살이꺼정, 식솔이 아홉인께 가용 씀씀이가 솔찬허당께.(8부)

**가웃** '갓웃' 방언. 되, 말, 자를 셀 때 그 분량에서 약 반에 해당하는 양의 단위를 나타내는 말.

> 에또 …… 허칠복이라 …… 영감님이 부치는 소작이 너말가웃지니께, 넉 섬 반이로구만요.(7부)

**가으내** **부사** 가을 동안 계속해서.

> 들판이 텅 비면서 바람이 거칠어졌고, 바람이 거칠어지자 가으내 잠들어 있었던 영산강이 다시 아침과 저녁에 울기 시작했다.(2부)

**가재 물 짐작하듯** 무슨 일에나 미리 예측을 잘함을 비유적으로 이르는 말.

> 바늘구멍으로 하늘 보듯, 먹고사는 것 외에는 세상 돌아가는 깊은 속을 알 턱이 없는 새끼내 사람들도, 요즈막엔 나라일이 심상치 않음을 가재 물 짐작하듯 대강은 어림하고 있었다.(1부)

**가재는 게 편** 가재는 게 편이라. 모양이나 형편이 서로 비슷하고 인연이 있는 것끼리 서로 잘 어울리고, 사정을 보아주며 감싸 주기 쉬움을 비유적으로 이르는 말.

형, 이년 봐라! 가재는 게 편이라더니 편을 드는구나. 이년아, 옆에서 장구를 치면 춤을 춰야 헐게 아니냐!(3부)

## 가차 없이　**부사**　평가나 의견이 사정을 보아주거나 용서해 주는 데가 없이.

시라이 교장은 앞으로 학교규칙을 위반하는 학생들은 가차 없이 유시퇴학처분 시키겠다고 위협했으며 학생들의 동태를 감시하는 경찰의 눈길은 더욱 날카로워졌다.(9부)

## 각관 기생 열녀 안 되고　각관 기생 열녀 되랴. 각관은 옛날의 모든 관아를 말하는데 그 관아에 속해 있는 기생들이 열녀가 될 수 없다는 뜻으로 근본은 쉽게 바꿀 수 없다는 것을 비유적으로 이르는 말.

네년들이 암전뺀다고 해서 각관 기생 열녀 안 되고, 까마귀 학 안 되는 법이다.(3부)

## 각설이타령　**민속**　거지가 구걸을 하기 위해 장터나 거리에서 부르던 잡가.

미곡전 앞마다 거렁뱅이들이 수십 명씩 몰려와 각설이타령을 뽑았다.(3부)

## 간드러지는　**형용사**　간드러지다. 가늘고 멋들어지면서 애교가 있다.

밤이 이슥한데도 담 너머 영산원에서는 기생의 간드러지는 노랫가락 소리가 가야금소리에 실려 들려왔다.(8부)

## 간사지　간석지. 밀물 때에는 물속에 잠겨 있다가 썰물이 되어 바닷물이 빠지면 드러나는 개펄.

시가를 이루는 평지부는 거의 간사지거나 갈대밭이 아니면 얼마 안 되는 논이었던 것을, 항동의 동남쪽에 제방을 쌓으면서 집이 들어서기 시작한 것이었다.(4부)

## 간색　**명사**　물건 품질을 알아보기 위해 그 일부분을 뽑아내어 본보기로 봄.

그는 대불이한테 관찰부 관속들의 간색, 치부가 끝난 세곡들을 차례로 창고에 옮겨오는 등 짐꾼들을 감독하는 일을 맡겼다.(4부)

## 간심 치부하다　자세하게 보아 살피면서 마음속으로 간주하다. 어떠하다고 마음속으로 간주되다.

그는 마바리에서 안마당 창고에 옮겨 넣고 있는 미곡들을 간심(看審) 치부하다 말고 주인의 부름을 받고 들어오다가, 얼핏 봉선이의 얼굴을 보더니 마뜩찮은 표정으로 큼큼 헛기침을

깨물었다. (5부)

**간에 붙고 염통에 붙어**  지조 없이 이로운 형편을 따라 이 편에 붙었다 저 편에 붙었다 하다.

> 달면 삼키고 쓰면 뱉으며, 간에 붙고 염통에 붙어 일신의 안전과 이익만을 생각하는 그가 짐승의 시체에 붙어사는 송장벌레처럼 느껴졌다. (6부)

**간을 태우고**  간을 태우다. 너무 조심스럽고 안타까워 걱정을 몹시 하다.

> 그들 두 사람은 순영이한테서 대불이의 소식을 듣고 간을 태우고 있는 중이었다. (4부)

**간이 콩알만 하게**  간이 콩알만 해지다. 몹시 두려워지거나 무서워지다.

> 칠만이는 그들 중에 혹시 그가 휘두른 작대기에 얻어맞은 거렁뱅이들이 끼어있을까 싶어 간이 콩알만 하게 줄어드는 것을 가까스로 참아내며 사분사분하게 그들의 비위를 맞췄다. (4부)

**간일발**  한 발짝 사이나 거리를 이르는 말.

> 순간 대불이와 짝귀는 간일발의 여유도 없이 각기 그들 앞에 바짝 나와 서 있는 사내들의 눈퉁이를 힘껏 후려쳤다. (5부)

**간질간질한**  **자동사** 간질간질하다. 부드러운 물체가 살살 닿을 때처럼 자릿자릿한 느낌이 나다. 부드러운 물체가 살살 닿을 때처럼 자릿자릿하다.

> 양만석은 아내를 역까지 배웅해주고 아들과 함께 걸어오면서 간질간질한 행복감에 젖었다. (9부)

**갈고리눈**  위로 째진 눈.

> 대불이는 한동안 갈고리눈을 하고 손칠만을 찍어 내려다보고 있었다. (6부)

**갈기**  **명사** 말, 사자 따위 짐승 목덜미에 난 긴 털.

> 나룻배에 오른 그녀는 달빛이 마치 흰말의 갈기처럼 부드럽고 깨끗하게 꽂혀 내리고 별들이 초롱초롱 빛나는 하늘을 향해 반듯하게 누워버렸다. (2부)

**갈기재**  **타동사** 갈기다. 몹시 세게 때리거나 후려치다.

> 수레 위에서 이 갈기재 별수 없네. (2부)

**갈라섰다**  **자동사** 갈라서다. 맺고 있던 관계를 끊고 각각 따로 되다. 맺고 있던 관계를 끊고 따로 나누어지다.

> 양만석의 처 박 씨가 아들을 데리고 나주 양 진사 댁에서 나와 친정인 부르뫼 박 초시 집에

들어가 살고 있는 것으로 보아, 그들 부부가 오래전에 갈라섰다고도 했다.(8부)

**갈람시로** '-ㅁ시로'는 '-으면서' 방언. 가면서.

농장으로 일허로 갈람시로 어째서 일본사람 행색을 허고 가는겨.(6부)

**갈마들어** 자동사 갈마들다. 서로 번갈아 나타나다.

이회춘을 제외한 친구 네 명은 서로 갈마들어 거적으로 말아 다섯 매듭의 교포(絞布)로 묶은 시신을 지게에 졌으며, (……)(7부)

**갈마바람** 명사 뱃사람 은어로 '남서풍'을 이르는 말.

집 떠난 아들 며느리 걱정에 샛바람, 갈마바람 가릴 것 없이 심사가 오뉴월 밭둑에 땅가시 얽히듯 뒤숭숭하였다.(1부)

**갈보** 돈을 받고 몸을 파는 여자를 속되게 이르는 말.

그가 아내 쌀분이에게 방울이의 이야기를 해주자 아니 방울이가 갈보가 된 것을 이녁이 으쩨 아요? 하고 벌떡 일어나 앉으며 따지듯 묻는 것이었다.(4부)

**갈치꽁댕이만한** 형편없이 적음을 비유적으로 이르는 말.

재수에 옴이 붙었는지 이놈의 신세는 애면글면 갈치꽁댕이만한 보상금 받어갖구 집 한 간 장만했더니 그것마저두 조계로 들어간다구 쫓겨나게 생겼으니 원!(4부)

**갈퀴질** 명사 낙엽이나 지푸라기, 곡물 따위를 갈퀴로 긁어모으는 일.

큰물이 영산강 주변을 갈퀴질하듯 샅샅이 할퀴고, 가뭄으로 논바닥이 거북이 등처럼 쩍쩍 금이 가, 사네 죽네 하고들 야단들인 흉년에도, 영산포에만 가보면 곡식가마니들이 즐비하였다.(1부)

**감 놓아라 대추 놓아라** 감 놔라 대추 놔라. 남 일에 지나치게 간섭하는 경우를 비유적으로 이르는 말.

그 때문에 그는 웅보 식구들만 만나면 도끼눈을 하고 찔러보고, 걸핏하면 괜한 일에 감 놓아라 대추 놓아라 끼어들어 훼방을 놓곤 하였다.(1부)

**감농** 명사 소작인 따위 농사일을 지도하고 보살핌. 농사짓는 일을 보살피다.

대불이의 생각은 어떻게 해서든지 상전의 눈에 들어 소작들 감농(監農)하는 일을 맡을 수 있을까 하는 욕심뿐이었다.(1부)

**감또개** 명사 꽃과 함께 떨어진 어린 감.

그 할머니가 디딜방앗간에서 손으로 확 속의 떡가루를 휘젓다가 방앗공이에 머리를 맞아 피를 쏟고 시난고난 앓은 뒤, 초여름 감또개 떨어지듯 힘없이 숨이 끊어진 날부터 웅보는 할아버지 곁으로 잠자리를 옮겼었다.(1부)

**감바리** 〔명사〕 잇속을 노리어 남보다 먼저 약빠르게 달라붙는 사람을 얕잡아 이르는 말.

그러나 사람 됨됨이가 워낙 좀스럽고 이끗에 너무 밝은 감바리라서, 같은 쇠살쭈들 사이에서도 은근히 따돌림을 당하는 눈치였다.(2부)

**감발** 〔명사〕 예전에 버선 대신으로 발에 감은 좁고 긴 무명을 이르던 말.

그들은 방문을 열어젖히고 털메기 감발로 저벅저벅 뛰어 들어갔다.(3부)

**감자밭에 가서 바늘 찾자는 거나** 감자밭에 가서 바늘 찾는다. 매우 어려운 일을 시도한다는 것을 비유적으로 이르는 말. 결국 헛수고로 돌아갈 일을 비유적으로 이르는 말.

방천을 쌓아서 땅을 장만하기란, 감자밭에 가서 바늘 찾자는 거나 진배없는 일이요.(2부)

**감지하옵니다** 느끼어 알다. 느껴져 알게 되다.

어머님께서는 이 시각에도 오직 불초소생을 바라보고 계시다는 것을 감지하옵니다.(8부)

**감탕 속** 곤죽처럼 된 진흙 속.

그들은 갈퀴가 달린 창으로 하구의 감탕 속을 이리저리 긁어서 뻘두적이를 잡았다.(1부)

**감태같이** 〔형용사〕 감태같다. 까맣고 윤기가 있다.

막음례도 머리크락이 실 모양으로 굵고 감태같이 검어서 애기를 잘 낳게 생겼든디.(1부)

**갑리** 〔명사〕 고리대금업자들이 본전에 곱쳐서 받는 높은 이자, 즉 이자를 제 달에 갚지 못했을 때 그 달 이자는 한 달이 지나면 두 배로, 두 달이 지나면 세 배가 된다.

그래서 마님께 갑리쌀을 좀 변통해주십사 허고…….(1부)

**갓난아기 강변에 보낸 것같이** 걱정이 되어 몹시 불안한 것을 비유적으로 이르는 말.

대불이 성질에 장꾼들이 그의 비위를 건드린다면 못 들은 척 참고 넘어 갈 놈이 아니었기에, 갓난아기 강변에 보낸 것같이 불안했다.(1부)

**강 건너 불구경하듯**  강 건너 불구경하다. 직접 관계하지 않고 지켜보기만 하다.

> 이 싸움이 꼬박 닷새째나 계속되었으나, 양측은 서로 물러설 기세가 엿보이지 않았으며, 군대나 순검들은 마치 강 건너 불구경하듯 하였다.⁽⁴⁾

**강강수월래**  〔민속〕여자들이 손을 잡고 원을 그리며 추는 춤. 또는 그 춤에 맞추어 부르는 노래. 정월 대보름날이나 팔월 한가위에 남부 지방에서 행하던 민속놀이로, 1966년 2월 15일 중요 무형 문화재 제8호로 지정되었다. 호남 지방에 널리 분포되어 여성들을 중심으로 전승되는 대표적인 집단 놀이이다. 이 놀이 명칭에 대해서는 임진왜란 때 이 충무공이 이 놀이를 용병술의 하나로 이용하여 왜적의 침입을 막았다는 전설에서 '강강수월래(強羌水越來, 거센 오랑캐가 바다를 넘어온다)'라 하던 것이 발음이 변한 것이라는 설이 있다. 그러나 오히려 이미 그 이전부터 민간에서 전래해 오던 '강강술래' 노래가 임진왜란을 거치면서 '강강수월래'로 변형된 것이라고 보는 것이 옳을 것이다. '강강술래' 노래에서 '술래'는 '순라꾼'에서 '순라(巡邏)'가 변한 말로 알려져 있다.

> 광주여고보 운동장에는 그 때까지도 전교생이 모여 강강수월래를 합창하고 있었다.⁽⁹⁾

**강그라지는**  강그라지다. '자지러지다' 방언.

> 그때 안방에서 유씨 부인이 강그라지는 목소리로 행랑어멈을 부르는 소리에 양만석과 행랑어멈이 동시에 벌떡 일어서서 방으로 들어갔다.⁽⁷⁾

**강담**  〔명사〕흙을 쓰지 않고 돌로만 쌓은 담.

> 대불이는 언틀먼틀 쌓은 강담 사이 가파른 황토길 고샅을 추어 올라가기는 하였지만, (……)⁽²⁾

**강성**  분노나 증오 따위 감정 상태

> 정도환이 수업중에 강성 발언을 한 것은 다분히 의도적이라고 봅니다.⁽⁸⁾

**강파름**  〔형용사〕강파르다. 까다롭고 괴팍하다.

> 이런 여자 옆에 있으면 세속에 찌든 마음도, 세상을 향한 강파름도 정화되고 부드러워질 수 있을 것 같았다.⁽⁸⁾

**강팔랐던**  〔형용사〕강팔지다. 까다롭고 너그럽지 못하다.

나주에서의 강팔랐던 삶이 참으로 후회스럽고 부질없었음을 뼈저리게 느꼈다.(8부)

**같음사** **명사** 체언이나 의존 명사 '것' 뒤에 쓰여 추측이나 불확실한 단정을 나타내는 말.

> 내 혼자 몸만 같음사, 이르케 수모 받고 살지 않고 풍덩 영산강에 빠져 죽어버릴 것인디 (……)(1부)

**개 벼룩 털듯** 완강하게 거절함을 비유적으로 이르는 말.

> 그러나 김덕기의 형편으로 저당 잡을 만한 것이 아무것도 없음을 훤히 알고 있는 권만길은 호리씨의 핑계를 대어 번번이 개벼룩 털듯 하였다.(4부)

**개같이 벌어서 정승같이 쓰는** 개같이 벌어서 정승같이 산다. 직업 귀천을 따질 것 없이 악착같이 돈을 벌고 그것으로 아주 여유 있고 고상하게 살면 된다는 말.

> 개같이 벌어서 정승같이 쓰는 것보담은 정승같이 벌어서 정승같이 써야 허는 겨.(4부)

**개골창** **명사** '개울' 방언. 빗물이나 허드렛물이 흐르는 작은 도랑.

> 금성산 골짜기에 희끗희끗 눈이 덜 녹은 첫봄, 동구 밖 개골창에 개버짐이 올라 앙상하게 털이 빠지고 눈곱자기가 덕지덕지 붙은 채 버려진 강아지를 품에 안고 온 웅보는, (……)(1부)

**개꼬리 삼년 두어도 황모 안 되고** 개꼬리 삼 년 두어도 황모 못 된다. 원래부터 본바탕이 나쁜 것은 아무리 가도 그 본질을 바꾸지 못함을 비유적으로 이르는 말.

> 개꼬리 삼 년 두어도 황모 안 되고 굽은 지팽이는 그림자꺼정 굽어보이는 이치대로, 네놈의 본성이 타고날 때부텀 그리 된 것이 어찌 개과할 수가 있단 말이냐.(6부)

**개날** **민속** 일진(日辰) 지지(地支)가 술(戌)이 되는 날. 갑술일(甲戌日), 병술일(丙戌日), 무술일(戊戌日), 경술일(庚戌日), 임술일(壬戌日)을 이른다.

> 개날과 말의 날에는 좋은 날이라 하여 집집마다 장 담그기를 하였고, (……)(2부)

**개다리 술상** **명사** 상다리 모양이 개 뒷다리처럼 구부러진 작은 술상.

> 발단인즉, 술 취한 장꾼들이 개다리 술상을 받쳐 들고 간 쌀분이의 손목을 잡는 데서부터 비롯되었다.(1부)

**개득** '납득' 혹은 '깨달음' 다른 말.

선생님, 대관절 그 시를 지은 사람은 왜 죽었답니까요? 그런 시를 쓴 것은 이해가 가는듸 왜 죽었는지에 대해서는 개득이 안 가는구만유.(7부)

**개똥 밟은 얼굴**   좋지 않은 일을 만나 일그러진 얼굴을 비유적으로 이르는 말.

아무래도 하야시가 그의 말대로 밖으로 따라 나와 줄 것 같지가 않자, 권만길이도 개똥 밟은 얼굴로 엉거주춤 마주앉았다.(4부)

**개똥딱지**   보잘것없는 것을 속되게 이르는 말.

하기야 아버지는 할아버지의 이마에 찍힌 불도장을 개똥딱지만큼도 여기지 않고 되레 문둥이 아버지와 함께 사는 것처럼 부끄러워하였다.(1부)

**개똥에 비단자루**   격에 전혀 맞지 않는다는 것을 비유적으로 이르는 말.

종놈이 칠성판 깔린 관 속에 묻히는 것은 개똥에 비단자루와 다를 바가 없는겨. 그저 종놈은 대발이 제격인겨.(6부)

**개똥참외**   **명사**  길가나 들 같은 곳에 저절로 자라서 열린 참외. 참외보다 작고 맛이 없어 보통 먹지 않는다.

어려서 밭둑의 땅가시덩굴 사이를 뒤적여 잘 익은 개똥참외를 혼자 땄을 때보다 옹골진 생각에 심장이 벌떡거렸다.(1부)

**개맹이**   **명사**  부정적이거나 소극적인 서술어와 함께 쓰여 똘똘한 기운이나 정신.

상엿도가에는 아침 일찍이 독립협회에 나갔던 짝귀가 개맹이 없는 얼굴로 질퍽하게 앉아 있었다.(4부)

**개명바람**   원래 이름을 고쳐 짓거나 이름을 고쳐 지음.

권대길의 말마따나, 개명바람이 불어 거리마다 하이칼라 양복쟁이들이 활개를 치고, 얼굴이 반반한 은근짜며 논다니패들이 득실거리는 제물포 바닥에서, (……)(4부)

**개미 금탑 모으듯**   재물 따위를 조금씩 조금씩 알뜰히 모아 감을 비유적으로 이르는 말. 아주 사소한 것들이 쌓여 큰 성과가 되는 경우를 비유적으로 이르는 말.

목포에서 고향으로 돌아온 후 이년 동안 개미 금탑 모으듯, 귀먹은 중 마 캐듯, 뼛속에 땀방울 고이게 돌을 옮겨다가 물둑을 쌓아올렸던 것이, (……)(6부)

**개미가 정자나무 건드리는**  개미가 정자나무 건드린다. 미약한 자가 큰 세력에 맞서서 덤비는 것을 비유적으로 이르는 말.

> 그런 짐생만도 못한 왜놈덜한테 달려드는 것은 개미가 정자나무 건드리는 거나 마찬가집니다요.(4부)

**개밥에 도토리**  어떤 무리에 어울리지 못하고 홀로 떨어져 무척 외롭다는 뜻으로, 따돌림을 받는 사람을 비유적으로 이르는 말.

> 그래도 이 집에 들어온 첫해에는 종들이며 마님까지도 그런대로 우대를 해주었는데 요즘에 와서는 개밥에 도토리처럼 내돌림을 당하는 신세가 되어버렸다.(1부)

**개버릇 남 주겠는가**  제 버릇 개 줄까. 나쁜 버릇은 쉽게 고쳐지지 않는다는 말.

> 목포에서 온 무미(貿米)꾼놈과 배가 맞아서 풀쎄 야행을 치고 말었구먼. 초하룻날 묵어보면 열하룻날 또 묵으로 간다는 말대로 개버릇 남 주겠는가? 그래도 여그 와서 무던히 참었어.(6부)

**개버짐**  〔명사〕 피부가 몹시 가렵고 개가죽처럼 두껍고 단단해지는 피부 질환.

> 금성산 골짜기에 희끗희끗 눈이 덜 녹은 첫봄, 동구 밖 개골창에 개버짐이 올라 앙상하게 털이 빠지고 눈곱자기가 덕지덕지 붙은 채 버려진 강아지를 품에 안고 온 웅보는, (……)(1부)

**개보름**  〔민속〕 남들이 모두 잘 먹고 잘 지내는 날에 변변히 먹지도 못하는 신세를 비유적으로 이르는 말. 예전에 정월 대보름날에 개한테 음식을 먹이면 그해 내내 파리가 들끓고 개가 쇠약해진다고 여겨, 개를 매어 두고 음식을 먹이지 않던 풍습에서 나온 말이다.

> 보름이나 마나 개보름 쇠기지라우 머. 보름날 아침에 찰밥도 못 묵었으니.(2부)

**개붑고**  '가볍다' 방언. 무게가 적다.

> 우리 인생이 검불 맹키로 개붑고 허망허다는 생각이 드는구만.(8부)

**개뼉다귀**  '개뼈다귀' 방언. 별 볼일 없으면서 끼어드는 사람을 경멸하는 태도로 속되게 이르는 말.

> 대관절 저놈들이 어디서 굴러온 개뼉다귀들이여?(1부)

**개운찮은**  〔형용사〕 개운찮다. 기분이나 몸이 상쾌하거나 가볍지 않다.

> 김치근의 어머니를 업으려고 방으로 들어갔던 웅보가 개운찮은 얼굴을 하고 문턱을 넘어 밖

으로 나오며 옥색 두루마기 남자한테 물었다.(2부)

**개조한다** 사고방식이나 시설, 조직 등을 고쳐 새롭게 만들다.

강연 듣고 놀랬어. 사상이 사람을 개조한다는 말을 오늘 실감했구만.(8부)

**개죽음** 아무 가치 없는 허망한 죽음을 비유적으로 이르는 말.

개동이선상 보기에는 우리가 무담시 개죽음허로 가는 것으로 다 뵈일 것이네만 이것은 으디

까지나 개죽음이 아니라는 것을 우리덜은 잘 알고 있다네.(7부)

**개탄스러웠다** 　형용사　개탄스럽다. 분하거나 못마땅하여 한숨이 나올 만하다.

하루 전까지만 해도 양만석의 편지를 받고 천하를 얻은 듯 기뻐했는데 지금은 참담한 심정으

로 자신의 섣부른 행동에 대해 부끄러워하고 있는 자신이 더 없이 개탄스러웠다.(8부)

**개평** '투전'이나 '골패' 따위 노름에서 가진 돈을 다 잃어 무일푼이 되었을 때

돈을 딴 사람 몫으로부터 조금 얻어 가짐.

그래서 낮에 대불이가 확인을 하려고 천팔봉이한테 다그쳐 물었더니, 서너 번 오태수를 따

라 투전판에 가서 개평을 뜯었을 뿐이라고 변명하였다.(4부)

**개화** 　명사　사람 지혜가 열려 폐쇄적 사상이나 낡은 문물이 새롭게 진보함.

개항장 목포를 통해 개화문물이 영산강을 따라 광주로 흘러들어오면서 광주가 새롭게 번창

하고 있다.(8부)

**객마차** 사람을 싣기 위하여 정기적으로 다니는 마차.

지금은 광주에서 나주까지 객마차가 정기적으로 운행된다고 하니 두어 시간이면 갈 수가 있

겠다 싶었다.(8부)

**객주거리** 　명사　예전에 다른 지역에서 온 상인들이 머물 곳을 제공하면서 물

건을 맡아 팔거나 흥정을 붙여 주는 사람이나 또는 그런 집을 이르던 말.

손님을 대접하려고 마련한 술은 집이 있는 거리.

남자들이 하나 둘 객주거리 들머리 마방(馬房)의 바람벽 아래 모여 우두커니 얼굴을 맞대고

섰다.(1부)

**객쩍어** 　형용사　객쩍다. 쓸데없고 실없다.

마님의 말에 웅보는 그대로 앉아 있기가 객쩍어 내키지는 않았으나 술을 사발 가득히 따라

단숨에 좌악 비우고 바삭바삭 엿을 깨물었다.(1부)

**객토** 〔명사〕 토질을 개량하기 위하여 다른 데에서 흙을 파다가 논밭에 옮김. 다른 데에서 흙을 파다가 논밭에 옮기다.

> 그동안 새끼내 사람들이 피땀 흘려가며 방천을 쌓고 자갈을 들어낸 뒤 객토를 하는 등, 생명보다 더 소중하게 일군 농토는 쉰여덟 가구가 일한 품대로 각기 나누었다.⑶부

**갠질갠질** 〔부사〕 '간질간질' 방언. 부드러운 물체가 살살 닿을 때처럼 자릿자릿한 느낌을 나타내는 말. 참기 어려울 정도로 어떤 일을 자꾸 하고 싶은 상태를 나타내는 말.

> 오금쟁이가 갠질갠질 험시로, 성님 말대로 그동안 홀맺혔던 오기가 한꺼본에 간허게 풀린 것 같구만이라.⑻부

**갯가** 〔명사〕 바닷물이 드나드는 곳 물가. 물이 흐르는 가장자리.

> 또 그렇게만 된다면 쌀분이도 두례 대신 해가 떨어지는 갯가로 보내지 않고 너하고 짝을 지어서 내보낼 생각도 있다.⑴부

**갱생** 〔명사〕 생활 태도나 정신이 본래의 바람직한 상태로 되돌아감. 거의 죽을 지경에서 다시 살아남.

> 여러분, 포승을 지어 끌려가는 영진은 죽음의 길로 가는 것이 아니오라, 갱생의 길로 가는 것이오니, 여러분은 눈물을 거두시고 우리 함께 아리랑을 부르면서 보내주시기 바랍니다.⑼부

**갱아지** 〔명사〕 '강아지' 방언. 귀여운 손자를 비유적으로 이르는 말.

> 어이쿠 그려, 내 갱아지. 참말이여?⑻부

**걀쭉하게** 〔형용사〕 걀쭉하다. 조금 길다.

> 목을 걀쭉하게 늘여 빼고, 엉덩이를 뒤로 삐딱하게 내민 채 이껫죽지를 옴죽거리며 장단을 맞췄다.⑶부

**걀찍** 〔부사〕 걀찍이. 길이가 알맞게 긴 듯하게.

> 골반이 넓고 목이 걀찍하여 남자의 살만 맞대어도 아기가 들어설 것이라고들 했었는데, 삼년이 되도록 종무소식이니 이제는 마음이 답답하다 못해, 울컥 설움이 복받쳐왔다.⑴부

**거간** 〔명사〕 물건을 팔고 사는 사람 사이에서 흥정을 붙임. 팔고 사는 사람 사이에서 흥정을 붙이다.

일종의 거간조합인 객주조합을 만들어 통변료(通辯料)를 받기 시작하자 일본상인들과 객주조합 사이에 마찰이 생겼으며, 객주조합은 등짐꾼들을 부추겨 임금인상을 요구하게 하고 은근히 일본인들에 대한 배일감정을 나타내게 하였다.(5부)

**거나하게** 〔형용사〕 거나하다. 술이 취한 정도가 기분이 좋을 정도로 어지간하다.

그는 저녁을 먹기도 전에 반주로 거나하게 취하고 말았다.(9부)

**거년** 이해 바로 전해.

네, 네, 나리께서 아시다시피 지지난해에는 큰 홍수로 폐농을 했사옵고, 거년에는 또 가뭄 때문에……(1부)

**거동** 〔명사〕 몸을 움직임.

장개동은 퇴직처분을 당한데다가 헌병대에 끌려가서 곤욕을 치르고 나온 이상수 선생이 거동조차 못하고 집에 누워있다는 소식을 어제서야 알게 되었다.(8부)

**거들먹거리며** 〔자동사〕 거들먹거리다. 신이 나서 잘난 체하며 자꾸 거만하게 행동하다.

전 포수는 여전히 거들먹거리며 소작인들을 괴롭혔다.(8부)

**거렁뱅이** 〔명사〕 비렁뱅이 '거지'를 얕잡아 이르는 말.

선창 객주거리와 마방집 부근에는 종문서 하나만을 받아 쥐고 쫓겨나오다시피 한 종들이 거렁뱅이 떼나 다름없이 질펀하게 앉아서는 희불그레하게 떠오른 햇무리를 쳐다보고 있었다.(1부)

**거무죽죽하게** 〔부사〕 거무죽죽히. 빛깔이 맑지 않고 어둡게 거무스름히.

웅보는 고스러져가는 오동나무 잎처럼 거무죽죽하게 야윈 할아버지의 뺨을 적시는 눈물을 들여다보며 그렇게 말하고 말았다.(1부)

**거무줄에 목을 매재** 거미줄에 목을 맨다. 그렇게 분하거든 거미줄에라도 목을 매어 죽으라는 뜻으로, 하찮은 일에 분격하는 사람을 놀림조로 이르는 말. 처지가 매우 궁박하고 답답하여 어쩔 줄을 모르고 어이없는 우스운 짓까지 한다는 말.

그런듸도 거무줄에 목을 매재 원, 우리 약조를 깨뿌러?(7부)

**거무칙칙하게** 〔형용사〕 거무칙칙하다. 깨끗하지 못한 느낌이 있게 짙고 거무스름하다.

이 년 전까지만 해도 무곡선을 탔다는, 얼굴이 가오리 등처럼 거무칙칙하게 생긴 장말째는 손버릇이 사납기로 소문이 나 있었다.⑵부⑴

**거무튀튀하고** 〔형용사〕 거무튀튀하다. 너절하게 보일 정도로 흐릿하고 거무스름하다.

그는 두 팔을 때기치듯 빙빙 돌려 뻑적지근한 삭신을 풀며 거무튀튀하게 하늘인지 바다인지 분별하기조차 힘든 월미도 쪽을 내려다보았다.⑸부⑴

**거뭇거뭇** 〔부사〕 빛깔이 군데군데 검은 듯한 모양을 나타내는 말.

세 사람은 불쾌해진 기분으로 거뭇거뭇 땅을 덮는 어둠을 밟고 새끼내로 돌아오면서, 그날 하루 그들이 소금 장사를 하며 겪었던 일들을 주고받았다.⑵부⑴

**거방지게** 〔형용사〕 거방지다. 몸집이 크고 행동이 점잖고 무게가 있다.

그는 처음 며칠은 재미를 본 듯 응신청 식구들을 흥화루에 데리고 가서 청요리를 사주기도 하고, 한번은 논다니패들이 우글거리는 선창 옆 객주거리에 가서 뼈가 느글거리도록 거방지게 술을 사기도 하였다.⑷부⑴

**거부저기** 〔명사〕 '검부러기' 방언.

강변 미루나무며 버드나무, 팽나무, 아카시아나무마다에는 물떼가 몰아다 붙여놓은 거부저기들이 거렁뱅이의 누더기처럼 볼썽사납게 너덜거렸다.⑴부⑴

**거사** 〔명사〕 큰일을 일으킴.

그해 8월 이필제는 재차 거사, 문경읍을 습격하여 여러 날을 두고 관군과 싸우다가 패하여 붙잡혀 죽었다.⑵부⑴

**거슴츠레하게** 〔형용사〕 거슴추레하다. 정기가 없이 흐리멍덩하고 거의 감길 듯 가늘다.

하인들 여럿이 달려들어 뱀에 물린 장딴지를 사금파리로 째고 입으로 피를 빨았으나, 남편의 다리가 안채 기둥만큼이나 희불그레하게 부어오르면서 왼쪽 눈이 거슴츠레하게 감기기 시작했다.⑴부⑴

**거위배** 〔명사〕 회충 때문에 생기는 배앓이.

둥금이는 집을 떠나오면서 눈물바람을 하는 어머니를 보고 무엇인가 슬픈 생각이 거위배를

앓을 때처럼 창자를 쥐어짜는 것만 같았다.(2부)

**거저먹기** (명사) 힘을 들이지 아니하고 성과를 얻는 일.

아까운 땅이었다. 물이 범람하지 못하게 둑만 쌓는다면 얼마든지 많은 땅이 거저먹기로 생길 것이 분명했다.(1부)

**거적눈** (명사) 윗눈시울이 축 늘어진 눈.

늙은 주모는 권대길의 싸맨 머리에 놀라 무거운 거적눈을 둥그렇게 뜨고 엉거주춤 서 있었다.(4부)

**거적문** (명사) 짚으로 두툼하게 자리처럼 만든 문.

이른 봄이라, 새벽녘엔 제법 쌀쌀한 강바람이 거적문 사이로 송곳처럼 쿡쿡 쑤시고 들어왔으나 그런대로 군불을 많이 넣어 구들이 뜨듯해 추운 줄을 몰랐다.(1부)

**거죽** (명사) '가죽' 방언. 겉으로 드러나 보이는 물체 모양.

그러면서 할아버지는 손톱 끝에 닿지 않을 만큼 거죽을 뚫고 살 속 깊숙이 박힌 가시를 뽑아내기 위해, 허리를 굽히고 일어나 앉아서는 손수 바늘로 사뭇 발뒤꿈치를 벌집이 되게 쪼았다.(1부)

**거추장스러운** (형용사) 거추장스럽다. 자꾸 거칫거려서 다루기에 거북하고 주체스러운 데가 있다. 성가시고 귀찮다.

그는 백년에게 무겁고 거추장스러운 어물 짐을 들려 보낸 것 때문에 조금은 마음이 무거웠다.(8부)

**거판지게** 음식 따위를 걸게 차린 것을 비유적으로 이르는 말.

오늘밤은 아무 걱정 없이 마음 푹 끌러놓구 거판지게 회포를 풀어봅시다그려!(5부)

**거푸** (부사) 잇따라 거듭.

거푸 술잔을 비우고 이상한 소리를 해쌓는 웅보가 괜히 겁났다.(1부)

**거푼거푼** (부사) 물체 한 부분이 바람에 떠들려 가볍게 자꾸 움직이는 모양을 나타내는 말. 자꾸 앉았다 섰다 하는 모양을 나타내는 말.

대불이는 거푼거푼 산을 오르는 패랭이꾼들을 바짝 따르며 말바우 어미를 돌아다보았다.(2부)

**걱정도 팔자** 걱정도 팔자다. 하지 않아도 될 걱정을 자꾸 하거나 남의 일에 참견하는 사람에게 놀림조로 이르는 말.

걱정도 팔자구먼!(3부)

**건구역질** [명사] 게우는 것이 없이 토하려 하는 일.

> 그렇게 말하는 막음례는 아까부터 건구역질이 올라오는지 오른손 바닥으로 입을 쥐어 싸고 앉아 있었다.(1부)

**건너질러놓았었다** [타동사] 건너지르다. 양끝이 걸쳐 닿도록 가로로 대어 놓다, 한쪽에서 다른 쪽까지 죽 긋다.

> 세곡선의 고물 뒤에는 무곡선이 바짝 달라붙어, 세곡을 옮길 수 있도록 널빤지를 군데군데 건너질러놓았었다.(2부)

**건달패** [명사] 하는 일 없이 빈둥빈둥 놀거나 다른 사람들을 괴롭히고 다니는 무리.

> 여자 혼자 외딴 주막에서 살자니 건달패들이 집적거려 술장사도 못해먹겠다며 푸념을 늘어놓다가, 큰방에서 그녀의 아들이 불러대는 소리에 부리나케 방에서 나갔다.(1부)

**건둥건둥** [부사] 무엇을 흩어지지 않게 말끔히 잘 가다듬어 거두는 모양을 나타내는 말.

> 주막이라야 용수만 내걸었을 뿐으로, 개다리 기둥을 박고 건둥건둥 서까래를 얹어 거적을 달아 비바람을 피할 정도였으며, (……)(2부)

**건드레하게** [형용사] 건드레하다. 술이 거나하게 취하여 정신이 흐릿하다.

> 건드레하게 술이 취한 젊은 장꾼들 네댓 명이 서로들 혀가 꼬부라진 소리로 욕을 퍼부어대며 돈단의 돌계단을 올라오고 있었다.(1부)

**건들바람** [명사] 초가을에 불어오는 서늘하고 부드러운 바람.

> 건들바람이 건듯건듯 불어와 이마의 땀을 식혀주었다.(9부)

**건듯건듯** [부사] 일을 정성껏 하지 않고 대강대강 빨리 하는 모양을 나타내는 말.

> 송월촌에서 어둠이 깔려오는 논둑을 밟고 노루목으로 돌아오면서, 웅보는 건듯건듯 걸음을 멈추어, 큰 검독수리가 날개를 펴고 웅크린 듯한 금성산 골짜기의 어둠을 바라보곤 하였다.(1부)

**걸립** [민속] 동네 경비를 마련하기 위하여 사람들이 패를 짜 각처로 돌아다니며 풍악을 쳐서 돈이나 곡식을 얻음. 또는 그 일행.

짐을 운반하는 등짐꾼들에게 과하는 상하세(上下稅), 읍청의 임시비에 충용한다는 명목으로 받는 걸입(乞入)이 있으며, 지방관청의 관노가 시장의 노점을 일일이 임검하면서 세금을 걷는 시장세가 있었다.(2부)

**걸신들린 듯**　음식을 지나치게 탐내는 모양을 비유적으로 이르는 말.

특히 빵과 우유를 많이 먹어 체중을 늘리도록 하라는 의사의 말에, 걸신들린 듯 먹어치웠다.(9부)

**걸찍걸찍하고**　걸쩍걸쩍하다. 무슨 일이든지 활발하고 시원스럽게 계속 행동하다.

그들이 뽑은 각설이타령은 그들의 노랫말마따나 걸찍걸찍하고 미끈미끈하였다.(3부)

**걸찍하게**　【형용사】 '거나하게' 방언. 술이 취한 정도가 기분이 좋을 정도로 어지간하다.

끼내의 친구들이 모두 찾아가서 개업주를 걸찍하게 얻어 마시고 왔는데도, 웅보만은 유달정에 얼굴을 내밀지 않고 혼자 쪽배를 타고 고하도에 건너가 이순신 장군 비각 아래 앉아 있다가 해질 무렵에야 돌아왔다.(5부)

**검거선풍**　【명사】 범죄를 저질렀으리라 의심을 받는 사람들을 한꺼번에 많이 잡아가는 일.

4일 오후 5시부터 삼엄한 경계 속에 전도(全道)에 걸쳐 검거선풍이 불기 시작했다.(9부)

**검실검실**　【부사】 사람이나 물체, 빛이 먼 곳에서 어렴풋이 자꾸 움직이는 모양을 나타내는 말, 잔털 따위가 조금 나서 군데군데 거무스름한 모양을 나타내는 말.

대불이는 개산 쪽에서부터 검실검실 어둠이 강을 덮어오는 것을 보며 물었다.(1부)

**검질긴**　【형용사】 검질기다. 끈기가 있고 질기다.

그는 할 수만 있다면 순영이의 그 검질긴 성깔을 되알지게 한바탕 헤집어놓고 싶었다.(4부)

**경중경중**　【부사】 긴 다리를 모아서 가볍고 힘 있게 자꾸 솟구쳐 뛰는 모양을 나타내는 말.

둥금이는 왼손에 부채를 펴들고 오른손에 울쇠를 잡아 경중경중 방안에서 뛰며 방울 소리를 냈다.(2부)

**게 눈 감추듯** 음식을 무척 빨리 먹는 것을 이르는 말. 일을 순식간에 해치우는 경우를 비유적으로 이르는 말.

> 대불이는 형의 말을 받으며 게 눈 감추듯 밥 한 그릇을 먹어치우고는 냉수를 한 바가지 떠 쿨럭쿨럭 들이켰다.(1부)

**게감정** [명사] 게 등딱지를 떼고 갖은 양념을 한 소를 넣어 찐 음식.

> 살기 어려운 흉년에도 부자들은 게감정을 해먹으려고 새끼내 사람들이 게를 가지고 나가는 대로 모두 사갔다.(1부)

**게걸스럽게** [형용사] 게걸스럽다. 음식이나 재물 따위를 먹거나 가지려고 무척 욕심을 부리는 데가 있다.

> 거적 위에서 열 살 안팎의 길게 머리를 땋아 늘인 사내아이가 방금 거렁뱅이 사내가 들고 온 국밥을 게걸스럽게 퍼먹고 있었다.(4부)

**게다가** [부사] 뒤 내용에서 앞 내용보다 한층 더한 사실을 덧붙일 때 쓰여 앞뒤 어구나 문장을 이어 주는 말. 주로 인칭 대명사 '내', '네', '제' 따위 뒤에 붙어, 그것이 서술어 행위가 미치는 대상임을 강조하여 나타내는 부사격 조사.

> 게다가 비녀까지 뽑아버려 삼단같이 긴 머리가 상반신을 흔들 때마다 치렁치렁 춤을 추어, 달빛에 비쳐 보이는 그녀의 모습은 죽은 사람의 혼령 같았다.(2부)

**게다짝** [명사] 일본 사람들이 신는 나막신을 낮잡아 이르는 말.

> 게다짝을 짜글짜글 끌며 일본사람 하나가 볏섬가리 쪽으로 오고 있다.(3부)

**게도 구덕도 잃습니다** 게도 구럭도 다 잃었다. 새로 얻기는커녕 가지고 있던 것까지도 다 잃었다는 뜻으로 무슨 일을 하려다가 아무 소득 없이 도리어 손해만 보았다는 말.

> 잘못하다가는 게도 구덕도 잃습니다요.(2부)

**게딱지** [명사] 게 등딱지. 작고 허술한 집을 게 등딱지에 비유하여 이르는 말.

> 대불이와 주모 말바우 어미는 장성 사거리에서 게딱지같은 움막을 치고 주막을 냈다.(2부)

**게슴츠레** [부사] 눈에 힘이 없이 아주 흐릿하여 거의 감길 듯한 모양을 나타내는 말.

> 웅보는 다시 버릇처럼 왼쪽 눈을 게슴츠레 치뜨고 하늘을 가린 팽나무 가지들을 올려다보았

다.(1부)

**게으른 여편네 밭고랑 세듯** 게으른 놈 밭고랑 센다. 일을 부지런히 하여 끝 내려 하지 않고, 게으름을 부리면서 해야 할 일을 헤아리기만 하는 것을 비 유적으로 이르는 말.

이놈들 일하는 꼬락서니가 꼭 게으른 여편네 밭고랑 세듯 허는구만.(5부)

**게이샤** 일본어로 전통적인 접대부. 옛날에는 남자를 즐겁게 하는 것이 그들 의 직업이었지만 요즘에는 특히 사업상 여는 파티나 요정에서 술자리의 흥을 돋우는 역할을 한다. 게이샤는 문자 그대로는 '예술인'을 뜻하는 말 이다. 실제로 노래나 춤을 잘하거나 악기를 다룰 줄 아는 게이샤도 많았지 만, 화술만 뛰어난 경우가 일반적이다. 그들 본래 역할은 세련되고 유쾌한 분위기를 만드는 것으로서, 보통 아름다운 옷차림과 예절 바른 태도를 갖 추고 동서고금 흥미있는 이야기를 많이 알고 있다. 게이샤들 생활에서 풍 기는 화려함을 동경하여 자진해 이 일을 시작하는 여자들도 있었지만 게 이샤 제도는 대개 가불금에 따라 연한을 정하는 인신매매제도가 근간을 이루었다. 얼마간 돈을 받고 부모가 나이어린 딸을 유곽에 팔아넘기면, 그 곳에서 의식주를 제공받으며 몇 년 동안 게이샤로서 필요한 교육과 예능 을 전수받는다.

기다무라로는 200명의 손님들이 게이샤와 어울려 술을 마시고 샤미센 연주에 맞춰 노래를 부르고 춤을 출 수 있는 대연회장까지 갖춘 일류 요릿집이었다.(8부)

**겨릅** 껍질을 벗겨 낸 삼대. 흔히 불을 밝히거나 이엉 재료로 쓰인다.

물기가 쫙 빠져 뼈에 살가죽만 붙어 있는 병자의 손목은 겨릅처럼 가늘었다.(1부)

**견마잡이** ［명사］ 남이 탄 말 고삐를 잡고 그 말을 모는 사람.

그러자 신임 목사는 나주 고을 안에서 자기보다 높은 사람이 없거늘 어찌하여 말에서 내리라 고 하느냐고 되레 견마잡이를 호통 쳤다.(3부)

**겸사겸사** ［부사］ 한꺼번에 여러 가지 일을 겸하여 하는 모양을 나타내는 말. 한 꺼번에 여러 가지 일을 아울러 하다.

짝귀와 대불이가 미곡 시세도 알아볼 겸 가족들도 만나볼 겸, 겸사겸사 고향엘 다녀오기로 했다는 말에, 좌중의 다른 형제들도 각기 대목 무렵에 잠시 집에 갔다가 설을 쇠고 돌아오기로 하였다.(5부)

**경성제국대학**  일제강점기 때 우리나라 유일한 대학교. 1924년 '경성제국대학관제'가 공포된 후 1926년에 문을 열었다. 1920~1926년에 전개되었던 '조선민립대학설립운동'에 대응하여 일제가 조선사람 민족대학 설립의 열기를 식히고 회유하려던 의도로 설립했다. 해방 후 경성대학으로 바뀌었다가, 1946년 '국립서울대학교설립안'이 공포되어 경성경제전문학교, 경성치과전문학교, 경성법학전문학교, 경성이학전문학교, 경성광산전문학교, 경성사범학교, 경성공업전문학교, 경성여자사범학교, 수원농림전문학교 등 9개 전문학교와 통합되어 국립 서울대학교로 바뀌었다.

이날 오후부터 다음날 새벽 사이에 경성제국대학을 비롯, 서울 시내 각 중등학교 학생들 책상 서랍에 격문이 뿌려진 것이다.(9부)

**경양방죽**  광주에 있었던 방죽. 농자천하지대본이였던 시대 치수만큼 중요한 것이 없었다. 그래서 물을 잘 관리하는 것이 곧 제일 정치였다. 1440년 세종 22년 세종의 중농정책을 받들어 김제부사에서 광주 목사로 부임한 김방이 3년여에 걸쳐 호남 최대 인공호수를 만들었다. 바로 경양방죽이다. 광주고등학교-계림초등학교-광주상업고등학교 정문 앞에서부터 부채꼴 모양으로 남서쪽 일대에 펼쳐진 면적 4만 6천여 평, 수심 10m 경양방죽은 이후 5백여 년 동안 광주사람과 함께해왔다. 광주시민들 젖줄이자, 쉼터 그리고 낭만적 대명사로 자리해왔던 경양방죽은 1940년 일제 일본인 집단 거주지를 조성한다는 명분으로 2/3가 매립되었고, 1966년 광주시 수원 기능 약화와 수질 오염 그리고 도시 확장 등을 이유로 매립되어 완전히 자취를 감췄다.

아름드리 팽나무가 들어찬 경양방죽 둑길을 따라가자 찰방(察訪) 송덕비가 줄지어 서 있었다.(8부)

**경칩**  〔민속〕일 년 중 개구리가 겨울잠에서 깨어날 정도로 날씨가 풀린다는 날. 이십사절기(二十四節氣)의 하나로 우수(雨水)와 춘분(春分) 사이에 있다. 춘분점을 기준으로 하여 태양이 황도(黃道) 345도(度)에 이르는 때로 양력 3월 5일경이다.

코피가 터져 온통 얼굴이 피투성이가 되어 경칩도 되기 전에 나온 개구리처럼 땅바닥에 맥없이 쓰러져 있는 검정 두루마기를 안아 일으켰다.(5부)

**곁방아질**　남 말에 끼어들어 입방아를 찧는 것을 이르는 말.

전립을 쓴 사내 옆에 작대기를 짚고 서서 마치 각설이타령을 할 때 모양으로 엉덩이를 삐딱하게 뒤로 내밀어 목자 사납게 칠만이를 쏘아보던 땅딸막한 사내가 곁방아질을 하고 나섰다.(3부)

**계급투쟁**　서로 이해관계가 다른 계급 사이에 정치, 경제, 문화적인 권리와 특권, 기회를 얻기 위해 벌어지는 권력 투쟁. 중세 귀족과 농노, 근대 부르주아 계급과 프롤레타리아 계급 사이 투쟁 등을 들 수 있다.

마르크스가 사회주의 건설을 위해 가장 중요하게 생각하는 것은 계급투쟁이다.(9부)

**계란으로 바위치기**　계란으로 바위를 친다. 하찮은 힘으로 도저히 대적할 수 없는 상대에게 도전을 한다는 것을 이르는 말.

말 안 해도 다 알고 있다. 허나 계란으로 바위를 치기재, 우린들 어쩌는 게나!(3부)

**계류장**　**명사**　배나 비행기 등을 대어 놓는 곳.

관부연락선 계류장인 제1부두가 부산 역 곁에 바짝 붙어있어 바다와 육지의 교통을 연계시키고 있다.(8부)

**계하**　섬돌 아래.

그 사이에 장교 한 사람이 계하에 허리를 꺾은 통인 옆으로 다급하게 뛰어 들어오며 경위를 말했다.(3부)

**고기 한 점이 귀신 천 마리를 쫓는다**　몸이 쇠약해졌을 때는 고기를 먹고 몸을 돌보는 것이 원기 회복에 가장 좋다는 것을 비유적으로 이르는 말.

또 우리 오동네 얼굴이 까칠해서 기름기를 좀 해사 쓰겠고…… 고기 한 점이 귀신 천 마리를 쫓는다고 안혐뎌?(5부)

**고래심줄**　고래 심줄처럼 질김을 비유적으로 이르는 말.

할머니가 갓 난 둥금이를 방바닥에 엎어놓았는데도 둥금이는 명이 고래심줄처럼 질겼기 때

문인지 죽지 않았다고 하였다. (2부)

**고려공산당** 1921년 중국 상하이(上海)에서, 이동휘를 중심으로 조직된 한민
사회당을 모체로 만든 항일 독립운동 좌파의 조직체. 1919년 러시아 이르
쿠츠크(Irkutsk)에서 대한 국민 의회 김철훈, 문창범 등이 조직한 러시아 볼
셰비키당 한인 지부. 동부 시베리아 귀화인 집단으로 구성되어 서부 시베
리아 한인을 볼셰비키 전선에 동원하려 하였다.

서울파 고려공산당 동맹은 청년회와 학교를 통해, 이른바 '대중을 교도하고 투사를 양성한
다'는 목표를 세웠다. (8부)

**고린내** 명사 썩은 풀이나 썩은 달걀에서 나는 것과 같은 고약한 냄새.

양만석이 들어서자 방에서 고린내와 지린내가 훅 덮쳐왔다. (8부)

**고만고만한** 형용사 고만고만하다. 더하거나 덜하지 않고 서로 비슷비슷하다.

얼굴이 양푼처럼 너부데데한 판쇠 아내는 머리에 큰 옷 보퉁이를 이고 등에는 갓난아기를
업고 있었으며, 고만고만한 두 아이가 치맛자락을 꼭 붙잡고 달붙었다. (1부)

**고변** 명사 정권을 뒤엎으려는 반역 행위를 고발함.

그래서? 자네가 고변이래두 허겠다는 겐가? (2부)

**고보** 명사 일제강점기 보통학교를 졸업한 우리나라 학생을 대상으로 중등 교
육을 실시하는 4～5년제 학교를 이르던 말. 1940년에 명칭을 중학교로 고
쳤다.

나주보통학교에 다니고 있던 백년을 장개동의 생모인 막음례가 광주고보에 들어가기 위해
서는 광주에서 보통학교를 다녀야한다면서 광주로 데려가 전학을 시켰다. (8부)

**고뿔** 명사 코나 목구멍, 기관지 등 호흡기 계통에 생기는 질병.

어머니, 그만 들어가시라니깐요. 바람 끝이 너무 차서 고뿔드시겠어요. (1부)

**고사리도 꺾을 때 꺾드끼** 고사리도 꺾을 때 꺾는다. 무슨 일이나 다 해야 할
시기가 있는 것이니 그때를 놓치지 말고 해야 한다는 말. 무슨 일을 시작
하면 그 기회를 놓치지 말고 해치우라는 말.

고사리도 꺾을 때 꺾드끼 당장에 일판을 벌입시다. (7부)

**고샅** 명사 마을 좁은 골목길.

마을 어귀에 들어서서 양 의원 집을 찾기 위해 사방을 두렷거렸으나 물어볼 만한 사람이 없어 잠시 미적이고 있는데, 옹구바지를 입은 중늙은이가 망태기를 메고 고샅에서 나왔다.(1부)

**고소롬한** 〔형용사〕 '고소하다' 방언.

상큼한 흙냄새와 고소롬한 보릿대 타는 냄새가 폐부 깊숙이까지 스며들었다.(1부)

**고스러져가는** 〔자동사〕 고스러지다. 거둘 때가 지나서 이삭이 꼬부라지고 앙상하게 되다.

웅보는 고스러져가는 오동나무 잎처럼 거무죽죽하게 야윈 할아버지의 뺨을 적시는 눈물을 들여다보며 그렇게 말하고 말았다.(1부)

**고슬고슬했다** 〔형용사〕 고슬고슬하다. 되지도 질지도 않고 알맞다.

간밤에 내린 눈이 햇볕을 받고 녹느라고 온통 거리가 질컥거렸으나 상가가 밀집해있는 본정통 만은 미리 눈을 쓸어놓아서 인지 길바닥이 고슬고슬했다.(8부)

**고싸움놀이** 〔민속〕 전남에서 정월 대보름을 전후하여 행하는 민속놀이의 하나. 양편으로 패를 갈라 줄다리기의 줄 머리에 타원형의 고가 달린 굵은 줄을 여러 사람이 메고, 상대편의 고를 짓눌러 먼저 땅에 닿게 한 편이 이긴다. 중요 무형 문화재 정식 명칭은 '광주 칠석 고싸움놀이'이다. 중요 무형 문화재 제33호이다.

정월 대보름날 고싸움놀이를 할 때 엉켜 붙어 밀어라, 빼라고 고함을 지르며, 흙을 파고 농사를 짓는 일 외에는 누구와 겨뤄서 이긴다는 생각 없이 펄떡펄떡 힘을 쏟던 사람들. 어둠속의 영산강은 바로 그들 같았다.(1부)

**고양이 쥐 보듯** 고양이 쥐 노리듯. 무섭게 노려보는 모양을 이르는 말.

엊그제까지만 해도 고양이 쥐 보듯 닦달을 하던 그였는데 어찌된 일인지 대불이를 바라보는 눈길까지 명주실처럼 부드러워진 것이 아닌가.(5부)

**고운 사람 미운 디 없고 미운 사람 고운 디 없는 벱** 고운사람 미운 데 없고 미운 사람 고운 데 없다. 좋고 싫음의 감정이 한번 새겨지면 좋다고 생각하는 사람은 언행이 모두 좋게만 보이고 그렇지 않은 사람은 모두가 싫게만 여겨진다는 말.

어헛, 고운 사람 미운 디 없고 미운 사람 고운 디 없는 벱이여.(2부)

**고운 일을 허면 고운 밥 묵는다**  고운 일하면 고운 밥 먹는다. 모든 일은 자기가 행한 바의 결과이다.

고운 일을 허면 고운 밥 묵는다고 안허라.(6부)

**고자질**  **명사** 남 허물이나 비밀을 일러바치는 짓.

헌병대에 고자질 한 학생은 바로 전 포수 아들이라는 것도 밝혀졌다고 했다.(8부)

**고즈넉**  **형용사** 고즈넉하다. 한적하고 아늑하다. 조용하고 다소곳하다.

장꾼들이 한바탕 회오리바람을 일으키고 난 뒤의 주막은 고즈넉해졌다.(1부)

**고지기**  **명사** 창고나 창고의 물품 따위를 살피고 지키는 사람.

강물이 흘러오는 쪽에서 불어오는 정초의 맵짠 바람을 맞바라기로 받으며 선창에 당도한 대불이는 조운창과 고지기들이 자는 방, 관속들이 거처를 정해놓았던 객줏집 등을 돌아보았다.(2부)

**고지기방**  창고나 창고 물품 따위를 살피고 지키는 사람이 기거하는 방.

대불이는 잠만 고지기방에서 자고는 온종일 방석코와 함께 때죽나무집 봉놋방에 무릎을 맞대고 붙어 앉아 몽그작거렸다.(2부)

**고추장 단지가 열둘이라도 서방님 비위 못 맞춘다**  성미가 몹시 까다로워 비위를 맞추기가 어렵다는 말. 물질만으로는 사람의 마음을 사기가 어려움을 비유적으로 이르는 말.

고추장 단지가 열둘이라도 서방님 비위 못 맞춘다더니, 참말로 자네 비위 못 맞추겠구만잉.(5부)

**고콜**  **명사** 관솔불을 끼워 켜 놓을 수 있도록 바람벽에 구멍을 뚫어 놓은 자리.

바람벽에 구멍을 뚫고 거기에 붙이어서 지붕처럼 흙을 발라 그 밑에 관솔불을 켠 고콜에서는 관솔이 그을음을 피우며 타고 있었다.(2부)

**곡두**  **민속** 실제로는 눈앞에 없는 사람이나 물건이 마치 있는 것처럼 보이다가 사라져버리는 현상.

눈 내린 뒤의 햇살이 겨울답지 않게 화사하게 내리꽂히는 하늘 한복판에 물새가 되어 훨훨 날아가고 있는 자신의 곡두 때문에 잠시 하늘을 쳐다보고 서 있었다.(2부)

**곡우**  **민속** 일 년 중 모심기에 필요한 비가 내린다는 날. 이십사절기(二十四節氣)

의 하나로 청명과 입하 사이에 있다. 춘분점을 기준으로 하여 태양이 황도 (黃道)의 30도(度)에 이르는 때로 양력 4월 20일경이다. 보통 이 무렵이 농사를 시작하는 때이다. 이 무렵에 비가 오면 곡식의 성장에 좋아 풍년이 들므로, 이 비를 이르는 말로도 쓰인다. 이 무렵에 가물면 땅이 석 자 깊이나 말라 농사에 좋지 않다고 한다.

봄이 되자 흉년이 들어 고향을 떠났던 새끼내 사람들은 곡우를 넘기지 않고 모두 돌아왔다.(3부)

**곤냐꾸** 일본어로 엉망진창이 된 상태.

얼마 전에 다니가끼한테 이명서가 십장 두목자리를 넘겨주게 된 경위를 따지러 갔다가, 야꾸자들로부터 곤냐꾸가 되도록 두들겨 맞은 후부텀 기가 꺾여부렀어.(5부)

**곤달걀** 〔명사〕 속이 물러서 상한 달걀.

대불이는 그냥 못 들은 척하고 지나가버리려다가, 괜히 곤달걀 지고 성 밑 못 지나가랴 싶은 생각으로 휙 몸을 돌렸다.(4부)

**곤달걀 지고 성 밑 못 지나가랴** 곤달걀 지고 성 밑으로 못 가겠다. 곯은 달걀을 지고 성 밑으로 가다가 혹시 성돌이나 떨어지면 달걀이 깨지지나 않을까 하여 지레 겁을 먹고 못간다는 뜻으로, 무슨 일에 지나치게 두려워하며 걱정하는 사람을 비유적으로 이르는 말.

대불이는 그냥 못 들은 척하고 지나가버리려다가, 괜히 곤달걀 지고 성 밑 못 지나가랴 싶은 생각으로 휙 몸을 돌렸다.(4부)

**곤두박질치듯** 〔자동사〕 곤두박질치다. 급격하게 떨어지다. 몸이 뒤집히며 거꾸로 세게 내리박히다.

그의 예감이 꼭 줄꾼 봉팔이 노인이 줄 위에서 모두기침을 토하며 땅에 곤두박질치듯 떨어질 것만 같았다.(2부)

**곤두서는** 〔자동사〕 곤두서다. 거꾸로 꼿꼿이 서다. 날카롭게 긴장되다.

지금에 와서는 그의 옆에만 가도, 몸에 스멀스멀 지네가 기어 다니는 것 같은 징그러움에 온몸의 진털까지도 빳빳하게 곤두서는 듯하였다.(1부)

**곤드레** 〔명사〕 술이나 잠에 취하여 정신이 흐릿하고 몸을 잘 가누지 못함. 술이나 잠에 취하여 정신이 흐릿하고 몸을 잘 가누지 못하는 모양을 나타내는 말.

그들은 곤드레가 되도록 술을 퍼마시고 술값도 치르지 않은 채 바락바락 고함을 지르며 가버렸다.(1부)

**곤자서니에 발 기름 찌두룩** 곤자소니에 발기름이 끼었다. 문에 치는 발처럼 죽죽 줄이 간 기름이 창자에 끼었다는 뜻으로 사람이 부귀를 누리고 크게 호기를 부리며 뽐내는 것을 이르는 말.

죽은 정승 산 개만 못하고 맹감을 따묵고 살아도 이승이 좋다는듸, 곤자소니에 발 기름 찌두룩 모자란 것 없이 살던 박초시도 죽음 앞에는 별수가 없당께.(7부)

**곤죽** '흰죽' 방언. 사람이 기운이 없거나 주색에 빠져서 늘어진 모습을 비유적으로 이르는 말, '흰죽'의 방언.

오늘은 이대로 가지만 언제고 다시 와서 곤죽을 만들 테여.(1부)

**곧이들을** 타동사 곧이듣다. 말한 그대로 완전히 믿다.

물레방앗간 옆 움막에 절뚝발이 늙은 사공이 딸이라고 해야 곧이들을 수 있을 만큼 젊으나 젊은 여자를 데리고 살았다.(2부)

**곧추세웠다** 타동사 곧추세우다. 곧게 세우다.

양 진사 앞에서 더더욱 주눅이 들 필요가 없다는 생각이 들어 꺾었던 고개를 다시 곧추세웠다.(2부)

**골골이** 부사 각각 골짜기마다. 각각 고을고을마다.

사람 살 곳은 골골이 다 있는 법이니 걱정 말아라.(1부)

**골통** 명사 '머리'를 속되게 이르는 말. 주로 과로 때문에 생기는 것으로 뼈가 쑤시는 듯이 아프고 열이 오르내리는 병.

단 하루라도 싸움질을 하지 않으면 골통이 쑤시고 손이 근질거려 니칠 것만 같다던 그는 대불이와 남다르게 친하게 된 듯싶었다.(4부)

**곯아떨어져** 자동사 곯아떨어지다. 아주 피곤하거나 술에 몹시 취하여 정신없이 깊이 자다.

그리고 얼마 후 한밤중에 술에 취해 곯아떨어져 있을 때 어머니의 자결 소식을 들었다.(8부)

**곰방대** 명사 짧은 담뱃대.

돌뫼 덕칠이가 부시를 쳐서 곰방대에 불을 붙여 물며 푸념처럼 말했다.(1부)

**곰보딱지** '곰보'를 놀림조로 이르는 말.

> 허! 곰보딱지 주제에 지집 치레는 했구만.(1부)

**곰삭아** [자동사] 곰삭다. 오래되어 푹 삭다. 오래되어 올이 삭고 질이 약해지다.

> 요 몇 년 사이에 몰라보게 곰삭아버린 것이었다.(4부)

**곱닷허게** '곱다' 방언.

> 어저께 밤에 나헌테 왔던 그 접시꽃맹키로 곱닷허게 생긴 시악씨 좀 보내주씨요.(4부)

**공그려 온** 정성 들여오다.

> 웅보는 천번 만번 헤아려보아도 박 초시네 하인들의 훼방이 무서워 지금껏 공그려온 마음을
> 허물어버릴 수는 없는 일이라고 생각하였다.(1부)

**공방살** [민속] 부부 사이를 나쁘게 하는 독하고 모진 기운.

> 그러다가 공방살 들것다아.(1부)

**공산당선언** 공산주의자 동맹 국제적 강령(綱領)으로서, 1848년에 발표한 선
언. 마르크스와 엥겔스에 의해 기초되었으며, 과학적 사회주의 원리가 간
결하고 이론적으로 쓰여 있다. '만국의 프롤레타리아여 단결하라'라는 유
명한 말로 맺어져 있다.

> 마르크스는 지금까지의 사회주의와 자신의 사회주의를 차별화하여 공산주의라는 말을 만들
> 어낸 것입니다. 그러나 '공산당선언'에서도 그 개념은 모호하고 다른 저서에서는 공산주의가
> 사회주의 이후에 오는 단계로 보기도 했습니다.(8부)

**공소하다** 검사가 어떤 형사 사건에 대하여 법원에 재판을 청구하는 일.

> 적을 통한 사상의 탑은 언제 허물어지고 물거품처럼 사라져버릴 지도 모를 만큼 공소하다는
> 것도 알게 되었다.(9부)

**공자 왈 맹자 왈** 봉건적 도덕이나 유교적 가르침을 늘어놓음을 이르는 말.
어려운 문자를 써 가며 유식한 체함을 이르는 말.

> 배웠다는 사람덜 머릿속에는 공자 왈 맹자 왈만 헙씬 들어 있재, 이런 일에는 아무 소양 없
> 어.(2부)

**공짜** [명사] 힘이나 돈을 들이지 않고 거저 얻은 물건.

> 공짜니까 맘 놓고 먹읍시다.(8부)

**곳감 빼먹듯 하고는 있지만** 곳감 꼬치에서 곳감 빼먹듯. 아껴서 모아 둔 재산을 하나하나 조금씩 써서 없애는 것을 비유적으로 이르는 말.

> 비록 돈벌이는 못하고 인천에 있을 적에 여축해두었던 것을 곳감 빼먹듯 하고는 있지만 다시 동학이 살아난 듯한 기분이었다.(4부)

**곽란** 〔명사〕 음식이 체하여 갑자기 토하고 설사하는 급성 위장병.

> 호역 중에서도 곽란은 고칠 수도 있지만 중증일 때는 낫기가 어렵네.(1부)

**관부 연락선** 한국 부산과 일본 시모노세키 사이를 항해하던 연락선. 일본 철도청 소속으로 1905년에 개업하여 제2차 세계대전 종전과 동시에 사실상 영업이 중지되었다.

> 11시에 시모노세끼를 출발한 관부연락선은 6시간 동안 현해탄의 물살을 가르며 쉬지 않고 항해를 계속했다.(8부)

**관솔불** 〔명사〕 송진이 많이 엉기어 있는 소나무의 옹이나 가지에 붙인 불. 예전에 등불로 썼다.

> 숨을 거두기 전날 밤, 할아버지는 아버지한테 방에 관솔불을 더 밝게 피우게 한 뒤, 웅보를 불러 머리맡에 앉게 하고는 몇 번이고 있는 힘을 다해 손자의 손을 꼭 쥐어주었다.(1부)

**광대** 〔민속〕 판소리, 가면극, 곡예 따위를 업으로 하는 사람을 통틀어 이르던 말. 한자로는 '廣大'라고 쓴다.

> 내사 박수무당이 되든가, 광대 노릇을 하든가 어디 간들 굶어죽지는 않을 텐께 걱정이 없네!(1부)

**광대놀음** 〔민속〕 정월 대보름날 호남 지방에서 행하는 놀이의 하나. 악귀를 쫓고 복을 빈다는 뜻으로, 농악대들이 호랑이, 토끼 따위의 가면을 쓰고 풍악을 울리며 마을을 돌아다닌다.

> 첨버텀 한통속이 되어갖고 광대놀음허드끼 맨든 일인디 백번 진고를 헌들 무신 소용이 있겄는가.(2부)

**광무** 대한 제국기. 1897년에 제정된 연호로 1907년 순종에게 양위할 때까지 사용하였다. 광은 동서, 무는 남북 뜻으로, 땅 넓이를 이르는 말.

> 병제개혁을 위하야 반포한 조칙을 봉준(奉遵)하와, 각대(各隊) 해산할 시에 인심이 동요치 아

니토록 예방하고 혹 위칙(違勅) 폭동자는 진압할 것을 각하에게 의뢰하라신 아(我) 황제폐하

칙지를 봉승(奉承)하얐삽기 자(玆)에 조회하오니 조량(照亮)하심을 위요(爲要), 광무 11년 7월

31일이라 되어 있었다. (6부)

**광주고보**  광주제일고등학교(光州第一高等學校)는 광주광역시 북구 누문동에 있
는 일반계 공립 남자 고등학교이다. 편의상 광주일고(光州一高)라고 줄여 부
르기도 한다. 광주학생운동이 일어난 곳으로 유명하다. 교내에 광주학생
운동 기념탑과 역사관이 전시되어 있다. 역사가 오랜 학교로 평준화 이전
에 호남지역의 주요 고등학교였다. 고교야구의 명문으로도 유명하며, 다
수의 프로야구 선수 및 감독과 메이저 리거를 배출하였다.

나주보통학교에 다니고 있던 백년을 장개동의 생모인 막음례가 광주고보에 들어가기 위해
서는 광주에서 보통학교를 다녀야한다면서 광주로 데려가 전학을 시켰다. (8부)

**광주학생사건**  광주 학생 항일 운동 또는 광주 학생 독립 운동은 1929년 11월
3일 광주에서 일어나 전국적으로 확산되었던 학생독립운동이다. 대한민
국 정부는 11월 3일을 학생독립운동기념일로 기념하고 있다. 3·1운동이
후 최대규모 항일 운동으로 꼽힌다. 일제는 조선인들을 우민화하기 위해
고등교육 제한, 직업교육과 일본어, 일본사 교육 등을 실시하였다. 학생들
의 자유로운 토론과 비판, 자치활동 금지, 조선인 학생에 대한 무시 등 교
육자답지 못한 행동으로 조선 학생들을 억압하였다. 결국 조선인 학생들
은 일본인 교육자들의 억압과 무시 그리고 우민화정책을 당하면서 항일
의식을 갖게 되었다. 광주소재 각 고등보통학교(중고통합과정)에는 성진회,
독서회 등의 비밀학생조직이 생성되어 있었다. 또한 일본인 학생들에 의
한 조선인 학생들 차별, 무시 역시 학생들의 분노를 촉발하는 원인이 됐
다. 1929년 10월 30일 나주역에 도착한 광주발 통학열차에서 내린 일본인
중학생들은 광주여자고등보통학교 학생인 박기옥, 암성금자, 이광춘의
댕기머리를 잡아당기며 희롱하였다. 이 광경을 목격한 박기옥 사촌동생
박준채는 분노하여 항의했으나 말을 듣지 않자 난투극이 벌어졌다. 이를
본 일본 경찰들이 일본인 학생 편을 들고, 광주고보 학생들은 차별에 대해

집단항의하였다. 당연히 조선인 학생들로서는 자기네 나라에서는 오단 백성이라고 해서 지주에게 수탈당하던 일본인들이 동인도회사를 모방한 식민지 수탈기관인 동양척식주식회사 이민 자격으로 조선에 와서는 지주 행세를 하는 것도 화가 나는데, 그들의 자식들이 무례하게 굴자 분노가 폭 발할 수밖에 없었다.

조선 청년들대중이여, 궐기하라. 제국주의적 침략에 대한 반항적 투쟁으로서 광주학생사건 을 지지하고 성원하라. (9부)

**괴념** 〔명사〕 마음에 두고 걱정하거나 잊지 않음.

저녁을 드시다 우리 땜시 상을 밀쳐둔 것 같은듸, 괴념 마시고 어서들 드시지요. (3부)

**괴방 쳐서** 괴방 치다. 비밀을 드러내다.

살려 달라고 비대발괄 빌어도 시원찮은 터수에, 마을 사람들이 그가 한 일을 괴방 쳐서 당장 죽이고 말겠다고 위협을 하는데도, 내가 무슨 죽을 짓을 했느냐는 듯 변명 한마디 없으니, 더욱 미움을 사게 된 것이었다. (7부)

**괴나리봇짐** 〔명사〕 먼 길을 떠날 때 짊어지고 가는 자그마한 보자기로 꾸린 짐.

그는 괴나리봇짐을 자기 방에 둔 채 돈단을 내려갔다. (2부)

**괴란쩍은** 〔형용사〕 괴란쩍다. 부끄럽고 어색하여 얼굴이 뜨거워지고 붉어지는 느낌이 있다.

유복 어머니는 부엌에서 설거지를 끝내고 물 묻은 손을 검정치마에 닦으며 마당으로 나오다 말고 아들이 그의 외삼촌 옷을 입고 으쓱거리는 모양을 보자 괴란쩍은 얼굴로 퉁겨댔다. (6부)

**괴춤** 〔명사〕 고의 허리 부분을 접어서 여민 사이.

어둠을 더듬어 바지를 꿰고 괴춤을 추슬러 거머쥐고 일어시려는데 마님이 일어나 났더니 문 갑의 빼랍을 열었다. (1부)

**굉일날** '공일날' 방언. 공일이 되는 날, 즉 일주일 중 일요일인 날을 뜻한다.

다음 굉일날 아침밥 묵고 곧바로 경운궁 앞으로 나갈께. (4부)

**교두보** 〔명사〕 진출하기 위한 발판을 비유적으로 이르는 말. 아군이 육지에 오 르거나 강을 건너기 위한 발판으로 적군 지역에 마련한 작은 진지.

이미 1911년에 압록강에 철교가 놓여 부산역은 일본과 만주를 연결하는 교두보 역할을 하

고 있었다.⁽⁸ᵇ⁾

**구걸행각**  남에게 돈이나 물건, 먹을 것 따위를 거저 달라고 하는 짓.

하나 남은 막내아들을 데리고 고향을 떠나 떠돌음하며 구걸행각을 하고 있다가, 부동교 아래에 자리를 잡았다고 했다.⁽⁸ᵇ⁾

**구곡간장**  **명사** 굽이굽이 서린 창자라는 뜻으로, 깊고 깊은 마음속을 비유적으로 이르는 말.

단소의 가락은 높은 음에서 낮은 음으로 숨을 죽이면서 긴긴 겨울밤 청상과부의 흐느낌처럼 구곡간장을 아프게 쥐어뜯는 소리로 변했다.⁽⁴ᵇ⁾

**구덕**  **명사** '구덩이' 방언.

할아버지는 족대 하나로 순식간에 구덕이 그들먹하도록 고기를 잡곤 하였다.⁽¹ᵇ⁾

**구데기**  '구더기' 방언.

구데기 무솨서 장을 안 담을 수 있겠어요?⁽¹ᵇ⁾

**구데기 무솨서 장을 안 담을 수 있겠어요**  구더기 무서워 장 못 담글까. 조금 방해되는 일이 있다고 해도 마땅히 할 일은 해야 한다는 말.

구데기 무솨서 장을 안 담을 수 있겠어요?⁽¹ᵇ⁾

**구들**  **명사** 아궁이에 불을 때어 그 불기운이 방바닥 밑으로 난 방고래를 통해 퍼지도록 하여 방을 덥게 하는 난방 장치. 우리나라와 중국 동북부에서 발달하였다.

군불에 구들이 뜨끈뜨끈 달기 시작하자 꾸벅꾸벅 졸음이 쏟아졌다. 웅보가 조는 사이에 뒷간에 가겠다고 나간 대불이가 늦도록 돌아오지 않았다.⁽¹ᵇ⁾

**구렝이**  '구렁이' 방언.

네 형은 큰 청구렝이모양 한곳에 오래 사는 업이 될 것이고, 너는 굴뚝새모양 한 번 날아가면 다시는 못 찾어올 것이라고 허시드라.⁽²ᵇ⁾

**구리텁텁한**  **형용사** 구리텁텁하다. 똥이나 방귀 냄새와 같이 역겹고 신선하지 않다. 활발하지 않고 생기가 없어 매우 지루하고 답답하다.

미강(米糠)과 된장을 풀어 구리텁텁한 냄새가 났다.⁽¹ᵇ⁾

**구린내**  **명사** 똥이나 방귀 냄새와 같이 고약한 냄새.

그날 둥금이는 술에 취해 구린내를 확확 풍기는 아버지의 입을 통해, 둥금이가 남매 쌍둥이로 태어나자마자, (……)(2부)

**구물구물** [부사] 몸이나 그 일부를 느리게 자꾸 움직이는 모양을 나타내는 말, 게으르고 굼뜨게 행동하는 모양을 나타내는 말.

그가 서거칠에게 말하고 선창 쪽을 바라보았더니 구물구물 왜병들이 둑길을 타고 몰려오고 있는 모습이 아슴푸레하게 보였다.(6부)

**구박** [명사] 못 견디게 괴롭힘. 못 견디게 괴롭히다.

친정어머니와 오라비의 구박이며 마을사람들의 손가락질이 심하면 심할수록 개똥이에 대한 정은 두꺼워졌다.(3부)

**구변** [명사] 말을 잘하는 재주나 솜씨.

이녀 꼭 소진장의 구변을 타고났소?(2부)

**구부슴히** [부사] 조금 굽은 듯하게.

그 때까지도 두 사람은 부끄러움 때문인지 아무 말도 못하고 허리를 구부슴히 꺾은 채, 시선을 발등에 꽂고 있었다.(8부)

**구불텅해질** [형용사] 구불텅하다. 느슨하게 구부러져 있다.

그런데도 양만석의 태도는 조금도 달라지지 않고 예나 다름없이 안하무인으로 뻐듬하게 앉아서 가시 돋친 눈으로 쳐다보고 있었으니, 장개동의 심사는 더욱 꾸불텅해질 수밖에 없었던 것이다.(7부)

**구완해준** [타동사] 구완하다. 보살펴 돌보다.

열심히 구완해준 탓으로 강아지는 한 달 만에 토실토실 살이 찌고 캥캥 짖기까지 하였다.(1부)

**구월이라 구일날** [민속] 중구절. 옛 명절 중 하나. 음력 9월 9일로 국화 꽃잎으로 국화전을 부쳐 먹거나 경치가 좋은 곳으로 놀러가기도 하였다.

구월이라 구일날에 국화주가 좋을씨고.(3부)

**구저분하게** [형용사] 더럽고 지저분하다. 추잡하고 잡스럽다.

웅보는 목을 빳빳하게 세워, 앙상한 팽나무 가지들 사이로 헌 누더기처럼 구저분하게 얼린 하늘을 보며 희미한 목소리로 물었다.(1부)

**구절판** 구절판찬합에 담아 먹는 우리나라 고유 음식 중 하나. 둘레 여덟 칸에

각각 여덟 가지 음식을 담고, 가운데 둥근 칸에는 전병을 담아, 둘레에 놓인 음식을 전병에 싸서 먹는다. 여덟 모가 난 나무그릇으로 가운데 칸을 둥글게 하고, 그 둘레를 여덟 칸으로 나누었다.

특히 양만석의 눈길을 끈 것은 건구절판과 진구절판이었다.⑻

**구접스레** 부사 하는 짓이 추잡하고 지저분하게. 몹시 지저분하고 더럽게.

그나마 임자가 없으면 시들어 길가에 떨어진 꽃잎처럼 구접스레 발에 짓밟힌 채 목숨을 짓이겨야 하는 버러지만도 못한 얼짜 신세가 되기 십상이 아닌가.⑴

**구정물** 명사 무엇을 빨거나 씻거나 하여 더러워진 물. 종기에서 고름이 다 빠진 뒤에 흘러나오는 더러운 물.

어머니한테 부탁해서 구정물통에 버릴 음식들을 받아다가 개들에게 먹였다.⑴

**구질구질한** 형용사 구질구질하다. 비나 눈이 와서 어수선하고 깨끗하지 못하다. 깨끗하지 못하고 지저분하다.

낯선 주막의 구질구질한 방을 빌려 혼인 첫날밤을 맞게 된 쌀분이의 마음은 울적했다.⑴

**구차하게** 형용사 구차하다. 떳떳하지 못하고 답답하고 좀스럽다. 아주 가난하다.

두 새끼들만 아니라면 이렇게까지 아등바등 구차하게 살고 싶지 않았다.⑴

**구터가지고** '굳어지다' 방언. 아주 자리를 잡아 바꾸거나 고칠 수 없게 되다.

겨울을 날 식량을 구터가지고 가서 농사를 지어야지요.⑶

**국이 끓는지 장이 끓는지** 일 진행이 어떻게 돌아가는지 도무지 영문을 모를 경우에 이르는 말.

성인군자도 시속을 따른다는데 형님은 국이 끓는지 장이 끓는지 세상 돌아가는 판속을 모르시우?⑷

**군불** 명사 밥 따위를 짓기 위해서가 아니라 온돌방을 따뜻하게 데우기 위하여 때는 불. 필요 없이 때는 불.

뒤꼍에 솔가지가 있으니 군불을 지피시우. 워낙 오래 비워나서 얼음장 같을 거요.⑴

**굴레** 명사 행동이나 의사의 자유를 얽매는 일.

웅보는 그의 동생한테 이렇게 말하고는 있지만, 정말 그들이 종의 굴레를 벗은 것인지, 아니면 꿈을 꾸고 있는 것인지, 확연하게 실감할 수가 없었다.⑴

**굴레를 쓰긴**  굴레를 쓰다. 일이나 구속에 얽매여 벗어나지 못하게 되다.

둥금이 생각에, 아들이 비록 종놈의 굴레를 쓰긴 했어도 커갈수록 행동거지가 어긋남이 없는 것은 분명 양반의 피를 받아서 그렇거니 생각하고, 그런 아들을 갖게 된 것이 은근히 자랑스럽기까지 하였다. (2부)

**굴신**  굽힘과 폄. 굽혔다 폈다 하다.

그는 말없이 유씨부인을 향해 굴신하고 방에서 나가려고 하였다. (4부)

**굶기를 밥 먹듯 하며**  굶기를 밥 먹듯 한다. 끼니를 때울 때보다 오히려 굶을 때가 더 많다는 뜻으로 자주 굶는다는 말.

긴긴 겨울, 굶기를 밥 먹듯 하며 우거짓국으로 가까스로 연명을 해온 그들이었다. (3부)

**굶어 죽기는 정승 하기보다 어렵다**  아주 가난하여 금방 굶어 죽을 것 같아도 이런저런 이유로 굶어 죽기가 결코 쉬운 일이 아니라는 말.

가망이 없지라우. 아무리 굶어죽기는 정승 허기보다 힘들다고 허재만, 숟가락 망태기에 밥이 들어가야 살지 않겠남요? (1부)

**굼벵이**  〔명사〕 매미의 애벌레. 누에와 비슷하나 몸이 짧고 뚱뚱하다.

뒈져서 굼벵이도 못될 놈들. (1부)

**굼벵이 천장허듯**  미련하고 느린 사람이 우물쭈물하며 좀처럼 일을 이루지 못함을 비유적으로 이르는 말. 천장은 무덤을 다른 곳으로 옮기는 것을 말한다.

굼벵이 천장허듯 살다가는 백년이 지나도 그 팔자지요. (2부)

**굼실굼실**  〔부사〕 벌레 따위가 느리게 조금씩 자꾸 움직이는 모양을 나타내는 말. 여럿이 구불구불하게 물결을 이루며 자꾸 부드럽고 느리게 움직이는 모양을 나타내는 말.

잡목 숲을 빠져나가 다시 아기다박솔이 촘촘한 가파른 등성이를 추어 오르니 달빛이 새끼내 앞들이 굼실굼실 멀리 내려다 보였다. (1부)

**굼적굼적**  〔부사〕 몸을 조금 둔하고 느리게 자꾸 움직이는 모양을 나타내는 말.

마치 한 마리의 거대한 용이 굼적굼적 꿈틀거리는 모습이었다. (8부)

**굽신거리더니**  〔자동사〕 굽실거리다. 그 비위를 맞추느라고 자꾸 비굴하게 행동하다.

배를 나루턱에 댄 늙은 사공은 도폿자락을 향해 허리가 휘도록 굽신거리더니 웅보와 쌀분이를 내리라고 하였다. 양반을 먼저 건네주고 나서 태우겠다는 거였다.(1부)

**굽은 나무 선산 지키고** 굽은 나무가 선산을 지킨다. 쓸모없어 보이는 것이 결국 제구실을 함을 비유적으로 이르는 말.

굽은 나무 선산 지키고 버르대기가 효자 노릇 헌다고 안협뎌.(6부)

**굽은 지팽이는 그림자꺼정 굽어보이는** 굽은 지팡이는 그림자도 굽어 비친다. 본디 좋지 않은 바탕은 어떻게든 드러나게 마련이라는 말.

개꼬리 삼년 두어도 황모 안 되고 굽은 지팽이는 그림자꺼정 굽어보이는 이치대로, 네놈의 본성이 타고날 때부텀 그리 된 것이 어찌 개과헐 수가 있단 말이냐.(6부)

**굽적거리며** 〔자동사〕 머리나 몸을 크게 자꾸 숙이거나 굽히다. 크게 자꾸 숙이거나 굽히다.

김치근의 아내가 옥색 두루마기를 입은 남자 앞으로 우르르 내달아 허리를 굽적거리며 애원을 했다.(2부)

**굿귀경을 하려면 계면떡이 나올 때꺼지** 굿 구경을 하려면 계면떡이 나올 때까지 하라. 무슨 일이든 한번 시작했으면 참고 견디어 끝장을 보아야 함을 이르는 말.

옛 말에 한 시를 참으면 백 날이 편하고, 굿귀경을 하려면 계면떡이 나올 때꺼지 허라고 했네.(2부)

**굿만 보면 되네** 굿 보다. 다른 사람의 일에 참견하지 않고 방관하다.

결정된 것으로 허세. 웅보는 굿만 보면 되네.(1부)

**굿이나 보고 떡이나 묵어라** 굿이나 보고 떡이나 먹지. 쓸데없이 남의 일에 간섭을 하지 말고 일이 되어 가는 형편을 보고 있다가 자기에게 돌아오는 몫이나 챙기라는 뜻으로 이르는 말.

이 늙은 것은 이참에도 굿이나 보고 떡이나 묵어라 그겐가?(1부)

**궁둥이에서 비파 소리가 날 만치** 궁둥이에서 비파 소리가 난다. 아주 바쁘게 싸다녀 조금도 앉을 겨를이 없는 모양을 이르는 말.

가서 우리도 모내기를 좀 도와주세. 하지 전 삼일 후 삼일 동안에는 궁둥이에서 비파 소리가 날 만치 바쁘다고 안허든가. (6부)

**궁색하다** 〔형용사〕 대답이나 변명, 이야기 따위가 이유나 근거가 부족하여 구차하고 옹색하다.

장개동은 자신이 생각해보아도 그 대답이 궁색하다는 것을 느꼈다. (9부)

**궂어싸서** '궂다' 방언. 좋지 않고 험하다.

올 여름에 찌룩찌룩 날이 궂어싸서 소금 값이 금값이여. (2부)

**권농관** 〔명사〕 조선시대 저수지를 만들어 가뭄과 장마에 대비하는 일을 맡아보는 벼슬을 이르던 말.

나라에서는 한때 허물어진 보의 둑을 다시 쌓게 하고 수령을 권농관에 겸직시켜 제방을 수축하며 감독케 하였으나, 보가 이권으로 화하여 세력들이 이를 점령, 수세를 받아먹는 뒤부터는 관개는 말뿐이고 보라는 이름만 남게 되었다. (1부)

**귀경** '구경' 방언.

안개 귀경 좀 허느라고! (3부)

**귀때기** 〔명사〕 '귀'를 낮잡아 이르는 말.

그들은 모두 볼때기가 꺼지고, 코가 납작하게 내려앉았으며 귀때기가 이지러져 있었다. (3부)

**귀머거리 중 마 캐듯** 귀먹은 중 마 캐듯. 남이야 무슨 말을 하든 말든 제 할 일만 하는 사람을 이르는 말.

목포에서 고향으로 돌아온 후 이년 동안 개미 금탑 모으듯, 귀먹은 중 마 캐듯, 뼛속에 땀방울 고이게 돌을 옮겨다가 물둑을 쌓아올렸던 것이, (……)(6부)

**귀뿌리** 〔명사〕 귓바퀴가 뺨에 맞붙은 부분.

웅보는 얼굴과 귀뿌리 언저리가 얼다 못해 얼얼하게 후끈거리기 시작해서야 산에서 내려왔다. (2부)

**귀신 얼음 먹는 소리** 이치에 맞지 않는 말에 빈정거림을 비유적으로 이르는 말.

그때마다 순영이는 어머니한테 개명시대에 무슨 귀신 얼음 먹는 소리냐며 귀를 돌려버렸으며, 크게 될 여자는 원래가 팔자 사납게 생겨먹게 마련이라고 웃으면서 어머니의 심란해하

는 마음을 다독거려주곤 하였다. (4부)

**귀신도 빌면 돌아선다**   귀신도 빌면 듣는다. 누구나 자기에게 비는 사람은 용서하게 됨을 비유적으로 이르는 말.

다시는 도망을 안 하겠으니 이번 한번만 용서를 해달라고 빌어야 한다. 귀신도 빌면 돌아선 다고 한하더냐. (1부)

**귀신이 곡할 노릇**   귀신이 곡할 노릇이다. 어떤 일이 하도 묘하고 신통하여 서 도무지 이해할 수 없음을 이르는 말.

어찌하여 그 같은 소문이 새끼내 사람도 아닌 부덕촌의 김유복이 아버지의 귀에까지 들어가 게 되었는지 참으로 귀신이 곡할 노릇이었다. (6부)

**귀싸대기** 〔명사〕 귀와 뺨 중간 정도 되는 부분을 낮잡아 이르는 말.

박봉구가 쥐어박듯 소리를 내지르며 손칠만이의 귀싸대기를 후려쳤다. (3부)

**귀에 못이 백히도록**   귀에 못이 박히다. 같은 말을 여러 번 하다.

애기는 괜찮다고 내가 귀에 못이 백히도록 이야기를 해놔서 아직껏 살고 있는 것이라우. (3부)

**귀천은 운명적으로 타고 난 것이든가 아니면 스스로 택한 것이 아닌가**   타고난 팔자는 죽는 날까지 떼어놓지 못한다. 자기가 타고난 팔자는 인위 적으로 못 고친다는 말.

내 생각에 사람의 귀천은 운명적으로 타고 난 것이든가 아니면 스스로 택한 것이 아닌가 싶 다카이. (8부)

**귀퉁이** 〔명사〕 넓적한 바닥의 구석진 모퉁이나 모가 난 물건의 모서리. 마음속 이나 사물 따위의 한구석이나 부분.

양 의원의 딸은 두레박을 두멍 위에 걸쳐놓고 약탕관이며 너저분한 헌옷가지들이 널려 있는 마루 귀퉁이를 치워주기까지 하였다. (1부)

**그들먹하게** 〔형용사〕 그들먹하다. 거의 그득하다. 거의 그득하게 찬 상태에 있다.

영산포에서 목포로 운항하는 영포환 승객들도 하루가 다르게 넘쳐났으며 고깃배들도 포구 앞에 그들먹하게 들어찼다. (8부)

**그랑께** 〔부사〕'그러니까' 방언. 동사 어간'그리하-'에 어미'-으니까'가 붙어서 준 말. 앞 내용이 뒤 내용 이유나 근거가 될 때 쓰여 앞뒤 문장을 이어 주는 말.

그랑께 아프지 말고 후담에 나 장개 갈 때꺼정 살아야해.(8부)

**그렁그렁** (부사) 눈에 눈물이 그득 괴어 넘칠 듯한 모양을 나타내는 말. 목구멍에 가래 따위가 걸려 숨을 쉴 때마다 자꾸 거치적거리는 소리를 나타내는 말.

그때 보았던 쌀분이의 눈에도 슬픔이 그렁그렁 가득 괴어 있었다.(3부)

**그렁저렁** (부사) 뚜렷하게 정한 것이 없이 그냥 되어 가는 대로. 그렇게 저렇게 하는 사이에 어느덧.

장날이 아니라도 주막엔 손님이 끊이자 않아, 세 식구는 그렁저렁 주모한테 얹혀살 수가 있었다.(1부)

**그물이 천 코면 걸릴 날이 있다** 부지런히 일을 하거나 준비가 잘 되어 있으면 언젠가는 목적을 이룰 수 있다는 것을 비유적으로 이르는 말. 일을 여러 가지로 벌여 놓으면 어디선가 얻는 것이 있음을 비유적으로 이르는 말.

그물이 천 코면 걸릴 날이 있다고 하드끼, 하늘이 이기나 사람이 이기나 한번 맞싸워보는 거여.(1부)

**그악스러워질** (형용사) 그악스럽다. 사납고 모진 데가 있다. 억척스럽고 부지런한 데가 있다.

이번 광주학생운동으로 일제는 더욱 그악스러워질 것이 뻔합니다.(9부)

**그작저작** (부사) '그럭저럭' 방언. 큰 문제나 잘된 일이 없이 그런대로.

그작저작 안 굶어죽고 삽니다요.(2부)

**근신처분** 처벌로 일정한 기간 동안 출근이나 등교, 집무 따위를 하지 아니하고 말이나 행동을 삼가도록 하는 벌.

그러나 학교 당국은 하부형 회의 석상에 돌발적으로 진정서를 배포한 11명의 학생들에게 근신처분을 내렸다.(9부)

**글씨유** (감탄사) '글쎄' 방언. 남의 물음이나 요구에 대해 갖는 태도가 명확하지 않을 때 하는 말.

글씨유, 손녀같이 천한 몸이 몇 살인지 어뜨케…….(1부)

**글타면** '그렇다면' 방언.

글타면 으째서 에미 이약 듣고부텀 뚱해갖고 에미를 걸레뭉치 보드끼 허냐.(2부)

**금수**  날짐승과 길짐승. 인간으로서 할 수 없는 추잡하고 나쁜 행실을 하는 사람을 비유적으로 이르는 말.

> 세상에, 이런 짓을 금수도 아닌 사람이 할 수 있는 일입니까.(8부)

**금쪽같은**  [형용사] 금쪽같다. 매우 귀하고 소중하다.

> 그려 그려. 이 금쪽같은 내 새깽이.(8부)

**급작히**  [부사] 갑자기. 생각할 겨를도 없이 빨리.

> 그렇다면 오늘 중으로 모두 봇수세를 내도록 허게. 그렇지 않아도 급작히 큰돈이 필요하게 되었네.(1부)

**급허면 부처님 다리 끌어안는다**  급하면 부처 다리를 안는다. 일이 없을 때에는 분향을 게을리 하다가 졸지에 급한 일을 당하면 어쩔 줄 몰라 도와 달라고 부처 다리를 안는다는 뜻으로, 여느 때에는 별로 관심을 두지 않다가도 급하면 달려드는 모양을 이르는 말. 평소에 부지런히 하여 급한 일을 당하더라도 당황하지 말라는 말.

> 급허면 부처님 다리 끌어안는다고 허드끼, 목숨 건질려고 무신 말은 못허겠소.(6부)

**급히 먹는 밥에 목이 메고**  급히 먹는 밥이 목이 멘다. 너무 급하게 서두르다 보면 일을 마치지도 못하고 포기하게 되거나 부작용이 생기게 된다는 말.

> 급히 먹는 밥에 목이 메고, 끓는 국에 맛 모른다고 허잖든가.(2부)

**기달레**  '기다리다' 방언.

> 오늘밤꺼정만 기달레봅시다.(2부)

**기력**  [명사] 사람이 몸으로 활동할 수 있는 힘.

> 일자리를 구하지 못한 그들은 맥이 탁 풀려 입을 열 기력조차 없어 보였다.(1부)

**기름 먹인 가죽이 부드럽다**  뇌물을 써서 통해 놓으면 일이 순조롭게 된다는 말.

> 기름 먹인 가죽이 부드럽다더니, 이제 대불이는 뇌물을 받을 줄도, 그것을 적절하게 쓸 줄도 알고 있었다.(2부)

**기름 엎지르고 깨 줍는**  큰 이익을 버리고 보잘것없는 작은 이익을 구하는 것을 비유적으로 이르는 말.

미련허게 기름 엎지르고 깨 줍는 짓은 허지 맙시다.⑵부⑵

**기름불에 불이 붙듯이** 말려야 할 일을 말리지 않고 도리어 부추겨 더하게 함을 비유적으로 이르는 말, 신경질이나 성을 낼 때 곁에서 약을 올려 더욱 성이 나게 함을 비유적으로 이르는 말.

여름은 기름불에 불이 붙듯이 맹위를 떨쳤다.⑹부

**기모노** 일본 전통 옷. 나라 시대(奈良時代, 645~724) 초기부터 현재에 이르기까지 일본인 남녀가 즐겨 입어왔다. 중국 파오[袍] 양식 옷에서 유래했다. 기모노 기본형은 발목까지 내려오는 길이에 소매는 길고 넓으며 목 부분이 V자로 패여 있다. 단추나 끈이 없이 왼쪽 옷자락으로 오른쪽 옷자락을 덮어 허리에 오비[帶]를 둘러 묶는다.

소나무며 동백나무 등 사철 푸른 정원수가 잘 가꾸어진 마당 안으로 들어서자 기노모 차림의 중년 여자 주인이 반갑게 맞아주었다.⑻부

**기미가요** 이전에 일본의 국가를 이르는 말. 가사는 천황 대(代)는 천대만대로 작은 돌이 큰 바위가 되어 이끼가 낄 때까지 …… 라는 내용이다. 가사에 따르면 일본은 아주 먼 옛날부터 황조(皇祖) 천조대신(天照大神)이 내려준 나라라고 하고, 이를 중심으로 한 이상, 신앙을 나타낸다. 곡은 '파'와 '시' 음계가 없는 일본 5음 음계를 기본으로 하고 있으며, 요나누키 음계에 4/4박자로 되어 있다. 일제강점기 때 조선인들은 일본 정신이 가장 잘 드러나는 이 노래를 하루에 1번 이상 듣거나 부르도록 강요당하였다. 조선인 황민 훈련을 위한 것으로 각종 집회나 음악회, 각 학교 조회시간에 일본국기 게양과 경례 뒤에 반드시 봉창(奉唱)하도록 하였다. 일제강점기에 기미가요처럼 강요된 시국가요·군국가요로는 제2의 일본국가라 부르는 〈바다로 가면(海行かば)〉이 있다. 기미가요는 당시 조선 총독부에서 관장한 황민화정책의 하나로 조선인을 황국신민화하기 위해, 정서면에서부터 일본 음악 언어를 습득하는 기본토대로 이용되었다.

식순에 따라 일본국가인 기미가요를 부를 차례였다.⑼부

**기민** 명사 굶주린 백성.

산리(散利)로 기민들에게 종자를 대여하고, 과세 경감에 완형(緩刑), 이력(弛力, 부역을 휴지시 킴)은 물론이려니와 산택(山澤)의 금령을 풀고(……).(3부)

**기별** 명사 다른 장소에 있는 사람에게 어떤 사실이나 소식을 전하여 알게 함.

풍문에 실려 온 바로는 장성 어디에선가 주막을 내고 있다고들 하는데, 한번 새끼내를 떠난 뒤로는 기별이 끊기로 말았다.(3부)

**기생꽃** 잔치나 술자리에서 노래나 춤 등으로 멋스럽게 흥을 돋우는 일을 직 업으로 삼는 여자처럼 유혹적으로 화려함을 이르는 말.

어머니께서는 홍매화를 기생꽃이라고 싫어하셨지만 아버지는 꽃빛깔이 나무 곱다면서 유독 좋아하셨다.(8부)

**기스락** 명사 기슭 가장자리. 처마나 추녀 끝.

대불이는 서거칠의 보고를 받고 나서 동쪽과 서쪽의 기스락에 매복해 있는 천좌근과 송기화 의 분대를 다시 이 초대의 본영으로 불러올렸다.(6부)

**기시면** '계시다' 방언.

쪼금 앙거 기시면 나오실 것입니다요.(8부)

**기신** 명사 기력과 정신.

더욱이 웅보는 쌀분이의 치마 끝을 잡은 채 잠시도 놓아주지 않았기 때문에 그녀가 오히려 병자인 남편보다 기신이 빠져 있었다.(7부)

**기실** 부사 실제에 있어서.

기실 웅보의 마음 같아서는 개똥이만이라도 데려다 집에서 키우고 싶었다.(3부)

**기어들어와** 자동사 기어들다. 기는 듯한 모습으로 들어가거나 들어오다. 몰래 슬그머니 들어가거나 들어오다.

웅보는 쌀분이를 어르다가 지쳐 방에 혼자 들어와 버렸는데, 밤이 이슥해서야 그녀가 어슬 렁어슬렁 꼬리를 내리고 기어들어와 방구석에 얼굴을 깊숙이 묻고 꿍겨앉았다.(1부)

**기어코** 부사 어떤 일이 있어도 반드시. 또는 결국에 가서는.

기어코 우리 땅을 장만하겠어요.(1부)

**기언시** 부사 '기어이' 방언. 마지막에 이르러서. 어떠한 일이 있더라도 반드시.

내 기언시 우리 모친의 원수를 갚고 말겠네.(7부)

**기왕지사** 〔명사〕 이미 지나간 과거 일.

　내 팔자 기왕지사 이렇게 된 것 어쩔 거여. 두 새끼들 땜시 이제 빼도 박도 못하게 생겼어.(1부)

**기천만** 천 배의 몇 배가 되는 수.

　특히 인도에는 손을 대서도 안 되고 눈을 뜨고 봐서도 안 되는 불가촉천민 불가시천민이 있는데 그 수가 기천만이나 된다드만 그려.(8부)

**길고 짧은 것은 나중에 대봐야 허는 거여** 길고 짧은 것은 대어보아야 안다. 능력 차이 따위는 실지로 겨루어 봐야 확실히 드러난다는 말.

　길고 짧은 것은 나중에 대봐야 허는 거여. 판쇠 말대로 허드라고.(1부)

**길길이** 〔부사〕 성이 나서 펄펄 뛰는 모양을 나타내는 말.

　전립 끈을 턱밑에 바짝 죄어 매고 나서 다시 울쇠를 흔들며 방돌이 꺼지도록 길길이 뛰었다.(2부)

**김 안 나는 숭늉이 더 뜨거운 거 몰라** 김 안 나는 숭늉이 더 뜨겁다. 물이 한창 끓고 있을 때면 김은 나지 않지만 가장 뜨거운 것처럼 공연히 떠벌리는 사람보다도 가만히 침묵을 지키고 있는 사람이 더 무섭고 야무지다는 말.

　김 안 나는 숭늉이 더 뜨거운 거 몰라?(3부)

**까뒤집어** 〔타동사〕 까뒤집다. 속된 말로 사납고 크게 뜨다. 가려져 있던 것을 뒤집어 드러내다.

　새벽에야 친구들에 의해 업혀온 할아버지의 할머니의 아버지는 눈자위를 허옇게 까뒤집으며 북북 이를 갈아댔다.(1부)

**까마귀 학 안 되는 법이다** 까마귀 학이 되랴. 본시 나쁜 놈이 제아무리 변신을 하고 남의 눈을 속이려 해도 속일 수 없음을 이르는 말.

　네년들이 얌전뺀다고 해서 각관 기생 열녀 안 되고, 까마귀 학 안 되는 법이다.(3부)

**까막눈** 〔명사〕 무식하여 글을 읽을 줄 모르는 눈.

　천서방이 딸을 이 버드나무집에 판다는디 딸을 판값으로 쌀 일곱 가마니를 받았다는 증표를 해달라는디 …… 까막눈이라서 …….(1부)

**까무느는** 〔타동사〕 까뭉개다. 파서 깎아 내리다.

　봉선은 우는 소리도 비명도 아닌 감탕질을 해대면서 버르적거렸고, 대불이는 물이 방방하게

괸 논둑을 까무느는 듯 정신없이 삽질을 하였다.(5부)

**까발리고** 　타동사　 까발리다. 속속들이 들추어내다, 활짝 벌려 젖혀 드러내다.

둥금이는 오랫동안 마음 속 깊숙이 불무덤처럼 묻어두었던 비밀을 아들한테 조심스럽게 까발리고 말았다.(2부)

**까부르며** 　타동사　 까부르다.

쌀분이는 술청 벽에 걸린 우거지 두름까지도 아랫방에 들여 넣어놓고 나서야, 두 손으로 받쳐 업은 아기를 까부르며 돈단 아래로 내려섰다.(3부)

**까치 뱃바닥 같다** 실속 없이 허풍을 잘 떨고 큰소리 잘 하는 사람을 놀림조로 이르는 말.

그러고 보니 이놈이 숭악헌 까치 뱃바닥 같은 놈이로구먼그려.(7부)

**까치발** 　명사　 뒤꿈치를 들고 발끝으로 서 있는 발의 모양.

지난번 아버님 기일에 집에 다녀올 때, 어머님께서 동구 밖 느티나무 밑에 까치발을 딛고 서서 소자가 바람모퉁이로 한점 티끌처럼 작아져서 사라질 때까지 바라보고 계셨던 모습이 눈에 선합니다.(8부)

**깍짓동** 콩깍지 따위를 줄기에 달린 채로 많이 묶은 큰 단.

방석코의 우람한 몸뚱이가 질척거리는 흙탕 위에 깍짓동이 넘어지듯 하였으며, 대불이가 날렵하게 그의 배를 깔고 앉아서 두 손으로 힘껏 멱을 조르기 시작하였다.(2부)

**깎낫** 　명사　 방망이나 홍두깨, 서까래 따위를 깎는 데 쓰는 낫.

웅보는 대불이의 그런 소견을 대견스럽게 생각하면서도, 풀무질이라면 또 몰라도 깎낫, 돌쩌귀 하나도 못 만드는 주제에 대장장이가 되고 싶다니, 웃음이 나왔다.(1부)

**깐깐하고** 　형용사　 깐깐하다. 까다로울 정도로 빈틈이 없고 알뜰하다. 차지고 질기다.

하기야 오태수도 보기에만 그렇지 사람이 차돌처럼 깐깐하고 야무진데다가 오랫동안 투전판에서 굴러먹은 근성이 있어 주둥아리에 맷돌을 달아놓은 듯 입 끝이 사나워 말로 하는 입겨룸에는 아무도 당할 사람이 없었다.(4부)

**깐닥깐닥** 　부사　 '천천히' 방언. 작은 물체가 자꾸 움직이거나 흔들리는 모양을 나타내는 말.

생부 만나로 가기가 영판 힘이 들제. 인자 다 왔으니께 깐닥깐닥 가드라고.(8부)

**깔깔한** [형용사] 깔깔하다. 살갗에 닿는 느낌이 부드럽지 못하고 까칠하다.

그날 밤은 추적추적 빗방울이 들이친데다가 낮부터 회오리바람이 뱅그르르 휘감곤 하던 깔깔한 날씨였다.(1부)

**깔꾸막** '비탈' 방언.

진찬히 깔꾸막 같은 디를 올라댕개도 안되고 무거운 것을 뽈강뽈강 들어서도 못써.(7부)

**깜깜무소식** [명사] 오랫동안 소식이 없음.

진사어른은 땅 떼어줄 생각일랑 깜깜무소식인디, 그눔에 영감태기는 땅노래만 부르고 있으니, 듣기 싫어 죽겠어야.(1부)

**깡그리** [부사] 하나도 남김이 없이.

석 자 다섯 치의 비가 내리면 영산강물이 범람하여 모내기를 하는 논을 깡그리 휩쓸어가 버릴 것이 분명하였다.(1부)

**깡뚱하게** [형용사] 깡뚱하다. 생긴 모양이 짧고 끝이 무디다. 짧은 다리로 아주 세고 귀엽게 뛰다.

바닷바람이 드세게 불자 여자의 종아리가 드러나도록 깡뚱하게 올라간 검정색 통치마 끝자락이 깃발처럼 펄럭인다.(8부)

**깨뭉개고** [타동사] 까뭉개다. 파서 깎아 내리다.

말바우네 주막을 중심으로 비탈진 언덕을 까뭉개고 집터를 다지기 시작하였다.(1부)

**깨작거리지** [자동사] 깨작거리다. 어떤 일을 달갑지 않은 듯이 자꾸 게으르고 굼뜨게 행동하다.

깨작거리지 말고 싸게 묵어라.(8부)

**깨지락거릴** [자동사] 깨지락거리다. 먹기 싫은 듯이 자꾸 억지로 천천히 먹다. 어떤 일을 달갑지 않은 듯이 자꾸 게으르고 굼뜨게 행동하다.

비위가 워낙 약한데다가 무밥을 싫어하는 그였으나 깨지락거릴 수가 없었다.

**꺼끄러기** [명사] 벼나 보리 따위의 수염.

대불이는 눈썹이 솔잎처럼 빳빳해지고 꺼끄러기가 박힌 것처럼 눈알이 썸벅거려서 보름달의 방으로 들어가 큰대자로 누워 곯아떨어지고 말았다.(2부)

**꺼끌꺼끌** 물체의 표면이 매끄럽지 못하고 매우 거칠고 따가운 느낌을 나타내는 말.

> 골짜기의 눈이 녹고 이제 얼음이 풀렸는가 싶으면, 강물은 잠시 꺼끌꺼끌한 물억새잎의 색깔로 변했다가, 큰비와 함께 큰 누룩뱀의 등처럼 검고 칙칙해지는 것이었다.(2부)

**꺼정** 〔조사〕 '까지' 방언.

> 아버지는 늘 뵈기 싫은 이마빡 불도장 땜시 나꺼정 기를 못 펴고 산다니께. 제발 좀 수건으로 가리고나 댕기지 원, (……)(1부)

**꺽꺽대며** 〔자동사〕 꺽꺽대다. 목구멍 쪽에서 자꾸 막히는 소리가 나다. 숨이 막힐 정도로 우는 소리를 자꾸 내다.

> 입으로 꺽꺽대며 숨을 쉴 때마다 고춧가루물이 목구멍으로 흘러들어가면서 온몸이 불에 타는 듯했다.(8부)

**꺽죽꺽죽** 〔부사〕 잘난 체하며 몸을 흔들며 자꾸 떠드는 모양을 나타내는 말.

> 팔다리에 줄을 매고 그 줄을 당길 때마다 꺽죽꺽죽 춤을 추는 망석중이가 분명한 것이었다.(6부)

**꺽지게** 〔형용사〕 꺽지다. 억세고 꿋꿋하다.

> 본디가 꺽지게 생긴 대불이도 몰라보게 얼굴이 수척해졌다.(1부)

**껄쩍지근헙니다** 〔형용사〕 '꺼림칙하다' 방언. 마음에 걸리는 구석이 있어 느낌이 썩 편안하지 못하다.

> 부탁인데요. 제발 도련님이라고 부르지 마십시오. 듣기 껄쩍지근헙니다.(8부)

**껑더리가 되어** 〔자동사〕 껑더리되다. 몹시 앓거나 심한 고생으로 몸이 파리하고 앙상하게 되다.

> 그들은 제대로 먹지를 못 한데다가 하루도 쉬지 않고 고된 일을 계속한 탓으로, 뼈만 앙상한 껑더리가 되어 있었다.(1부)

**께름하네요** 〔형용사〕 '꺼림칙하다' 방언. 마음에 걸리는 구석이 있어 느낌이 썩 편안하지 못하다.

> 괜히 그자한테 이야기를 끄냈다 싶어 께름하네요.(5부)

**꼬꾸라지고** 〔자동사〕 자꾸 어지럽고 까무러칠 듯 희미하다.

> 새끼내 사람들이 밧줄을 잡아당겨 가까스로 물살에서 빠져나온 대불이는 기진맥진해서 둔

덕 위에 푹 꼬꾸라지고 말았다.(1부)

**꼬나보았다** 〔**타동사**〕 꼬나보다. 눈을 모로 뜨고 못마땅한 듯이 노려보다. 남에게 지기 싫어하는 마음.

> 권대길은 억지로 가래침을 울거내어 술청 바닥에 카악 뱉고 나서는 오기스러운 낚시눈으로 선창 아래쪽에 일본조계를 꼬나보았다.(4부)

**꼬닥수** '고단수' 방언. 수단이나 술수를 쓰는 재간 정도가 높음.

> 메칠 기달려봐서 억지 자복헌 것이 사실이라면, 이쪽에서도 꼬닥수를 써야 허네!(2부)

**꼬라지** 〔**명사**〕 '성깔' 방언.

> 왜 꼬라지여?(1부)

**꼬락서니** 〔**명사**〕 사람 모습이나 행색을 속되게 이르는 말.

> 굶어죽지 않기 위해 딸을 팔아버린 부모가 원망스러워서라기보다, 딸이 다섯이나 되는 터에 그 꼬락서니로 집에 찾아가봤자 아무도 그녀를 반겨줄 것 같지가 않기 때문이라는 것이었다.(5부)

**꼬랑이** 〔**명사**〕 '꼬리'를 속되게 이르는 말.

> 어쩌다가 응신청 식구들 술추렴하는 것 말고는 일 전 꼬랑이 하나 헤프게 축내지 않고 돈이 생기는 족족 주머니에 쑤셔 넣어두었다.(4부)

**꼬맹이** '어린아이'를 홀대하게 이르는 말. 키가 작은 사람을 얕잡아 이르는 말.

> 젓 비린내 풍기는 선창거리를 꿰고 돌았지만 악공 뒤를 따른 것은 꼬맹이들 서넛과 똥개 한 마리뿐이었다.(2부)

**꼬박꼬박** 〔**부사**〕 무슨 일을 정해진 대로 어김이 없이 그대로 계속하는 모양을 나타내는 말. 자기도 모르는 사이에 순간적으로 자꾸 잠이 드는 모양을 나타내는 말.

> 왜 백성들은 흉년이 들어 죽네 사네 하면서도 세곡을 꼬박꼬박 바쳐야 하는 것인지 궁금하여, (……)(2부)

**꼬부랑말** 영어 따위 서양 말을 속되게 이르는 말.

> 순영이는 제 숙부의 주선으로 시공서의 양코배기 서장실의 사환으로 들어간 후부터는 집에 와서까지 뇌꼴스럽게도 꼬부랑말을 뚜벅뚜벅 퉁겨대는 바람에 그의 심사가 호비칼처럼 날

카롭게 휘어지게 되었다. (4부)

**꼬숩드라** [형용사] 꼬숩다. '고소하다' 방언.

아나, 게 볶음, 꼬숩드라. (8부)

**꼬장꼬장** [부사] 조금 가늘고 긴 물건이 쭉 곧은 모양을 나타내는 말. 사람 성품이 굽힘이 없이 곧고 꼿꼿하여 융통성이 없는 모양을 나타내는 말.

워낙 성질이 꼬장꼬장하고 오소리같이 욕심이 많은 양 진사는 어머니의 유언을 받기는 했으나, 장쇠한테 땅을 뚝 떼어주기가 싫은 것이었다. (1부)

**꼬투리** [명사] 이야기나 일 따위의 실마리. 공연히 남을 헐뜯거나 흠집을 들추어 불평을 할 만한 거리.

기회는 만들면 된다고 생각합니다. 당장 일본인 선생이 학생들에게 하는 말 중에서 조선을 비하하는 내용이 있으면 꼬투리를 잡으면 되니까요. (8부)

**꼭두새벽** [명사] 아주 이른 새벽.

꼭두새벽이라 아직 사공이 나와 있지 않았다. (2부)

**꼴딱거리며** [타동사] 꼴딱거리다. 목구멍으로 단번에 자꾸 삼키는 소리가 나다.

조금 전 둘이서 침을 꼴딱거리며 이야기했던 팥시루떡이며 송편, 인절미가 모두 개똥으로 생각되어졌다. (1부)

**꼴머슴** [명사] 땔감을 모으고 꼴을 베어 오거나 집안의 자질구레한 일을 거드는 나이 어린 머슴.

바우 역시 어렸을 때 영산강 큰물에 부모를 잃고 꼴머슴으로 그 집에 빌붙어 살아온 터라 피붙이가 없는 외로운 사람이었다. (2부)

**꼼지락거려야** [자동사] 꼼지락거리다. 작고 세게 자꾸 움직이다.

없을수록에 부지런히 꼼지락거려야 허네. 아, 못난 놈 잡아들이라면 없는 놈 잡아간다고 안 허든가. (2부)

**꼼친** '감추다' 방언.

둥글납작한 얼굴에 잘 어울리게 크지도 작지도 않은 눈이며 꼼친 입매며가 여자답게 생겼는데도, 요 몇 년 사이에 몰라보게 곰삭아버린 것이었다. (4부)

**꽃 본 나비, 물 본 기러기** 물 본 기러기 꽃 본 나비. 바라던 바를 이루어 득의양양한 사람을 비유적으로 이르는 말. 마음에 드는 사람에게 매우 마음이 쏠려 있는 사람을 비유적으로 이르는 말.

하먼, 하아먼. 요년들아, 꽃 본 나비, 물 본 기러기가 체면 채리게 되었느냐.(3부)

**꾀꼬리눈썹** 〔명사〕 조금 누르스름한 빛이 도는 눈썹.

웅보는 흠칫 천 서방 딸의 오른쪽 꾀꼬리눈썹 위 짙은 알밤색깔의 산거머리만 한 흉터를 보았다.(1부)

**꾀죄죄** 〔형용사〕 꾀죄죄하다. 몹시 지저분하고 초라하다. 아니꼽게 더럽고 매우 옹졸하다.

그제야 어머니는 꾀죄죄 땟국이 흐르는 소맷자락으로 눈언저리를 꼭꼭 눌러 찍어내며 웅보 뒤로 물러섰다.(1부)

**꾸끔시럽게** 상황에 딱 맞는. 유별난. 이상스러운.

안 그러면 진주에 부모님 기신담서 뭣 땜시 꾸끔시럽게 혼자 광주에 와서 살겄다는 것이여.(8부)

**꾸덕꾸덕** 〔부사〕 물기 있는 물체가 마르거나 얼어서 많이 굳어진 상태를 나타내는 말.

꾸덕꾸덕 말린 육포를 잘라 한 쪽 끝에 조청을 묻혀 기름을 빼고 잣가루를 곱게 다져 동그랗게 말려진 것이며, (……)(8부)

**꾸러미** 〔명사〕 한데 싸서 묶은 물건. 수 관형사 뒤에서 의존적 용법으로 쓰여 '꾸러미'를 세는 단위를 나타내는 말.

얼굴이 갸름하고 눈이 작은 안방마님은 어머니 앞에 엽전꾸러미를 던져주었으며, 어머니는 얼핏 둥금이의 눈치를 살핀 다음 엽전꾸러미를 냉큼 말기끈 속에 쑤셔 넣었다.(2부)

**꾸릿꾸릿** '꾸깃꾸깃' 방언. 종이나 천 따위를 잔금이 지도록 마구 세게 자꾸 접거나 비비는 모양을 나타내는 말.

방울이를 보면 자꾸만 달덩이 같이 포실한 그녀의 엉덩이와 분홍빛 메꽃 같은 뒷구멍이 눈앞에 밟혀와, 이쪽의 얼굴이 꾸릿꾸릿해지는 거이었다.(1부)

**꾸무럭하기에** 〔형용사〕 꾸무럭하다. '날씨가 흐리다' 방언.

낮부터 하늘이 꾸무럭하기에 걱정스러운 얼굴로 하늘만 쳐다보던 웅보는 밤늦게까지 잠을 못 이루고 안절부절못하였다.(1부)

**꾸어다 놓은 보릿자루처럼**   여럿이 모여 웃고 떠드는 가운데 혼자 묵묵히 앉아 있는 사람을 비유적으로 이르는 말.

꾸어다 놓은 보릿자루처럼 따라주는 술만 받아 마시면서 계집에게 손가락 하나 까딱하지 않던 김귀돌이까지도 술기운이 심신을 휘저어놓자, (……)(5부)

**꾸역꾸역**   부사 한군데로 많은 사람 또는 사물이 잇따라 몰리거나 생기거나 하는 모양을 나타내는 말. 어떤 마음이 자꾸 크게 생기거나 치미는 모양을 나타내는 말.

검은 구름이 금성산에 꾸역꾸역 몰려와 강을 따라 올라가면 왜 어김없이 비가 오고, 무엇 때문에 해마다 정월 대보름날이면 노루목 사람들이 오백 년도 더 되었다는 마을 앞 늙은 팽나무에 제사를 지내는 것인지 알고 싶었다.(1부)

**꾸적꾸적해진**   형용사 꾸깃꾸깃하다. 구김살이 크고 매우 많이 잡혀 있다. 잔금이 지도록 마구 세게 자꾸 접거나 비비다.

염주근의 손에는 꾸적꾸적해진 종이가 들려 있었다. 돈들막 뒷간의 벽에 붙은 방문을 뜯어온 것이었다.(3부)

**꿀 먹은 지네처럼**   꿀 먹은 벙어리와 비슷한 말. 속에 있는 생각을 겉으로 나타내지 못하는 사람을 두고 비유적으로 이르는 말.

순영이 아버지, 왜 꿀 먹은 지네모양 그러고만 있수?(5부)

**꿈지럭거리는**   자동사 꾼지럭거리다. 둔하고 세게 자꾸 움직이다.

그런 생각이 들자, 멀리 선창에서 꿈지럭거리는 사람들의 모습이 갑자기 벌레보다 더 추하게 느껴졌다.(4부)

**꿉실거릴**   자동사 꿉실거리다. 비위를 맞추느라고 자꾸 아주 비굴하게 행동하다. 자꾸 깊숙이 구부리다.

그의 생각에 새끼내에 사는 동안에는 꿉실거릴 만한 사람이 한 사람도 없어 배는 곯아도 마음은 편했던 것 같았다.(2부)

**꿍겨앉았다**   타동사 부끄럽거나 잘못한 일이 있어 깊이 숙이거나 처박아 표정을 감추고 앉다.

웅보는 쌀분이를 어르다가 지쳐 방에 혼자 들어와 버렸는데, 밤이 이슥해서야 그녀가 어슬

렁어슬렁 꼬리를 내리고 기어들어와 방구석에 얼굴을 깊숙이 묻고 꿍겨앉았다.(1부)

**꿩 궈 먹는 소식**   꿩 구워 먹은 소식. 소식이 아주 없다는 말.

땅 떼어준다는 말이 왜 꿩 궈 먹는 소식이람.(1부)

**꿩 대신 닭**   꼭 적당한 것이 없을 때 그만은 못하지만 그와 비슷한 것으로 대신하는 경우를 비유적으로 이르는 말.

그러면 주모라도 여그 앉아서 술을 따라야재. 꿩 대신 닭이라고, 오늘 밤에 주모가 색시 노릇 좀 허재 머.(4부)

**꿩 먹고 알 먹고**   꿩 먹고 알 먹기. 한 가지 일을 하여 두 가지 이상의 이익을 얻는다는 말.

이미 이 나라 땅이 일본사람들 세상이 되고 말았는데 무슨 수로 막아내겠소. 일본이야 꿩 먹고 알 먹고 자알 되었지요 머.(7부)

**꿰매 차고**   꿰어서 차고 다니다.

도망을 칠려거든 네놈 혼자나 도망칠 것이지, 쌀분이까지 꿰매 차고 가다 붙잡혀났으니 장차 쌀분이 일을 어쩔 것이나.(1부)

**꿰미**   **명사** 물건을 꿰는 데 쓰는 노끈이나 꼬챙이. 수 관형사 뒤에서 의존적 용법으로 쓰여, 노끈이나 꼬챙이로 꿰어 놓은 물건의 묶음을 세는 단위를 나타내는 말.

본시 양 진사는 돈 일만 꿰미를 주고 진사를 산 뒤로 기회만 있으면 벼슬자리에 앉으려고 탐탐해온 인물로, (……)(1부)

**끄슬리는**   **자동사** 그슬리다. 겉만 조금 타게 되다.

상여바위 옆 미루나무 가지에 매달고 장작개비로 퍽퍽 소리가 나게 골통을 깨서 죽인 다음 불에 끄슬리는 것을 보고 또 한 번 엉엉 소리 내어 울었다.(1부)

**끄집어내지**   **타동사** 끄집어내다. 당겨서 밖으로 끌어내다. 남 앞에서 꺼내다.

또, 또 그 소리! 지발 내 앞에서 그 여자 이약 끄집어내지 말라고 했는디 또(……)(2부)

**끈 떨어진 망석중**   의지할 데가 없어진 처지나 쓸모없이 되어 버린 물건을 이르는 말.

외대머리 그의 마누라가 무미꾼과 눈이 맞아 야행을 친 후로는 끈 떨어진 망석중이처럼 살길

이 막연해진 것이었다.(6부)

**끈끈한** 형용사 끈끈하다. 정이나 유대감이 매우 강하다.

새끼내 들과 영산강을 덮기 시작하는 끈끈한 어둠을 줴흔드는 듯한 세 사람의 공허한 웃음소리는 울음인지 웃음인지 잘 분별할 수가 없었다.(2부)

**끌러** 끄르다. 펼쳐지게 풀다. 벗겨서 열다.

차가운 강바람에 땀이 식어 선뜩거리는지, 그는 이마에 질끈 동여맨 수건을 끌러 목덜미 속 깊숙이 땀을 닦아냈다.(1부)

**끌방망이** 명사 끌질을 할 때 끌의 머리를 치는 나무 방망이.

막음례는 시집간 지 사 년 만에 끌방망이 같은 형제를 남겨둔 채 영산강 물난리에 휩쓸려 가버린 남편을 못 잊어 눈물로 세월을 보듬고 버둥거리다가, (……)(1부)

**끌질** 명사 끌을 써서 나무에 구멍을 파는 일.

나이가 들수록 딸의 얼굴에 끌질을 해놓은 것처럼 홈이 촘촘하게 커지는 것이 걱정이었다.(2부)

**끓는 국에 맛 모른다** 급한 경우를 당하면 정확한 판단을 할 수 없다는 말. 영문도 모르고 함부로 행동한다는 말.

급히 먹는 밥에 목이 메고, 끓는 국에 맛 모른다고 허잖든가.(2부)

**끔벅이며** 타동사 끔벅이다. 자꾸 느리게 감았다가 떴다가 하다.

텁석부리는 잠시 왕방울 눈만 끔벅이며 서 있더니 정 이러면 관가에 알릴 거요! 하고 그 큰 왕방울 눈을 부라렸다.(2부)

**끔찍스러웠던지** 형용사 끔찍스럽다. 진저리가 날 만큼 매우 흉하고 참혹한 느낌이 있다. 매우 대단한 데가 있다.

웅보 어머니는 어쩌나 태몽이 끔찍스러웠던지 지금도 오싹거리는 듯싶었다.(1부)

**끗발** 투전이나 골패, 화투 따위 노름에서 가지고 있는 패가 차지하고 있는 기세. 땡이 가장 높고 족보가 뒤를 이으며 나머지는 끗수를 가지고 승부를 가린다.

한동안 연속 땡땡구리로 끗발이 오르더니 사흘 밤에 여태껏 긁어모았던 돈을 깡그리 날려버렸다고 하였다.(4부)

**끼들거리며** 키들거리다. 웃음을 멈추지 못하여 입속으로 실없이 자꾸 웃다.

거렁뱅이들이 끼들거리며 소리치자, 우르르 다시 두 여자에게로 달려들었다.(3부)

**끼억끼억** [부사] 구역질이 나서 자꾸 토하거나 트림하는 소리를 나타내는 말. 또는 그 모양을 나타내는 말.

특별히 아픈 데도 없이 끼억끼억 헛구역질을 하면서, 방돌이 꺼지는 듯한 한숨과 함께 알아듣지 못할 소리로 쭝얼쭝얼 해쌓고, 두 눈이 퀭하게 깊어지며 빼빼 말라갔다.(2부)

# ㄴ

**나긋나긋** 〔형용사〕 나긋나긋하다. 매우 연하고 부드럽다. 매우 상냥하고 우아하다.

그때 웅보는 나긋나긋한 실버드나무 회초리로, 한사코 다른 길로 빠지려는 윤 초시네 수퇘지의 맷돌처럼 탄탄한 엉덩판을 딱딱 소리가 나게 후려치며 집에까지 몰고 왔었다.(1부)

**나락 가실** 벼 추수.

나락 가실이 끝나면 포대기 아니라 금가락지라도 해줄 텐께 어서 앞장이나 서!(3부)

**나막신 신고 대동미 실은 관선 쫓아가는 격이로구먼** 나막신 신고 대동선을 쫓아간다. 덜거덕거리는 나막신을 신고 빨리 가는 대동관선을 쫓아가니 될 리가 없다는 뜻으로 요령이 없이 일을 하려 하는 사람을 비꼬아 이르는 말.

참말로 뒤엉박 차고 바람 잡고, 나막신 신고 대동미 실은 관선 쫓아가는 격이로구먼그라.(6부)

**나무기러기** 〔민속〕 목안. 나무로 만들어 색칠한 기러기. 전통 혼례 때에 산 기러기 대신 쓴다.

친영길의 맨 앞에는 초롱잡이가 불도 켜지 않은 초롱을 들고 길 안내를 하였으며, 초롱잡이 뒤에는 양 진사 댁 머슴인 전립 쓴 사내가 나무기러기를 안고 따랐고, 그 뒤에 신랑이 늠연한 모습으로 조랑말 위에 앉아 있었다.(6부)

**나붓거리며** 〔자동사〕 나붓거리다. 바람에 자꾸 가볍게 흔들리다.

기생들은 문턱을 넘어 방안으로 들어오는 족족 나비가 날개를 접듯 사뿐히 앉아 고개를 나붓거리며 인사를 하였다.(5부)

**나붓나붓** 〔부사〕 얇은 천이나 종이 따위가 바람에 자꾸 가볍게 흔들리는 모양을 나타내는 말.

이윽고 새 술상이 나오고 기생들이 나붓나붓 절을 하면서 들어왔다.(5부)

**나붓하게** 〔형용사〕 나붓하다. 조금 넓고 평평한 듯하다.

방에 들어서자 화선이가 나붓하게 인사부터 올렸다.(5부)

**나자빠진**  자동사  나자빠지다. 뒤로 물러나면서 넘어지다. 하던 일이나 해야 할 일을 안 하고 배짱을 부리며 버티다.

건어물전을 지나서 청국인 요리점 앞을 지나다 말고, 태화루의 엄장하고 둔팍하게 생긴 중국인으로부터 내동댕이침을 당해 길바닥에 나자빠진 거렁뱅이 남자를 부축해 일으켰다.(4부)

**나풀거렸다**  자동사  나풀거리다. 가볍고 탄력 있게 자꾸 움직이다.

짧은 파마머리도 함께 나풀거렸다.(8부)

**난숙한**  명사  더할 나위 없이 충분히 발달하거나 성숙함.

이제 그녀는 요릿집의 여주인답게 비단옷을 입고 얼굴에 분도 발라 난숙한 여인의 풍염미를 풍기고 있었다.(5부)

**난장**  일정한 범위 밖 터로 사방이 터져 있는 곳.

부엌은 커녕 비를 가릴 거적 한 장 걸쳐져 있지 않은 난장 아궁이라, 매서운 칼바람이 온몸을 휘감았다.(9부)

**난장질**  난장 치다. 함부로 마구 때리다.

말바우 어미가 끝내 일을 열지 않자 형리들은 그녀를 땅바닥에 엎어놓고 거적을 씌운 다음 곤장으로 난장질을 하였다.(3부)

**날 받아놓은 섣달 큰애기**  날받아 놓은 색시 같다. 바깥출입을 금하고 집에만 있는 사람을 이르는 말.

강을 건너올 때꺼정도 날 받아놓은 섣달 큰애기모양 신바람이 나 있더니 왜 또 개똥 밟은 얼굴이라요?(3부)

**날맹이**  '산봉우리' 방언

통샘거리까지 되돌아온 대불이는 잠시 서서 불빛이 출렁이는 황토산 날맹이를 쳐다봤다.(2부)

**날아가는 화살을 되돌리기**  화살을 돌리다. 힐책이나 공격 따위를 다른 방향으로 돌리다.

그러나 한번 뱉어놓은 말을 주워 담기란, 날아가는 화살을 되돌리기만큼이나 불가능한 일이었다.(5부)

**날캄한**  형용사  날캄하다. '날카롭다' 방언.

웅보가 어머니의 바늘상자에서 인두를 꺼내 쟁기의 보습처럼 끝이 날캄한 인두쇠를 관솔불

에 넣자, 아버지가 달려들어 빼앗아버렸다.(1부)

**날탕** 〔명사〕 무슨 일을 하는 데에 아무런 준비나 기술이 없이 마구잡이로 함. 체면에 얽매이지 않고 흥청거리며, 남을 잘 웃기고 놀기 좋아하는 사람.

헝! 날탕 강도놈들 같으니라구!(2부)

**남부여대** 남자는 짐을 지고 여자는 짐을 인다는 뜻으로 가난한 사람들이나 재난을 당한 사람들이 살 곳을 찾지 못하고 온갖 고생을 하며 이리저리 떠돌아다님을 비유적으로 이르는 말. 가난하여 살 곳을 찾아 이리저리 떠돌아다니다.

지난여름 큰비에 돌뫼가 옴씰하게 물에 잠겼을 때, 돌뫼 사람들이 남부여대(男負女戴)하여 물 피난을 다니던 것과 비슷했다.(1부)

**남사당패** 〔민속〕 남사당 무리. 일정한 거처가 없는 독신 남자들로 이루어진 집단으로 40~50명이 한 패거리를 이룬 민중 예인 집단이다.

이놈도 종이 싫어서 열 살 때 남사당패를 따라나서 처음에는 삐리로 들어가 무동짓을 하다가 풍물잡이가 되었지 않습네까요.(4부)

**남산골 샌님 역적 바라듯** 남산골샌님이 역적 바라듯. 가난한 사람이 엉뚱한 일을 바란다는 말. 불우한 처지에 있는 사람은 늘 불평이 많다는 말.

성님들은 언제나 남산골 샌님 역적 바라듯 비뚤어진 눈으로 세상을 보고 사는 분들이라서 (……)(6부)

**남새밭** 채소를 심고 가꾸는 밭.

뒤꼍에 남새밭이 있어서 푸성귀는 넉넉허게 심어 묵을 수 있겠네요.(9부)

**남생이** 〔명사〕 남생잇과 하나. 냇가나 연못에 서식하며 남생잇과 거북류 중에서 비교적 작다.

웅보는 그제야 하는 수 없이 엉거주춤 남생이 걸음으로 안방으로 들어섰다.(1부)

**남정헌티** 남정네. 여자가 사내를 조금 낮추어 이르는 말.

아니 요 여편네가 자기 냄편을 딴 남정헌티 빗대는 버르장머리는 어디서 배웠다나?(2부)

**남포** 〔명사〕 도화선 장치를 하여 폭발시킬 수 있게 한 다이너마이트. 석유를 원료로 하고 유리 등피를 씌워서 쓰는 서양식 등잔.

남포라는 거요.(4부)

**낭인패거리** 낭인배. 직업이 없이 이리저리 떠돌아다니며 빈둥빈둥 노는 사람 무리.

인천에 있는 일본인 회사마다 이들 현양사의 낭인패거리들을 고용하고 있었으며, 장사가 잘되는 조선인 상회가 있으면 그 앞에서 얼씬거리면서 장사를 방해하기까지 하였다.(5부)

**낭자하게** 〔형용사〕 낭자하다. 여기저기 묻거나 흩어져 있어 어지럽다. 왁자지껄하고 시끄럽다.

주막 앞 미루나무에서 매미가 낭자하게 울었다.(6부)

**낭창낭창한** 〔자동사〕 낭창낭창하다. 조금 탄력 있게 자꾸 흔들리다.

투실하고 물크러지게 흠실흠실한 여자들만 상대하다가 허리가 낭창낭창한 보름달과 잠자리를 같이해본 뒤부터는 그녀를 놓아주려고 하지 않았다.(2부)

**낮닭** 〔명사〕 낮에 우는 닭이라는 뜻으로 울 때가 아닌데 우는 닭을 이르는 말.

옆집에서 낮닭이 자지러지게 울었다.(6부)

**낮부끄러워서** 〔형용사〕 낮부끄럽다. 체면이 안 서서 얼굴 보이기가 부끄럽다.

큰애기가 애기를 뱄으니 어찌 낮부끄러워서 살겠는가 잉.(2부)

**내돌림** 〔타동사〕 내돌리다. 함부로 내놓거나 여러 사람의 손이 가게 하다.

이 집에 들어온 첫해에는 종들이며 마님까지도 그런대로 우대를 해주었는데 요즘에 와서는 개밥에 도토리처럼 내돌림을 당하는 신세가 되어버렸다.(1부)

**내동댕이침** 〔타동사〕 내동댕이치다. 힘껏 마구 내던져 팽개치다. 버리거나 포기하다.

건어물전을 지나서 청국인 요리점 앞을 지나다 말고, 태화루의 엄장하고 둔팍하게 생긴 중국인으로부터 내동댕이침을 당해 길바닥에 나자빠진 거렁뱅이 남자를 부축해 일으켰다.(4부)

**내력** 〔명사〕 어떤 사물이 지나온 유래. 물체 자체 힘.

아들을 낳으면 할아버지의 할아버지가 종이 된 내력이며 할아버지의 할머니가 팔려온 이야기, (……)(2부)

**내리꽂히는** 〔자동사〕 내리꽂히다. 위에서 아래로 급격히 떨어져 박히다.

초가을의 신선한 햇살이 곱게 내리꽂히는 골짜기의 판판한 바위 위에 앉은 대불이는 계곡물

에서 함께 목욕을 하자고 말바우 어미를 졸라댔다. (3부)

**내림굿** 民俗 신이 내린 사람이 무당이 되려고 할 때 올리는 의식.

새벽에 함평(咸平)에까지 가서 나이가 일흔다섯 살이나 되는 이름난 큰 무당을 불러다 둥금이한테 신이 내리게 하는 내림굿을 벌이고 있는 중이었다. (2부)

**내질러버리는** 他動詞 내지르다. 갑자기 크게 지르다. 주먹이나 발 따위로 힘껏 치다.

그랬더니 대통 영감은 퍽 웃고 나서 이놈아, 종놈이 좆으로 밤 까라고 허면 까는 겨! 하고 내질러버리는 것이 아닌가. (1부)

**내친걸음** 名詞 이왕에 시작한 일, 이미 나선 걸음.

큰마음 먹고 행랑방 쪽으로 갔다가도 내친걸음을 돌려세우곤 하였다. (1부)

**냄시로** '-ㅁ시로'는 '-으면서' 방언.

쇠기침 쏟아냄시로 워째서 저렇코롬 곰방대를 빨아쌓는가 모르겄당께. (7부)

**냉각기** 名詞 물체 온도를 낮추는 기구나 기계를 통틀어 이르는 말. 감정 대립을 일단 멈추고 사태를 진정시키기 위한 기간.

그러나 결국 냉각기를 갖자는 의견이 많아, 3일 동안 학교에 나오지 않은 것으로 결론이 났다. (9부)

**냉갈령스럽게** 몹시 얄미울 만큼 인정이 없고 쌀쌀한 태도.

막음례는 손칠만의 팔에서 벗어나려고 버둥거리면서 처음으로 손칠만에게 냉갈령스럽게 말했다. (4부)

**냉큼** 副詞 머뭇거리거나 시간을 끌지 않고 재빨리.

떠날려거든 냉큼 떠나지 않고 뭘 꾸물거리느냐! (1부)

**냉택없이** 副詞 턱없이. 근거가 없거나 이치에 맞지 않게. 수준이나 분수에 한참 모자라 맞지 않게.

냉택없이 기다리기만 헌다고 될 일이간듸요. (2부)

**너덜겅** 名詞 돌이 많이 흩어져 깔려 있는 비탈.

초저녁부터 드르렁드르렁 금성산 너덜겅 허물어지는 소리로 코를 골며 자고 있었다. (1부)

**너름새** 民俗 농악에서, 쇠잡이, 장구재비, 북재비들이 악기를 든 채 두 팔을 벌려 춤추는 동작. 넉살 좋고 시원스럽게 말로 떠벌려 일을 주선하는 솜씨.

김덕기는 속이 아린 것을 참고 권만길의 비위를 맞추려고 히죽거리며 너름새를 떨었다.⁽4부⁾

**너부데데한** 형용사 너부데데하다. 둥글고 펀펀하여 좀 크고 넓은 듯하다.

얼굴이 양푼처럼 너부데데한 판쇠 아내는 머리에 큰 옷 보퉁이를 이고 등에는 갓난아기를 업고 있었으며, 고만고만한 두 아이가 치맛자락을 꼭 붙잡고 달붙었다.⁽1부⁾

**너붓이** 부사 너부시. 공손하게 천천히 고개를 깊이 숙이거나 엎드려 절하는 모양을 나타내는 말. 큰 사람이나 물체가 천천히 땅으로 내리거나 앉는 모양을 나타내는 말.

서거칠의 부탁에 대불이는 너붓이 그를 바라보았다.⁽6부⁾

**너스레** 명사 수다스럽게 떠벌려 늘어놓는 말.

김준형이 어색한 분위기를 바꾸려고 그답지 않게 너스레를 떨었다.⁽8부⁾

**너저분한** 형용사 너저분하다. 질서 없이 어지럽게 널려 있다. 물건이 질서 없이 널려 있어 어지럽고 깨끗하지 못하다.

양 의원의 딸은 두레박을 두멍 위에 걸쳐놓고 약탕관이며 너저분한 헌옷가지들이 널려 있는 마루 귀퉁이를 치워주기까지 하였다.⁽1부⁾

**너줄너줄** 부사 너덜너덜. 종이나 헝겊 따위가 여러 가닥으로 매우 어지럽게 늘어져 자꾸 흔들리는 모양을 나타내는 말. 말과 행동을 주책없이 자꾸 야단스럽게 하는 모양을 나타내는 말.

행랑방엔 아무도 기거하는 사람이 없는 듯 문을 열자 쾨쾨한 곰팡이냄새가 확 풍겼으며, 너줄너줄 거미줄이 쳐져 있었다. 사랑채는 오랫동안 비워둔 집처럼 쓰렁쓰렁하게 느껴졌다.⁽3부⁾

**너털너털** 부사 종이나 헝겊 따위가 여러 가닥으로 매우 어지럽게 늘어져 자꾸 심하게 흔들리는 모양을 나타내는 말. 말과 행동을 매우 주책없이 자꾸 야단스럽게 하는 모양을 나타내는 말.

양 진사는 문갑의 빼랍을 열고 색깔이 누리팅팅하게 바래고 모서리가 너털너털 볼썽사납게 찢겨지고 닳은 문서뭉치를 꺼내 장쇠 앞에 내밀었다.⁽1부⁾

**너풀너풀** 부사 크고 얇은 물체가 조금 가볍고 탄력 있게 자꾸 움직이는 모양을 나타내는 말.

그녀는 홑적삼이며 속곳이 너풀너풀 찢겨진 채 온몸이 푸릇푸릇 피멍투성이였다.(3부)

**넉가래** 명사 곡식이나 눈 따위를 한곳에 밀어 모으는 데 쓰는 연장. 나무를 자루와 몸이 하나가 되도록 깎아 만든 것이다.

그가 객주거리의 여자들을 호리는 일은 도투마리 잘라서 넉가래 만들기보다 더 쉬운 일이어서, (……)(2부)

**넋두리** 민속 굿을 할 때 무당이 죽은 사람의 넋을 대신하여 하는 말.

죽은 딸의 넋이 외는 넋두리를 푸념처럼 늘어놓는 것이었다.(2부)

**넌지시** 부사 드러나지 않게 가만히.

방으로 뛰어 들어가서 잠든 대불이를 깨워 그 말을 해주었더니, 기분 좋아했다. 그렇지 않아도 대불이는 주모한테 넌지시 부탁을 해볼 생각이었다고 하였다.(1부)

**널따란** 형용사 널따랗다. 꽤 넓다.

새끼내라야 마을이 있는 것도 아니고, 널따란 들판에 갈대밭만이 가득 들어찬 그곳까지 찾아 왔다니 도무지 알 수 없다는 표정이었다.(1부)

**널름거리는** 타동사 널름거리다. 자꾸 크고 빠르게 내밀었다 들였다 하다. 탐내는 마음으로 자꾸 슬쩍 엿보거나 노리다.

그나마 창고의 판자문 틈새로 갯바람이 널름거리는 탓으로 기름불이 춤을 추듯 바람을 타고 출렁거렸기 때문에 냄새가 더한 듯싶었다.(4부)

**넙대대한** 형용사 '납대대하다' 방언. 둥글고 판판하여 좀 넓은 듯하다.

포동포동한 몸매에 얼굴이 양푼처럼 넙대대한 스물 안팎의 여자와, 몸피가 갈대처럼 알캉하고 얼굴이 갸름한 서른이 넘었을 것 같은 여자가 있었다.(3부)

**넙죽거리며** 타동사 넙죽거리다. 무엇을 받아먹거나 대답을 하느라 자꾸 크고 빨리 벌렸다가 닫다. 여럿이 다 또는 매우 바짝 바닥에 붙이고 얼른 크게 엎드리다.

양만석이 한 달 숙박비를 선금으로 지불하고 팁까지 주자 종업원은 고맙다면서 세 번씩이나 거듭 넙죽거리며 인사를 했다.(8부)

**네 것 내 것 없는** 네 것 내 것을 가리지 않다. 자기 일뿐만 아니라 전체 일에도 헌신적임을 이르는 말.

사회주의 하자는 거는 네 것 내 것 없는 세상 맨들자는 긴데, 그기는 욕심 없는 사람들이나 할 짓이제.(9부)

**네미럴** **감탄사** 몹시 못마땅한 일이 있을 때 욕으로 하는 말.

네미럴, 산지기 노릇 할려면 엠병헌다고 종문서를 받어!(1부)

**노글노글** **부사** 약간 무르고 물기나 기름기가 돌아 부드러운 모양을 나타내는 말. 마음이나 성질이 무르고 부드러운 모양을 나타내는 말.

그날도 대불이는 때죽나무집에서 뼈가 노글노글해지도록 낮잠을 퍼 자고 밤이 깊어서야 고지기방으로 돌아갔는데, 나이 많은 고지기 배 서방이 지나가는 말로 나졸들이 선창을 집집마다 수색을 하더라고 하였다.(2부)

**노대 쌓냐** '나대다' 방언.

웅보 너는 진득허니 앉어 있들 못허고 으찌 그리 노대쌓냐?(3부)

**노도** **명사** 무섭게 밀려오는 큰 파도.

군중들은 흥분하여 소리쳤으며 독립협회 간부들이 미처 말릴 여유도 없이, 쫓겨 간 보부상들을 쳐부수러 노도처럼 밀려갔다.(4부)

**노동공제회** 1920년 4월에 서울에서 조직된 합법적이고 대중적인 노동 단체, 국적인 규모로 직장 조합을 조직하고 활약하다가 1924년 해체되었다.

그가 생각하기에 청년회 간부들이 독립신문 기사 내용을 복사하여 노동공제회나 기타 단체에 살포하기로 한 것까지는 아직 경찰에서 확인하지 못 한 것 같았다.(4부)

**노류장화** **명사** 누구든지 꺾을 수 있는 길가의 버들과 담 밑 꽃이라는 뜻으로, 몸을 파는 여자를 이르는 말.

왜? 봉선이가 노류장화라서?(5부)

**노보리** 긴 장대에 윗부분을 대로 고정시킨 기를 단으로 위아래로 긴 직사각형 모양 일본특유 기 일종이다.

밖에 나오자, 영화제목 아리랑과 주인공 배우 나운규 이름을 쓴 조붓하고 긴 천을 대나무에 매달아 세운 노보리가 바람에 펄럭였다.(9부)

**노오래져서는** **자동사** 노래지다. 빛깔이 노랗게 되다. 시들다. 놀라거나 공포에 질려 핏기가 없고 노르께해지다.

양물(陽物)이 너무 커서 마누라를 얻는 족족 얼굴이 외꽃같이 노오래져서는 둘씩이나 죽게

한, (……)(1부)

**노잣돈** 〔민속〕 먼 길을 오가는 데 드는 돈. 죽은 사람이 저승길에 편히 가라고

상여 등에 꽂아 주는 돈.

그들은 영산강 상류인 남평 지석강(砥石江)변에 있는 수부막에서 발길을 돌리면서 다시 한 번

시신을 붙들고 호곡하였으며, 저마다 허리춤을 더듬어 되는 대로 노잣돈을 내놓았다.(7부)

**노적가리** 〔명사〕 곡식 따위를 한데 수북이 쌓아 둠. 또는 그 더미.

통역인의 말에 오까모도는 발로 노적가리를 툭툭 차보기도 하고 작대기를 집어 쿡쿡 쑤셔보

기도 하였다.(3부)

**노적가리에 불 지르고 싸래기 주워묵을** 노적가리에 불지르고 싸라기 주

워먹는다. 큰 것을 잃고 작은 것을 아끼는 일의 어리석음을 이르는 말.

네 형 웅본가 바본가는 노적가리에 불 지르고 싸래기 줏어묵을 사람이여.(6부)

**녹두장군** 전봉준. 조선 말기, 동학 농민 운동의 지도자, 초명은 명숙이고 별

명은 녹두 장군이다.

기실 권대길은 지난 을미년 한강변에 개나리가 필 무렵 녹두장군이 죽던 날에 일부러 한성까

지 가보기까지 했었다.(4부)

**논다니** 〔명사〕 돈을 받고 웃음과 몸을 파는 여자를 속되게 이르는 말.

영산창에서 세곡을 취집할 때면 먼 곳에서부터 남정네들의 돈 냄새를 맡고 똥파리 윙윙거리

듯 논다니패들이 수시로 몰려들고, 이들 논다니들의 썩은 살 냄새를 맡은 건달, 얼치기, 노

름꾼들이 뒤를 따랐다.(2부)

**논다랑이** 〔명사〕 비탈진 산골짜기에 여러 층으로 겹겹이 만든 좁고 작은 논.

물 둑 오른편에는 크고 작은 논다랑이들이 멀리까지 펼쳐졌고 왼쪽으로는 영산강이 넘실대

며 흘렀다.(8부)

**농담반 진담반** 말에 농담이 반 진담이 반 섞여 있다는 뜻으로 어떤 말이 거

짓일 수도 있고 진실일 수도 있을 때를 이르는 말.

주모는 여전히 농담 반 진담 반으로 실실거렸다. 장꾼들이 뜸한 한낮에는 대불이가 일을 도

와주었다.(1부)

**농말** [명사] 실없는 장난으로 하는 말.

어머니는 다만 바보 영산강을 닮은 사내가 한 사람 더 늘게 생겼구나. 하고 농말을 했을 뿐이었다. (7부)

**농익어** [자동사] 농익다. 아주 푹 익다. 충분히 성숙되다.

그렇지만 전체를 보면 모든 색깔이 너무 짙고 농익어, 화려함의 도를 넘고 있다. (9부)

**농투산이** '농투성이' 방언.

우리 같은 농투산이가 헐 수 있는 것은 땅을 맹글고, 그 땅에 곡식을 키우는 일이 중허지 않겄능가? (6부)

**농투성이** [명사] '농부'를 얕잡아 이르는 말.

장교는 농투성이들을 경계하는 눈빛으로 굽어보며 멀찌막이 떨어져서 큰 소리로 말했다. (3부)

**농판** 실없는 장난이나 농담이 벌어진 자리. 또는 그런 분위기.

아이고 이 농판 같은 자식아. 종놈의 새끼가 도망을 간다고 종놈 신세를 면할 성부르냐. (1부)

**뇌깔스런** [타동사] 뇌까리다. 되풀이하여 중얼거리다. 다른 사람의 말이나 행동, 태도 등에 대하여 불쾌한 감정이 실린 어조로 말하다.

인사는 그만하면 됐고, 오늘밤 이 집에 뇌깔스런 작자들은 없는가? (5부)

**뇌꼴스러운** [형용사] 뇌꼴스럽다. 속이 메슥거릴 정도로 보기에 아니꼽고 얄밉다.

세상의 뇌꼴스러운 꼴 보지 않고 살기는 산속이 제일이라네. (2부)

**누그러진** [자동사] 누그러지다. 흥분되거나 긴장되어 있다가 약해지거나 부드러워지다. 정도가 낮아지거나 덜하여지다.

양 진사의 목소리가 약간 누그러진 듯싶었다. (1부)

**누그름하게** [형용사] 누그름하다. 조금 누글누글하게 묽다.

새끼내 사람들은 웅보와 칠복이 영감, 염주근이가 벌어온 보리쌀을 한데 모아 맷돌에 빻아서 누그름하게 호박죽을 쑤어 배불리 마셨다. (2부)

**누룩돼지모양** 돼지처럼 피둥피둥 살진 것을 이르는 말.

이년들이 우알로 을마나 잘 처묵었는지 살이 누룩돼지모양 디룩디룩 쪘네 잉. (3부)

**누리팅팅하게** [형용사] 누르스름하다. 방언 조금 누른 듯하다.

양 진사는 문갑의 빼랍을 열고 색깔이 누리팅팅하게 바래고 모서리가 너털너털 볼썽사납게

찢겨지고 닳은 문서뭉치를 꺼내 장쇠 앞에 내밀었다.(1부)

**누운 소타기**　매우 쉬운 일을 비유적으로 이르는 말.

　　멍충아, 그것이 바로 계집종이여. 양반이 종첩 얻기는 누운 소타기보다 더 쉬운 일이여. 쌀
　　분이 네가 여태껏 몸이 성헌 것은 분명코 이마빡에 불도장이 찍힌 우리 할아부지 혼령이 너
　　를 지켜줬기 때문일 거여.(1부)

**누워서 꿀 떠먹기보담 쉽지만**　누워서 떡 먹기. 매우 간단하고 쉬운 일을 이
르는 말.

　　이놈아, 천한 종이 별이 되기는 누워서 꿀 떠먹기보담 쉽지만, 부자가 죽어서 천당에 가기란
　　돼지가 바늘귀 뚫는 것보담 어려운겨.(1부)

**눅눅한**　형용사　눅눅하다. 물기나 습기가 배어 있어서 약간 축축한 기운이 있
다, 물기나 기름기가 있어서 물렁물렁하고 부드럽다.

　　밀물 때면 제법 눅눅한 바닷바람이 뱃길을 타고 강 위로 드밀고 올라와 코끝을 간질였다.(1부)

**눈곱자기**　'눈곱'을 속되게 이르는 말.

　　금성산 골짜기에 희끗희끗 눈이 덜 녹은 첫봄, 동구 밖 개골창에 개버짐이 올라 앙상하게 털
　　이 빠지고 눈곱자기가 덕지덕지 붙은 채 버려진 강아지를 품에 안고 온 웅보는, (……)(1부)

**눈 딱 감고**　눈 딱 감다. 더 이상 다른 것을 생각하지 않다.

　　눈 딱 감고 사 원 베리는 셈 치고 갔다 옵시다.(5부)

**눈 밖에 안 나게**　눈 밖에 안 나게 하다. 신임을 얻고 사랑을 받게 되다.

　　너도 네 아부지같이만 살거라. 상전 눈밖에 안 나게 꾸벅꾸벅 일 잘하고, 처자식 아껴주고
　　…… 종의 몸으로 뭣을 더 바라겠냐.(1부)

**눈 온 뒷날은 거렁뱅이가 빨래를 한다**　눈 온 뒤에는 거지가 빨래를 한다.
눈 온 다음날은 거지가 입던 옷을 빨아 입을 만큼 날씨가 따뜻하다는 말.

　　눈 온 뒷날은 거렁뱅이가 빨래를 한다는 말대로, 간밤 늦게까지 눈발이 들이치더니 섣달 그
　　믐날 아침에는 햇살이 퍼졌다.(2부)

**눈 하나 깜짝하지 않을 듯**　눈 하나 깜짝 안한다. 태도나 기색이 변화가 없이
태연하게 굴다.

　　그들은 너무 지쳐 있었기 때문에 당장 총부리를 가슴팍에 들이대며 목숨을 거두겠다고 할지

라도 눈 하나 깜짝하지 않을 듯싶었다.⁽⁷부⁾

**눈깔사탕** 〔명사〕 엿이나 설탕을 끓여 둥글고 단단하게 만든 사탕.

그러자 키가 작달막하고 몸집이 왜소한 일본인 상점주인이 고개를 끄덕이며 방금 천황폐하 만세를 외친 아이에게 빨간 눈깔사탕 하나를 집어주었다.⁽⁴부⁾

**눈꼬댕이** '눈초리'를 속되게 이르는 말.

쌀분이는 방울이와 웅보가 어쩌다가 눈이 마주치는 것만 봐도 눈꼬댕이를 송곳처럼 빳빳하게 세우는 것이었다.⁽²부⁾

**눈독** 〔명사〕 욕심을 내어 눈여겨보는 기운. 눈에 있는 독기.

그는 강폭이 넓은 곳 보다는 영산강 지류에 더 눈독을 들였다.⁽¹부⁾

**눈독을 들이고** 〔자동사〕 눈독들이다. 차지하고자 욕심을 내어 눈여겨보다.

인천항에 들고 나는 온갖 물건들이 많아지자, 외국의 장사꾼들도 잔뜩 눈독을 들이고 들락거렸다.⁽⁴부⁾

**눈물바람** 〔명사〕 눈물을 많이 흘리는 모습을 비유적으로 이르는 말.

어머니는 남문 밖까지 따라 나오며 차마 아들, 며느리와 헤어지기가 마음에 아픈지, 훌쩍훌쩍 눈물바람을 하였다.⁽¹부⁾

**눈썹에 불이 붙게 생겼지** 눈썹에 불이 붙는다. 갑자기 뜻밖의 큰 걱정거리가 닥쳐 매우 위급하게 됨을 비유적으로 이르는 말.

오까모도를 만나 싸전이 불탄 경위를 설명허고, 영산포 헌병대로 하여금 우리들한테 보복을 허게끔 헐라고 간 것이오. 그러니 당장 우리들 눈썹에 불이 붙게 생겼지 않소.⁽⁶부⁾

**눈썹차양** 〔명사〕 처마끝에 다는 폭이 좁은 차양. 눈썹 주위에 손을 대어 만든 차양.

팔짱 낀 사람의 말에 말바우 어미는 손바닥으로 눈썹차양을 하고 해를 가리며, 엷은 남빛으로 부옇게 떠올라 있는 백암산을 쳐다보았다.⁽²부⁾

**눈앞이 깜깜했다** 앞이 깜깜하다. 대책이 없어 어찌할 바를 모르고 답답해하다.

스물다섯 냥을 가지고 어디에 가서 얼마를 숨어살 수 있을지 눈앞이 깜깜했다.⁽²부⁾

**눈언저리** 〔명사〕 눈 둘레 가장자리 부분.

웅보 어머니는 자식들 걱정에 눈물 마를 날이 없어 눈언저리가 물크러질 정도였다.⁽¹부⁾

**눈에 불을 켜고** 눈에 불을 켜다. 탐을 내어 눈을 빛내다. 화가 나서 눈을 부릅뜨다.

미국, 일본, 러시아는 기회만 있으면 철도부설권이나 채광권을 얻으려고 눈에 불을 켜고 있는 판에, 독립협회에서 이를 문제 삼아 따지는 바람에 일이 순조롭게 풀리지 않고 있었다.(4부)

**눈에 선하게 밟혀왔다**  눈에 밟히다. 잊혀지지 않고 눈에 선하여 사라지지 않다.

선창에서 그녀와 헤어지던 때의 일이 눈에 선하게 밟혀왔다.(3부)

**눈에 흙이 들어갈**  눈에 흙이 들어가다. 죽어 땅에 묻히다.

내 눈에 흙이 들어갈 때꺼정이라도 노마님 유언대로 내 땅을 찾을 거여. 내는 빈손으로는 이 집에서 한 발짝도 안 나간당께!(1부)

**눈이 뒤집히려는**  눈 뒤집히다. 어떤 일에 집착하여 이성을 잃을 지경이 되다.

가난한 강변 사람들은 무곡선이 곡식을 가득 싣고 마을 앞을 지날 때마다 빈 뱃속이 썰썰해지면서 눈이 뒤집히려는 것을 이 응등물고 마른침으로 혀끝 적셔가며 한숨으로 참아내곤 하던 것이었다.(7부)

**눈이 빠지게 찔러보는**  눈 빠지게 기다리다. 몹시 애타게 오래 기다리다.

이따금씩 얼굴을 가린 손바닥을 거두고, 어둠이 두껍게 깔린 별당 쪽을 눈이 빠지게 찔러보는 것이었으나, 후후후 마른 나뭇가지들만이 바람에 흔들릴 뿐, 막음례의 방은 굳게 닫힌 채 열리지 않았다.(1부)

**눈이 시퍼렇게 살아 있다**  멀쩡하게 살아 있는 것을 비유적으로 이르는 말.

이 사람아, 인천바닥에 본 남편이 눈이 시퍼렇게 살아 있다네.(5부)

**눈이 팔려**  정도가 심하게 관심을 가지다.

그들은 선창거리를 지나 오까모도 미곡전 앞에 이르자 몰라보게 달라진 거리의 모습에 한동안 눈이 팔려 사방을 두리번거렸다.(7부)

**눈칫밥**  **명사**  눈치를 보아 가면서 얻어먹는 밥이라는 뜻으로 마음을 편하게 가지지 못하는 상황이나 상태를 이르는 말.

자기 한 몸이라면 죽건 살건 걱정이 없겠으나, 가난한 이모 치마폭에 가려 눈칫밥 먹고 살아가는 두 아들 때문에 이러지도 저러지도 못하고 매여 있는 것이 아닌가.(1부)

**눈코 뜰 새 없이**  눈코 뜰 사이 없다. 정신을 차릴 수 없이 몹시 바쁘다.

이날 실을 짜거나 옷을 지어 입으면 오래 산다고 하여, 아낙들은 이날 하루 식구들의 옷을 하느라 온종일 눈코 뜰 새 없이 바빴다.⑵부⑴

## 눈퉁이 　명사　 눈두덩 불룩한 곳을 속되게 이르는 말.

등불을 비춰보았더니 대불이한테 잠든 채 주먹으로 얻어맞은 사공의 얼굴은 코피가 터져 피가 낭자했고, 눈퉁이가 벌겋게 부어올라 있었다.⑵부⑴

## 느그 　'너희' 방언.

네미럴 놈들아. 느그 엄씨들을 데려와 봐라. 그라믄 내 불알을 홀딱 까 보여줄끼다.⑴부⑴

## 느물느물 　부사　 말이나 행동을 자꾸 음흉하고 능청스럽게 하는 모양을 나타내는 말.

다른 종들은 느물느물 구렁이처럼 상전 눈치를 보면서 일을 했지만, 웅보는 상전이 시키거나 시키지 않거나 해야 할 일을 스스로 찾아서 매조짐을 잘하였다.⑴부⑴

## 느물스럽게 　형용사　 느물스럽다. 성질이 음험하여 속을 헤아리기 어렵다.

웅보는 느물스럽게 말하며 쌀분이의 머리칼을 한 움큼 쥐어 얼굴에 갖다 댔다.⑴부⑴

## 느즈러지게 　자동사　 느즈러지다. 느슨하게 되다. 풀려 느긋하게 되다.

대불이는 악몽을 꾸고 난 사람처럼 지치고 험상궂은 몰골로 때죽나무집 쪽으로 느즈러지게 걷다가 방석코를 지빡 만났다.⑵부⑴

## 느지거니 　부사　 일정한 때보다 꽤 늦게.

정월 열엿샛날 대불이가 느지거니 점심을 먹고 선창으로 떠나려고 하던 차에 친정에 갔던 말바우 어미가 말바우와 함께 돌아왔다.⑵부⑴

## 느지막 　형용사　 느지막하다. 정해진 때보다 꽤 늦은 감이 있다.

저녁나절 느지막엔 쌀분이도 잠깐 대장간에 얼굴을 나타냈다.⑴부⑴

## 는질맞게 　자동사　 는질거리다. 그는 는질맞게 삶의 웃음을 얼굴 가득히 피우며 성큼 안으로 들어섰다.

그는 는질맞게 삶의 웃음을 얼굴 가득히 피우며 성큼 안으로 들어섰다.⑷부⑴

## 늘그막 　명사　 늙어 가는 무렵.

늘그막에 자식들과 떨어져 살자니 마음 붙일 곳이 없어 허심허심하였다.⑴부⑴

## 늘름늘름 　부사　 혀나 손 따위를 자꾸 크고 빠르게 내밀었다 들였다 하는 모양

을 나타내는 말. 불길이 크고 힘차게 자꾸 일었다 줄었다 하는 모양을 나타내는 말.

형제들 앞에서 언제나 점잔빼기를 좋아하는 짝귀도 벌써 불콰해진 얼굴에 미소를 담뿍 머금은 채, 얄찍하게 생긴 여자가 집어주는 안주를 늘름늘름 받아먹고 있었다.(5부)

**늘비하게**　형용사　여기저기 늘어서 있거나 놓여 있다. 가득 차 있다.

웅보는 손팔만에게 등에 업힌 병자를 마루에 뉘도록 하고, 평상에 늘비하게 누워 있는 병자들 옆으로 가보았다.(1부)

**늙마에**　명사　늙어 가는 무렵.

이모한테 맡긴 두 새끼들이 철들기 전에 땅을 얻어, 늙마에 편히 살면 그뿐이겠다 싶었다.(1부)

**늙수그레**　형용사　늙수그레하다. 초라하고 늙어 보이다.

동쪽 하늘이 희불그레 밝아오기 시작해서야, 늙수그레한 사공이 큼큼 헛기침을 토해 미명을 쫓으며 나타나자, 그들은 얼어붙었던 몸과 마음이 확 풀려버린 듯싶었다.(1부)

**늙어감시로**　'늙어가면서' 방언.

늙어감시로 그러지 말고 맘 툭 터놓고 살소.(5부)

**능연한**　형용사　늠연하다. 위엄이 있고 당당하다. 살을 엘 듯이 심하다.

친영길의 맨 앞에는 초롱잡이가 불도 켜지 않은 초롱을 들고 길 안내를 하였으며, 초롱잡이 뒤에는 양 진사 댁 머슴인 전립 쓴 사내가 나무기러기를 안고 따랐고, 그 뒤에 신랑이 늠연한 모습으로 조랑말 위에 앉아 있었다.(6부)

**능갈쳤다**　형용사　능갈치다. 아주 능청스럽다. 교묘한 방법으로 말을 잘 둘러대는 재주가 있다.

오태수가 대불이를 향해 고개를 주억거리며 능갈쳤다.(6부)

**능구렁이**　노회하고 의뭉스럽게 서서히 안개가 걷치는 모양.

영산강을 덮은 아침안개가 능구렁이처럼 서서히 똬리를 풀기 시작했다.(3부)

**능상**　명사　임금이나 왕후 무덤. 마름모 모양.

한때 나라에서는 노비를 안검(按檢)하여 속량시킨 적도 있었지만, 능상을 한다는 이유로 오랫동안 면천(免賤)을 시켜주지 않았지 않는가.(1부)

**늦잡죌**　타동사　늦잡죄다. 뒤늦게 잘못되지 않도록 엄히 다스리거나 다잡다.

방석코를 찾아가 보름달한테서 들은 이야기를 전했더니, 이제는 단 하루도 늦잡질 이유가

없다면서 당장 일판을 벌이자고 하였다.(2부)

**니기미헐** [감탄사] 몹시 못마땅한 일이 있을 때 욕으로 하는 말.

이런 니기미헐 년이 내 바지에 오줌을 싸질러 뿌렸네. 냉큼 이 바지 벗겨 짜오지 못해!(1부)

# ㄷ

**다그침** (타동사) 다그치다. 요구하며 마구 몰아붙이다. 빨리 끝내려고 몹시 서두르다.

칼바람 같은 목소리의 다그침에, 웅보는 감히 마님의 분부를 거역하고 되돌아설 용기가 없었다.(1부)

**다꾸시** '택시' 외래어.

친구들을 보니까 재판관이 되겠다는 아이가 많았고 도라꾸나 다꾸시 운전수가 되겠다는 아이, 장사꾼, 빵집 주인, 목장 주인이 되겠다는 아이도 있었어요.(8부)

**다닥다닥** (부사) 자그마한 것들이 좁은 곳에 촘촘하게 많이 붙어 있는 모양을 나타내는 말. 보기 흉하게 여기저기 기운 모양을 나타내는 말.

선창거리와 응봉산 쪽은 반듯한 새 집들이 들어서고 길도 널찍하게 뚫렸는데도 산의 동쪽은 예나 다름없는 움막들이 오래된 무덤처럼 음습하게 다닥다닥 엎여 있었다.(4부)

**다담상** (명사) 손님을 대접하기 위해 차와 과자 따위의 음식을 차린 상. 차를 마시려고 다식과 찻잔을 놓아 낸 상.

막음례는 초저녁에 쌀분이가 들여놓고 간 다담상 술상을 웅보 쪽으로 밀쳐주었다.(1부)

**다랑이** (명사) 비탈진 산골짜기에 여러 층으로 겹겹이 만든 좁고 작은 논.

그러나 월심이는 죽은 남편의 새경을 받아 산 다랑이 논 한 마지기를 사서 곰보가 된 딸 하나만을 믿고 억척스럽게 살았다.(2부)

**다리모갱이** '다리'를 속되게 이르는 말.

다시 코빼기를 내밀었다가는 다리모갱이를 작신 분질러불 거로구만!(2부)

**다셔댔다** (타동사) 다시다. 마치 음식을 먹는 것처럼 쩝쩝거리며 움직이다. 조금 먹다.

왕재일은 사진을 들여다보면서 한동안 미심쩍은 표정으로 입맛을 쩝쩝 다셔댔다.(9부)

**다짜고짜** (부사) 일의 경위나 내용에 대한 자세한 설명이 없이 덮어놓고 바로.

그는 다짜고짜 봉수를 술집 안으로 떼밀어 넣으며 쑥 들어섰다.(3부)

**닦달** 〔명사〕 마구 몰아 대어 나무라거나 을러멤. 다루기 편하게 손질하고 매만짐.

유씨 부인은 웅보와 쌀분이를 불러 따끔하게 닦달을 하려다가 그냥 뒤로 미루었다.(1부)

**단금지계** 〔명사〕 지극히 깊은 우정.

또 끊을 단자가 첫 머리에 들어가는 사자성어에는 친구 사이의 굳은 맹세를 뜻하는 斷金之契(단금지계)와 친구 사이의 정의가 매우 두터운 것을 뜻하는 斷金之交(단금지교)라는 말이 있다.(9부)

**단금지교** 〔명사〕 쇠붙이를 끊을 수 있을 만큼 단단한 교분이라는 뜻으로 친구 사이의 매우 두터운 우정을 이르는 말.

또 끊을 단자가 첫 머리에 들어가는 사자성어에는 친구 사이의 굳은 맹세를 뜻하는 斷金之契(단금지계)와 친구 사이의 정의가 매우 두터운 것을 뜻하는 斷金之交(단금지교)라는 말이 있다.(9부)

**단기지계** 학문을 하다가 중도에 그만두면 아무 쓸모가 없다는 말. 맹자가 학업을 하던 도중에 집으로 돌아오자 그의 어머니가 짜고 있던 베를 끊어서 그를 훈계하였다는 데서 유래하였다. 출전은 『후한서(後漢書)』, 『열녀전(列女傳)』이다.

잠시 후, 송 선생은 흑판에 斷機之戒(단기지계)라고 썼다. 누가 이 뜻을 아는 사람이 있으면 손을 들고 말 해보라.(9부)

**단단무타** 〔명사〕 오직 한 가지 신념으로 다른 마음이 없음.

송 선생은 잠시 후, 흑판에 다시 斷斷無他(단단무타) 라고 쓰고 학생들을 보았다.(9부)

**단도리** 〔명사〕 '채비'를 속되게 이르는 말. '단속'을 속되게 이르는 말.

쌀 한 톨도 외수 친 거 없다. 우리 집 일 단도리허기도 손이 딸리는데, 네놈 살림꺼정 도맡고 봉께 정신이 없다.(8부)

**단물만 쪽 빨아먹고** 좋은 것을 다 차지하다.

한편으로는 줄포에 본마누라가 있어, 새색시한테서 단물만 쪽 빨아먹고 도망을 한 거라고도 하는 소문을 들었다고 하였다.(1부)

**단옷날** 〔민속〕 단오. 우리나라 명절 하나로 음력 5월 5일 그네뛰기나 씨름, 탈춤, 가면극 등 놀이를 즐기며, 여자들은 창포물에 머리를 감는 풍습이 있다.
올해 단옷날은 어린아이들이나 어른이나 할 것 없이 해가 이글거리는 하늘만 쳐다보며 데쳐
놓은 산나물처럼 힘이 없었다.(3부)

**단정적** 명사 어떤 사실에 대하여 딱 잘라 판단하거나 결정을 내리는 것. 관형사
어떤 사실에 대하여 딱 잘라 판단하거나 결정을 내리는.

헌데, 우리가 이 친구에 대해서 너무 단정적으로 생각하고 있는 건 아닌가 몰라. 보다 신중
을 기할 필요가 있을 것 같기도 해.(9부)

**달거리** 명사 성숙한 여성의 자궁에서 약 28일을 주기로 출혈하는 생리 현상.
한 달을 거름.

아직 달거리를 하고 있었고, 워낙 어려서 김치근을 낳았기 때문에 몸도 별로 축나지 않아 곱
게 단장을 하고 나서면 남자들을 꼬드길 만도 하였다.(2부)

**달구질** 명사 달구를 써서 땅을 단단히 다지는 일.

그들은 한데 어울려 달구질을 하였다.(1부)

**달귀신이 들었다** 달만 뜨면 흥분되어 들썽거리다.

마을 사람들은 그런 김치근의 어머니가 아들의 혼이 씌었거나 아니면 달만 뜨면 정신을 놓아
버리는 것으로 보아 달귀신이 들었다고들 하였다.(2부)

**달덩이** 명사 크고 둥근 달을 이르는 말. 어린애나 젊은 여자의 둥글고 환하게
생긴 얼굴을 비유적으로 이르는 말.

정갈스러움이 달덩이 같게만 여겨졌던 마님이 웅보 앞에서 속옷 바람으로 맨살을 보이다니,
아무래도 믿어지지가 않았다.(1부)

**달랑달랑** 부사 물건 따위가 다 없어지거나 소비되어 거의 남아 있지 않은 모
양을 나타내는 말.

여투어놓은 양식이 달랑달랑한 가난한 사람들은 죽음이 서서히 다가오는 것 같은 오싹한 무
서움을 느끼게 마련이었다.(2부)

**달면 삼키고 쓰면 뱉으며** 옳고 그름이나 신의를 돌보지 않고 자신 이익만
찾는다는 말.

달면 삼키고 쓰면 뱉으며, 간에 붙고 염통에 붙어 일신의 안전과 이익만을 생각하는 그가 짐

승의 시체에 붙어사는 송장벌레처럼 느껴졌다.(6부)

**달싹거리며** 【자동사】 달싹거리다. 자꾸 살짝 들렸다가 내려앉았다가 하다. 가볍게 위아래로 자꾸 움직이다.

그는 피투성이가 되어 쓰러져서까지도 입을 달싹거리며 욕질을 하였다.(1부)

**달음박질** 【명사】 급하게 뛰어서 달려가는 짓.

바람과 함께 두꺼운 구름들이 꾸역꾸역 금성산 쪽으로 달음박질치듯 하였다.(1부)

**달포** 【명사】 한 달 조금 넘는 동안.

큰아부지는 집에 오셔서도 근 달포 동안은 바로 눕지도 못허시고 배를 깔고 엎져서만 살았당께라우.(7부)

**닭날** 일진(日辰)의 지지(地支)가 유(酉)로 되는 날. 을유(乙酉), 정유(丁酉), 기유(己酉) 따위를 이른다.

닭의 날에 바느질을 하면 손이 닭의 발처럼 흉하게 갈라진다고 하여 아무 일도 하지 않았다.(2부)

**닭똥 같은 눈물** 방울이 몹시 굵은 눈물.

그의 눈에서는 닭똥 같은 눈물이 쉴 새 없이 흘러내렸다.(1부)

**담배 한 대참도 안되어서** 시간이 빠르다는 말을 비유적으로 이르는 말.

쇠뿔고개 정그장에서 화통을 탄다 치면 담배 한 대참도 안 되어서 서울에 닿는다고 안허든가유.(5부)

**담배만큼도** 【명사】 아주 작거나 적은 것을 비유적으로 이르는 말.

마님이 그의 속마음을 만분의 일이라도 알아주니 담배씨만큼 가슴이 트였다.(1부)

**담뿍** 【부사】 무엇이 어떤 범위 안에 약간 넘칠 듯이 가득한 모양을 나타내는 말, 어떤 감정 따위가 풍부한 모양을 나타내는 말.

마을 앞에는 천 년도 넘었음직한 늙은 팽나무 두 그루가 막 숨을 거두려는 노란 햇살을 담뿍 받고 있었다.(2부)

**담살이** '머슴살이' 방언. 남 머슴 노릇을 하면서 살아감.

우리 내외에 손자 놈 딸리고 찬모 둘에 머슴이 넷, 담살이꺼정, 식솔이 아홉인께 가용 씀씀이가 솔찬허당께.(8부)

**당고의** 명사 당의는 조선시대, 여자들이 입던 예복 중 하나.

유씨 부인은 철 이른 초록 공단 당고의를 입고 머리에는 모란잠을 꽂고 있었다.(1부)

**당골** '무당' 방언.

자네 시어미는 당골이 될 것이야. 이 집 주인이었던 월심이(月心伊)를 신어미로 삼으려고 강을 건너 여기꺼정 온 걸세.(2부)

**당꼬 즈봉** 당꼬바지. 위는 펄렁하고 밑은 단추 등으로 여미어 딱 붙게 한 바지.

당꼬 즈봉에 도리우찌를 쓰닝께 워너니 태깔이 나 보이지 않는감요?(6부)

**당도리배** 예전에 바다로 다니는 나무로 만들어진 큰 배를 이르던 말.

그러면서 대불이는 강심을 가로질러 선창 쪽으로 들어오는 큰 당도리배를 멀뚱히 바라보았다.(2부)

**당상관** 명사 예전에, 당상 벼슬아치를 이르던 말.

그가 엽관(獵官) 운동에 줄을 대고 있는 진령군의 아들 김창렬은 붉은 옷에 옥관자를 달고 당상관(堂上官)의 관복을 입고 다녔는데, 그가 마음을 먹고 서둘기만 해준다면 수령 방백 자리 쯤이야 거뜬하게 딸 수가 있다고 믿었다.(1부)

**당장 묵기에는 곶감이 달겠지만** 당장 먹기엔 곶감이 달다. 바로 먹기 좋고 편한 것은 그때 잠시뿐이지 정작 좋고 이로운 것은 못 된다는 말. 나중에 가서야 어떻게 되든지 당장 하기 쉽고 마음에 드는 일을 잡고 시작함을 비유적으로 이르는 말.

당장 묵기에는 곶감이 달겠재만, 우리 형님은 왜놈들 비위를 맞추면서 살고 싶지는 않다는 생각이겠지요.(6부)

**당초** 명사 일 맨 처음.

당초 새끼내에 터를 잡게 된 뜻이 무지개처럼 하늘에 떠버릴 것을 걱정하게 됐다.(2부)

**당최** 부사 처음부터 도무지.

나는 당최 헝겊 허리끈은 선찮아서 못 맨단 마시.(2부)

**대가리** 명사 동물 머리를 이르는 말. 일부 명사 뒤에 붙어 그것을 낮잡아 이르는 뜻을 더하여 명사를 만드는 말.

말뚝버섯처럼 대가리는 푸르고 몸통은 황백색으로 얼룩덜룩한 큰 구렁이 한 마리가 스스로

방문턱을 기어들어오더니만, 웅보 어머니의 몸을 칭칭 감아버렸다.(1부)

**대꼬챙이** 〔명사〕 대로 만든 가늘고 길쭉하며 끝이 뾰족한 물건.

버선도 신지 않고 맨발인 채 곳간에 갇힌 할아버지는 대꼬챙이도 없이 말라비틀어진 밤을 한 가마니나 까야만 했다.(1부)

**대마도** 한국과 일본 규슈 사이에 있는 섬. 행정상으로 나가사키 현에 속하며, 인공 운하에 의해 남과 북 두 섬으로 나누어져 있다. 면적은 709제곱킬로미터이다. '대마'는 일본어 'Tsushima[對馬]'를 우리 한자음으로 읽은 이름이다.

연락선이 대마도를 비껴 지나면서부터 수평선 외에는 티끌 한 점 보이지 않았다.(8부)

**대신 댁 송아지 백정 무서운 줄 모른다** 남 권력만 믿고 안하무인인 사람을 비유적으로 이르는 말.

대신 댁 송아지 백정 무서운 줄 모른다는 푼수로, 양 진사의 세도만 믿고 속도 없이 거들거리고 살아온 자신이, 양 진사보다 더 미웠다.(1부)

**대오리** 〔명사〕 가늘게 쪼개 놓은 댓개비.

회의가 얼추 끝나갈 무렵이 되자 최 규창은 시렁에서 대오리 바구니를 꺼내 엿 한 가락씩을 나눠주었다.(8부)

**대추나무 연 걸리듯** 여기저기 빚을 많이 지고 있음을 비유적으로 이르는 말.

태수는 노름빚이 대추나무 연 걸리듯 해 있구, 내는 사람을 작살냈쉐다.(6부)

**대통** 〔명사〕 일이나 운수 따위가 크게 트여 이루어짐. 담뱃대 담배를 담는 부분.

그랬더니 대통 영감은 픽 웃고 나서 이놈아, 종놈이 좆으로 밤 까라고 허면 까는 겨! 하고 내질러버리는 것이 아닌가.(1부)

**대풍창** '나병'을 한방에서 이르는 말.

대풍창(大風瘡)이라 함은 문둥병을 말함이다.(3부)

**댈싸** '엄청' 방언. 필요한 요소를 모두 갖추어 부족함이나 결함이 없음을 뜻함.

장개 가도 될 만치 댈싸 큰 놈이 할머니 젖을 만짐시로 잠을 자다니?(9부)

**댓돌** 〔명사〕 집채 앞뒤에 오르내릴 수 있게 놓은 돌층계. 집채 낙숫물이 떨어지는 안쪽으로 조금 높게 돌려 가며 놓은 돌.

댓돌에 앉아 하염없는 눈으로 꽃망울을 바라보는 막음례는 울컥 두 새끼들이 보고 싶어졌

다.(1부)

**댕겨** '다녀' 방언.

전주좀 댕겨 와야겠소. 일천 냥을 더 보내야 제수가 된다니 어찌하겠소.(1부)

**댕김시로** '다니면서' 방언.

사람이라는 생각을 한다 치면 어찌코롬 떼 지어 댕김시로 남의 집에 쳐들어가 음식을 찾어먹 겠수?(3부)

**댕돌같은지** 〔형용사〕 댕돌같다. 돌과 같이 매우 야무지고 단단하다.

대불이가 세곡선에 불을 지르고 잠적을 해버린 뒤로 양 진사의 서슬이 어찌나 댕돌같은지, 양 진사댁 행랑채에 빌붙어 사는 아버지 어머니가 고개조차 제대로 못 들고 죽어 사는 판이 었다.(3부)

**더그매** 〔명사〕 지붕 밑과 천장 사이 빈 공간.

방은 어려서 술래잡기놀이를 할 때 더그매나 허청의 멱둥구미 안에 술래가 찾을 수 없게 깊 숙이 숨을 수 있는 곳처럼 마음이 느긋하게 풀리는, 이 세상에서 가장 은밀한 장소였다.(1부)

**더글더글** 작은 돌이 부딪히는 듯한 소리.

어머니의 목에서는 더글더글 가래 끓는 소리와 함께 문풍지가 강바람에 떠는 소리가 새어나 왔다.(6부)

**더럭** 〔부사〕 어떤 감정이나 생각 따위가 갑자기.

아들을 따라 산꼭대기에 오르는 것을 포기하고 되돌아간다고 해도 어디가 어디인지조차 분 별할 수가 없을 것만 같아 더럭 겁이 나기도 하였다.(2부)

**더벅머리** 〔명사〕 수북하고 거칠게 난 머리털. 또는 그런 머리털을 가진 사람.

그날 대불이가 짝귀와 함께 형님네 모내기를 도와주고 해넘이 무렵에 집에 돌아와 보니 열대 여섯쯤 되어 보이는 더벅머리 사내아이가 낮부터 대불이를 기다리고 있었다고 하였다.(6부)

**더수구니** '뒷덜미' 낮춤말.

한나절을 그렇게 묶여 있었기 때문에 무쇠같이 단단한 그의 두 다리도 저릿저릿 저려오고, 더수구니가 피가 몽친 듯 뻑적지근해졌다.(1부)

**더트면** '더듬다' 방언. 더듬어 찾다.

주막을 낼 생각이니께 주막만 다 더트면 될 거로구만유.(3부)

**덜컥**  부사  어떤 일이 갑자기 진행되는 모양을 나타내는 말.

그런데 짝지어 살게 된 지 일 년도 미처 못 채우고 바우가 염병에 걸려 덜컥 저 세상 사람이

되고 말았다. (2부)

**덜컹거렸다**  자동사  덜컹거리다. 서로 거세게 부딪쳐 울리는 소리가 자꾸 나

다. 놀라움이나 무서움으로 갑자기 내려앉는 듯한 느낌이 자꾸 들다.

아직 싸워보지도 않고 소문부터 퍼졌으니 채비 사흘에 용천관을 다 지나가게 될 것 같아 마

음이 덜컹거렸다. (6부)

**덜퍽덜퍽**  부사  갑자기 매우 맥없이 넘어지거나 아무렇거나 툭 주저앉는 소리

를 나타내는 말.

그들은 칠만이의 태도에 시분이 싫지 않은 듯 헤헤거리며 술청의 평상과 마당의 흙바닥에

덜퍽덜퍽 앉았다. (3부)

**덤성거렸다**  자동사  덤성거리다. 매우 침착하지 못하고 자꾸 함부로 덤비며 매

우 바쁘게 움직이다. 잇따라 물에 떨어지는 소리가 나다.

주모는 술청을 왔다 갔다 하면서 유별나게 덤성거렸다. (1부)

**덤터기를 쓰다**  남에게서 억지로 억울한 누명이나 큰 걱정거리 따위를 얻게

되다.

어쩌면 단소장이 전 서방은 상전에게 돌아가 팔자땜으로 거렁뱅이가 된 상전의 외아들을 죽

게 하였다는 덤터기를 쓰고 죽음을 당했을지도 모른다는 생각이 들었다. (5부)

**덩그렇게**  형용사  덩그렇다. 높이 솟아서 우뚝하다. 텅 비어 휑뎅그렁하게 넓

거나 쓸쓸하다.

주렴도 없는 허름한 주막에는 덩그렇게 좌판이 놓여있을 뿐 주모도 없었다. (8부)

**덩덕새머리**  명사  빗지 않아서 더부룩한 머리.

둥금이가 진사 댁으로 들어온 다음해 봄에, 절름발이 늙은 하녀의 아들인, 둥금이보다 나이

가 열 살이나 더 많은 덩덕새머리의 떡바우가 산에서 캐다 심은 수국꽃나무는 어머니가 없이

도 혼자 잘도 자라서(……) (2부)

**덩두렷이**  부사  사물의 모습이 웅장하게 높으며 흐리지 않고 분명하게.

짝귀가 개산 꼭대기에 자리 잡은 창의병의 둔영에 당도했을 때는 해가 상투머리 위에 덩두렷

이 올라와 있었다.(6부)

**덩실하게** 〔형용사〕 덩실하다. 웅장하고 시원스럽게 높다.

김치근의 아내는 해가 지붕 위에 덩실하게 걸릴 무렵, 통잠에서 깨어난 시어머니한테 추적 추적 울면서 물었다.(2부)

**덩싯하게** 편안하게 춤을 추듯이 팔다리를 가볍게 놀리다.

이 산전의 둔덕을 내려오고 있을 때에야 동편 하늘에 엉겅퀴꽃잎 같은 아침 해가 덩싯하게 떠올랐다.(7부)

**덮치는** 〔타동사〕 덮치다. 위에서 덮어 누르다, 갑자기 들이닥치다.

웅보는 고기 비린내가 훅훅 코를 덮치는 영산포 선창에서, 그보다 먼저 강을 건넌 판쇠와 덕 칠이를 만났다.(1부)

**데면데면** 〔부사〕 사람을 대하는 태도가 친밀성이 없고 어색한 모양을 나타내는 말, 성질이 꼼꼼하지 않아 행동에 조심성이 없는 모양을 나타내는 말.

대불이가 젊은이들을 둘러보며 말하자 모두들 데면데면 웅보에게 인사를 하였다. 웅보도 그들이 내미는 손을 잡고 수인사를 하였다.(3부)

**데쳐놓은** 〔타동사〕 데치다. 끓는 물에 넣어 슬쩍 익히다.

논둑길로 푸석푸석 땅껍질이 벗겨졌으며 나뭇잎과 풀잎들은 햇볕에 견디다 못해 데쳐놓은 것처럼 축 늘어졌다.(3부)

**도깨비 놀음판 속** 도깨비놀음. 갈피를 잡을 수 없을 정도로 이상하게 되어 가는 일을 비유적으로 이르는 말.

꼭 도깨비 놀음판 속 아닌 가벼. 듬씬 돈을 쥐어주는 건 옹골진 일이나, 집으루 돌아가라니, 어찌된 거유?(2부)

**도깨비 사귄 셈 쳐야지요** 도깨비 사귄 셈이라. 귀찮은 사람이 늘 따라다녀도 떼어 버릴 수 없는 경우를 이르는 말.

이무 깨진 그릇이 되얐구먼요. 도깨비 사귄 셈 쳐야지요.(6부)

**도깨비 염불하는** 다른 사람이 잘 알아듣지 못하도록 혼자 우물우물 지껄여대는 말.

미쳤어? 도깨비 염불하는 소리 하지도 말어. 도망을 왜 가?(1부)

**도깨비 장타령** 〔민속〕 우리나라 민간 설화에서 동물이나 사람 형상을 하고 있다는 잡된 귀신 중 하나. 신통술을 가지고 있어 사람을 홀리기도 하고 짓궂은 장난을 하기도 한다. 이러한 도깨비들이 동냥아치가 시장이나 길거리로 돌아다니며 부르는 노래이다.

　이놈아, 누구 앞에서 도깨비 장타령하듯 해!⑸부

**도깨비도 수풀이 있어야 산다** 도깨비도 수풀이 있어야 모인다. 아무리 재능이 있는 사람일지라도 일정한 조건이 마련되어야 그 재능을 나타낼 수 있음을 비유적으로 이르는 말.

　식솔들 몰아세우고 다시 새끼내로 돌아가서 도지 땅이나 파먹고 살자면 또 몰라도, 어차피 목포에서 버텨나갈 양이면 도깨비도 수풀이 있어야 산다고 하는 것처럼 아무래도 목줄을 의지할 발판을 마련해야 할 것만 같았다. ⑸부

**도깨비바늘** 국화과에 속한 한해살이풀. 높이는 50~100센티미터 정도이고, 잎은 마주나며 깃꼴로 갈라지고, 8~10월에 노란 꽃이 핀다.

　서른다섯의 깐깐한 체격에 미어지게 뒤룩거리는 토실토실한 목덜미를 버릇처럼 오른손으로 쓱쓱 문지르며 도깨비바늘 같은 눈으로 송풍헌을 짯짯이 내려다보았다. ⑴부

**도깨비한테 홀린 것처럼** 도깨비에게 홀린 것 같다. 일의 내막을 도무지 모르고 어떤 영문인지 정신을 차릴 수 없다는 말.

　욱곡, 상곡, 지죽 세 면의 농민들은 도깨비한테 홀린 것처럼 머릿속이 휑뎅그렁해졌다. ⑶부

**도끼눈** 〔명사〕 화가 나거나 미워서 남을 매섭게 쏘아 노려보는 눈.

　그 때문에 그는 웅보 식구들만 만나면 도끼눈을 하고 찔러보고, 걸핏하면 괜한 일에 감 놓아라 대추 놓아라 끼어들어 훼방을 놓곤 하였다. ⑴부

**도끼를 삶어묵었어** 도끼를 삶아먹다. 성질이 드센 사람을 비유적으로 이르는 말.

　도끼를 삶어묵었어, 여자가 왜 이려?⑴부

**도둑놈 제 발 저리드라고** 도둑이 제 발 저리다. 지은 죄가 있으면 자연히 마음이 조마조마해진다는 말.

　이런 나쁜 놈아, 도둑놈 제 발 저리드라고 실토를 허고 마는구나. 네놈이 그러고도 성할 줄

알았더나!(5부)

**도라꾸** '트럭' 외래어.

친구들을 보니까 재판관이 되겠다는 아이가 많았고 도라꾸나 다꾸시 운전수가 되겠다는 아이, 장사꾼, 빵집 주인, 목장 주인이 되겠다는 아이도 있었어요.(8부)

**도로 아미타불** 애쓴 일이 소용없게 되어, 처음의 상태로 되돌아간 것과 같음을 이르는 말.

목포에서 고향으로 돌아온 후 이년 동안 개미 금탑 모으듯, 귀먹은 중 마 캐듯, 뼛속에 땀방울 고이게 돌을 옮겨다가 물둑을 쌓아올렸던 것이, 지난여름 큰물에 옴씰하게 할큄질 당하여 도로 아미타불이 되어버렸는데도 끝내 포기하지 않고 다시 밑돌부터 놓기 시작한 것이었다.(6부)

**도리우찌** 명사 챙이 짧고 덮개가 둥글넓적한 모양 모자.

주황색의 탱크바지며 목깃이 희치희치 닳아빠진 낡은 와이셔츠에, 돼지꼬리처럼 깡똥한 넥타이까지 매고, 양쪽 호주머니에 뚜껑이 달린 양복저고리를 걸친 다음 짙은 밤색의 도리우찌를 깊숙이 눌러썼다.(6부)

**도리질했다** 자동사 도리질하다. 싫다거나 아니라는 뜻으로 머리를 좌우로 흔드는 짓을 하다.

그러다가도 그는 그녀에 대한 생각을 털어버리기라도 하려는 듯 강하게 머리를 흔들어 도리질했다.(8부)

**도방** 명사 길 옆.

기름바위 막동이가 덕칠이를 쥐어박듯 내쏘자, 잠자코 강물을 바라보고 있던 판쇠가 이 기회에 도방살림이나 허고 싶구만. 하고 싱글싱글 웃으며 말했다.(1부)

**도살업** 짐승 잡는 것을 직업으로 하는 것을 이르는 말.

점원들을 중심으로 만들어진 점원 청년회와 도살업에 종사하는 청년들 단체인 형평 청년회 회원이 신우회 간부로 참여하고 있다는 사실이 돋보였다.(8부)

**도살장** 명사 고기를 얻기 위해 소나 돼지 따위의 가축을 도살하는 곳.

그제야 웅보는 마치 도살장에 끌려가는 소처럼 두 어깻죽지를 휘주근하게 늘어뜨리고 어슬렁어슬렁 마루로 올라갔다.(1부)

**도살장에 끌려가는 소처럼**  근심에 싸이거나 겁에 질려 마지못해 하는 행동을 비유적으로 이르는 말.

그제야 웅보는 마치 도살장에 끌려가는 소처럼 두 어깻죽지를 휘주근하게 늘어뜨리고 어슬렁어슬렁 마루로 올라갔다.(1부)

**도스렸다**  〔타동사〕 도스리다. 무슨 일을 하려고 긴장하여 마음을 다잡아 가지다.

만석이가 그의 핏줄이라서가 아니고 유씨 부인을 위해서 절대 그를 다치지 않게 해야 한다고 도스렸다.(6부)

**도야지 발에 편자**  돼지발에 편자. 가진 물건이나 입은 옷 등이 제격에 어울리지 않아 우스꽝스러움을 비유적으로 이르는 말.

시방 내 처지가 계집 생각허게 생겼는가? 내 처지에 계집이라니 …… 도야지 발에 편자 붙이는 격이 아닌가.(6부)

**도정공장**  곡식을 찧거나 빻는 곳.

그 때문에 경상도 일대에서 생산되는 많은 쌀을 일본으로 실어가기 위해 부산항 주변에는 대규모 도정공장들이 성업 중이다.(8부)

**도지**  조선 말기 한 해 동안에 돈이나 곡식을 얼마씩 내고 남에게 빌려서 쓰는 논밭이나 집터를 이르던 말. 조선 후기 농사 잘되고 못됨에 상관없이 해마다 일정한 금액으로 내는 도조를 이르던 말.

다만 남의 땅을 부쳐 먹고 사는 소작인들만이 그나마 도지 땅이 넘어가지나 않을까 하고 걱정들을 하는 것이었다.(4부)

**도톰헌**  〔형용사〕 도톰하다. 조금 두껍다.

오묵헌 눈매는 모친을 닮았는디, 시컴헌 눈썹이며 뭉뚝한 코와 긴 인중, 도톰헌 입술, 그리고 본께로 실헌 턱이랑 영락 생부 얼굴 그대로여.(8부)

**도투마리**  〔명사〕 베를 짤 때 날실을 감는 틀.

그가 객주거리의 여자들을 호리는 일은 도투마리 잘라서 넉가래 만들기보디 더 쉬운 일이어서, (……)(2부)

**도투마리 잘라 넉가래 만들기**  도투마리를 두 번 자르기만 하면 넉가래가 된다는 데서, 아주 하기 쉬운 일을 비유적으로 이르는 말.

그가 객주거리의 여자들을 호리는 일은 도투마리 잘라서 넉가래 만들기보다 더 쉬운 일이어서, 손쉽게 호려낸 여자들을 못나고 나이 많은 관속들의 방에 들여 넣어주기만 하면, 다음날 아침 그의 입에서는 금방 아우라는 말이 튀어나오게 마련이었다.⑵

**도화살**  [민속] 여자가 한 남자의 아내로 살지 못하고 여러 남자와 상관하거나 남편과 사별하도록 지워진 살.

내 얼굴이 도화살에다 턱 받치는 버릇이 있어서 팔자가 드셀거라구요.⑷

**독서회**  광주항일학생운동을 주도했던 비밀결사단체. 1919년 3·1운동 후 학생운동은 민족운동의 일환으로 전국 각급 학교에 조직되었던 비밀결사인 독서회 조직을 통한 동맹휴학 형태로 나타났다. 광주에서도 1926년 11월 3일 성진회(醒進會)가 조직되면서부터 비밀결사조직에 의한 조직적인 동맹휴학 투쟁이 본격적으로 전개되기 시작하였다. 1927년 5월 하순 광주고등보통학교 학생들이 '한일학생 교육제도 차이와 시설의 차이'를 지적하고 물리, 화학 교실 확충을 비롯한 요구조건을 내걸고 동맹휴학에 들어갔다. 교장 시라이(白井)는 학생들 요구조건 이행을 약속하여 일단 마무리되었으나 해를 넘겨도 요구조건은 실천되지 않았다. 이와 같은 상황 속에서 1928년 6월 26일부터 본격적인 항일동맹휴학이 일어났다. 1928년 4월 16일 광주와 송정리지방에 '조선독립선언문'이 살포된 것을 중대시한 광주경찰서가 광주와 송정리 청년, 학생들을 구속하였는데, 학교당국에서는 구속된 학생 중 광주고등보통학교 5학년생인 이경채를 제적시켰다. 학생들은 이경채 제적이유를 밝히라고 요구하였으나 거절당하였다. 이에 학생들은 동맹휴교를 결의, 6월 26일 전교생이 강당에 모여 진정서를 학교당국에 제출하고 등교를 거부하였다. 광주고등보통학교에서 동맹휴학이 진행되고 있을 때, 성진회, 독서회 등에서 같이 활동하던 광주농업학교, 광주사범학교 학생들도 공동보조를 맞추어 동맹휴교에 들어갔다. 6월 27일 광주농업학교에서는 송성수, 김윤성, 유상걸, 나석현 등이 중심이 되어 150명 연명을 받아 일본인 교사를 배척하는 진정서를 학교당국에 제출, 거부당하자 29일 동맹휴교에 들어갔다. 학교당국이 송성수 등 12명을 퇴

교시키고 10여 명을 무기정학에 처하자 학생들은 동원부, 연락부, 모계부, 탐복부 등을 두어 동맹휴교를 체계화하였으며 식민지교육제도 폐지, 한일공학제 실시반대 등을 요구하며 끝까지 투쟁을 호소하는 격문을 배포하기도 했다.

독서회? 그거 좋겠구만. 학생이라면 누구나 호감을 가질 만하지 않은가. 당국에서 이상한 눈으로 보지도 않을 거고.⁽⁹⁾

### 돈만 있으면 귀신도 부릴 수 있다   돈이라면 안 되는 일이 없다는 말.

아무리 돈만 있으면 귀신도 부릴 수 있다는 세상이라지만, 돈을 위해서는 원두한이 사촌을 모른다는 푼수로 친구 아니라 처자식이라도 팔아먹을 만큼 막돼먹은 그가 불쌍하게 여겨졌다.⁽⁶⁾

### 돈후한   형용사 돈후하다. 인정이 매우 두텁다.

그의 인생에서 그처럼 돈후한 친구를 가졌다는 것이 얼마나 다행인가 싶었다.⁽⁸⁾

### 돌대가리   명사 머리가 몹시 둔하고 어리석은 사람을 얕잡아 이르는 말.

몸만 실허고 머리는 돌대가리가 되면 어디다 쓰겠어요.⁽³⁾

### 돌도 십 년을 보고 있으면 구멍이 뚫린다   무슨 일이나 중단함이 없이 꾸준히 정성 들여 애써 하면 안되는 일이 없다는 말.

돌도 십 년을 보고 있으면 구멍이 뚫린다고 안 허든가.⁽¹⁾

### 돌라매고   타동사 돌라매다. 한 바퀴 돌려서 마주 매다.

대불이는 우암이를 향해 말하면서 행전을 돌라매고 전립을 썼다.⁽⁶⁾

### 돌림병   명사 여러 사람에게 잇달아 옮아 널리 퍼지는 병.

물난리가 지나가고, 햇볕도 없는 후덥지근한 날씨가 계속되더니, 새끼내 인근마을에서는 돌림병이 돌기 시작하였다.⁽¹⁾

### 돌쟁이   태어난 지 한 해가 되는 아이.

양만석은 서서평이 업고 있는 돌쟁이 정도의 아기를 보며 물었다.

### 돌쩌귀   명사 문짝을 여닫게 하기 위하여 쇠붙이로 만든 한 벌의 물건.

웅보는 대불이의 그런 소견을 대견스럽게 생각하면서도, 풀무질이라면 또 몰라도 깎낫, 돌쩌귀 하나도 못 만드는 주제에 대장장이가 되고 싶다니, 웃음이 나왔다.⁽¹⁾

**돔배젓**  동배젓. 서남 해안에서 전어 창자를 삭힌 음식.

장개동은 전날 영산포 선창에 나가 흑산홍어 대자 두 마리에 미녀며 돔배젓(전어창자젓)과 고노와다(해삼창자젓)를 사왔다.(8부)

**동구미**  〔명사〕 곡식이나 채소 따위를 담는 데 쓰는 짚으로 둥글고 울이 깊게 걸어 만든 그릇.

백두 아저씨는 소리를 지르며 우르르 사립짝 쪽으로 내달아오더니 손에 들고 있던 빈 동구미로 서거칠의 머리를 마구 후려치는 것이었다.(6부)

**동냥**  〔명사〕 거지나 동냥아치들이 돌아다니며 구걸함.

너도 몰래 서당에 동냥글을 읽었으니 어찌 종노릇을 할 수가 있겠느냐.(1부)

**동냥**  〔민속〕 무당이 시주하러 돌아다니는 일. 또는 그렇게 해서 얻은 돈이나 곡식 물건 등.

신굿이 끝난 다음날, 월심이는 인근 마을의 단골들을 찾아다니며 쇠 동냥을 다녔으며, 조금씩 얻어온 쇠를 모아 울쇠(神鈴)를 만들어 회진 마을 무당이 되었다.(2부)

**동냥아치**  〔명사〕 돈이나 먹을 것을 남에게 구걸하러 돌아다니는 사람.

주막 주인이 혼자 힘으로는 네댓 명이나 되는 동냥아치들을 쫓아 내지 못할 것 같자 칠만이가 벌떡 일어서며 고함을 쳤다.(3부)

**동분서주**  〔명사〕 여기저기 사방으로 분주하게 다니다. 동쪽으로 뛰고 서쪽으로 뛴다는 뜻으로 여기저기 사방으로 분주하게 돌아다님을 이르는 말.

양 진사가 수년 전부터 벼슬자리를 하나 사려고 돈꿰미를 지고 동분서주하더니 고작 압령원 자리를 얻게 된 것이었다.(2부)

**동시다발**  〔명사〕 같은 시기에 많이 발생함.

12월 9일 서울의 시위는 동시다발로 마치 지뢰밭이 터지듯 여기저기서 일어났다.(9부)

**동양척식주식회사**  東洋拓殖株式會社. 1908년 8월 일본이 한국에 설립한 국책회사. 원래 일본 농민의 조선으로의 이주를 목적으로 한 회사로서 일본의 '동양협회(東洋協會)'에 의해 제안되고 그 설립이 확정됨에 따라 일본에서 제정된 '동양척식회사법'에 의거하여 일본 정부와 재계의 주도하에 자본금 1,000만 원의 주식회사로 설립되었다. 한국 정부는 설립자본금 30%에 해당하는 국유지를 출자했지만 일본 정부가 설립과 운영을 주도하여 일본의 국책회사로서 식민지 척식사업을 담당했다. 서울에 본점을 두고 1909년 1월부터 조선에서만 활동하였으나 1917년부터는 본점을 도쿄(東京)로 이전했다. 소유는 일본인에 국한하고 만몽(滿蒙)지역까지 활동했으며, 1938년부터는 타이완(臺灣)·사할린·남양군도(南洋群島) 등으로 영업지역을 확장했다. 그 결과 1938년 말 9개의 지점과 831명의 직원을 두었으며 일제강점기 말 수권자본금을 1억 원으로 증자하고 10개의 지점을 두었다. 그후 1946년 4월 미군정에 의해 신한공사(新韓公社)로 재편, 소멸되었다.

선창에는 무곡선과 소금배들이 여러 척 정박해 있었으며, 강변의 풀밭에는 말들이 풀을 뜯고, 여각이며 요리점, 주점, 싸전, 잡화점, 소금전, 어물전 등이 즐비한데다가, 정미소, 미곡전 창고와 우편소, 동양척식회사 사무소, 헌병대 등의 건물이 있었으며, 함석지붕의 일본식 주택도 여러 채 눈에 띄었다. 선창거리에는 왜나막신을 신은 일본사람들도 많아 목포와 다를 바가 없었다.⁽⁷부⁾

**동짓달**  　민속　음력으로 한 해 열한 번째 드는 달.

동짓달 하순 무렵에 접어들자 강바람도 드새지고 사흘 걸러 눈발이 비치곤 하였다.⁽²부⁾

**동척**  1908년 일본이 한국의 토지와 자원을 독점하고 수탈할 목적으로 설립한 국책 회사. 주로 토지를 강점하고 강매하여 높은 소작료를 징수하고 많은 양곡을 일본으로 반출하였다. 1917년부터 본점을 일본 도쿄로 옮기고 동양 각지로 사업을 확대하였으나 일본이 제2차 세계대전에 패전하면서 문을 닫았다.

새끼내 사람들이 동척에 불을 지른 지도 10년이라는 세월이 흘렀다.

**동풍 닷 냥이라**  동풍 닷 냥이다. 난봉나서 돈을 마구 씀을 놀림조로 이르는 말.

첫봄에 샛바람이 불면 그해엔 난봉이 많이 난다던가. 동풍 닷 냥이라는 말은, 봄에 샛바람이 많이 불면 그해에 풍년이 든다는 뜻이 아닌가.⁽¹부⁾

**돋**  　명사　'돼지' 방언.

웅보는 다시 씨돋을 열심히 떠올리며 마님이 하자는 대로 했다.⁽¹부⁾

**돼지 먹따는 소리**  아주 듣기 싫도록 꽥꽥 지르는 소리.

강을 건너기 위해 서둘러 나루터로 향하던 웅보가 객주거리 쪽에서 돼지 멱따는 소리로 다급하게 불러대는 판쇠한테 이끌려, (……)(1부)

**되뚱거리며** 〔자동사〕 되뚱거리다. 쓰러질 듯이 이리저리 자꾸 가볍게 기울어지다. 쓰러뜨릴 듯이 이쪽저쪽으로 자꾸 가볍게 기울이다.

말바우 어미가 개산만한 배를 움켜 안고 되뚱거리며 풀상투를 따라가는 모습이 악몽처럼 눈에 밟혀왔다.(3부)

**되레** 〔부사〕 일반적인 생각이나 기준과는 전혀 반대되거나 다르게, 미리 짐작하거나 기대한 것과 전혀 반대되거나 다르게.

막음례의 생각에는 웅보의 아기를 가졌다는 말을 들으면 마님이 반가워할 줄 알았는데, 반가워하는 기색은 조금도 없이 되레 실뚱머룩한 얼굴로 우두커니 그녀의 얼굴만을 바라다볼 뿐이었다.(1부)

**되려** '도리어' 방언.

되레 그 수효가 수천 명으로 불어났다.(4부)

**되쏘여** 〔자동사〕 되비치다. 한 번 비쳤다가 다른 것에 반사되어 다시 비치다.

햇살이 강물 위에 부서져 물비늘이 번쩍번쩍 되쏘여왔다.(1부)

**되알지게** 〔형용사〕 되알지다. 힘주는 맛이나 억지로 하는 솜씨가 몹시 세고 야무지다. 힘에 겨워 감당하기가 벅차다.

조금 전까지만 해도 농사꾼들 보는 앞에서 오 서방한테 되알지게 얻어맞던 한 생원은 이제 그를 도와줄 사람도 있고, 더욱이 오 서방이 대불이의 손에 등덜미를 잡힌 채 달싹 못하고 있는 터라 기세가 등등해졌다.(5부)

**되작거려가며** 〔타동사〕 되작거리다. 이리저리 살짝 들추며 자꾸 뒤지다. 여러 측면에서 생각해 보다.

마님은 웅보를 이리저리 되작거려가며 마치 노리개 가지고 놀 듯 하였다.(1부)

**되짚어** 거듭 곰곰이 따져 보다. 가던 그대로 따라 돌아가다.

형님은 어찌 되짚어 오셔부렀능교.(2부)

**된장 신 것은 일 년 원수요 사내 퇴박 놓고 줄행랑친 계집은 천 년 원수** 여자를 잘못 맞아들이면 평생을 그르친다는 말.

된장 신 것은 일 년 원수요 사내 퇴박 놓고 줄행랑친 계집은 천 년 원수라더니, 내 그년을 찾기 전에는 한이 풀리지 않겠쉐다. (6부)

**될성부른 나무는 떡잎부터 알아본다**  크게 될 사람은 어릴 적부터 남다르다는 뜻으로 좋은 결과가 기대되는 일은 처음부터 잘됨을 비유적으로 이르는 말.

못 묵을 버섯은 삼월 달부터 나고, 될성부른 나무는 떡잎부터 알아본다등만……. (5부)

**됫박**  '쪽박' 방언. 되 대신으로 쓰는 바가지. 곡식이나 액체 등의 분량을 재는 데 쓰는 그릇을 속되게 이르는 말.

웅보는 마음 놓고 재주껏 수북수북 됫박이 넘치도록 소금 값으로 곡식을 되어 받을 수가 있었다. (2부)

**두꺼비 파리 잡아먹듯**  아무것이나 닥치는 대로 널름널름 받아먹음을 비유적으로 이르는 말.

대불이는 봉선이가 한사코 쌍가마를 가진 세 여자들의 이야기를 해달라고 보채는 것에는 아랑곳하지 않고, 두꺼비 파리 잡아먹듯 술잔만 목구멍 속으로 거푸 털어 넣었다. (5부)

**두껍다리**  명사  골목 안의 도랑이나 시궁창에 걸쳐 놓은 작은 다리.

대불이는 성큼성큼 두껍다리를 건너 그의 집 안으로 들어서는 송풍헌을 따라가며 불퉁스럽게 말을 뱉었다. (1부)

**두더지 혼사**  두더지 혼사 같다. 분수에 넘치는 엉뚱한 희망을 가짐을 비유적으로 이르는 말. 자기보다 훨씬 나은 사람과 혼인하려고 애쓰다가 결국에는 비슷한 사람과 혼인하게 됨을 비유적으로 이르는 말.

자기보다 나은 처지에 있는 사람과 혼인을 하려고 덤비는 것을 두더지 혼사라고 하는겨. (5부)

**두렁**  명사  논이나 밭의 가장자리로 작게 쌓은 둑이나 언덕.

줄꾼은 두 무릎을 꿇고 회목발목에 줄을 건 다음 두 무릎 황새두렁넘기를 보여주었다. (2부)

**두렁치마**  '두렁이' 방언.

치자 물을 들인 저고리에 검정 두렁치마를 입은 아이를 불러 줄 타는 노인이 누구냐고 넌지시 물어보았다. (2부)

**두레박질**  자동사  두레박질하다. 두레박으로 우물물을 긷는 일을 하다.

처자는 웅보를 보지도 않고 두레박질을 하면서 건성으로 대답했다.⁽¹부⁾

**두레살이** [민속] 농촌에서 농사일을 공동으로 하기 위하여 마을 단위로 둔 조직에서 생활하다.

그러나 웅보는 천서방에게 쌀 열 가마니를 주지 않고 그의 가족들을 새끼내로 데리고 와서, 유씨부인에게서 가져온 쌀 열 가마니를 잡곡으로 바꾸어 두레살이를 하게 된 것이었다.⁽⁴부⁾

**두렷거리지** [타동사] 두렷거리다. 눈을 자꾸 굴리며 여기저기 살피다.

그리고 보이지 않는 어떤 사람한테 안내를 받기라도 하는 것처럼 미적거리거나 두렷거리지 않고 대추나무 언덕을 내려가 회진 마을 어귀 대밭 모퉁이를 보듬고 돌았다.⁽²부⁾

**두령깜** 여러 사람을 거느린 우두머리 자격이 있음을 이르는 말.

대불이 그 사람 독립군 두령깜이지라. 세상이 좋아지면 큰 일 한번 헐 것이요.⁽⁸부⁾

**두르더니** [타동사] 두르다. 대고 돌려 감다. 돌아가며 잇대다.

횃대 아래에 선 채 대불이 쪽으로 얼굴을 두르더니 여전히 대불이의 존재 따윈 마음에 두지 않은 얼굴로 태연하게 속치마와 속곳을 하나하나 벗었다.⁽⁵부⁾

**두름** [명사] 물고기나 나물을 짚 따위로 길게 엮은 것.

웅보는 마른 사재발쑥 두름을 겹겹이 매달아놓은 은행나무 밑에 털썩 주저앉아 양 의원이 돌아오기만을 기다렸다.⁽¹부⁾

**두리뭉실** 두루뭉술하다. 모난 데는 없으나 아주 둥글지도 않다.

코끝이 두리뭉실하고 찍어매어 단 팔자눈을 한 뱃사람이 나이 많은 여자의 말기끈을 풀어헤친 채 이리 되작 저리 되작 온몸을 쑤석거려대도, 고드름 뒤적이듯 별 반응이 없자 화가 난 목소리로 투덜댔다.⁽³부⁾

**두릿두릿** [부사] 사물의 형태가 엉클어지거나 흐리지 않고 꽤 분명한 모양을 나타내는 말. 눈을 자꾸 굴리며 여기저기 살피는 모양을 나타내는 말.

칠복이 영감은 어둠속에서 뒤를 볼 만한 곳을 찾느라 두릿두릿 살폈다.⁽¹부⁾

**두말하면 춘향전이재** 두말하면 잔소리다. 이미 말한 내용이 틀림없으므로 더 말할 필요가 없음을 강조하여 이르는 말.

두말하면 춘향전이재. 참말로 독촉관 나리는 하늘이 보내주신 양반이여. 그런 어른헌티 무엇을 준들 아깝겠는가.⁽⁵부⁾

**두멍** 〔명사〕 물을 길어 담아 놓고 쓰는 큰 가마나 독.

> 두멍에 물을 길어 붓고 있는, 앙바틈한 키에 어울리지 않게 머리를 길게 땋아 늘인 방울이 나이 또래의 처자에게 큰 소리로 물었다.⑴부〕

**두문불출** 〔명사〕 집에만 박혀 있어 밖에 나가지 않다.

> 양만석은 한동안 두문불출 금성관 방안에서만 들어박혀 지냈다.⑼부〕

**두억시니** 〔민속〕 모질고 사악한 귀신 중 하나.

> 매형이라면 설레설레 고개를 흔들며 두억시니 대하듯 하던 남동생 앞에서도, 남편에 대한 그녀의 태도가 전 같지 않게 싹싹했다.⑼부〕

**두엄발치** 〔명사〕 두엄을 넣어서 썩히는 웅덩이.

> 풍년거지가 더 서럽다는데, 집을 떠난 자식들이 빈손으로 떠돌음하며 고생하리라는 걸 생각하면, 아침저녁 짹짹거리며 두엄발치를 헤적이는 참새들만 봐도, 내 새끼들도 배가 고파서 저 참새들 모양 허우적거리고 있겠구나 싶어 목울대가 꽉 막히곤 하였다.⑴부〕

**둔덕** 〔명사〕 언덕의 방언. 땅의 가운데가 솟아서 불룩하게 언덕이 진 곳.

> 그는 쌕쌕 가쁜 숨을 몰아쉬며, 박골 아이들이 옹기종기 모여 얼레를 돌려가며 자위질을 하고 있는, 앙상한 찔레나무들이 거미줄처럼 덩굴저 뒤엉킨 조그만 둔덕으로 올라갔다.⑴부〕

**둔팍하게** 〔형용사〕 둔팍하다. 굼뜨고 미련하다. 둔하고 매우 느리다.

> 건어물전을 지나서 청국인 요리점 앞을 지나다 말고, 태화루의 엄장하고 둔팍하게 생긴 중국인으로부터 내동댕이침을 당해 길바닥에 나자빠진 거렁뱅이 남자를 부축해 일으켰다.⑷부〕

**둘리고** '속이다' 방언.

> 술장사를 하는 무지렁이라도 글을 깨우쳐야 안 둘리고 사는 거다.⑴부〕

**뒈져서** 〔자동사〕 뒈지다. 속된 말로 생명이 끊어지다.

> 뒈져서 굼벵이도 못될 놈들.⑴부〕

**뒤뚱발이** 걸음을 뒤뚱거리며 걷는 사람.

> 그러다가 결심을 했는지 허라는 대로 허겠구만요 하고는 뒤뚱발이처럼 허리를 자빠듬히 젖히고 방을 나가더니 잠시 후에 물 묻은 손을 머리에 닦으며 다시 들어왔다.⑴부〕

**뒤로 오는 호랑이는 속여도 앞으로 오는 팔자는 못 속인다** 앞으로 오는 호랑이는 물론 뒤로 오는 호랑이까지도 속여서 위험을 면하고 살아날 수가 있다. 그러나 팔자 모면은 못한다는 뜻으로 사람은 운명에 따라서 사는 것이지 그것을 제 마음대로 할 수는 없다는 말.

팔자 도망은 독 안에 들어도 못하고, 뒤로 오는 호랑이는 속여도 앞으로 오는 팔자는 못 속인다는 말처럼, 그녀의 운명도 팔자대로 정해져 있을지 모른다는 생각을 해보는 것이었다.(4부)

**뒤룩거리는** 　자동사　 뒤룩거리다. 뚱뚱하게 살이 쪄서 둔하게 자꾸 움직이다.

그는 서른다섯의 깐깐한 체격에 미어지게 뒤룩거리는 토실토실한 목덜미를 버릇처럼 오른손으로 쓱쓱 문지르며 도깨비바늘 같은 눈으로 송풍헌을 짯짯이 내려다보았다.(1부)

**뒤룩뒤룩** 　부사　 군살이 처지도록 살이 쪄서 뚱뚱한 모양을 나타내는 말. 크고 둥그런 눈알이 힘 있게 자꾸 움직이는 모양을 나타내는 말.

대불이가 형님이라고 부르는, 몸집이 나무둥치처럼 크고 얼굴에 살이 뒤룩뒤룩한 나이 많은 고지기가 술 생각이 나는지 마음을 떠봤다.(2부)

**뒤발림** 　가루나 액체 따위를 묻히거나 입히듯이 덧붙이다.

권대길이 어지간히 취했는지 언성이 높아지고 말끝마다 버릇처럼 욕설을 뒤발림하여 생기침을 토해냈다.(5부)

**뒤범벅되어** 　자동사　 뒤범벅되다. 마구 덮여 분간이 되지 않게 되다.

북적거리는 선창에 나가보면 목청껏 질러대는 각 지방 사투리들이 뒤범벅되어 가히 들을 만했다.(4부)

**뒤숭숭** 　부사　 느낌이나 마음이 어수선하고 불안한 모양을 나타내는 말. 일이나 물건이 어수선하게 뒤섞이거나 흐트러진 모양을 나타내는 말.

집 떠난 아들 며느리 걱정에 샛바람, 갈마바람 가릴 것 없이 심사가 오뉴월 밭둑에 땅가시 얽히듯 뒤숭숭하였다.(1부)

**뒷심** 　명사　 어떤 일을 끝까지 견디어 내거나 막판까지 끌고 나가는 힘. 당장은 내비치지 않으나 뒷날에 이룰 수 있는 어떤 일을 기대하는 마음.

시라이는 보통 키에 눈이 크고 근육질의 얼굴로 성격이 깐깐하고 고집이 세며 매우 신경질적이었지만 뒷심이 약해 겁이 많았다.(9부)

**뒤웅박 차고 바람 잡는** 　허무맹랑한 말을 떠벌리며 돌아다님을 비유적으로 이르는 말.

그는 내년 여름이면 다시 큰물에 떠내려가 버릴 물둑을 한사코 다시 쌓고 있는 큰아버지나, 뒤웅박 차고 바람 잡는 풍수로 목숨 내놓고 창의병이 되어 쫓기면서 사는 아버지나 똑같이 메밀떡 굿에 쌍장고 치는 사람과 다를 바가 없다고 생각하고 있었다.(6부)

**뒷구멍** '항문'을 속되게 이르는 말. 뒤쪽에 있는 구멍.

방울이는 그들이 함께 새끼내에 살 때, 그녀가 게를 삶아먹고 뒷구멍이 막혀 있던 것을 웅보가 대꼬챙이로 게 껍질들을 꺼내주었던 일을 말하고 있는 것이었다.(4부)

**뒷물 치는** 국부나 항문을 물로 씻는 것.

아, 클매 그놈이 왜놈덜 데리고 댕김시로 아낙덜 뒷물 치는 것을 귀경시켜주고 돈을 받았단다.(5부)

**드글드글** **부사** '다글다글' 방언. 작은 것들이 모여 있는 상태를 나타내는 말.

양반들의 별배 구종 등 어두귀면(魚頭鬼面)의 온갖 졸도들이 곳곳마다 쉬파리 퍼지듯 드글드글 뒤섞여 돌아다니면서 갖은 행패를 부리는 바람에, 끝내 견뎌 내지를 못하고 무장바닥을 뒤도 돌아보지 않고 떠버린 것이었다.(2부)

**드끼** '듯이' 방언.

아버지는 늘 뵈기 싫은 이마빡 불도장 땜시 나꺼정 기를 못 펴고 산다니께. 제발 좀 수건으로 가리고나 댕기지 원, 벼슬모양 보란드끼 내놓고 있으니……(1부)

**드렁조** **민속** 판소리에서 쓰이는 조 하나. 처음에 높은 소리로 질러 내서 호령을 하다가 차차 내려오는 가락으로 씩씩하고 경쾌하며 거드럭거리는 창법이다.

시작과 맺음이 격에 맞게 너울거리고, 소리가 빠져나가는 잉아걸이며 소리를 밀고 당기는 완자걸이, 힘차게 내지르는 드렁조 같은 것들이 잘 어울렸다.(3부)

**드밀고** **타동사** 몹시 밀다.

새끼내가 물바다가 되자, 집채덩이 같은 큰물이 개산 앞까지 그들먹하게 드밀고 내려갔다.(1부)

**드세어지자** **자동사** 드세다. 힘이나 기세가 몹시 강하고 사나워지다.

잠시 후 물살이 더욱 드세어지자 우쭐 떠내려갈 뻔한 웅보는 손을 휘저으며 허우적거리다가, 가까스로 버드나무 가지를 휘어잡았다.(1부)

**드습다** **형용사** 알맞게 따뜻하다.

날씨가 제법 드습다 싶어선지, 개산 쪽 비탈에는 보리밭 김을 매는 아낙네들이 희끗희끗 앉아 있었으며, 영산강변에도 쑥이며 씀바귀, 냉이를 캐는 아이들이 듬성듬성 눈에 띄었다. (1부)

**득달**  이르러 다다르다.

네 이놈, 귀국을 했으면 득달같이 고향에 와서 먼저 사당의 선조님들께 인사를 올리고 부모님 산소에 성묘부텀해야제, 이 무신 불효막심헌 짓꺼리냐. (8부)

**득실거리는**  〔자동사〕 득실거리다. 무리를 지어 자꾸 수선스럽게 움직이다. 가득 차 자꾸 수선스럽게 움직이다.

그러기에 난초가 남자들이 득실거리는 때죽나무집에 오래 빌붙어 있게 하고 싶지가 않았다. (2부)

**들돌**  〔민속〕 마을 청년들 체력을 기르기 위해서 들었다 놓았다 하는 돌이나 쇠 따위로 만든 운동 기구.

대불이가 들어 올린 들돌은 박골에서 웬만큼 힘이 센 어른들도 끙끙대며 겨우 가슴 위에 올려놓을 만큼 무거운 돌이었다. (1부)

**들때밑**  권세 있는 집의 오만하고 고약한 하인.

대불이는 그때도 양 진사가 시키는 일이 번연히 잘못된 것이라는 것을 알고도, 윗전이 시키는 대로 지악스럽게 들때밑 노릇을 해왔으며, 그 일로 해서 대불이 자신이 죄를 짓고 있다는 생각은 애당초 해보지도 않았다. (2부)

**들락거린다**  〔자동사〕 들락거리다. 자꾸 들어왔다 나갔다 하다.

최규창의 하숙방에서는 여전히 사회과학을 공부하는 학생들이 들락거린다는 소문을 들었기 때문이다. (9부)

**들머리**  〔명사〕 골목이나 마을 등에 들어가는 어귀. 어떤 일이 시작되는 첫머리.

남자들이 하나 둘 객주거리 들머리 마방(馬房)의 바람벽 아래 모여 우두커니 얼굴을 맞대고 섰다. (1부)

**들먹거리는**  〔자동사〕 들먹거리다. 자꾸 들렸다 내려앉았다 하다.

둥금이는 어머니의 두 어깨가 들먹거리는 것은 어머니가 슬프게 울고 있기 때문이라는 것을 알고서, 왠지 자신도 모르게 목구멍 속이 훗훗하게 뜨거워짐을 느꼈다. (2부)

**들메끈**  〔명사〕 벗겨지지 않도록 신을 발에다 동여매는 끈.

주막을 나와 한참 동안 봇둑을 타고 걷다가 후미진 골짜기로 접어들어 등성이를 추어 올라, 잠시 산등성이에서 땀을 식히는 사이에 대불이가 들메끈을 고치며 뚝벽 물었다. (2부)

**들병장수** 〔명사〕 병에다 술을 받아 가지고 다니면서 파는 여자. 예전에 남사당패나 사당패의 놀이판에서 자릿세를 내고 관객에게 술이나 음식을 팔던 일종의 노점 행상. 몸을 파는 여자.

목포가 개항이 되었다 허니깐 젤 먼저 짐을 싸갖구 내려가는 축들이란 왈패, 투전꾼들, 은근짜, 들병장수, 논다니 패거리들이더라고. (5부)

**들볶아대는** 〔타동사〕 들볶다. 잔소리나 까다로운 요구 등으로 자꾸 못살게 굴다.

신방 안 차려준다고 색시가 어뜨케 들볶아대는 바람에 일을 시작했지요. (1부)

**들볶임** 〔자동사〕 들볶이다. 못 견딜 정도로 자꾸 잔소리를 듣거나 까다로운 요구를 받다.

사람들은 양만석이 출세를 해서 돌아오면 새끼내 사람들이 더 들볶임을 당하게 될 것이라고 했다. (8부)

**들썩거려** 〔자동사〕 들썩거리다. 자꾸 들렸다 내려앉았다 하다. 시끄럽고 부산하게 자꾸 술렁이다.

아무래도 산매 들린 큰애기처럼 마음이 들썩거려 집안에 붙박여있기가 어려울 것 같아, 웅보는 슬그머니 김치근을 꼬드겨 강으로 나왔다. (1부)

**들어박혀** 〔자동사〕 다른 곳으로 떠나지 않고 계속 머무르다. 빈 데가 없이 빽빽하게 차지하다.

그러고 보니 대불이는 웅보의 첫날밤을 위해서 일부러 대장간 속에 들어박혀 있었단 말인가. (1부)

**들큼한** 〔형용사〕 들큼하다. 맛깔스럽지 아니하게 조금 달다.

들큼한 흙냄새를 다시 맡아보고 싶었으며, 집 앞에 심어둔 오동나무와 마을 앞에 심은 팽나무가 얼마나 자랐는지 보고 싶었다. (4부)

**듬부룩하더니** 〔형용사〕 더부룩하다. 우거져 탐스럽고 수북하다.

부르뫼를 떠나올 때 새벽 공기가 듬부룩하더니 새끼내를 건너면서부터 빗방울이 떨어지기 시작했다. (6부)

**듬성듬성** 부사 촘촘하지 않고 매우 성기고 간격이 뜬 모양을 나타내는 말.

> 둑도 없이 질펀하게 퍼진 강변에는 군데군데 미루나무와 팽나무들이 듬성듬성 서 있을 뿐 끝없는 갈대밭이 계속됐다.(1부)

**듬씬** '듬뿍' 방언. 무엇이 어떤 범위 안에 넘칠 듯이 가득한 모양을 나타내는 말.

> 듬씬 돈을 쥐어주는 건 옹골진 일이나, 집으루 돌아가라니, 어찌된 거유?(2부)

**등을 두드려주고 간까지 내어먹어** 등치고 간 내먹다. 겉으로는 위해 주는 체하면서 속으로는 해를 끼치고 자기 잇속만 채움을 이르는 말.

> 전성창이라는 사람이 그들의 등을 두드려주고 간까지 내어먹고 만 것이었다.(3부)

**등짐** 명사 사람의 등에 진 짐.

> 우선 등을 붙일 만한 움막이라도 친 다음에 영산강에서 고기를 잡아 팔든가, 아니면 가까운 장터나 선창에 나가 등짐일이라도 할 요량이었다.(1부)

**등짝** '등'을 속되게 이르는 말.

> 헛기침을 토하며 마루에 올라 방문을 열어보니 두 아이와 부인은 보이지 않고 이상수 선생이 맨살 등짝을 드러내놓은 채 큰대자로 방바닥에 엎뎌 있었다.(8부)

**디딜방앗간** 명사 디딜방아로 곡식을 찧거나 빻는 집.

> 그 할머니가 디딜방앗간에서 손으로 확 속의 떡가루를 휘젓다가 방앗공이에 머리를 맞아 피를 쏟고 시난고난 앓은 뒤, 초여름 감또개 떨어지듯 힘없이 숨이 끊어진 날부터 웅보는 할아버지 곁으로 잠자리를 옮겼다.(1부)

**디룩디룩** 부사 뒤룩뒤룩. 군살이 처지도록 살이 쪄서 뚱뚱한 모양을 나타내는 말, 크고 둥그런 눈알이 힘있게 자꾸 움직이는 모양을 나타내는 말.

> 이년들이 우알로 을매나 잘 쳐묵었는지 살이 누룩돼지모양 디룩디룩 쪘네 잉.(3부)

**따끔나리** 예전에 '순검'을 놀림조로 이르던 말.

> 그래도 대불이는 양 진사로부터 감쪽같이 일을 매조짐 하라는 당부가 있었는지라, 행여 순검막(巡檢幕)의 따끔 나리들이 순행을 하다가 눈치라도 채면 어쩌나 하고, 마음이 바짝 죄어들었다.(2부)

**따닥거려싸** 자동사 딱딱거리다. 날카롭고 엄격한 말씨로 자꾸 겁을 주다. 잔소리를 해대는 뜻.

작것아. 그만 좀 따닥거려싸. 때까치를 삶아묵었나 원, 오늘밤 왜 그리 딱다거려싸. 부부란 몸부텀 하나가 되야 하는 겨. 그래야 마음도 몸 따라서 하나가 되는 거재, 이 바보 먹통아!(1부)

**따라댕김시로**  '따라다니다' 방언

아녀. 뇌지 않는 사람이 우리덜을 따라댕김시로 소금을 팔아주고 있는 것 같드랑께!(2부)

**따지러**  〔타동사〕따지다. 꼼꼼히 살피거나 옳고 그름을 밝혀 가리다. 구체적으로 셈을 하여 정확하게 헤아리다.

이렇듯 생각과 색깔이 다르다고 해서 지금까지 그들은 서로를 비난하거나 따지러들지 않았다.(8부)

**딱 부러지게**  아주 단호하게.

그렇잖어두 어저께 밤에 만나서 딱부러지게 말을 했구만요.(5부)

**딱다그르르**  작고 단단한 물건이 잇따라 다른 단단한 물체에 세게 부딪치며 굴러가는 소리를 나타내는 말. 여러 사람이 한꺼번에 자지러지게 웃는 소리를 나타내는 말.

두엄자리 옆 접시감나무 잎들이 딱다그르르 바람에 흔들렸다.(3부)

**땀벌창**  〔명사〕땀을 많이 흘려서 후줄근하게 된 상태.

그들은 세 식구가 땀벌창이 되어 돌이나 흙을 져 나르는 것을 구경삼아 지켜보며 흥, 썩은 새끼로 호랑이 잡기지 뭘 비만 왔다 허면 도로 아미타불이 될 거로구먼 하고들 혀끝을 찼다.(1부)

**땀직땀직**  〔부사〕말이나 행동이 한결같이 속이 깊고 무게가 있는 모양을 나타내는 말.

남자들은 그냥 늘비하게 누워 낮잠을 퍼 자고 있었고, 아낙들은 꾸부리고 앉아서 땀직땀직 바느질을 하거나 아이들 머리를 헤집으며 손톱으로 서캐를 죽였다.(1부)

**땅가시덩굴**  청가시덩굴. 백합과에 속한 낙엽 덩굴성 식물로 줄기에 가시가 있고, 달걀 모양 잎이 어긋난다.

어려서 밭둑의 땅가시덩굴 사이를 뒤적여 잘 익은 개똥참외를 혼자 땄을 때보다 옹골진 생각에 심장이 벌떡거렸다.(1부)

**땅딸막한**  〔형용사〕땅딸막하다. 키가 작고 몸집이 옆으로 딱 바라져 있다.

땅딸막한 키에 성질이 왁살스러워 등짐꾼들을 개돼지 다루듯 하였으며, 인정을 쓰지 않으면 등짐꾼들의 목을 함부로 자르곤 하였던 창갑리는 대불이를 보자 살려달라고 비대발괄하였다. (3부)

**땅뙈기**  명사  얼마 되지 않는 논밭.

손바닥만 한 땅뙈기라도 있다면 두더지처럼 땅을 파먹고 살아갈 수가 있으련만, 남은 것이라고는 영산강 큰물이 휩쓸어 가버린 휑한 집터뿐인 것이었다. (1부)

**때글대글**  부사  여러 개 가늘거나 작은 물건 가운데서 몇 개가 굵은 모양을 나타내는 말.

텁석부리가 다시 고함을 지르자 그의 일행들이 때글때글 웃어댔다. (1부)

**때꺼정**  '때까지' 방언.

죽을 때꺼정 잊지 못헐 겨. (1부)

**땜시**  조사  체언 뒤에 붙어 어떤 일에 대한 원인이나 이유를 나타내는 보조사.

아버지는 늘 뵈기 싫은 이마빡 불도장 땜시 나꺼정 기를 못 펴고 산다니께. 제발 좀 수건으로 가리고나 댕기지 원, 벼슬모양 보란드끼 내놓고 있으니 …… 하면서 마땅찮게 혀끝을 튕겨대곤 하는 것이었다. (1부)

**땡감**  명사  덜 익어 떫은맛이 나는 감.

상전이 종문서까지 내어주며 시키는 대로 혼례를 치르긴 했으나, 어쩐지 땡감을 씹은 뒷맛처럼 떨떠름한 기분이었다. (1부)

**땡땡구리**  화투나 골전, 투전 따위에서 같은 짝을 뽑는 일.

한동안 연속 땡땡구리로 끗발이 오르더니 사흘 밤에 여태껏 긁어모았던 돈을 깡그리 날려버렸다고 하였다. (4부)

**땡전**  돈을 낮잡아 이르는 말이다.

흙을 묵고 살자니 땅 한 뙈기가 있냐, 땡전 한 닢이 있냐. (1부)

**떠돌음**  자동사  떠돌다. 정처 없이 여기저기 돌아다니다 소문이 나서 사람 입에 오르내리다.

풍년거지가 더 서럽다는데, 집을 떠난 자식들이 빈손으로 떠돌음하며 고생하리라는 걸 생각하면, 아침저녁 짹짹거리며 두엄발치를 헤적이는 참새들만 봐도, (……) (1부)

**떡두꺼비**　떡두꺼비. 갓난 건장한 사내아이를 비유적으로 이르는 말.

막음례헌티는 딸을 점지해주시고, 이 쌀분이헌티는 떡두꺼비 같은 아들을 점지해주십사 허고요. (2부)

**떡벌어지게**　떡 벌어지다. 여러 가지 좋은 먹을거리로 번듯하게 차려지다.

여기 술값은 넉넉하게 있으니, 술상부터 한상 떡벌어지게 내오구 말이시, 인천바닥에서 젤 가는 색시들루다가 넷만 골라다가 우리 형제들한테 앵겨주시게나. (5부)

**떡심 좋아**　떡심 좋다. 성질이나 행동이 검질기게 비위가 좋다.

서거칠 또래의 떡심 좋아 보이는 젊은이가 여섯여섯 다가오더니 손주사 어른을 찾아왔소 하고 건방지게 턱 끝을 되우쳐 들고 물어본 것은 해가 떠오르고도 한 뼘이나 기운 후였다. (6부)

**떡심이 풀린**　떡심 풀리다. 실망하거나 의욕 따위가 상실되어 기운이 없어지다.

떡심이 풀린 웅보는 방 윗목에 한심스러운 얼굴로 앉아 있었다. (1부)

**떨거지**　**명사** 제 붙이에 딸린 무리를 얕잡아 이르는 말.

방석코는 그를 형님이라고 부르는 떨거지 셋과 어울려 다니면서, 객줏집마다 공술을 퍼마시고 장사를 하기 위해 데려다놓은 색주들을 마음껏 주물럭거리면서, (……)(2부)

**떨떠름한**　**형용사** 떨떠름하다. 마음에 썩 달갑지 않다. 다 익지 않아서 맛이 떫다.

막음례는 떨떠름한 마음으로 휘적휘적 별당에 돌아와 힘없이 댓돌에 무릎을 세우고 앉았다. (1부)

**떴다방이**　**명사** 호객꾼을 이르는 말.

대고(大賈)에는 물건들이 산더미처럼 쌓여 있었으며, 그 앞에는 물건을 사러 오는 손님들을 안내하는 떴다방이들이 고래고래 소리를 지르기도 하였다. (2부)

**떵떵거리고**　**자동사** 떵떵거리다. 권세와 재산이 충분하여 드러내어 뽐내면서 아주 호화롭게 지내다.

선창거리에 나가보면 남의 나라에 와서 떵떵거리고 활개 치는 코쟁이며 왜놈들 보기가 눈꼴 사나웠고, 그런 남의 나라 사람들의 간과 쓸개에 진드기처럼 빌붙어 살면서 비위를 맞추고 잇속을 챙기는 조선사람을 볼 때마다 목구멍에 불이 붙는 듯하였다. (4부)

**떼거리**　**명사** 부당하게 억지를 쓰거나 고집을 부리는 것을 속되게 이르는 말.

그의 왁살스러운 뚝심에 같은 또래들 두서넛쯤이야 단숨에 해치울 수 있었지만 마을 아이들

이 떼거리로 달려드는 데는 겁을 먹지 않을 수가 없었다.(1부)

**떼밀다** 〔타동사〕 힘을 주어 밀다.

백년은 규창을 떼밀다시피하여 방 안으로 들어갔다.(9부)

**떼초상** 줄초상. 한 집에 연달아 초상이 나는 일.

모녀를 떼초상 치르게 될 것이 딱했던지 옥색 두루마기가 무당을 불러다 신굿을 해주었다.(2부)

**또박또박** 〔부사〕 말이나 글씨 따위가 애매하거나 흐리지 않고 똑똑하고 분명한 모양을 나타내는 말. 조금 가볍고 분명한 발자국 소리를 내며 일정한 속도로 걷는 소리를 나타내는 말.

농부들은 수근(水根)이 없이 해마다 한재를 입고 초근목피로 겨우 목줄을 지탱하며 살아가고 있는데도, 양 진사는 또박또박 봇수세를 받아갔다.(1부)

**또아리** '또아리'는 '똬리' 본말이지만 이제는 잘 쓰이지 않는다. 준말인 '똬리'만을 표준어로 인정하고 '또아리'는 표준어로 인정하지 않는다.

쌀분이가 또아리 끈을 물고 물을 길러 돈단 아래로 내려간 뒤에도 웅보는 잠시 우두커니 서서, 서서히 안개가 벗겨지고 있는 영산강을 내려다보았다.(3부)

**똥 묻은 개가 겨 묻은 개 나무란다** 자기는 더 큰 흉이 있으면서 도리어 다른 사람 작은 흉을 본다는 말.

똥 묻은 개가 겨 묻은 개 나무란다고 허드니 형님은요?(5부)

**똥 친 막대기** 천하게 되어 아무짝에도 못 쓰게 된 물건이나 버림받은 사람을 비유적으로 이르는 말.

내가 나타나자, 동네사람덜이 나를 꼭 똥 친 막대기 보듯 허드란 마시. 알고 보니 내가 그년을 쥑인 것을 알았기 땜시 그랬던 거여.(2부)

**똥구멍 긁어줌시로** 온갖 비유를 다 맞추는 것을 이르는 말.

천한 등짐꾼들이란 살살 똥구멍을 긁어줌시로 몰아붙이면 일을 잘허니께요.(2부)

**똥끝 타다** 마음을 몹시 졸이다.

은행나무 그늘 밑에 한가롭게 앉아 있긴 해도 똥끝이 탔다.(1부)

**똥마려운 강아지처럼** 어떤 일에 안절부절 못하는 상태를 이르는 말.

그는 똥마려운 강아지처럼 서둘러댔다.(2부)

**뙈기치듯** **타동사** '패대기치다' 다른 말. 마음에 못마땅하여 세차게 집어 내던지다.

그는 두 팔을 뙈기치듯 빙빙 돌려 뻑적지근한 삭신을 풀며 거무튀튀하게 하늘인지 바다인지 분별하기조차 힘든 월미도 쪽을 내려다보았다. (5부)

**뙤록뙤록** **부사** 크고 동그란 눈알이 매우 힘있게 자꾸 움직이는 모양을 나타내는 말.

아이의 눈이 뙤록뙤록 빛났다. (8부)

**뚜벅** **부사** 갑자기 말 따위를 꺼내는 모양을 나타내는 말.

대불이는 벽에 심살을 얽으며 뚜벅 물었다. (1부)

**뚝심** **명사** 굳세게 버티어 내는 힘. 좀 미련하게 불쑥 내는 힘.

남달리 몸이 날래고 뚝심이 센 그였지만 최 참봉네 마당에 발이 닿기가 무섭게 붙잡힌 몸이 되어버렸다. (1부)

**뚤뚤** **부사** 조금 큰 물건을 여러 겹으로 세게 말거나 감는 모양을 나타내는 말.

거적으로 뚤뚤 말아 나무꾼들이 많이 다니는 산길에 묻은 것은 남정네들이 산에 오르며 내리며 시집 못 가 한이 맺혀 죽은 딸의 등이나마 투덕투덕 밟아주라는 것이었고, (……)(2부)

**뚤레뚤레** '둘레둘레' 방언. 이리저리 주위를 두리번거리며 살피는 모양을 나타내는 말. 여럿이 여기저기 둥글게 빙 둘러앉은 모양을 나타내는 말.

김치근의 어머니 둥금이는 강이 우는 소리에 나룻배에서 벌떡 일어나 앉아서는 뚤레뚤레 강을 살폈다. (2부)

**뚱딴지같은** **형용사** 뚱딴지같다. 우둔하고 무뚝뚝하며 너무나 엉뚱하다.

대불이가 뚱딴지같은 소리를 하자 네 할아부지는 저승에서나마 멀리 가시고 싶으신 거란다 하고 아버지 장쇠가 낮은 목소리로 말했다. (1부)

**뜨내기** **명사** 한곳에 정착하여 살지 아니하고 여기저기 떠돌아다니는 사람을 얕잡아 이르는 말. 어쩌다 가끔 하게 되는 일을 얕잡아 이르는 말.

돌아갈 고향도, 반겨줄 친지도 없이 뜬구름처럼 떠돌음하며 살아가는 뜨내기들만이 객줏집에 남아 있었다. (2부)

**뜨뜻해** **형용사** 뜨뜻하다. 뜨겁지는 않을 정도로 알맞게 덥다.

이른 봄이라, 새벽녘엔 제법 쌀쌀한 강바람이 거적문 사이로 송곳처럼 쿡쿡 쑤시고 들어왔으나 그런대로 군불을 많이 넣어 구들이 뜨뜻해 추운 줄을 몰랐다.(1부)

**뜨물 먹은 당나귀** 뜨물 먹은 당나귀 청. 발음이 정확하지 않고 컬컬하게 쉰 목소리를 놀림조로 이르는 말.

행랑방으로 가던 막음례는 사랑채 문간 쪽에서 침종을 하던 웅보아버지가 뜨물 먹은 당나귀처럼 컬컬한 목소리로 뻐럭뻐럭 고함을 내지르는 소리에, 주춤 걸음을 멈추어 섰다.(1부)

**뜨악하게** 〔형용사〕 뜨악하다. 선뜻 끌리지 않아 언짢고 싫어서 꺼림칙하다. 마음이 잘 맞지 않아 서먹하다.

이제 그녀는 개동이 어머니 막음례와 뜨악하게 지내고 싶지가 않은 것이었다.(7부)

**뜨직한** 〔형용사〕 뜨악하다. 선뜻 끌리지 않아 언짢고 싫어서 꺼림칙하다.

전자에 진사 마님과 뜨직한 일도 있고 해서, 노루목 어귀 늙은 팽나무를 멀찍하게 바라보면서, 그냥 강을 따라 올라가다가 양 의원이 사는 금쇄동으로 꺾어들었다.(1부)

**뜬골** 아무 연고가 없다.

이놈아, 어쩌라고 그려! 네놈들이 뜬골로 세상에 나가서 단 하루인들 살 성부르냐.(1부)

**뜬구름** 하늘에 떠다니는 구름. 덧없는 세상일을 비유적으로 이르는 말.

돌아갈 고향도, 반겨줄 친지도 없이 뜬구름처럼 떠돌음하며 살아가는 뜨내기들만이 객줏집에 남아 있었다.(2부)

**뜬벌이** 〔명사〕 정해진 일자리가 없이 어쩌다가 생긴 일자리에서 닥치는 대로 일을 하고 돈 따위를 버는 일.

정처 없이 뜬골로 떠난 몸들이라 어디에서 뜬벌이라도 하며 굶어죽지나 않았는지, 새며느리와 웅보 사이에 금슬이나 좋은 건지, 기별이나 전해오면 마음을 놓을 수가 있을 터인데, 두 달이 지나도록 종무소식이니 안동답답(按棟畓畓)이가 될 수밖에 없었다.(1부)

**뜸숙한** 〔형용사〕 듬직하다. 가볍지 않아 믿을 만하다. 나이가 어느 정도 많다.

어떤 경우에도 암상을 부리거나 지분거리지 않고 한결같이 뜸숙한 그의 태도가 마음에 들었던 것이었다.(6부)

**뜽금없이** 〔부사〕 '뜬금없이' 방언.

엄니 엄니, 으째서 뜽금없이 눈물바람을 허시고 그려요.(2부)

**띠** 명사 볏과에 속한 여러해살이풀.

기둥을 세우고 서까래를 얹어 벽을 바른 다음, 짚이 없어 띠(茅)로 지붕을 덮자 비바람을 가리릴 정도는 되었다. (1부)

# ㅁ

**마뜩찮았다** [형용사] 마뜩찮다. 별로 마음에 달갑지 않다.

자신이 일자리를 못 구해 이급(裡急)해함을 알고 있다는 것이 마뜩찮았다.(5부)

**마룻장** [명사] 마룻바닥을 까는 널빤지.

장쇠는 말끄러미 마룻장 위의 종문서를 뚫어져라 내려다본 채 말이 없었다.(1부)

**마른 번갯불** 비가 내리지 않는 하늘에 치는 번개.

혹시 막음례가 아닐까 하는 생각이 마른 번갯불처럼 그의 뇌리를 뚫었다.(3부)

**마른 장작 불길이 더 세드끼** 마른 장작 불길이 더 세다. 마른 사람이 색정이 강하다는 말을 비유적으로 이르는 말.

엉덩판 크다고 골도 깊고 새암이 좋은 것은 아닐세. 마른 장작 불길이 더 세드끼, 얕은 동산에 새암물 맛이 더 좋을 수도 있나네!(5부)

**마바리꾼** [명사] 삯을 받고 마바리를 모는 것을 업으로 하는 사람.

세곡을 검수하는 관속들은 고사하고 잠시 고향에 내려간 등짐꾼들이며 마바리꾼, 여들없이 빈둥거리던 건달패거리들도 아직 돌아오지 않았다.(2부)

**마바리들** 삯을 받고 마바리를 모는 것을 업으로 하는 사람.

대불이 어머니가 곡식들을 가득가득 싣고 세곡창고 쪽으로 줄지어 가는 마바리들을 보며 입을 열었다.(2부)

**마방** [명사] '마구간' 방언. 마구간을 갖춘 주막집.

남자들이 하나 둘 객주거리 들머리 마방(馬房)의 바람벽 아래 모여 우두커니 얼굴을 맞대고 섰다.(1부)

**마빡** [명사] '이마'를 속되게 이르는 말.

나리께서 네들 둘 마빡에 불도장을 찍어서 평생을 도망 못하게 하겠다는디 …….(1부)

**마소** [명사] 말과 소를 아울러 이르는 말.

웅보가 알고 있기에, 노비는 사람이라기보다는 마소(馬牛)와 같은 취급을 받아오지 않았던

가.(1부)

**마승** 명사 삼 껍질로 꼰 노끈.

평소에 남달리 욕심이 많은데다가 고집통이 벽쇠로 소문난 넙바우는 그날 여느 물난리 때와

마찬가지로 실직한 마승줄로 여러 겹 허리를 감고 집식구들한테 단단히 붙잡도록 하여,

(……)(1부)

**마지못해** 형용사 마지못하다. 마음이 내키지는 않으나 그렇게 하지 않으려 해

도 그럴 수 없다.

백년이가 조르자 할머니는 마지못해 손자의 등에 가슴팍을 찰싹 붙였다.(8부)

**마질을 하고** 타동사 마질하다. 양을 말로 재는 일을 하다.

한대두 영감은 그렇게 말하고 나서 마질을 하고 있는 얼굴이 넓고 코가 납작한 총각을 시켜

박 주사를 불러오라고 하였다.(5부)

**마짓밥** 명사 부처에게 올리는 밥.

사람 좋아 보이는 공양주는 군소리 한마디 없이 나무그릇에 하얀 마짓밥을 그득그득 퍼 담아

주었다.(1부)

**마파람에 게 눈 감추듯** 음식을 어느 결에 먹었는지 모를 만큼 빨리 먹어 버

리는 모양을 비유적으로 이르는 말.

밥상이 들어오자 송경찬은 허술한 김에 개다리소반을 끌어당겨서는 마파람에 게 눈 감추듯

찬물에 꾹꾹 말아서 연거푸 밥숟갈을 떠 넣었다.(2부)

**마포바지 방귀 새어나가듯** 무엇이 사방으로 쉽게 잘 퍼져 감을 비유적으로

이르는 말.

그렇다면 말이우, 나를 사람답게 봤으면 온다간다는 말 한마디 없이 둘이서만 마포바지 방

귀 새어나가듯 살째기 빠져나가요?(5부)

**막무가내** 명사 한번 굳게 고집하면 도무지 융통성이 없음. 한번 굳게 고집하

면 어찌할 수 없을 정도로 도무지 융통성이 없다.

그녀는 풀상투에게 먼저 가 있으면 어느 때고 찾아가겠노라고 하였다. 그러나 풀상투는 막

무가내로 그녀의 손을 잡아끌었다.(3부)

**막바우 같은** 막돼먹은 사람을 이르는 말.

만일 그들의 요구대로 여자들을 불러냈다가는 막바우 같은 그들이 술에 취해 무슨 행티를 부릴지 모르지 않는가.(3부)

**막배기**  '맛보기' 방언. 시험 삼아 맛을 보는 일. 맛을 보기 위하여 조금 먹어 보는 음식.

우리가 이따우 막배기 마시러 온 줄 아남?(3부)

**막연**  막연하다. 내용을 뚜렷이 알 수 없을 만큼 논리적이거나 구체적이지 못하다. 대처하거나 돌볼 방도가 없는 상태에 있다.

그들은 식솔들을 이끌고 어디로 가야 할 것인지 막연하였다.(1부)

**만도리**  민속 벼를 심은 논에 마지막으로 하는 김매기. 그해 마지막 논매기가 끝나는 날 농사가 제일 잘된 집을 골라 축하하고, 그 집 머슴에게 사기를 북돋아주는 행사에서 길꼬냉이를 부른다. 머슴을 소 위에 태우고 농악대를 앞세워 주인집으로 걸어가면서 부른다.

바람도 쏘일 겸, 만도리가 끝나면 추수때꺼정은 한가흘 텐께로 성님한테 한번 갔다오그라.(7부)

**만리타국**  명사 조국이나 고향에서 멀리 떨어져 있는 다른 나라.

계집년이 존 남편 만나서 아들 딸 잘 낳고 살림 잘하면 되는 거재, 만리타국 유학이라니 가당하기나 하는가 말이시.(5부)

**만신**  민속 '무녀'를 높여 이르는 말.

만신님 노릇을 허니 굶어죽기야 했겠는가만, 그래도 소식은 알고 살아야재.(3부)

**만짐시로**  '만지다' 방언.

장개 가도 될 만치 댈싸 큰 놈이 할머니 젖을 만짐시로 잠을 자다니?(9부)

**말기끈**  명사 치마나 바지 말기에 달린 끈.

나흘째 날 밤에 며느리는 잠들기 전에 시어머니의 말기끈에 노끈을 달아 자신의 손에 묶었다.(2부)

**말끄러미**  부사 눈을 똑바로 뜨고 오도카니 한곳만 바라보는 모양을 나타내는 말.

장쇠는 말끄러미 마룻장 위의 종문서를 뚫어져라 내려다본 채 말이 없었다.(1부)

**말날**  민속 육십 간지(六十干支)를 나날에 배열한 것 중에 '오(午)'로 된 날. 음력으로 10월 중 첫 오일(午日). 이날은 말 건강을 위하여 붉은팥으로 시루떡을 만들어 마구간에 놓고 고사를 지낸다.

개날과 말의 날에는 좋은 날이라 하여 집집마다 장 담기를 하였고, (……)(2부)

**말똥거릴** **타동사** 말똥거리다. 동그랗게 뜨고 가만히 한곳만 계속 바라보다.

양만석의 엉뚱한 물음에 조선애는 두 눈만 말똥거릴 뿐 대답을 하지 못했다.(8부)

**말뚝벙거지** **명사** 예전에 마부와 하인들이 쓰는 벙거지를 이르던 말. 갓 모양으로 보통 벙거지보다 높고 끝이 뾰족하며, 갓양태가 넓다.

그러자 말뚝벙거지를 깊숙이 눌러쓴, 틀스럽게 생긴 사공은 힐끗 호방등 불빛으로 대불이를 쳐다보더니 비 아니라, 눈이 와도 가라면 가는 거제. 하고 혼잣말처럼 말했다.(2부)

**말뚝잠** **명사** 말뚝을 박아 놓은 것처럼 꼿꼿이 앉은 채로 자는 잠. 금붙이로 만든 비녀의 한 가지.

두 팔로 세운 무릎을 감고, 얼굴을 무릎 위에 꿍겨박은 채 앉아서 얼숭얼숭 말뚝잠이 들려는데 방문 밖에서 인기척이 있기에 나가보았더니, (……)(1부)

**말라비틀어진** **자동사** 말라비틀어지다. 쪼글쪼글하게 말라서 뒤틀리다. 매우 하찮고 보잘것없다.

웅보가 철이 덜 들었을 때, 할아버지의 무릎에 앉아, 말라비틀어진 거머리가 달라붙어 있는 것 같은 할아버지 이마의 불도장 자국을 문지르면 이놈아, 할애비 벼슬 함부로 손대지 마라 하고 웃으면서 말하곤 하였다.(1부)

**말마따나** '말 그대로' 방언. 말한 사실과 다름없이.

그렇게 김치근을 묻고 나자 칠복이 영감의 말마따나 가슴에 박힌 못 때문인지는 몰라도, 그들은 저마다 치근이를 자기의 가슴에 깊숙이 묻은 것만 같았다.(2부)

**말은 참말로 청산유수** 말은 청산유수다. 말을 유려하게 잘한다는 말.

그려, 그려. 말은 참말로 청산유수로구만잉.(6부)

**말주변** **명사** 말을 요령 있게 하거나 이리저리 잘 둘러대는 재주.

삼년 전에 해남 땅에서 흘러들어온 홍바우는 평소에도 말주변머리가 없어 마을 사람들하고 잘 어울리기를 싫어하고, 남의 일에 참견을 한다거나 훼방 치는 일도 없이 살아온, 변통성이라고는 털 뽑아 제자리에 꽂을 옹춘마니였다.(7부)

**망건 쓰고 소세헌다** 망건 쓰고 세수한다. 세수를 하고 나서 망건을 쓰는 법인데 거꾸로 망건을 먼저 쓰고 세수를 한다는 뜻으로, 일의 순서가 바뀌었음을 놀림조로 이르는 말.

아이고 나 봐라. 망건 쓰고 소세헌다더니, 순서가 바뀌었구려. 응당 봉선이 소식부텀 전해드려야 했을 것을 말이우.(6부)

**망건 쓰다 장 파허겄어**　망건 쓰다 장 파하다. 준비를 하다가 그만 때를 놓쳐 처음에 마음먹었던 목적을 이루지 못하게 됨을 이르는 말.

지길혈, 더럽게도 꾸물거리네. 망건 쓰다 장 파허겄어!(3부)

**망뚱망뚱**　[부사]　멀뚱멀뚱. 눈이나 정신 따위가 생기가 전혀 없고 멍청한 모양을 나타내는 말. 눈을 둥그렇게 뜨고 한곳만 멍하게 바라보는 모양을 나타내는 말.

그런데 권대길은 동생한테 얹혀사는 것도 심사가 망뚱망뚱하여 있는 판에 딸 순영이까지 오 장육부를 휘저어놓고 있는 것이었다.(4부)

**망령**　[명사]　주로 관형어와 함께 쓰여 그것으로 인해 경험한 괴롭고 혐오스러운 일을 비유적으로 이르는 말. 늙거나 정신이 흐려 말이나 행동이 정상에서 벗어난 상태.

그러나 할아버지의 말을 들은 식구들은 할아버지가 죽을 때가 되니까 망령이 든 것으로만 생각했다.(1부)

**망망대해**　[명사]　한없이 넓고 큰 바다.

시작도 끝도 없는 망망대해를 바라보니, 사람들이 저마다 생각의 차이로 서로 다투고 네 것 내 것을 따진다는 것이 무의미하게 느껴졌다.(8부)

**망석중이**　[민속]　나무로 만든 꼭두각시 하나, 팔다리에 줄을 매어 그 줄을 움직여 춤을 추게 한다. 남이 시키는 대로만 하는 사람을 비유적으로 이르는 말.

그는 자신이 마치 나무로 다듬어 만든 망석중이 같다는 생각이 들었다.(6부)

**망연자실**　[명사]　황당한 일을 당하거나 어찌할 줄을 몰라 정신이 나간 듯이 멍함.

막음례는 마님과 웅보를 발견하고는 망연자실, 흐트러진 눈길을 가누지 못하였다.(1부)

**망연한**　[형용사]　망연하다. 떠오르지 않아 막막하다. 아무 생각 없이 멍하다.

그러나 막음례는 유씨 부인이 무슨 뜻으로 그런 말을 하는지 알 수가 없어 망연한 눈으로 쳐

다볼 뿐이었다.(1부)

**망종** 〔민속〕 일 년 중 논보리나 벼 등의 곡식의 씨를 뿌리기에 가장 알맞다는 날. 이십사절기(二十四節氣)의 하나로 소만과 하지 사이에 있다. 춘분점을 기준으로 하여 태양이 황도(黃道)의 75도(度)에 이르는 때로 양력 6월 6일경이다.

> 망종(芒種)이 아직 한 달이 더 남었는디 …… 그리고 망종이 돌아오면 뭣허끄시오. 심어둔 보리밭 한 뙈기 없는디.(1부)

**망태기** 〔명사〕 새끼나 갈대를 엮어 물건을 나르기에 편하게 만든 기구.

> 대불이는 돌을 져 나르고, 쌀분이는 정수리에 혹이 생기도록 망태기에 흙을 담아 이어 날랐다.(1부)

**맞꼬나보는** '마주보다' 방언.

> 그러자 우암이는 그런 개동이의 손을 뿌리치며 눈심지를 빳빳하게 곧추세워 전 포수를 맞꼬나보는 것이었다.(7부)

**맞바래기** 〔명사〕 맞바라기. 앞으로 마주 바라보이는 곳.

> 품삯을 받은 그들은 심학도가 맞바래기로 건너다보이는 해변의 느티나무 아래 앉아 있었다.(5부)

**맞부닥치지만** 막부닥뜨리다. 서로 부딪칠 정도로 가까이 마주하고 서게 되다.

> 좌우당간에 덕칠이는 박초시와 맞부닥치지만 마소.(1부)

**매가리** '맥'을 속되게 이르는 말.

> 어디가요. 안 갈라고 헙디다. 어찌나 서럽게 울어쌓던지. 차마 못 보겄드랑께. 꼭 죽으러 가는 사람모양 매가리가 없어갖고…….(2부)

**매몰** 〔명사〕 보이지 않게 파묻히다. 보이지 않게 파묻거나 파묻힘.

> 생각에 거기에 미치자 그동안 자신의 삶이 얼마나 허위의식에 매몰되어 있었는가 싶어 뼈저리게 후회 되었다.(9부)

**매몰스러움** 〔형용사〕 얄미울 만큼 인정이 없이 쌀쌀하다.

> 어머니는 늘 웅보 형이 정이 많고 자상한 것은 자기를 닮았다고 자랑을 하였고, 대불이의 정나미 떨어지는 팍성이며 매몰스러움은 아버지를 닮았다는 말을 했었다.(2부)

**매무새** 〔명사〕 옷을 매만져서 입고 난 뒤의 모양새.

보름달은 주춤 발걸음을 멈추어서더니 앵돌아진 얼굴로 몸을 돌려 허청 쪽으로 사라지는 듯 싶더니, 소피를 보고 나오는지 매무새를 추스르며 다시 나타났다.(2부)

**매부 좋고 누이 좋은**　누이 좋고 매부 좋다. 어떤 일에 있어 서로에게 모두 이롭고 좋다는 말.

게다가 조선인 직원이나 잡역부들한테는 인색하게 싸라기눈만큼 떼주면서도, 외국인 직원들한테는 도둑 물건 나눠먹듯 푸지게 대접을 해주고 있으니, 매부 좋고 누이 좋은 푼수로 외국인들끼리 모두 한통속이 되어 배를 두들기고 있는 판이었다.(4부)

**매부리코**　매 부리같이 끝이 삐죽하게 아래로 숙은 코.

몸피가 왜소하면서도 매부리코에 눈초리가 날카로운 3학년 학생이 펄쩍 놀라며 야릇한 표정으로 양만석을 보았다.(9부)

**매씨**　**명사** 남 누이를 높여 부르는 말. 자기 손위 누이를 이르는 말.

특히 연로하신 조부모님께서도 康寧하시오며 출가하신 매씨께서도 무탈하시온지 걱정입니다.(8부)

**매일반**　**명사** 비교하는 대상이 서로 같음.

석 자 베를 짜도 베틀 벌리기는 매일반인디, 기왕이면 널찍하게 잡읍시다. 이 일이 어디 한두 달에 끝날 일이요?(1부)

**매조짐**　**타동사** 매조지다. 끝을 단단히 단속하여 마무리하다.

다른 종들은 느물느물 구렁이처럼 상전 눈치를 보면서 일을 했지만, 웅보는 상전이 시키거나 시키지 않거나 해야 할 일을 스스로 찾아서 매조짐을 잘하였다.(1부)

**매죽**　**명사** 매화나무와 대나무를 아울러 이르는 말.

이른 봄엔 모란잠, 늦봄과 한여름엔 매죽이며 옥모란잠, 가을에는 옹잠을 철따라 비녀 바꿔 꽂고 몸단장을 한들 무슨 소용이냐 싶어 날이 갈수록 한숨만 명주실처럼 길어갔다.(1부)

**매지매지**　**부사** 조금 작은 물건을 여러 묶으로 나누는 모양을 나타내는 말.

그것은 영산강에서 죽어간 수많은 종들의 매지매지 하늘과 땅과 강에 맺힌 한인 것이었다.(1부)

**매큼한**　**형용사** 매큼하다. 약간 맵다.

불탄 배에서는 온종일 매큼한 연기가 솟았다.(2부)

**매파**　혼인을 성사시키기 위하여 신랑 집과 신부 집 사이에서 다리를 놓는 사람.

다만 옥희 할아버지 때문에 당사자끼리 교제를 한 연후에 혼인을 하기는 어려울 듯싶고, 오빠와 부모님 마음에만 든다면, 정식으로 부모님이 매파를 넣어 청혼을 하는 편이 좋을 것 같았다.(9부)

**매품을 팔러 온**  매품 팔다. 남의 매를 대신 맞고 그 대가를 받다.

그는 마치 매품을 팔러 온 흥부의 심정이 되어 조심스럽게 요릿집 안으로 들어서서 중노미의 모습이 나타나기만을 기다렸다.(7부)

**매한가지**  **명사** 아주 같은 상태를 이르는 말.

어디를 가나 매한가질걸!(2부)

**맥 못 추게**  기운이나 힘 따위를 못 쓰거나 이성을 찾지 못하다.

그의 말로는 그가 줄을 탈 때면 온몸의 피가 몇 바퀴씩 몸을 돌아, 폐를 갉아먹는 나쁜 피를 맥 못 추게 한다는 거였다.(2부)

**맥맥하고**  **형용사** 맥맥하다. 기운이 막혀 답답하다. 대처할 방법이 잘 생각나지 않아 답답하다.

뱃속에 든 아기가 천한 종 웅보의 씨앗이 분명하거늘, 마음 한구석이 늘 맷돌에 짓눌린 듯 맥맥하고 목구멍에 가시가 걸린 것처럼 답답했다.(1부)

**맥빠진**  **자동사** 맥빠지다. 의욕이 떨어지거나 실망하여 기운이 없어지다. 활기 없고 지루한 느낌이 있다.

대불이가 성큼 들어서며 묻자, 방석코는 베고 있던 목침을 무릎위에 올려놓으며 가자마자 하룻밤 자고 올라와뿌렀어. 하고 여전히 맥 빠진 목소리로 대답했다.(2부)

**맥없이**  **부사** 기운이나 생기가 없이. 아무 까닭도 없이.

새까맣게 때가 묻은 목침을 베고 반듯하게 누워 있던 방석코가 대불이를 보자 맥없이 상반신을 일으켰다.(2부)

**맥힌**  **자동사** '막히다' 방언. 어떤 장애로 오고가지 못하게 되다. 일시적으로 멈추어지거나 중단되다.

코 맥힌 사람들 뻥 뚫리겄재.(8부)

**맨들어**  '만들다' 방언.

대장간에다 구들을 놓고 방을 하나 맨들어 봐요. 신랑 색시가 한방을 써야재.(1부)

**맨땅** 맨 그보다 더할 수 없을 정도로 가장. 맨몸이라는 의미.

대견들 하구나. 맨땅으로 나가서 땅을 장만하고 부모를 모시러 왔으니 …… 그동안 고생이 심했겠다.(3부)

**맨사댕이** '맨몸' 방언.

개똥이가 맨사댕이로 있는 것이 마음에 걸려 그러니 호의를 받아주세요.(3부)

**맵짠** 〈형용사〉 맵짜다. 매섭게 사납다. 맵고 짜다.

2월이라고는 하지만 아직 맵짠 바람이 살갗을 후벼 파는 듯 차가운 어느 날 밤, 상영도가에 들어온 시전상인 최필대(崔必大)가, 대불이와 짝귀에게 말했다.(4부)

**맹감을 따묵고 살어도 이승이 좋다** 맹감(청미래덩굴열매)을 따먹어도 이승이 좋다. 아무리 먹을 것이 없고 고생스러워도 죽는 것보다는 사는 것이 낫다는 말.

죽은 정승 산 개만 못흐고 맹감을 따묵고 살어도 이승이 좋다는듸, 곤자소니에 발 기름 찌두룩 모자란 것 없이 살던 박초시도 죽음 앞에는 별수가 없당께.(7부)

**맹그니라** '만들다' 방언

어저께 밤새도록 지게를 맹그니라고 고생했구만 그랴.(2부)

**맹그렁하게** 냉한 기운이 있어 쌀쌀함을 이르는 말.

날이 맹그렁하게 춥구만. 바람도 칼끝 같고, 눈이 올라는가 …….(5부)

**맹글더라고** 〈타동사〉 '만들다' 방언.

이방에서 끌방망이 같은 아들놈을 하나 맹글더라고.(1부)

**맹키로** 〈조사〉 '처럼' 방언. 체언 뒤에 붙어 서로 견주어 보아 비슷하거나 같음의 뜻을 나타내는 부사격 조사. 체언 뒤에 붙어, 앞말이 지니는 전형적인 특징과 비슷하거나 같음의 뜻을 나타내는 부사격 조사.

우리 인생이 검불 맹키로 개붑고 허망허다는 생각이 드는구만.(8부)

**맹휴** 〈명사〉 특정한 목적을 위해 학생들이 집단으로 수업을 거부함. 특정한 목적을 위해 집단으로 수업을 거부하다.

항일 맹휴투쟁은 학생들 자체의 문제만으로 끝나지 않고 일반 민중의 항일의식을 자극하는 계기가 되었으며 여러 사회단체의 항일 활동을 북돋은 역할을 하고 있다네.(8부)

**맽길** 〔타동사〕 맡기다. 담당하는 책임을 지게 하다. 대신 보관하게 하다.

죽기 전에 난초 아부지가 댁헌티는 딸을 맽길 수 없다고 협디다.(2부)

**머룩머룩** 〔부사〕 멀뚱멀뚱과 비슷한 말. 눈이나 정신 따위가 생기가 전혀 없고 멍청한 모양을 나타내는 말. 국물이 푹 끓지 않았거나 건더기가 적어서 멀건 상태를 나타내는 말.

그러나 답답한 김에 마을의 대표들을 나오게는 했지만, 앞으로 이 일을 어떻게 풀어나가야 할지 너무 막막한지라 관돌 배 앓기로 머룩머룩 표정들만 살폈다.(3부)

**머리 검은 짐생은 은혜를 모른담서** 머리 검은 짐승은 구제를 말랬다. 남의 은혜도 모르는 사람이 많으므로 아예 구제해 줄 필요가 없다는 말.

머리 검은 짐생은 은혜를 모른담서, 다리 모갱이를 분질러버리겠다고 마님 성화가 이만저만이 아니시다.(1부)

**머리크락** '머리카락' 방언.

막음례도 머리크락이 실 모양으로 굵고 감태같이 검어서 애기를 잘 낳게 생겼든디.(1부)

**머리털을 뽑아 신을 삼어드리겠습니다** 머리털을 베어 신발을 삼다. 무슨 짓이든지 해서 은혜를 꼭 갚겠다는 것을 비유적으로 이르는 말.

의원님, 지발 이 여자를 살려줍쇼. 이 여자만 살려주시면 소인 머리털을 뽑아 신을 삼어드리겠습니다요.(1부)

**머릿속에는 똥밖에는 아무것도 든 것이 없으니** 매우 무식하다는 말을 속되게 이르는 말.

네 애비 에미야 머릿속에는 똥밖에는 아무것도 든 것이 없으니 종노릇이 아니면 아무 짓도 못할 땅투성이들이지만…….(1부)

**머무적거리고만** 〔자동사〕 머무적거리다. 선뜻 말하거나 행동하지 못하고 자꾸 망설이다.

대불이도 냉큼 받지를 못하고 머무적거리고만 서 있었다.(2부)

**머슥머슥하여** 〔자동사〕 메슥메슥하다. 토할 것처럼 자꾸 심하게 울렁거리다.

지난달에 몸엣것두 없었고, 온통 속이 머슥머슥하여 물만 넘가도 왈칵 넘어옵니다요.(1부)

**머슬머슬한** 〔형용사〕 머슬머슬하다. 사귐이 탐탁스럽지 않아 어색하다.

웅보가 지싯지싯 들어서자 마님은 방문을 닫았다. 웅보는 얼마 전 막음례의 방에 끌려갔을 때처럼 머슬머슬한 생각에 방바닥만 내려다보고 서 있었다.(1부)

**머쓱해져서** 〔형용사〕 머쓱하다. 흥이 꺾이거나 무안을 당해 쑥스럽고 어색하다.

양만석은 기분이 머쓱해져서 한 발짝 물러섰다.(8부)

**머지않아** 〔부사〕 가까운 장래에.

웅보는 대불이가 머지않아 또 큰일을 저지를 것만 같아 작두 위에 선 기분이었다.(3부)

**먹돌** 물가에 있는 단단하고 미끄러운 검은 조약돌.

이밖에도 대불이와 너나 내나 하고 허물없이 말을 트고 지내는 친구로는 제주 먹돌쟁이에서 피쟁이(쇠백정) 노릇을 하다가 왔다는 김귀돌이가 있었다.(4부)

**먹먹하게** 〔형용사〕 먹먹하다. 막힌 듯이 소리가 잘 들리지 않다. 어떤 감정으로 꽉 차거나 막힌 느낌이 있다.

순간 대불이의 마음이 이상하도록 먹먹하게 죄어들었다.(2부)

**먹방** 〔명사〕 먹물을 뿌린 듯 캄캄한 방이라는 뜻으로 불을 켜지 않아 몹시 어두운 방을 이르는 말.

썰렁한 방에 돌아와 불도 켜지 않은 먹방에 벌렁 누워 있는 대불이의 머릿속이 오만 가지 생각으로 부시럭거렸다.(2부)

**먹음새** 〔명사〕 음식을 먹는 모습이나 몸가짐. 음식을 만드는 질서와 절차.

하기야, 양 진사 집에서 준 쌀 가지고는 죽을 끓여 먹어도 세 식구 한 달 먹음새에도 모자랄 판이니, 식구들 중에서 누구든지 입벌이라도 할 수 있는 자리가 있다면 빌붙지 않으면 안 될 형편이었다.(1부)

**먹장구름** 〔명사〕 먹처럼 시꺼먼 구름.

이날 아침도, 바다가 흐려 있자 그의 마음에도 먹장구름이 가득 끼여 있는 듯싶었다.(5부)

**먹지도 못할 제사에 절만 죽도록** 먹지도 못하는 제사에 절만 죽도록 한다. 아무 이득도 없는 일에 괜히 수고만 많다는 말.

대불이는 장교와 나졸들을 붙잡고 통사정을 해봤댔자 먹지도 못할 제사에 절만 죽도록 하는 결과나 매한가지라는 것을 알아차리고, 양 진사를 만나야겠다는 생각에 온 길을 되짚어 뛰었다.(2부)

**먹통**  작동이 되지 않아 아무런 반응이 없는 전화 따위 기계처럼 반응이 없음을 이르는 말.

> 오늘밤 왜 그리 딱다거려싸. 부부란 몸부텀 하나가 되야 하는 거. 그래야 마음도 몸 따라서 하나가 되는 거재, 이 바보 먹통아!(1부)

**먹통 같은**  사리에 어둡고 멍청함을 비유적으로 이르는 말.

> 그려. 나는 오장도 쓸개도 없는 먹통 같은 년이여.(1부)

**먼첨**  '먼저' 방언.

> 마님께서 먼첨 귀동자를 낳으십쇼.(2부)

**멀뚱히**  〔형용사〕 멀뚱하다. 생기가 없고 멍청하다.

> 웅보도 쌀분이처럼 강 건너 먼 산만 멀뚱히 바라볼 뿐이었다.(1부)

**멀찌막이**  〔부사〕 거리가 꽤 먼 듯이.

> 장교는 농투성이들을 경계하는 눈빛으로 굽어보며 멀찌막이 떨어져서 큰 소리로 말했다.(3부)

**멀찌기**  〔부사〕 멀찍이. 거리가 좀 멀리.

> 친정에서 멀찌기 떨어져 살고 싶어서유.(3부)

**멋대가리**  〔명사〕 '멋'을 속되게 이르는 말.

> 그런 생각을 하고 있는 대불이의 뒤를 따라 내려오고 있는 순영이도 다시는 저런 멋대가리 없는 남자와 만나지 않아야겠다고 스스로 다짐을 하였다.(4부)

**멋이냐**  (지시 대명사) '뭣' 방언. 모르는 사실이나 대상을 물을 때 그 사실이나 대상을 가리키는 말. 평서문에서, 확실히 모르거나 꼭 집을 수 없는 대상을 가리키는 말.

> 그 다음날 아침에 봤을 때, 역부러 내 눈을 피하던 어색시런 모양, 그리고 또 멋이냐, (……)(8부)

**멍울멍울 덩이져**  조금 작은 덩어리들이 둥글둥글하게 한데 엉겨 있는 모양을 나타내는 말로 하나하나 멍울마다 작은 덩어리로 뭉쳐지다.

> 황갈색 저고리 앞섶과 입언저리에 뱀딸기를 으깨놓은 듯 붉은 피가 멍울멍울 덩이져 묻어 있었다.(2부)

**멍충아**  '멍청이' 방언. 어리석고 사리 분별력이 모자란 사람.

멍충아, 나리마님 배꼽을 네 배꼽에 문질러서 네 몸속에 있는 기운을 단물 빨듯 쪽 빨아들여 갖고 장수를 헌다 이거여.(1부)

**멍털멍털** 【부사】 크고 작은 멍울이 한데 엉기어 크고 울퉁불퉁한 덩이를 이룬 모양을 나타내는 말.

칼자국이 난 목에서는 멍털멍털 피가 멍울졌으며, 뜨거운 물을 엎지를 때마다 쿠루루 숨을 몰아쉬며 발을 부르르 떨었다.(3부)

**멍텅구리** 【명사】 어리석고 정신이 흐릿하여 사물을 제대로 판단할 수 없는 사람을 이르는 말.

웅보 어머니가 먼저 남편을 공박하자 이 멍텅구리, 그까짓 종문서 갖고 어쩔라고 그랬어? 하고 장쇠가 그의 아내를 쥐어박을 듯 윽박질렀다.(1부)

**메기주둥이** 【명사】 메기처럼 쭉 찢어져 입이 큰 것을 낮잡아 이르는 말.

그때까지만 해도 영산포 객주거리에서 방석코라고 하는 서른 안팎의 메기주둥이에 사팔뜨기 눈을 한 힘센 사내가 모든 건달패거리들을 휘어잡고 있었다.(2부)

**메뚜기도 낯짝이 있는듸** 벼룩도 낯짝이 있다. 보잘것없는 곤충도 낯짝이 있는데 하물며 사람이 체면이 없어서야 되겠느냐는 말.

오던 길로 되돌아갈 수는 없는 일이지요. 메뚜기도 낯짝이 있는듸, 어찌케 오던 길로 되돌아 가겠남요?(3부)

**메밀떡 굿에 쌍장고 치는** 메밀떡 굿에 쌍장구 치랴. 처지와 형편에 맞지 않게 일이나 판을 지나치게 크게 벌여서는 안 됨을 비유적으로 이르는 말.

뒤웅박 차고 바람 잡는 푼수로 목숨 내놓고 창의병이 되어 쫓기면서 사는 아버지나 똑같이 메밀떡 굿에 쌍장고 치는 사람과 다를 바가 없다고 생각하고 있었다.(6부)

**메밥** 【명사】 제사 때 신위 앞에 올리는 밥.

그들은 당신(堂神) 대신 신간 앞에 메밥과 영산강에서 잡아온 비늘 있는 고기로 제물을 올리고, 마을이 태평하고 궂은 액년을 막아줄 것을 빌었다.(1부)

**메어칠** 【타동사】 메어치다. 어깨 너머로 들어올렸다가 바닥에 힘껏 내리치다.

웅보가 바짝 다가서며 당장이라도 사공을 강물 속으로 메어칠 것 같이 손에 힘을 주고 노려보자, 늙은 사공은 비실비실 이물 쪽으로 걸어가더니, 배에서 내려버렸다.(1부)

**메칠** '며칠' 방언.

> 메칠 기달려봐서 억지 자복헌 것이 사실이라면, 이쪽에서도 꼬닥수를 써야 허네!⁽2부⁾

**메케한** 〔형용사〕 메케하다. 코를 찌르는 듯이 몹시 싸하다.

> 논에서 보릿대를 태우는 연기가 메케한 냄새를 피우며 하늘로 올라가는 것을 본 새끼내 사람들은 콧구멍을 벌름거렸다.⁽1부⁾

**몟** '몇' 방언.

> 웅보는 몟이냐?⁽1부⁾

**멱** 목 앞쪽.

> 방석코의 우람한 몸뚱이가 질척거리는 흙탕 위에 깍짓동이 넘어지듯 하였으며, 대불이가 날렵하게 그의 배를 깔고 앉아서 두 손으로 힘껏 멱을 조르기 시작하였다.⁽2부⁾

**멱둥구미** 〔명사〕 짚을 엮어서 속이 깊고 둥글게 만든 곡식을 담는 그릇.

> 방은 어려서 술래잡기놀이를 할 때 더그매나 허청의 멱둥구미 안에 술래가 찾을 수 없게 깊숙이 숨을 수 있는 곳처럼 마음이 느긋하게 풀리는, 이 세상에서 가장 은밀한 장소였다.⁽1부⁾

**멱서리** 〔명사〕 짚으로 촘촘히 걸어서 곡식을 담는 데 쓰도록 만든 그릇.

> 허갸 입은 멱서리만 해도 무신 낯짝이 있어 쥐둥아리를 열겄냐.⁽7부⁾

**면괴스러워** 〔형용사〕 면괴스럽다. 남을 마주 대하기에 부끄러운 데가 있다.

> 또 그가 생각하기에 코쟁이들 수중에는 그의 셈으로는 어림할 수도 없을 만큼 큰돈이 있는 터에 그까짓 끽해야 1불짜리 지폐 한 장 받는 게 그리 면괴스러워할 일만도 아닌 듯싶었다.⁽4부⁾

**면면** 〔명사〕 여러 사람들 각각 얼굴. 여러 방면.

> 1년 쯤 같은 열차를 타고 통학을 하다보면 친구가 아니더라도, 어디에 살고 어느 학교를 다니는지, 통학생들 면면을 대충 알게 마련이었다.⁽9부⁾

**면밀하게** 〔형용사〕 꼼꼼하여 빈틈이 없다.

> 그 쪽에는 내일 연락하기로 하고 우선은 우리 쪽 멤버 중에서 의심이 가는 사람이 있는지 한 사람 한사람 면밀하게 따져보는 것이 좋겠어.⁽9부⁾

**면상** 〔명사〕 사람의 얼굴을 낮잡아 이르는 말.

> 그는 오른손 주먹에 힘을 주어 잠들어 있는 면상을 힘껏 내리쳤다.⁽2부⁾

**면천** 〔명사〕 천민의 신분에서 벗어남. 천민의 신분에서 벗어나게 되다.

한때 나라에서는 노비를 안검(按檢)하여 속량시킨 적도 있었지만, 능상을 한다는 이유로 오랫동안 면천(免賤)을 시켜주지 않았지 않는가.(1부)

**명치** 19세기 후반 일본 메이지 천황 때, 에도 바쿠후를 무너뜨리고 중앙 집권 통일 국가를 이루어 일본 자본주의 형성 기점이 된 정치적, 사회적 변혁 과정. '명치'는 일본어 'Meiji'를 우리 한자음으로 읽은 말이다.

그들은 우편국을 지나 한참을 걸어서 (明治)라는 작은 간판이 붙은 일본식 건물 안으로 들어갔다.(8부)

**명치끝** **명사** 복장뼈 아래 한가운데 오목하게 들어간 곳에 내민 뼈 아래쪽.

그는 6년 만에 다시 본 고국의 모습이 너무 초라해 명치끝이 아리고 눈물이 나오려고 했다.(8부)

**모 꽂는 것** 모심기를 이르는 말.

가볼까요? 워낙 오랜만이라 모 꽂는 것도 잊어뿐 것 같은듸 ······.(6부)

**모감지** '모가지' 방언.

한 주먹이라도 외수를 쳤다가는 네눔들 모감지를 작두로 작신 베버릴 거여.(2부)

**모개** '모과' 방언.

글타면 뭣 땜시 썩은 모개덩어리같이로 매가리가 통 없이 그러는겨?(2부)

**모갱이** '목'을 비속하게 이르는 말.

정 그렇다면 헐 수가 없구만, 닭 잡아먹드끼 안 허고 기분 좋게 살을 섞고 싶었는디, 네가 끝꺼정 도끼 삶아묵은 사람모양 팩팩거려싸면, 하는 수 없이 모갱이를 배틀어서라도 ······.(1부)

**모기다리에서 피 빼먹는** 모기 다리에서 피 뺀다. 자기 이익을 위해서는 교묘한 수단으로 없는 데서도 긁어내거나 빈약한 사람을 착취함을 이르는 말.

할아버지 말대로라면 부자 아니고 기껏해야 농사꾼들의 등이나 쳐 먹고 사는, 모기다리에서 피 빼먹는 양반부스러기 양 진사 정도야 천당구경은 고사하고 지옥으로 떨어지기도 전에 구더기가 될 사람이기에 불쌍한 생각이 앞섰다.(1부)

**모도리** 조금도 빈틈이 없이 아주 야무진 사람.

그들은 다만 평소에도 새끼내 토박이 사람들 하는 일에 훼방 치기를 좋아하였기에, 이번 기회에 모도리 같은 그의 기세를 한번 꺾어놓자는 것뿐이었던 것이다.(7부)

**모두기침** 곤두기침. 소리를 높여 날카롭게 하는 기침.

잠시 후 사발에 술을 따라주며 대불이가 말하자, 늙은 줄꾼은 몸에 병이 들어 이제는 줄 타는 것도 힘겹게 되었다고 하면서, 갑자기 모두기침을 토해냈다.(2부)

**모두먹기** 네 것 내 것 할 것 없이 뭇사람이 덤비어 먹는 일. 돈치기를 할 때 맞히는 사람이 그 판 돈을 다 먹는 내기.

기사년 흉년에 포도청과 각 고을에서 신칙에 나섰재만 모두먹기떼거지들 수가 워낙 헤아릴 수도 없이 많아서 손을 쓰지 못했다는디 …….(3부)

**모두숨** 〔명사〕 한 번에 크게 몰아쉬는 숨.

보름달은 모두숨을 계속 헉헉 몰아쉬며 씨부렁거렸다.(2부)

**모둠살이** 모듬살이. 사람들이 어울려서 살아가는 공동생활.

그려, 우리가 처음에 새끼내에 터를 잡을 때는 네 것 내 것 가리지 않고 한타랑으로 모둠살이를 했느니라.(7부)

**모들뜨기** 〔명사〕 두 눈동자가 안쪽으로 치우친 사람. 몸이 한쪽으로 쏠리거나 쳐들리어 넘어지는 일.

우암이가 노를 젓고 판돌이는, 사지를 결박당한 채 뱃바닥에 꿍겨박혀 모들뜨기 눈으로 두 사람을 간절하게 쳐다보고 있는 전 포수의 머리맡에 앉아 하늘을 올려다보았다.(7부)

**모란잠** 〔명사〕 한쪽 끝의 둥그런 부분에 모란꽃을 새긴 비녀.

유씨 부인은 철 이른 초록 공단 당고의를 입고 머리에는 모란잠을 꽂고 있었다.(1부)

**모래로 방천 하듯** 모래로 방천한다. 아무런 보람이 없는 헛수고를 한다는 말.

이제 나이가 들 만큼 들어 머리가 커진 소바우가 모래로 방천 하듯 다시 물둑 쌓는 일을 시작하는 큰아버지에 대해서 마뜩찮은 마음으로 잔뜩 뒤틀려 있는 것을 알면서도 모르는 척 웅보는 바보처럼 물목굽이에 돌과 흙을 처박았다.(6부)

**모로** 〔부사〕 옆쪽으로 또는 가장자리로 비껴서는 것을 이르는 말.

그러면서 두 사람은 다시 마주보고 웃었고, 웅보는 쌀분이의 포실한 무릎을 베고 모로 누워, 쌀분이의 배에 귀를 바짝 대고 숨을 죽였다.(2부)

**모루채** 〔명사〕 달군 쇠를 모루 위에 놓고 메어칠 때 쓰는 긴 자루가 달린 쇠메.

얼마 전 웅보는, 염주근이가 말바우네 주막에 왔다가 대장장이였다는 죽은 말바우 아버지가 쓰던 모루채를 보더니, 화덕만 있으면 사냥 창을 만들 수 있다면서 좋아하는 것을 보고, 그

무거운 쇠모루를 끙끙대며 감춰버리지 않았는가.(2부)

**모숨** 【의존명사】 한줌 안에 들 만한 가늘고 긴 물건의 수량을 세는 단위를 나타내는 말.

어머니는 고개를 오르기 전에 쫄쫄쫄 소리를 내며 흐르는 산 개울물에, 모숨이 굵은 털메기를 흥건히 적셔 신도록 하였다.(2부)

**모주리** '모조리' 방언.

대장님, 동학군이 모주리 떠나면 우리는 어쩝니까요.(3부)

**모지락스러워** 【형용사】 모지락스럽다. 모질고 억센 데가 있다.

칠만이는 봉수를 옆에 끌어 앉히고 나서, 생김생김이 모지락스러워 보이는 주모를 올려다보며 튕겨내는 목소리로 말했다.(3부)

**모찌** 일본어로 찹쌀로 만든 떡을 이르는 말.

양만석은 모찌(단팥이 든 일본식 찹쌀떡) 열 개를 더 시켜 먹었다.(9부)

**목구멍 타작** 굶지 않고 겨우 먹고 산다는 의미를 이르는 말.

그때 판쇠는 처음으로 자신이 이름난 소리꾼이 되려는 꿈을 간직하게 되었으나, 새끼내에 정착해서는 땅을 일구느라 목청 다듬어볼 여유조차 없었고, 목포에 나가서는 선창 등짐꾼이 되어 목구멍 타작하기에도 정신이 없었던 것이었다.(7부)

**목구멍에 기름칠** 고기를 먹는다는 것을 비유적으로 이르는 말.

뜬금없이 저육은 무슨…… 목구멍에 기름칠허자고?(5부)

**목대잡이** 【명사】 여러 사람을 거느리고 일을 시키는 사람.

선창에서 등짐꾼들을 부리는 목대잡이 노릇을 할 때나 자신이 때때로 지악스러운 들때밑 같은 생각이 들어, 조련찮게 추술했던 마음이 가라앉곤 했다.(2부)

**목울대** 【명사】 목구멍의 중앙부에 있는 소리를 내는 기관. 조류 발성 기관.

몸 전체로 훌쩍거리며 우는 막음례를 쳐다보는 순간, 불잉걸 같은 것이 목울대에 훗훗하게 차올랐다.(1부)

**목자** 눈을 속되게 이르는 말.

두 사람의 아랫도리 맨살이 닿자, 그들의 목자에서 불빛이 튕겨 나왔다.(5부)

**목줄** 【명사】 목구멍 힘줄.

농부들은 수근(水根)이 없이 해마다 한재를 입고 초근목피로 겨우 목줄을 지탱하며 살아가고 있는데도, 양 진사는 또박또박 봇수세를 받아갔다.(1부)

**목침** 〔명사〕 나무토막으로 만든 베개.

새까맣게 때가 묻은 목침을 베고 반듯하게 누워 있던 방석코가 대불이를 보자 맥없이 상반신을 일으켰다.(2부)

**몰강스럽게** 〔형용사〕 몰강스럽다. 보기에 억세고 모질며 악착스럽다.

이전에는 울컥 유씨 부인이 저절로 떠오르려고 하면 고개를 흔들어대면서 그 모습을 몰강스럽게 머릿속에서 지워버리곤 하였던 것인데, 이날만은 웅보 자신도 모르게 오랫동안 그 모습에 넋을 잃고 있었다.(6부)

**몰골** 〔명사〕 사람의 볼품없는 모습이나 얼굴.

불에 타버린 조선의 몰골은 처참했다.(2부)

**몰매** 〔명사〕 여럿이 한꺼번에 덤비어 사정없이 때리는 매.

그들은 김치근이가 박 초시 하인들에게 몰매를 맞아 죽은 일을 그들 자신이 늙어 눈을 감을 때까지 잊을 수가 없을 것 같았다.(2부)

**몰아쉬셔쌓고** 몰아쉬다. 숨을 모아 쉬다.

아들 보고잦담서 밤낮 한숨 몰아쉬셔쌓고는 무슨 말씀이당가요?(7부)

**몰이꾼** 〔명사〕 사냥이나 낚시에서 짐승이나 물고기를 빠져나갈 수 없는 곳으로 몰아넣어 주는 사람.

염주근의 죽은 아버지는 이름난 몰이꾼이었는데, 백암산(白巖山)에서 총도 없이 창으로 송아지만한 멧돼지를 잡았다고 자랑하는 소리를 여러 번 들었다.(2부)

**몰인정헌** 〔형용사〕 몰인정하다. 남을 동정하고 이해하는 따뜻한 마음이 전혀 없다.

여태껏 살아오면서도 몰인정헌 사람, 죽을 때꺼정 정떨어지게 허는구나.(7부)

**몸이 달아** 몸이 달다. 몹시 하고 싶거나 기다려져 마음이 조급해지다.

시방도 아마 그 엉덩판이 화도고개만한 과부한테 돌아가지 못해 말은 안해도 은근슬쩍 몸이 달아 있을 거로구만요.(5부)

**못 묵을 버섯은 삼월 달부터 나고** 그 징조가 나타남을 비유적으로 이르는 말.

못 묵을 버섯은 삼월 달부터 나고, 될성부른 나무는 떡잎부터 알아본다등만 ······.(5부)

**못난 놈 잡아들이라면 없는 놈 잡아간다**  아무리 잘났더라도 돈이 없고 궁하면 못난 놈 대접밖에 못 받고, 못난 사람도 돈만 많이 있으면 좋은 대접을 받는다는 말.

없을수록에 부지런히 꼼지락거려야 허네. 아, 못난 놈 잡아들이라면 없는 놈 잡아간다고 안 허든가.(2부)

**못할지언정**  **타동사**  못하다. 일정한 수준에 못 미치는 정도로 하다. 동사 연결 어미 '−지' 뒤에 쓰여 앞말이 뜻하는 행위를 능히 할 수 없음을 나타내는 말.

비록 두 아기를 떳떳이 자식이라 부르지는 못할지언정, 틀림없는 그의 핏줄을 받고 태어난 바에야 자식은 자식이라는 생각에서, 혼자 마음속으로 그 두 아기도 잘 자라기를 비는 마음에서 그렇게 심어둔 거였다.(3부)

**몽그작거리고**  **자동사**  한자리에서 떠나지 않고 굼뜨게 자꾸 비비대거나 움직이다.

조운창을 지킬 고지기 몇 사람만 남겨두고 등짐꾼들까지 모두 고향으로 떠난 섣달 그믐날 아침, 여태껏 객줏집의 쩔쩔 끓는 방에서 몽그작거리고 남은 사람은 대불이와 방석코, 갈퀴 세 사람뿐이었다.(2부)

**몽니를 부리기라도**  **자동사**  몽니부리다. 심술궂게 욕심을 부리다.

양만석이 큰 소리로 몽니를 부리기라도 하려는 것처럼 되물었다.(7부)

**몽당빗자루**  **명사**  끝이 거의 닳아서 없어진 빗자루.

술청이 시끌시끌하자 빈집 마당을 치우고 있던 순영이 어머니가 몽당빗자루를 들고 술청 안으로 들어서다 말고, 소스라치듯 놀라 남편의 두 팔에 대롱거리며 매달렸다.(4부)

**몽매한**  사리에 어둡고 어리석음.

원컨대 사또께오서는 저희 몽매한 백성들의 참상을 굽어 살피시어 기민 애고(愛顧)의 황정을 펴주시기를 엎으려 비옵니다.(3부)

**몽씬**  '몽땅' 방언.

자네하고 나하고 죄를 몽씬 뒤집어쓰는겨.(2부)

**몽짜**  **명사**  음흉하고 심술궂게 욕심을 부리는 짓.

특히 그들 중에서도 남달리 마음이 여린 우암이로서는 몽짜 사나운 전 포수가 앞으로 어떻게

앙심풀이를 하게 될지 걱정이 앞섰다.(7부)

**몽탄 장어**   무안 몽탄에서 나는 장어가 날씬하고 질이 좋음을 비유적으로 이르는 말.

허긴, 새끼를 둘이나 뽑았는디도 아직 몽탄 장어모양 나긋나긋 감칠맛이 좋으니께, 못해도 송아지 한 마리 값은 받을 거로구만.(1부)

**묏돝**   멧돝. '멧돼지' 방언.

자칫 오태수의 청을 들어주었다가는 묏돝 잡으려다가 집돝 잃는 격이 되고 말 것이 분명했고, (……)(4부)

**묏돝 잡으려다가 집돝 잃는**   먼 것을 탐하다가 가까운 것을 잃어버린 것을 비유적으로 이르는 말.

자칫 오태수의 청을 들어주었다가는 묏돝 잡으려다가 집돝 잃는 격이 되고 말 것이 분명했고, 설령 오태수의 투전 끗발이 잘 피어 그의 말마따나 돈이 부엉이살림처럼 단번에 불어난다손 치더라도 그것은 마치 좁쌀 한 섬 두고 흉년 들기를 기다리는 심보 같아서 아예 마음이 쏠리지 않은 것이었다.(4부)

**묏등**   '묏등' 방언. 무덤의 두두룩한 윗부분.

아직도 장수잠자리는 묏등의 톱풀꽃 위에 날개를 접고 앉아 있었다.(6부)

**무거리**   **명사** 곡식 따위를 빻아 체에 쳐서 가루를 내고 남은 찌꺼기. 변변하지 못한 사람을 비유적으로 이르는 말.

산에서 벗겨온 송기는 밀무거리와 버무려 송기떡을 해먹고, 게는 장에 내다 팔았다.(1부)

**무담시**   '괜히' 방언.

개동이선상 보기에는 우리가 무담시 개죽음허로 가는 것으로 다 뵈일 것이네만 이것은 으디까지나 개죽음이 아니라는 것을 우리덜은 잘 알고 있다네.(7부)

**무덤도 파서 없앨 것**   좋지 않은 일을 자초하다.

약 내일까지 세우지 않을 시는 소작권도 주지 않을 뿐만 아니라, 지금 살고 있는 집에서 쫓아낼 것이며, 조상의 무덤도 파서 없앨 것이고, 적도들과 똑같이 붙잡아서 신작로 노역 판에 보낼 것이오.(7부)

**무랑태수**   **명사** 물황태수. 자신 지위나 능력을 믿고 방자하게 구는 사람. 꼼꼼하지 못하고 남 비판에 대해서도 전혀 무감각한 사람.

> 욕심 많고 아무지던 네가 왜 무랑태수가 되야부렀어.(8부)

**무뢰배**　일정한 직업이 없이 나도는 불량한 사람. 또는 그 무리.

> 천하에 없는 무뢰배놈들아, 너희놈들은 어느 나라 백성이기에 법도 모르고, 대명천지에 도
> 적질이냐!(3부)

**무르춤이**　**자동사**　무르춤하다. 뜻밖의 사실에 가볍게 놀라 갑자기 물러서려는 듯이 행동을 멈추다.

> 그러자 우암이는 무르춤히 서서 씨그둥한 눈빛으로 유복이를 보았다.(6부)

**무릿매질**　작은 돌을 끈에 맨 후 끈의 양끝을 잡고 휘두르다가 한쪽 끝을 놓아 돌을 멀리 던지는 짓.

> 대촌에서 그런 사건이 일어난 후에도 동척에 농토를 빼앗긴 마을에서는 어김없이 마을 사람
> 들 몰래 소작료를 갖다 바치는 일이 계속되었으며, 그때마다 마을 사람들이 약조를 어긴 그
> 들을 붙잡아 무릿매질을 하였다.(7부)

**무명잡세**　**명사**　정당한 세목을 붙이지 않고 받는 갖가지 세금.

> 수령이 임의로 징수하여 마음대로 소비하는 무명잡세들도 한두 가지가 아니었으니, 그 중에
> 서도 산골 백성이 내는 산세(山稅), 어민들이 내는 포세(浦稅), 짐을 운반하는 등짐꾼들에게
> 과하는 상하세(上下稅), 읍청의 임시비에 충용한다는 명목으로 받는 걸입(乞入)이 있으며, 지
> 방관청의 관노가 시장의 노점을 일일이 임검하면서 세금을 걷는 시장세가 있었다.(2부)

**무섬증**　**명사**　어떤 일이나 사람에 위험이나 위협을 느껴 마음이 불안해지는 버릇이나 심리 현상.

> 대불이는 어둠이 강물을 덮자 덜컥 무섬증이 전신을 휘감아왔다.(1부)

**무쇠서**　무서워서. '무섭다' 방언.

> 구데기 무쇠서 장을 안 담을 수 있겠어요?(1부)

**무신**　'무슨' 방언.

> 소원이라니, 무신 소원을 말했넌디?(2부)

**무안스러웠는지**　**형용사**　무안스럽다. 당혹스럽거나 겸연쩍어서 낯을 바로 들기 어려운 데가 있다.

시어머니가 두 사람의 얼굴을 오랫동안 가까이 들여다보고 있는 것이 무안스러웠는지 김치근이 아내가 대불이에게 물었다.(2부)

**무오** [민속] 육십갑자(六十甲子)의 쉰다섯째로, 천간이 '무(戊)'이고 지지가 '오(午)'인 간지(干支). 정사(丁巳)의 다음, 기미(己未)의 앞이다.

시월이라 무오날에 고사 사당이 좋을씨고.(3부)

**무조지** [명사] 조세를 받지 않는 땅. 국유지, 민유지 중의 면조지 따위를 이른다.

강변의 버려진 땅들은 무조지(無租地)임이 틀림없을 것 같았다.(1부)

**무지근하게** [형용사] 무지근하다. 띵하고 무엇에 눌린 것처럼 몸이 무겁다. 똥이 잘 나오지 않아서 개운하지 않고 답답하다.

웅보는 머릿수건을 벗어 쌀가마니에서 떨어진 옷의 먼지를 털고 나서 피로처럼 무지근하게 쌓이는 어둠속의 선창가를 두렷거렸다.(4부)

**무지렁이** [명사] 일이나 이치에 어둡고 어리석은 사람. 무지러지거나 헐어서 못 쓰게 된 물건.

주모는 웅보를 글을 모르는 무지렁이로 알았다가, 삼 년 동안이나 서당엘 다녔다는 말을 쌀분이한테 듣고 대하는 태고가 싹 달라졌다.(1부)

**무질러** 지름길이라는 의미.

웅보는 손팔만에게 말하고, 숨 돌릴 겨를도 없이 논둑길을 무질러 영산강을 거슬러 올라갔다.(1부)

**무질러버리다** 아무 말도 하지 못하도록 하다.

웅보도 쌀분이가 좀 쉬라는 말을 일언지하에 무질러버렸다.(1부)

**무참하게** [부사] 무참히. 보기에 몹시 끔찍하고 참혹하게. 매우 열없고 부끄럽게.

그 중에서도 개태에 사는 손팔만이라는 사람은 유별나게 둑을 쌓고 있는 일터에까지 찾아와서, 땀을 뻘뻘 흘리며 돌을 나르는 웅보의 마음을 무참하게 휘젓곤 하였다.(1부)

**무춤하게** [자동사] 무춤하다. 놀라거나 열없어서 하던 짓을 멈추고 갑자기 뒤로 물러서려고 하다.

보리가 반백으로 섞인 밥 두 그릇이 무춤하게 담긴 소반 위에 향기로운 김이 모락모락 피어올랐다.(2부)

**무탈** 형용사 무탈하다. 아무런 탈이 없다.

가내가 평안하고 모두 무탈하시다니 다행입니다. (8부)

**묵고** '먹고' 방언.

다음 굉일날 아침밥 묵고 곧바로 경운궁 앞으로 나갈께. (4부)

**묵사발을 만들어** 묵사발 만들다. 때리거나 하여 얼굴 따위를 몹시 흉하게 만들다. 세력이나 기세를 완전히 누르다.

결국 대불이가 예기치 않았던 작대기에 찔리는 바람에 그만 힘을 못 쓰고 나동그라지고 말았으며, 대불이를 넘어뜨린 그가 계속해서 짝귀를 상대하던 다른 한 놈과 합세하여 짝귀까지 묵사발을 만들어놓지 않았던가. (5부)

**묵신하게** '묵직하다' 방언.

세 사람이 각기 소금을 팔아주고 받은 보리쌀 자루를 묵신하게 들어 보이자, 마을 사람들은 저마다 환호하였다. (2부)

**묵은세배** 민속 섣달그믐날 저녁에 그해를 보내는 인사로 웃어른을 찾아뵙고 절을 함.

세배는 원래 가까운 친척들끼리만 하는 것이었으나 새끼내 사람들은 기실 친척보다도 더 가까웠기 때문에, 밤늦도록까지 관솔불을 밝혀들고 묵은세배를 하였다. (2부)

**묵은해** 명사 새로운 해에 대하여 지난해를 이르는 말.

설맞이 집안 닦기를 잘해야 묵은해의 잡귀와 액(厄)이 물러간다고 믿고 있었기 때문이었다. (2부)

**묵정밭** 명사 농사를 짓지 않고 버려두어 거칠어진 밭.

얼어붙은 묵정밭을 파고, 땅에 씨앗을 뿌리듯 그의 몸과 마음을 대지의 깊숙한 곳에 묻었다. (1부)

**문둥이 콧구멍에서 마늘씨를 빼 묵는 거와 진배없이** 문둥이 콧구멍에 박힌 마늘씨도 파먹겠다. 욕심이 사나워 남의 것을 몹시 탐내는 사람을 비난조로 이르는 말.

문둥이 콧구멍에서 마늘씨를 빼 묵는 거와 진배없이 십장 두목은 야꾸자를 먹여 살리기 위해 우리 하역인부들의 수당에서 강제로 달달마다 복지기금이라는 지금껏 들어보지도 못한 명목으로 돈을 떼어갔습니다. (5부)

**문드러져가고** 〔자동사〕 문드러지다. 썩거나 무르게 되어 힘없이 처져 떨어지다.

마음도 몸뚱이도 옴씰하게 썩어 문드러져가고 있는 것처럼 생각되었다. (4부)

**문문하게** 〔타동사〕 문문하다. 경사스러운 일이나 슬픈 일에 물건을 보내어 축하하거나 위문하다. 거리낌 없이 다루기 쉽게 호락호락하다.

속마음으로야 홍두깨질을 해대도 봉수한테는 문문하게 보이지 않으려고 애를 썼다. (3부)

**문전걸식** 〔명사〕 이 집 저 집을 돌아다니며 빌어먹다. 이 집 저 집 남의 집을 돌아다니며 빌어먹음.

거렁뱅이들의 수가 눈에 띄게 늘어나면서부터 그들의 눈에 핏발이 돋아나기 시작했다. 처음엔 한둘, 많아야 네댓 명씩 문전걸식을 하던 그들이었는데, 지금은 열 명, 스무 명씩 떼를 지어 몰려다녔다. (3부)

**문칫문칫** 〔부사〕 '머뭇머뭇' 방언. 말이나 행동을 딱 잘라서 하지 못하고 자꾸 망설이는 모양을 나타내는 말.

박 초시는 문칫문칫 말을 하면서도 그때의 분을 참지 못하겠다는 듯 몇 번이고 치를 떨었다. (6부)

**물굽이** 〔명사〕 바다나 강 따위의 물이 굽어 흐르는 곳.

강물은 흐르면서 물굽이와 물밑 세상을 바꾸고 시간은 쌓여서 삶의 역사를 만든다. (8부)

**물꼬** 〔명사〕 논에 물이 넘나들도록 만들어 놓은 좁은 통로.

그런데 그는 마지막 논에 물꼬라도 보고 오겠다며 집을 나섰다. (3부)

**물너울** 〔명사〕 물놀. 바다 같은 넓은 물에서 크게 움직이는 물결.

아내의 잠든 모습을 들여다보고 있는 그의 시야에 영산강의 잔조로운 물너울이 꽃잎처럼 너울거리며 겹쳐왔다. (7부)

**물맞이** 〔민속〕 병을 고치거나 더위를 피하려고 삼복, 칠석, 백중, 처서에 폭포 밑에서 물을 맞는 풍속.

그는 조금씩 상반신을 움직여가며, 물맞이를 하는 것처럼 햇살을 몸의 여기저기에 받았다. (4부)

**물미장** 끝에 뾰족한 쇠를 끼운 지게 작대기.

얼마 전에도 수백 명이나 되는 보부상 패거리들이 물미장을 휘두르며 정동에 있는 독립협회 본부를 습격한 일이 있었다. (4부)

**물밑** 【명사】 어떤 일이 남들에게 드러나지 않고 은밀하게 이루어지는 상태를 비유적으로 이르는 말. 물 속이나 맨 밑.

> 강물은 흐르면서 물굽이와 물밑 세상을 바꾸고 시간은 쌓여서 삶의 역사를 만든다.(8부)

**물불 안 가릴** 물불을 가리지 않다. 온갖 장애나 위험을 무릅쓰고 닥치는 대로 행동하거나 일을 밀고 나가다.

> 거야 그렇지. 하나, 거지떼들이 굶어죽게 되었을 때는 물불 안 가릴 것이 아니냐?(3부)

**물비늘** 【명사】 햇빛을 받아 수면이 반짝이며 잔잔하게 이는 물결.

> 햇살이 강물 위에 부서져 물비늘이 번쩍번쩍 되쏘여왔다)(1부)

**물비린내** 【명사】 물에서 나는 비릿한 냄새.

> 이내 후두둑 빗방울이 쏟아질듯 음습한 바람이 상류로부터 물비린내를 몰고 왔다.(2부)

**물빌이굿** 【민속】 기우제. 고려와 조선시대 가뭄이 심할 때 하지가 지나도록 비가 오지 않으면 나라나 민간에서 비가 오기를 기원하며 지내는 제사를 이르던 말.

> 마을에서는 날을 받아 물빌이굿(雨乞祭)을 올렸다.(3부)

**물이 아니면 건너지를 말고 인정이 아니면 사귀지 말라** 사람을 사귐에 있어서는 인정으로 사귈 일이지 잇속이나 딴 생각으로 사귈 것이 아니라는 것을 비유적으로 이르는 말.

> 물이 아니면 건너지를 말고 인정이 아니면 사귀지 말라고 허등만, 느그 아부지야말로 사귈 사람이 아니랑께.(7부)

**물캐지겄다** 【자동사】 '물러지다' 방언. 흠씬 익어서 물렁하게 되다. 조금 누그러지다.

> 한 달간 지달리자면 보고자퍼서 눈 물캐지겄다.(8부)

**물컹한** 【형용사】 물컹하다. 지나치게 익거나 곯아서 물크러질 만큼 물렁하다.

> 밤이면 밤마다 물컹한 논다니들을 끼고 잘 수가 있었다.(2부)

**물크러질** 【자동사】 물크러지다. 썩거나 물러서 제 모양이 없어지고 헤어지다. 서먹하거나 정이 없게 되다.

> 웅보 어머니는 자식들 걱정에 눈물 마를 날이 없어 눈언저리가 물크러질 정도였다.(1부)

**묽숙한** (형용사) 묽숙하다. 알맞게 묽다.

들이 주막에 돌아오자 다섯 집 식구가 한 덩어리가 되어, 술청에 모여 쌀분이가 쑥을 넣고 끓인 묽숙한 쌀죽을 둘러 마시고 있었다.(1부)

**뭉긋거릴** (자동사) 뭉긋거리다. 나아가는 흉내를 내며 제자리에서 몸을 자꾸 비비적거리다.

자네가 난초한테 뭉긋거릴 때마다 자네를 보는 방석코의 눈에 칼날이 보였네.(6부)

**뭉얼뭉얼** 응어리지다. 쌓여 덩어리처럼 되다. 차지게 뭉쳐 덩어리처럼 되다.

그날 밤, 웅보와 대불이는 방안에 관솔불을 밝게 피우고, 밤새도록 할아버지의 손과 발에 뭉얼뭉얼 피가 엉긴 채 박힌 밤송이 가시들을 뽑아냈다.(1부)

**뭉클한** (형용사) 뭉클하다. 어떤 감정이 북받쳐 올라 갑자기 가득 차 넘치는 듯한 느낌이 있다. 먹은 것이 잘 삭지 않아 가슴이 몹시 뭉치어 있는 듯한 느낌이 있다.

적삼 속으로 손을 넣어, 단단하고 뭉클한 젖통을 움켜쥐었다.(1부)

**뭉텅뭉텅** (부사) 사물 부분이 잇따라 매우 큼직하게 잘리거나 툭툭 끊어지는 모양을 나타내는 말.

날이 밝은 뒤에까지도 불탄 조선에서는 연기가 뭉텅뭉텅 솟아오르고 곡식 타는 메케한 냄새가 진동했다.(2부)

**뭬** '무엇' 준 말.

텁석부리는 수하에게 멱살을 잡힌 것에 참을 수 없는 모욕을 느꼈는지, 뭬라고 소리소리 지르며 대불이를 떼밀어버리려고 하였으나, 되레 텁석부리가 땅바닥에 쿵 넘어지고 말았다.(1부)

**미강** (명사) 쌀을 찧을 때 나오는 가장 고운 속겨.

미강(米糠)과 된장을 풀어 구리텁텁한 냄새가 났다.(1부)

**미거한** (형용사) 미거하다. 아직 철이 나지 않아 하는 짓이 미련하고 어리석다.

미거한 쇤네의 여러 식솔들이 탈 없이 잘 사는 것이 다 어르신네 덕택입니다요.(1부)

**미끈미끈** (부사) 흠이나 거친 데가 없어 밀려 나갈 정도로 몹시 부드럽고 윤이 나는 모양을 나타내는 말.

그들이 뽑은 각설이타령은 그들의 노랫말따나 걸쩍걸쩍하고 미끈미끈하였다.(3부)

**미더워** 〔형용사〕 미덥다. 믿음성이 있다.

홍 거사는 그런 웅보를 마음속으로 은근히 미더워하였다.⑴부

**미두장이** 미두쟁이. 이전에 쌀, 콩, 따위의 곡물을 시세 변동을 이용하여 현물 없이 약속으로만 거래하던 일종의 투기 행위에 종사하는 사람을 얕잡아 이르는 말.

웅보가 선창거리를 한 바퀴 돌아보았더니 거렁뱅이들이 많이 몰려 있는 곳은 쌀가마니들을 싣고 오가는 마방거리와, 미두장이들이 들끓는 미곡전 앞이었다.⑶부

**미발** 〔명사〕 길을 아직 떠나지 않음. 아직 일어나지 않다.

맹휴 미발학교와 강호의 유지제씨(有志諸氏)는 철저히 우리 맹휴를 지원하고 아래의 표어 아래 뭉쳐라.⑼부

**미어지게** 〔자동사〕 미어지다. 찢어질 듯한 아픔이나 슬픔을 느끼다. 꽉 차서 터질 듯하다.

그는 서른다섯의 깐깐한 체격에 미어지게 뒤룩거리는 토실토실한 목덜미를 버릇처럼 오른손으로 쓱쓱 문지르며 도깨비바늘 같은 눈으로 송풍헌을 짯짯이 내려다보았다.⑴부

**미운 자식 떡 하나 더 주고 고운 자식 매 한 대 더 준다** 미운 자식 떡 하나 더 준다는 것은 미운 놈은 미워한다는 것이 알려지면 뒤에 화를 입을 수 있어서 마지못해 떡 하나를 더 준다. 고운 자식 매로 키운다는 것은 귀엽다고 감싸기만 하지 말고 오히려 엄하게 기르는 것이 진정한 사랑이라는 말.

웅보가 그런 쌀분이에게 제발 불쌍한 소바우를 냉갈령스럽게 대하지 말라고 하자, 쌀분이는 미운 자식 떡 하나 더 주고 고운 자식 매 한 대 더 준다면서 소바우를 친자식 만들려면 그렇게 엄하게 길러야 한다고 하던 것이었다.⑸부

**미운 정** 미운 정 고운 정. 오래도록 가까이 지내는 동안에 티격태격하기도 했지만 이런저런 고비를 모두 잘 넘기고 깊이 든 정.

6년 전만 해도 죽이고 싶도록 증오의 대상이었던 그녀에게서 조금도 미운 정을 느낄 수가 없었다.⑻부

**미적거렸다** 〔타동사〕 미적거리다. 자꾸 조금씩 뒤로 미루어 시간을 끌다. 조금씩 앞으로 내밀다.

그제야 웅보는 판쇠를 쳐다보며 아직은 시작이여. 자네들이 보면 아이들 소꿉질허는 것 같을꺼. 하고 판쇠를 따라 일어설 생각을 않고 미적거렸다.(1부)

**미주알고주알** 〔부사〕 사소한 것까지 모두 다.

도대체 이 양반이 무엇 때문에 그들 삼 부자를 모아놓고 미주알고주알 캐어묻고 있는 것인지 어림조차 할 수가 없었다.(1부)

**미친 개 쓰다듬어주다가 손을 물린 심사** 잘해주려다 도리어 해를 당하다.

살려 보낸 손칠만이가 필시 앙갚음을 해올 것이라는 대불이의 말을 들은 짝귀는 그날 하루종일 미친 개 쓰다듬어주다가 손을 물린 심사가 되어 있었다.(6부)

**미친 체하고 떡판에 엎드러진다** 사리를 잘 알면서도 일부러 모르는 체하고 제 욕심을 채우려고 한다는 말.

미친 체하고 떡목판에 엎어진다고 허등만 이놈이 효도험네 흐고는 우리를 배반허고 살째기 소작료를 갖다 바쳤당께.(7부)

**미투리** 〔명사〕 삼이나 노 따위로 짚신처럼 삼은 신. 흔히 날이 여섯 개로 되어 있다.

청올치 미투리로 죄 없는 땅을 툭툭 차며 봇수세를 받으러 가는 대불이는 잔뜩 심통이 나 있었다.(1부)

**민초** 백성을 질긴 생명력을 지닌 잡초에 비유하여 이르는 말.

자들이나 특권층은 구명조끼가 있기 때문에 배가 가라앉아도 살아날 수가 있지만 구명조끼가 없는 가난한 민초들은 꼼짝없이 물고기 밥이 되겠지.(8부)

**밀어뜨려** 〔타동사〕 밀어뜨리다. 힘을 주어 떠밀어서 움직이게 하다.

둥금이가 다섯 살이 되던 해 봄에 쌍둥이 동생인 동네개와 싸우다가, 둥금이가 동생을 밀어뜨려 동네개의 이마빼기가 돌에 찍히고 말았다.(2부)

**밑 빠진 시루에 물 붓기** 밑 빠진 독에 물 붓기. 밑 빠진 독은 아무리 물을 부어도 채울 수 없다는 뜻으로, 아무리 애를 써도 보람이 없는 일을 비유적으로 이르는 말. 쓸 곳이 많아 아무리 벌어도 늘 부족함을 이르는 말.

아부지, 관두셔요. 밑 빠진 시루에 물 붓기라니께요.(3부)

**밑각시** 나이 어려 지배나 보호, 영향 등을 받는 처지나 위치에 있는 여자.

나이 어린 아이들을 밑각시로 데려가는 남자들은 영산강을 오르내리며 떠돌음 하는 고리백정들이나 점등 너머 피쟁이들이 많았으며, 더러는 영산포 선창을 출입하는 뱃사람들이었다.(3부)

**밑구멍** 명사 항문이나 여자 음부를 속되게 이르는 말.

쌀분이는 그녀의 남편 웅보가 방울이의 밑구멍에서 게 껍질들을 뽑아내준 일이 있은 뒤부터 은근히 방울이한테 마음을 쓰는 듯싶었다.(2부)

**밑도 끝도 없는** 밑도 끝도 없다. 앞뒤의 연관 관계가 없어 갈피를 잡을 수가 없다.

판쇠가 웅보한테 밑도 끝도 없는 말을 하였다.(1부)

**밑두리 콧두리** 부사 미주알고주알과 같은 뜻. 확실히 알기 위하여 자세히 자꾸 캐어묻는 근본.

이눔에 총각, 밑두리콧두리 별걸 다 캐묻고 그러네. 냉큼 가서 세곡이나 옮기게! 하고 쏘아붙였다.(1부)

**밑술** 명사 母酒. 술지게미에 물을 타서 뿌옇게 걸러낸 탁주.

저녁을 물리자 주모는 텁텁한 밑술(母酒)을 두 사발이나 떠 들여 넣어주었다.(1부)

**밑져야 본전** 밑졌다고 해도 이득을 얻지 못했을 뿐 본전은 남아 있다는 뜻으로 어떤 일을 하다가 혹시 일이 잘못되더라도 손해 볼 것은 없다는 말.

거야 한영감이 엉뚱하게 나오면 그만두면 될 게 아닌감. 밑져야 본전이지 뭘!(5부)

# ㅂ

**바글바글** 〔부사〕 사람이나 벌레 따위가 한곳에 많이 모여 어수선하게 자꾸 움직이는 모양을 나타내는 말.

> 손팔만을 비롯한 구경나온 인근 마을사람들이 무릎을 치며 바글바글 박장대소를 하였다.⑴부

**바늘구멍으로 하늘 보듯** 바늘구멍으로 하늘 보기. 작은 바늘구멍으로 넓은 하늘을 올려다본다는 뜻으로 전체를 보지 못하고 소견이 좁은 사람을 비꼬아 이르는 말.

> 바늘구멍으로 하늘 보듯, 먹고사는 것 외에는 세상 돌아가는 깊은 속을 알 턱이 없는 새끼내 사람들도, 요즈막엔 나라일이 심상치 않음을 가재 물 짐작하듯 대강은 어림하고 있었다.⑴부

**바늘귀만큼이라도 트일 성싶자** 아주 작은 희망이 보인다는 뜻.

> 어쩌면 앞으로 살아갈 길이 바늘귀만큼이라도 트일 성싶자, 갑자기 김치근의 생각이 치밀고 올라오면서 왈칵 눈물이 쏟아질 것만 같았다.⑵부

**바늘방석** 〔명사〕 불편하고 불안한 자리를 비유적으로 이르는 말. 헝겊 속에 솜이나 머리털을 넣어 바늘을 꽂아 두는 작은 물건.

> 요즈음 막음례의 하루하루는 바늘방석에 앉은 것 같은 좌불안석이었다.⑴부

**바둥거리다** 〔자동사〕 어려운 처지에서 벗어나려고 악착스럽게 애를 쓰다.

> 막음례는 시집간 지 사 년 만에 끌방망이 같은 형제를 남겨둔 채 영산강 물난리에 휩쓸려 가버린 남편을 못 잊어 눈물로 세월을 보듬고 버둥거리다가, (……)⑴부

**바득바득** 〔부사〕 억지를 부리며 자꾸 우기거나 조르는 모양을 나타내는 말. 단단하고 질기거나 매끄러운 물건을 자꾸 문지르거나 마주 갈 때 나는 소리를 나타내는 말.

> 그녀는 남편에게 또 퉁바리맞을 것을 각오하고 바득바득 기차 타고 서울 구경을 가자고 졸라대는 것이었다.⑸부

**바람꽃** 큰 바람이 일어나려 할 때 먼 산에 먼지 따위가 날려 구름처럼 뽀얗게

보이는 것.

밤이 깊어지고 달빛이 더욱 밝아질수록 새끼내 남자들의 초조함은 큰 바람이 일어날 때의
바람꽃처럼 자꾸만 커졌다. (1부)

**바람벽** 　**명사** 　집 둘레 또는 방 칸막이를 하기 위해 널빤지, 돌, 콘크리트, 벽돌,
타일 등을 쌓고 흙이나 종이 따위를 발라 만든 벽.

남자들이 하나 둘 객주거리 들머리 마방(馬房)의 바람벽 아래 모여 우두커니 얼굴을 맞대고
섰다. (1부)

**바람처럼 구름처럼 유유자적하며 살고 싶어** 　무상한 구름과 자유로운 바
람에 비유하여 이르는 말.

아무도 그를 알아보는 사람이 없는 넓은 세상에서, 바람처럼 구름처럼 유유자적하며 살고
싶어 일본으로 도망쳐오다시피 하였다. (8부)

**바삭바삭** 　**부사** 　마른 잎이나 가랑잎 따위를 잇따라 가볍게 밟을 때 나는 소리
를 나타내는 말. 단단하고 부스러지기 쉬운 물건을 잇따라 가볍게 깨물 때
나는 소리를 나타내는 말.

마님의 말에 웅보는 그대로 앉아 있기가 객쩍어 내키지는 않았으나 술을 사발 가득히 따라
단숨에 좌악 비우고 바삭바삭 엿을 깨물었다. (1부)

**바싹바싹** 　**부사** 　어디에 가까이 자꾸 다가드는 모양을 나타내는 말. 마른 잎이
나 가랑잎 따위를 잇따라 가볍고 세게 밟을 때 나는 소리를 나타내는 말.

비가 너무 많이 와서 들판을 갈퀴질하듯 휩쓸어 가버리는가 하면 또 비가 한 방울도 내리지
않아 바싹바싹 속을 태우곤 하였다. (3부)

**바자울** 　**명사** 　대, 갈대, 수수깡, 싸리 따위를 엮어 만든 울타리.

그가 걸음을 걸을 때마다 주머니가 걸음을 걸을 때마다 주머니가 사타구니 사이에 바자울에
매달린 애호박처럼 가끔 불알을 기분 좋게 건드리곤 하였다. (4부)

**바지게** 　**명사** 　싸리나 대오리 따위로 만든 발채를 얹어 놓은 지게. 접히지 않게
만든 발채.

주모는 술청 밖 돈단 아래 서 있는 대불이와 쌀분이, 그리고 큰 오동나무 밑에 받쳐둔 웅보의
바지게를 번갈아 보며 물었다. (1부)

**바지런** 명사 꾸준하고 열심히 일하는 태도.

　　큰일 치르는 양반집 부름을 받아 집에 붙어 있을 사이가 없이 바지런하고 얌전한 여자라고 소문이 짜했는데, 열녀전 끼고 서방질한다는 푼수대로, 남편 만석이가 살쭈 노릇하느라 집을 비우는 동안 이웃집 머슴 놈과 배가 맞았던 것이었다.(2부)

**박** '머리'를 속되게 이르는 말.

　　보부상 부대에서 수많은 사람들이 돌멩이에 맞아 박이 터졌다.(4부)

**박수무당** 명사 남자 무당.

　　내사 박수무당이 되든가, 광대 노릇을 하든가 어디 간들 굶어죽지는 않을 텐께 걱정이 없네!(1부)

**반거들충이** 명사 배우던 것을 중도에 그만두어 다 이루지 못한 사람.

　　흰 두루마기를 입은 사람이 바로 두 차례나 초시에 낙방하고 나주에 건너다니며 기방출입에 반거들충이 생활을 한다는 박 초시의 큰아들이 분명한 듯싶었다.(1부)

**반걸음** 한 걸음 절반에 해당하는 보폭.

　　그는 믿을 수 없는 지 반달음으로 선실엘 들어갔다 나오더니 이 배 쥔 망했구만, 여자 꿈만 꿔도 배를 안 타는 벱인듸, 배안에서 여자를 끼고 그 지랄을 했으니, 이 배가 온전헐 것이여.(2부)

**반반허고** 형용사 반반하다. 반듯하고 예쁘장하다. 제법 쓸 만하고 보기에도 좋다.

　　순영이가 내 이종동생이라고 해서 하는 말이 아니네만, 그만 하면 인물도 반반허고 속도 슬거워서 자네한테는 잘 어울릴 것일세.(4부)

**반벙어리** 명사 혀가 짧거나 기타 발음 기관 이상으로 남이 잘 알아듣지 못하게 말을 하는 사람. 하고 싶은 말을 다 하지 못하는 사람을 비유적으로 이르는 말.

　　이 사람이 반벙어리가 되었나?(4부)

**반봇짐** 명사 손에 들고 다닐 만한 조그마한 봇짐.

　　아마 대불이가 주모인 말바우 어미와 함께 반봇짐을 싼 것을 알고, 그 반봇짐이 무엇을 뜻하는 것이라는 것을 어림하게 되면서부터 대불이를 잊기로 작정을 한 것인지도 모를 일이었

다.(3부)

**반빗아치** 명사 예전에 반찬 만드는 일을 맡아 하는 여자 하인을 이르던 말.

그러자 찬간에서 반빗아치 끝례가 나오더니 웅보 가까이로 다가왔다.(6부)

**반신반의 한** 타동사 반신반의하다. 어떤 사람이 다른 사람이나 그 언행을 한 편으로는 믿으면서도 다른 한편으로는 의심스러워하다.

이야기를 듣고 난 와다나베 교감은 반신반의 한 듯 장 재성의 제안을 선뜻 수락하지 않았다.(9부)

**반주** 명사 끼니때 밥에 곁들여 조금씩 술을 마심.

봉래관에 들어 한갓지고 조용한 별채에 숙소를 정한 그들은 밤 9시가 넘어서야 어렵사리 탁주를 사다가 반주삼아 저녁식사를 하였다.(8부)

**반죽음** 명사 거의 죽게 됨.

할아버지는 꼬박 하루를 곳간 안에서 맨손과 맨발로 밤송이 한 가마니를 다 까고 반죽음이 되어 나온 것이다.(1부)

**반타작** 명사 소득이나 이익이 예상한 수량 절반 정도밖에 되지 못함. 기대하거나 예상한 수량 절반 정도만 올리다.

그나마 반타작의 소작을 얻지 못했더라면 아직도 고향에 돌아오지 못한 채 떠돌음하고 있을 것이 분명한 일이었기 때문이다.(6부)

**반풍수장** 서투른 재주를 가진 수장을 이르는 말.

그러기에 수번은 상례에도 밝아야 하고 앞소리도 잘해야 하며, 반풍수장이 노릇까지도 해야 했다.(4부)

**받는 둥 마는 둥** '-다는 둥 -다는 둥' 구성으로 쓰여, '이러한다거니 저러한다거니' 또는 '이러하다거니 저러하다거니' 뜻을 나타내는 말.

천팔봉이는 턱을 끄덕거려 총각들의 인사를 받는 둥 마는 둥하고는 안방 쪽에 대고 큰 소리로 이 집 쥔은 어디 갔기에 코빼기도 안 뵈느냐? 하고 호령하듯 튕겨댔다.(5부)

**받는소리** 민속 민요를 부를 때 한 사람이 먼저 앞부분을 노래하면 뒤따라 여러 사람이 함께 이를 받아서 부르는 노래.

그는 전에 김치근이가 죽었을 때처럼 슬픈 목소리로 혼자서 선소리와 받는소리까지 하였다.

그의 상여소리를 들은 새끼내 사람들도 김치근이가 죽었을 때처럼 슬픔이 목구멍에 가득 차올라 아무 말도 할 수가 없었다.(3부)

**받어묵고**  '받아먹다' 방언.

뭣 묵고 키워! 애잔한 박골 사람들 봇수세 받어묵고 키왔재.(1부)

**발 벗고 나섰다**  발 벗고 나서다. 적극적으로 나서거나 적극적인 태도를 취하다.

만민공동회가 무엇인지 아는 사람들은 아낌없이 도와주려고 발 벗고 나섰다.(4부)

**발걸음을 뚝 끊었으까**  발걸음을 끊다. 찾아오거나 찾아가는 일을 하지 않다.

선창에는 지집들이 쉬포리 끓듯 헌다드니, 쉬포리 꽃방석에서 을매나 욱신욱신 좋았으면 발걸음을 뚝 끊었으까?(2부)

**발등에 불똥이 떨어지게**  발등에 불이 떨어지다. 일 따위가 몹시 절박하게 닥치다.

손칠만은 그런 대불이와 가까이 사귀었다가는 언제 애매하게 그의 발등에 불똥이 떨어지게 될지 모른다는 생각에 그를 냉대한 것이었다.(6부)

**발바닥에서 다듬이질 소리가 나두룩**  발바닥에 불이 일다와 같은 의미로 부리나케 여기저기 돌아다는 것을 이르는 말.

말바우 엄니도 참, 내가 오기 싫어서 안 왔을까요 잉. 오자도 짬이 나야재요. 조운창 일이 발바닥에서 다듬이질 소리가 나두룩 바뻐서요.(2부)

**발부리**  **명사** 발끝 뾰족한 부분.

아기다박솔 수평과 앙당그러진 떡갈나무들이 촘촘히 들어앉은 등성이 여기저기를 유심히 살피고 있을 때, 발부리 아래로 멀리 내려다보이는 영산강을 굽어보며 물었다.(1부)

**발싸심**  **명사** 어떤 일을 하고 싶어서 애를 쓰며 들먹거림.

대불이는 오랜만에 노루목에 갔다가 친구들도 만나지 못하고 되짚어오자니 마음이 쓰렁하였지만, 장차 세곡선을 타고 멀리 여행을 떠난다는 생각에 발싸심하며 흥분을 가라앉힐 수가 없었다.(2부)

**발을 붙인**  발붙이다. 의지하거나 근거로 삼다. 정착하여 번성하다.

타운센드 상사는 제물포가 개항이 되자마자 발을 붙인 독일인 칼 발터의 세창양행(世昌洋行)

과 쌍벽을 이루는 미국인 상점이다. (4부)

**발채**  명사  지게에 얹어 짐을 싣는 데 쓰는 소쿠리 모양의 물건. 싸리나 대오리로 둥글넓적하게 조개 모양으로 걸어서 접었다 폈다 할 수 있게 만들어져 있다.

대불이가 누덕누덕 기운 헌 이불과 고리짝을 짊어졌고, 웅보는 마님이 특별히 내려준 쌀 두 말과 씨나락 한 말, 세 식구가 밥을 지어 먹을 솥이며 밥그릇을 발채에 담아 지었다. (1부)

**발탄 강아지**  명사  막 걸음을 걷기 시작한 강아지라는 뜻으로 일없이 쏘다니는 사람을 놀림조로 이르는 말.

그래두 속일 테여? 아무리 이 방석코가 발탄 강아지 같다고 끝꺼정 오리발을 내밀 거여? (2부)

**발행**  명사  길을 떠남.

팔십 리 길이라면 장정의 걸음걸이로도 새벽 미명이 밝아올 무렵에 발행한다 해도 부지런히 걸으면 밤중이 되어야 서울에 당도할 수 있었다. (5부)

**밝은 날에 벼락을 맞은**  맑은 하늘에 벼락 맞겠다. 큰 죄를 지어서 반드시 벌을 받을 것이라는 말. 뜻밖의 재난을 당하게 된다는 말.

대불이와 짝쇠는 하늘 밝은 날에 벼락을 맞은 얼굴로 크게 놀라고 낙담하여 두 사람이 한꺼번에 탄식과도 같은 한숨을 쏟았다. (6부)

**밥상머리**  명사  차려놓은 밥상 한쪽 언저리.

아들의 권유를 뿌리치고 갈 수도 없고 그렇다고 밥상머리에서 처남과 얼굴을 마주하고 싶지도 않았다. 그는 난감했다. (9부)

**밥통 같은 눔아**  밥만 축내고 제 구실을 못하는 어리석은 사람을 비유적으로 이르는 말.

듣기 싫으니 냉큼 물러가거라. 네눔은 네눔 앞이나 잘 가리도록 해, 이 밥통 같은 눔아! (2부)

**방구석**  명사  방안 한쪽 구석. '방' 또는 '방안'을 속되게 이르는 말.

웅보는 쌀분이를 어르다가 지쳐 방에 혼자 들어와 버렸는데, 밤이 이슥해서야 그녀가 어슬렁어슬렁 꼬리를 내리고 기어들어와 방구석에 얼굴을 깊숙이 묻고 꿍겨앉았다. (1부)

**방도**  명사  어떤 일이나 문제를 처리해 나가는 방식이나 수단. 나라 보물을 훔치는 도둑.

그러나 웅보는 걱정하지 않고 앞으로 살아갈 방도를 차근차근 생각하였다.(1부)

**방맹이**  '방망이' 방언. 나무나 쇠 따위를 둥글고 길게 깎아 만들어 무엇을 치거나 두드리거나 다듬는 데에 쓰는 도구.

앞으로 대추방맹이 같은 아들 두 놈만 더 낳게 해주라고 심은 거여!하고 대답을 하면서도 괜히 마음이 아팠다.(3부)

**방사**  명사 房事. 두 사람이 육체적으로 관계함. 성기 결합뿐 아니라, 서로 다양한 신체 부위를 이용할 수 있다.

방사(房事)에는 아무 이상이 없는 남편인데, 그 사이 여러 여자들을 씨받이로 맞아들여보았지만 아이를 갖지 못하는 것은 무엇 때문인지 알고 싶었다.(1부)

**방석코**  명사 방석처럼 둥그스름하고 큰 코.

그때까지만 해도 영산포 객주거리에서 방석코라고 하는 서른 안팎의 메기주둥이에 사팔뜨기 눈을 한 힘센 사내가 모든 건달패거리들을 휘어잡고 있었다.(2부)

**방시레**  부사 소리 없이 입만 약간 벌리고 밝고 부드럽게 웃는 모양을 나타내는 말.

별당 앞 죽담 쪽 양지바른 곳에 매화꽃이 방시레 꽃망울을 터뜨리기 시작했다.(1부)

**방아타령**  방아를 찧으면서 부르는 여러 가지 민요를 아울러 이르는 말. 경기도에 전승되는 대표적인 민요.

장개동은 남자답지 않게 청승맞은 목소리로 고개까지 끄덕거리며 방아타령 한 대목을 뽑고 나더니 갑자기 목이 메는지 끄억끄억 목울대를 꺾으며 자리에 앉았다.(7부)

**방앗공이**  명사 방아확 속에 든 물건을 내리찧는 데 쓰는 몽둥이. 나무나 돌, 쇠로 만든다.

그제야 웅보는 방앗공이처럼 고개를 바짝 쳐들고 마님을 마주보았다.(1부)

**방천**  명사 돌이나 흙을 쌓거나 나무를 심어 냇물이 넘쳐 들어오는 것을 막는 둑, 돌이나 흙으로 둑을 쌓거나 나무를 심어 냇물이 넘쳐 들어오지 못하게 하다.

그들은 웅보 형제가 둑을 쌓고 있는 곳에 몰려와서는 다짜고짜로 방천한 돌을 들어내며 욱대기는 것이었다.(1부)

**방퉁이** 〔명사〕 '바보'를 비속하게 이르는 말.

> 선창에서 등짐꾼 노릇을 하는 허드레꾼들이란 하나같이 방퉁이들 같아서 특별하게 생각나는 사람이 없었다. (2부)

**밭은기침** 〔명사〕 병이나 버릇으로 소리가 크지 않고 힘도 과히 들지 않으면서 자주 하는 기침.

> 말바우 어미는 흐느낌을 멈추고 밭은기침을 했다. (3부)

**배 뚜드려가며** 배 두드리다. 경제적으로 여유로움을 누리다.

> 여기서야 마님 덕택으로 배 뚜드려가며 세월 좋게 살았지만, 뜬골로 나가니 고생이겠습죠. (1부)

**배가 맞았다** 배 맞다. 몰래 정을 통하다, 마음이나 배짱이 서로 통하다.

> 대장장이 칠덕이는 간밤에 그의 화처가 건넛마을 남자와 배가 맞았다 하여 벌건 시우쇠를 사타구니에 쑤셔 넣어 죽인 것이었다. (1부)

**배곯지** 배곯다. 배가 고파 굶주리다.

> 지금까지는 그래도 비록 종의 굴레를 쓰긴 했지만 상전에 빌붙어, 죽네 사네 하는 흉년에도 배곯지 않고 살아오지 않았는가. (1부)

**배냇돈** 안 쓰고 소중하게 모아 놓은 돈.

> 배냇논이야 있지요. (3부)

**배냇소** 〔명사〕 다 자라거나 새끼를 치면 주인과 나누어 가지기로 결정하고 기르는 소.

> 네 놈 없는 새에 답이 오십 두락에 배냇소가 구십 두나 늘었다. (8부)

**배돌기** 〔자동사〕 배돌다. 가까이 하지 않고 피하여 좀 떨어져 돌다. 함께 어울리지 않고 따로 떨어져 행동하다.

> 주모 방에서 나온 그녀는 실뚱머룩한 얼굴로 웅보를 찔러보며 대장간 새 방에 들어갈 생각은 않고 지싯지싯 방문 앞을 배돌기만 하였다. (1부)

**배불뚝이** 〔명사〕 배가 불뚝하게 나온 사람을 놀리거나 얕잡아 이르는 말. 배가 불룩하게 나온 사물을 비유적으로 이르는 말.

> 포동포동한 젊은 계집을 옆구리에 낀 배불뚝이 사내가 푸실푸실 웃으며 팔자눈의 옆구리를 쥐어박았다. (3부)

**배슥배슥** [부사] 어떤 일이 만족스럽지 않아 한데 어울리지 않고 자꾸 조금 동 떨어져 행동하는 모양을 나타내는 말.

치근이는 배슥배슥 웃을 따름이었다.⑵

**배알** [명사] 성미나 자존심. 또는 자기만의 생각이 자리잡은 가상 처소를 비유 적으로 이르는 말. 공경하는 마음으로 만나 뵈다.

아무나 선생을 배알하도록 한다면 나졸들이 도인을 가장하여 잠입하기라도 하면 어쩝니까 요.⑵

**배알이 틀린** 속된 말로 비위에 거슬려 아니꼽다.

대불이는 약간 배알이 틀린 얼굴로 순영이 아버지를 보며 혼잣말처럼 얼버무렸다.⑸

**배알고** '뱉다' 방언.

순영이 어머니는 마치 대불이를 나무람 하는 말투로 배알고 나서 다시 한 번 힐끗 대불이의 옆얼굴을 훔쳐보았다.⑷

**배창시** 뱃속에 있는 작은창자와 큰창자를 통틀어 속되게 이르는 말.

오늘같이 좋은 날에 울기는 왜 운다고 지랄이여. 울지 말고 우리 한 번 배창시가 놀래도록 웃어나 보세!⑵

**배통** '배'를 속되게 이르는 말.

이노무 여편네가 배통이 따뜻헌 모양이구만.⑸

**배퉁이** [명사] '배'를 비속하게 이르는 말. 배가 커서 밥을 많이 먹는 사람을 놀 림조로 이르는 말.

대중방에서 음식냄새를 맡고 기어 나온, 뺨과 턱에 수염이 많은 사내가 웅보 쪽으로 가까이 오며 장구통만 한 배퉁이를 득득 긁었다.⑴

**백중** [민속] 음력 칠월 보름날. 승려들이 재(齋)를 설(設)하여 부처를 공양하는 날 을 명절로 삼은 것이다. 불교가 융성했던 신라, 고려 시대에는 이날 우란 분회를 열었으나 조선시대 이후로 사찰에서만 여러 가지 음식을 갖추어 재를 올리고 농가에서는 이날 하루 농번기의 피로를 씻기 위해 머슴을 쉬 게 하였다.

그리고 농민들은 죽은 백중의 은혜를 감사히 여겨 해마다 그가 죽은 칠월 열나흗날이면 제사

를 지내고 그의 죽은 혼을 위로하였다.(1부)

**백중제** [민속] 수원, 제주 등 각 지방 농민들이 풍년을 기원하면서 음력 7월 14일에 드리는 제사.

웅보가 노루목에서 살 때는 백중날에는 집집마다 백중제를 지냈다.(1부)

**백지장** [명사] 흰 종이 낱장. 핏기 없이 창백한 얼굴빛을 비유적으로 이르는 말.

옥색 두루마기 남자의 말에, 김치근의 아내는 얼굴이 백지장처럼 창백해지더니 토마루에 털썩 주저앉아버렸다.(2부)

**백혔으니** [자동사] '박히다' 방언. 속에 틈을 내고 들어가 꽂히다. 깊이 기억되어 남다.

기왕지사 우리덜 가슴에 못이 백혔으니 분풀이는 앞으로 살어감시로 서나서나 허세나.(2부)

**백호 자리** [민속] 주산(主山)에서 오른쪽으로 뻗어 나간 산줄기.

삼천리강산에 개명바람이 휩쓸고 난다치면, 이 나라는 찌그러지고 말 걸세! 벌초 자리는 좁아지고 백호 자리만 넓어지는 판세여.(5부)

**뱀날** [민속] 일진(日辰) 지지(地支)가 사(巳)가 되는 날인 '사일(巳日)'을 일반적으로 이르는 말. 즉 을사일(乙巳日), 정사일(丁巳日)과 같은 날을 이른다.

또 뱀날에는 머리를 빗거나 깎으면 뱀이 집에 들어와 화를 입게 되고, 닭의 날에 바느질을 하면 손이 닭의 발처럼 흉하게 갈라진다고 하여 아무 일도 하지 않았다.(2부)

**뱀신 이야기** [민속] 제주도에서 칠성이라고 불리는 사신(蛇神)과 육아와 치병을 맡은 신을 모신 토산당(兎山堂)에서 행하는 굿. 초감제에서 시작하여 추물공연, 석살림, 소지살음, 본향다리를 거쳐 도진으로 끝나며 제주도 민속 신앙 특색을 보여 준다.

토산당에 올라온 할아버지는 웅보에게 토산당 뱀신 이야기를 해주었다.(3부)

**뱁새눈** [명사] 작으면서 가늘게 옆으로 째진 눈을 가진 사람을 얕잡아 이르는 말. 작으면서 가늘게 옆으로 째진 눈.

방바닥에 누워 이런 저런 생각을 하고 있는데 노크소리가 들려 문을 열어봤더니 조군이 버릇처럼 뱁새눈을 끔적거리며 허리를 굽적거렸다.(8부)

**뱃고레** [명사] 사람이나 짐승 뱃속을 속되게 이르는 말.

유복은 그들 세 사람들 중에 가운데의 키가 작고 뱃구레가 큰 사내가 헌병대 대장 무라다(村田)라는 것을 알았다. (6부)

**뱃속에는 왕거지가 들앉아 있는지 원, 묵기가 바쁘게 배가 고프구** 뱃속에 왕거지가 들어 있다. 먹어도 먹어도 허기가 가시지 않는 것을 이르는 말.

지미럴, 내 뱃속에는 왕거지가 들앉아 있는지 원, 묵기가 바쁘게 배가 고프구만. (1부)

**뱃심 좋고** 뱃심 좋다. 염치나 두려움이 없이 제 고집대로 하는 비위가 좋다.

이 광고를 본 나주 사는, 무식하지만 뱃심 좋고 힘이 센 농사꾼이 지망을 하고 나섰다. (3부)

**뱄담서라우** 임신한 것을 속되게 이르는 말.

막음례도 애기를 뱄담서라우? (2부)

**버그러지지** **자동사** 버그러지다. 서로 관계가 벌어지거나 나빠지다. 짜임새가 물러나서 틈이 어긋나게 벌어지다.

아내와의 사이가 버그러지지 않았다면 그는 그대로 나주에 머물러 있었을 것이고, 여전히 한집에서 살고 있을 것이었다. (9부)

**버들고리짝** **명사** 고리버들 가지로 겯거나 엮어 만든. 옷을 넣는 상자.

어머니를 도와 헌 버들고리짝에 옷가지들을 챙겨 넣고 있던 대불이도 마음이 언짢은지 침침한 목소리로 말했다. (1부)

**버들눈썹** 가늘고 기다란 눈썹.

양귀비를 닮았다는 버들눈썹이며, 뜯어볼수록 곱상하고 오목조목한 생김새인데도, 그녀의 어머니는 하나밖에 없는 딸의 팔자 사납게 될 관상에 늘 혼자 마음을 후벼 파듯 하던 것이었다. (4부)

**버르대기가 효자 노릇 헌다** **민속** 바리공주 이야기. 지노귀굿에서 죽은 이 넋을 저승으로 보낼 때 무당이 부르는 노래. 부모에게 버림 받았던 막내딸 바리공주가 온갖 어려움을 무릅쓰고 신약을 구해 와서 죽은 아버지를 살린다는 내용이다. 버려진 자식이 결국 효자 노릇한다.

굽은 나무 선산 지키고 버르대기가 효자 노릇 헌다고 안혔다. (6부)

**버르르** **부사** 많은 양의 액체가 가볍게 끓어오를 때 나는 소리를 나타내는 말. 사소한 일에 발끈 크게 성을 내는 모양을 나타내는 말.

마을에서 마늘을 구해오던 대불이가 이 광경을 보고 버르르 성깔을 돋우며 작대기를 휘둘러 대는 바람에 풀상투는 하는 수 없이 입암산을 내려가고 말았다.(3부)

**버르장머리**  '버릇'을 속되게 이르는 말.

아니 요 여편네가 자기 냄편을 딴 남정헌티 빗대는 버르장머리는 어디서 배웠다나?(2부)

**버르적거리고**  자동사 버르적거리다. 어렵거나 힘든 일에서 벗어나려고 팔다리를 내저으며 몸을 자꾸 크게 움직이다. 어렵거나 힘든 일에서 벗어나려고 자꾸 크게 내젓거나 움직이다.

그때 그 청년은 온종일 선창의 땅바닥에서 버르적거리고 있다가 밤이 되어서야 그의 가족들에게 업혀갔었다.(4부)

**버스럭거렸을**  자동사 버스럭거리다. 밟히거나 건드려지는 소리가 자꾸 나다. 밟거나 건드리는 소리를 자꾸 내다.

둥금이의 눈치를 살피며 안방마님이 던져준 엽전꾸러미를 말기끈 속에 쑤셔 넣던 모습만이 희미하게 버스럭거렸을 뿐이었다.(2부)

**벅신거렸다**  자동사 벅신거리다. 많이 모여 우글거리다.

영산포 선창에는 고깃배들이 많았고, 사람들도 벅신거렸다.(1부)

**번갯불에 콩 궈먹듯**  번갯불에 콩 볶아 먹겠다. 행동이 매우 민첩함을 이르는 말. 어떤 행동을 당장 해치우지 못하여 안달하는 조급한 성질을 비유적으로 이르는 말.

옷 한 벌 갖다 놨어요. 번갯불에 콩 궈먹듯 워낙 급하게 마련한 옷이라 품이나 제대로 맞을란가 모르겠어요.(5부)

**번연히**  부사 뚜렷하고 분명하게. 깨달음이 갑작스럽게.

말바우 어미는 설날에 대불이가 새끼내에 설을 쇠러 올 것이라는 걸 번연히 알고 있으면서도 친정으로 가버렸고, (……)(2부)

**벌건 낮**  '밝은 대낮' 방언.

벌건 낮에 새끼내 사람들의 얼굴을 대하기가 부끄러웠기 때문이었다.(2부)

**벌떡거렸다**  자동사 벌떡거리다. 거칠고 크게 자꾸 뛰다, 힘을 쓰거나 어떤 행동을 하고 싶어서 자꾸 몹시 애를 쓰다.

어려서 밭둑의 땅가시덩굴 사이를 뒤적여 잘 익은 개똥참외를 혼자 땄을 때보다 옹골진 생각에 심장이 벌떡거렸다.(1부)

**벌똥** '밀납' 방언. 벌집을 만들기 위하여 꿀벌이 분비하는 물질. 누런 빛깔로 상온에서 단단하게 굳어지는 성질이 있고, 과자나 빵을 만들 때 쓰이는 박리제와 피막제, 냉동 과실이나 사탕 등 향미 보존제로 사용된다.

헝겊 허리끈을 매고는 일헐 때 힘을 못 쓰겄어서, 삼승끈에 벌똥을 멕여갖고 매고 댕겼어.(2부)

**벌레 먹은 배춧잎처럼** 벌레 먹은 배춧잎 같다. 얼굴에 검버섯이 피고 기미가 흉하게 퍼진 모양을 비유적으로 이르는 말.

그는 방으로 들어서기 전에 마루 끝에 벌레 먹은 배춧잎처럼 앉아 있는 기생들에게 자배기에 물을 가득 떠오게 하고 큰 소리로 대불이를 불렀다.(4부)

**벌름** **부사** 탄력 있는 물체가 부드럽고 넓게 벌어졌다 오므라졌다 하는 모양을 나타내는 말.

그는 말을 할 때마다 버릇처럼 콧구멍을 벌름거렸다.(1부)

**벌름거리는** **타동사** 벌름거리다. 자꾸 넓게 벌렸다 오므렸다 하다. 자꾸 넓게 벌어졌다 오므라졌다 하다.

영산강 강바람이 휘휘거리며 거칠게 문을 두드리는 밤에는 그런 마음이 더욱 간절하여 온몸의 땀구멍들까지도 벌름거리는 듯싶었다.(1부)

**벌씬벌씬** **부사** 수줍어하거나 부끄러워하는 기색 없이 입을 크게 벌려 자꾸 소리 없이 벙긋벙긋 웃는 모양을 나타내는 말.

그들도 웅보처럼 장사가 잘 되었는지 마주보자 소리 없이 벌씬벌씬 웃어댔다.(2부)

**벌쭉벌쭉** **부사** 이가 드러나 보일 듯 말 듯하게 입을 자꾸 조금 크게 벌려 소리 없이 가볍게 웃는 모양을 나타내는 말.

웅보가 부락회의를 마치고 방으로 들어오자 쌀분이가 난데없이 탁배기 한 사발을 받쳐 들고 뒤따라 들어오면서 연신 벌쭉벌쭉 웃었다.(2부)

**벌컥** **부사** 아주 갑자기 불끈 크게 화를 내는 모양을 나타내는 말. 닫혀 있던 것을 갑자기 거세게 여는 모양을 나타내는 말.

지금쯤 박초시 집안이 오빠시 집을 건드려 논 것모양 벌컥 뒤집어졌을 거요.(1부)

**범범하게** [형용사] 범범하다. 꼼꼼하지 않고 조심성이 없다.

그는 오히려 범범하게 얼굴을 쳐들고 눈심지에 힘을 주었다. (7부)

**법이 없이도 살** 법 없이도 살다. 마음이 곧고 착하여 법 규제가 없어도 나쁜 짓을 하지 않고 올바르게 살 수 있다.

비록 풀려난 종들이 모여살기는 해도 법이 없이도 살 사람덜입니다요. (2부)

**벙벙하게** [형용사] 뜻밖의 일을 당하여 얼떨떨하다. 다소 넉넉하게 부풀어 올라 있다.

아직 사춤을 덜 메운 방천이라 냇물이 쉴 새 없이 갈대밭으로 새어 들어와 갈대밭에도 벙벙 하게 물이 찼다. (1부)

**벙싯벙싯** [부사] 소리 없이 입을 크게 벌리며 부드럽게 자꾸 웃는 모양을 나타 내는 말.

어이구 내 새끼야. 손주딸년이 핼미를 알아보고 벙싯벙싯 웃는구나. 어이구 내 새끼야, 금 성산이 뵈이느냐 핼미가 뵈이느냐. (3부)

**벙어리 차첩을 맡었기에** 벙어리 차첩(差帖)을 맡았다. 정당히 담판할 일에 감히 입을 열어 말하지 못함을 비유적으로 이르는 말.

마을사람덜이야 죽거나 살거나 지놈 혼자서만 살아날 궁리를 헌 이 숭악헌 놈아, 벙어리 차 첩(差帖)을 맡었기에 말이 없는 게냐? (7부)

**베갯동서** [명사] 예전에 한 남자와 두 여자가 관계를 맺고 사는 경우에 관계를 맺고 있는 두 여자 사이를 속되게 이르던 말.

그렇게 되면 우리는 베갯동서가 되는 것이옵니다요. (2부)

**베라묵을** [자동사] 빌어먹다. 음식이나 곡식 따위를 남에게 구걸하여 거저 얻어 먹다. '무척', '아주'를 비속하게 이르는 말.

베라먹을 년! (5부)

**베리면** '버리다' 방언. 동사 연결 어미 '-어' 뒤에 쓰여 앞 동사 동작이 완료됨 과 동시에 그 일이 어찌할 수 없는 상태로 바뀌었음을 뜻하는 말.

우리들이야 그만두어베리면 상관이 없겠지만 남은 인부들이 걱정이구만. (5부)

**변강쇠타령** [민속] 판소리 열두 마당의 하나. 남도 변강쇠가 서도 옹녀(雍女)와

서로 만나 살다가 죽게 되자, 옹녀가 그를 장사를 지내는 내용이다. 적나라한 성 묘사가 전편에 깔려 있다. 곡조는 전하지 않고, 신재효가 정리한 가사만이 남아 있다.

웅보가 물었다. 그러자 판쇠는 갑자기 목을 빳빳하게 세우며 변강쇠타령 한 대목을 뽑았다.(1부)

**변덕이 죽 끓듯** 변덕이 죽 끓듯 하다. 변덕이 지나침을 이르는 말.

하눌님 변덕이 죽 끓듯 허는디 어뜨케 하눌님을 믿고 농사를 짓겠어.(1부)

**변사** 한국(1899~1940)과 일본(1896~1939) 무성영화 시기에는 전설(前說)이라고 하여 영화 상영이 있기 전 영화 상영 전체 내용을 간략하게 요약해 주었다. 영화 상영이 시작되면 악사가 연주하는 음악에 맞추어 등장인물 목소리를 흉내 내거나 영화 내용을 설명해주었다. 대포소리와 같은 효과적인 의성어를 들려줌으로써 청중이 영화를 이해하고 감상하도록 돕는 무성영화 해설자이다.

당시 전남출신 변사로 김복만(金福萬)·이양춘(李陽春) 등이 유명했는데 이들의 인기는 영화배우 못지않았다.(9부)

**변설** 명사 말을 잘하는 재주. 옳고 그름을 가려서 설명함.

그는 어떤 변설로도 조선애 아버지 같은 사람을 설득시킬 수 없다고 생각했기 때문이다.(9부)

**별당** 명사 본채의 곁이나 뒤에 따로 떨어져 있는 집이나 방, 절의 주지나 강사가 거처하는 곳.

이내 별당 막음례의 방에 불이 꺼졌다.(1부)

**볏섬가리** 짚으로 만든 도구에 벼를 담아 쌓은 더미.

선창거리에 볏섬가리가 여기저기 쌓여 있었다.(3부)

**볏술** 명사 가을에 벼로 갚기로 하고 외상으로 마시는 술.

가을에 곡식이 나면 갚아주겠다고 볏술에 매일 장취로 흥얼거리는 소갈머리 없는 위인이었다.(1부)

**병신춤** 명사 신체 어느 부분이 온전하지 못하거나 기형인 사람 생김새나 몸짓을 흉내 내어 추는 춤.

다른 나라 사람들 눈에는 그 춤이 병신춤으로 뵈일 것이여.(5부)

**병아리 눈물**　매우 적은 양을 이르는 말.

덕칠이만이 칠만이의 말에 관심을 보였을 뿐 나머지는 종지만 한 술잔에 병아리 눈물만큼
채워진 청주를 고무래질하듯 거듭 목구멍 속으로 털어 넣고 있었다.(4부)

**보고짢담서**　'보고 싶다' 방언.

아들 보고짢담서 밤낮 한숨 몰아쉬셔쌓고는 무슨 말씀이당가요?

**보드레하구만**　〔형용사〕 보드레하다. 꽤 보드라운 느낌이 있다.

톡 쏘면서도 새큼달큼하고, 뒷맛은 보드레하구만. 삼합이라, 그 맛 한번 참 희한하구마. 임
자도 한번 묵어보소마.(9부)

**보듬고**　'안다' 방언.

나룻배가 개산을 보듬고 돌자 바람이 다시 죽었다.(2부)

**보리누름**　〔명사〕 보리가 누렇게 익는 철.

보리누름이 한창일 망종까지는 한 달 남짓이나 남았는데도, 타작도 하기 전에 거두어들일
것이 없게 되어버렸다.(1부)

**보릿고개**　이전에 햇보리가 나올 때까지 넘기 힘든 고개라는 뜻으로, 묵은 곡
식은 다 떨어지고 보리는 미처 여물지 않아서 농가 식량 사정이 가장 어려
운 시기를 비유적으로 이르던 말. 음력 3, 4월에 해당한다.

보릿고개의 가파른 내리막길에서 살아남느냐 굶어죽느냐 가뜩이나 심란해 있는 새끼내 사
람들은 엎친 데 덮치는 격으로 난리까지 일어날 것이라는 소문에 살아갈 일이 아뜩하기만
하였다.(1부)

**보비위**　〔명사〕 남의 비위를 잘 맞추어 줌. 위나 비장의 기운을 잘 보호하고 돕다.

대불이는 사공의 경망스럽게 거푼거리는 끝에 보비위가 상해 쏘아붙이듯 내질렀다.(2부)

**보송보송한**　〔형용사〕 보송보송하다. 피부나 살결이 매우 곱고 부드럽다.

수건 속에 감춰진 머리를 보지 않더라도 시집 안 간 처녀라는 것이 보송보송한 얼굴에 아무
나 읽기 쉽게 씌어 있는 것만 같았다.(2부)

**보수세**　보에 고인 물을 이용한 값으로 내는 돈이나 곡식.

웅보 동생 대불이는 형이 쌀분이와 함께 도망을 치다가 붙잡혔다는 것도 모르고, 아침 일찍

박골로 봇수세(洑水稅)를 받으러 갔다.(1부)

**보짱**　**명사**　제 나름으로 꿋꿋하게 가진 생각. 또는 마음속으로 품은 요량.

순영이 그 아이는 보짱이 커서 자네 같은 사내가 잡도리를 해야 허네.(4부)

**보채기**　**자동사**　보채다. 요구하며 성가시게 조르다. 성가시게 칭얼거리다.

앞으로 언제쯤에나 화류계 신세를 면하고 좋은 남자를 만날 수 있겠느냐고 바짝 죄어 앉으며
칭얼대듯 보채기 시작했다.(5부)

**보추때기**　'보추'를 속되게 이르는 말. 보추는 주로 '없다'와 함께 쓰인다. 진취
적이거나 앞에 나서는 성질.

참, 그 보추때기 없는 꼬맹이 상전은 어디 갔소?(4부)

**보퉁이**　**명사**　물건을 보에 싸서 꾸려 놓은 덩이.

첫닭이 홰를 치자 서둘러 옷 보퉁이 하나만을 챙겨 마을 앞 팽나무 밑으로 나온 웅보는, 미리
나와서 기다리고 있던 쌀분이를 데리고 재 너머 송월촌(松月村) 홍 거사(洪居士)한테 하직 인
사를 하러 갔다.(1부)

**보통학교**　**명사**　일제강점기 '초등학교'를 이르던 말. 처음에는 4년제였으나 6
년제로 바뀌었다.

노루목 양 진사 댁 비자였던 장쇠의 증손자이며, 얼금뱅이 장웅보의 손자이고, 장개동의 아
들인 장백년은 광주보통학교에 다닌다.(8부)

**복 없는 놈은 넘어져도 쇠똥에 입을 맞춘다**　복이 없는 사람은 모처럼 무슨
일을 하려고 해도 재수 없게 장애가 생김을 비유적으로 이르는 말.

복 없는 놈은 넘어져도 쇠똥에 입을 맞춘다더니, 천하에 팔난봉한테는 금가락지 안 해준다
고 팽돌아져서 목포까지 가버린 월선이 같은 년이나 걸리구, 보잘것없는 귀돌이형한테는 그
런…….(5부)

**복스러운**　**형용사**　복스럽다. 넉넉하고 토실토실하여 복이 있어 보이는 듯하다.
바르고 기특하여 복 받을 만한 데가 있다.

얼굴이 복스러운 데다가 마음씨조차 달처럼 고와서 월심이라고 불렀다.(2부)

**복쪼가리**　생활에서 누리게 되는 큰 행운과 오붓한 행복이 없다는 것을 속되
게 이르는 말.

이 애비가 복이 없는 탓이다. 이 복쪼가리 없는 애비가 늬들헌티로 오니께 하눌님도 고개를

틀어뿌렀는갑다.(3부)

**복토훔치기** 〔민속〕 정월 14일 저녁에 가난한 사람이 부잣집에 몰래 들어가 마

당이나 뜰의 흙을 훔쳐다가 자기집 부뚜막에 바르던 풍속이다. 이 흙에는

복이 있어 흙이 옮겨가면 재복도 따라 옮겨간다고 한다.

이곳에서는 해마다 보름날 밤이면 부잣집의 부엌 흙을 훔쳐내는 복토훔치기 놀이를 하였

다.(3부)

**본새** 〔명사〕 어떤 행동이나 버릇 따위 됨됨이. 본래 생김새.

여전히 양만석의 말하는 본새가 장개동의 마음에 들지 않았다.(7부)

**볼때기** '볼'을 속되게 이르는 말.

이때 대불이의 주먹이 퍽 하고 방석코의 볼때기에 터졌다.(2부)

**볼썽사납게** 〔형용사〕 볼썽사납다. 보기에 언짢을 만큼 체면이나 모양새가 없다.

양 진사는 문갑의 빼람을 열고 색깔이 누리팅팅하게 바래고 모서리가 너털너털 볼썽사납게

찢겨지고 닳은 문서뭉치를 꺼내 장쇠 앞에 내밀었다.(1부)

**볿아뿌렀을** '밟아버리다' 방언.

오까모도가 개똥을 질푸덕 볿아뿌렀을 적에 건달 손칠만이가 잽싸게 시리 적삼을 벗어갖고

오까모도 구두에 묻은 개똥을 닦아주고 왜싸전의 점원으로 들어갔다가, 시방은 싸전과 정미

소의 쥔이 되었당만이라우.(7부)

**봇물 터져버릴** 봇물 터지다. 상태가 급격히 활성화되다.

피멍울과 함께 울음의 봇물이 우르르 터져버릴 것만 같았다.(2부)

**봉놋방** 〔명사〕 여러 나그네가 한데 모여 자는 주막집 가장 큰 방.

대불이는 봉놋방 토방에 털메기 두 짝이 놓여 있는 것을 보고 주모에게 누가 왔느냐고 물었

더니, 주모는 병어 입을 밉지 않게 비쭉거리며 엄지손가락으로 자신의 코를 힘주어 눌러 보

였다.(2부)

**봉당** 〔명사〕 안방과 건넌방 사이 마루를 놓을 자리를 흙바닥 그대로 둔 곳. '뜰'

방언.

웅보는 안채 봉당을 가로질러 사랑채로 가서는 대문 빗장을 따고 밖으로 나갔다.(1부)

**봉사 문고리 짐작** 봉사 문고리 잡기. 눈먼 봉사가 요행히 문고리를 잡은 것과 같다는 뜻으로 그럴 능력이 없는 사람이 어쩌다가 요행수로 어떤 일을 이룬 경우를 비유적으로 이르는 말. 봉사가 문고리를 곁에 두고도 쉽게 찾지 못한다는 뜻으로 아주 가까이에 두고도 바로 찾지 못하고 헤매는 경우를 비유적으로 이르는 말.

그는 스승 홍 거사를 통해서 조금씩 세상을 알게 되었으며, 세상과 하늘의 이치를 봉사 문고리 짐작으로 어림하면서부터 자신의 마음도 조금씩 열려가고 있음을 알 수 있었다. (1부)

**봉송한** 영령, 유골, 성물 등 소중한 것을 받들어 정중히 보냄.

바람 끝이 너무 차가왔기 때문에 대불이가 한사코 빨리 내려가자고 했으나, 웅보는 할아버지의 봉송한 무덤을 바람막이로 하고 앉아 있었다. (2부)

**부걱부걱** 〔부사〕 술 따위 액체 표면에 큰 거품이 잇따라 솟아오르는 소리를 나타내는 말.

웅보는 화가 부걱부걱 치밀어 올랐다. (3부)

**부라렸다** 〔타동사〕 부라리다. 눈망울을 사납게 굴리면서 크게 뜨다.

텁석부리는 잠시 왕방울 눈만 끔벅이며 서 있더니 정 이러면 관가에 알릴 거요! 하고 그 큰 왕방울 눈을 부라렸다. (2부)

**부랴부랴** 〔부사〕 매우 바쁘게 서두르는 모양을 나타내는 말.

그는 독촉관 전성창이 상감의 총애를 받고 있는 경선궁의 엄 상궁과 가까운 사이라는 것을 알고 부랴부랴 술좌석을 마련한 것이었다. (3부)

**부려쌓는** 〔타동사〕 부리다. 일부러 자꾸 나타내다. 풀어 내려놓다.

벼슬을 사기 위해 돈을 더 바쳤는데도 소용이 없어 날마다 성깔만 사납게 부려쌓는 그가 갑자기 부드러운 태도로 삼 부자를 대하자, 웅보는 약간 겁이 나기도 하였다. (1부)

**부리나케** 〔부사〕 몹시 서두르며 매우 급하게.

여자 혼자 외딴 주막에서 살자니 건달패들이 집적거려 술장사도 못해먹겠다며 푸념을 늘어놓다가, 큰방에서 그녀의 아들이 불러대는 소리에 부리나케 방에서 나갔다. (1부)

**부리부리한** 〔형용사〕 부리부리하다. 시원스럽고도 무섭게 크고 열기가 있다.

작달막한 키에 어깨가 단단하고 눈이 부리부리한 최필대는 얼굴에 결연한 빛을 보이며 잠시

대불이와 짝귀의 표정을 읽고 있었다.(4부)

**부르끄라우** '부르다' 방언. 사람이 어떤 대상을 다른 대상으로 지목하여 말하거나 이름을 붙이다.

그래라우. 그러면 어치게 부르끄라우.(8부)

**부르주아** 자본주의 사회에서 생산 수단을 소유하고 노동자를 고용하여 기업을 경영하는 사람. 중세 유럽에서 성직자와 귀족에 대하여 제3계급을 형성한 중산 계급 시민.

부르주아와 프롤레타리아 간의 대립과 갈등은 계급투쟁을 통해서만 해결이 가능하다고 했습니다.(8부)

**부모 속에는 부처가 들어 있고 자식 속에는 앙칼이 들어있다** 부모는 자식에게 모든 것을 희생해 가면서 사랑을 다하지만 자식들 가운데는 부모의 은덕을 저버리는 경우가 없지 아니함을 비유적으로 이르는 말.

그래도 부모 속에는 부처가 들어 있고 자식 속에는 앙칼이 들어있다고 허지 않더냐.(6부)

**부삭** '아궁이' 방언.

이것들이 부삭에 숨어 있드구만!(3부)

**부성부성** 【부사】 핏기가 없이 좀 부은 듯한 모양을 나타내는 말.

대불이는 아직도 얼굴의 상처가 부성부성한 몸으로 서둘렀다.(1부)

**부스럭거렸다** 【자동사】 밟히거나 건드려지는 소리가 자꾸 나다. 밟거나 건드리는 소리를 자꾸 내다.

그러고 보니 그들이 붙들고 있는 나무가 혹시 해마다 당산제를 지냈던 노루목의 늙은 팽나무일지도 모른다는 생각이 머릿속에서 자꾸만 부스럭거렸다.(1부)

**부스럼** 【명사】 피부에 나는 종기를 통틀어 이르는 말. 피부 털구멍으로 화농균이 들어가서 생기는 염증이다.

얼굴에 흰 가루가 생기고 눈썹이 빠지고 …… 불그스름허고 거뭇거뭇헌 부스럼이 생겼습니다요.(3부)

**부싯돌** 【명사】 부시로 쳐서 불을 일으키는 데 쓰는 차돌.

그는 담배를 피우지는 않았지만 창의병이 된 후부터는 몸에 부싯돌을 지니고 다녔다.(6부)

**부엉이살림**　자기도 모르는 사이에 갑자기 부쩍부쩍 느는 살림을 비유적으로 이르는 말.

> 설령 오태수의 투전 끗발이 잘 피어 그의 말마따나 돈이 부엉이살림처럼 단번에 불어난다손 치더라도 그것은 마치 좁쌀 한 섬 두고 흉년 들기를 기다리는 심보 같아서 아예 마음이 쏠리지 않은 것이었다.(4부)

**부엉이집을 얻었구만**　부엉이 집을 얻었다. 부엉이는 닥치는 대로 제집에 갖다 두어서 거기에는 없는 것이 없다는 데서 횡재를 했다는 뜻으로 이르는 말.

> 그려, 늙마에 부엉이집을 얻었구만. 내가 불겁히면 젊어서들 나같이 외방자식 하나씩 맹글지 않고 무신 헛지랄들 했던감.(7부)

**부엌데기**　**명사**　부엌일을 주로 맡아서 하는 여자를 얕잡아 이르는 말.

> 객줏집의 논다니들이며 선창거리를 어슬렁대던 건달 왈패들, 주막의 땔나무꾼, 부엌데기들까지도 고향을 찾아가버려 거리가 큰 물난리를 겪은 뒤처럼 스산해졌다.(2부)

**부옇게**　**형용사**　부옇다. 안개나 연기가 낀 것처럼 맑지 않고 좀 흰 듯하다. 심하여 미처 대꾸할 새가 없을 정도이다.

> 팔짱 낀 사람의 말에 말바우 어미는 손바닥으로 눈썹차양을 하고 해를 가리며, 엷은 남빛으로 부옇게 떠올라 있는 백암산을 쳐다보았다.(2부)

**부익부 빈익빈**　재산이 많은 사람일수록 더 큰 부자가 되고 가난한 사람일수록 더욱 가난하게 됨.

> 그리고 그 대립과 갈등은 부익부 빈익빈 현상을 심화시켜, 가난한 사람은 부자들의 지배를 받을 수밖에 없다는 것이지요.

**부자가 하나 나면 세 동네가 망헌다**　부자 하나면 세 동네가 망한다. 세 동네가 망하여야 그 돈이 모여 부자 하나가 난다는 뜻으로 큰일을 하나 이루려면 많은 희생이 있게 됨을 비유적으로 이르는 말.

> 그 양반덜은 그런 식으루 부자가 되는 겨. 그래서 부자가 하나 나면 세 동네가 망헌다고 안 허든가.(2부)

**부적**　**민속**　재앙을 막고 악귀를 쫓기 위해 쓰는 붉은 글씨나 무늬가 그려진 종이. 불교나 도교 또는 민간 신앙 따위에서 악귀와 잡신을 쫓고 재앙을 물리치기 위하여 붉은색으로 글자나 모양을 그려 몸에 지니거나 집에 붙인다.

칠복이 영감은 또 새끼내에서 삼재(三災)가 든 사람들 집 문전에 삼재부적을 만들어 붙이고 제상을 차려 문전 할아버지에게 빌라고 하였다.(2부)

**부젓가락** 명사 화로에 꽂아 두고 불덩이를 집거나 불을 헤치는 데 쓰는 쇠 젓가락.

유씨 부인은 사자향로의 불을 부젓가락으로 토닥거리고 있었는데 백통 와룡(臥龍)촛대에 꽂힌 붉은 꽃초의 불빛 때문인지 방안이 마치 꿈속처럼 아뜩하게 느껴졌다.(1부)

**부지깽이** 명사 아궁이 따위에 불을 땔 때 불을 헤치거나 거두어 넣거나 끌어내는 데 쓰이는 가느다란 막대기.

빨래할 잿물을 만들기 위해 안마당에서 콩대를 태우던 그들의 어머니가 행랑채에서 들려오는 인기척에 부지깽이를 든 채 나타났다.(3부)

**부질없는** 형용사 부질없다. 공연하여 쓸모가 없다.

이상하게도 그 돈을 한 닢도 남기고 싶지가 않았다. 그는 죽음이 무서운 것이 아니라, 사는 것이 부질없는 짓으로 생각되었다.(4부)

**부처님 위해서 불공허는 것이 아니고 다 제 몸 위해 불공허드끼** 부처를 위해 불공하나 제 몸을 위해 불공하지. 남을 위하여 하는 것 같지만 결국은 자기를 위하여 하는 것이라는 말.

세상 사람들이 부처님 위해서 불공허는 것이 아니고 다 제 몸 위해 불공허드끼, 그놈도 친구 위해서가 아니고 돈 생기는 일 위해서 거들거릴 것이니께.(6부)

**부텀** '부터' 방언.

아니 원, 홍두깨로 소 몰 듯하는구만. 그 새를 못 참아서 방부텀 만드네.(1부)

**부평초** 의지할 데가 없어 정처 없이 떠도는 신세를 비유적으로 이르는 말. 개구리밥과에 속한 여러해살이 물풀.

영산강 주변의 고리백정들이나 솟장수들은 가솔을 이끌고 결코 한곳에 자리를 잡지 않고 부평초처럼 떠돌음하며 살고 있었다.(2부)

**북두칠성이 앵도라졌구나** 북두칠성이 앵돌아졌다. 일이 그릇되거나 틀어졌음을 비유적으로 이르는 말.

사창을 열고 보니 은하수는 기울어지고 북두칠성이 앵도라졌구나.(7부)

**북새통** 〔명사〕 많은 사람이 부산스럽고 시끌시끌하게 떠들어 대며 법석이는 상태.

광주발 목포행 통학열차가 출발하는 5시가 가까워지자, 좁은 광주역 대합실은 북새통을 이루었다.(9부)

**북새판** 〔명사〕 많은 사람이 부산스럽고 시끌시끌하게 떠들어 대며 법석이는 자리.

남정네들은 강변 모래밭에 나가서 씨름들을 하느라 한창 어우러져, 판막이(都結局)를 해서 우승한 사람이 장군이 되어 마을을 돌며 온통 북새판을 이루었을 터인데, 올해 단옷날은 어린아이들이나 어른이나 할 것 없이 해가 이글거리는 하늘만 쳐다보며 데쳐놓은 산나물처럼 힘이 없었다.(3부)

**북풍받이** 〔명사〕 북쪽에서 불어오는 바람을 마주 받는 곳.

웅보는 윗목에 선 채 북풍받이 허수아비처럼 연신 허리만 꺾었다.(1부)

**분질러** 〔타동사〕 분지르다. 꺾어서 부러지게 하다.

주모는 턱 끝으로 주막에서 조금 떨어진 흙집을 가리켰다. 주모의 말에, 생솔가지를 분질러 군불을 지피며 연기 때문에 억지 눈물을 질금거리던 대불이가 벌떡 일어섰다.(1부)

**분탕질** 〔명사〕 집안의 재물을 죄다 없애 버리는 짓. 몹시 야단스럽고 부산하게 굴거나 소동을 일으키는 짓.

바로 엊그저께는 기삼연 부대가 법성포와 고창읍을 습격하여 한바탕 분탕질을 쳤다드만.(6부)

**불가촉천민** 접촉할 수 없을 정도 천민이란 뜻으로 인도 카스트 제도에서 사성(四姓)에 속하지 않는 가장 낮은 신분 사람들. 1950년 인도 헌법이 시행되면서 법제도상 신분 차별은 폐지되었다.

특히 인도에는 손을 대서도 안 되고 눈을 뜨고 봐서도 안 되는 불가촉천민 불가시천민이 있는데 그 수가 기천만이나 된다드만 그려.(8부)

**불겂혀** '부럽다' 방언.

어느 구름에 비올지 모른다등만 외방자식이 느닷없이 떠억 나타나서는 아부지 호강시켜준께로 불겂혀.(7부)

**불그스레하게** 〔형용사〕 불그스레하다. 곱고 연하게 조금 붉은 데가 있다.

그녀의 눈은 늦가을 옻나무 잎처럼 불그스레하게 꽃물이 퍼져 있었다.(2부)

**불길하므로** 형용사 불길하다. 운수 따위가 좋지 않거나 예사롭지 않다.

> 묘일에는 토끼날이라고 하여, 여자가 일어나 문을 열면 가운이 불길하므로 남자가 먼저 일어났다. (2부)

**불난 강변에 덴 소 날뛰듯 헌다니께** 불난 강변에 덴 소 날뛰듯 한다. 졸지에 급한 일을 당하여 어쩔 줄 모르고 황망히 구는 사람을 보고 이르는 말.

> 옴나위없이 불난 강변에 덴 소 날뛰듯 헌다니께! (1부)

**불도장** 명사 불에 달구어 찍는 쇠로 만든 도장. 또는 그것으로 찍은 표지.

> 죽은 네 할애비 모양으로 이마에 불도장을 찍게 하고, 네가 좋아하는 쌀분이도 멀리 보내겠다. 자, 어떨 테냐. (1부)

**불똥이 떨어진다** 불똥이 떨어지다. 아주 다급한 일을 당하다.

> 오늘도 그냥 돌아가면 불똥이 떨어진다니께요. (1부)

**불뚝** 자동사 불뚝거리다. 신체 부위나 사물이 여기저기서 자꾸 불룩불룩하게 솟아오르다.

> 불빛에 비쳐 보이는 대불이의 상반신은 나무토막처럼 근력이 불뚝거렸다. (5부)

**불령선인** 명사 일제강점기 불온하고 불량한 조선 사람이라는 뜻으로 일본 제국주의자들이 자기네 말을 따르지 않는 한국 사람을 이르던 말.

> 장차 뭐가 되고 싶냐고 물었더니 불령선인 잡다 족치는 사람이 되겠다지 뭡니까요. (8부)

**불령학생** 일제강점기 불온하고 불량한 조선 사람이라는 뜻으로, 일본 제국주의자들이 자기네 말을 따르지 않는 한국 학생을 이르던 말.

> 그 불령학생 하고 친구야? (9부)

**불목하니** 명사 절에서 밥 짓고 땔나무하고 물 긷는 일을 맡아서 하는 사람.

> 웅보네들을 데리고 들어간 불목하니가 나이가 지긋하고 깡말라 보이는 공양주에게 요기할 것을 좀 내놓으라고 하자, 사람 좋아 보이는 공양주는 군소리 한마디 없이 나무그릇에 하얀 마짓밥을 그득그득 퍼 담아 주었다. (1부)

**불무덤** 몹시 뜨겁게 단 물건을 가슴에 안고 있다는 말.

> 얼금뱅이 딸은 월심이 가슴에 불무덤을 만들고 만 것이었다. (2부)

**불변** 명사 사물 모양이나 성질이 변하지 않음. 변하지 않다.

바늘처럼 끝이 뾰쪽한 것은 날카로운 이성을, 사철 푸른 색깔은 불변의 지조와 여성스러움을, 상큼한 향기는 청초함과 아름다움을 상징하는 것 같았다.(8부)

**불복하자니** 　**자동사** 불복되다. 사람이 무엇에 대하여 힘이 모자라서 주장이나 뜻을 굽히고 복종하게 되다.

　　퇴학처분을 하겠다는 학교 당국의 위협에 굴복하자니, '등교한 자는 타살 한다'는 맹휴본부의 격문이 머릿속에서 부스럭거렸고 굴복을 하지 않자니 퇴학이 두려웠다.(9부)

**불알** 　**명사** 포유류 수컷 생식 기관. 정자를 생성하며 음낭 속에 좌우 하나씩 둥근 모양으로 들어 있다.

　　불알 큰 놈 왔구나.(1부)

**불알만 찬 놈** 　가진 것이 아무것도 없는 빈털터리임을 비유적으로 이르는 말.

　　지기럴, 불알만 찬 놈들인디 믿고 못 믿을 게 뭬 있남!(2부)

**불알망태** 　'음낭'을 비속하게 이르는 말.

　　이눔아, 이 집에는 불알망태 찬 눔밖에 없단 말이냐?(3부)

**불온분자** 　사상이나 이념이 불순하여 어떤 사회나 집단에 해가 되는 사람.

　　규창이를 만나러 진남관에 온 학생들은 모두가 불온분자들이라는 것을 나는 알고 있어.(9부)

**불을 질러대서야** 　다급해진 상황을 이르는 뜻.

　　조금 전까지만 해도 솜뭉치를 단 패랭이를 쓴 보부상 대여섯이 평상에 둘러앉아 주거니 받거니 행주(行酒)를 하더니 해가 상투머리에 불을 질러대서야 서둘러 선창으로 뛰어가 버렸다.(1부)

**불잉걸** 　**명사** 불이 이글이글하게 핀 숯덩이.

　　몸 전체로 훌쩍거리며 우는 막음례를 쳐다보는 순간, 불잉걸 같은 것이 목울대에 훗훗하게 차올랐다.(1부)

**불초소생** 　(인칭 대명사) 아들이 부모를 대하여 자기를 겸손하게 가리키는 말.

　　어머님께서는 이 시각에도 오직 불초소생을 바라보고 계시다는 것을 감지하옵니다.(8부)

**불컥거리는** 　불컥거리다. 자꾸 세게 밟거나 주무를 때 나는 소리처럼 말하다.

　　못질을 하고 나서 방구석에 우두커니 서 있는 난초에게 여전히 불컥거리는 말투로 물었다.(2부)

**불콰해진** 　**형용사** 불콰하다. 술기운을 띠거나 혈기가 좋아서 불그레하다.

　　세 사람은 불콰해진 기분으로 거뭇거뭇 땅을 덮는 어둠을 밟고 새끼내로 돌아오면서, 그날

하루 그들이 소금 장사를 하며 겪었던 일들을 주고받았다. (2부)

**붉덩물** 　명사　 붉은 황토가 섞여 흐릿하게 흐르는 큰 물.

대불이마저 물살을 당해내지 못하고 곤두박질치듯 붉덩물 속으로 처박히고 말았다. (1부)

**붉으락푸르락** 　부사　 크게 성이 나거나 흥분하여 얼굴빛이 붉어졌다 푸르러졌 다 하는 모양을 나타내는 말.

그 바람에 사또의 얼굴이 붉으락푸르락하며 앉았다 일어섰다 걷잡을 수 없이 서성거렸다. (3부)

**붙어살기** 　자동사　 붙어살다. 의지하여 얹혀살다. 머물러 살다.

이제 와서 혹시 세 식구가 옛날처럼 한 집에서 붙어살기를 바라는 것은 아닐지 걱정이 되었 다. (9부)

**붙잽혀** '붙잡히다' 방언.

지난번 헌병대에 붙잽혀 갔을 때 워낙 곤욕을 치르셨기 땜시…… 그때 너무 골병이 들었당 께라우. (7부)

**비 맞은 개똥** 비 맞은 장닭 같다와 같은 의미. 득의양양하던 사람이 갑자기 맥없이 풀이 죽음을 비유적으로 이르는 말.

양 진사를 기다리다가 탈진을 한 그는 여름날 고살의 비 맞은 개똥처럼 꼴사납게 휘주근해져 서는 행랑방으로 돌아왔다. (2부)

**비각** 　명사　 비(碑)를 비바람으로부터 보호하기 위해 세운 집.

웅보만은 유달정에 얼굴을 내밀지 않고 혼자 쪽배를 타고 고하도에 건너가 이순신 장군 비각 아래 앉아 있다가 해질 무렵에야 돌아왔다. 그는 고하도에서 막음례가 성공하기를 빌었다. (5부)

**비그르르** 　부사　 스르르. 눈이 슬며시 감기거나 뜨이는 모양을 나타내는 말. 얽 히거나 맺히거나 묶인 것이 부드럽게 풀리는 모양을 나타내는 말.

대불이가 권대길이가 들어온 것도 모르고 비그르르 옆으로 누워버리자 짝귀는 목침을 찾아 머리를 괴어주었다. (5부)

**비늘** '낟가리' 방언.

그는 무엇인가 마음속에 나무비늘처럼 쌓인 괴로움을 허물어버리고 싶어 하는 얼굴이었 다. (2부)

**비대발괄** 　명사　 예전에 딱한 사정을 하소연해 가며 간절히 청하여 비는 것을 이르던 말.

아양을 떨어가며 비대발괄하였으나 술이 취한 데다가 무슨 탈거지를 뜯을 만한 일이 없나 하고 잔뜩 여수던 터라, 옳다 잘됐구나 싶게 기를 쓰고 날뛰었다.(1부)

**비뚜름히** 〈부사〉 조금 비뚤게.

양복에 구두까지 신고, 중절모자를 비뚜름히 눌러쓴 오태수는 못마땅한 얼굴로 대불이를 쓸어보며(……)(4부)

**비미니** 배고 가는 것처럼 빈 틈 없다.

너무 걱정 마셔요. 어린애기도 아닌듸, 비미니 알아서 작량을 허겠어요?(5부)

**비밀결사** 법률로 정해진 신고를 하지 않고 그 조직, 구성원, 소재지 따위를 비밀로 하고 있는 결사 조직.

장재성은 오래 전부터 생각해왔던 새로운 비밀결사에 대한 심중을 내비쳤다.(9부)

**비분강개하는** 〈자동사〉 비분강개하다. 슬프고 분하여 의분이 북받치다.

만세운동에 참가했던 학생들을 구타한 일본 경찰에 대해 비분강개하는 것을 보고 항일하는 마음이 투철하다고 생각해서 성진회 발기회원으로 추천을 하게 되었노라고 했다.(9부)

**비비적거리고** 〈타동사〉 비비적거리다. 서로 맞대어 자꾸 문지르다, 무엇에 구멍을 뚫기 위해 이리저리 자꾸 돌리다.

판쇠는 그러면서, 자기는 사람들이 많은 영산포에 비비적거리고 눌러 있다가, 법성포(法聖蒲)로 해서 강경(江景)쪽으로 되짚어 올라가볼 요량이라고 하였다.(1부)

**비아냥거렸다** 〈자동사〉 비아냥거리다. 얄미운 태도로 비웃으며 놀려 말하다. 얄미운 태도로 비웃으며 놀리다.

조선에 오면 부자가 될 것이라는 무지개 빛깔 기대를 걸고 몰려오는 이들을 가리켜, 조선 사람들은 반은 상인이오 반은 도적(半商半賊)의 무리들이라고 비아냥거렸다.(8부)

**비자** 〈명사〉 여자 종.

한갓 진사 댁의 천한 비자였던 그가 영산포 객주거리에 짜하게 이름이 돌았다.(2부)

**비쭉하지** 〈타동사〉 울려고 하거나 남을 비웃거나 언짢을 때 길게 내밀고 자꾸 이쪽저쪽으로 움직이다.

웅보는 막음례가 아기를 가졌다는 이야기에 대해서는 일언반구도 비쭉하지 않았다.(1부)

**비척비척** 〔부사〕 비척비척하다. 몸을 한쪽으로 비틀거리거나 다리를 절룩거리며 걷는 모양을 나타내는 말.

웅보 어머니가 쓸어안은 아들의 두 다리를 풀고 고개를 들어 까마귀가 우는 팽나무 가지 끝을 노려보더니 실팍한 돌멩이를 집어 까마귀를 향해 힘껏 던지고 비척비척하다가는 퍽 쓰러졌다.(1부)

**비칠비칠** 〔부사〕 몸을 제대로 가누지 못하고 이리저리 어지럽게 비틀거리는 모양을 나타내는 말.

그런 일이 있은 뒤부터 조운창 사람들이 고하를 가림 없이 대불이를 대하는 태도가 달라졌으며, 방석코의 떼거리들도 대불이를 만나면 비칠비칠 자리를 비켰다.(2부)

**비트적비트적** 〔부사〕 몸을 제대로 가누지 못하고 어지럽게 비틀거리며 걷는 모양을 나타내는 말.

오동나무집 주파의 말로는 꼭두새벽에 광주댁이 미친 사람처럼 머리를 산발하고 비트적비트적 혼자 조운창 쪽으로 내려가더라고 하였고, (……)(3부)

**비하발언** 남을 업신여기어 낮추어 생각이나 의견 따위를 드러내어 말함.

충돌 이유는 사소한 자리다툼에서부터 여학생 희롱, 조선인 비하발언이나 비웃음 등 때문이었다.(9부)

**빌붙어** 〔자동사〕 빌붙다. 호감이나 환심을 사기 위하여 알랑거리며 들러붙다.

지금까지는 그래도 비록 종의 굴레를 쓰긴 했지만 상전에 빌붙어, 죽네 사네 하는 흉년에도 배곯지 않고 살아오지 않았는가.(1부)

**빙충이** 〔명사〕 똘똘하지 못하며 어리석고 수줍기만 한 사람.

워낙 반대하는 편이 많은지라 말을 잘못 꺼냈다가는 빙충이만 될 것 같아, 아예 입을 다물고 웅보가 대신 나서주기만을 기다리고 있는 눈치였다.(2부)

**빠개는** 〔자동사〕 빠개지다. 두 쪽으로 갈라지다. 틈새가 넓게 벌어지다.

그녀는 남편이 뱀에 물렸다는 말을 듣고, 꿈에 나타났던 사람 얼굴의 큰 구렁이 생각이 뇌리를 빠개는 것 같아 흐물흐물 주저앉고 말았다.(1부)

**빡보** '곰보' 방언.

대불이와 짝귀는 봉선이를 따라 선창거리에 있는 빡보네 미곡전으로 갔다.(5부)

**빡빡 얽었다**   마맛자국.

그의 아버지 장쇠는 큰아들은 얼굴이 빡빡 얽었다고 하여 웅보라고 하고, 둘째는 불알이 유난히 크다고 대불이라는 이름을 붙였는데, 걸핏하면 마을 아이들이 불알 큰 놈, 불알 큰 놈 하고 놀려대어, 성질만 왁살스러워졌다.(1부)

**빳빳하게**   **형용사**  빳빳하다. 휘어지거나 굽어지지 않을 정도로 단단하게 굳어 있다. 풀기가 세어서 팽팽하게 켕기는 힘이 있다.

웅보는 목을 빳빳하게 세워, 앙상한 팽나무 가지들 사이로 헌 누더기처럼 구저분하게 열린 하늘을 보며 희미한 목소리로 물었다.(1부)

**뼈가 오르라지게**   뼈 빠지게. 고통을 참아 가면서 있는 힘을 다하는 모양을 형용하는 말.

그까짓 뼈가 오그라지게 농사 지어봤댔자, 관속들 존 일만 시킬 것인디 말여!(3부)

**뻐끔**   **부사**  큰 구멍이나 틈 따위가 깊고 뚜렷하게 나 있는 모양을 나타내는 말, 입을 크게 벌렸다 오므리며 담배를 세게 빠는 모양을 나타내는 말.

저 인정머리 없는 작자, 자식들이 가는디 뻐끔도 안헌 것 봐라.(1부)

**빼닫이**   **명사**  '서랍' 방언.

국문『심청전』을 읽고 있던 유씨 부인은 남편 양 진사가 들어오자 읽던 책을 문갑 빼닫이에 넣고 일어섰다.(1부)

**빼랍**   **명사**  '서랍' 방언.

양 진사는 문갑의 빼랍을 열고 색깔이 누리팅팅하게 바래고 모서리가 너털너털 볼썽사납게 찢겨지고 닳은 문서뭉치를 꺼내 장쇠 앞에 내밀었다.(1부)

**뺑뺑허단가**   '가득 차다' 방언.

그나저나 뱃속에 뭣이 들었길래 물 한모금 안 마시는디도 저러크롬 뺑뺑허단가 잉.(1부)

**뺑줄치기**   뺑줄치다. 뺑줄을 던져 남의 연을 빼앗다, 남의 물건이나 일을 중간에서 가로채다.

다른 때 같으면 돌멩이에 실을 매달아 하늘 높이 던져서, 엉킨 연줄을 당겨 연을 빼앗는 뺑줄치기를 하지 않고서는 마음이 근질근질한 심술을 참지 못하는 그였지만, 그날은 바람이 너무 차가와 마음도 몸도 꽁꽁 얼어붙은지라, 조용히 구경만 했다.(1부)

**빠비작거리고** 자동사 '뱌비작거리다' 방언. 서로 맞대어 자꾸 살살 문지르다. 어떤 물건에 구멍 따위를 뚫기 위해 자꾸 이리저리 조금씩 돌리다.

밟히면 밟힌 대로 죽은 듯이 참고 견디는 것이 아니고, 숨을 쉬기 위해 빠비작거리고 꿈틀거리려고 하는, 질경이 뿌리 같은 그 사람들이 마음에 들었다. (2부)

**뻐개지는** 형용사 매우 거북스럽고 살이 뻐개지는 듯하다. 어떤 느낌으로 꽉 차서 가슴이 뻐개지는 듯하다.

두 아름도 더 되는 늙은 팽나무에 손목을 밧줄로 빠듯하게 묶어놓았기 때문에 어깨가 떨어지는 것 같았고 가슴이 뻐개지는 듯 아팠다. (1부)

**뻐근뻐근** 부사 '버근버근' 방언. 물건 싸개가 버그러져 자꾸 흔들거리는 모양을 나타내는 말.

웃다가 대불이는 다시 옆구리가 뻐근뻐근해왔기 때문에 잠시 걸음을 멈추고 천천히 숨을 조절했다. (5부)

**뻐끔히** 부사 큰 구멍이나 틈이 매우 깊고 또렷하게.

웅보 어머니는 외꽃처럼 노란 감또개가 소복이 쌓인 죽담 용마름 너머로 뻐끔히 열린 남쪽 하늘을 올려다보며 푸우 한숨을 토했다. (1부)

**뻐럭뻐럭** 부사 버럭버럭. 화를 내면서 소리를 몹시 지르거나 매우 억지스럽게 자꾸 기를 쓰는 모양을 나타내는 말.

행랑방으로 가던 막음례는 사랑채 문간 쪽에서 침종을 하던 웅보아버지가 뜨물 먹은 당나귀처럼 컬컬한 목소리로 뻐럭뻐럭 고함을 내지르는 소리에, 주춤 걸음을 멈추어 섰다. (1부)

**뻐센** 형용사 뻣세다. 뻣뻣하고 억세다.

웅보는 참나무 토막처럼 단단하고 뻣센 다리로 아무리 힘을 쓰고 버둥거려도 첫봄에 솟는 죽순보다 더 부드럽기만 한 그녀의 하반신을 찍어 감았다. (1부)

**뻑적지근했다** 형용사 뻑적지근하다. 조금 뻐근하고 거북한 느낌이 있다.

소금전 모퉁이 큰 세곡창고에서는 실어온 곡식들을 일일이 짐고하여 쌓아놓느라, 인부들의 모습이 뻑적지근했다. (2부)

**뻔대구리** '대머리' 비속어.

잠시 후에 대불이는 언제나 말이 없이 시뜻한 얼굴로 짐을 져 나르는 뻔대구리 영감이 생각

났다.(2부)

**뻔연히** 〔부사〕 '번연히' 방언. 뚜렷하고 분명하게.

배를 타고 건너갈 줄 뻔연히 알고 목을 지키고 있었던 것 아녀!(1부)

**뻔질나게** 〔형용사〕 뻔질나다. 드나드는 것이 매우 잦다.

그도 언젠가는 땅을 장만하면 보란 듯이 뻔질나게 장엘 들락거리겠다고 생각하며, 어서 빨리 그런 날이 돌아오기를 가슴 뿌듯한 마음으로 기대해보았다.(1부)

**뻗어가는 칡도 한도가 있는 법이다** 뻗어 가는 칡도 한이 있다. 사물은 무엇이든지 한도가 있다는 말.

뻗어가는 칡도 한도가 있는 법이다. 애잔한 농사꾼들 등치고 간 내어먹는 너를 보면 치가 떨려. 그러니 내 걱정을 말어.(4부)

**뻗질러** 〔타동사〕 뻗지르다. 이 끝에서 저 끝까지 뻗쳐서 내지르다.

그러나 할아버지 혼백의 말대로 이 모두가 조상님들의 정해진 뜻이라고는 하지만, 마음속 가장 깊숙한 곳으로부터 뻗질러 올라오는 슬픔의 덩어리를 삭이지 않고서는 집으로 돌아갈 수가 없을 것 같았다.(3부)

**뻘긋뻘긋** 〔부사〕 점점이 또는 군데군데 매우 뻘건 모양을 나타내는 말.

할아버지는 뻘긋뻘긋 핏자국이 생기고, 무클하게 으끄러진 발바닥과 손가락에 목화씨 연기를 쐬면서, 씰씰씰씰 물레방아 돌아가는 소리로 육자배기를 푸념처럼 흥얼거렸다.(1부)

**뻘때추니** 〔명사〕 제멋대로 자꾸 이리저리 주책없이 매우 바삐 싸돌아다니는 여자아이.

주안에서 살 때도 그는 진득하게 일 년을 집에 눌러 있지 않고 뻘때추니처럼 여기저기 떠돌음 하기를 좋아하다가, (……)(4부)

**뻣뻣헐** 〔부사〕 뻣뻣이. 근육이나 물건이 휘어지거나 굽어지지 않을 정도로 단단하게. 태도나 성격이 고분고분하거나 나긋나긋한 맛이 없게.

삭신이 쇠토막 모양 뻣뻣헐 텐데, 기동할 수 있겠어?(1부)

**뼈 빠지게** 고통을 참아 가면서 있는 힘을 다하는 모양을 형용하는 말.

뼈 빠지게 농사를 지어봤자, 소작료에 지주가 전대(前貸)해준 경우대(耕牛代)와 종자대(種子代)를 제하고 나면 겨우 홀태 밑만 남게 마련이었다.(1부)

**뼈저린** 형용사 뼈저리다. 뼛속에 사무치도록 정도가 깊다.

웅보는 박 초시의 아버지 유골을 도굴하여 쌀과 바꾸어 굶주림을 면하자고 제의를 한 것이 자신이었기 때문에, 치근이의 죽음에 누구보다 더 뼈저린 죄책감에 짓눌려 있었던 것이다.(2부)

**뼉다구** '뼈다귀' 방언.

이눔아, 종놈이 무신 뼉다구 자랑헐 것이 있다고 그려?(2부)

**뼛골 빠지게** 뼛골 빠지다. 육체적으로 매우 힘들다.

더욱이 그들이 뼛골 빠지게 지은 집에서 쫓아내고야 말겠다는 엄포에는 울분이 머리끝까지 뻗질러 올라왔다.(7부)

**뽀작거려봐** '치근덕거리다' 방언. 몹시 짜증이 날 정도로 끈덕지게 자꾸 귀찮게 굴다.

그 여자한테 염사만 있으면 한번 뽀작거려봐.(5부)

**뽀짝** '바싹' 방언. 아주 가까이 다가드는 모양을 나타내는 말. 마른잎이나 가랑잎 따위를 가볍고 세게 밟을 때 나는 소리를 나타내는 말.

언제까지나 이럴 꺼여? 이리 뽀짝 와! 부부는 일심동체라, 먼저 한 몸이 되어야 마음도 하나가 되는 거여.(1부)

**뻘깡뻘깡** '번쩍번쩍' 방언. 물건 따위를 가볍게 잇따라 빨리 들어 올리는 모양을 나타내는 말.

진찬히 깔꾸막 같은 디를 올라댕개도 안되고 무거운 것을 뻘깡뻘깡 들어서도 못써.(7부)

**뽐부 샘** 땅속에 있는 물을 작두로 품어 올려서 물을 퍼내는 샘을 의미하는 작두샘.

아버지, 뽐부 샘에서 물이 잘 나와요.(9부)

**뽕도 따고 님도 보고** 뽕도 따고 임도 보고. 두 가지 일을 동시에 이룸을 비유적으로 이르는 말.

짜귀, 대붓이 형님들 교향에두 가고 월선이넌도 한번 만나보구, 이거야말로 뽕도 띠고 님도 보고가 아니우?(5부)

**뽀곰뽀곰** 부사 뾰꼼. 작은 구멍이나 틈 따위가 도렷하게 나 있는 모양을 나타내는 말. 살며시 문 따위를 아주 조금 여는 모양을 나타내는 말.

흙먼지가 안개처럼 뿌옇게 뜬 하늘의 야트막한 모서리에서 종다리가 우짖고, 영산강 물비늘을 일으키는 샛바람에 강둑에 뾰곰뾰곰 돋아나기 시작하는 콩잎 모양의 콩제비꽃 떡잎들이 솔솔하게 흔들리는 봄.(1부)

**뾰주리감**　모양이 조금 길쭉하고 끝이 뾰족한 감. 장준, 고추감 따위를 이른다.

친구를 배신한 뾰주리감도 아무렇지도 않은 표정으로 약속 시간 안에 모습을 나타냈다.(9부)

**뿌득뿌득**　**부사** 억지를 부리면서 자꾸 매우 심하게 우기거나 조르는 모양을 나타내는 말.

마을에 있으면서 밤늦게 돌아오는 사람들 요기할 것이나 만들라는 마을 어른들의 만류를 뿌리치고 뿌득뿌득 선창으로 나가곤 하였다.(2부)

**뿌듯해**　**형용사** 뿌듯하다. 다른 사물로 가득 들어차서 뿔룩하다. 기쁨 따위의 감정으로 가득차서 벅차다.

가을에는 아무것도 먹지 않고 곡식이 흐드러지게 익은 들만 멀뚱히 바라보아도 창자 속이 뿌듯해오게 마련이다.(2부)

**뿌유스름한**　**형용사** 뿌유스름하다. 진하거나 또렷하지 않고 조금 뿌연 듯하다.

웅보는 고개를 들어 뿌유스름한 불빛에 선명하게 비쳐 보이는 마님의 얼굴을 바라보며 말했다.(1부)

**뿌질뿌질**　**부사** 속이 매우 상하거나 안타까워서 자꾸 몹시 애가 타는 모양을 나타내는 말.

일을 하자니 괜히 뿌질뿌질 울화가 치밀어 만만한 동생 대불이한테 찍자를 부리기가 일쑤였고, 상전들 몰래 슬금슬금 밤도둑처럼 다니던 서당에도 가기 싫어졌다.(1부)

**뿐지다**　**보조동사** '버리다' 방언. 동사 연결 어미 '-어' 뒤에 쓰여, 앞 동사 동작이 완료됨과 동시에 그 일이 어찌할 수 없는 상태로 바뀌었음을 뜻하는 말.

우리덜이 이 일로 쉽게 분풀이를 해뿐진다면 죽도 밥도 안 되네.(2부)

**뿐질러버릴**　'분지르다' 방언. 꺾어서 부러지게 하다.

당장 물러서지 않으면 허리를 뿐질러버릴 거여 잉!(1부)

**뿔긋뿔긋**　**부사** 군데군데가 매우 붉은 모양을 나타내는 말.

주먹에서 뿔긋뿔긋 피가 솟았다.(4부)

**삐걱거리는**  [자동사] 삐걱거리다. 서로 닿아서 조금 세게 갈리는 소리가 자꾸 나다.

타다 남은 장작 등이 어질더분하게 널려 있었고, 여닫을 때 삐걱거리는 소리가 요란한 판자
문 맞은편 두 사람이 겨우 누울만한 자리에 짚과 거적을 깔아놓았으며, (……)(4부)

**삐그러진**  틈새가 생기다.

그는 삐그러진 대장간벽의 사춤을 일일이 메우고, 실팍한 참나무를 베어다가 중방까지 질렀
다.(1부)

**삐끔하며**  [형용사] 빠끔하다. 매우 깊고 또렷하게 벌어진 상태이다. 입을 벌렸
다 오므리며 빨다.

새끼내 사람들이 목청껏 상엿소리를 어울렀지만 박 초시 집에서는 하인 하나 삐끔하지도 않
았다.(2부)

**삐득삐득**  거의 마른 상태를 이르는 말.

수구막 안 새끼내 물마저 쫄딱 말라붙어버려 두레질조차 할 수가 없게 되자 웅보는 모 잎사
귀가 삐득삐득 시들어가는 못자리 논둑에 쪼그리고 앉아서 한숨만 토하고 있었다.(3부)

**삐딱하게**  [형용사] 삐딱하다. 비스듬하게 한쪽으로 끼울어 있다. 바르지 못하고
엇나가 있다.

돈단 위에는 먹고 버린 고막껍질 같은 초가 한 채가 삐딱하게 바람에 맞아 웅크리고 있었는
데, 술주자를 쓴 용수를 긴 장대에 매달아 놓았다. 주막이었다.(1부)

**삐주름히**  [부사] 물건 끝이 약간 내밀려 있는 느낌이 있게.

시체는 보이지 않았다. 검은 머리의 털과 맨발의 발가락 끝이 삐주름히 거적 아래로 비쳤을
뿐이었다.(4부)

**사그라지자** [자동사] 사그라지다. 가라앉거나 꺾이어 약해지거나 없어지다.

해가 떠오르고 영산강이 허물을 벗듯 안개가 시나브로 사그라지자 웅보는 서둘러 집으로 돌아왔다.(3부)

**사금파리** [명사] 사기그릇이 깨져 생긴 작은 조각.

하인들 여럿이 달려들어 뱀에 물린 장딴지를 사금파리로 째고 입으로 피를 빨았으나, 남편의 다리가 안채 기둥만큼이나 희불그레하게 부어오르면서 왼쪽 눈이 거슴츠레하게 감기기 시작했다.(1부)

**사나와지기만** [자동사] 사나워지다. [형용사] 사납다. 거칠고 억세게 되다. 매우 거칠고 심해지다.

웅보는 그런 쌀분이를 살살 어르기도 하고 큰 소리로 윽박질러보기도 하였으나, 그럴수록 쌀분이는 설맞는 뱀처럼 사나와지기만 했다.(1부)

**사닥다리** [명사] 어딘가에 기대거나 매달아서 높은 곳과 낮은 곳 사이를 디디면서 오르고 내릴 수 있도록 만든 도구. 두 개 장대 사이에 가로대를 놓아 만든다.

한 자 두 자도 아니고 수십 수백 보의 둑을 그들 힘으로 쌓자니, 마치 사닥다리 타고 하늘로 올라가는 일처럼 아득하기만 하였다.(1부)

**사대삭신** '사대육신'을 속되게 이르는 말. 온몸을 이르는 말.

사대삭신 뻔듯헌듸 굶어죽기사 허겄능가.(1부)

**사둘** [명사] 손잡이가 길고 국자처럼 생긴, 고기 잡는 그물.

맏바우까지도 사둘을 들고 강에 나가서 고기를 잡았다.(1부)

**사람 살 곳은 골골이 다 있는 법** 아무리 환경이 어렵더라도 도와주는 사람들이 있게 마련이어서 어떻게든 살아갈 방도가 난다는 말. 아무리 환경이 어렵더라도 도와주는 사람들이 있게 마련이어서 어떻게든 살아갈 방도가

난다는 말.

사람 살 곳은 골골이 다 있는 법이니 걱정 말아라.(1부)

**사래질하듯**　**타동사**　키에 담고 흔들어서 굵은 것과 잔 것을 따로 가려내는 듯하다.

김치근이 어머니가 손자를 팔에 안고 사래질하듯 까불어대며 지나가는 말투로 물었다.(2부)

**사립짝문**　**명사**　잡목 가지로 엮어서 만든 문짝을 단 문.

집집마다 사립짝문도 굳게 걸려 있었다.(1부)

**사발**　**명사**　사기로 만든 국그릇이나 밥그릇. 세는 단위는 개와 죽(10개)이나 벌이다.

웅보네 세 식구는 허출한 김에 훌렁한 서속 죽을 한 사발씩 둘러 마셔 시장기를 메웠다.(1부)

**사발농사**　**명사**　사발로 짓는 농사라는 뜻으로 일을 하지 않고 밥을 빌어먹는 일을 비유적으로 이르는 말. 일을 하지 않고 밥을 빌어먹다.

이대로 있다가는 찍소리 못 허고 죽네. 어서 도망을 치세. 사대삭신 뻔듯헌듸 굶어죽기사 허겄능가. 막판에 가서는 사발농사(거지질)라도 짓재 뭐.(3부)

**사분사분**　**부사**　조용하고 부드럽게 말하거나 행동하는 모양을 나타내는 말. 우스운 소리를 조금씩 해 가면서 자꾸 귀찮게 구는 모양을 나타내는 말.

칠만이는 그들 중에 혹시 그가 휘두른 작대기에 얻어맞은 거렁뱅이들이 끼어있을까 싶어 간이 콩알만 하게 줄어드는 것을 가까스로 참아내며 사분사분하게 그들의 비위를 맞췄다.(3부)

**사소한**　**형용사**　사소하다. 사물이나 대상이 적거나 작아서 보잘것없거나 중요하지 않다.

충돌 이유는 사소한 자리다툼에서부터 여학생 희롱, 조선인 비하발언이나 비웃음 등 때문이었다.(9부)

**사잣밥 싸가지고 다니는**　사잣밥을 싸 가지고 다닌다. 언제 어디서 죽을지 모르는 위험한 처지에 처해 있음을 비유적으로 이르는 말.

그는 문치걸이 자기 때문에 죽은 것을 알고부터는 사잣밥 싸가지고 다니는 사람처럼 생사를 따지지 않고 선불 맞은 멧돼지보다 더 성질 급하게 날뛰었다.(6부)

**사재발쑥**　**명사**　국화과에 속한 여러해살이풀. 높이 1.5~2미터 정도로 자라며 땅속줄기가 옆으로 벋는다.

웅보는 마른 사재발쑥 두름을 겹겹이 매달아놓은 은행나무 밑에 텁석 주저앉아 양 의원이 돌아오기만을 기다렸다.(1부)

**사촌이 땅을 사면 배가 아프다**  남이 잘되는 것을 시기하거나 질투함을 비유적으로 이르는 말.

사촌이 땅을 사면 배가 아프다는 말은 잘도 되뇌면서도 일본인들이 조선의 땅을 사는 데는 누구 하나 가슴아파하는 사람이 없었다.(4부)

**사춤**  **명사**  담이나 벽 따위의 벌어지거나 갈라진 틈. 담이나 벽 따위의 갈라진 틈을 진흙이나 양회 따위로 메움.

그는 삐그러진 대장간벽의 사춤을 일일이 메우고, 실팍한 참나무를 베어다가 중방까지 질렀다.(1부)

**사타구니**  '샅'을 속되게 이르는 말.

방석코가 다시 발로 대불이의 사타구니 언저리를 내지르자, 대불이가 헉 하고 허리를 구부리며 두 손으로 자신의 부자지를 감싸 안았다.(2부)

**사팔뜨기**  **명사**  사팔눈을 한 사람을 얕잡아 이르는 말.

그때까지만 해도 영산포 객주거리에서 방석코라고 하는 서른 안팎의 메기주둥이에 사팔뜨기 눈을 한 힘센 사내가 모든 건달패거리들을 휘어잡고 있었다.(2부)

**사팔허통**  '사발허통' 원래 말. 옷이나 집 주위가 막힌 곳이 없이 휑하게 터져 매우 허전하다.

워낙 사팔허통(四八虛通)으로 막힌 데가 없는데다가 마나니로 하는 일이라서 몇 곱절 힘이 들었다.(1부)

**사회주의**  자본주의가 낳은 모순을 해소하고 생산 수단을 사회적으로 공유하는 사회 체제를 통해 모든 사람이 평등하게 조화를 이루는 사회를 실현하려는 사상과 운동. 마르크스주의에서 자본주의 사회에서 공산주의 사회로 옮겨가는 공산주의 제1단계.

와세다 대학 영문학과를 졸업, 최고 지성을 갖추고 사회주의사상으로 무장되어 있는 피 끓는 애국청년이다.(8부)

**사회주의사상**  생산 수단 사회적 소유와 관리를 주장하는 사상. 생시몽, 푸리에의 공상적 사회주의사상과 마르크스, 엥겔스 과학적 사회주의사상 따위가 대표적이다.

와세다 대학 영문학과를 졸업, 최고 지성을 갖추고 사회주의사상으로 무장되어 있는 피 끓는 애국청년이다.(8부)

**사흘 굶어 담 아니 넘을 장사 있당가**　사흘 굶어 담 아니 넘을 놈 없다. 아무리 착하고 바른 사람일지라도 몹시 궁한 처지가 되면 옳지 못한 짓을 하게 된다는 말.

사흘 굶어 담 안 넘을 장사 있당가?(1부)

**삭정이**　**명사**　산 나무에 붙어 있는 말라 죽은 가지.

웅보 어머니는 삭정이를 한 다발 가져와서 불길이 날리지 않도록 드센 강바람을 막고 앉아 모닥불을 피웠다.(1부)

**산 사람들 입에 거무줄 치게**　산 입에 거미줄 치랴. 아무리 살기가 어려워도 사람은 죽지 않고 그럭저럭 먹고살아 가기 마련임을 비유적으로 이르는 말.

이 사람아. 죽은 사람은 죽은 사람이고, 산 사람들 입에 거무줄 치게 놔둘 껜가!(2부)

**산매 들린**　산매 들리다. 요사스러운 산 괴물이 몸에 붙다.

아무래도 산매 들린 큰애기처럼 마음이 들썩거려 집안에 붙박여있기가 어려울 것 같아, 웅보는 슬그머니 김치근을 꼬드겨 강으로 나왔다.(1부)

**산발**　**명사**　머리를 풀어헤침.

오동나무집 주파의 말로는 꼭두새벽에 광주댁이 미친 사람처럼 머리를 산발하고 비트적비트적 혼자 조운창 쪽으로 내려가더라고 하였고, (……)(3부)

**산발적**　**명사**　여기저기 흩어져서 때때로 발생하는 것.

그래서 학생투쟁지도본부에서는 앞으로 산발적으로나마 계속적으로 시위투쟁을 전개해나가기로 했습니다.(3부)

**산전수전**　**명사**　세상일의 어려운 고비를 다 겪어 본 것을 비유적으로 이르는 말.

대불이한테 마음 씀씀이도 나무랄 데 없거니와 나이는 많지 않아도 산전수전 다 겪어본 여자답게 마음도 컸다.(5부)

**산통이 다 깨지고**　산통 깨지다. 다 되어 가다가 뒤틀리다.

에이 형님두 원! 기왕에 늦으시겠거든 내일 아침에나 오실 게지, 마악 정분이 되살아날 즈음
에 오셔서 산통이 다 깨지고 말았네요.(6부)

**살 비비고**   살 맞대다.

남녀가 오랫동안 살을 비비고 사노라면 색정이 붙는다고도 하였지만, 대불이는 여태껏 여자
에게서 그런 것을 느끼지 못했다.(2부)

**살 성부르냐**   살 것 같으냐. 살 것 같다.

이놈아, 어쩔라고 그려! 네놈들이 뜬골로 세상에 나가서 단 하루인들 살 성부르냐.(1부)

**살가워졌음을**   **형용사**   살갑다. 훈훈하고 돈독하다. 상냥하고 부드럽다.

인숙이가 영산포 친구들과 함께 금성관에 왔다 간 후, 백년이를 대하는 그녀의 태도가 많이
살가워졌음을 알 수 있었다.(9부)

**살목**   **명사**   기울어진 집 등을 버티어 바로잡아 세울 때에 기둥을 솟구는 지렛대.

대불이와 갈퀴는 장말째의 지시대로 긴 장대로 소금배가 다른 배와 맞부닫치지 않도록 살목
질을 하였다.(2부)

**살아감시로**   '살아가면서' 방언.

기왕지사 우리덜 가슴에 못이 백혔으니 분풀이는 앞으로 살어감시로 서나서나 허세나.(2부)

**살째기**   '살짝' 방언. 남이 모를 정도로 재빠르게.

팔봉이나 귀돌이한테 우리가 여기 있다고 살째기 이야기해주셔요.(5부)

**삵의 웃음**   몹시 사납고 교활한 웃음을 이르는 말.

하야시가 삵의 웃음을 머금고 말했다.(4부)

**삼단 같은 머리**   숱이 많고 긴 머리.

게다가 비녀까지 뽑아버려 삼단같이 긴 머리가 상반신을 흔들 때마다 치렁치렁 춤을 추어,
달빛에 비쳐 보이는 그녀의 모습은 죽은 사람의 혼령 같았다.(2부)

**삼승끈**   예순 올 날실로 짜서 올이 굵고 질이 낮은 삼베로 만든 끈.

헝겊 허리끈을 매고는 일헐 때 힘을 못 쓰겠어서, 삼승끈에 벌똥을 멕여갖고 매고 댕겼어.(2부)

**삼시롱**   '살면서' 방언.

여름 한철 삼시롱 울라고 칠년 동안이나 고통스럽게 땅속에 묻혀 있었단다.(6부)

**삼신**   **민속**   아기 점지와 해산을 맡는다는 신령.

웅보어머니는 그것이 비록 삼신꿈이라고 해도 하필이면 징그러운 뱀꿈일까 싶어 마음 한구석이 꺼림칙했는데(……)(1부)

**삼신할미** 〔민속〕 아기를 점지하는 일과 출산, 그리고 육아를 관장하는 신인 '삼신할머니'를 얕잡아 이르는 말.

그렇다면 나도 삼신할미헌테 빌어볼까?(2부)

**삼재** 〔민속〕 사람이 살아가면서 일생 중에 세 가지 불운이 든 해, 뱀해, 닭해, 소해에 낳은 사람은 해년, 자년, 축년에, 원숭이해, 쥐해, 용해에 낳은 사람은 인년, 묘년, 진년에, 돼지해, 토끼해, 양해에 낳은 사람은 사년, 오년, 미년에, 호랑이해, 말해, 개해에 낳은 사람은 신년, 유년, 술년에 삼재가 든다고 한다.

칠복이 영감은 또 새끼내에서 삼재(三災)가 든 사람들 집 문전에 삼재부적을 만들어 붙이고 제상을 차려 문전 할아버지에게 빌라고 하였다.(2부)

**삼짇날** 〔민속〕 음력 3월 초사흗날 제비가 돌아오는 날이라 하여 제비집을 손질하고, 꽃잎을 따서 전을 부쳐 먹으며 춤추고 노는 화전놀이 풍습이 있었다.

삼월이라 삼짇날에 제비나 한 쌍 날아든다.(3부)

**삽삽해졌다** 〔형용사〕 삽삽하다. 매끄럽지 않고 껄껄하다. 상냥하면서 부드럽다.

그녀는 엿가락처럼 찐득하게 느껴지는 지붕 위의 햇살을 보면서 이제 봄이 무르익고 있음을 감지하였다. 햇살이 약해지면서 바람이 제법 삽삽해졌다.(4부)

**삿갓구름** 〔명사〕 외딴 산봉우리의 꼭대기 부근에 걸리는 삿갓 모양의 구름.

삿갓구름과 햇무리를 보고 비가 오지나 않을까 걱정을 하는 얼굴들이었다.(1부)

**삿자리** 〔명사〕 갈대를 여러 가닥으로 줄지어 매거나 묶어서 만든 자리.

날씨가 느슨하게 풀렸다고는 하지만 그렇다고 밤이슬 맞고 잘 수가 없어 우선 움막들을 치고 맨땅에 삿자리를 깔아 잠자리들을 마련하기로 한 그들은, 말바우네 주막을 중심으로 비탈진 언덕을 까뭉개고 집터를 다지기 시작하였다.(1부)

**상부살** 〔민속〕 남편을 여의고 과부가 될 살.

그러면서 그녀의 어머니는 순영이가 느지막하게 나이가 많은 남자한테 시집을 가야 상부살(喪夫煞)을 때워나갈 수가 있다고 하였다.(4부)

**상앗대질** 명사 말다툼을 할 때 주먹, 손가락, 꼬챙이 따위를 상대 얼굴을 향하여 푹푹 내지르는 짓.

동냥아치들은 칠만이를 향해 상앗대질을 하며 대들었다. (3부)

**상여소리** 민속 상여꾼들이 상여를 메고 가면서 부르는 구슬픈 소리.

소리를 하겠다던 판쇠는 난데없이 상여소리를 뽑았다. (3부)

**상엿도가** 상돗도가. 상여를 놓아두는 집.

그동안 대불이와 짝귀는 진고개 상엿도가에서 상두꾼 노릇을 하며 어칠비칠 세월을 죽이고 있었다. (4부)

**상투** 명사 예전에 성인 남자의 머리털을 끌어올려 정수리 위에 삐쭉하게 틀어 감아 맨 것을 이르던 말.

조금 전까지만 해도 솜뭉치를 단 패랭이를 쓴 보부상 대여섯이 평상에 둘러앉아 주거니 받거니 행주(行酒)를 하더니 해가 상투머리에 불을 질러대서야 서둘러 선창으로 뛰어가 버렸다. (1부)

**샅샅이** 부사 빈틈이 없이 모조리.

대불이는 기수선 교장의 말대로 말바우 어미의 속살을 샅샅이 되작거려 보기 위해 대낮에 그녀를 계곡 깊숙이까지 끌고 들어온 것이었다. (3부)

**새경** 명사 농가에서 한 해 동안 일을 한 대가로 머슴에게 주는 돈이나 물건.

그러면 이 곡식은 대불이 네 일 년치 새경이란 말이냐? (2부)

**새까맣게** 형용사 새까맣다. 아주 짙게 까맣다.

이따금씩 까치 떼가 밭이랑을 새까맣게 덮고 있다가 후두둑 날개를 치며 날아오르는 것을 볼 수 있었다. (8부)

**새깽이** 명사 '새끼' 방언. 손자가 귀엽고 귀중함을 이르는 말.

그려 그려. 이 금쪽같은 내 새깽이. (8부)

**새끼 낳은 암캐처럼** 너무 포악스럽고 사납게 굴지 말라는 말.

아무래도 요즈막 아들의 성질이 새끼 낳은 암캐처럼 부쩍 사나와진 것을 눈치 채고 있는지라 며느리가 들로 쑥을 뜯으러 간 것까지도 트집을 잡으려고 하는 소이가 훤히 들여다보이는데도, 말없이 쿡 웃어버리고 만 것이다. (3부)

**새발심지** 명사 종이나 실, 솜 따위로 새 발처럼 세 갈래로 꼬아 만든 등잔 심지.

등짐꾼들이 옴딱옴딱 모여 사는 황토산 날맹이의 새발심지 불빛이 자꾸만 그의 발길을 끌어 당겼기 때문이다. (2부)

**새벽 호랑이**　활동할 때를 잃어 깊은 산에 들어가야 할 호랑이라는 뜻으로 세력을 잃고 물러나게 된 신세를 비유적으로 이르는 말.

그는 언제나 탁배기 술기운이 떨어지면 어슬렁어슬렁 굶주린 새벽호랑이처럼 석훈(夕燻)을 무겁게 지고 돌아오곤 하였다. (4부)

**새벽달 좀 보려고 초저녁버틈 나앉으랴**　새벽달 보자고 초저녁부터 기다린다. 때에 맞지 않게 너무 일찍 서두르는 경우를 이르는 말.

요년아, 죽 쑤어 식힐 동안이 급하다고 안허드냐. 새벽달 좀 보려고 초저녁버틈 나앉으랴?(3부)

**새옹**　무구 중 하나이다. 놋쇠로 만든 작은 솥. 바닥이 평평하고 뚜껑이 있다.

철릭 외에 전립이며 오색 신꽃이 벽에 걸려 있었으며, 엄나무 장롱 위에는 부채와 울쇠(방울), 오방기, 새옹, 옥수그릇 등이 가지런히 놓여 있었다. (2부)

**새치름한**　〔형용사〕 새치름하다. 조금 얌전하고 쌀쌀하여 시치미를 떼는 듯하다.

그러면서 그의 어머니는 이내 새치름한 얼굴로 고개를 돌렸다. (7부)

**새콤한**　〔형용사〕 단 듯하면서 신맛이 많아 상큼하다.

쟁기질을 할 때마다 새콤한 흙냄새가 좋아서 잠시 소를 멈추게 하고 손으로 촉촉한 흙덩이를 집어 부스러기를 만들어 바람에 날려보곤 하였다. (4부)

**새큼달큼하고**　〔형용사〕 새큼달큼하다. 꽤 신맛이 나면서 달다.

톡 쏘면서도 새큼달큼하고, 뒷맛은 보드레하구만. 삼합이라, 그 맛 한번 참 희한하구마. 임자도 한번 묵어보소마. (9부)

**새판잽이**　어떤 일 따위의 새로 벌어진 판국을 잡는 것.

새판잽이가 아니겠는가 잉. (2부)

**색갈이**　〔명사〕 봄에 묵은 곡식을 꾸어 주었다가 가을에 햇곡식으로 바꾸어 받는 일.

농사를 지어 갚기로 하고 색갈이를 얻어올 셈이었다. (1부)

**색시헌티**　갓 결혼한 젊은 여자에게.

간밤에 색시헌티 죄 들었다우. 댁 사정도 딱허고, 또 주막 일도 바쁘고 허니, 당분간 이 집에

서 함께 지냅시다.(1부)

**색안경을 쓰고**  색안경 쓰다. 좋지 아니한 감정이나 편견을 가지다.

자신 때문에 해체 된 것을 알면 더욱 색안경을 쓰고 볼 것이야.(9부)

**색주**  **명사**  젊은 여자를 두고 술과 몸을 파는 영업을 하는 집.

때죽나무집의 술손님들과 색주 논다니들 외에, 그 앞을 지나던 짐꾼들이며 관속들까지도 싸

움을 구경하느라 숨을 죽이고 있었다.(2부)

**샐그러뜨리는**  **타동사**  샐그러뜨리다. 한쪽으로 배뚤어지거나 기울어지게 하다.

그러면서 그의 아내는 여전히 고개를 외로 꼬고 샐그러뜨리는 눈으로 남편을 보았다.(7부)

**샐긋샐긋**  **부사**  물체가 자꾸 한쪽으로 약간 비뚤어지거나 기울어지는 모양을

나타내는 말.

생각이 가득 담긴 표정이기는 해도 입언저리와 눈꼬리에 샐긋샐긋 웃음이 맺혀 있는 것으로

보아 과히 기분 상한 일이 있었던 것은 아닌 듯싶었다.(5부)

**샐쭉하게**  **타동사**  샐쭉하다. 감정이 섞여 한쪽으로 배뚤게 움직이다. 어떤 일

이나 대상이 마음에 들지 않거나 하여 고까운 태도가 나타나다.

옹보가 벌컥 화를 내는 바람에 쌀분이는 갑자기 침 맞은 지네처럼 할 말을 잃고 샐쭉하게 돌

아앉아 버렸다.(2부)

**샛골나이**  **민속**  전라남도 나주군 다시면 신풍리 샛골에서 전승되는 무명길쌈.

팔월 한가위를 갓 넘긴 초가을의 달빛이 나주 샛골나이(細木布)처럼 가늘고 부드럽게 영산강

을 덮었다.(2부)

**샛골목**  **명사**  골목들 사이사이로 난 골목.

서로 쫓기는 상대편을 찾아 샛골목까지 휘젓고 다니는 통에, 거리는 난리를 겪고 있는 듯 어

수선했다.(4부)

**샛바람**  **명사**  뱃사람들 은어로 '동풍'을 이르는 말.

흙먼지가 안개처럼 뿌옇게 뜬 하늘의 야트막한 모서리에서 종다리가 우짖고, 영산강 물비늘

을 일으키는 샛바람에 강둑에 뾰끔뾰끔 돋아나기 시작하는 콩잎 모양의 콩제비꽃 떡잎들이

솔솔하게 흔들리는 봄.(1부)

**샛서방**  **명사**  남편이 있는 여자가 남편 몰래 관계를 갖는 남자.

장만석은 한때 노루목에서 같이 살다가 사오 년 전에 그의 부인이 샛서방질을 한 것이 드러

나자, 창피하여 고향을 뜬 뒤 여기저기 돌아다니다가 작년 봄 웅보네 식구들이 강을 건너온

뒤로 영산포에 자리를 잡았다.(2부)

**생 보살**  깨달음을 구하여 중생을 교화하려는 사람을 이르는 말로 살아 있는

보살이라는 의미.

아주머님은 생 보살님이십니다.(9부)

**생가슴**  명사 별 까닭이나 필요도 없는 근심 때문에 상하는 마음.

시집 한 번 못가고 생가슴 앓으며 살아온 여자답지 않게 그녀의 얼굴은 아직도 도라지꽃처럼

태깔이 고왔다.(2부)

**생과부**  명사 어떤 사정으로 살아 있는 남편과 기약 없이 헤어져 과부와 다를

바 없는 상태에 있는 여자. 갓 혼인한 후 남편이 죽어서 혼자된 여자.

유씨 부인은 생과부 신세나 진배없었다.(1부)

**생구**  명사 경제생활에 이용할 목적으로 인가에서 기르는 짐승을 통틀어 이르

는 말.

웅보도 가난한 농민들이 큰 흉년을 당했을 때는 굶어죽지 않으려고 시집 안 간 딸을 부자나

양반한테 생구로 파는 일이 흔히 있음을 알고 있는 터라, 막동이가 무슨 말을 하고 있는 것인

지 헤아리고도 남았다.(1부)

**생기침**  명사 나오지 않는 것을 억지로 하는 기침.

권대길이 어지간히 취했는지 언성이 높아지고 말끝마다 버릇처럼 욕설을 뒤발림하여 생기

침을 토해냈다.(5부)

**생때같은**  형용사 생때같다. '생때같은' 꼴로 쓰여 사람 몸이 건강하고 튼튼하

여 병이 없다는 의미.

허나, 큰물이나 가뭄 뒤끝에는 꼭꼭 돌림병이 퍼져 생때같은 목숨을 휘어 훑는지라 물고기

먹는 것도 저어하였다.(3부)

**생면부지**  명사 한 번도 만나 본 일이 없어 서로 전혀 알지 못함.

그렇지 않아도 생면부지 남자들한테 술상을 들고 가기가 부끄러워 가슴에서 방망이질이 그

치지 않는 터에, 술꾼 하나가 덥석 그녀의 손목을 잡자, (……)(1부)

**생살지권** 〔명사〕 사람 목숨을 살리고 죽일 수 있는 권리.

사람을 마음대로 부리는 힘, 아니 그보다 사람의 목숨을 좌지우지 할 수 있는 생살지권(生殺之權)을 손에 쥐고 싶었다.〔9부〕

**생신가 꿈인가** 꿈이냐 생시냐. 생각지도 못한 뜻밖의 일에 부닥쳐 어찌할 바를 모를 때를 이르는 말. 간절히 바라던 일이 뜻밖에 이루어져 꿈같이 여겨지는 것을 이르는 말.

이것이 생신가 꿈인가 원……〔2부〕

**생채기** 〔명사〕 손톱이나 날카로운 것 따위로 할퀴어지거나 긁혀 생긴 작은 상처.

한가위가 지난 영산강변의 들에도 곡식이 무르익었건만, 새끼내 사람들의 마음은 지난여름 큰물이 휩쓸어버린 생채기처럼 황량하기만 하였다.〔2부〕

**생트집** 〔명사〕 아무 까닭도 없이 억지로 흠을 잡음.

생트집입니다. 저 놈이 오히려 시비를 걸고 주먹질을 했습니다.〔9부〕

**샤미센** 일본 대표적인 현악기. 고양이 가죽이나 개 가죽을 붙인 공명 상자에 기다란 손가락판을 달고 비단실을 꼰 세 줄 현을 그 위에 친 것으로 무릎 위에 비스듬히 얹고 발목(撥木)으로 줄을 튕겨 연주한다.

기다무라로는 200명의 손님들이 게이샤와 어울려 술을 마시고 샤미센 연주에 맞춰 노래를 부르고 춤을 출 수 있는 대연회장까지 갖춘 일류 요릿집이었다.〔8부〕

**서걱서걱** 〔부사〕 갈대나 종이 따위의 얇고 뻣뻣한 물체가 자꾸 스칠 때 나는 소리를 나타내는 말. 사과나 과자 따위를 자꾸 씹을 때 나는 소리를 나타내는 말.

눈을 감고 누워있는데 서걱서걱 모래를 밟는 소리가 들렸다.

**서근서근한** 〔형용사〕 서근서근하다. 다정하고 붙임성이 있다. 씹는 느낌이 무르고 부드럽다.

김치근이가 서근서근한 목소리로 말했다.〔1부〕

**서낭당** 〔민속〕 서낭신을 모시고 제사를 지내는 집.

엄니, 서낭당 할미가 내 소원을 들어주셨는개벼.〔2부〕

**서발막대** 〔명사〕 매우 긴 나무나 나뭇가지의 긴 도막을 강조하여 이르는 말.

그래도 남편이 살았을 때는 서발박대 휘둘러도 거칠 것 없이 가난한 살림이었지만, 죽식간에 웃음이 그치지 않았는데, 하늘같이 믿고 산 남편 하나 죽어 없어지니 온 세상이 적막강산이었다.(1부)

**서발막대 휘둘러도 거칠 것 없이**    서 발이나 되는 긴 막대를 휘둘러도 아무 것도 거칠 것이 없다는 뜻으로 집이 가난하여 아무 세간도 없음을 비유적으로 이르는 말.

그래도 남편이 살았을 때는 서발막대 휘둘러도 거칠 것 없이 가난한 살림이었지만, 죽식간에 웃음이 그치지 않았는데, 하늘같이 믿고 산 남편 하나 죽어 없어지니 온 세상이 적막강산이었다.(1부)

**서방질한다**  **[자동사]**  서방질하다. 제 남편이 아닌 남자와 몰래 정을 통하는 짓을 하다.

열녀전 끼고 서방질한다는 푼수대로, 남편 만석이가 살쭈 노릇하느라 집을 비우는 동안 이웃집 머슴 놈과 배가 맞았던 것이었다.(2부)

**서방질허는 며느리보다 말리는 시어미가 더 밉더라**    때리는 시어미보다 말리는 시누이가 더 밉다는 말과 같은 의미로 겉으로 위해 주는 체하면서 속으로 헐뜯는 사람이 더 밉다는 것을 비유적으로 이르는 말.

서방질허는 며느리보다 말리는 시어미가 더 밉더라고, 방망이 찬 하야시보다 천하에 못돼먹은 만길이눔 때문에 못살겠구만!(4부)

**서속**  **[명사]**  '잡곡' 방언. 기장과 조.

웅보네 세 식구는 허출한 김에 훌렁한 서속 죽을 한 사발씩 둘러 마셔 시장기를 메웠다.(1부)

**서슬**  **[명사]**  언행 따위가 독이 올라 날카로운 기세.

대불이가 세곡선에 불을 지르고 잠적을 해버린 뒤로 양 진사의 서슬이 어쩌나 댕돌같은지, 양 진사댁 행랑채에 빌붙어 사는 아버지 어머니가 고개조차 제대로 못 들고 죽어 사는 판이었다.(3부)

**서슬이 퍼래지기**    서슬이 푸르다. 권세나 기세 따위가 등등하다.

들꽃이 시들고 강변 찬바람이 날을 세운 낫처럼 서슬이 퍼래지기 시작할 무렵에 붙들려간 그들은 영산강변 갈 빛 억새에 무서리가 하얗게 내릴 때까지도 돌아오지 않았다.(7부)

**서캐**  이 알.

> 어머니는 둥금이의 머리에서 참빗으로 서캐를 훑어내며 말했는데 그 목소리가 촉촉이 젖어 있었다. (2부)

**석 자 베를 짜도 베틀 벌리기는 매일반인디**  석 자 베를 짜도 베틀 벌이기는 일반. 석 자밖에 안 되는 베를 짜려고 해도 어차피 베틀을 빌려야 한다는 뜻으로 일이 많든 적든 그 준비에 드는 수고는 마찬가지임을 비유적으로 이르는 말.

> 석 자 베를 짜도 베틀 벌리기는 매일반인디, 기왕이면 널찍하게 잡읍시다. 이 일이 어디 한두 달에 끝날 일이요? (1부)

**석훈**  **명사**  해가 진 뒤 완전히 어두워지기 전까지의 어스름.

> 치자빛깔로 타는 가을날 석훈(夕曛) 속으로 날개를 적시며 갈매기 떼가 나지막이 선회하고 있었다. (4부)

**선교사촌**  1990년대 초 미국인 선교사들이 양림동에 들어왔다. 이들은 헌신적인 봉사활동으로 양림동 주민, 광주사람들에게 새로운 문물을 만나게 해주었다. 그래서 당시 양림동 대명사는 서양촌이었다. 미국인 선교사들 활동이 선교와 의료봉사 그리고 교육봉사까지 이어지면서 양림동 일대는 양림동 선교사촌으로 바뀌었다. 이때 광주사람들은 양림동을 통해 근대를 배웠다. 일제강점기와 해방, 광복이라는 시대적 질곡을 겪는 동안 광주사람들은 이곳 양림동에서 서양인 선교사들과 교류하면서 세상살이를 깨우친 것이다. 광주에서 양림동은 광주개화 1번지로 통한다. 양림동 동산이라 불리는 곳이 지금 호남신학대학이 자리 잡은 곳이다. 호남신학대학 운동장 뒤쪽 동산이 광주에 최초로 서양문물을 심어준 선교사들 유해가 안장된 선교사 묘지이다.

> 서서평 여사가 살고 있는 선교사촌이 여기서 얼마나 머나요? (8부)

**선불 맞은**  치명적이 아닌 어설픈 타격을 받은 것을 비유적으로 이르는 말.

> 이때 노루목 영감과 그의 부인이 전 포수를 끌고 가지 않았더라면 전 포수는 필시 마을 사람들을 상대로 판돌이한테 당한 분풀이를 하고 말았을 것이었다. (7부)

**선소리** [민속] 소리꾼이 흥겹게 춤을 섞어 가면서 부르는 잡가나 민요를 부를 때 한 사람이 앞서 부르는 소리.

> 그는 전에 김치근이가 죽었을 때처럼 슬픈 목소리로 혼자서 선소리와 받는소리까지 하였다. 그의 상여소리를 들은 새끼내 사람들도 김치근이가 죽었을 때처럼 슬픔이 목구멍에 가득 차 올라 아무 말도 할 수가 없었다. (3부)

**선창거리** 물가에 배를 대고 짐을 싣거나 부리게 만든 시설이 있는 거리.

> 요즈막 대불이가 말바우 어미한테 주막을 아예 선창거리로 옮겨가자고 욱대기다시피 하는 데도 말바우 어미 쪽에서 말을 들어주지 않는다고 하였다. (2부)

**섣달그믐** 음력으로 한 해 마지막 날.

> 섣달그믐이 되자 개미굴처럼 벅신거리던 선창거리가 쓰렁하게 텅 비어버렸다. 세곡을 검수, 간색하던 관속이며 등짐꾼, 마바리꾼들도 모두 서둘러 고향으로 돌아갔다. (2부)

**설태** [명사] 혓바닥에 끼는 이끼 모양 물질.

> 밑으로 쌀뜨물 같은 것을 죽죽 쏟고 목이 타며 혀에 설태가 낀 병자에게는 자령탕을 써야 하네. (1부)

**설핏** [부사] 생각이나 모습 따위가 잠깐 나타나거나 떠오르는 모양을 나타내는 말. 풋잠이나 얕은 잠에 빠져든 모양을 나타내는 말.

> 동헌 밖 큰길의 팽나무 밑에서 대표들이 사또를 만나고 나오기만을 기다리고 있던 농투성이들은, 해가 설핏해지도록 소식이 없자 콩 볶는 마음이 되었다. (3부)

**섧게섧게** [형용사] 섧다. 원통하고 억울하여 슬픈 느낌이 마음에 차 있다.

> 못난 딸년 하나 믿고 섧게섧게 살아온 울 엄니. (2부)

**섬지기** (의존 명사) 논밭 넓이 단위를 이르는 말. 한 섬 분량 씨앗을 심을 정도 넓이로, 대략 2,000~3,000평 넓이를 말한다.

> 아들을 낳아주면 논 한 섬지기, 딸을 낳아주면 반 섬지기를 받기로 하고 양 진사 집에 들어왔 었다. (1부)

**섬쩍지근한** [형용사] 섬쩍지근하다. 오래도록 무섭고 꺼림칙한 느낌이 있다.

> 김치근의 어머니 눈을 마주보고 있자면 꼭 죽은 사람의 얼굴을 들여다보고 있는 것처럼 섬쩍 지근한 무서움에 휘감기는 기분이었다. (2부)

**섬칫섬칫**　[부사]　섬뜩섬뜩. 갑자기 소름이 끼치도록 무섭고 끔찍한 느낌이 드는 모양을 나타내는 말.

　어젯밤까지만 해도 얼굴 모르는 그 사내가 자기를 지켜주고 있을 것이라는 생각에 조금도 무섭지가 않았었는데 그날 밤에는 이상하게도 섬칫섬칫 몸이 죄어들었다.(3부)

**성깔**　[명사]　성질을 부리는 버릇이나 태도.

　벼슬을 사기 위해 돈을 더 바쳤는데도 소용이 없어 날마다 성깔만 사납게 부려쌓는 그가 갑자기 부드러운 태도로 삼 부자를 대하자, 웅보는 약간 겁이 나기도 하였다.(1부)

**성님**　'형님' 방언.

　모처럼 우리 성님덜을 모셨는듸 대접이 이래서야 쓰겄는가.(4부)

**성인군자도 시속을 따른다**　성인도 시속을 따른다. 성인군자도 시대적 풍속을 따라 임기응변을 하며 산다는 뜻으로 사람은 누구나 그때그때 세상일에 맞춰 가며 산다는 말.

　형님은 우물 옆에서 목말라 죽을 사람이니, 내 말이 안 통할 거요. 성인군자도 시속을 따른다는데 형님은 국이 끓는지 장이 끓는지 세상 돌아가는 판속을 모르시우?(4부)

**성조**　[민속]　집을 지키고 보호하는 신령으로 성주신이라고도 한다. 집을 새로 짓거나 옮길 때에는 반드시 이 신을 모셨다. 흰 종이를 한 변이 10센티미터 가량 되게 모나게 여러 겹 접고, 그 속에 돈을 넣어 안방 쪽으로 향한 대들보 표면에 붙인 다음 쌀을 뿌려 붙게 하여 이 신의 표상으로 삼는다. 때로는 한지를 길게 접고 막걸리를 먹인 다음 실로 감아 모시기도 한다. 신체가 없을 때는 건궁이라 한다.

　웅보네도 닷 마지기 논에 모내기를 끝내고 성조를 한 새집으로 이사를 서두르고 있었다.(7부)

**성주받이**　[민속]　집을 새로 짓거나 이사를 한 뒤에 집안을 지키는 신 중 맨 윗자리인 성주를 받아들인다 하여 베푸는 굿. 성주신은 집안에서도 가장을 돌봐준다.

　장개동은 염주근에게 다시 편지를 보내 오월 스무아흐렛날 새로 지은 집의 성주받이를 하겠으니 그날에 맞춰서 옛 친구들과 함께 새끼내에 당도하도록 하여 달라고 부탁하여, 그렇게 하겠다는 답서를 받았다.(7부)

**성진회** 광주 학생 항일 운동이 전국적인 규모의 항쟁으로 발전할 수 있었던 것은 광주 지역 비밀 결사의 조직적인 뒷받침이 있었기 때문이었다. 당시 대표적인 결사는 성진회와 그 뒤를 이은 독서회 중앙 본부였다. 성진회는 광주 학생 항일 운동 이전에 학생들이 학교에서 조직한 독서회를 지도하는 비밀 단체였다.

참, 오늘 창립하는 우리 모임의 명칭에 대해서 그동안 여러 발기위원들의 뜻을 모아본 결과 성진회로 하자는 의견이 많았습니다.(8부)

**성토문** 【명사】 어떤 일에 대한 잘못을 논의하고 규탄하는 내용을 적은 글.

퇴학을 취소하고 당장 성토문대로 시행하시오.(9부)

**성헌** 【형용사】 성하다. 병이나 탈이 없다.

쌀분이 네가 여태껏 몸이 성헌 것은 분명코 이마빡에 불도장이 찍힌 우리 할아부지 혼령이 너를 지켜줬기 때문일 거여.(1부)

**세찬** 【민속】 세배를 하러 온 사람에게 대접하는 음식. 세밑에 인사로 드리는 선물.

세찬이며 설빔을 장만할 것도 없이 가난한 새끼내 사람이었지마는, 묵은 한 해를 보내고 새해를 맞을 정성들은 대단했다.(2부)

**션찮은** 【형용사】 션찮다. 마음에 흡족하지 않다. 좀 건강하지 못하다.

세상이 뒤숭숭한 건 나라님이 션찮은 탓이여.(1부)

**소 닭 보듯** 서로 아무런 관심도 없이 본 둥 만 둥함을 비유적으로 이르는 말.

아직도 새끼내 사람들 특히 헌병대에 붙잡혀간 청년들의 가족들은 그를 소 닭 보듯 하던 것이었다.(7부)

**소가지** '심성'을 속되게 이르는 말.

저 여편네가 쥐 창자만도 못한 좁은 소가지로 헛말을 한 겁니다요.(1부)

**소갈머리** 【명사】 마음이나 마음속에 가진 생각을 속되게 이르는 말.

가을에 곡식이 나면 갚아주겠다고 볏술에 매일 장취로 흥얼거리는 소갈머리.(1부)

**소같이 일을 하고 쥐같이 먹을 정도** 소같이 벌어서 쥐같이 먹어라. 열심히 일하여 많이 벌고 생활은 검소하게 하라는 말.

그는 숯은 달아서 피우고 쌀은 세어서 지을 만큼 인색하고 귀머거리 중 마 캐듯 남의 말에

귀 기울이지 않고 저 할 일만 하는 사람이며, 소같이 일을 하고 쥐같이 먹을 정도로 검약하게 사는, 짜고 맵고 부지런한 사람이었다. (7부)

**소경 죽이고 살인빚 갚게**   소경 죽이고 살인 빚 갚는다. 변변하지 못한 것을 상하게 한 대가로 멀쩡하고 귀한 것을 물어 주는 경우를 비유적으로 이르는 말.

성님도 참, 어쩌실려고 그놈을 살려서 보냈단 말이오. 영락없이 소경 죽이고 살인빚 갚게 생겼구려. 범을 놓아주었으니 장차 어쩌지요? (6부)

**소금 장수가 물 씨인다**   소금 먹은 놈이 물을 켠다. 일에는 반드시 그렇게 된 까닭이 있다는 말.

지미럴, 소곰 장수가 물 씨인다고 허드니, 참말로 소곰 장수 속 타서 못해묵겠네 잉! (2부)

**소금이 쉬게 생겼어**   소금이 쉰다. 철석같이 믿었던 것이 뜻밖의 탈이 생길 수도 있음을 이르는 말.

젠장맞을, 자네 기다리다가 지쳐서 소금이 쉬게 생겼어. 냉큼 오지 않고 뭘허고 인제 와? (5부)

**소금이 쉴 때꺼정**   소금이 쉴 때까지 해 보자. 시간이 오래 걸리더라도 어떤 일에 대하여 반드시 끝을 보겠다는 말.

이러다가는 손자놈 환갑 때도 가망이 없었어! 소금이 쉴 때꺼정 기다려도 가망 없었어! (1부)

**소꿉질허는**   〔자동사〕 소꿉질하다. 장난감 그릇 따위를 가지고 살림살이 흉내를 내는 짓을 하다.

그제야 웅보는 판쇠를 쳐다보며 아직은 시작이여. 자네들이 보면 아이들 소꿉질허는 것 같을꺼. 하고 판쇠를 따라 일어설 생각을 않고 미적거렸다. (1부)

**소낭**   작은 주머니.

박영감은 항물로 머리부터 감기기 시작했는데, 빗질을 하다가 빠진 머리카락들을 모두 주워서 소낭이라고 하는 다섯 개의 주머니 가운데의 하나에다 담았다. (4부)

**소년회**   1927~1929년에 활동한 항일 비밀결사조직. 당시는 광주 학생비밀결사인 성진회(醒進會)가 학교 단위 자조직(子組織) 확산을 위해 해산되고, 근우회 등 여성운동조직의 설립과 활동이 활발해지는 때였다. 이에 광주여자고등보통학교에 다니던 장매성이 주동이 되어 박옥련, 고순례, 장경례 등을 중심으로 여성해방, 조국해방과 경제적 해방을 목적으로 결성했다. 이들은 월 1회씩 토론연구회를 가졌으며, 매달 10전 회비로 책을 사서 연구하기도 했다. 특히 학교단위 비밀결사조직이었던 남학생 독서회와 긴밀한 관계를 갖고 공동전선을 구축했다. 1929년 11월 3일 광주학생운동 때는 한 손에 약과 붕대를, 한 손에는 주전자를 들고 시위에 참여했다. 소녀회는 광주학생운동을 조사하는 과정에서 발각되어 장매성을 비롯한 관련 여학생이 모두 검거되었다. 장매성은 징역 2년, 나머지 10명은 징역 1년에 집행유예 5년형을 선고받았다.

그래서 말인데, 광주여고보 소녀회를 독서회 중앙본부 산하조직으로 흡수하고 싶은데 네 생각은 어떠냐?(9부)

**소달구지**　소가 끄는 짐수레.

더위가 한풀 꺾인 9월 둘째 주 일요일을 택해 순식이의 짐이 호남정 새 집으로 먼저 옮겨지고 나서, 다음날 영산포 부르뫼에서 순식이 어머니가 소달구지에 이삿짐을 잔뜩 싣고 왔다.(9부)

**소달깃날**　[민속] 정월 들어 일진이 축이 되는 첫 번째 날, 이날은 '소를 달래는 날'이라는 뜻으로 마소에게 일을 시키지 않고 쉬게 하며 나물과 콩을 삶아 먹여 위로한다.

상축일인 첫 축일에는 소달깃날이라고 하여 송아지한테는 말려둔 취나물을 삶아 먹였으며, 첫 인일(寅日)에는 호랑이날이라고 하여 식구들이 문밖출입을 못하게 하였다.(2부)

**소도 언덕이 있어야 비비드라**　소도 언덕이 있어야 비빈다. 언덕이 있어야 소도 가려운 곳을 비비거나 언덕을 디뎌 볼 수 있다는 뜻으로 누구나 의지할 곳이 있어야 무슨 일이든 시작하거나 이룰 수가 있음을 비유적으로 이르는 말.

힘이 없구만요. 소도 언덕이 있어야 비비드라고 …… 힘이 있어야지요.(2부)

**소도록이**　[형용사] 소도록하다. 많아서 소복하다.

웅보의 태몽을 꾸었을 때도 행랑채 두엄발치 옆 접시감나무에서 감또개가 소도록이 빠지고, 나무에 물이 오르느라 산자락이 희부옇게 출렁이는 봄이었다.(1부)

**소려** '소리' 방언.

그들이 나루터 가까이에 왔을 때 쌀분이가 뚜벅 물었다. 무슨 소려?(1부)

**소만** [민속] 일 년 중 만물이 점차로 생장하여 가득차게 된다는 날. 이십사절기 하나로 입하와 망종 사이에 있다. 춘분점을 기준으로 하여 태양이 황도(黃道) 60도(度)에 이르는 때로 양력 5월 21일경이다.

소만이 지나도록 비 한 방울 내리지 않자 새끼내 사람들의 마음은 논바닥처럼 갈라졌다.(3부)

**소맷동냥** [명사] 이 집 저 집 다니며 먹을 것을 얻어서 소매 안에 넣어 가지고 다님.

첨엔 모두덜 소맷동냥질을 나섰다가 한 덩어리가 된 겝니다요.(3부)

**소멸** 사라져 없어지게 되다. 사라져 없어짐.

쇠잔과 소멸 직전의 마지막 생명의 아름다움을 보여주려는 것일까.(9부)

**소세물** [명사] 머리를 빗고 낯을 씻을 물.

그는 조심스럽게 앉으면서 얼핏 마님을 훔쳐보았는데, 마님은 아닌 밤중에 소세물을 떠놓고, 속치마바람으로 포실한 아랫도리를 드러내놓은 채 팥가루를 뿌려가며 찰브락찰브락 발을 씻고 있는 게 아닌가.(1부)

**소스라치듯** [자동사] 소스라치다. 두려움이나 놀라움 따위로 몸을 떠는 듯이 움직이다.

아버지가 소스라치듯 놀랐다.(1부)

**소슬한** [형용사] 소슬하다. 서늘하고 으스스하다. 고요하고 쓸쓸하다.

밖에 나오자 소슬한 가을바람이 건듯 불어 머리칼을 헤집고 달아났다.(8부)

**소이** [명사] 어떤 일을 하게 된 이유. 서로 약간 다르다.

그런 소이를 생각하면 호비칼로 그의 심장을 도려내도 마음이 후련하지가 않을 것 같았으나, 어찌됐건 자신의 잘못으로 돌리고 싶었다.(4부)

**소진장의** 소진과 장의처럼 말솜씨가 좋은 사람을 이르는 말.

이녁 꼭 소진장의 구변을 타고났소?(2부)

**소첩** 민사 소송법상 소송을 제기하기 위하여 소(訴) 신청을 기재한 서면. 법원에 소를 신청하기 위해서는 소장을 제출하여야만 하는데 여기에는 당사자, 법정 대리인, 청구 취지, 청구 원인을 기재하여 소정의 인지를 첨부한 후, 제일심 법원에 제출한다.

소첩이나 써주라고 허면 또 모를까.(2부)

**소출**  명사  논밭에서 생산되는 곡식 양. 논밭에서 거두어들이다.

기름진 나주평야에서 소출된 곡식이 모두 영산포에 결집되는 것 같았으며, 산더미처럼 쌓인 곡식들은 강이 단단하게 얼어붙을 때까지 계속해서 어디론지 실려 갔다.(1부)

**소쿠라지며**  자동사  소쿠라지다. 세찬 기세로 굽이쳐 용솟음치다.

우지직 버드나무 가지들이 꺾어지면서, 그들 형제는 이십여 보 남짓 물살에 소쿠라지며 떠내려갔다.(1부)

**소쿠리**  명사  얇고 가늘게 쪼갠 대나 싸리 따위를 어긋나게 짜서 만든 그릇. 둥그런 테를 만들고 앞을 트이게 하여 농작물이나 생활용품 등을 담는 데 쓰인다.

알밤은 소쿠리에 담아 안채로 들고 갔다. 웅보는 그런 할아버지가 무섭게 느껴지기까지 하였다.(1부)

**소태껍질 씹는**  몹시 쓰다는 것을 비유적으로 이르는 말.

대불이의 말을 들은 웅보는 얼굴이 소태껍질을 씹는 것처럼 변했다.(2부)

**소피**  오줌을 누는 일을 완곡하게 이르는 말.

보름달은 주춤 발걸음을 멈추어서더니 앵돌아진 얼굴로 몸을 돌려 허청 쪽으로 사라지는 듯 싶더니, 소피를 보고 나오는지 매무새를 추스르며 다시 나타났다.(2부)

**속눈을 뜨고**  눈을 감은 것처럼 하면서 조금 뜨다.

그는 지친 모습으로 속눈을 뜨고 대불이를 바라보았다.(6부)

**속량**  명사  몸값을 받고 종을 놓아주어 양민이 되게 함. 몸값을 치르고 놓아져서 양민이 되다.

나라에서는 종들을 속량(贖良)시키라는 명을 내렸다.(1부)

**속수무책**  명사  어찌할 도리나 방책이 없어 꼼짝 못함.

교사들은 속수무책으로 학생들을 따르고 있었다.(9부)

**속신**  명사  예전에, 종 신분을 해방시켜 양민이 되게 하는 일을 이르던 말.

웅보 너 속신(贖身)하기가 그렇게도 소원이냐.(1부).

**속이 바싹 타는지**   속 타다. 걱정이 되어 마음이 달다. 답답하고 몹시 화가 나다.

대불이는 목구멍 속이 바싹 타는지 계속 침을 삼켰다.(5부)

**속죄양**   **명사**   유대교도들이 속죄일에 제물로 바치는 양이나 염소. 남 죄를 대
신 지는 사람을 비유적으로 이르는 말.

그는 속죄양이 되어 고향으로 가고 있다.(8부)

**손가락 하나도 까딱할 수 없으나**   손가락 하나 까딱 안 한다. 일하기 매우
싫어하는 사람을 비꼬아 하는 말.

나는 일본사람들을 손가락 하나도 까딱할 수 없으나 한국사람들은 잘 다룰 줄 압니다.(5부)

**손구락질 한다**   **타동사**   '손가락질하다' 방언. 이야기하며 흉보거나 얕보는 짓
을 하다. 집게손가락으로 가리키는 짓을 하다.

장사 기생 장사해서 돈 번다고 손구락질 한다고 해도 암시랑토 않혀.(8부)

**손금 들여다보듯**   손금 보듯 한다. 무엇에 대하여 낱낱이 다 알다.

숙부한테 이야기한 것이라면 더욱 손금 들여다보듯 빤한 일이 아닌가.(4부)

**손대기**   **명사**   잔심부름을 해 줄만한 아이.

나 차라리 이 주막에서 술심부름이나 해줄까? 보아허니 손대기도 없이 주모 혼자 여간 힘들
어 보이지가 않겠는디.(1부)

**손바닥 뒤집듯**   갑자기 태도를 바꾸거나 노골적으로 바꾸는 것을 아주 쉽게.
일하기를 매우 쉽게.

그는 마음이 손바닥 뒤집듯 순식간에 표변하는 사람들을 싫어했다.(6부)

**손바닥 들여다보듯**   모르는 것 없이 아주 분명한 것을 비유적으로 이르는 말.

대불이는 그런 말바우 어미의 심정을 손바닥 들여다보듯 환히 헤아리고 있었다.(2부)

**손뼉은 부딪혀야 소리가 나고**   함께 하는 일이 잘 되려면 서로가 다 적극 나
서서 힘을 합쳐야 한다는 것을 비유적으로 이르는 말.

그러기에 손뼉은 부딪혀야 소리가 나고 한 이불을 덮고 자야 정이 생기는 겨. 한 이불만 덮고
자면야 서릿발 같은 원한도 녹는 겨.(1부)

**손을 들고 말았다**   손을 들다. 항복하거나 굴복하다. 일 따위가 힘에 부쳐서

중도에 그만두다.

먼저 미국과 독일, 영국의 거상들이 손을 들고 말았다.⑷부

**손이 발 되게 빌기도**　손이 발이 되도록 빌다. 허물이나 잘못을 용서하여 달라고 몹시 애원하다.

그도 저도 저당을 잡힐 것이 없는 사람들은 마누라, 자식이라도 잡히고 갑리를 얻을 수 있게 해달라고 비대발괄 손이 발 되게 빌기도 하였다.⑴부

**손자 환갑 닥칠 거여**　손자 환갑 닥치겠다. 손자가 환갑을 맞을 정도로 오랫동안 기다린다는 뜻으로 오랜 시일을 기다리기가 지루한 경우를 비유적으로 이르는 말.

체! 새끼내에 방천 쌓아서 논 만들고 농사짓자면 손자 환갑 닥칠 거여.⑴부

**손자 환갑 아니라 증손자 환갑이 닥치더라도**　손자 환갑 닥치겠다. 손자보다 더 긴 시간을 요하는 증손자 환갑 맞을 정도로 오랫동안 기다린다는 뜻으로 오랜 시일을 기다리기가 지루한 경우를 비유적으로 이르는 말.

천리 길도 한 걸음부터라고 허드끼, 손자 환갑 아니라 증손자 환갑이 닥치더라도, 시작해 놓은 일이니께 끝장을 봐야재.⑴부

**손톱만치도**　손톱만큼도. 주로 부정어와 함께 쓰여 극히 적은 양을 이르는 말.

개똥이 아부지 도움 받고 싶은 생각은 손톱만치도 없어유.⑶부

**솔가리**　**명사** 말라서 땅에 떨어져 수북이 쌓인 솔잎. 주로 불쏘시개로 쓰인다.

이때부터 웅보는 여름이면 시원한 영산강 강바람이 쏠쏠 들어오고, 겨울에는 솔가리만 좀 넣어도 구들이 뜨끈뜨끈한 방에서 할아버지와 함께 자고 싶었다.⑴부

**솔래솔래**　**부사** 조금씩 조금씩 표시 나지 않게 빠져나가는 모양을 나타내는 말.

태수는 달포 전부터 청국조계 안의 청요릿집 흥화루에서 벌어지고 있는 투전판에 솔래솔래 출입을 하는 눈치를 보였다.⑷부

**솔새뿌리**　볏과에 속한 여러해살이풀 뿔.

개산에는 눈이 녹은 양지 밭에서 칡뿌리를 캐는 사람들이 희끗거렸으며, 산자락과 밭둑에는 솔새뿌리를 캐는 솔장수들의 모습도 보였다.⑵부

**솔찬허당께**　'꽤 많다' 방언.

우리 내외에 손자 놈 딸리고 찬모 둘에 머슴이 넷, 담살이꺼정, 식솔이 아홉인께 가용 씀씀이가 솔찬허당께.(8부)

**솜으로 가슴을 치고 싶구만**　솜뭉치로 가슴을 칠 일이다. 아무리 쳐도 가슴이 시원해지지 않을 솜뭉치로 가슴을 칠 일이라는 뜻으로 몹시 답답하고 원통함을 비유적으로 이르는 말.

솜으로 가슴을 치고 싶구만요. 암만해도 우리가 잘못 생각했던 것 같아요. 치근이는 나 땜시 죽은 거라요. 내가 쓰잘디 없는 소리를 해갖고…….(2부)

**송곳 하나 박을 틈도 없이**　'송곳 박을 땅도 없다'는 같은 의미로 어떤 곳이 사람으로 빽빽하게 들어차 있음을 비유적으로 이르는 말. 자기 땅이라곤 조금도 없음을 비유적으로 이르는 말.

웅보는 송곳 하나 박을 틈도 없이 빽빽하게 괸 어둠의 여기저기를 쿡쿡 쑤셔보다 말고, 퍼뜩 대장간 생각이 머리에 스쳤다.(1부)

**송기떡**　**명사**　봄철에 물이 오른 소나무 속껍질인 송기와 멥쌀가루를 섞어 반죽하여 만든 떡.

산에서 벗겨온 송기는 밀무거리와 버무려 송기떡을 해먹고, 게는 장에 내다 팔았다.(1부)

**송장**　죽은 사람 몸뚱이.

또 염을 하면서 송장이 더럽다는 말을 해서도 안 되네.(4부)

**송장벌레**　주로 동물 시체에 모여드는 벌레.

달면 삼키고 쓰면 뱉으며, 간에 붙고 염통에 붙어 일신의 안전과 이익만을 생각하는 그가 짐승의 시체에 붙어사는 송장벌레처럼 느껴졌다.(6부)

**송장헤엄**　'배영' 방언. 수영에서 위를 향해 번듯이 누워 양팔을 번갈아 회전시켜 물을 밀치면서 두 발로 물장구를 치는 수영법.

물 위로 얼굴을 내밀어 길게 숨을 몰아쉰 방석코는 몸을 뒤로 벌떡 뉘고 송장헤엄을 치기 시작했다.(6부)

**송충이가 갈잎을 먹으면 죽는다**　송충이가 갈잎을 먹으면 땅에 떨어진다. 솔잎을 먹고 사는 송충이가 갈잎을 먹게 되면 땅에 떨어져 죽게 된다는 뜻으로 분수에 넘치는 짓을 하면 낭패를 봄을 비유적으로 이르는 말. 제 할 일을 하지 않고 다른 뜻을 품으면 실패를 한다는 뜻으로 이르는 말.

송충이가 갈잎을 먹으면 죽는다는 말이 있지 않은가.(4부)

**쇠고집**  몹시 검질기게 센 고집. 또는 그런 사람.

웅보 쇠고집에 형제가 함께 죽을 뻔했구만 그려.(1부)

**쇠기침**  명사 오래도록 낫지 않아 점점 더 심해진 기침.

쇠기침 쏟아냄시로 워쩨서 저렇코롬 곰방대를 빨아쌓는가 모르겠당께.(7부)

**쇠두엄**  명사 외양간에서 쳐낸 배설물 따위를 모아 썩혀서 만든 거름.

여름에는 쇠죽을 쑤느라고 장작불을 많이 지펴 방들이 쩔쩔 끓는데다가 지릿한 쇠지랑물 냄
새며 쇠두엄 썩는 냄새 때문에 잠을 이룰 수가 없었다.(1부)

**쇠말뚝**  명사 땅에 박기 위하여 한쪽 끝을 뾰족하게 만든 말뚝.

마님이 웅보를 방안으로 떠밀어 넣기라도 할 듯 칼칼한 목소리로 말했으나, 그는 옴쭉 딸싹
못하고 비 맞은 쇠말뚝처럼 그 자리에 빳빳하게 서 있었다.(1부)

**쇠면**  타동사 쇠다. 맞이하여 지내다. 너무 자라 부드럽지 않고 뻣뻣하다.

설 쇠면 우리 집으로 돌아갈 텐게 네놈 알아서 혀.(8부)

**쇠뿔도 단김에 빼랬다**  무슨 일을 하려고 생각하였으면 망설이지 말고 곧 행
동으로 옮기라는 것을 비유적으로 이르는 말.

쇠뿔도 단김에 빼랬다고 서두른 김에 당장 막음례한테 부탁하기 위해 걸음을 재촉했다.(8부)

**쇠살쭈**  명사 장에서 소를 팔고 사는 것을 흥정 붙이는 사람.

대불이는 산동네에서 내려와 객주거리로 가는 길에 쇠살쭈(소의 거간꾼) 장만석을 만났다.(2부)

**쇠앙치**  '송아지' 방언.

이 쇠앙치가 무럭무럭 커사 쟁기질을 헐 것인디…….(2부)

**쇠잔**  명사 차차 줄어서 매우 약해지다. 힘이나 세력 따위가 차차 줄어서 매우
약해짐.

쇠잔과 소멸 직전의 마지막 생명의 아름다움을 보여주려는 것일까.(9부)

**쇠죽가마방**  소 먹이로 짚, 콩, 풀 따위를 섞어 끓이는 아주 크고 우묵한 솥 아
궁이가 있는 방.

그는 할아버지와 함께 외양간에 딸린 쇠죽가마방에서 버릇이 없고 성질만 고약한 여러 하인

들 틈새에 신골을 박듯 끼여 자곤 하였다.(1부)

**쇠지랑물** 명사 외양간 뒤에 소 오줌이 괴어 썩어서 검붉게 된 물. 거름으로 쓴다.

여름에는 쇠죽을 쑤느라고 장작불을 많이 지펴 방들이 쩔쩔 끓는데다가 지릿한 쇠지랑물 냄

새며 쇠두엄 썩는 냄새 때문에 잠을 이룰 수가 없었다.(1부)

**쇠코잠방이** 명사 농부가 여름에 일할 때 입는 무릎까지 오는 짧은 홑바지.

손팔만은 희미하게 말하며, 쇠코잠방이 소맷자락으로 병자 얼굴의 땀 찍어냈다.(1부)

**쇠토막길** '철로'를 비유적으로 이르는 말.

걸어서 하룻길이 되는 서울까지 쇠토막길 위로 설마(雪馬)처럼 미끄러지는 화통을 타고 달리

면 한 시간 반 남짓밖에 걸리지 않는다고 하였다.(5부)

**쇠힘은 쇠힘이요, 새힘은 새힘이다** 소 힘도 힘이요 새 힘도 힘이다. 새 힘이 소

보다는 약하긴 해도 역시 힘은 힘이라는 뜻으로 사람은 누구나 크건 작건

각자 능력이 있음을 비유적으로 이르는 말.

쇠힘은 쇠힘이요, 새힘은 새힘이니, 나는 새힘이고 너는 쇠힘이다.(4부)

**쇡여묵지** '속이다' 방언.

아무리 본디 없이 천한 몸이재만, 사대삭신 성해갖고 남 쇡여묵지는 안했네.(2부)

**쇤네** (인칭 대명사) 예전에 하인이나 하녀가 상전을 대하여 자기를 낮추어 가리

키던 말.

어르신네, 안됩니다요. 쇤네는 시어미를 모시고 가야 합니다요.(2부)

**수걱수걱** 부사 말없이 꾸준하게 일하거나 순종하는 모양을 나타내는 말. 고

개를 조금 숙이고 말없이 걷는 모양을 나타내는 말.

대불이는 하야시가 가자는 대로 고삐를 잡힌 부사리처럼 수걱수걱 시키는 대로 걸었다.(4부)

**수결** 명사 예전에 주로 관직에 있는 사람들이 증명이나 확인을 위하여 문서

에 자기 이름이나 직함 밑에 도장 대신 붓으로 글자를 직접 쓰는 일이나 그

글자를 이르던 말.

천좌근의 말에 박 초시의 얼굴이 달빛을 받은 박꽃처럼 창백하게 엷어지면서 수결을 마친

손끝을 바르르 떨었다.(6부)

**수런거렸다** 자동사 수런거리다. 한데 모여 어지럽게 자꾸 떠들어 대다.

신랑이 신방에 들자 여러 아낙들이 신방 주위에 모여서 신방지키기(守新房)를 하느라 수런거렸다.⑹부

**수번** [민속] 상여꾼 우두머리.

그러기에 수번은 상례에도 밝아야 하고 앞소리도 잘해야 하며, 반풍수장이 노릇까지도 해야 했다.⑷부

**수세** [민속] 음력 섣달그믐날 밤에 잠을 자면 눈썹이 센다고 하여 등불을 밝히고 밤새우는 풍습.

그들은 집집이 방이며 뜰, 부엌, 헛간, 측간 할 것 없이 집안 구석구석에 불을 밝혀놓고 수세(守歲)를 했다.⑵부

**수세미 속처럼** 수세미 속처럼 이리저리 심하게 뒤얽혀 있는 상태이다.

나주땅에 발을 붙인 웅보는 갑자기 마음이 수세미속처럼 심란해졌다.⑶부

**수수러지는** [자동사] 수수러지다. 바람에 부풀어 둥글게 되다.

아직은 깜깜한 어둠속이었지만 돛이 수수러지는 모습을 볼 수가 있었다.⑵부

**수연히** [부사] 꾸밈이 없이 의젓하고 솔직하게.

웅보의 말에, 다른 때 같으면 죽어도 양 진사 댁을 떠나지 않겠노라고 성깔을 부리곤 하던 장쇠도 수연히 앉아 있었다.⑵부

**수월해졌다** [자동사] '쉬워지다' 방언. 하는 데에 그다지 많은 수고나 노력이 필요하지 않게 되다. 이해하거나 푸는 데에 고도 지적 능력을 요구하지 않는 상태가 되다.

얼마 전까지 만해도 나주에 가려면 나룻배를 타야했는데 지금은 선창에서 영산포역 쪽 둔덕 사이에 목교가 세워져 강을 건너기가 수월해졌다.⑻부

**수챗구멍** [명사] 허드렛물이나 빗물 따위가 빠져나가는 구멍.

술을 좋아하지 않는 칠복이 영감이었지만 배고픈 김에 탁배기 한 사발을 쿨럭쿨럭 수챗구멍 터지는 소리를 내며 다 둘러 마신 뒤라, 취기가 온몸에 퍼지는지 휘청휘청 하반신을 흐느적거리며 말했다.⑵부

**수태** [명사] 뱃속에 아이나 새끼를 뱀. 수정란이 자궁 내막에 착상하기까지의 과정을 말한다.

씨받이를 얻어도 자식을 얻지 못하자 씨받이가 여자한테 수태하는 데 문제가 있는 것이 아닌가를 실험하기 위해 노비를 씨받이 방에 넣었답니다.(8부)

**숙살지기** 〔명사〕 가을날 쌀쌀한 기운.

여풍(癘風)이라고도 하는 천형지질(天刑之疾)로 음양(陰陽)이 숙살지기(肅殺之氣)하고, 피부가 쪼그라들고 사지가 상하는 무서운 병이다.(3부)

**숙설간** 〔명사〕 잔치 때 음식을 만드는 곳.

그들이 절간 안으로 들어서자 스님은 조금 전 장작더미를 보듬고 숙설간 쪽으로 사라졌던 건장하게 생긴 불목하니를 불러 세웠다.(1부)

**숟갈** 〔명사〕 밥이나 국물 따위를 떠먹는 기구. 수 관형사 뒤에서 의존적 용법으로 쓰여 밥이나 국 따위의 음식을 '숟갈'로 떠먹는 횟수를 세는 단위를 나타내는 말.

그때 방안에서 송풍헌의 고만고만한 아이들이 숟갈을 들고 줄레줄레 아버지를 따라 나왔다.(1부)

**술 먹은 강아지** 술 먹은 개. 술에 취하여 이성을 잃은 행동을 하는 사람을 비유적으로 이르는 말.

양 진사가 재우치는 바람에 대불이는 술 먹은 강아지처럼 돈 자루를 들고 어기적어기적 뒷걸음질을 하다가, 몸을 돌려 선창 쪽으로 총총히 발걸음을 옮겼다. 그는 돈 자루를 든 채 조운창 뒷담으로 돌아갔다.(2부)

**술렁거렸다** 〔자동사〕 술렁거리다. 자꾸 어수선하게 소란이 일다.

웅보 형제가 양 진사 댁에 들어서자 안방마님한테 산기(産氣)가 있다 하여, 집안이 조용한 가운데 술렁거렸다.(2부)

**술어미** 〔명사〕 술청에서 술을 파는 여자.

말이 술어미로 팔려가는 것이지 결국은 이 남자 저 남자 노리갯감이 되어 해웃돈이나 받아먹고 살다가, 요행히 팔자가 잘 풀려야 화초첩(花草妾)으로 되팔릴 것이며, (……)(1부)

**술은 초물에 취하고 사람은 훗물에 취하는 격으로** 술은 첫물에 취하고 사람은 훗물에 취한다. 술은 처음 마실 때부터 취하기 시작하나 사람은 한참 사귀고 나서야 친해질 수 있다는 말. 남자는 전처보다 후처에 더 혹한다는 말.

내하고는 정반대로구만유. 내는 술은 초물에 취하고 사람은 훗물에 취하는 격으로 나중에

사귄 계집의 새맛이 좋드구만 ……. (6부)

**술종구라기**  술을 뜨는 조그마한 바가지.

독 안에 술종구라기를 띄워놓는 것도 잊지 않았다. (3부)

**술주자**  명사  술을 짜내거나 거르는 틀.

돈단 위에는 먹고 버린 고막껍질 같은 초가 한 채가 삐딱하게 바람에 맞아 웅크리고 있었는

데, 술주자를 쓴 용수를 긴 장대에 매달아 놓았다. 주막이었다. (1부)

**술청**  명사  선술집에서 술을 따라 놓는 곳. 널빤지로 길고 높게 상처럼 만들어

놓았다.

초조한 마음으로 술청 앞을 서성거리고 있는데 큰방에서 색신 우리 방에 있다우. 하는 주모

의 목소리가 들려왔다. (1부)

**숨넘어가는**  자동사  숨넘어가다. 숨이 멎어 목숨이 끊기다.

할아버지를 도와달라고 숨넘어가는 목소리로 다그치고 칭얼대보았으나, 아버지는 기침 한

번 않고 열심히 손만 놀리는 것이었다. (1부)

**숭악헌**  형용사  숭악하다. '흉악하다' 방언. 모질고 악랄하다. 성격이나 성질 따

위가 음흉하고 모질다.

가만히 보니께 왜놈덜이라는 기 숭악헌 날강도들이 아닌감. (7부)

**숯은 달아서 피우고 쌀은 세어서 짓는다**  숯은 저울에 달아서 불을 피우고

쌀알은 세어서 밥을 짓는다는 뜻으로 너그럽지 못하고 매우 인색함을 비

유적으로 이르는 말.

그는 숯은 달아서 피우고 쌀은 세어서 지을 만큼 인색하고 귀머거리 중 마 캐듯 남의 말에

귀 기울이지 않고 저 할 일만 하는 사람이며, 소같이 일을 하고 쥐같이 먹을 정도로 검약하게

사는, 짜고 맵고 부지런한 사람이었다. (7부)

**쉬어빠진**  상하여 시큼한 맛이 나게 변하다.

다 쉬어빠진 여편네 얼굴 잊은 지가 두삼 년도 더 지났어. (7부)

**쉬포리**  '쉬파리' 방언.

잔칫날에 아무리 먼 데 있는 쉬포리들도 음식냄새를 맡고 날아오지 않던감. (3부)

**스럭스럭** [부사] 스적스적. 물건이 서로 맞닿아 자꾸 비벼지는 소리를 나타내는 말.

대불이가 봉선이에게 등을 돌리고 돌아앉자, 스럭스럭 옷 벗는 소리가 나기 시작했다.(5부)

**스리슬쩍** [부사] 남이 모르는 사이에 아주 빠르게.

자, 그러면 이번에는 장단을 스리슬쩍 허튼타령으로 넘겨놓고서, 장단을 맞춰가며 발짝을 떼어보는데, (……)(2부)

**스멀스멀** [부사] 살갗에 벌레 따위가 기어가는 것처럼 근질근질한 느낌을 나타내는 말.

지금에 와서는 그의 옆에만 가도, 몸에 스멀스멀 지네가 기어 다니는 것 같은 징그러움에 온몸의 잔털까지도 빳빳하게 곤두서는 듯하였다.(1부)

**슬거워진** [형용사] 슬겁다. 겉으로 보기보다는 속이 꽤 넓고 너그럽다. 너그럽고 미덥다.

때죽나무집 주모와 살림을 차린 뒤부터 마음 씀씀이가 슬거워진 손팔만은 술을 끊고 선창에서 짐꾼 노릇을 하다가 얼마 전에 선창 거리에 하나밖에 없는 큰 소금점에 자리를 얻었다고 하였다.(2부)

**습윤** [명사] 습기가 많은 느낌이 있다. 젖어서 축축함.

3시가 넘었으나 한 여름이라 습윤한 바람까지도 뜨겁게 느껴졌다.(8부)

**시끌덤벙** [형용사] 시끌시끌하다. 크게 떠드는 소리로 매우 시끄럽다.

이때 한 떼거리의 술꾼들이 들이닥치는지 술청 쪽이 시끌덤벙하였다.(1부)

**시난고난** [부사] 병이 심하지는 않으면서 오래가는 모양을 나타내는 말.

그 할머니가 디딜방앗간에서 손으로 확 속의 떡가루를 휘젓다가 방앗공이에 머리를 맞아 피를 쏟고 시난고난 앓은 뒤, 초여름 감또개 떨어지듯 힘없이 숨이 끊어진 날부터 웅보는 할아버지 곁으로 잠자리를 옮겼었다.(1부)

**시늉** [명사] 어떤 움직임이나 모양. 소리 등을 비슷하게 따라 하는 짓.

그러나 웅보는 대불이의 말을 듣는 시늉조차 하지 않았다.(1부)

**시답지 않다** [형용사] 시답잖다. 하잘것없어서 만족스럽지 못하다.

그리고 목숨을 걸고 창의병이 된 아버지에 대해서 울컥울컥 시답지 않다는 생각이 들었다.(6부)

**시래기** 명사 무청이나 배추 잎을 말린 것. 새끼 따위로 엮어 말려서 보관하다가 볶거나 국을 끓이는 데 쓴다.

어른이고 아이고 할 것 없이 시래기처럼 온몸에 물기가 쫙 빠져버린 그들은 배고픔과 피로에 쩌눌려 보였다.(1부)

**시렁** 명사 물건을 얹어 놓기 위해 방이나 마루 벽에 두 개 나무를 가로질러 선반처럼 만들어 놓은 것.

자리를 잡고 가방을 시렁에 얹은 양만석은 객차 안을 천천히 휘둘러보았다.(8부)

**시름** 명사 마음에 걸려 풀리지 않는 근심이나 걱정.

내가 시방까지 죽지 않고 살아 있는 것은 이 곰방대 덕이다. 이 곰방대가 내 시름을 이겨내 주었어.(7부)

**시리도록** 형용사 시리다. 차가운 것에 닿아서 춥고 얼얼하다.

최월순은 돈단에 서서 아들을 태운 자전거가 물둑으로 접어들어 점으로 사라질 때까지 눈이 시리도록 바라보다가 돌아섰다.(8부)

**시망스럽다** 형용사 아주 짓궂은 데가 있다.

애기를 낳을 때까지는 음석도 가려서 묵어야 허고 댕길디 안 댕길디를 잘 골라야 허는 법잉께, 내 말을 시망스럽다고 말고 명심히여.(7부)

**시방** 부사 말하고 있는 바로 이때에.

시방 헤어지면 은제 또 만날지도 모르는디.(1부)

**시상판** 민속 입관하기 전에 시체를 얹어 놓는 긴 널판지.

대불이는 박봉필 영감과 함께 죽은 여자의 수족을 거두고 시상판에 뉜 다음 염습을 하기 시작했다.(4부)

**시새워가며** 시새우다. 자기 것보다 나은 것을 몹시 부러워하거나 시기하여 지지 않으려는 마음.

박골 아이들은 시새워가며 대불이를 놀려댔다.(1부)

**시설스럽게** 형용사 시설스럽다. 성질이 차분하지 못하고 수선 부리기를 좋아하여 보기에 실없다.

막음례는 시설스럽게 말하고 양만석의 얼굴빛이 여러 가지로 변하는 양을 느긋하게 바라보

면서 그에게 해주지 않으면 안 될 마지막 말들을 머릿속에 추슬렀다.(7부)

**시스러움**  〔형용사〕 시스럽다. 스스럽다. 친분이 그리 두텁지 못하여 조심스럽다.

막음례 쪽에서 그를 시스러움 없이 흔연스럽게 대해준 것이 오히려 고맙게 생각되었다.(8부)

**시시덕거리기**  〔자동사〕 시시덕거리다. 실없이 웃으면서 큰 소리로 떠들썩하게 계속 이야기하다.

젊은 여자는 팔랑개비를 삶아먹었는지 노상 시시덕거리기를 좋아했고, 나이가 많은 여자는 말수가 적었다.(3부)

**시시콜콜**  〔부사〕 자질구레한 것까지 하나도 빠짐없이 따지거나 다루는 모양을 나타내는 말.

먹고 입는 것하며 말투, 공부와 친구 사귀는 것까지도 귀찮도록 시시콜콜 간섭을 하지 않았던가.(9부)

**시악씨**  '색시' 방언. 갓 결혼한 젊은 여자. 시집을 가지 않은 처녀.

어저께 밤에 나헌테 왔던 그 접시꽃맹키로 곱닷하게 생긴 시악씨 좀 보내주씨요.(4부)

**시우쇠**  〔명사〕 무쇠를 불려서 만든 쇠붙이 중 하나.

대장장이 칠덕이는 간밤에 그의 화처가 건넛마을 남자와 배가 맞았다 하여 벌건 시우쇠를 사타구니에 쑤셔 넣어 죽인 것이었다.(1부)

**시울**  〔명사〕 눈이나 입 따위 가장자리.

동자의 말에 누더기를 깁거나 서캐를 죽이고 있던 아낙들은 듣는 둥 마는 둥 힐끔 시울을 들어 웅보를 보았으며, 남자들은 심히 못마땅한 눈초리로 누운 채 눈만 치떠 보았다.(1부)

**시위대**  어떤 목적을 가지고 위력이나 기세를 드러내 보이는 행렬.

선 학생이 아니고 우리 농업학교 학생들도 단군의 피를 받은 동포라는 것입니다. 우리는 한 피를 받은 동포이니 생사를 같이하여 시위대열에 동참하겠다는 것을 말하고자 합니다.(9부)

**시장허실텐디**  〔형용사〕 '시장하다' 방언. 배가 고프다.

하이고, 내 정신 봐라. 시장허실텐디 이약만 허고 있어부렀네.(9부)

**시지근한**  〔형용사〕 시지근하다. 쉰 것처럼 조금 시금하다.

그녀의 머리칼에서는 시지근한 보리단술 냄새가 났다.(1부)

**시커헌**  〔형용사〕 시커멓다. 빛깔이 몹시 거멓다. 몹시 엉큼하고 음흉하다.

오목헌 눈매는 모친을 닮았는디, 시컴헌 눈썹이며 뭉뚝한 코와 긴 인중, 도톰헌 입술, 그러고 본께로 실헌 턱이랑 영락 생부 얼굴 그대로여.(8부)

**시퍼런** 〔형용사〕 시퍼렇다. 아주 퍼렇다. 퍼런빛이 돌 만큼 아주 날카롭다.

선생이 대구 장대(將臺) 관덕정(觀德亭) 아래에서 머리를 베이게 되었을 때도 시퍼런 칼날이 수세 번 목에 들어가도 선생의 목은 여전히 베어지지를 않았다니 믿을 수 없는 일이 아닌가.(2부)

**식솔** 〔명사〕 집안에 딸린 식구.

그들은 식솔들을 이끌고 어디로 가야 할 것인지 막연하였다.(1부)

**식은 죽 먹기** 거리낌 없이 아주 쉽게 예사로 하는 모양.

대장간에 방만 하나 들인다면야 그때 가서도 쌀분이가 안방에서 자겠다고 억지를 쓰지 않게 될 것이며, 그렇게만 된다면 색시 닦달쯤이야 식은 죽 먹기가 아니겠는가 싶었다.(1부)

**신간** 마음을 이르는 말.

갯가로 나가서 어부가 되는기 신간이 편헐 것 같여.(3부)

**신간** 〔민속〕 神竿. 굿 따위에서 신이 내리도록 하기 위하여 세워 두는 나무. 대나무나 나뭇가지에 백지 술을 묶어서 만든다.

그들은 당신(堂神) 대신 신간 앞에 메밥과 영산강에서 잡아온 비늘 있는 고기로 제물을 올리고, 마을이 태평하고 궂은 액년을 막아줄 것을 빌었다.(1부)

**신간회** 1920년대 후반 비타협 민족주의자들과 사회주의자들이 결성한 반일 통일전선조직. 신간회는 광주학생항일운동이 일어났을 때는 조사단을 파견하고 민중대회를 열어 일제경찰의 한국인 학생들에 대한 차별적인 조치를 강력히 항의하였다. 또 전국 순회강연을 통하여 민족의식을 고취하였으며, 일제 식민통치의 잔학상을 규탄하였다. 이 밖에도 수재민 구호운동, 재만동포옹호운동 등 사회운동을 전개하였다. 농민운동, 학생운동을 지원하기도 했다.

한편 휴교령이 내려지자, 장 재성의 주선으로 신간회 광주지회와 광주청년동맹 등, 광주의 사회·청년단체 간부들이 흥학관에 모여 학생시위투쟁에 대한 대책을 협의했다.(9부)

**신골** 〔명사〕 신을 만들 때 신 모양을 잡는 데 쓰는 틀.

그는 할아버지와 함께 외양간에 딸린 쇠죽가마방에서 버릇이 없고 성질만 고약한 여러 하인들 틈새에 신골을 박듯 끼여 자곤 하였다.(1부)

**신굿**  '내림굿' 방언.

틀림없이 월심이 혼령이 이 아낙을 불러들인 거여. 이 아낙은 월심이의 신딸이 된 것일세. 그러니 데려갈 생각은 말고 이대로 두소. 내일이라도 우리 마을에서 신굿을 해줘야겠구먼.(2부)

**신꽃**  [민속] 무속에서 주로 신단을 장식하는 데 쓰이는 종이로 만든 꽃.

철릭 외에 전립이며 오색 신꽃이 벽에 걸려 있었으며, 엄나무 장롱 위에는 부채와 울쇠(방울), 오방기, 새옹, 옥수그릇 등이 가지런히 놓여 있었다.(2부)

**신둥부러지게**  [형용사] 신둥부러지다. 지나치게 주제넘다.

또, 새끼내 사람들은 죽을 둥 살 둥 방천 쌓는 일에 정신이 팔려 있는데, 배 타고 외방에 나갑네 하고 신둥부러지게 떠벌릴 필요가 없을 것 같기도 했다.(2부)

**신딸**  [민속] 늙은 무당 대를 이어 무당 업을 전수 받은 젊은 무당.

틀림없이 월심이 혼령이 이 아낙을 불러들인 거여. 이 아낙은 월심이의 신딸이 된 것일세. 그러니 데려갈 생각은 말고 이대로 두소. 내일이라도 우리 마을에서 신굿을 해줘야겠구먼.(2부)

**신방 지키기**  [민속] 우리나라 특유 혼인 풍속 한 가지. 혼인 첫날밤에 신랑과 신부가 잠자리에 들기를 전후하여 신부 친지들이 신방 문장지를 찢고 방 안을 엿보는 풍속.

신랑이 신방에 들자 여러 아낙들이 신방 주위에 모여서 신방지키기(守新房)를 하느라 수런거렸다.(6부)

**신복**  [명사] 무당이 굿을 할 때 입는 옷. 지역이나 굿의 종류에 따라 종류와 형태, 색깔 등이 다르다.

김치근의 아내는 울부짖듯 말하고는 우르르 방안으로 뛰어 들어가서 시어미가 입고 있는 신복과 전립을 벗겨 팽개쳐버렸다.(2부)

**신사**  [명사] 품행과 예의가 바르며 점잖고 교양이 있는 남자.

그리고 폐쇄적 삶이 아니라 보다 넓은 세상에서 개화된 신세계를 호흡하고 20세기의 선진 문물을 익혀, 보다 신사적으로 살아가고 싶었다.(8부)

**신사참배**  일제 천황제 이데올로기를 주입시키기 위한 상징조작에서 나온 국민의식통제책. 특히 1930년대에 일제가 조선을 대륙침략을 위한 병참기지로 삼기 위해 기만적인 내선일체(內鮮一體), 황민화(皇民化) 정책을 실시하면서 강력하게 추진되었다.

황국신민이라면 명치절 날 당연히 신사참배를 하는 것도 모르고 있단 말이야?⁽⁹부⁾

**신세 족치고**  인생을 망치다.

꽃이 고우면 함부로 꺾으려 드는 사람이 많은 이치대로, 여자가 너무 미색이면 뭇남정네들이 집쑤거리기가 일쑤인지라 자칫 잘못하면 신세 족치고 만다는 것이었다.⁽⁴부⁾

**신이 내린**  〔민속〕 신내림. 신이 무당에게 붙어 영적인 행동을 하게 됨.

저 아낙을 그대로 두소. 저 아낙한테 신이 내린 것이 분명허구만.⁽²부⁾

**신행길**  〔민속〕 혼인을 한 후, 신부가 처음으로 시집에 들어가는 길.

강변의 봄은 신행길 아침의 신부처럼 서둘러 온다.⁽²부⁾

**실뚱머룩한**  〔형용사〕 실뚱머룩하다. 마음에 내키지 않아 덤덤하다.

막음례의 생각에는 웅보의 아기를 가졌다는 말을 들으면 마님이 반가워할 줄 알았는데, 반가워하는 기색은 조금도 없이 되레 실뚱머룩한 얼굴로 우두커니 그녀의 얼굴만을 바라다볼 뿐이었다.⁽¹부⁾

**실링이질**  실랑이질. 서로 자기주장을 고집하여 옥신각신하는 짓.

그들은 같이 가자거니 가지 않겠다거니 하면서 한참 티격태격 실링이질을 했다.⁽⁹부⁾

**실색하여**  〔자동사〕 실색하다. 놀라서 얼굴빛이 바뀌다.

웅보는 실색하여 할 말을 잃고 말았다.⁽⁴부⁾

**실소했다**  실소하다. 어이가 없어 자기도 모르게 나오는 웃음. 어이가 없어 자기도 모르게 웃음이 나오다.

양만석은 그 때서야 막내 외숙이 찾아오게 된 것은 순전히 장개동 형 짓이라는 것을 알고 실소했다.⁽⁸부⁾

**실팍한**  실팍하다. 보기에 알차고 튼튼하다.

웅보 어머니가 쓸어안은 아들의 두 다리를 풀고 고개를 들어 까마귀가 우는 팽나무 가지 끝을 노려보더니 실팍한 돌멩이를 집어 까마귀를 향해 힘껏 던지고 비척비척하다가는 퍽 쓰러졌다.⁽¹부⁾

**실헌** [형용사] '건강하다' 방언. 건강하고 든든하며 실하다. 굳고 실하다.

> 오묵헌 눈매는 모친을 닮았는디, 시컴헌 눈썹이며 뭉뚝한 코와 긴 인중, 도톰헌 입술, 그러고 본께로 실헌 턱이랑 영락 생부 얼굴 그대로여.(8부)

**싫두룩** '싫다' 방언.

> 그때 다시 만나거든 싫두룩 지난 이야기를 허세나.(2부)

**심드렁한** [형용사] 심드렁하다. 마음에 탐탁하지 않아 관심이 거의 없다. 낫지도 악화되지도 않은 채 오래 끄는 상태에 있다.

> 넙바우는 난초가 새끼내에 가 있는 동안 대불이를 보면 주둥이를 비쭉거리며 심드렁한 얼굴을 하는 것이었다.(2부)

**심려** [명사] 마음속으로 걱정함. 어떤 일로 마음속으로 불안하여 속이 타다.

> 웅보 아버지 장쇠는 아들이 큰 죄를 지어 상전들에 심려를 끼친 것이 죄스러울 뿐이었다.(1부)

**심살** [명사] 벽 속 외벽을 든든히 하기 위하여 상인방과 하인방 사이에 끼워 세우는 나무.

> 대불이는 벽에 심살을 얽으며 뚜벅 물었다.(1부)

**심축** [명사] 심장 바닥 중심에서부터 심장 꼭대기를 지나는 가상 축. 남 행복을 참된 마음으로 빎.

> 도령님의 성혼을 심축합니다요.(6부)

**십리도 못가서 발병난다** 어떤 일이 얼마 지나지 않아서 탈이 생김을 비유적으로 이르는 말.

> '나를 버리고 가시는 님은 십리도 못가서 발병난다'는 대목에서는 끝내 자전거를 팽개치고 피질러 앉아 울먹이고 말았다.(8부)

**십시일반** [명사] 열 사람이 한 숟가락씩 밥을 보태면 한 사람이 먹을 만한 양식이 된다는 뜻으로 여럿이 힘을 합하면 한 사람쯤은 도와주기 쉽다는 것을 비유적으로 이르는 말.

> 나머지 자금은 독서회 회원들로부터 십시일반으로 걷고 또 능력이 있는 회원들한테서 출자금을 모은다면 그리 어렵지 만은 않을 것 같은데요.(9부)

**십이지일** [민속] 정월 초하루부터 12일까지 기간. 각기 십이지(十二支)가 상징하는 동물 날로 정하여 특유의 세시풍속을 행하였다.

대불이가 집에 있는 동안 그의 형 웅보는, 설날에서부터 열이튿날까지의 십이지일(十二支日)의 일진을 짚어가며 식구들의 행동거지를 일일이 간섭하였다.⑵부

**싱숭생숭 허는감** 〔형용사〕 싱숭생숭하다. 마음이 들떠서 어수선하고 갈피를 잡을 수 없이 갈팡질팡하다.

설이 돌아오니께 맴이 싱숭생숭 허는감?⑻부

**싸돌아댕기다** 〔타동사〕 싸돌아다니다. 마구 돌아다니다.

여편네들이 싸돌아댕기니께 비가 안 오는 거라구요.⑶부

**싸라기눈** 〔명사〕 빗방울이 갑자기 찬바람을 만나 얼어서 쌀알처럼 되어 떨어지는 눈.

게다가 조선인 직원이나 잡역부들한테는 인색하게 싸라기눈만큼 떼주면서도, 외국인 직원들한테는 도둑 물건 나눠먹듯 푸지게 대접을 해주고 있으니, (……)⑷부

**싸리바지게** 〔명사〕 싸리 따위로 만든 발채를 얹어 놓은 지게. 접히지 않게 만든 발채.

그날은 눈 때문에 장사를 나가지 못한 사람들도 소금 지게 대신 싸리바지게를 지고 나왔다.⑵부

**싸묵싸묵** 〔부사〕 '천천히' 방언. 조금씩 흔들리며 천천히 나아가는 모양을 나타내는 말.

다시 말허네만 우리덜 가슴에 백힌 못을 당장에 뽑을라고 서두르지 말고, 싸묵싸묵 살어감시로 뽑자 이거네.⑵부

**싸전거리** 〔명사〕 전통 재래시장에서 쌀과 그 밖의 곡식을 파는 가게가 있는 거리.

마방거리의 중간에서 객주거리로 돌아 나오는 길 또한 장사치들이 하루 내 벅신거리는 싸전거리로, 해가 진 밤에도 인적이 끊이지 않는 곳은 객주거리와 싸전거리뿐이었다.⑵부

**싸질러** 〔타동사〕 싸지르다. 함부로 지르다. 속된 말로 몸밖으로 내보내다.

이런 니기미헐 년이 내 바지에 오줌을 싸질러 뿌렀네. 냉큼 이 바지 벗겨 짜오지 못해!⑴부

**싸질러 댕기다** 싸질러 다니다.

아니, 여태껏 으디를 그리 싸질러 댕기다가 이제야 오신다요? 오늘 강 건너 노루목에 안 갈라요?⑶부

**싹싹하게** [형용사] 싹싹하다. 눈치가 빠르고 붙임성이 있으며 상냥하다.

　　주모는 웃음까지 보내며 사람 좋은 말씨로 싹싹하게 말했다.(1부)

**쌈박질 해서는** [자동사] 쌈박질하다. 이기려고 다투다. 싸움만을 일삼다.

　　백석이 너는 쌈박질 해서는 절대로 안 되야.(9부)

**쌉싸름** [형용사] 쌉싸름하다. 쌉싸래하다. 조금 쌉쌀한 듯하다.

　　약간 쌉싸름 짭쪼름하면서도 향긋한 맛이 아주 깊다.(8부)

**쌍가매** '쌍가마' 방언. 머리 위에 가마가 두 개 있는 것.

　　봉선이 혹시 쌍가매 아녀?(5부)

**쌍지팡이** [명사] 두 다리가 성하지 못한 사람이 걸을 때 짚는 두 개 지팡이.

　　대불이한테 곤욕을 당한 일이 있는 텁석부리는 그때의 일을 보복이라도 하려는 듯 유별나게
쌍지팡이를 짚고 나서며 지악스럽게 굴었다.(1부)

**쌍판대기** 상판대기. '얼굴'을 속되게 이르는 말.

　　왜놈들이라면 쌍판대기조차 보기 싫구만.(4부)

**쌩그레** [부사] 눈과 입을 살며시 움직이며 소리 없이 부드럽게 웃는 모양을 나
타내는 말.

　　씨받이한테 아기가 생겨서 그런지 진사어른도 마님도 으쩐지 쌩그레하는 눈치더라.(1부)

**써 묵자고** '사용하다' 방언.

　　써묵자고 글을 배우자는 것이 아닙니다요.

**써럭초** 썰거리. 가장 안 좋은 담배 잎을 썰어서 말린 잎담배.

　　칠복이 영감은 곰방대에 써럭초를 넣어 엄지손가락으로 꾹꾹 누르며 웅보의 의견을 물었
다.(2부)

**썩은 동아줄 붙들고** 썩은 동아줄 같다. 힘없이 뚝뚝 끊어지거나 맥없이 푹
푹 쓰러지는 것을 비유적으로 이르는 말.

　　그런듸 꼭 썩은 동아줄 붙들고 있는 것맹키로 늘 마음이 안 놓이네요.(6부)

**썩은 새끼로 호랑이 잡기지** 썩은 새끼로 범 잡기. 허술한 계책으로 큰일을
이룬 경우를 비유적으로 이르는 말. 어수룩한 계획과 보잘것없는 준비로
큰일을 하겠다고 덤비는 어리석음을 비유적으로 이르는 말.

홍, 썩은 새끼로 호랑이 잡기지 뭘. 비만 왔다 허면 도로 아미타불이 될 거로구먼.(1부)

**썸벅거려서**  썸벅하다. 잘 드는 칼에 베어지 듯 시리고 아리다.

불이는 눈썹이 솔잎처럼 빳빳해지고 꺼끄러기가 박힌 것처럼 눈알이 썸벅거려서 보름달의 방으로 들어가 큰대자로 누워 꿇아떨어지고 말았다.(2부)

**쎄빠지게**  자동사 새빠지다. '혀가 빠지다' 방언. 아주 힘이 들다. 주로 '새빠지게' 꼴로 쓰인다.

호강 한번 못해보고 쎄빠지게 고생만 허다가 이 세상 하직허는 지지리도 못난 양반아.(7부)

**쏘댕기는지**  타동사 '쏘다니다' 방언. 여기저기 마구 다니다.

밤에까지 시공서 일을 보는 것도 아닌데 뭘허고 밤늦게 쏘댕기는지 모르겠구만.(4부)

**쏠쏠한**  형용사 쏠쏠하다. 만만하지 않을 정도로 많다. 어지간하여 쓸만하다.

그는 처음에 이름이 쇼가라는 왜놈의 전당포에 들어가서 조선인들을 상대로 하는 고리대금을 알선해주는 일을 하다가, 얼마 후에는 싸전을 내어 왜놈들의 미곡 수집을 도와주며 쏠쏠한 재미를 보고 있다.(4부)

**쐐기 박다**  다시는 그러한 일이 없도록 다짐을 두다. 결정적으로 이기게 하다.

김치근도 새끼내를 떠나는 것을 반대하는 입장인지라, 덕칠이의 말에 쐐기를 박았다.(1부)

**쑤석여보았다**  타동사 쑤석이다. 방정맞게 자꾸 들추고 뒤지며 쑤시다. 자꾸 꾀거나 부추기다.

세 사람이 한꺼번에 달려든다면 당해낼 도리가 없을 것 같기에 우선 몸을 피하려고 두렷두렷 어둠을 쑤석여보았다.(2부)

**쑤셔대는**  타동사 쑤셔박다. 거의 닿을 듯이 가까이 대다. 찌르듯이 함부로 꽂거나 깊숙이 집어넣다.

웅보는 송곳 하나 박을 틈도 없이 빽빽하게 괸 어둠의 여기저기를 쿡쿡 쑤셔보다 말고, 퍼뜩 대장간 생각이 머리에 스쳤다.(1부)

**쑤셔뿌면**  타동사 쑤시다. 구멍이나 틈을 막대기나 꼬챙이로 안에 있는 것이 나오도록 찌르거나 후비다.

지미럴 눔에 하늘, 장대로 쿡 쑤셔뿌면 비가 쏟아질라나?(3부)

**쑥대머리**  명사 머리털이 마구 흐트러져서 몹시 산란한 머리. 판소리 춘향가 한 대목.

그들 중에는 작대기를 짚고 절뚝거리며 오고 있는 사람도 있었는데, 풀상투머리가 두엇 되었고 나머지는 상투도 댕기머리도 아닌 쑥대머리 귀신 형용 그대로였다.(3부)

**쑥덕거리는** 〔자동사〕 쑥덕거리다. 남이 잘 알아듣지 못하도록 낮은 목소리로 아주 은밀하게 자꾸 이야기하다.

과부의 몸으로 난데없이 배가 불러 돌아온 그녀를 보고 마을사람들이 손가락질을 하며 쑥덕거리는 통에 단 하루도 마음 편하게 살 수가 없었다.(3부)

**쓰니깐두루** '으니까' 연결 어미.

그렇게 마음을 약하게 쓰니깐두루 만민공동회가 이 모양으루 찌그러진 것이 아니우?(4부)

**쓰렁쓰렁하게** 〔형용사〕 쓰렁쓰렁하다. 서로 멀어져서 어색하고 쓸쓸하다.

사랑채는 오랫동안 비워둔 집처럼 쓰렁쓰렁하게 느껴졌다.(3부)

**쓰렁하게** 〔형용사〕 쓰렁하다. 멀어져서 어색하고 쓸쓸하다.

예년 같으면 벌써 애갈이들을 하느라고 여기저기 쟁기질을 하는 모습이 한창일 터인데, 농사 준비에 바빠야 할 들판이 쓰렁하게만 느껴졌다.(3부)

**쓰잘디** '쓰잘머리' 방언. 사람이나 사물의 쓸모 있는 면모나 유용한 구석.

내가 쓰잘디 없는 소리를 해갖고…….(2부)

**쓸개를 떼어준 사람** 하는 짓이 줏대가 없고 온당하지 못한 사람을 비난조로 이르는 말. 제정신을 바로 차리지 못한 사람을 비유적으로 이르는 말.

큰아부지는 그 개똥사장을 왜놈헌테 쓸개를 떼어준 사람이라고 헙디다.(7부)

**씀벅거리도록** 〔타동사〕 씀벅거리다. 눈꺼풀을 움직이며 자꾸 세게 감았다 떴다 하다.

대불이는 눈알이 씀벅거리도록 하늘만 쳐다보고 앉아서 푸념처럼 말했다.(4부)

**씀벅씀벅** 〔부사〕 눈꺼풀을 움직이며 눈을 자꾸 아주 세게 감았다 떴다 하는 모양을 나타내는 말.

염주근이는 성질이 남달리 급하여, 깊은 생각 없이 내키는 대로 씀벅씀벅 앞뒤 안 가리고 함부로 말을 뱉거나 행동이 경솔해서 탈이지 마음의 본바탕은 물달개비 잎보다 더 부드러웠다.(2부)

**씨근덕거리며** 자동사 씨근덕거리다. 몹시 가쁘고 거칠게 자꾸 숨을 쉬는 소리가 나다. 타동사 몹시 가쁘고 거칠게 자꾸 쉬다.

천변 쪽에서 네거리 가까이 오다가 잽싸게 몸을 돌려세워 오던 방향으로 줄달음치는 젊은이들 붙잡기 위해 뛰어갔다. 그러나 경찰은 씨근덕거리며 혼자 돌아왔다.⑼

**씨꺼신듸** '쓸 것이다' 방언.

냉큼 가봐. 엔만허면 내가 마중을 나가봐야 씨꺼신듸 …….⑺

**씨나락** 명사 '볍씨' 방언.

씨나락을 담고 못자리에 물을 안길 무렵, 장쇠는 발싸심을 하며 식구들 듣는 데서 툴툴거렸다.⑴

**씨도야지** '씨돼지' 방언. 씨를 받기 위해 기르는 돼지.

나는 마님이 시키는 대로 씨도야지 노릇을 헌 것뿐이여!⑵

**씨러지게** '쓰러지다' 방언.

하느님이 무던해서 씨러지게 농사가 잘되었어라우.⑶

**씨를 말렸던** 씨를 말리다. 아무것도 남기지 아니하고 모조리 없애다.

창의병의 씨를 말렸던 의병 초토작전 때도 살아남았으니 결코 죽지 않으리라고 믿었다.⑻

**씨받이** 명사 여자가 아이를 낳지 못할 때 다른 여자를 데려와 그 집안 대를 이을 아이를 대신 낳게 하는 일.

더욱이 혼인한 지 오 년이 넘도록 슬하에 혈육 한 점 없어, 씨받이 여자를 번갈아 들이는 형편이나 여태껏 딸 아이 하나도 얻지를 못하여 심사만 더욱 사나워진 터였다.⑴

**씨불이면서** 자동사 씨불이다. 상스러운 말로 쓸데없는 말을 주책없이 함부로 자꾸 지껄이다. 상스러운 말로 주책없이 함부로 자꾸 지껄이다.

코쟁이는 대불이에게 골드, 골드 하고 연방 씨불이면서, 방금 그가 들고 왔던 큰 가방을 가리켰다.⑷

**씨아** 목화의 씨를 빼는 기구. 나무토막에 두 개의 기둥을 박고 그 사이에 둥근 나무 두 개를 끼운 것으로 손잡이를 돌리면 톱니바퀴처럼 마주 돌아가면서 목화 씨가 빠져 떨어지고 목화솜은 따로 빠져나온다.

강변에 아지랑이가 자오록이 피어오르는 영산강의 봄바람은 씨아에서 갓 나온 솜처럼 부드

러웠다.<sup>(7부)</sup>

**씨억씨억하고** 〔형용사〕 씨억씨억하다. 사람이나 그 성질, 행동 따위가 굳세고 활발하다.

성질이 씨억씨억하고 말투가 볼통스러운 양만석이가 무라다 대장을 찾아왔을 때 유복이는 두 사람이 일본말로 주고받는 것을 얼핏 엿들을 수가 있었다.<sup>(6부)</sup>

**씨언씨언** '시원시원' 방언.

연설이 참말로 씨언씨언했구만요.<sup>(4부)</sup>

**씨잘데기** 〔부사〕 '쓸데없이' 방언. 아무런 의의나 값어치가 없이.

지가 자발없게 씨잘데기 없는 소리를 했남요?<sup>(8부)</sup>

**씩씩거리기만** 〔자동사〕 씩씩거리다. 숨을 매우 가쁘고 거칠게 쉬는 소리가 잇따라 나다. 매우 가쁘고 거칠게 쉬는 소리를 잇따라 내다.

그들은 말을 하지도 않았으며 씩씩거리기만 했다.<sup>(2부)</sup>

**씰개** '쓸개' 방언.

자네도 조선사람 씰개를 달고 조선 땅에 삼시롱 그런 말이 나오는감?<sup>(7부)</sup>

**씰룩거리며** 〔타동사〕 씰룩거리다. 한쪽으로 세게 비뚤어지게 자꾸 움직이다.

나이 많은 쪽이 버릇처럼 콧구멍을 씰룩거리며 물었다.<sup>(2부)</sup>

# ㅇ

**아금탕스럽게** 〔형용사〕 아금받다. 무슨 기회든지 악착같이 붙잡아 이용하는 소질이 있다.

그런 처지이면서도 여태껏 아금탕스럽게 죽은 큰아버지 뜻을 받아 부지런한 농사꾼이 되기 위해 온갖 궂은 일 마다 않고 바깥일을 도맡아오지 않았는가.(7부)

**아기작아기작** 〔부사〕 작은 몸집으로 팔다리를 어색하게 움직이며 천천히 걷는 모양을 나타내는 말. 음식 따위를 입안에 넣고 천천히 씹어 먹는 모양을 나타내는 말.

잠시 후에 시끌시끌하던 봉놋방 문이 열리면서, 쪽빛 긴 치맛자락을 왼손 팔꿈치에 훔쳐 감고 아기작아기작 걸어 나오는 보름달이 얼핏 대불이를 발견하더니 흠칫 놀라는 기색을 하였다.(2부)

**아니 되는 놈의 일은 뒤로 자빠져도 코가 깨진다** 재수 없는 놈은 자빠져도 코가 깨진다. 하는 일마다 운수가 막힌다는 말.

아니 되는 놈의 일은 뒤로 자빠져도 코가 깨진다더니, 우리가 그 팔자여.(1부)

**아닌 밤중에 진짜 홍두깨** 아닌 밤중에 홍두깨. 예기치 못한 말이나 행동을 불쑥 하는 경우를 이르는 말. 갑자기 뜻밖의 일을 당하는 경우를 비유적으로 이르는 말.

어허, 이 사람아. 자네로서는 아닌 밤중에 진짜 홍두깨를 만난거여.(5부)

**아득하게** 〔형용사〕 아득하다. 갑자기 캄캄해지거나 어지러워 까무러칠 듯하다.

유씨 부인은 사자향로의 불을 부젓가락으로 토닥거리고 있었는데 백통 와룡(臥龍)촛대에 꽂힌 붉은 꽃초의 불빛 때문인지 방안이 마치 꿈속처럼 아득하게 느껴졌다.(1부)

**아등바등** 〔부사〕 억지스럽게 우기거나 몹시 애를 쓰는 모양을 나타내는 말.

두 새끼들만 아니라면 이렇게까지 아등바등 구차하게 살고 싶지 않았다.(1부)

**아뜩허찮아요** 〔형용사〕 아뜩하다. 갑자기 캄캄해지거나 어지러워 까무러칠 듯

하다.

어무니도 참, 십 년 후면 아뜩허잖어요.⁽²부⁾

**아라사** 유럽 대륙 동부에서 시베리아에 걸쳐 있는 나라. 16개 자치 공화국과 5개 자치주(自治州), 10개 민족 관구(民族管區)로 이루어져 있다. '러시아(Russia)'의 음역어이다.

아라사가 이기면 좋겠나, 일본이 이기면 좋겠나?⁽⁵부⁾

**아랫것** 【명사】 예전에 지체가 낮은 사람이나 하인 등을 이르던 말.

평소에 지체 높기가 하늘과 같고, 아랫것들 부리는 데는 칼날처럼 매섭고, 정갈스러움이 달덩이 같게만 여겨졌던 마님이 웅보 앞에서 속옷 바람으로 맨살을 보이다니, 아무래도 믿어지지가 않았다.⁽¹부⁾

**아랫도리** 【명사】 사람 몸이나 물체 허리 아래 부분. 몸 아래 부분에 있다 하여 사람 생식기를 뜻하기도 한다.

여름에 피는 노란 달맞이꽃잎보다 더 부드럽고 미끄러운 막음례의 아랫도리 속살이 환히 드러나 보였다.⁽¹부⁾

**아르르한** 【형용사】 아르르하다. 춥거나 무서워서 조금 떨리는 듯하다. 매운 음식 따위를 먹어 알알하고 쏘는 느낌이 있다.

그 말에 대불이는 마치 꾸지뽕열매를 따먹을 때 가시에 찔린 것처럼 아르르한 아픔을 느꼈다.⁽²부⁾

**아부지** '아버지' 방언.

너도 네 아부지같이만 살거라.⁽¹부⁾

**아수라장** 【명사】 싸움이나 그 밖의 여러 일로 아주 시끄럽고 혼란한 장소나 상태를 비유적으로 이르는 말.

선창거리가 온통 아수라장이 되었다.⁽³부⁾

**아슴푸레** 【부사】 빛이 약해서 조금 어둡고 희미한 모양을 나타내는 말 또렷하게 잘 보이지 않고 조금 흐릿한 모양을 나타내는 말.

그가 서거칠에게 말하고 선창 쪽을 바라보았더니 구물구물 왜병들이 둑길을 타고 몰려오고 있는 모습이 아슴푸레하게 보였다.⁽⁶부⁾

**아심찮허네**  형용사  '미안할 정도로 고맙다' 방언.

아심찮허네. 막음례 덕택에 호사허는구만.(8부)

**아주까리 대에 개똥참외 달리듯**  생활 능력이 없는 남자가 분에 넘치게 여자를 많이 데리고 산다는 말. 연약한 과부에게 다 큰 자식이 여럿 있다는 말.

아주까릿대에 개똥참외 달리듯 계집들이 수시로 줄렁줄렁 따르는데도 한사코 그 월선이 년 타령이니 원.(6부)

**아짐씨**  '아주머니' 방언. 부인네를 높여 정답게 가리키거나 부르는 말. 부모와 같은 항렬 여자를 가리키거나 부르는 말.

아따 원, 아짐씨도 …… 핑계가 좋아서 사돈네 집에 가시겠소.(7부)

**아찔한**  형용사  아찔하다. 갑자기 어지럽고 아뜩하다.

염주근의 말에 사또는 아찔한 생각이 들었다.(3부)

**아퀴짓게**  아퀴짓다. 일이나 말끝을 마무리하다.

그들은 술청 안에 모인 남자들의 이야기가 어떻게 아퀴짓게 될지 자못 궁금하여, 마음을 바싹 죄고 있었다.(1부)

**악공**  악기를 연주하는 사람.

설령 그렇게 되시드래도 젊은 악공이 따님 뒤를 잘 봐줄 거 아니우.(2부)

**악다구니**  명사  기를 쓰고 다투며 욕하는 짓.

큰 소리로 싸우는 욕지거리며 취객들의 악다구니와 이따금씩 목청껏 불러대는 일본 노래가 뒤섞여 들려오기도 했다.(8부)

**안검**  명사  어떤 사실 따위를 자세히 조사하여 살핌.

한때 나라에서는 노비를 안검(按檢)하여 속량시킨 적도 있었지만, 능상을 한다는 이유로 오랫동안 면천(免賤)을 시켜주지 않았지 않는가.(1부)

**안동답답이**  명사  하는 행동이 외곬이어서 몹시 답답한 안동 사람이라는 뜻에서 하는 일이 융통성이 없거나 사리에 맞지 않아서 답답한 행동을 하는 사람을 비유적으로 이르는 말.

정처 없이 뜬곬로 떠난 몸들이라 어디에서 뜬벌이라도 하며 굶어죽지나 않았는지, 새며느리와 웅보 사이에 금슬이나 좋은 건지, 기별이나 전해오면 마음을 놓을 수가 있을 터인데, 두

달이 지나도록 종무소식이니 안동답답(按棟畓畓)이가 될 수밖에 없었다.(1부)

**안절부절못하였다** 〔자동사〕 안절부절못하다. 마음이 불안하고 초조하여 어찌할 바를 모르다.

낮부터 하늘이 꾸무럭하기에 걱정스러운 얼굴로 하늘만 쳐다보던 웅보는 밤늦게까지 잠을 못 이루고 안절부절못하였다.(1부)

**안하무인** 〔명사〕 눈 아래에 보이는 사람이 없다는 뜻으로 방자하고 교만하여 다른 사람을 업신여김을 이르는 말.

백년은 그들이 안하무인인 것은 조선 사람을 무시하고 자기들만이 우월하다는 자만심 때문이라고 생각했다.(9부)

**앉은걸음** 〔명사〕 앉은 채로 엉금엉금 걷는 걸음.

이윽고 백년이와 그의 어머니가 방문을 열고 토방에 내려섰고 쌀분이도 앉은걸음으로 마루로 나왔다.(8부)

**앉은뱅이책상** 〔명사〕 의자가 없이 바닥에 앉아서 사용할 수 있도록 만든 책상.

크지 않은 방에는 앉은뱅이책상 두개와 찬장처럼 생긴 작은 사물함 두개가 놓여 있을 뿐이었다.(8부)

**알랑거려쌓는** 〔자동사〕 알랑거리다. 좋게 보이려고 자꾸 비위를 맞추거나 아양을 떨다.

소 만한 딸년이 코쟁이 밑에서 알랑거려쌓는 꼴 보기 싫구만.(4부)

**알싸하면서** 〔형용사〕 알싸하다. 맵거나 독해서 콧속이나 혀끝이 아리고 쏘는 느낌이 있다.

홍어는 흑산 것이 최고여라우. 비릿허면서도 들큰허고, 알싸하면서 톡 쏘고, 부드러우면서도 쫄깃쫄깃한 맛, 좋은 홍어는 칼로 저밀 때부텀 다르당께요.(8부)

**알토란** 〔명사〕 지저분하게 난 털을 깨끗하게 다듬은 토란.

서른네 살의 나이에 비해 여태껏 한 번도 생산을 하지 않은 탓인지 알토란같은 얼굴에 찔레꽃같이 맑은 태깔이 새색시처럼 고왔다.(1부)

**암것도** 아무것도. 특별히 정해지지 않은 어떤 모든 것. 특별하거나 대단한 어떤 것.

어차피 우리가 제정신 말똥말똥해갖고는 암것도 안 되게 생겼어요.⑴부⑴

**암시랑토 안형께** 부사 암시랑토 않다. '아무렇지도 않다' 혹은 '괜찮다'를 의미하는 방언.

나는 암시랑토 안형께 내 걱정은 말어유.⑸부⑸

**암턴** 부사 '아무튼' 방언. 앞문장 내용이나 흐름과 상관없이 화제를 바꾸거나 본래 화제로 돌아갈 때 이어 주는 말. '아무러하든'이 준 말로 모양, 형편, 정도나 조건 따위가 어떻게 되어 있든지 간에라는 뜻으로 쓰인다.

암턴 참을 때 참어야제. 올까지만 참고 살아남으면 될 거여. 내년에는 이 땅에 모를 낼 것인께.⑴부⑴

**암팡지게** 형용사 암팡지다. 몸집은 작아도 야무지고 굳세다.

웅보는 암팡지게 생긴 키 큰 동생 서천이가 앓아누운 것으로 짐작하고 그렇게 물었다.⑷부⑷

**압살** 힘으로 짓눌러 없애거나 막아 버리다. 사람이나 동물을 무거운 것이나 센 힘으로 눌러서 죽임.

이것은 광주 조선학생 동지들의 학살의 음모인 동시에 조선학생대중들의 압살적 시위이다.⑼부⑼

**압씨** '아버지'를 속되게 이르는 말.

느그 압씨는 죽어도 그 집에서 나오지 않겠다는디야!⑵부⑵

**앙거** '앉아' 방언.

쪼금 앙거 기시면 나오실 것입니다요.⑻부⑻

**앙금** 명사 마음속에 남아 있는 개운치 않은 감정을 비유적으로 이르는 말.

양만석은 갑자기 마음속 한구석에 자리 잡고 있는 칙칙한 앙금을 털어내기라도 하려는 듯 물었다.⑻부⑻

**앙당그러진** 자동사 앙당그러지다. 마르거나 좁아지거나 굳어지면서 조금 뒤틀리다. 춥거나 겁이 나서 조금 움츠러지다.

웅보는 아버지가 지게를 받쳐 세우고 손등으로 이마의 땀을 쓱쓱 문지르며, 할아버지를 묻을 만한 곳을 찾느라 아기다박솔 수평과 앙당그러진 떡갈나무들이 촘촘히 들어앉은 등성이 여기저기를 유심히 살피고 있을 때, 발부리 아래로 멀리 내려다보이는 영산강을 굽어보며

물었다.(1부)

**앙똥하게** 〔형용사〕 앙똥하다. 분수에 맞지 않게 지나쳐 좀 야살스럽다.

마님의 말에 웅보가 고개를 돌려보니 그의 옆에는 앙똥하게 생긴 다담상 위에 엿이 수북하게 놓여 있었다.(1부)

**앙바틈한** 〔형용사〕 작달막하고 떡 바라져 있다.

두멍에 물을 길어 붓고 있는, 앙바틈한 키에 어울리지 않게 머리를 길게 땋아 늘인 방울이 나이 또래의 처자에게 큰 소리로 물었다.(1부)

**앙앙지심** 〔명사〕 마음에 차지 않아 야속해하며 원망스럽게 여기는 마음.

그러자 쌀분이는 여전히 앙앙지심(怏怏之心)을 삭이지 못하고는 한다는 소리가 타고난 화냥기 워디로 갔을랍뎌?(4부)

**앙증스럽게** 〔형용사〕 앙증스럽다. 작으면서도 있을 것은 다 있어서 깜찍하고 귀여운 데가 있다.

강변 미루나무 밑에 서 있는 대불이를 향해 손을 흔들어 보이는 필순이의 모습은 다시 앙증스럽게 예쁜 물달개비꽃으로 변해버리곤 하였다.(1부)

**앙칼스러움** 〔형용사〕 앙칼스럽다. 모질고 날카로운 데가 있다. 힘에 겨운 일에 악을 쓰고 덤비는 태도가 있다.

가난의 슬픔 대신 오기와 앙칼스러움이 뒤엉킨 눈빛이었다.(4부)

**앙탈** 〔명사〕 말을 듣지 않고 생떼를 쓰며 고집을 부림. 순순히 응하지 않고 사납게 거절함.

앙탈을 부리고 싶을 만큼 미운 생각이 들었다.(4부)

**앞순** 먼저 번에 의미.

이런 지기미헐 새끼가 저 앞순에 우리들헌테 대들었재?(1부)

**앞에서 꼬리 치는 개가 후에 발뒤꿈치 문다** 앞에 와서 살살 좋은 말만 하고 비위를 맞추는 사람일수록 보이지 않는 데서는 도리어 험담을 하고 나쁜 꾀를 쓴다는 말.

앞에서 꼬리 치는 개가 발뒤꿈치 문다는 말도 못 들었소?(6부)

**애** 홍어 내장을 이르는 말.

홍어는 일 코, 이 애, 삼 날개 협디다만, 내는 날개가 제일 맛있습디다.(8부)

**애간장** 근심에 싸여 초조한 마음속을 비유적으로 이르는 말.

웅보는 애간장이 끊어지는 듯하였다.(3부)

**애갈이** 〔명사〕 농사짓는 해에 처음으로 논이나 밭을 가는 일.

예년 같으면 벌써 애갈이들을 하느라고 여기저기 쟁기질을 하는 모습이 한창일 터인데, 농사 준비에 바빠야 할 들판이 쓰렁하게만 느껴졌다.(3부)

**애걸하듯** 〔형용사〕 애처롭고 간절하게 빌다. 소원이나 요구 따위를 들어 달라고 애처롭고 간절하게 빌다.

지금 생각해보니 어머니가 왜 그렇듯 애걸하듯 문상을 가라고 당부를 했었는지 헤아릴 수 있을 것 같다.(8부)

**앳된** 〔형용사〕 앳되다. 나이에 비하여 어려 보이는 느낌이 있다.

겉으로 얼핏 보아서는 결혼한 여자 같지만 얼굴이 앳된 것으로 보면 아직 학생인 듯하다.(8부)

**애매한 두꺼비 돌에 치인** 애매한 두꺼비 돌에 치었다. 아무 관계없이 벌을 받거나 남 원망을 듣게 됨을 비유적으로 이르는 말.

세상에 애매한 두꺼비 돌에 치인 푼수제. 죄도 없이 얼마나 고초가 심하셨을까.(5부)

**애면글면** 〔부사〕 힘에 겨운 일을 이루려고 온갖 힘을 다하는 모양을 나타내는 말.

뼈가 휘도록 애면글면 장만한 땅에 기껏 한 해 농사를 지어보고 다시 폐농을 하게 될 것 같아 오장육부가 매지매지 녹아내리는 기분이었다.(3부)

**애물** 〔명사〕 애를 태우거나 성가시게 하는 물건이나 사람. 사랑하여 소중히 아끼는 물건.

이런 큰일에는 꼭 애물게 애잔헌 사람덜이 다치기 십상이라…….(2부)

**애비** '아버지' 방언.

허지만 웅보 애비 생각은 어떠냐. 웅보 애비도 종문서를 바라느냐?(1부)

**애시당초** 애당초. '당초'를 강조하여 이르는 말. 일 맨 처음.

실은 그것이 무쇠서 마을 사람들은 땅을 칠 생각은 애시당초 포기하고 고기잡이로 나섰다우.(1부)

**애압씨** '아이 아버지' 방언.

애압씨가 붙들려가믄 영락없이 살아서 못 돌아올 거라니께, 안 그러남유.⑶

**애업개**   애를 업어서 봐주는 일.

유 참봉 집으로 들어가기 전 나루터 사공 집에서 애업개 노릇을 하며 얹혀살 때, (……)⑴

**애오라지**   **부사** 마음에 부족하나마 겨우. '오로지'를 예스럽게 이르는 말.

애오라지 그를 만나보기 위해서 불원천리 찾아온 궐녀를 그대로 돌려보낸다는 것은 두 사람 사이의 정분을 말하기 전에 사람의 도리가 아닌 것이었다.⑹

**애옥살이**   **명사** 가난에 쪼들려 애를 쓰며 고생스럽게 사는 살림살이.

그는 죽은 방석코보다도 애옥살이 속에서도 애면글면 마음 기대고 살아온 난초가 안쓰럽게 여겨졌다.⑹

**애운한**   **형용사** 애운하다. 섭섭하다. 기대에 어그러져 불만스럽거나 못마땅하다.

김유복으로부터 방석코의 죽음을 듣게 된 대불이는 마땅히 죽을 사람이 죽었다는 생각을 하면서도 마음 한구석에는 무엇인가 애운한 정이 뻗질러 올랐다.⑹

**애잔헌**   **형용사** 애잔하다. 애처롭고 애틋하다. 가냘프고 약하다.

이런 큰일에는 꼭 애물게 애잔헌 사람덜이 다치기 십상이라…….⑵

**액**   모질고 사나운 운수.

설맞이 집안 닦기를 잘해야 묵은해의 잡귀와 액(厄)이 물러간다고 믿고 있었기 때문이었다.⑵

**액년**   **민속** 운수가 사나운 해. 사람 일생 중에 재난을 만나게 될 것이라고 하는 나이.

그들은 당신(堂神) 대신 신간 앞에 메밥과 영산강에서 잡아온 비늘 있는 고기로 제물을 올리고, 마을이 태평하고 궂은 액년을 막아줄 것을 빌었다.⑴

**액색해**   운수가 막혀 어렵고 떳떳하거나 자연스럽지 못하여 거북하고 어색하다.

그제야 대불이는 전서방의 식솔들을 인천으로 데려가지 못한 것을 액색해하여 눈을 뜨고 벌떡 일어나 앉았다.⑷

**앵겨주시게나**   '안겨주다' 방언.

여기 술값은 넉넉하게 있으니, 술상부터 한상 떡벌어지게 내오구 말이시, 인천바닥에서 젤 가는 색시들루다가 넷만 골라다가 우리 형제들한테 앵겨주시게나.⑸

**앵금**   앙감질. 한 발은 들고 한 발로만 뛰는 짓.

줄꾼은 다시 혈기 있게 부채를 펴들고 한 다리를 꾸부린 채 외발로 껑충껑충 뛰며 걷는 앵금이며, 줄 위에서 공중으로 몸을 솟구쳐 발로 코를 차는 외홍채비, 풍치기, 쌍홍채비 재주를 부렸다. (2부)

**앵돌아져** [자동사] 앵돌아지다. 성이 나서 토라지다. 방향을 바꾸어 획 틀어지다.

쌀분이는 시어머니를 배웅하고 돌아오면서 웅보한테 앵돌아져 찍는 말을 하였다. (1부)

**앵속각** [명사] 양귀비 열매 껍질. 이질, 설사, 배앓이 따위에 약으로 쓰인다.

자, 여러분. 이 시는 구례군 월곡리에 사시던 매천 황현이라는 분께서 일 년전인 바로 작년 가을 세상을 비탄, 앵속각을 끓여 마시고 자결할 때 쓰신 절명시(絶命詩)의 마지막 부분입니다. (7부)

**야거리** [명사] 돛대가 하나만 달린 작은 배.

그들 장꾼들의 머리 위, 영산강에 야거리 돛배가 스쳐 지나가는 것도 보였다. (1부)

**야광귀** [민속] 음력 섣달그믐날 밤에서 정월 초하룻날 새벽 사이 잠을 자는 아이의 신발 중에서 맞는 신발을 신고 사라진다고 하는 귀신. 신을 도둑맞은 사람은 그해 운수가 나쁘다고 하여 일찍 대문을 걸어 잠그거나 체를 걸어 두기도 한다.

설날 밤에는 하늘에 있는 야광귀(夜光鬼)라는 귀신이 인간 세상에 내려와 여러 곳을 두루 돌아다니다가, 인가에 들어가서 사람들의 신을 신어보고 발에 맞는 것이 있으면 신고 간다고 하였다. (2부)

**야금야금** [부사] 음식 따위를 자꾸 입안에 넣고 조금씩 먹는 모양을 나타내는 말. 물건 따위가 자꾸 조금씩 축나거나 써서 없어지는 모양을 나타내는 말.

그는 우선 영산포에서 가까운 마을부터 야금야금 산골마을로 들어가는 게 좋겠다고 생각하고 있었다. (2부)

**야꾸자패** '야쿠자' 일본 조직폭력배 집단.

권씨 그 사람 야꾸자패들과 가깝다면서요? (5부)

**야리야리한** [형용사] 야리야리하다. 단단하지 못하고 매우 무르다.

되작거려가며 짯짯이 뜯어보면 야리야리한 몸피에 키가 작달막하고, 둥글납작한 얼굴에 잘 어울리게 크지도 작지도 않은 눈이며 꼼친 입매며가 여자답게 생겼는데도, 요 몇 년 사이에

몰라보게 곰삭아버린 것이었다.(4부)

**야만인** 〔명사〕 미개하여 문화 수준이 뒤떨어진 사람. 교양이 없고 무례한 사람을 비유적으로 이르는 말.

에익 조센징, 조센징은 야만인들이다.(9부)

**야무지게** 〔형용사〕 야무지다. 성격이나 태도 따위가 어수룩함이 없이 똑똑하고 기운차다. 속이 차 보이거나 굳세고 단단하다.

잠시 후에 검정색 반바지에 민소매 흰색 티셔츠를 깔끔하게 차려입은 열 살 안팎의 야무지게 생긴 아이가 댓돌 아래로 쪼르르 달려왔다.(8부)

**야물딱지게** 〔형용사〕 야물딱지다. '야무지다' 방언. 성격이나 태도 따위가 어수룩함이 없이 똑똑하고 기운차다. 속이 차 보이거나 굳세고 단단하다.

야물딱지게 좀 쨈매씨오.(8부)

**야비하게** 〔형용사〕 야비하다. 상스럽고 교활하다.

무서워. 야비하게 댕기머리를 잡아댕기다니.(9부)

**야소교** 천주교와 개신교, 정교회 등 예수를 구세주로 믿는 종교를 통틀어 이르는 말. '야소'는 '예수' 음역어이다.

대불이는 설마 짝귀 형이 야소교의 성교당을 습격하자는 말이 아니기를 빌었다.(6부)

**야젓해야** 〔형용사〕 야젓하다. 점잖고 무게가 있다.

웅보 형님의 말대로 이제 종의 신세가 아니므로 옛날의 상전 앞에서 꿉실거리지도 주눅이 들지도 말고 당당하고 야젓해야 한다는 것을 알고 있었지마는, (……)(2부)

**야죽거리는** 〔자동사〕 야죽거리다. 얄미울 정도로 짓궂게 자꾸 비웃으며 이야기하다.

그런데 매부리코의 말투가 야죽거리는 것처럼 들렸다.(9부)

**야트막한** 〔형용사〕 야트막하다. 높이가 조금 얕은 듯하다.

흙먼지가 안개처럼 뿌옇게 뜬 하늘의 야트막한 모서리에서 종다리가 우짖고, 영산강 물비늘을 일으키는 샛바람에 강둑에 뾰곰뾰곰 돋아나기 시작하는 콩잎 모양의 콩제비꽃 떡잎들이 솔솔하게 흔들리는 봄.(1부)

**야학** 〔명사〕 민간단체나 학생 등이 근로 청소년이나 정규 교육을 받지 못한 성인 등을 대상으로 야간에 운영하는 비정규적 교육 기관. 밤에 공부하다.

이 곳에서는 연극공연과 영화상영, 강연회 외에 여러 사회단체의 집회가 열리고 야학도 개

설되어 있었다. (8부)

**약빠른 고양이 앞을 못 본다**  지나치게 약게 굴면 오히려 잘못된 판단을 하

게 되어 기회를 놓칠 수도 있다는 말.

이것 보씨요 잉, 어느 쪽에서 먼첨 칼을 뽑았는듸 이러시오. 약빠른 고양이 앞을 못 본다더

니 눈 좀 제대로 뜨고 양심대로 살어요. (5부)

**약조**  〔명사〕 조건 따위를 붙여 약속함. 조건 따위가 붙여져 약속되다.

웅보가 다시 말하자 약조를 했단 말여 하고 큰 소리로 말했다. (1부)

**얀정머리없는**  〔형용사〕 얀정머리없다. 낮잡아 이르는 말로 남을 동정하는 마음

이 조금도 없다.

얀정머리없는 애비. (1부)

**얄찍하게**  〔형용사〕 얄찍하다. 좀 얇은 듯하다.

형제들 앞에서 언제나 점잔빼기를 좋아하는 짝귀도 벌써 불콰해진 얼굴에 미소를 담뿍 머금

은 채, 얄찍하게 생긴 여자가 집어주는 안주를 늘름늘름 받아먹고 있었다. (5부)

**얄캉한**  〔형용사〕 얄캉하다. 가늘고 탄력이 있으며 부드럽다.

처음 대불이가 데려다놓았을 때까지만 해도 어린 태를 완연히 벗어나지를 못했었는데, 이제

열네 살밖에 안되었는데도 얼굴이 보송보송하게 탐스러워지고 얄캉한 몸매에도 제법 엉덩

판이 반반하게 넓어지는 듯싶었다. (3부)

**양녀**  입양에 의하여 딸로서 신분을 획득한 사람.

그 아이들도 모두 서서평의 양녀들이라고 했다. (8부)

**양반은 얼어 죽어도 겻불은 안 쬐고 떠 죽어도 맨살은 보이지 않는다**

양반은 얼어 죽어도 짚불은 안 쬔다. 체면을 중히 여기는 사람은 아무리

궁하거나 다급한 경우를 만나도 체면에 어울리지 않는 일은 하지 않음을

비유적으로 이르는 말.

그러기에 양반은 얼어 죽어도 겻불은 안 쬐고 떠 죽어도 맨살은 보이지 않는다고 안 허든

가. (6부)

**양어지** 명사 '양어장' 방언. 물고기를 인공적으로 길러 번식시키는 곳.

2,000평이 넘은 정원에는 양어지를 만들어 배를 띄우고 낚시질을 할 정도로 잘 꾸며져 있다.(8부)

**양지가 음지 되고 음지가 양지 된다** 세상일은 돌고 도는 것이어서 처지는 뒤바뀌게 마련이라는 말.

양지가 음지 되고 음지가 양지 된다고 안험여. 인제 쩨끔만 참으면 우리헌테도 좋은 세상이 올 거로구먼요.(6부)

**양총** 명사 예전에 서양에서 제조되어 유입된 총을 이르던 말.

쌀 이백 가마니래야 양총 스무 자루 값에 불과허니라.(6부)

**양코배기** 서양 사람을 얕잡아 이르는 말.

양코배기놈 첩이 되든지 왜놈 첩이 되든지 알아서 하라고 그러라니께.(4부)

**양푼** 명사 음식을 담거나 데우는 데 쓰는 그릇. 그릇 둘레 높이가 낮고 아가리가 넓다.

얼굴이 양푼처럼 너부데데한 판쇠 아내는 머리에 큰 옷 보퉁이를 이고 등에는 갓난아기를 업고 있었으며, 고만고만한 두 아이가 치맛자락을 꼭 붙잡고 달붙었다.(1부)

**얕보기** 타동사 얕보다. 낮추어서 하찮게 보다.

저들이 우리를 얕보기 때문에 이런 만행을 저지른 것입니다.(8부)

**어귀** 명사 드나드는 길목 첫머리.

아침에 일어나 보니 영산강물이 노루목 마을 어귀 늙은 팽나무 아래까지 그들먹하게 넘치고 있었다.(1부)

**어글어글** 부사 생김새나 성질 따위가 너그럽고 시원스러운 모양을 나타내는 말. 얼굴에 난 구멍들이 크고 시원스러운 모양을 나타내는 말.

이제 개똥이의 모습도 어글어글 총각티가 나기 시작했다.(5부)

**어금지금** 부사 정도나 수준이 거의 비슷한 모양을 나타내는 말.

박골에 당도한 대불이는 징검다리를 건너, 나이가 어금지금한 아이들이 추위도 모르고 연날리기를 하고 있는 것을 보고 그들 곁으로 가까이 갔다.(1부)

**어기죽거리고** 자동사 어기죽거리다. 큰 몸집으로 팔다리를 어색하게 움직이며 힘들게 겨우 걷다.

그는 외삼촌처럼 뒷짐을 지고 턱 끝에 힘을 주어 배를 내밀며 어기죽거리고 걸었다.(6부)

**어깃장** **명사** 순순히 따르지 않고 반항하는 말이나 행동.

그러기에 아버지 말에 순순히 따르기보다는 한사코 어깃장을 놓고 싶어진 것이다.(9부)

**어깻죽지** 비표준어. 팔이 붙어 있는 어깨의 한 부분.

그제야 웅보는 마치 도살장에 끌려가는 소처럼 두 어깻죽지를 휘주근하게 늘어뜨리고 어슬렁어슬렁 마루로 올라갔다.(1부)

**어느 구름에 비올지 모른다** 어느 구름에서 비가 올지. 어느 때 어떤 일이 생길지 모른다는 말. 일 결과를 미리 짐작하기 어렵다는 말.

어느 구름에 비올지 모른다드만 외방자식이 느닷없이 떠억 나타나서는 아부지 호강시켜중께로 불겁혀(부러워).(7부)

**어느 귀신이 잡아갈지 모른다** 아무도 모르게 감쪽같이 잡아간다는 말. 어느 때에 어떻게 잘못될지 모른다는 말.

가서 현감헌티 일러라. 가난헌 백성들을 허투루 짓밟았다가는 어느 귀신이 잡어갈지 모른다고!(2부)

**어두귀면** **명사** 물고기 머리에 귀신 얼굴이라는 뜻으로 아주 흉하게 생긴 얼굴을 이르는 말.

양반들의 별배 구종 등 어두귀면(魚頭鬼面)의 온갖 졸도들이 곳곳마다 쉬파리 퍼지듯 드글드글 뒤섞여 돌아다니면서 갖은 행패를 부리는 바람에, 끝내 견뎌 내지를 못하고 무장바닥을 뒤도 돌아보지 않고 떠버린 것이었다.(2부)

**어둑어둑** **부사** 사물을 똑똑히 알아볼 수 없을 정도로 어두운 모양을 나타내는 말.

어둑어둑 강물 위로 밤이 내려오고 있었다.(1부)

**어디서 굴러온 개뼉다귀** 객지에서 들어와 센 척하는 사람을 비유적으로 이르는 말.

대관절 저놈들이 어디서 굴러온 개뼉다귀들이여?(1부)

**어떨떨하였다** **형용사** 얼떨떨하다. 갑작스러운 일이나 복잡한 일로 몹시 어리둥절하고 멍하다. 속이 울리고 아프다.

엉겁결에 빰을 맞은 손칠만이가 놀란 오소리 눈을 하며 얼떨떨해하였다.(3부)

**어뜨케** '어떻게' 방언.

웅보야, 대불이놈 말대로 내가 풀어줄게 도망을 칠래? 네 마빡에 불도장 찍는 꼴을 어뜨케 볼 것이냐 잉.(1부)

**어련히** **부사** 염려하지 않아도 잘되거나 좋을 것이 명백하게.

무소식이 희소식인겨. 자리를 잡으면 어련히 알아서 기별을 할까.(1부)

**어르기도** **타동사** 어르다. 편안하게 하거나 기쁘게 하려고 몸을 흔들어 주거나 달래다. 한데 모아서 합하게 하다.

웅보는 그런 쌀분이를 살살 어르기도 하고 큰 소리로 윽박질러보기도 하였으나, 그럴수록 쌀분이는 설맞는 뱀처럼 사나와지기만 했다.(1부)

**어리** 병아리 따위를 가두어 기르기 위하여 싸리나 나뭇가지, 철 따위를 엮어 서 둥글게 만든 물건. 닭 따위를 넣어서 들고 다니도록 만든 물건. 모양이 닭장과 비슷하지만 그보다 훨씬 작다.

풀상투 떼거리들은 말바우 어미의 움막으로 접근하지 못하고 백여 보 간격을 두고 솔개가 어리 속의 병아리 여수듯 뱅뱅 배돌기만 하였다.(3부)

**어림** **명사** 대강 짐작으로 헤아림.

종놈 웅보(熊甫)가 새벽에 도망을 치다가 붙잡힌 것을 알고, 아침부터 까마귀가 늙은 팽나무 가지에서 어지럽게 울어쌓는 까닭을 어림하였다.(1부)

**어림 반 푼어치도** 어림 반 푼어치도 없다. 몹시 부당하거나 터무니없다.

뺏기다니, 어림 반 푼어치도 없는 소리 허지도 말어!(3부)

**어무니** '어머니' 방언.

여자고 남자고 첫정은 죽을 때까지 못 잊는다는디, 어무니 모시고 가서 막음례를 만나볼 것 이재.(1부)

**어물어물** **부사** 말이나 행동을 분명히 하지 않고 자꾸 주춤거리는 모양을 나 타내는 말. 큰 것이 희미하게 보일 듯 말 듯 자꾸 움직이는 모양을 나타내 는 말.

자신의 나이를 모르는 장쇠는 고개를 주억거리며 어물어물했다.(1부)

**어색시런** 〔형용사〕 '어색스럽다' 방언. 어색한 데가 있다.

그 다음날 아침에 봤을 때, 역부러 내 눈을 피하던 어색시런 모양, 그러고 또 멋이냐,

(……)(8부)

**어슬렁어슬렁** 〔부사〕 몸집이 큰 사람이나 동물이 몸을 이리저리 흔들며 계속 천천히 걸어 다니는 모양을 나타내는 말.

웅보는 쌀분이를 어르다가 지쳐 방에 혼자 들어와 버렸는데, 밤이 이슥해서야 그녀가 어슬렁어슬렁 꼬리를 내리고 기어들어와 방구석에 얼굴을 깊숙이 묻고 꿍겨앉았다.(1부)

**어슴어슴** 〔형용사〕 주위가 어슴푸레하다.

개산 쪽으로 붉은 해가 영산강을 붉게 물들이며 기울자, 어슴어슴 어둠이 내리는가 싶었는데, 달이 둥실 떠올라 새끼내 집집마다 훤히 밝혀주었다.(1부)

**어슷하게** 〔형용사〕 어슷하다. 한쪽으로 조금 기울거나 비뚤다.

해수병으로 나이가 들수록 숨이 가빠진 할아버지는 여름날 밤에는 잠을 이루지 못한 채, 벽에 등을 기대고 어슷하게 발을 뻗대고 앉아 밤을 새우는 날이 많았다.(1부)

**어안이 벙벙해서** 어안이 벙벙하다. 뜻밖에 놀랍거나 기막힌 일을 당하여 어리둥절하다.

방석코는 두 사람에게 앞뒤 이야기도 없이 뚜벅 그렇게 물었다. 두 사람은 잠시 어안이 벙벙해서 대답을 못하고 있었다.(2부)

**어연번듯하게** 〔형용사〕 어연번듯하다. 세상에 드러내기에 아주 나무랄 데 없이 훌륭하고 떳떳하다.

그동안 물난리다 돌림병이다 세곡난리다 오만 고초를 다 겪어 고생고생 끝에 땅을 장만하여, 어연번듯하게 첫 농사를 짓고, 오례쌀로 송편을 빚어 부모를 모시러 가게 되었으니 그 기쁨이 오죽하랴.(3부)

**어이없다** 〔형용사〕 너무 뜻밖이어서 기가 막히다.

장재성이 선택이라는 말을 또 쓰자 양만석은 다시 한 번 어이없다는 듯 실소했다.(9부)

**어정거리지** 〔타동사〕 어정거리다. 이리저리 천천히 자꾸 걷다.

그러니 여기서 어정거리지 말고 돌아가게!(3부)

**어정쩡하다** 형용사 분명하지 않고 모호하거나 어중간하다. 얼떨떨하고 난처하다.

> 그런 어정쩡한 마음으로 웅보와 평생을 살아갈 일이 아뜩하게만 생각되었다.(1부)

**어지간한** 형용사 어지간하다. 수준이나 정도가 보통이거나 그보다 약간 더한 상태이다. 수준이나 형편이 기준에서 크게 벗어나지 않은 정도이다.

> 웬만한 집채덩이 만한 볏섬가리에는 나래장을 엮어 두르고 다시 두껍게 이엉을 하여 어지간한 비에는 물 한 방울 스며들지 않았다.(3부)

**어질거리고** 자동사 자꾸 어지럽고 까무러칠 듯 희미하다.

> 산에서 흘러내려오는 성난 물줄기 속에는 반드시 갈퀴처럼 생긴 손을 가진 귀신이 어질거리고 있으니, 물속에 들어가지 말라고 하였다.(1부)

**어질더분** 형용사 어질더분하다. 마구 어질러져 있어 지저분하다.

> 타다 남은 장작 등이 어질더분하게 널려 있었고, 여닫을 때 삐걱거리는 소리가 요란한 판자문 맞은편 두 사람이 겨우 누울만한 자리에 짚과 거적을 깔아놓았으며, (……)(4부)

**어쩔라고** '어떻게 하라고' 방언.

> 세상이 뒤집히기라도 했남? 양반들이 어쩔라고 종들을 한꺼번에 풀어줬을까?(1부)

**어쯔그라우** '어떻게 그러겠어요' 방언.

> 미안해서 어쯔끄라우.(4부)

**어찌까** '어쩌나' 방언.

> 어찌까 잉. 불쌍혼 우리 엄니를 어찌까 잉.(2부)

**어찌코롬** '어떻게' 방언.

> 사람이라는 생각을 한다 치면 어찌코롬 떼 지어 댕김시로 남의 집에 쳐들어가 음식을 찾어먹겠수?(3부)

**어채피** 부사 '어차피' 방언. 이렇거나 저렇거나 귀결되는 바.

> 꼭 그런 것만은 아니지요. 어채피 사그러진 청춘인데 노류장화면 어떻고 요조숙녀면 뭘합니까요.(5부)

**어처구니없는** 형용사 어처구니없다. 너무 엄청나거나 뜻밖이어서 기가 막히다. 어처구니는 맷돌에 나무로 만들어진 막대 손잡이를 말한다. 어처구니란 말은 '없다'와 함께 쓰여 뜻밖이거나 한심해서 기가 막힘을 의미한다.

김치근 어머니의 그 말에 대불이는 어처구니없는 얼굴로 푸시시 웃을 따름이었고 말바우 어미는 눈 둘 곳을 몰라 하였다.(2부)

**어치께**  '어떻게' 방언

뒷간 길도 비척거리는 몸으로 어치께 광나루에는 가셨능교.(2부)

**어치크롬**  '어떻게' 방언.

어치크롬 강을 건느셨능교.(2부)

**억지웃음**  **명사** 웃기 싫은데도 억지로 웃는 웃음.

할아버지는 손톱으로 밤송이 가시를 뽑아내는 손자를 향해 억지웃음까지 머금어 보였다.(1부)

**언감생심**  **명사** 감히 바랄 수도 없음.

언감생심, 떼어먹다니요.(1부)

**언권**  회의나 어떤 모임에서 자신 의견을 말할 수 있는 권리.

하고 싶은 말이 있으면 언권을 얻어서 말하시오.(4부)

**언넝**  '빨리' 방언.

때 맞춰서 잘 왔다. 저녁 묵게 언넝 앉거라.(9부)

**언로**  **명사** 신하나 백성이 임금에게 의견을 올릴 수 있는 길. 아랫사람이 윗사람에게 의견을 올릴 수 있는 길.

형씨가 직접 언권을 얻어서 따지시오. 이제 언로가 활짝 열렸으니 잘될 겝니다.(4부)

**언저리**  **명사** 둘레를 이룬 갓이나 그 가까이.

웅보가 쌀분이의 배꼽 언저리를 쓰다듬으며 말했다.(1부)

**언제**  **명사** 堰堤. 호수 범람이나 바닷물 유입을 막기 위하여 쌓은 구축물.

더러는 보를 점유한 양반들이 언제(堰堤)를 잘 쌓고 충분히 저수를 하여 관개에 이용할 수 있게 했으나, 수세가 태과(太過)하여 농민들이 아예 봇물을 쓰지 않고 그대로 두어 논이 황폐하도록 만들기도 했다.(1부)

**언칠라**  체하다. '체' 방언. 먹은 음식이 잘 소화되지 않고 위 속에 답답하게 남아 있음.

아서라 언칠라. 물 마셔감시로 싸묵싸묵 묵어라.(8부)

**언틀먼틀** [부사] 바닥이 고르지 못하고 울퉁불퉁한 모양을 나타내는 말.

웅보와 김치근이가 마을로 들어서자, 아낙들은 양지쪽에서 언틀먼틀하게 짠 삿자리에 호박을 썰어 말리거나, 아이들의 머리를 뒤적이며 서캐를 죽이고 있었다. (1부)

**얼거리** [명사] 일에 있어 골자만 대강 추려 잡은 전체 줄거리.

큰비가 오기 전에 얼거리라도 쌓아둬야지. 이대로 뒀다가는 여름 장마에 도로 아미타불이 될 껀디, 어뜨케 쉰단 말이여. (1부)

**얼근히** [부사] 음식이나 그 맛이 매워서 입안이 조금 얼얼하게. 술에 어지간히 취하여 정신이 어렴풋하게.

어둠이 내려덮일 무렵 대불이와 짝귀는 탁배기에 얼근히 취해서 흥얼거리며 진고개 상엿도 가로 돌아오고 있었다. (4부)

**얼금뱅이** [명사] 얼굴이 얼금얼금 얽어 있는 사람을 얕잡아 이르는 말.

하늘뿐만이 아니재. 이 못난 얼금뱅이 서방이 하눌님만큼이나 잘나고 귀하게 보일 거란 말여. (1부)

**얼금얼금** [부사] 굵고 얕게 얽은 자국이 촘촘하게 있는 모양을 나타내는 말.

아직은 사춤도 안 치고 얼금얼금 쌓아올린 방천이라 웬만한 비에도 와르르 허물어져버릴 것이 뻔하였다. (1부)

**얼기설기** [부사] 가는 것이 이리저리 뒤섞여 얽혀 있는 모양을 나타내는 말.

방석코는 말을 뱉고는 목침을 베고 다시 벌렁 누워서는 얼기설기 질러놓은 중천장 없는 서까래를 쳐다보았다. (2부)

**얼런** [부사] '얼른' 방언. 시간을 오래 끌지 않고 곧바로.

그러시면 얼런 떠나셔야겠구만. (2부)

**얼렁뚱땅** [부사] 말이나 행동 따위를 일부러 어물거려 남을 슬쩍 속여 넘기는 모양을 나타내는 말.

대불이는 입암산의 깨끗한 물로 목욕을 하면 뱃속의 아기한테 좋다고 얼렁뚱땅 얼버무렸다. (3부)

**얼레** [명사] 연줄이나 낚싯줄 따위를 감는데 쓰는 기구. '근처' 방언.

그는 쌕쌕 가쁜 숨을 몰아쉬며, 박골 아이들이 옹기종기 모여 얼레를 돌려가며 자위질을 하

고 있는, 앙상한 찔레나무들이 거미줄처럼 덩굴져 뒤엉킨 조그만 둔덕으로 올라갔다.⑴부

**얼버무리고** 〔타동사〕얼버무리다. 뒤섞어 슬쩍 넘기다. 한데 넣어 대충 섞다.

양만석은 차후에 확실한 거처가 정해지면 알려주겠다고 적당히 얼버무리고 말았다.⑻부

**얼빠져** 〔자동사〕얼빠지다. 정신이 혼미해져 멍한 상태가 되다.

아무것도 먹지 못하고 물만 마시며 얼빠져 누워 있기만 하였다.⑵부

**얼쑹얼쑹** 〔부사〕여러 가지 빛깔로 된 큰 점이나 줄 따위가 고르게 뒤섞여 무늬를 이룬 모양을 나타내는 말. 생각이 이것저것 뒤섞여 분간하기 몹시 어려운 모양을 나타내는 말.

몇 번이고 들락거리며 별을 찾아볼 수 없는 어두운 밤하늘을 쳐다보던 웅보는 새벽녘에야 얼쑹얼쑹 잠이 들었다.⑴부

**얼씨구나** 〔감탄사〕'얼씨구'를 강조하여 내는 말. 흥에 겨워 떠들며 장단을 맞출 때 내는 말. 상대방의 하는 짓이나 말이 아니꼬워 조롱할 때 내는 말.

양만석은 얼씨구나 하고 따라 나섰다.⑻부

**얼씬** 〔부사〕조금 큰 것이 눈앞에 잠깐씩 나타났다가 사라지는 모양을 나타내는 말. '얼른' 방언.

그곳에는 문둥이들이 살고 있다고 하여 대낮에도 아무도 얼씬하지 않는 곳이었다.⑶부

**얼씬거리지** 〔자동사〕얼씬거리다. 잇따라 잠깐씩 나타났다가 사라지다. 교묘한 말과 행동으로 자꾸 남의 비위를 딱 맞추다.

그는 진고개 상엿도가에서 궂은일을 하면서도, 투전판에는 얼씬거리지도 않고 술도 입에 대지 않았다.⑷부

**얼얼하게** 〔형용사〕얼얼하다. 상처가 나거나 하여 몹시 아리다. 가다듬어지지 않는 느낌이 있다.

웅보는 얼굴과 귀뿌리 언저리가 얼다 못해 얼얼하게 후끈거리기 시작해서야 산에서 내려왔다.⑵부

**얼음장** 〔명사〕꽤 넓은 규모의 얼음 조각. 손발이나 구들 따위가 몹시 찬 것을 비유적으로 이르는 말.

뒤꼍에 솔가지가 있으니 군불을 지피시우. 워낙 오래 비워나서 얼음장 같을 거요.⑴부

**얼이 빠진**  얼빠지다. 정신이 혼미해져 멍한 상태가 되다.

>한참 후에야 그는 반쯤 얼이 빠진 얼굴로, 무구덩이에 이엉 덮는 일을 거의 끝마친 아버지에게로 돌아왔으며, 오랜만에 만난 아버지를 보고도 멍청히 바라보고만 서 있었다.(2부)

**얼짜**  **명사** 이것도 저것도 아니고 중간치인 물건. 이것 조금 저것 조금 섞여서 된 물건.

>말이 술어미로 팔려가는 것이지 결국은 이 남자 저 남자 노리갯감이 되어 해웃돈이나 받아먹고 살다가, 요행히 팔자가 잘 풀려야 화초첩(花草妾)으로 되팔릴 것이며, 그나마 임자가 없으면 시들어 길가에 떨어진 꽃잎처럼 구접스레 발에 짓밟힌 채 목숨을 짓이겨야 하는 버러지만도 못한 얼짜 신세가 되기 십상이 아닌가.(1부)

**얼추**  대충 어림잡아. 기준에 완전히 부합치는 않으나 대략.

>그런 그의 비밀스러운 생각을 얼추 알고 있는 것은 이 세상에서 오직 쌀분이 뿐이었다.(1부)

**얼크러지게**  **자동사** 얼크러지다. 이리저리 얽히게 되다.

>지난봄에는 우리 주막에서 괜한 일루다가 처음 보는 술꾼들허구 한바탕 얼크러지게 싸움이 붙어갖구 박치기 본때를 보여줬는데 그 일루 이틀 밤인가 관가 신세를 지고 나왔었지.(5부)

**얼핏얼핏**  **부사** 무엇이 잠깐씩 자꾸 나타나거나 생각이나 기억이 자꾸 떠오르는 모양을 나타내는 말.

>김치근의 아내가 할 수 있는 일이란, 그녀가 어렸을 때 얼핏얼핏 그녀의 친정어머니가 하던 것을 보아온 대로, 가위의 손잡이에 실을 매달아 흔들어 돌리면서 시어머니의 병을 낫게 해 주십사 하고 가위신에 비는 것이었다.(2부)

**얽둑얽둑**  **부사** 얼굴에 굵고 깊게 얽은 자국이 성기게 나 있는 모양을 나타내는 말.

>워낙이 찢어지게 가난한데다가 얼굴까지 얽둑얽둑 얽었으니 혼기가 넘도록 데려가겠다는 남자가 없었다.(2부)

**엄니**  '어머니' 방언.

>엄니 엄니 울 엄니, 불쌍흐고 가련한 울 엄니.(2부)

**엄씨**  '어머니' 방언.

>네미럴 놈들아. 느그 엄씨들을 데려와 봐라. 그라믄 내 불알을 홀딱 까 보여줄끼다.(1부)

**엄장하거니와** 명사 엄장하다. 풍채 있는 큰 덩치. 엄하게 곤장을 침.

투전꾼 오태수가 키도 작고 몸집이 겨릅단처럼 비쩍 말라서 얼핏 보기에 만만하게 여겨질 뿐 나머지 넷은 키가 훌쩍 크고 몸집도 엄장하거니와 모두들 나무토막처럼 튼튼하여 함부로 넘볼 수 없는 사내들이다.(4부)

**엄절한** 형용사 엄절하다. 위엄이 있고 매우 엄격하다.

큰어미인 쌀분이는 소바우가 어렸을 때까지만 해도 우리 소바우 내 소바우 하면서 자기 속으로 낳은 자식보다 더 끔찍스럽게 정을 쏟더니, 소바우가 어린아이의 티를 벗으면서부터는 의붓자식 대하든 엄절한 데가 있었다.(5부)

**엄청시럽게** 형용사 '엄청' 방언. 엄청나다. 짐작이나 생각보다 많거나 대단하다.

지는 어려서부텀 찢어지게 가난해서 엄청시럽게 고생만 했어.(8부)

**업구렝이** 민속 업구렁이. 집터 안에 살면서 그 집안 살림을 보호하고 번창하게 해 준다는 구렁이.

허, 형님은 업구렝이가 되고 나는 굴뚝새라고요?(2부)

**엉거주춤** 부사 앉지도 서지도 않고 몸을 반쯤 굽힌 자세로 머뭇거리는 모양을 나타내는 말. 이러지도 저러지도 못하고 망설이는 모양을 나타내는 말.

웅보는 혀끝으로 불만을 튕기며, 곱사춤을 추는 것처럼 엉덩이를 삐딱하게 뒤로 빼고 엉거주춤한 자세로 두 팔을 벌려, 헛간으로 숨어들어간 닭을 덮치기라도 하는 것같이 쌀분이를 노려보며 엉금엉금 다가섰다.(1부)

**엉겁결에** 부사 자기도 모르는 사이에 갑작스레.

대불이 옆에 허리를 꺾고 서 있던 어머니가 엉겁결에 그렇게 대답을 하고 말았다.(2부)

**엉너리** 명사 남 환심을 사려고 어벌쩡하게 넘기는 짓.

대불이는 마음에 없는 웃음을 헤프게 실실 날리면서 엉너리를 떨었다.(5부)

**엉너리치는** 동사 엉너리치다. 남 환심을 사기 위해 어벌쩡하게 서두르다.

술청이 한가해지자 주모가 대장간을 들여다보며 엉너리치는 말투로 농을 걸었다.(1부)

**엉덩이 붙일** 엉덩이를 붙이다. 자리 잡고 앉다.

대불이는 부모님과 얼굴 맞대고 엉덩이 붙일 여유도 없이 점심 숟갈을 놓기가 바쁘게 양 진사를 따라나섰다.(2부)

**엉덩판** 〔명사〕 엉덩이 살이 두둑하고 넓적한 부분.

그때 웅보는 나긋나긋한 실버드나무 회초리로, 한사코 다른 길로 빠지려는 윤 초시네 수퇘지의 맷돌처럼 탄탄한 엉덩판을 딱딱 소리가 나게 후려치며 집에까지 몰고 왔었다.⁽¹부⁾

**엉큼한** 〔형용사〕 엉큼하다. 겉으로 보이는 것과 달리 엉뚱한 욕심을 품고 있거나 음흉하다.

그는 오래전부터 말바우 어미한테 엉큼한 마음을 품어온 터였다.⁽¹부⁾

**엎뎌서** 엎디다. 배를 바닥에 대고 팔과 다리를 길게 뻗다. 윗몸을 아래로 깊게 굽히거나 바닥에 닿게 하다.

팽나무에 묶인 웅보는 아들의 두 다리를 쓸어안고 엎뎌서 끄륵끄륵 가래 끓는 목소리로 슬픔을 쥐어짜고 있는 어머니에게 말했다.⁽¹부⁾

**엎드리면 코가 닿을** 엎드리면 코 닿을 데. 매우 가까운 거리를 비유적으로 이르는 말.

해 떨어지기 전에 어서 갑시다. 새끼내가 엎드리면 코가 닿을 만큼 가깝다니께 어둡기 전에 당도할 게요.⁽⁷부⁾

**엎지를** 〔자동사〕 엎질러지다. 뒤집어엎거나 하여 밖으로 쏟아지게 되다.

칼자국이 난 목에서는 멍털멍털 피가 멍울졌으며, 뜨거운 물을 엎지를 때마다 쿠루루 숨을 몰아쉬며 발을 부르르 떨었다.⁽³부⁾

**엎질러진 물** 엎지른 물. 한번 저지른 일은 다시 바로잡거나 돌이킬 수 없음을 이르는 말.

친정오라비의 말만 믿고 아들을 서울로 보냈던 것이 후회막급이었으나, 이제는 엎질러진 물이나 진배없는 일인 것이었다. 만석은 묵연히 어머니의 말만 듣고 있었다.⁽⁶부⁾

**엎친 데 덮친** 엎친 데 덮친다. 어렵거나 불행한 일이 겹쳐 일어나다.

하늘도 무심허시지 원, 그렇게 좋은 여자가 그런 병을 얻고 엎친 데 덮친 격으루 얘기까지 생기다니 ……⁽³부⁾

**에둘러** 〔타동사〕 에두르다. 에워 둘러 막다. 바로 말하지 않고 짐작하여 알아듣도록 돌려서 말하다.

돌담이 에둘러 있는 대문 옆에 오래된 은행나무 두 그루가 파랗게 서 있었다.⁽⁸부⁾

**에미네** '아낙네' 방언. '여편네' 방언.

장쇠네는 웅보까지 우리집에서 오 대째 살아왔고, 웅보 에미네는 우리 친정에서 삼 대째를 살아왔어. 내가 죽는 마당에 네들한테 보답을 하고 싶은 게야.(1부)

**엔만허면** '웬만하다' 방언. 일정한 기준이나 범위 안에서 크게 모자라거나 벗어나지 않은 상태에 있다. 정도나 형편 따위가 보통은 넘는 정도로 적당하다.

냉큼 가봐. 엔만허면 내가 마중을 나가봐야 씨꺼신듸 …….(7부)

**엠병** 【명사】 염병. '장티푸스'를 속되게 이르는 말. 욕하여 이르는 말로 아주 못마땅함을 이르는 말.

네미럴, 산지기 노릇 할려면 엠병헌다고 종문서를 받어!(1부)

**여각** 조선시대 연안 포구에서 해산물과 농산물 매매를 중개하고 위탁 판매를 하면서 그 상인들을 상대로 숙박업을 겸하던 업소.

염주근 아저씨를 따라 여각이 자리 잡은 고샅으로 접어들고 있는 어머니의 뒷모습을 묵연히 바라보고 서 있는 개동이의 심사가 이상하게도 떨떠름하게 울렁거리기 시작하였다.(7부)

**여그까지** '여기' 방언. 말하는 이가 있는 바로 이곳을 가리키는 말.

아이코 내 갱아지들, 추운데 여그꺼정 왔능가.(8부)

**여드레 삶은 호박에 이도 안 들어갈 소리** 여드레 삶은 호박에 도래송곳 안 들어갈 말이다. 어떤 말이 사리나 이치에 전혀 맞지 않음을 비유적으로 이르는 말.

어이구! 여드레 삶은 호박에 이도 안 들어갈 소리 허고 있네. 내일 모레 사우 보고 외손자 볼 나이에 팽팽허기는!(5부)

**여들없이** 【부사】 하는 짓이 멋없고 미련하게.

아이들뿐만이 아니고 남자 어른들까지 코를 킁킁거리며 여들없이 푸실푸실 웃으며 몰려와서는 서로 다투어 떡메를 빼앗으려고 하였다.(2부)

**여마리꾼** 염알이꾼. 남 사정이나 비밀 따위를 몰래 염탐하는 사람.

엿장수는 헐 만헌듸, 여마리꾼 노릇은 안되겠등만.(6부)

**여수** 【명사】 '여우' 방언. 객지에서 느끼는 시름이나 걱정.

아양을 떨어가며 비대발괄하였으나 술이 취한 데다가 무슨 탈거지를 뜰 만한 일이 없나

하고 잔뜩 여수던 터라, 옳다 잘됐구나 싶게 기를 쓰고 날뛰었다.(1부)

**여수어왔었다** 〔타동사〕 엿보다. 남몰래 가만히 보거나 살피다. 짐작으로 어림
잡아 알다.

그녀는 요 며칠 전부터 웅보어머니를 은밀하게 만나보고 싶어 기회를 여수어왔었다.(1부)

**여싯거리더니** 〔자동사〕 '여짓거리다' 방언. 무슨 말을 할 듯 말 듯 자꾸 머뭇거리다.

주모한테 묵고 갈 방 하나를 달라고 했으나, 주모가 한사코 여싯거리더니 빈방이 없다고 하
였다.(5부)

**여싯여싯** 〔부사〕 무슨 말을 하려고 자꾸 머뭇거리는 모양을 나타내는 말.

유씨 부인은 아들의 물음에 곧 대답을 못해주고 잠시 여싯여싯 망설였다.(6부)

**여염집** 〔명사〕 보통 백성 살림집. 또는 보통 사람들이 살림하며 사는 집.

그런 여름에 비해 봄은 소녀 같은 풋풋함과 싱그러움을, 가을은 나이 지긋한 여염집 아낙 같
은 단아한 아름다움을 지니고 있는 것 같다.(9부)

**여울려면** '혼인시키다' 방언.

암튼 내가 당자를 보고 나서 결정을 협시다요. 딸을 여울려면 어머니가 반 중매장이가 되어
사 쓴답디다.(5부)

**여적지** 〔부사〕 지금까지. '여태까지' 방언.

참, 내 정신 봐. 내가 여적지 그 이약을 안했구만 잉.(2부)

**여차여차** 〔부사〕 이러하고 이러하다. 이러하다는 둥 저러하다는 둥 자꾸 여러
말을 늘어놓는 모양을 나타내는 말.

하는 수 없이 김덕기는 만수동으로 그의 당숙뻘 되는 집안어른을 찾아가서 여차여차하여 개
명바람이 부는 인천에 장사만 벌였다 하면 돈을 갈퀴질하듯 벌 수가 있으니 밑천을 좀 대어
점포를 내자고 꼬드겼던 것이다.(4부)

**여축** 〔명사〕 물건이나 돈 따위를 아껴서 쓰고 그 나머지를 모아 두다.

다행히 그의 말대로 재수가 좋아 돈을 갈퀴질하게 되면 몰라도 다섯 사람의 여축을 하룻밤에
날려버리게 된다면 그 뒷일을 누가 어떻게 감당할 수 있다는 말인가.(4부)

**여투어** 〔타동사〕 여투다. 아껴서 쓰고 그 나머지를 모아 두다.

새끼내 사람들은 당장 끓여먹을 좁쌀 한 줌 여투어놓은 것도 없었지만, 살아갈 걱정마저 잊

고 반쯤 넋이 나가 아침을 맞고 밤을 넘겼다.(2부)

**여편네** 〔명사〕 자기 아내를 얕잡아 이르는 말. 결혼한 여자를 얕잡아 이르는 말.

저 여편네가 쥐 창자만도 못한 좁은 소가지로 헛말을 한 겁니다요.(1부)

**여풍** 북서쪽에서 불어오는 바람. 지금까지 남아 있는 옛날 풍습.

여풍(癘風)이라고도 하는 천형지질(天刑之疾)로 음양(陰陽)이 숙살지기(肅殺之氣)하고, 피부가 쪼그라들고 사지가 상하는 무서운 병이다.(3부)

**여필종부** 〔명사〕 아내는 반드시 남편 뜻을 따르고 좇아야 함을 이르는 말.

나는 종문서를 내주어 네들이 자유롭게 살기를 바랬다만 …… 허나 하는 수 없지. 여필종부라, 웅보 에미한테는 안됐다만 장쇠 소원대로 땅을 떼어주겠다.(1부)

**역도질** 체중보다 더 무거운 것을 들어 올리는 것을 이르는 말.

장정들은 밧줄로 역도질을 해가며 개산에까지 가서 큰 바윗돌을 날라 왔고, 아이들과 아낙네들은 삼태기에 자갈들을 담아다 부었다.(1부)

**역부러** 〔부사〕 '일부러' 방언. 특별히 마음을 먹고 일 삼아서. 알면서도 짐짓.

그 다음날 아침에 봤을 때, 역부러 내 눈을 피하던 어색시런 모양, 그러고 또 멋이냐, (……)(8부)

**연놈** 〔명사〕 여자와 남자를 아울러 얕잡아 이르는 말.

연놈이 손목 잡고 도방 각처 댕길 적에 일 원산, 이 강경, 삼 포주, 사 법성 곳곳이 찾아댕겨 계집년은 들병장사, (……)(1부)

**연좌** 〔명사〕 같은 장소에 여러 사람이 연이어 붙어 앉음.

2백여 명의 시위대는 우편국 앞에서 장시간 연좌하다가 무장경찰이 그들을 잡으러 몰려온다는 소식을 듣고, 다시 학교로 돌아가 대책을 세우기로 했다.

**연통제** 1919년에 상하이 임시 정부가 국내외 독립운동을 지휘, 감독하기 위하여 설치하였던 극비의 행정 연락 기구.

양만석은 연통제에 대해서 알고 있었다.(9부)

**연행** 〔명사〕 피의자로서 강제로 이끌려 가다. 경찰이 피의자를 강제로 데리고 감.

결국 경찰이 출동하여 학생들을 해산 시키고 김몽길·여도현·하길담·김경술(金庚戌) 등 주동 학생들을 연행해갔다.(9부)

**연희전문학교**　1885년 설립된 제중원을 모태로 1904년 근대식 세브란스 병원이 준공되었고, 1913년 사립 세브란스연합의학교로 교명을 바꾸었다. 1917년 4월 H. G. 언더우드가 사립 연희전문학교로 인가를 받았고, 1917년 5월 O. R. 에비슨이 재단법인 사립 세브란스연합의학전문학교로 설립인가를 받았다. 사립 연희전문학교는 1923년 연희전문학교로, 1946년 연희대학교로 승격되었고, 1957년 1월 연희대학교와 세브란스의과대학을 병합해 연세대학교로 이름을 바꾸었다.

1월28일 연희전문학교 학생 300여 명이 검거된 학생 전원을 석방하라는 등의 3개항을 결의하고 동맹휴학에 들어갔다. (9부)

**열고 보나 닫고 보나**　이렇게 하거나 저렇게 하거나 마찬가지라는 의미.

우리들 신세는 열고 보나 닫고 보나 매한가지웨다. (6부)

**열녀전 끼고 서방질한다**　열녀전 끼고 서방질하기. 겉으로는 깨끗한 체하나 속으로는 추잡한 짓을 함을 이르는 말.

열녀전 끼고 서방질한다는 푼수대로, 남편 만석이가 살쭈 노릇하느라 집을 비우는 동안 이웃집 머슴 놈과 배가 맞았던 것이었다. (2부)

**염병**　'장티푸스'를 속되게 이르는 말.

그런데 짝지어 살게 된 지 일 년도 미처 못 채우고 바우가 염병에 걸려 덜컥 저 세상 사람이 되고 말았다. (2부)

**염불**　부처 공덕이나 모습을 마음으로 생각하여 떠올리는 것.

미쳤어? 도깨비 염불하는 소리 하지도 말어. 도망을 왜 가? 마님이 곧 우리 둘을 짝지어주실 건디 하면서 펄쩍 뛰었다. (1부)

**염불에는 마음이 없고 잿밥에만 정신을 쏟고**　염불에는 마음이 없고 잿밥에만 마음이 있다. 자기가 맡은 일에는 정성을 들이지 않고 잇속이 있는 데에만 마음을 두는 경우를 비유적으로 이르는 말.

위탁 운영을 맡은 다이이찌 은행지점은 염불에는 마음이 없고 잿밥에만 정신을 쏟고 있는 터였다. (4부)

**염사**　[명사] 남녀 정사(情事)나 연애에 관한 일.

염사만 있으시다면야 말리지는 않겠으니 맘대루 하셔요.(5부)

**염소날** [민속] 정월 들어 일진(日辰)의 지지(地支)가 미(未)가 되는 첫 번째 날. 일반적으로 별 탈이 없는 좋은 날로 여긴다.

염소날에는 아무리 위독한 환자라고 해도 약을 먹이지 않으며, 원숭이날에는 나무를 자르지 않았다. 원숭이날에 나무를 자르면, 집을 짓거나 할 때 좀이 많이 먹게 된다는 것이었다.(2부)

**염장이** [명사] 장례절차에서 염습하는 일을 업으로 하는 사람.

박봉필 영감은 나이가 들어 수번을 그만둔 뒤부터 염장이 노릇을 하기 시작한 거였다.(4부)

**염천** 매우 더운 날씨.

아버지가 옛 친구들을 간절하게 그리워하고 있다는 것을 안 장개동은 목포에서 소금전을 하고 있는 염주근에게 편지를 보내 아버지의 병세가 위급함을 알리고, 염천이 되기 전에 옛 친구들과 함께 새끼내로 돌아와 달라고 간곡하게 부탁을 하였던바, (……)(7부)

**염출** [명사] 어렵게 걷거나 모으다. 필요한 경비 따위를 어렵게 걷거나 모음.

박춘달은 마을 대표들에게 노자는 각 마을에서 각기 별도로 염출부담하자고 하였으며, 한양으로 올라갈 의사가 있는 사람은 손을 들어보라고 하였다.(3부)

**염통** '심장'을 속되게 이르는 말.

그러나 방울이가 논다니가 되었다는 것을 생각하면 마치 염통 한가운데에 가시가 박힌 것만큼이나 마음이 아픈 것이었다.(4부)

**염통에 쉬 슨 것은 모르고 손톱 밑에 가시 든 것만 생각한다** 손톱 밑에 가시 드는 줄은 알아도 염통 밑에 쉬스는 줄은 모른다. 눈앞의 사소한 이해관계에는 밝아도 잘 보이지 않는 큰 일은 잘 깨닫지 못함을 비유적으로 이르는 말.

나라사정이 이런 지경인데도 조정에서는 염통에 쉬 슨 것은 모르고 손톱 밑에 가시 든 것만 생각한다는 푼수로, 일본인들이 조선팔도의 땅을 야금야금 먹어 들어가는 것은 모르는 척하였다.(4부)

**염한이** 조선시대 염전에서 소금을 만들던 사람을 이르던 말. 신분은 양인에 속하면서도 천역을 맡았던 신량역천 계층이었다.

그녀가 예닐곱 살쯤 되었을 때, 목발이 긴 지게에 오쟁이를 얹고 다니며 소금을 팔러 다니던

염한이가 맡기고 갔다.(2부)

**엽관** 명사 온갖 방법으로 관직을 구함. 선거에서 승리한 정당이 선거 운동원과 그 정당의 적극적인 지지자에게 승리에 대한 대가로 관직에 임명하거나 다른 혜택을 주는 관행.

그가 엽관(獵官) 운동에 줄을 대고 있는 진령군의 아들 김창렬은 붉은 옷에 옥관자를 달고 당상관(堂上官)의 관복을 입고 다녔는데, 그가 마음을 먹고 서둘기만 해준다면 수령 방백 자리쯤이야 거뜬하게 딸 수가 있다고 믿었다.(1부)

**영감탱이** '영감'을 얕잡아 이르는 말.

영감태기가 오는 대로 따라가얍죠.(3부)

**오경** 명사 하룻밤을 다섯 시간 때로 나누었을 때 다섯째 부분. 새벽 세 시부터 다섯 시 사이이다.

오경이 지나서야 시어머니가 없어진 것을 알고 깜짝 놀란 김치근의 아내가 마을 사람들을 깨워서 마을 장정들이 횃불을 밝혀들고 강변이며 개산 기슭으로 찾아 나섰다.(2부)

**오그당당** 어떤 일에 흡족해 하는 모습을 이르는 말.

어쩌, 성님이랑 성수가 목포에 오랑께 오그당당해지냐?(7부)

**오금** 명사 무릎 관절 안쪽 오목한 부분.

결국 웅보 어머니는 남편의 오금에 더 큰 불만은 꽁꽁 삼켜버리고 말았지만, 그날 밤 웅보가 그 사실을 알고는 아버지 앞에서 한바탕 소란을 피웠다.(1부)

**오금팽이** 명사 '오금'을 낮잡아 이르는 말. 구부러진 물건 굽은 자리 안쪽.

홰나무마을 앞 야트막한 황토산의 오금팽이에 지게를 받쳐 두고 콩알만큼씩 한 익은 고욤을 따먹고 있는데, (……)(2부)

**오기스러운** 형용사 오기스럽다. 남에게 지기 싫어하는 마음.

권대길은 억지로 가래침을 울거내어 술청 바닥에 카악 뱉고 나서는 오기스러운 낚시눈으로 선창 아래쪽에 일본조계를 꼬나보았다.(4부)

**오꾸무라 이호꼬** 오꾸무라 이호꼬(奧村五百子, 1845~1907)라는 일본 여성으로 지금은 없어졌지만 일제강점기 때 광주공원 광장에 동상이 있었으며, 현재 일본 사가현 카라쯔(唐津)시에 동상이 있다고 한다. 그는 1897년에 목포항을 거쳐 광주로 와서 그의 오빠인 오꾸무라 엔싱과 함께 광주를 일본 불교 확장의 전략적 요충지로 삼고 두 개 사찰을 세워 포교 활동과 함께 일본 문화 이식 선봉에 나섰다. 1898년 광주에 '혼간지(本願寺) 오꾸무라(奧村) 실업학교'를 설립하여 교장으로 취임한 후 잠업을 지도 장려하는 등 농업교육과 산업진흥 활동을 하였다. 광주에서 잠업은 1920년 이후 잠사 가격 폭등 때문에 양잠업이 활기를 띠게 되었으며, 1930년에는 종연방적주식회사 광주제혁공장과 약림제혁주식회사 광주공장이 설립됨에 따라 생산 잠견이 2천 석이나 되었고, 도처에 잠업전습소, 잠업취체소, 잠업공동 판매소 등을 만들어 잠업을 권장하여 절정기에 달하였다.

순식은 공원 광장에 세워진 오꾸무라 이호꼬(奧村五百子)의 동상 앞에 걸음을 멈추더니 고개를 꾸벅거리며 거푸 절을 하는 것이었다.(9부)

**오뉴월**  명사  오월과 유월을 아울러 이르는 말. 흔히 여름 한철을 이른다.

집 떠난 아들 며느리 걱정에 샛바람, 갈마바람 가릴 것 없이 심사가 오뉴월 밭둑에 땅가시 얽히듯 뒤숭숭하였다.(1부)

**오뉴월 쇠불알 떨어지기를 기다리는**  오뉴월 쇠불알 떨어지기를 기다린다. 전혀 가망 없는 일을 헛되이 기대하는 것을 비유적으로 이르는 말.

전성창이나 사또가 모두 한통속들인데도 좋은 소식이 오기만을 바란다는 것은 오뉴월 쇠불알 떨어지기를 기다리는 이치나 진배없는 일이라고들 하였다.(4부)

**오뉴월 장마에 돌담 무너지**  힘없이 내려앉는 것을 비유적으로 이르는 말.

언제나처럼 장대불의 목소리는 마치 오뉴월 장마에 돌담 무너지는 소리처럼 무뚝뚝했다.(4부)

**오달지게**  형용사  오달지다. 마음에 흡족하게 흐뭇하다. 허술한 데가 없이 매우 야무지고 실속이 있다.

상전이 내린 술과 떡을 배불리 먹고, 꽁그락꽁 꽁그락꽁 농악을 치며 노래와 춤으로 하루를 오달지게 즐길 판에, 봇수세를 받아오라니 심통이 머리끝까지 치밀어오를 밖에 없었다.(1부)

**오뎅**  우리 말은 어묵이다. 생선 살과 뼈 따위를 곱게 갈아 소금과 전분을 넣고 빚어서 기름에 튀긴 음식.

이날 양만석은 정도환을 데리고 나와 김기권과 셋이 우편국 후문 쪽에 있는 오뎅집 오이리

(大人)식당에서 점심으로 오뎅밥을 먹었다.⁽8부⁾

**오동포동** 〔부사〕 작은 몸이나 얼굴이 몹시 살이 쪄서 통통하며 부드러운 모양을 나타내는 말.

이날 밤 대불이의 옆에 앉은 여자는 몸피가 오동포동하고 동글납작한 얼굴에 유별나게 눈이 컸다.⁽5부⁾

**오두방정** 〔명사〕 매우 방정맞은 행동.

무슨 일로 그리 오두방정이냐.⁽3부⁾

**오들오들** 〔부사〕 춥거나 무서워서 몸이 작게 자꾸 떨리는 모양을 나타내는 말. '오돌오돌' 방언.

저년을 염한이한테나 줘버릴까부다! 하곤 했는데, 그때마다 두레는 염한이가 마치 무서운 도깨비라도 되는 듯 오들오들 떨기만 하던 것이었다.⁽2부⁾

**오랏줄** 〔명사〕 예전에 도둑이나 죄인을 묶는 데 쓰였던 붉고 굵은 줄.

그는 보이지 않는 오랏줄에 묶여 있는 기분이었다.⁽5부⁾

**오례쌀** 〔명사〕 제철보다 이르게 덜 익은 벼를 쪄서 찧은 쌀.

그들 부부는 오례쌀을 찌기 위해 논에서 나락을 훑을 때부터 가슴이 뛰었다.⁽3부⁾

**오리발** 〔명사〕 짐짓 시치미를 떼며 엉뚱하게 딴전을 부리는 태도나 그런 사람을 속되게 이르는 말.

밤중에 세곡을 옮겨 실은 이유를 이제사 알았어! 그래도 오리발 내밀 테야?⁽2부⁾

**오목가슴** 사람 몸에 있어서 급소 중 하나로 복장뼈 아래 한가운데 오목하게 들어간 곳. 복장뼈 아래쪽이 우묵하게 들어간 이상 가슴.

그 자신이 어머니를 죽음의 구렁텅이 속으로 떠밀어 넣었다는 죄책감 때문에 오목가슴을 칼로 저미듯 고통스러웠다.⁽8부⁾

**오방기** 〔민속〕 오방 색 기로 무속 도구 중 하나다. 동, 서, 남, 북과 중앙에 해당하는 다섯 가지 색이다. 동쪽은 청색, 서쪽은 흰색, 남쪽은 붉은색, 북쪽은 검은색, 중앙은 황색을 가리킨다.

철릭 외에 전립이며 오색 신꽃이 벽에 걸려 있었으며, 엄나무 장롱 위에는 부채와 울쇠(방울), 오방기, 새옹, 옥수그릇 등이 가지런히 놓여 있었다.⁽2부⁾

**오불오불** `부사` 자그마한 것들이 한데 모여 있는 모양을 나타내는 말.

　　죽으나 사나 가까이서 얼굴 맞대고 오불오불 있고 싶었다.(2부)

**오빠시** '땅벌' 방언.

　　지금쯤 박초시 집안이 오빠시 집을 건드려 논 것모양 벌컥 뒤집어졌을 거요.(1부)

**오사** 죄를 지어 벌을 받거나 재앙을 당하여 제명대로 살지 못하고 죽음.

　　오사럴 놈이…….(5부)

**오싹거리는** `자동사` 오싹거리다. 몹시 무섭거나 추워서 자꾸 움츠러들거나 소름이 끼치다.

　　웅보 어머니는 어찌나 태몽이 끔찍스러웠던지 지금도 오싹거리는 듯싶었다.(1부)

**오이는 씨가 있어도 도둑은 씨가 없다** 도둑은 유전에 따라 되는 게 아니라는 뜻으로 몹시 굶주리거나 마음을 잘못 먹으면 누구나 도둑이 될 수 있다는 말.

　　오이는 씨가 있어도 도둑은 씨가 없다고 했네.(1부)

**오쟁이** `명사` 물건을 정돈하거나 담아 두기 위하여 짚을 엮어서 만든 작은 망태기.

　　그녀가 예닐곱 살쯤 되었을 때, 목발이 긴 지게에 오쟁이를 얹고 다니며 소금을 팔러 다니던 염한이가 맡기고 갔다.(2부)

**오지게** `형용사` 오지다. 허술한 데가 없이 매우 야무지고 실속이 있다.

　　하야시가 순영이를 오지게 좋아허는갑구만 그라.(4부)

**오지랖** 웃옷이나 윗도리에 입는 겉옷의 앞자락.

　　소금 값으로 받은 곡식을 지고 그의 아내 쌀분이의 오지랖 속처럼 푸근하게 느껴지는 석양을 바라보며 영산포로 돌아왔다.(2부)

**오카자리나 카도마쯔** 카도마쯔(門松)와 오카자리(お飾り)는 비슷한 의미를 갖고 있는 것으로 보여진다. 소나무의 푸르름과 대나무 곧음은 집안 무병장수, 대대손손 번영을 의미하기도 하고 신이 내려올 때 집 주위를 청결하게 한다는 의미도 있다고 한다. 불교 영향이 깊음을 알 수 있다.

　　오카자리나 카도마쯔를 걸어놓고 무병장수와 복을 기원했다.(8부)

**옥생각** [명사] 너그럽지 못하고 옹졸하게 하는 생각. 실제와 달리 공연히 자기에게 해롭게만 받아들이는 그릇된 생각.

형님이 무엔가 옥생각헌 것 같으요.(2부)

**옥수그릇** 매우 맑은 샘물을 담는 그릇.

철릭 외에 전립이며 오색 신꽃이 벽에 걸려 있었으며, 엄나무 장롱 위에는 부채와 울쇠, 오방기, 새옹, 옥수그릇 등이 가지런히 놓여 있었다.(2부)

**옥신각신** [부사] 옳으니 그르니 하며 서로 다투는 모양을 나타내는 말.

한동안 두 학교 교사들 사이에 옥신각신 분위기가 어수선해졌다.

**옥실옥실** [부사] 여럿이 한데 많이 모여 자꾸 번잡스럽게 움직이는 모양을 나타내는 말.

옥실옥실 영판 오져 죽겄어. 헌디, 양 선생이야 말로 첨으로 생부 만난 소감이 워뗘?(8부)

**옥죄어드는** [자동사] 옥죄이다. 아주 답답하게 바싹 죄이거나 눌리다.

설날 하루 동안만이라도 되도록 홀 맺힌 기분을 풀어보려고 애를 썼으나, 찜찜한 마음이 더욱 조그맣게 옥죄어드는 것을 어찌할 수가 없었다.(2부)

**옴나위없이** [부사] 꼼짝을 할 여유가 없이.

옴나위없이 불난 강변에 덴 소 날뛰듯 헌다니께!(1부)

**옴니암니** [부사] 자질구레한 것들까지 다 헤아려 따지는 모양을 나타내는 말. 다 같은 이인데 자질구레하게 어금니 앞니 따진다는 뜻으로 자질구레한 것을 이르는 말.

나도 비미니 따져보고 옴니암니 생각해보고 나서 결정을 한 거께.(5부)

**옴딱지** [명사] 옴이 올라 헐었던 자리에 말라붙은 딱지.

그는 하는 수 없이 마을 안쪽 물레방앗간 옆에 옴딱지처럼 붙어 있는 움막까지 갔다.(2부)

**옴씰** [부사] 깜짝 놀라서 몸을 뒤로 조금 움츠리는 모양을 나타내는 말.

지난여름 큰비에 돌뫼가 옴씰하게 물에 잠겼을 때, 돌뫼 사람들이 남부여대(男負女戴)하여 물 피난을 다니던 것과 비슷했다.(1부)

**옴죽거리며** [타동사] 옴죽거리다. 조금씩 움츠리거나 펴거나 하며 자꾸 움직이다.

목을 갈쭉하게 늘여 빼고, 엉덩이를 뒤로 삐딱하게 내민 채 어깻죽지를 옴죽거리며 장단을

맞췄다.(3부)

**옴쭉** [부사] 주로 '못하다', '않다', '말다' 따위 부정어와 함께 쓰여, 몸 한 부분을 세게 움츠리거나 펴거나 하며 조금 움직이는 모양을 나타내는 말.

마님이 웅보를 방안으로 떠밀어 넣기라도 할 듯 칼칼한 목소리로 말했으나, 그는 옴쭉 딸싹 못하고 비 맞은 쇠말뚝처럼 그 자리에 빳빳하게 서 있었다.(1부)

**옴팍헌** [형용사] 옴팍하다. 가운데가 조금 오목하게 들어가 있다.

어저께 내가 옴팍헌 술집을 하나 봐두었네.(4부)

**옷은 새 옷이 좋고 정은 옛정이 찐덥지다** 옷은 새 옷이 좋고 사람은 옛 사람이 좋다. 물건은 깨끗한 새것이 좋고 사람은 오래 사귀어 서로 정이 든 사람이 좋다는 말.

그것은 봉선이가 대불이성님 못 잊어 불원천리 멀다 않고 찾아온 이치나 매한가진겨. 옷은 새 옷이 좋고 정은 옛정이 찐덥지다고 안허든감?(6부)

**옹골진** [형용사] 옹골지다. 실속 있게 꽉 차 있다.

듬씬 돈을 쥐어주는 건 옹골진 일이나, 집으루 돌아가라니, 어찌된 거유?(2부)

**옹골차** [형용사] 옹골차다. 속이 꽉 차서 실속이 있다. 어떤 일이든 감당할 수 있을 만큼 다부지고 기운차다.

심지도 굳은 것 같고, 생각도 옹골차 종의 신분만 아니라면 어디에 내놓아도 축에 빠지는 남자가 아닐 듯싶었다.(1부)

**옹구바지** [명사] 대님을 맨 발목 윗부분이 옹구 볼처럼 축 처진 한복 바지.

마을 어귀에 들어서서 양 의원 집을 찾기 위해 사방을 두렷거렸으나 물어볼 만한 사람이 없어 잠시 미적이고 있는데, 옹구바지를 입은 중늙은이가 망태기를 메고 고샅에서 나왔다.(1부)

**옹근** [관형사] 모자라거나 빠진 것이 없이 본디 있는 그대로의.

무사히 대피시킨 옹근 여섯 척은 불똥 하나 피해를 입지 않았다.(2부)

**옹근히** '온전히' 방언.

그의 동생 권만길이가 역마살이 끼었는지 장가를 들기 전부터 대처로 떠돌아다니기를 좋아하여 늘 집을 비운 대신, 권대길은 일 년이면 삼백예순다섯 날 옹근히 고향 땅만 밟으며 살아온 것이었다.(4부)

**옹바구니**  속이 훤히 보이는 바구니.

> 옹바구니 속 같은 뻘대구리의 집에서도 불빛은 어둠을 가르고 환히 비쳐 나왔다.(2부)

**옹춘마니**  명사  생각이 얕고 마음이 좁은 사람을 속되게 이르는 말.

> 삼년 전에 해남 땅에서 흘러들어온 홍바우는 평소에도 말주변머리가 없어 마을 사람들하고
> 잘 어울리기를 싫어하고, 남의 일에 참견을 한다거나 훼방 치는 일도 없이 살아온, 변통성이
> 라고는 털 뽑아 제자리에 꽂을 옹춘마니였다.(7부)

**옹치**  원한을 품고 서로 미워함. 또는 그런 사이를 비유적으로 이르는 말. 중
국 한(漢)나라 고조가 미워하던 사람 이름이 옹치(雍齒)였던 데에서 유래한다.

> 서거칠은 방석코의 마누라 난초가 일본헌병들에게 붙들려 있는 것이 옹치 같은 그 손칠만
> 때문이라는 것을 가늠할 수가 있었다.(6부)

**와글버글**  와글바글. 사람, 짐승, 벌레 등이 한곳에 많이 모여 자꾸 떠들며 움
직이는 모양을 나타내는 말.

> 징징징 강변에서 징소리가 어둠을 찢었다. 함성도 와글버글 울려왔다.(1부)

**와드득**  부사  단단한 물건을 세게 깨물거나 이를 가는 소리를 나타내는 말. 단
단한 물건을 부러뜨리거나 힘껏 잡아 뜯을 때 나는 소리를 나타내는 말.

> 김치근의 아내는 답답한 가슴을 와드득 쥐어뜯기라도 하려는 듯 두 손을 옷고름에 모으며
> 다시 물었다.(2부)

**와지끈**  부사  단단한 물건이 갑자기 부러지거나 부서지는 소리를 나타내는 말.

> 집 뒤에서 와지끈 뚝딱 나뭇가지 부러지는 소리가 났다.(1부)

**와해**  명사  어떤 원인으로 급격히 무너지다. 기와가 깨진다는 뜻으로 어떤 원
인으로 사물이나 조직, 계획 따위가 산산이 무너짐을 이르는 말.

> 만민공동회는 그들을 지지해주는 수많은 시민들의 힘을 믿었기 때문에 쉽게 와해되지 않았
> 다.(4부)

**왁살스러운**  형용사  왁살스럽다. 무식하고 모질며 거친 데가 있다. 험상궂고
우락부락한 데가 있다.

> 키가 육척 장신에 성질까지 왁살스러운 손팔만은, 농사라고는 산비탈 손바닥만 한 밭뙈기에
> 밭벼를 조금 심어 네 식구 입에 풀칠하고 사는 주제꼴에, (……)(1부)

**왁자그르** 〔부사〕 여럿이 한데 모여 소란스럽게 떠들거나 웃는 모양을 나타내는 말. 어떤 소문이 갑자기 퍼져 소란스럽게 떠드는 모양을 나타내는 말.

객주거리 쪽에서 왁자그르 떠들어대는 소리가 들렸다.(1부)

**왁자하게** 〔형용사〕 왁자하다. 정신이 어지럽도록 떠들썩하다. 널리 퍼져 떠들썩하다.

날이 밝자 강 건너 영산포(榮山浦) 선창에서 왁자하게 떠드는 소리가 들렸다.(1부)

**완자걸이** 판소리나 산조와 같이 리듬 변화가 다양한 음악에 쓰이는 리듬 기교, 원박자를 맞추지 않고 박자 사이로 교묘하게 소리를 엮어 가는 그 상태가 '卍'자와 비슷하다고 해서 나온 말이다.

시작과 맺음이 격에 맞게 너울거리고, 소리가 빠져나가는 잉아걸이며 소리를 밀고 당기는 완자걸이, 힘차게 내지르는 드렁조 같은 것들이 잘 어울렸다.(3부)

**왈패** 말과 행동이 단정하지 못하고 수선스러운 사람. 보통 여자에게 이른다.

객줏집의 논다니들이며 선창거리를 어슬렁대던 건달 왈패들, 주막의 땔나무꾼, 부엌대기들까지도 고향을 찾아가버려 거리가 큰 물난리를 겪은 뒤처럼 스산해졌다.(2부)

**왕방울** 〔명사〕 큰 눈을 비유적으로 이르는 말. 큰 방울.

대불이가 왕방울 눈을 부라리며 반말로 꾸짖듯 말하자, 텁석부리는 당찬 대불이의 행동에 기가 꺾인 듯싶었다.(1부)

**왜넘덜 앞잽이** 일본사람 끄나풀.

왜넘덜 앞잽이 해가면서 번 돈 욕심 안 난단 말여. 개같이 벌어서 정승같이 쓰는 것보담은 정승같이 벌어서 정승같이 써야 허는 겨.(4부)

**왜설** 일본 설. 신정.

일본인들은 설날이라고 집집마다 잔치를 하며 즐겼지만 조선 사람들은 왜설이라고 하여 냉랭하기만 하다.(8부)

**외곬** 〔명사〕 단 한 가지 방법이나 방향. 한곳으로만 트인.

쌀분이한테 외곬으로 정을 듬뿍 쏟는 것으로써만 목구멍에 고기비늘이 걸린 것처럼 꺼림칙한 마음을 조금이나마 씻을 수가 있었다.(2부)

**외껍질** 하찮다. 그다지 훌륭하지 않다, 대수롭지 않다.

우리는 늙어죽도록 한 몸으로 살아야 하는 겨. 마음을 크게 묵고 다 잊어뿌러. 장차 우리 땅에 우리집을 짓고 보란드끼 살자면 외껍질 같은 일들은 잊어뿌러.⑴부

**외대머리** 　명사　 정식 혼례를 치르지 않고 쪽 진 머리. 기생이나 몸을 파는 여자를 이르는 말.

딸린 자식이 셋이나 되어 남남으로 돌아서지는 않았다는 소문이었는데, 지난달 대불이가 집에까지 가보았더니, 본처의 모습은 보이지 않고, 외대머리 기생과 같이 살고 있었다.⑵부

**외로** 　부사　 왼쪽을 향해 바르지 않고 비뚤게.

웅보는 혼잣말처럼 중얼거리며 샐쭉하게 고개를 외로 꼬고 있는 쌀분이 옆에 앉았다.⑴부

**외방** 　명사　 바깥쪽에 있는 방. 서울 이외 모든 지방.

어차피 자신은 테 밖의 사람인데 잠시 배를 타고 외방엘 나간다고 해서 꼭 새끼내에 들러 인사치레를 할 게 뭐냐는 생각이 들었기 때문이다.⑵부

**외뿌리** 　한 개 뿌리.

할아버지는 보리의 뿌리가 외뿌리면 가뭄이 들고 뿌리가 세 개나 돋아나면 물난리가 난다고 하였다.⑴부

**외삼촌 산소 벌초** 　외삼촌 산소에 벌초하듯. 외삼촌 산소를 벌초할 때 성의 없이 형식적으로 한다는 뜻으로 어떤 일을 성의가 없이 되는대로 마구 하는 것을 비유적으로 이르는 말.

그러자 뒤통수에 버짐이 피어 외삼촌 산소 벌초해놓은 것처럼 옹긋쫑긋 볼썽사납게 머리를 깎은 아이가 무안해서 울음을 터뜨릴 것 같은 얼굴로 상점에서 나와 버렸다.⑷부

**외설스럽기도** 　형용사　 외설스럽다. 성적으로 난잡한 성질이나 느낌이 있다. 예의를 지키지 않으며 삼가고 조심하지 않는 데가 있다.

천 서방의 딸 방울이는, 댕기머리 치렁치렁 늘인 처녀가 젓 동이를 머리에 이고 이집 저집 낯선 동네를 훑고 다니는 것이 천덕스럽기도 하고 외설스럽기도 하니 그만두고, (……)⑵부

**외수** 　'여우' 방언. 사기. 못된 꾀로 남을 속임.

한 주먹이라도 외수를 쳤다가는 네눔들 모감지를 작두로 작신 베버릴 거여.⑵부

**왼새끼** 　민속　 왼쪽으로 꼰 새끼. 민속에서 부정을 막는다고 하여 금줄로 썼다.

하인들은 물을 끓이고 왼새끼줄을 꼬고, 아들을 낳기를 바라고 미리 고추를 준비하느라 바

뺐다.(2부)

**요량** 〔명사〕 되질하여 용량을 헤아린다는 뜻으로 잘 헤아려 생각함을 이르는 말. 잘 헤아려 생각하다.

우선 등을 붙일 만한 움막이라도 친 다음에 영산강에서 고기를 잡아 팔든가, 아니면 가까운 장터나 선창에 나가 등짐일이라도 할 요량이었다.(1부)

**요분질** 〔명사〕 성교할 때 여자가 남자에게 쾌감을 주기 위하여 아랫도리를 요리조리 놀리는 일.

대불이는 봉선이가 요분질을 할 때마다, 더욱 드세고 깊게 삽질하듯 회음이 질척한 치골 사이를 후벼 팠는데, 그가 봉선이의 통통한 허리를 으스러지도록 껴안고 힘을 쏠라치면 우두둑우두둑 뼈마디 부러지는 듯한 소리가 났다.(5부)

**요상시러운디** 〔형용사〕 '이상스럽다' 방언. 정상이나 보통과 다른 듯하다.

암만해도 요상시러운디.(8부)

**요절나게** 요절나다. 아주 못 쓰게 될 만큼 깨어지거나 해어지다. 아주 틀어져서 실패하게 되다.

논다니들은 얼굴도 그럴싸했지만 잡스럽게도 남자 하나는 요절나게 잘 다루었다.(2부)

**요절을 내뿌렀어** 요절내다. 아주 못 쓰게 될 만큼 깨뜨리거나 해어지게 하다. 아주 틀어져서 실패하게 하다.

나를 좋아하지도 않고 마주치면 찌그락찌그락 해쌓던 젊은 아기씨마님을 따라온 종년이 있었는디, 그날 밤 복면을 하고 그 종년 방으로 쳐들어가서 요절을 내뿌렀어.(2부)

**요정** 〔명사〕 기생을 두고 술과 음식을 함께 파는 집.

젊은이의 말로는 다니가끼가 선창거리에 있는 일양정이라는 요정에서 저녁을 먹고 있다고 하였다.(5부)

**요지경** 〔명사〕 알쏭달쏭하고 묘한 세상일을 비유적으로 이르는 말. 확대경이 달린 조그만 구멍을 통하여 그 속에 여러 가지 그림을 돌리면서 들여다보는 장치나 장난감.

요즈막 대불이는 갑작스럽게 세상살이가 요지경 속 들여다보듯 신이 났다.(2부)

**욕발** 〔민속〕 머리카락을 목욕시키다.

아낙들은 또 이날 머리를 감으면 머리털이 용처럼 길어진다고 믿어 시새워가며 욕발(浴髮)을 하였다.(2부)

**욕보십니다** 〔자동사〕 욕보다. 고생스러운 일을 겪거나 힘든 일을 해내다. '수고하다' 방언.

아, 예. 욕보십니다 그려.(6부)

**용날** 〔민속〕 그날 지지(地支)가 진(辰)이 되는 날. 갑진일(甲辰日)이나 병진일(丙辰日) 따위를 말한다.

용(龍)의 날 이른 새벽에는 아낙들이 앞을 다투어 물동이를 이고 샘으로 물을 길러 갔다.(2부)

**용수** 〔명사〕 술이나 장을 거르는 데 쓰는 기구. 싸리나 대오리 따위로 둥글고 긴 통과 같이 결어 만든다.

돈단 위에는 먹고 버린 고막껍질 같은 초가 한 채가 삐딱하게 바람에 맞아 웅크리고 있었는데, 술주자를 쓴 용수를 긴 장대에 매달아 놓았다. 주막이었다.(1부)

**용쓰면** 〔자동사〕 용쓰다. 물리적인 힘을 한꺼번에 몰아 쓰다. 무리하게 어떤 일을 해내려고 마음과 힘을 다하여 애쓰다.

버러지만도 못한 인생 용쓰면 뭘 헙니까요.(2부)

**용알이 든 물** 〔민속〕 용알뜨기. 정월 첫 진일(辰日) 첫닭이 울 때 아낙들이 제각기 먼저 정화수를 뜨던 풍속. 이는 전날 밤에 용이 내려와 우물 속에 알을 낳는데, 그 알이 들어 있는 물을 먼저 길어다 밥을 지으면 그해 자기집 농사가 잘된다는 속신(俗信) 때문이다.

예로부터 하늘에 사는 용이 이날 새벽에 지상에 내려와 우물에 알을 낳는다고 하였고, 용알이 든 물을 길어다 밥을 지으면 그해 농사가 풍년이 든다는 것이었다.(2부)

**용잠** 〔명사〕 용 머리 모양을 대가리에 새기어서 만든 비녀. 예전에 나라를 처음 이룩한 임금이나 종실에서 들어온 임금이 왕위에 오르기 전에 살던 집을 이르던 말.

이른 봄엔 모란잠, 늦봄과 한여름엔 매죽이며 옥모란잠, 가을에는 용잠을 철따라 비녀 바꿔 꽂고 몸단장을 한들 무슨 소용이냐 싶어 날이 갈수록 한숨만 명주실처럼 길어갔다.(1부)

**용틀임하듯** 〔자동사〕 용틀임하다. 이리저리 비틀거나 꼬면서 움직이다.

굽이굽이 용틀임하듯 물이 굽어 돌아 흐르는 널따란 광주천에는 여기저기 하동들이 물장구를 치며 멱을 감고 있었다.(8부)

**우격다짐** 　명사　억지로 우겨 내몰거나 강요함.

웅보는 우격다짐으로 쌀분이를 어쩌할 수가 없음을 알고 부드럽게 말했다.(1부)

**우귀날** 　민속　신부가 혼인한 후 처음으로 시집에 들어날. 혼인한 후 처음으로 시집에 들어가는 날.

그는 대불이가 우귀날까지는 만석이를 돌려보내 주리라 믿고 있었다.(6부)

**우덜** '우리들' 방언.

우덜은 굿만 보면 되는겨.(2부)

**우람졌다** 　형용사　우람지다. 매우 크고 웅장한 느낌이 있다.

대불이의 목소리는 오뉴월 장마에 돌담 무너지는 소리처럼 우람졌다.(1부)

**우럭우럭** 　부사　불기운이 점점 세차게 일어나는 모양을 나타내는 말. 술기운이 차츰 얼굴에 나타나는 모양을 나타내는 말.

그러자 뜨락 맨 뒤에서 덕칠이가 지도 주동잡니다유 하는 우럭우럭한 목소리가 튀어나왔다.(3부)

**우렁우렁** 　부사　소리가 매우 크고 힘차게 울리는 모양을 나타내는 말.

그는 키도 크고 체구도 우람하거니와 목소리까지 우렁우렁하였다.(2부)

**우렁잇속 같어** 우렁이 속 같다. 속을 내보이지 않아서 마음을 헤아릴 수 없음을 비유적으로 이르는 말. 일이 복잡하게 꼬여 있어 도무지 이해하기 어려운 경우를 비유적으로 이르는 말.

암턴 장사꾼허고 여자덜은 꼭 우렁잇속 같어놔서 무슨 생각을 허고 있는지 알 수가 없다니께요.(5부)

**우묵한 눈** 움펑눈. 속으로 움푹 들어간 눈.

우묵한 눈만 아니었더라면 알아볼 수 없었을 것이다.(9부)

**우물 옆에서 목말라 죽을** 우물 옆에서 목말라 죽는다. 사람이 재치와 융통성이 없음을 비유적으로 이르는 말.

형님은 우물 옆에서 목말라 죽을 사람이니, 내 말이 안 통할 거요. 성인군자도 시속을 따른

다는데 형님은 국이 끓는지 장이 끓는지 세상 돌아가는 판속을 모르시우?(4부)

**우물을 파도 한 우물을 파라**  무슨 일이든 한 가지 일을 꾸준히 해야 이룰 수 있다는 말.

옛 말에 우물을 파도 한 우물을 파라고 했으니 헤어지지 말고, 찬바람 불 때 다시 시작허는 것이 좋겠네.(1부)

**우물쭈물하면서**  우물쭈물하다. **자동사** 말이나 행동을 흐리멍덩하게 하거나 우물거리며 자꾸 망설이다. **타동사** 흐리멍덩하게 하거나 우물거리며 자꾸 망설이다

우물쭈물하면서 이름은 말하지 않더라고.(9부)

**우수**  **민속** 일 년 중 겨울이 지나 비가 오고 얼음이 녹는다는 날. 이십사절기(二十四節氣) 하나로 입춘과 경칩 사이에 있다. 춘분점을 기준으로 하여 태양이 황도(黃道)의 330도(度)에 이르는 때로 양력 2월 18일경이다.

우수(雨水)가 지나자 무등산(無等山)에 눈이 녹으면서 영산강물이 풀리기 시작했다.(1부)

**우수 경칩 때는 대동강도 풀린다**  아무리 추운 날씨도 우수와 경칩을 지나면 누그러진다는 말.

경칩 때면 영산강이 풀리겠습죠? 풀리다마다, 우수 경칩 때는 대동강도 풀리께.(1부)

**우악스럽게**  **형용사** 우악스럽다. 무식하고 모지며 거친 데가 있다. 험상궂고 우락부락한 데가 있다.

그러면서 천팔봉은 긴 팔로 화선의 허리를 우악스럽게 끌어안았다.(5부)

**우알로**  '위아래' 방언. 나이 많고 적음. 또는 지위 높고 낮음.

이년들이 우알로 을매나 잘 처먹었는지 살이 누룩돼지모양 디룩디룩 쪘네 잉.(3부)

**우왕좌왕**  **부사** 올바른 방향을 잡거나 차분한 행동을 취하지 못하고 갈팡질팡하다. 올바른 방향을 잡거나 차분한 행동을 취하지 못하고 이리저리 왔다 갔다하는 모양을 나타내는 말.

한동안 우왕좌왕하고 있다가 담을 뛰어넘고 교문을 무너뜨린 후 몰려나왔다고 했다.(9부)

**우적우적**  **부사** 단단하고 질긴 것을 자꾸 마구 씹는 소리를 나타내는 말. 거침없이 기세 좋게 자꾸 나아가는 모양을 나타내는 말.

그는 볼이 미어지도록 입 안 가득한 홍어삼합을 우적우적 씹었다.(8부)

**우줄우줄** [부사] 몸이 큰 사람이나 동물이 가볍게 춤추듯이 자꾸 움직이는 모양을 나타내는 말.

개산 그림자가 우줄우줄 영산강에 그물질하듯 강물을 덮기 시작해서야, 박 초시네 대문이 열리고, 새끼내 사람들한테 표 나게 행티를 부려왔던 텁석부리 하인이 어깨를 펴고 나왔다.(2부)

**우지끈** [부사] 크고 단단한 물건이 갑자기 부러지거나 부서지는 소리를 나타내는 말.

우지끈 소나무 가지 부러지는 소리가 났다.(1부)

**욱대김** [타동사] 욱대기다. 난폭하게 윽박질러 기를 억누르다. 억지로 우겨서 제 마음대로 하다.

소작료를 내지 않으면 당장 집에서 쫓아내고 말겠다는 전 포수의 욱대김에 판돌이의 처가 놀란 얼굴로 웅얼거렸다.(7부)

**욱신욱신** [자동사] 욱신욱신하다. 자꾸 쑤시는 듯이 아파 오다.

저 쇠앙치가 새끼를 낳을 텐께 몇 년 만 지나면 새끼내가 욱신욱신허두룩 소 울음소리가 날 거다.(2부)

**운신 못하고** 몸을 움직여 활동을 못하다.

백년이가 할머니를 따라 몸을 운신 못하고 누워있는 노인들과 이야기 하는 것을 지켜보고 있는데 백석의 모습이 보이지 않았다.(9부)

**울거내어** 배어 나오게 하다.

권대길은 억지로 가래침을 울거내어 술청 바닥에 카악 뱉고 나서는 오기스러운 낚시눈으로 선창 아래쪽에 일본조계를 꼬나보았다.(4부)

**울렁울렁** [부사] 크게 놀라거나 두려워서 가슴이 자꾸 몹시 두근거리는 모양을 나타내는 말. 큰 물결이 잇따라 흔들리는 모양을 나타내는 말.

그날도 웅보는 삐득삐득 시들어빠진 묘판의 모를 들여다보고 있자니 울렁울렁 오장육부가 뒤집히는 것 같아서, 산매 들린 사람처럼 개산이며 영산강 모래밭을 하릴없이 쏘다니다가 맥이 풀려 집에 돌아와 토마루에 하염없이 앉아 있었다.(3부)

**울바자가 헐어지니 이웃집 개가 드나든다**  울타리의 바자가 헐어 이웃집 개가 그 밑으로 드나든다는 뜻으로 제게 약점이 있으니까 남이 그것을 알고 업신여김을 비유적으로 이르는 말.

울바자가 헐어지니 이웃집 개가 드나든다는 푼수로, 개항이 되자 일본이 남의 나라에서 칼춤을 추며 날뛰었다.⁽4부⁾

**울쇠**  〔민속〕 무속 악기 하나로 방울이다. 구리로 만들며, 해거울, 달거울, 몸거울, 아왕쇠, 뽀롱쇠 다섯 부분으로 이루어진다. 이것들은 우주 해나 달, 별들을 상징한다.

철릭 외에 전립이며 오색 신꽃이 벽에 걸려 있었으며, 엄나무 장롱 위에는 부채와 울쇠(방울), 오방기, 새옹, 옥수그릇 등이 가지런히 놓여 있었다.⁽2부⁾

**울연해진**  〔형용사〕 울연하다. 애가 타고 답답하다.

백년은 가족과 함께 저녁을 먹으면서 간질간질한 행복을 느끼는 한편, 광주 할머니 생각에 잠시 마음이 울연해진 것은 어쩔 수가 없었다.⁽9부⁾

**울적해진**  〔형용사〕 울적하다. 답답하고 쓸쓸하다.

기실 유씨 부인은 막음례가 아이를 잉태했다는 말에 괜히 마음이 울적해진 거였다.⁽1부⁾

**울화**  〔명사〕 분한 마음을 삭이지 못하여 일어나는 화.

일을 하자니 괜히 뿌질뿌질 울화가 치밀어 만만한 동생 대불이한테 찍자를 부리기가 일쑤였고, 상전들 몰래 슬금슬금 밤도둑처럼 다니던 서당에도 가기 싫어졌다.⁽1부⁾

**움막**  〔명사〕 움으로 지은 막.

우선 등을 붙일 만한 움막이라도 친 다음에 영산강에서 고기를 잡아 팔든가, 아니면 가까운 장터나 선창에 나가 등짐일이라도 할 요량이었다.⁽1부⁾

**움쭉달싹**  〔동사〕 주로 '못하다', '않다', '말다' 등 부정어와 함께 쓰여 몸을 몹시 조금 움직이는 모양.

웅보 어머니는 마을 앞 큰 팽나무에 움쭉달싹 못하게 묶여 있는 아들을 붙들고 끄륵끄르륵 가래 끓는 목소리로 울부짖었다.⁽1부⁾

**웃돌았는지라**  웃돌다. 넘어서 더 위가 되다.

대풍은 아니었지만 평년작은 웃돌았는지라 그해 가을 선창에는 여느 해보다 많은 곡식가마

니들이 쌓였다.(3부)

**웃음 끝에 눈물**  처음에는 재미있게 지내다가도 나중에는 슬프고 괴로운 일
이 생기는 것이 세상사라는 말.

그러나 웃음 끝에 눈물이라더니, 고향에 돌아온 기쁨은 오래 가지를 못했다.(1부)

**웃음엣짓**  명사 별 뜻 없이 웃기느라고 하는 짓.

반빗아치는 웅보를 알아보고 웃음엣짓을 보냈다.(6부)

**웃통**  명사 윗몸에 입는 옷. 몸에서, 허리 위 부분.

대불이는 웃통을 홀랑 벗고는 두 팔을 폈다 오그렸다 하면서 근력을 자랑하였다.(5부)

**웅게웅게**  부사 조금 큰 것들이 무질서하게 많이 모여 있는 모양을 나타내는
말. 키가 비슷한 사람들이 무질서하게 많이 모여 있는 모양을 나타내는 말.

개동이가 한참동안 물둑을 타고 걷다 보니 새끼내 사람들이 걸음을 멈추고 웅게웅게 서 있었
다.(7부)

**웅굿중굿**  부사 크기가 고르지 않은 것들이 여러 군데에 불거져 나와 있는 모
양을 나타내는 말.

나무 한 그루 없이 바위들만 웅굿중굿 어둠속에 솟아 있는 산모퉁이를 안고 돌자 불빛이 보
였다.(5부)

**웅굿쫑굿**  부사 크기가 고르지 않은 것들이 여러 군데에 쑥쑥 불거져 나와 있
는 모양을 나타내는 말.

별도 없이 깜깜한 어둠속에 웅굿쫑굿 모여 있는 등짐꾼들 속에서 방석코가 대불이를 발견하
고 조운창 뒷담 모퉁이로 다급하게 뛰어나왔다.(2부)

**웅성대기**  자동사 여럿이 조금 낮은 목소리로 소란스럽게 자꾸 떠들다.

여기저기서 웅성대기 시작했다. 학생들의 동태가 심상치 않아 보였다.(9부)

**웅숭깊게**  부사 웅숭깊이. 생각이 매우 깊고 넓게. 사물이 되바라지지 않고 속
이 깊숙하게.

아무리 웅숭깊게 덮어버리려고 해도, 뿌질뿌질 심사가 끓어오르면서 울컥 웅보가 미워지는
것을 어찌하지를 못하였다.(1부)

**웅숭크리며**  타동사 웅숭크리다. 춥거나 두려워서 궁상스럽게 몹시 움츠리다.

그제야 그는 방 윗목에 어깻죽지에 힘을 빼고 되도록이면 윗몸을 조그맣게 웅숭크리며 앉았다. (1부)

**워디로** '어디로' 방언.

웅보, 워디로 갈 것인지 말을 혀보게! (3부)

**워매** 뜻밖의 일에 깜짝 놀라거나 진저리가 날 때나 탄식할 때 내는 말.

워매 징헌 거! (1부)

**워쩌서** '어째서' 방언. 동사 어간 '어찌하-'에 어미 '-어서'가 붙어서 준 말.

쇠기침 쏟아냄시로 워쩌서 저렇코롬 곰방대를 빨아쌓는가 모르겠당께. (7부)

**원두한이 사촌을 모른다** 원두막에서 참외나 수박 따위를 파는 사람이 사촌이 온다고 해서 거저 주지 않는다는 뜻으로 물건을 팔아서 이익을 얻는 장사치가 아는 사람이라고 해서 거저 준다거나 더 헐하게 주는 등의 인심을 쓰는 법이 없다는 말.

대불이는 손칠만이 사람됨을 손바닥 들여다보듯 환히 알고 있는 터라, 원두한이 사촌을 모른다 해도 대불이 자신을 속이리라고는 생각하지 않는 것이었다. (6부)

**원숭이날** [민속] 일진(日辰) 지지(地支)가 원숭이인 날.

원숭이날에는 나무를 자르지 않았다. 원숭이날에 나무를 자르면, 집을 짓거나 할 때 좀이 많이 먹게 된다는 것이었다. (2부)

**위시한** [타동사] 위시하다. 필두로 하거나 대표적인 존재로 삼다. 어떤 사물이나 인물을 여러 대상 가운데 대표적인 존재로 삼음.

강당을 나온 학생들이 시위대로 돌변하자 와다나베를 위시한 교직원들은 크게 당황했다. (9부)

**위장술** [명사] 적 눈에 띄지 않도록 자신이나 사물을 거짓으로 꾸미는 기술. 본래 속마음 등을 드러내지 않도록 거짓으로 꾸미는 기술.

그것이 위장술이었겠지. (9부)

**위태위태한** [형용사] 위태위태하다. 마음을 놓을 수가 없을 정도로 매우 위험하다.

조심하게. 오늘 자네 강연을 들으면서도 마음이 위태위태한 것을 느꼈다네. (8부)

**유두날** [민속] 고유 명절 중 하나로 음력 유월 보름날, 이날 맑은 개울물을 찾아가서 목욕을 하고 머리를 감으면 여름에 더위를 먹지 않는다고 한다.

유월이라 유두날에 탁주놀이가 좋을씨고.(3부)

**유리표박**　일정한 집과 직업이 없이 여기저기로 떠돌아다님. 일정한 집과 직업이 없이 이곳저곳으로 떠돌아다니다.

　조세고지서를 받은 자에 한해서는 본인이 호조에 대납을 하였기로 추심(推尋)이 끝났으나 유리표박(流離漂泊)하는 자의 조세는 호조에서 토지를 방기(放棄)한 것으로 보고받고 본인이 매입하였으니(……)(3부)

**유시퇴학**　부당한 이유를 들어 본보기로 퇴학을 시킨 것을 이르는 말.

　학교당국은 김몽길 · 여도현 · 문두채 등에 대해 교규를 문란시켰다는 이유로, 이른바 유시퇴학(諭示退學)을 시키기로 했다.(9부)

**유언비어**　명사 아무 근거 없이 널리 퍼진 소문.

　이 같은 유언비어는 서울을 비롯한 다른 지역 사람들을 자극하였고 결국 전국 각지에서 항일 시위투쟁을 촉발시키게 되었다.(9부)

**육박전**　명사 서로 맞붙어서 치고받는 싸움.

　숫자로는 시위대가 몇 배나 더 많았으나 경찰과 맞싸우게 되면 많은 부상자가 나올 것이 뻔하므로, 되도록이면 육박전을 벌이지 않으려고 했다.(9부)

**육혈포**　탄알을 재는 구멍이 여섯 개 있는 권총.

　그는 하야시의 손에 육혈포가 들려 있는 것을 보고 반항을 하지도 도망을 치려고도 하지 않았다.(4부)

**으끄러뜨리려고**　타동사 으끄러뜨리다. 세게 찌그러지게 하다.

　밤송이를 밟고 핫저고리를 감싼 손으로 힘껏 으끄러뜨리려고 할 때마다, 밤송이의 가시가 뒤꿈치와 손을 찔러 찔끔찔끔 몸서리를 치곤하였다.(1부)

**으끄러진**　자동사 으끄러지다. 다른 것에 세게 부딪치거나 눌리어 부스러지다, 세게 찌그러지다.

　할아버지는 뻘긋뻘긋 핏자국이 생기고, 무클하게 으끄러진 발바닥과 손가락에 목화씨 연기를 쐬면서, 씰씰씰씰 물레방아 돌아가는 소리로 육자배기를 푸념처럼 흥얼거렸다.(1부)

**으드득**　크고 단단한 물건을 힘껏 깨물어 깨뜨리는 소리를 나타내는 말. 이를 크고 세게 가는 소리를 나타내는 말.

대불이는 분하고 억울하고 슬프고 부끄러움을 한꺼번에 맷돌질하듯 이빨을 으드득으드득 갈며 때죽나무집으로 향했다.(2부)

**으디** '어디' 방언.

옳거니! 쭉지 부러진 닭 으디 갈려구!(3부)

**으레** **부사** '-으러' 방언. 거의 틀림없이 언제나.

으레 그랬듯이 최 참봉은 그를 도둑으로 몰았다.(1부)

**으름장** **명사** 무서운 말이나 행동으로 남을 위협하는 짓.

술을 빚을 독 하나 없어 장성 도고(都庫)에서 몇 됫박씩 받아다가 잔술을 팔아온 터에, 주세를 내지 않으면 관아로 끌고 가서 물고를 내겠다고 으름장을 놓는 것이었다.(2부)

**으스러지도록** **자동사** 으스러지다. 센 힘을 받아 눌려서 부스러지다. 터지거나 벗어지다.

웅보는 그녀의 손을 잡은 팔에 힘을 주어 으스러지도록 꼬옥 쥐었다.(3부)

**으슥해서야** **형용사** 으슥하다. 깊숙하고 외지다. '이슥하다' 방언.

웅보는 쌀분이를 어르다가 지쳐 방에 혼자 들어와 버렸는데, 밤이 이슥해서야 그녀가 어슬렁어슬렁 꼬리를 내리고 기어들어와 방구석에 얼굴을 깊숙이 묻고 꿍겨앉았다.(1부)

**으째서** '어째서' 방언.

글타면 으째서 에미 이약 듣고부텀 뚱해갖고 에미를 걸레뭉치 보드끼 허냐.(2부)

**으쩔라고** '어쩌다' 방언. 어떻게 하다. 동안이 조금씩 뜰 정도로 가끔가다.

자네 집사람이나 대불이가 알면 으쩔라고 그러나.(2부)

**윽박질러보기도** **타동사** 윽박지르다. 심하게 윽박아 대번에 기를 꺾다.

웅보는 그런 쌀분이를 살살 어르기도 하고 큰 소리로 윽박질러보기도 하였으나, 그럴수록 쌀분이는 설맞은 뱀처럼 사나와지기만 했다.(1부)

**은근짜** **명사** 몰래 몸을 파는 여자를 속되게 이르는 말. 겉으로는 어리석은 체하나 속으로는 엉큼한 사람을 이르는 말.

권대길의 말마따나, 개명바람이 불어 거리마다 하이칼라 양복쟁이들이 활개를 치고, 얼굴이 반반한 은근짜며 논다니패들이 득실거리는 제물포 바닥에서, (……)(4부)

**은행나무도 마주서야 열매가 있고** 은행나무도 마주서야 연다. 은행나무는 수나무와 암나무가 서로 바라보고 서야 열매가 열린다는 뜻으로 사람도 마주보고 대해야 서로 인연이 깊어진다는 말. 남녀가 결합해야 집안이 번창한다는 말.

자, 요년들아. 은행나무도 마주서야 열매가 있고, 손뼉도 마주쳐야 소리가 나는 법이란다. 일을 맹글라면 이리 뽀짝 죄어앉어라!(3부)

**을러댈라치면** 〈타동사〉 을러대다. 말이나 행동으로 겁을 먹도록 위협하다.

아비가 집에 돌아가라고 소리치며 을러댈라치면 개동이는 잠시 걸음을 멈추었을 뿐 다시 따라오곤 했다.(8부)

**을렀다** 〈타동사〉 으르다. 겁을 먹도록 무서운 말이나 행동으로 위협하다.

그리고 마당에 발이 닿기도 전에 붙잡힌 그에게, 안방에 숨어들어 귀중한 금패물을 훔쳤다고 덮어씌우고는, 훔친 물건의 값을 보상하기 전에는 풀어주지 않겠다고 땅땅 을렀다.(1부)

**을마든지** 〈부사〉 '얼마나' 방언. 의문문에 쓰여 수량이나 정도를 물어보는 데 쓰는 말. '-ㄴ지, -는지, -ㄹ지'와 함께 명사절을 이끌어, 관련된 서술어에 수량이나 분량 또는 일정한 특성 따위 수준이 어느 정도인가를 묻는 말.

이 나라에는 기름진 밭과 살찐 흙이 을마든지 많은디도 모두 묵혀두고, 높은 갓과 큰 소매를 자랑하며 놀고묵기를 좋아하니 이래갖고 무신 나라가 잘되겄냐.(1부)

**을미년** 〈민속〉 천간(天干)이 '을(乙)'이고 지지(地支)가 '미(未)'인 해. 육십갑자(六十甲子)로 헤아리면, 서른두 번째 해이다.

그러나 을미년 팔월의 민비시해 사건으로 조선 조야의 배일감정이 팽배해 있던 터라, 아무도 일본에 철도부설권을 주자고 나서지 못하였던 것이다.(5부)

**을씨년스럽게** 〈형용사〉 을씨년스럽다. 싸늘하고 스산한 기운이 있다. 보기에 살림이 매우 딱하고 어렵다.

쭉정이 벼를 거두어들인 들판은 을씨년스럽게 텅 비고, 매서운 바람에 놀란 영산강물이 요동을 쳤다.(2부)

**음사** 〈명사〉 예전에 과거를 거치지 않고 조상의 덕으로 얻어 하는 벼슬살이를 이르던 말.

전주 사는 오영석도 고종 임금이 알고 있는 만 석이 넘는 전라도 부자로, 일찍이 민영환(閔泳煥)

이 그를 자기 밑으로 끌어들였으며, 음사(蔭仕)로 여러 고을의 원을 지내기까지 하였다.(1부)

**음석** '음식' 방언.

전라도 음석이 입에 맞으실란가 모르 겄구만이라.(9부)

**음습한** [형용사] 음습하다. 그늘지고 축축하다. 흐리고 으스스하며 눅눅하다.

이내 후두둑 빗방울이 쏟아질듯 음습한 바람이 상류로부터 물비린내를 몰고 왔다.(2부)

**음충스러움** [형용사] 음충스럽다. 엉큼하고 불량한 데가 있다.

그리고 며칠 전 하야시는 순영이한테 그의 음충스러움을 노골적으로 드러내 보이고 만 것이었다. 닷새 전의 일이었다.(4부)

**음침한** [형용사] 음침하다. 어둡고 엉큼하다. 흐리고 우중충하다.

할아버지는 춥고 음침한 곳간 속에서 핫저고리를 벗어 손에 감고 끙끙대며 밤을 까고 있었는데, 말린 쇠가죽보다(……)(1부)

**응덩판** 엉덩이를 속되게 이르는 말.

암컷이 크야 물도 많고 새끼도 많아서 풍년이 들제. 여자도 응덩판이 푸짐해야 새끼도 많이 낳는 법여. 하고 자기네들 고가 큰 것을 자랑했다.(1부)

**응뎅이** '엉덩이' 방언.

항차 병을 고쳐준담서 처자 응뎅이를 까고 찝게로 밑구멍에 맥힌 게껍질들을 다 뽑아줬응께 오직허겄소.(2부)

**응등 물고** [타동사] 응등거리다. 춥거나 겁이 나서 움츠리다. 입가의 근육을 앙칼지게 움직여 드러내다.

웅보는 작대기를 쥔 손이 부르르 떨리는 것을 이를 응등 물고 참았다.(1부)

**의논이 맞으면 부처도 앙군다** 여러 사람의 뜻이 맞고 화합하면 어떤 어려운 일도 무난히 해낼 수 있다는 말.

의논이 맞으면 부처도 앙군다고 허드끼 마음부터 합해놓고 일을 시작하기로 허세.(1부)

**의자매** [명사] 의로 맺은 자매.

월선이년과 이 집 화선이는 의자매지간이라, 그동안 나를 사람대접 좀 해준 게지요.(5부)

**이골** [명사] 어떤 일에 아주 길이 들어서 몸에 익숙하게 된 짓이나 버릇.

주모는 숱한 술꾼들의 실없는 농담에 이골이 난 여자답게 푸실푸실 웃으며 우스갯말까지 하

였다.(1부)

**이급**　대변이 잦고 아랫배가 묵직하며 대변을 본 후에는 항문 주변과 아랫배
　　가 아픈 병.

　　자신이 일자리를 못 구해 이급(裏急)해함을 알고 있다는 것이 마뜩찮았다.(5부)

**이긋**　'이것' 방언.

　　이긋이 뭣이당가요?(5부)

**이끗**　**명사**　이익이 되는 실마리.

　　다른 나라 사람덜이 저마나 자기덜 이끗을 생각하고 우격다짐으로다가 헌 개항이 아닌가.(5부)

**이내**　**부사**　시간적으로 얼마 되지 않아서 곧. 일정한 한도 안.

　　이내 별당 막음례의 방에 불이 꺼졌다.(1부)

**이녁**　(인칭 대명사) 듣는 이를 조금 낮추어 가리키는 말. 종종 부인이 남편에 대
　　해서 남편이 부인에 대해서 쓴다.

　　이녁 허자는 대로 헐 것인께, 제발 내려가. 답답해서 가슴이 터지겄구마안.(1부)

**이따금**　**부사**　조금씩 있다가.

　　이따금 들짐승 우는 소리가 들려왔다.(3부)

**이러구러**　**부사**　시간이 이럭저럭 지나가는 모양을 나타내는 말.

　　대불이는 인천에 있을 때 진서방에게 기어코 그의 식솔을 인천으로 데려다 주겠노라고 약조
　　를 해놓고도, 이러구러 일 년이 지나버린 것이었다.(4부)

**이르케**　**부사**　'이렇게' 방언. 이러한 정도로. 앞 내용을 받거나 뒤에서 말할 내
　　용을 지시하여 가리킬 때 쓰는 말.

　　내 혼자 몸만 같음사, 이르케 수모 받고 살지 않고 풍덩 영산강에 빠져 죽어버릴 것인디
　　…….(1부)

**이마빡**　**명사**　'이마'를 비속하게 이르는 말.

　　죽는 애비의 마지막 소원을 안 들어줄 거냐? 이마빡에 불도장을 찍은 몸으로 어뜨케 저승
　　문턱을 넘으란 말이냐. 애비 말 듣고 효도 한번 하그라 와.(1부)

**이마빼기**　'이마'를 비속하게 이르는 말.

　　둥금이가 다섯 살이 되던 해 봄에 쌍둥이 동생인 동녜개와 싸우다가, 둥금이가 동생을 밀어

뜨려 동네개의 이마빼기가 돌에 찍히고 말았다.(2부)

**이무럽게** '허물없다' 방언. 무리가 없고 당연하다.

그래도 차차 시간이 가면 이무럽게 될 것께 쪼깐 참으시씨오.(8부)

**이보기요** 〔감탄사〕 '이보시오' 방언. 하오할 자리에 쓰여 나이가 지긋한 사람이 남을 부르거나 주의를 끌려고 할 때 하는 말.

이보기요들, 술이나 드셔요. 내가 공술 한잔씩 드리리다.(1부)

**이빨** 〔명사〕 '이'를 속되게 이르는 말. 말을 잘하는 사람을 속되게 이르는 말.

겨릅처럼 핏기 하나 없이 깡마른 주모가 어쩐 일인지 병어 입을 쫙 벌려 이빨을 드러내 보이고 웃으며 반가워하였다.(2부)

**이상촌** 이상적이며 완전하고 평화로운 상상 마을.

안창호 선생 밑에서 이상촌 건설 준비를 하고 있다고 했소.(9부)

**이약** '이야기' 방언.

글타면 으째서 에미 이약 듣고부텀 뚱해갖고 에미를 걸레뭉치 보드끼 허냐.(2부)

**이지러지고** 〔자동사〕 떨어져 없어지거나 찌그러지다. 가려져 한쪽이 차지 않다.

둥금이는 달빛이 이지러지고 새벽을 재촉하는 미명의 어둠이 덮쳐 와서야 잿불 스러지듯 휘청휘청 방바닥에 무너지고 말았다.(2부)

**이합집산** 모였다가 흩어지는 일. 모이고 흩어지다.

대의를 생각해야지. 암튼, 이합집산을 되풀이하는 어른들 일에 신경 쓰지 말고 우리들 일이나 걱정하자고.(8부)

**인과응보** 〔명사〕 선을 행하면 선의 결과가, 악을 행하면 악 결과가 반드시 뒤따름.

이런 경우를 인과응보라고 하지요. 옛날 제가 철이 없을 때 지악스럽게 행동했던 것이 생각나는군요.(9부)

**인권유린** 인권을 짓밟는 일. 특히 공권력이나 권력을 가진 사람이 인간의 기본적 인권을 침해하는 일을 이른다.

왜놈들은 야비해. 어떻게 여자 머리를 잡아 댕겨? 그거는 상대의 인격을 모독하는 거나 마찬가지야. 아니, 인권을 유린한 거야.(9부)

**인두** 〔명사〕 바느질할 때 불에 달구어 천의 구김살을 눌러 없애거나 솔기를 꺾어 누르는 데 쓰는 기구.

웅보가 어머니의 바늘상자에서 인두를 꺼내 쟁기의 보습처럼 끝이 날카한 인두쇠를 관솔불에 넣자, 아버지가 달려들어 빼앗아버렸다.(1부)

**인전 정내미 떨어진다**　인제 정나미가 떨어진다. 정나미가 아주 없어져서 다시 대하고 싶지 않게 되다.

새끼내라면 인전 정내미가 떨어진다.(3부)

**인정머리**　**명사**　'인정'을 속되게 이르는 말.

저 인정머리 없는 작자, 자식들이 가는디 뻐끔도 안헌 것 봐라.(1부)

**일습**　**명사**　옷, 그릇, 기구 등 한 벌.

조끼며 마고자에 검정 두루마기까지 한복 일습이 갖추어져 있는 게 아닌가.(8부)

**일쑤**　**명사**　가끔, 곧잘 또는 흔히 그렇게 함. 드물지 않게.

장쇠 내외는 이렇게 자식들 일로 티격태격 입씨름을 하기가 일쑤였다.(1부)

**일언반구**　**명사**　한마디 말과 반 구절이라는 뜻으로 아주 짧은 말을 이르는 말.

웅보는 막음례가 아기를 가졌다는 이야기에 대해서는 일언반구도 비쭉하지 않았다.(1부)

**일엽편주**　**명사**　자그마한 한 척 배.

보름달 위에 몸을 실으면 마치 드넓은 강물에 일엽편주를 띄운 것처럼 물살에 얄랑거리는 맛이 있었다.(2부)

**일주하다**　**타동사**　넓은 일정한 지역을 한 바퀴 돌다.

수천 명의 학생과 시민들이 시내를 일주하다시피하며 시위를 벌인 동안, 시내에서 일본인들의 모습은 한 명도 찾아볼 수가 없었다.(9부)

**일진**　**명사**　그날 운세.

대불이가 집에 있는 동안 그의 형 웅보는, 설날에서부터 열이튿날까지의 십이지일(十二支日)의 일진을 짚어가며 식구들의 행동거지를 일일이 간섭하였다.(2부)

**일찌감치**　**부사**　좀 더 일찍이.

백석이도 형의 말대로 일찌감치 집으로 돌아가기 위해 학교를 나섰다.(9부)

**일촉즉발**　**명사**　조금만 건드려도 곧 폭발할 것 같은 몹시 위험한 상태.

군중들이 경무청 앞에 당도하자 일촉즉발로 흥분이 하늘 닿게 고조되었다.(4부)

**임검** 명사 행정법에서, 행정 기관의 직원이 직무를 수행하기 위하여 사건이 일어난 현장에 가서 조사하는 일. 일어난 현장에 가서 검사하다.

지방관청의 관노가 시장의 노점을 일일이 임검하면서 세금을 걷는 시장세가 있었다.(2부)

**임시방편** 명사 갑자기 생긴 일을 우선 그때의 사정에 따라 둘러맞춰서 처리함.

우리가 소금장사에 나선 것은 어디까지나 임시방편이라고 생각허고, 우리 손으로 땅을 장만해야 후담에 보잘 것이 있습니다요.(2부)

**임질** 명사 물건을 머리 위에 이는 일.

지난 설에 찾아갔을 때 보니, 머리에 임질을 너무 많이 하여 정수리가 반들반들해진 어머니는 마른 나뭇가지처럼 가벼워보였다.(8부)

**입다툼** 명사 말다툼. 말로 옳고 그름을 가리며 서로 다툼.

오랫동안 웅보를 보고 얼굴 펼 날이 없었고, 걸핏하면 티격태격 입다툼질이나 하려던 그녀의 마음이 봄날 영산강 얼음 풀리듯 하였다.(1부)

**입맛 나자 노수 떨어진 셈** 입맛 나자 노수(路需) 떨어진다. 식욕이 생겨 무엇을 사 먹으려 하자 노잣돈이 떨어져 못 먹게 되었다는 뜻으로 일이 공교롭게도 서로 빗나가며 틀어지는 경우를 비유적으로 이르는 말.

한 일 년이나 한 이불을 덮었을가 모르겠네요. 입맛 나자 노수(路需) 떨어진 셈이지요 뭐.(5부)

**입바람** 명사 입을 오므려 불어넣는 공기.

그제야 웅보는 천천히 팔과 다리를 풀고 목화씨기름에 젖어 흐드득거리며 타고 있는 기름 쟁반에 입바람을 불어 불심지를 죽였다.(1부)

**입벌이** 명사 밥벌이. 먹고살기 위하여 돈을 버는 일. 겨우 밥이나 먹고살 수 있을 만큼 돈을 벎.

대불이와 쌀분이는 술청 일을 도와주어 입벌이를 할 수가 있었지만, 웅보까지 공밥을 얻어먹기가 너무 미안해 따로 솥을 걸려고 하였는데, (……)(1부)

**입싸움질** 명사 입씨름질. 서로 남에게 뒤지지 않으려고 자꾸 말을 해 대는 짓.

그날 그들 내외는 노마님의 방에서 나와서 한바탕 티격태격 입싸움질을 하였다.(1부)

**입에 거미줄 치게** 입에 거미줄 치다. 가난하여 먹지 못하고 굶다.

땅 한 뙈기 없이 이 집에서 쫓겨난다면 네 식구 영락없이 입에 거미줄 치게 될 것으로 생각했

다.(1부)

**입에 풀칠이야**　굶지 않고 겨우 먹고살아 가다.

당장은 선창에서 일을 거들어주더라도 입에 풀칠이야 못하겠냐.(1부)

**입은 멱서리만 해도 무신 낯짝이 있어 쥐둥아리를 열겄냐**　입은 멱서리만 해도 말 못 한다. 자기가 한 실수나 잘못이 이미 명백히 들어나 변명할 여지가 없음을 이르는 말.

허갸 입은 멱서리만 해도 무신 낯짝이 있어 쥐둥아리를 열겄냐.(7부)

**입은 비렁뱅이는 얻어 묵어도 벗은 비렁뱅이는 못 얻어 묵는다**　입은 거지는 얻어먹어도 벗은 거지는 못 얻어먹는다. 옷차림새가 깨끗해야 대접을 받는다는 말.

입은 비렁뱅이는 얻어 묵어도 벗은 비렁뱅이는 못 얻어 묵는다드끼, 그만 허면 만석이 도령 상객이라도 따라가겠소그라.(6부)

**입이 여럿이면 금도 녹인다**　입이 여럿이면 금도 녹인다.

오메, 시상에. 그런듸도 죽었다고 난리였구만잉. 입이 여럿이면 금도 녹인다등만…….(6부)

**입이 함지박 만하게**　입이 함박만 하다. 입이 함지박만큼 크게 벌어질 정도로 매우 기뻐하여 만족해하는 모양을 이르는 말.

웅보가 틈이 나는 대로 주모의 외아들 말바우한테 글을 가르쳐 주자 주모는 너무 좋아서 입이 함지박 만하게 벌어졌다.(1부)

**입춘**　[민속] 일 년 중 봄이 시작한다는 날. 이십사절기(二十四節氣) 하나로 대한과 우수 사이에 있다. 춘분점을 기준으로 하여 태양이 황도(黃道)의 315도(度)에 이르는 때로 양력 2월 4일경이다.

입춘이 지나자, 강물이 흘러오는 쪽에서 바다로 내려가는 쪽으로 드밀어 내리던 되알진 바람도 차츰 기세가 꺾인 듯했다.(2부)

**잊어뿔지**　[자동사] 잊어뿌다. '잊어버리다' 방언.

네 고조할아번님 무덤에 표시를 해놨던들 잊어뿔지는 안 했을 것인듸(……)(1부)

# ㅈ

**자귀 짚어**   자귀 짚다. 짐승을 잡으려고 발자국을 따라가다.

새서방님이 끌려가시자 쉰네가 살금살금 자귀 짚어 왔다가 붙들리고 말았구만이라우.(6부)

**자귀질하듯**   〔자동사〕 자귀질하다. 자귀로 나무를 깎는 일을 하다.

방석코가 발버둥을 치며 대불이를 보듬고 돌리려고 하였으나, 그때마다 대불이의 무릎이 그의

가슴팍을 자귀질하듯 내리쳤다.(2부)

**자근자근**   〔부사〕 가볍게 자꾸 씹는 모양을 나타내는 말. 머리가 자꾸 가볍게 쑤

시듯 아픈 모양을 나타내는 말.

풀상투의 사내는 자근자근 긴 말을 하고 움막에서 나가버렸다.(3부)

**자꼬자꼬**   〔부사〕 '자꾸자꾸' 방언. 끊임없이 계속하여.

그러니께 우리 등짐꾼들이 한덩어리로 똘똘 뭉쳐갖고 자꼬자꼬 임금을 올려주라고 떼를 씀

시로 이르케 버텨야 헌당께.(5부)

**자는 범 코침 주기**   가만히 내버려두면 아무 일이 없었을 것을 공연히 건드

려 화를 입게 된다는 말.

이눔의 여편네야. 시방 술 한 독이 문제여? 저눔덜 비위를 건드리는 것은 자는 범 코침 주기

여. 칠만아, 어서 네 맘대루 해라!(3부)

**자라 보고 놀란 가슴 소댕 보고 놀란다**   어떤 일에 몹시 놀란 사람은 그와

비슷한 것만 보아도 놀란다는 것을 비유적으로 이르는 말.

글타고 그만둘 수는 없잖우. 자라보고 놀란 가슴 소댕 보고 놀란다고 미리 겁을 먹고 일을

그만둘 수는 없재. 그라고 박초시가 소작료를 달란다고 그냥 줄 수는 없잖우.(1부)

**자르르한**   〔형용사〕 자르르하다. 많이 흘러 반지르르하다. 자릿한 느낌이 있다.

어느덧 윤기가 자르르한 가을날 아침 햇살이 명주실처럼 머리 위에 드리워져 있었고, 영산

강에는 안개가 말갛게 걷혀 있었다.(3부)

**자리다툼**   〔명사〕 좋은 자리나 지위를 차지하기 위해 서로 다툼.

충돌 이유는 사소한 자리다툼에서부터 여학생 희롱, 조선인 비하발언이나 비웃음 등 때문이었다.

**자발없이** 〔부사〕 언행이 가볍고 참을성이 없이.

　이 이는, 자발없이 왜 또 쓰잘 데 없는 소리는 혀.⑻부

**자분자분** 〔부사〕 성질이나 태도가 부드럽고 조용하며 자상한 모양을 나타내는 말. 음식에 섞인 잔모래 따위가 귀찮게 자꾸 씹히는 모양을 나타내는 말.

　쌀분이는 개동이 내외를 앉혀놓고 뒤껼 오동나무에서 자지러지게 울어대는 쓰르라미의 울음소리를 들으며 자분자분 타일렀다.⑺부

**자분치** 〔명사〕 귀 앞에 난 잔 머리카락.

　권대길은 술청에서 밖으로 꺼내놓은 평상에 앉아서 자울자울 졸고 있다가 구절초 꽃 내음을 실은 짭짤한 갯바람이 휘익 불어와 희끗한 자분치를 건드리자 천천히 눈을 뜨고 바다 쪽으로 잠에 취한 눈길을 던졌다.⑸부

**자빡** 〔명사〕 결정적인 거절.

　대불이는 악몽을 꾸고 난 사람처럼 지치고 험상궂은 몰골로 때죽나무집 쪽으로 느즈러지게 걷다가 방석코를 자빡 만났다.⑵부

**자뿌라져** 〔자동사〕 '자빠지다' 방언. 중심을 잃고 뒤나 옆으로 넘어지다. 모로 쓰러지다.

　어디서 뭣하고 자뿌라져 있었간듸 여태 기별이 없었다냐?⑹부

**자식 죽는 것은 보아도 차마 벼 포기 말라죽는 것은 못 본다**　자식 죽는 건 봐도 곡식 타는 건 못 본다. 농부들이 농사일에 온 정성을 다함을 이르는 말.

　자식 죽는 것은 보아도 차마 벼 포기 말라죽는 것은 못 본다는 농사꾼들이라 어떻게 해서든지 모를 살려보려고 아낙들은 물동이에 물을 이어다 붓고 남자들은 물지게를 져 나르는 것이었지만, 밑 깨진 시루에 물 붓기로 뜨거운 태양에 견디지 못하였다.⑶부

**자야**　자시 무렵 한밤중. 자시는 대략 밤 열한 시부터 다음날 새벽 한 시까지이다.

　마을로 내려간 서거칠이가 김유복을 데리고 함박산으로 올라온 것은 자야가 지나서였다.⑸부

**자오록이** 【부사】 연기나 안개 따위가 잔뜩 끼어 흐릿하게.

게다가 어렸을 때는 언제나 웃음을 잃은 두 눈에 슬픔이 자오록이 담겨져 있었는데, 이제 보니 말아 삼킬 듯 서글서글한 시울에서 빛이 톡톡 되쏘였다.(3부)

**자울자울** 【부사】 '잘름잘름' 방언. 잠이 들 듯 말 듯하여 몸을 앞으로 숙였다 들었다 하는 모양을 나타내는 말.

병자들을 구완하기 위해 따라온 듯싶은 가족들이 땅바닥에 가마니 짝을 깔고 앉아 자울자울 졸고 있었다.(1부)

**자웅눈** 【명사】 한쪽은 크고 한쪽은 작게 생긴 눈.

아이는 한쪽 눈은 크고 다른 한쪽 눈은 작은 자웅눈이었다.(5부)

**자위 뜬 것** 자위 뜨다. 익어서 밤송이 안에서 밑이 돌아 틈이 나다. 무거운 물건이 힘을 받아 조금 움직이다.

대불이도 칠만이의 태도가 옛날처럼 친절하지가 않고 자위 뜬 것을 눈치 챌 수가 있었다.(6부)

**자조자조** 【부사】 '자주자주' 방언. 잇따라 매우 잦게.

자조자조 머리를 깜고 옷도 더럽기 전에 빨어입어야 헌다 잉.(2부)

**자지러지듯** 【자동사】 자지러지다. 듣기에 짜릿한 느낌이 들 정도로 격렬해지거나 빨라지다.

통인의 목소리가 자지러지듯 하였다.(3부)

**자초지종** 【명사】 처음부터 끝까지 과정.

왕재일이 숨을 고른 후, 양만석 선생으로부터 들은 자초지종을 이야기했다.(9부)

**자칫하다가는** 【자동사】 자칫하다. 어쩌다가 조금 어긋나 잘못되다.

그는 자칫하다가는 새끼내 사람들이 농사꾼이 될 생각은 잊어버리고 장사꾼으로 만족해버릴지도 모른다는 생각을 했다.(2부)

**자프시면** 【보조 형용사】 '싶다' 방언. 동사 연결 어미 '-고' 뒤에 쓰여, 무엇을 하고자 하는 마음이나 의욕이 있음을 나타내는 말. 연결 어미 '-었으면' 뒤에 쓰여, 그렇게 되었으면 하는 희망을 나타내는 말.

학생들을 가르치는 일을 허고 자프시면 학교 훈도가 되시든가…….(8부)

**작것아** '잡것' 방언. 잡되고 상스러운 사람을 욕하며 이르는 말.

작것아. 그만 좀 따다거려싸. 때까치를 삶아묵었나 원, 오늘밤 왜 그리 딱다거려싸.(1부)

**작달막** 〔형용사〕 작달막하다. 몸통 굵기에 비하여 자그마하다.

판쇠와 한집에서 종살이를 하다가 함께 풀려나왔다는 키가 작달막하고 턱 끝이 몽글몽글하게 생긴 마흔 안팎의 애꾸눈 남자는 몸피가 크고 톱상스러운 주막 여주인이(……)(1부)

**작량** 〔명사〕 짐작하여 헤아리다.

너무 걱정 마셔요. 어린애기도 아닌듸, 비미니 알아서 작량을 허겠어요?(5부)

**작신 분질러** 작고 단단한 물건이 갑자기 세게 부러지거나 깨지는 모양.

다시 코빼기를 내밀었다가는 다리모갱이를 작신 분질러불 거로구만!(2부)

**작심** 〔명사〕 마음을 단단히 먹음.

보름달이 스스로 찾아와 알은 체하기 전에는 결코 그녀를 부르지 않으리라 작심하였다.(2부)

**작자** 남을 업신여기어 얕잡아 이르는 말.

저 인정머리 없는 작자, 자식들이 가는디 뻐끔도 안헌 것 봐라.(1부)

**잔교** 〔명사〕 배를 댈 수 있도록 물가에 다리처럼 만들어 놓은 구조물. 계곡을 가로질러 절벽과 절벽 사이에 높이 걸쳐 놓은 다리.

얼마 전까지만 해도 관부연락선에서 내리면 잔교를 건너야 했는데 지금은 통로로 연결되었다.(8부)

**잔기침** 〔명사〕 소리를 작게 내면서 잦게 하는 기침.

그들은 옷매무새를 추슬러 고치고 어색하게 잔기침을 하며 대문 안으로 들어섰다.(3부)

**잔술** 〔명사〕 낱잔으로 파는 술.

술을 빚을 독 하나 없어 장성 도고(都庫)에서 몇 됫박씩 받아다가 잔술을 팔아온 터에, 주세를 내지 않으면 관아로 끌고 가서 물고를 내겠다고 으름장을 놓는 것이었다.(2부)

**잔악스러운** 〔형용사〕 잔악스럽다. 사람이나 그 성질, 언행이 간사하고 악독한 데가 있다.

그 때 보았던 장대불이라는 사람은 성격이 드세어 보이긴했으나 잔악스러운 사람 같지는 않았다.(8부)

**잔조로울** 〔형용사〕 잔조롭하다. '가지런하다' 방언.

여름은 바닷바람에 실려 오기라도 한 듯 하루도 바다가 잔조로울 때가 없었다.(4부)

**잘근잘근** 〔부사〕 조금 질긴 물건을 가볍게 자꾸 씹는 모양을 나타내는 말.

흑산도 홍어 중에서도 맛이 좋은 부분은 혀끝이 아르르할 정도로 쏘는 맛이 강한 콧잔등 살과 잘근잘근 씹히는 날개고기, 그리고 뒷맛이 고소한 흰 색깔의 애였다.⑷

**잠포록하게** 〔형용사〕 잠포록하다. 흐리고 바람이 없다.

그가 테메산을 떠나올 때까지만 해도 포대기만한 구름조각들 사이로 여름햇살이 구리철사처럼 날카롭게 내리꽂히고 있었는데, 새끼내에 당도할 무렵에는 햇살은 사그라지고 하늘이 잠포록하게 갈앉아 바람 한 점 없었다.⑹

**잡귀** 온갖 잡스러운 귀신.

설맞이 집안 닦기를 잘해야 묵은해의 잡귀와 액(厄)이 물러간다고 믿고 있었기 때문이었다.⑵

**잡도리** 〔명사〕 잘못되지 않도록 엄하게 다룸. 단단히 준비하거나 대책을 세움.

서방님이 무슨 일로 장서방을 잡아다가 잡도리를 한다더냐?⑹

**잡스럽게도** 〔형용사〕 잡스럽다. 여러 가지가 뒤섞여 순수하지 못한 데가 있다. 막되고 상스러운 데가 있다.

논다니들은 얼굴도 그럴싸했지만 잡스럽게도 남자 하나는 요절나게 잘 다루었다.⑵

**잡탕패** 〔명사〕 몹시 난잡한 행동을 하는 무리.

곡식가마니들을 메어 나르는 등짐꾼들이며, 하릴없이 선창거리를 휘돌아다니면서 객줏집이나 미곡전을 기웃거리는 잡탕패거리들, 상돌을 싣고 가도 핥아먹을 것이 있다는, (……)⑶

**장개** '장가' 방언. 주로 '들다, 가다, 보내다' 등과 어울려 쓰인다. 남자가 결혼하여 아내를 맞이하는 일을 이르는 말.

만석이 도령님이 장개를 간당만이라우.⑹

**장구통배** 〔명사〕 장구통처럼 몹시 부른 배.

천 서방은 기분이 좋은지 배를 장구통처럼 뚝 내밀고 입을 크게 벌리고 웃으며 말했다.⑵

**장군** 〔명사〕 물이나 술, 간장 등 액체를 담는 데 쓰는 그릇.

그는 새끼내에 돌아와서 취중에도 우물에 내려가 물을 한 장군지고 돈단으로 올라와, 두 아들과 딸을 낳은 기념으로 심어놓은 대추나무 두 그루와 오동나무에 듬뿍 물을 부어주었다.⑶

**장독** 〔명사〕 매를 심하게 맞아 생긴 상처 독.

의원은 요모조모로 되작거려가며 웅보를 진맥해보더니, 장독(杖毒)이 몸속으로 파고들어 장기(臟器)에 퍼져 있는데다가 기력이 너무 탈진하였기 때문에, 몸속의 장독을 풀어주면서 몸을 보하는 약을 장기간 복용해야 회복할 수 있다고 하였다.(7부)

**장돌뱅이** 명사 여러 장을 돌아다니며 물건을 파는 장수를 홀대하여 이르는 말.

어촌으로 가서 고기를 잡아먹고 살았다는 사람, 장마다 돌아다니며 장돌뱅이 신세로 떠돌음 했다는 사람도 있었으나 대처로 떠돌아다니며 소맷동냥질로 연명을 한 사람들이 대부분이었다.(3부)

**장리쌀** 예전에 장리로 빌려주거나, 꾸는 쌀을 이르던 말. 본디 빌려주는 쌀 절반 이상을 한 해 이자로 받기로 하고 빌려주는 곡식이다.

그런가 하면 쇼가는 지금도 만길이를 앞세워 춘궁기에 제물포 근방의 농촌에 장리쌀을 놓았다가 추수기에 거두어들였다.(4부)

**장작불과 계집은 쑤석거려야** 장작불과 계집은 쑤석거리면 탈 난다. 타고 있는 장작불을 들쑤시면 잘 타지 않듯이 가만히 있는 여자를 옆에서 꾀면 바람이 난다는 말.

옳거니! 장작불과 계집은 쑤석거려야 불이 붙는 법이니께, 무릎 위에 앉혀놓고설라무니, 차근차근 쑤석거려야재!(3부)

**장지문** 명사 방과 마루 또는 방과 방 사이에 있는 장지 짝을 덧단 지게문.

쌀분이가 웅보를 데려왔다고 조용한 목소리로 안방에 대고 아뢴 후 한참이나 있다가 드르륵 안방 장지문이 열리면서, 앉은 채 유씨 부인이 고개만 밖으로 내밀었다.(1부)

**장취** 명사 늘 술에 잔뜩 취함.

가을에 곡식이 나면 갚아주겠다고 볏술에 매일 장취로 흥얼거리는 소갈머리 없는 위인이었다.(1부)

**장태** 조선시대 쓰이던 닭장.

그리고 마님 몸이 장태만헌 것을 보니 산달이 가까와진 모양입디다.(2부)

**재가동** 명사 멈춰 있는 기계 또는 활동하지 않는 조직 따위가 다시 작동하거나 움직임. 자동사 재가동하다. 다시 작동하다.

물론 형식상의 해체일 뿐, 내용적으로는 조직의 명칭을 바꾸거나, 당분간 휴면상태에 있다가, 언제고 기회를 봐서 다시 재가동하기로 했다.(9부)

**재우쳐** 〔타동사〕 재우치다. 빨리 몰아치거나 다그치다.

　　방석코가 재우쳐 묻자, 둘이는 엉겁결에 하겠다고 대답을 했다.(2부)

**잽싸게** 〔형용사〕 잽싸다. 매우 빠르고 날래다.

　　그가 다시 일어서려고 하였으나 대불이가 잽싸게 그의 발을 걸어버렸다.(1부)

**잽히는** 〔자동사〕 '잡히다' 방언. 다른 사람 손에 움키거나 쥠을 당하다.

　　이놈아, 도망쳤다가 잽히는 건 무섭지 않다만, 네 마빡에 이 할애비처럼 노(奴)자 불도장이
찍히면 으쩌게! 하며 웅보의 이마를 만지는 것이었다.(3부)

**저렇코롬** 〔부사〕 '저렇게' 방언. 저러한 정도로. 저러한 모양으로.

　　쇠기침 쏟아냄시로 워째서 저렇코롬 곰방대를 빨아쌓는가 모르겠당께.(7부)

**저벅저벅** 〔부사〕 발을 묵직하고 크게 내디디며 자꾸 걷는 소리를 나타내는 말.

　　그들은 방문을 열어젖히고 털메기 감발로 저벅저벅 뛰어 들어갔다.(3부)

**저뻐듬히** 〔형용사〕 저뻐듬하다. 젖버듬하다. 뒤로 자빠질 듯이 조금 기운 듯하다.

　　그들은 저마다 실팍한 참나무작대기들을 들고, 상반신을 저뻐듬히 뒤로 젖히며 큰소리를 하
였다.(1부)

**저어하였다** 〔타동사〕 저어하다. 염려하거나 두려워하다.

　　허나, 큰물이나 가뭄 뒤끝에는 꼭꼭 돌림병이 퍼져 생때같은 목숨을 휘어 훑는지라 물고기
먹는 것도 저어하였다.(3부)

**저육** 돼지고기.

　　종살이 할 때의 상전 집에서는 떡국에는 꿩고기를 넣어 끓였지만 꿩고기를 구할 수 없는 새
끼내 사람들은 대불이가 떠온 저육을 한 칼씩 나눴다.(2부)

**저저끔** '제가끔' 방언.

　　다른 사람들 생각은 안흐고 우리덜 저저끔의 작은 이익만을 생각허고 살었구만 잉.(4부)

**저저이** 〔부사〕 있는 대로 낱낱이 모두.

　　웅보는 장서방을 따라 주막에 갔다가 우연히 만나게 되었다고 저저이 밝혔다.(4부)

**적막강산** 〔명사〕 고요 속에 잠긴 쓸쓸한 강산이란 뜻으로, 매우 쓸쓸한 풍경을
비유적으로 이르는 말. 앞일을 예측할 수 없을 정도로 답답한 지경이나 심
정을 비유적으로 이르는 말.

그래도 남편이 살았을 때는 서발막대 휘둘러도 거칠 것 없이 가난한 살림이었지만, 죽식간에 웃음이 그치지 않았는데, 하늘같이 믿고 산 남편 하나 죽어 없어지니 온 세상이 적막강산이었다. (1부)

**적조했소이다** 형용사 적적하다. 홀로 떨어져 있어 심심하고 외롭다. 조용하고 쓸쓸하다.

소관이 부임하던 날 한번 상면한 적이 있지만 그간 너무 적조했소이다. (3부)

**전앙청** 민속 혼례 때 전안을 하기 위하여 차려놓은 자리. 대개 마당에 차일을 치고 병풍을 둘러놓고, 큰상 위에 솔, 대, 과실, 음식 등을 차려놓아 꾸민다.

신랑이 전앙청(奠雁廳)에 이르자 신랑보다 앞서 대청으로 올라선 박 초시는 서쪽을 향해 서 있었고, 신랑은 북쪽을 향해 무릎을 꿇고 앉으며 나무기러기를 바닥에 놓았다. (6부)

**전전긍긍하고** 자동사 전전긍긍하다. 매우 두려워하여 벌벌 떨며 조심하다.

시라이 교장이 출장중이라서, 와다나베 교감은 사태수습을 위해 전전긍긍하고 있었다. (9부)

**전초기지** 전방 초소에 해당하는 전투기지. 침략군이 남의 나라를 공격하기에 유리한 최전방 지역에 설치한 군사 기지. 어떤 일을 앞장서서 행하거나 발전시키는 데 중심이 되는 장소나 집단을 비유적으로 이르는 말.

부산은 이제 조선침략의 전초기지가 되고 있었다. (8부)

**절겅거리며** 자동사 절강거리다. 맞부딪쳐 울리는 소리가 자꾸 나다.

통학열차는 1백여 명의 학생들을 남겨둔 채 절겅거리며 역을 빠져나갔다. (9부)

**절굿대질** 절굿공이질. 절구에 넣은 곡식을 찧는 기구. 대개 긴 나무를 매끄럽게 깎고 가운데 손잡이 부분을 가늘게 만든다.

웅보를 물리친 유씨 부인은 자신도 모르게 가슴이 절굿대질하듯 쿵덕쿵덕 뛰었다. (1부)

**절뚝발이** 명사 걸을 때에 몸의 균형이 잡히지 않을 정도로 심하게 다리를 저는 사람.

물레방앗간 옆 움막에 절뚝발이 늙은 사공이 딸이라고 해야 곧이들을 수 있을 만큼 젊으나 젊은 여자를 데리고 살았다. (2부)

**젊었을 때 고생은 사서도 헌다** 젊어 고생은 사서도 한다. 젊어서 고생하면 이후에 어려운 일을 당해도 의연히 헤쳐 나가기가 쉬워지기 때문에, 젊은 시절의 고생은 일부러라도 해보는 것이 좋다는 말.

젊었을 때 고생은 사서도 헌다는디유 머.(3부)

**점고** 〔명사〕 명부에 하나하나 점을 찍어 가며 사람의 수효를 조사함. 점치어 생각함.

원래 풍헌이란, 관속들이 점고(點考)를 핑계 삼아 불시에 마을을 덮쳐 농민들의 재산이나 물건을 약탈해가는 일이 잦아(1부)

**점지했기** 〔타동사〕 점지하다. 잉태하게 하여 주다. 미리 정하여 주다.

엎어놓은 아기가 죽지 않은 것은 삼신할미가 생명이 질기게 점지했기 때문인 것이라고 우겼다.(2부)

**점한이** 질그릇을 만들던 사람을 이르던 말.

웅보는 철이 들기 전 그 염한이가 노루목에 나타나면 염한이 점한이 못난이. 하고 큰 소리로 뇌며 따라다니며 길게 땋아 늘인 댕기를 잡아당기며 놀려대던 일이 생각났다.(2부)

**정갈스러움** 〔형용사〕 정갈스럽다. 보기에 깔끔하고 산뜻한 데가 있다.

평소에 지체 높기가 하늘과 같고, 아랫것들 부리는 데는 칼날처럼 매섭고, 정갈스러움이 달덩이 같게만 여겨졌던 마님이 웅보 앞에서 속옷 바람으로 맨살을 보이다니, 아무래도 믿어지지가 않았다.(1부)

**정떨어지게** 〔자동사〕 정떨어지다. 그 사람 행동이나 말로 인하여 평소 가지고 있던 정이 없어지고 싫은 생각이 들다.

여태껏 살아오면서도 몰인정헌 사람, 죽을 때꺼정 정떨어지게 허는구나.(7부)

**정수리** 〔명사〕 머리 위 숨구멍이 있는 자리. 사물 제일 꼭대기 부분을 비유적으로 이르는 말.

대불이는 돌을 져 나르고, 쌀분이는 정수리에 혹이 생기도록 망태기에 흙을 담아 이어 날랐다.(1부)

**정짓간** 〔명사〕 '부엌' 방언.

대불이는 난초를 따라 지게문의 높은 문턱을 넘어 정짓간 안쪽에 있는 골방 앞에 이르렀다.(6부)

**젖통** 〔명사〕 '젖무덤'을 낮잡아 이르는 말.

적삼 속으로 손을 넣어, 단단하고 뭉클한 젖통을 움켜쥐었다.(1부)

**제 발등에 오줌 누는 것**　제 발등에 오줌 누기. 자신의 행동이 스스로를 모욕하는 결과가 되는 경우를 비유적으로 이르는 말.

　　난초는 대불이에게 그동안 방석코한테 부대끼며 속상한 일들을 속 시원히 하소연하려다가, 그래봤자 제 발등에 오줌 누는 것과 진배없는 일이라는 생각에 입을 다물어버렸다.(6부)

**제물포**　'인천' 옛 이름.

　　개항지 제물포(濟物浦)의 모습이 봄날의 산천처럼 하루하루가 달라지고 있었다.(4부)

**제중원**　광주기독병원 전신. 조선시대 1885(고종 22)년에 미국인 선교사 알렌이 정부 후원을 얻어 세운 최초 근대식 국립 병원. 처음 이름은 광혜원(廣惠院)이었다.

　　요즘에는 공제회에도 잘 안나오시는 것 같은데, 와이엠씨애이나 제중원으로 가보십시오.(8부)

**제지**　**[명사]** 어떤 행동을 말려서 못하게 함.

　　영산포 학교에 있을 때, 조금이라도 위험하다 싶을 때는 어김없이 그는 장개동을 사전에 제지시키곤 했다.(8부)

**젯메쌀**　**[명사]** 제사상에 올릴 밥을 지을 쌀.

　　민비의 그 같은 극성에 못이긴 고종은 각 고을 관찰사들에게 일러 모든 절에 젯메쌀을 보내라는 내지를 띄웠다.(1부)

**조갈증**　목이 몹시 말라 물이 자꾸 켜이는 병.

　　대불이의 힘없이 내뱉은 말에 순영은 긴장의 태엽이 스르르 풀리면서 탈진한 사람처럼 심한 조갈증을 느꼈다.(4부)

**조금날**　조수(潮水)가 가장 낮은 때. 매달 음력 7, 8일과 22, 23일에 있다.

　　조금날에 대나무를 자르면 좀벌레가 성하다느니, 입춘날에 털 많은 사람이나 짐승이 들어오면 논에 김이 무성하다느니, (……)(1부)

**조깐**　**[관형사]** '조금' 방언. 조깟'을 구어적으로 이르는 말.

　　아가, 이 조개초무침 조깐 묵어봐라.(8부)

**조단조단**　**[부사]** 이야기를 차분히 자세하게 하는 모양.

　　홍두깨로 소 몰드끼 허지만 말고 조단조단 이약을 좀 해보씨요 잉.(2부)

**조련찮게**　**[형용사]** 조련찮다. 만만할 정도로 수월하거나 쉽지가 않다.

선창에서 등짐꾼들을 부리는 목대잡이 노릇을 할 때나 자신이 때때로 지악스러운 들때밑 같은 생각이 들어, 조련찮게 추슬렀던 마음이 가라앉곤 했다.(2부)

**조리돌림** 명사 간음한 여인에게 가했던 형벌 중 하나. 북을 이고 맷돌을 지고서 화살을 귀에 꿰어 온 마을을 돌게 한다.

살인을 하면 여럿이 보는 앞에서 목을 자르기로 하고, 아녀자 겁탈을 한다 치면, 겁탈한 사람의 가족을 홀랑 벳겨갖구 조리돌림을 허기루 단단히 약조가 돼 있지요.(3부)

**조무래기** 명사 어린아이를 얕잡아 이르는 말. 자질구레한 물건.

나이가 들어 슬거운 아이들이 앞장을 서고 어린 조무래기들이 뒤를 따랐다.(3부)

**조붓한** 형용사 조금 좁은 듯하다.

조붓한 골목으로 들어서 세 번째 기와집 앞에서 걸음을 멈춘 두 사람은 한동안 망설였다.(9부)

**조선노동공제회** 1920년 서울에서 조직된 한국 최초 전국적인 노동운동단체. 1910년대 일본자본이 주로 항만, 도로, 철도 등 자원수탈사업에 집중 투자되면서, 유통, 토목, 건축 부문 임금노동자들이 증가했다. 이에 따라 1920년 2월 7일 신사상조류를 받아들여 노동문제에 대한 관심이 깊어진 지식인들이 조선노동문제연구회를 개최했고, 이들이 중심이 되어 4월 11일 창립총회를 개최했다. 공제회 내의 사회주의계열과 비사회주의계열, 사회주의계열 분파 간 갈등이 심화되면서 지도력에 균열이 생겼다. 1922년 10월 15일 무산자동맹회 윤덕병 등을 중심으로 임시총회가 별도로 개최되어, 조선노동연맹회를 결성했다. 이들은 노동공제회 노선을 개량주의라고 비판하면서 보다 계급적, 사회주의적 노선을 취했다. 그러나 이에 대해 차금봉 등 공제회의 잔류지도부는 해체를 부인하고 활동을 계속하기로 결의했다. 이 분열과정에서 지방지회에 대한 경성본회 영향력은 거의 상실되어, 전국적 단위 노동단체에서 서울을 중심으로 한 지역노동단체로 위상이 격하되었다. 1924년 들어 심각한 재정압박과 조선노농총동맹 창립에 영향을 받아 실질적으로 해체되었다.

오늘 강연회에는 형평사 회원들 외에도 삼가, 초계, 합천 세 곳의 조선청년연합회 회원들과 진주 조선노동공제회 회원들이 거의 참석했지요.(8부)

**조선청년동맹** 1942년 중국 화북(華北)지역 한인 사회주의자들을 중심으로 항일무장투쟁과 한국혁명단체 통일운동을 전개한 민족해방운동단체. 중국 공산당과 연계하에 광범위한 통일전선을 조직 기반으로, 반제반봉건민주혁명을 정치노선으로 하여 전민족적 반일통일전선을 수립하고자 했다. 중심 구성원들은 8·15해방 후 조선신민당을 결성하는 주축이 되었다.

신간회는 물론 조선청년동맹에서 광주에서 타오른 불길을 전국적으로 확산시키는 데 적극 협조해주리라고 믿네. (9부)

**조선청년연합회** 화북조선청년연합회. 1941년 중국 동북지역의 조선인 공산주의자과 조선의용대 일부가 결성한 민족해방운동조직. 화북조선독립동맹 전신이다. 1938년 중국 내 조선민족해방운동조직인 조선민족혁명당 내에서 김원봉 노선에 반대하여 탈당한 최창익 등이 조선청년전위동맹을 결성했다. 중국공산당 항일군정대학 졸업자와 북상한 조선의용대원을 중심으로 1941년 1월 10일 산시 성 타이항 산에서 화북조선청년연합회를 조직했다. 일본제국주의 타도, 화북거주 조선인 보호와 단결, 전조선민족에 의한 항일통일전선 결성과 무장투쟁 전개, 중국 내 항일전 참가를 강령으로 내걸었다. 창립 직후 항일민족통일전선을 추진하기로 하고 중국국민당 내 조선의용대 북상공작을 전개하여 이를 기반으로 1941년 7월 조선의용대 화북지대를 확대, 개편했다. 여기에 민족주의자들도 가담하여 1942년 7월 10일에는 제2회 대표대회에서 발전적 해소를 결의하고 지역통일전선 조직으로서 화북조선독립동맹과 산하 무장력으로 조선의용군 화북지대를 결성했다.

오늘 강연회에는 형평사 회원들 외에도 삼가, 초계, 합천 세 곳의 조선청년연합회 회원들과 진주 조선노동공제회 회원들이 거의 참석했지요. (8부)

**조센징** 조선인(朝鮮人, 조센징)이란 일본인(日本人, 니혼징)과 마찬가지로 말로 그 자체는 욕이 아니다. '조센징'이란 말이 원래는 욕이 아니었지만 일제강점기가 지나고 일본인들이 조선인들을 깔보는데 쓴 말이다. 일제강점기 당시에는 조선인이 일본인에게 멸시 대상이 되기도 하였다.

에익 조센징, 조센징은 야만인들이다.(9부)

**족대** 명사 물고기를 잡는 기구 중 하나.

> 할아버지는 그러면서 웅보에게 족대질을 해보라고 하였다.(1부)

**족두리하님** 민속 혼인한 새색시가 시집으로 갈 때 신부를 따라가는 여자 하인. 족두리를 쓰고 향꽂이를 들고 당의를 입는다.

> 양 진사댁 안방마님이 시집올 때 족두리하님으로 따라온 쌀분이의 나이도 지금의 난초와 같은 열네 살이었다.(3부)

**족치고** 타동사 족치다. 못 견딜 정도로 몹시 괴롭히거나 다그치다. 큰 것을 깨뜨려 작게 만들거나 연달아 세게 짓찧어서 쭈그러뜨리다.

> 꽃이 고우면 함부로 꺾으려 드는 사람이 많은 이치대로, 여자가 너무 미색이면 뭇남정네들이 집적거리기가 일쑤인지라 자칫 잘못하면 신세 족치고 만다는 것이었다.(4부)

**졸연히** 부사 어떤 일이 생각할 겨를 없이 급하게. 생각할 겨를 없이 급하게 일어난 느낌이 있다.

> 오랜만에 웅보를 대하는 유씨 부인의 마음이 졸연히 떨리고 있었다.(3부)

**졸지** 명사 뜻밖에 갑작스러운 판국.

> 졸지에 당한 일이라, 텁석부리는 약간 당황한 듯하면서도 어설프다는 표정으로 콧방귀를 뀌었다.(1부)

**좀** 남에게 부탁을 하거나 동의를 구할 때 부드럽게 표현하기 위해서 쓰는 말. 좀목 좀과에 속한 곤충.

> 들일을 하지 않는 대신 아낙들은 백중날에 옷을 햇볕에 말리면 좀이 안 생긴다고 하여 집집마다 헌옷들을 꺼내 울타리에 널었으며, 아이들과 남자들은 영산강으로 나가 고기를 잡았다.(1부)

**좀스럽게** 형용사 좀스럽다. 성질이 잘고 옹졸하다. 규모가 아주 작다.

> 봉선이가 박 주사를 향해 한대두 영감에게 보낸 푸실푸실한 웃음을 버무려 날리며 아양을 떨었으나, 키가 작고 좀스럽게 생긴 박 주사는 그런 봉선이를 거들떠보지도 않고 턱짓으로 두 사람을 불러 밖으로 데리고 나갔다.(5부)

**좁쌀 한 섬 두고 흉년 들기** 좁쌀 한 섬 두고 흉년 들기를 기다린다. 변변찮

은 것을 가지고 남이 아쉬운 때를 기회 삼아 큰 이득을 보려 하는 경우를
비유적으로 이르는 말.

설령 오태수의 투전 끗발이 잘 피어 그의 말마따나 돈이 부엉이살림처럼 단번에 불어난다손
치더라도 그것은 마치 좁쌀 한 섬 두고 흉년 들기를 기다리는 심보 같아서 아예 마음이 쏠리
지 않은 것이었다.⑷부

**좁직한** 〔형용사〕 좁직하다. 상당히 좁은 느낌이 있다.

키 작은 송 의원은 장개동이가 자신의 신원을 말하고 새끼내까지 동행하여 택진(宅診) 해줄
것을 청하자 쉿소리 나는 목소리로 병자가 어떻게 아픈가를 여러 번 묻고 나서는 양태가 좁
직한 갓을 비뚜름히 쓰고 앞장을 섰다.⑺부

**종놈이 칠성판 깔린 관 속에 묻히는 것** 격에 전혀 맞지 않는다는 것을 비
유적으로 이르는 말.

종놈이 칠성판 깔린 관 속에 묻히는 것은 개똥에 비단자루와 다를 바가 없는겨. 그저 종놈은
대발이 제격인겨.⑹부

**종당에** 〔부사〕 뒤에 이르러 마침내.

서울에 다시 숨어들어 있는 동안 만민공동회에 희망을 가져보기도 하면서 두 주먹 불끈 쥐고
외쳐보다가, 종당에는 날개 잃은 제비새끼처럼 인천으로 기어들어온 자신이 얼마나 약하고
비겁하고 부끄러운 것인지 마음이 갈기갈기 찢겨지는 듯하였다.⑸부

**종로통** '종로'를 거리라는 뜻을 강조하여 이르는 말.

그들이 종로통을 지나갈 때, 거리의 여기저기에 평량자(平凉子)라는 흰 갓을 쓰고 물미장(勿
尾杖)이라는 방망이를 든 보부상들이 떼를 지어 다니는 것을 보았다.⑷부

**종무소식** 〔명사〕 끝내 아무 소식이 없음.

골반이 넓고 목이 걀쭉하여 남자의 살만 맞대어도 아기가 들어설 것이라고들 했었는데, 삼
년이 되도록 종무소식이니 이제는 마음이 답답하다 못해, 울컥 설움이 복받쳐왔다.⑴부

**종이 종을 부리면 식칼로 형문을 친다** 남에게 눌려 지내던 사람이 남을 부
리는 위치에 서게 되면 오히려 아랫사람을 더 모질게 대한다는 말.

그때마다 박골 사람들은 종이 종을 부리면 식칼로 형문을 친다더니 요런 불상놈 보거나. 우
리가 언제 봇물로 농사를 지었는데 물세를 내란 말여! 하면서 되레 대불이를 쥐어박듯 나무

랐다.(1부)

**종이심지** [명사] 등잔. 남포등, 초 따위에 불을 붙이기 위하여 꼬아서 꽂은 실오라기나 헝겊, 종이.

> 쌀분이는 아무도 없는 방에 혼자 앉아서 가느다랗게 출렁이고 있는 종이심지 불꽃만 하염없이 바라보고 있었다.(1부)

**종첩** [명사] 종으로 부리던 여자를 올려 앉혀서 된 첩.

> 멍충아, 그것이 바로 계집종이여. 양반이 종첩 얻기는 누운 소타기보다 더 쉬운 일이여. (……)(1부)

**좆으로 밤 까라** 무호한 일을 하는 것을 비유적으로 이르는 말.

> 그랬더니 대통 영감은 픽 웃고 나서 이놈아, 종놈이 좆으로 밤 까라고 허면 까는 겨! 하고 내질러버리는 것이 아닌가.(1부)

**좌불안석** [명사] 앉아도 자리가 편안하지 않다는 뜻으로 마음이 불안하거나 걱정스러워 자리에 가만히 앉아 있지 못하고 안절부절못하는 모양을 이르는 말. 마음이 불안하거나 걱정스러워 자리에 가만히 앉아 있지를 못하다.

> 요즈음 막음례의 하루하루는 바늘방석에 앉은 것 같은 좌불안석이었다.(1부)

**좌우당간** [부사] '좌우지간' 방언. 앞 내용을 막론하고 뒤 내용을 말할 때 쓰여 앞뒤 문장을 이어 주는 말. '모양, 형편, 정도나 조건 따위가 어떻게 되어 있든지 간에'의 뜻으로 쓰인다.

> 좌우당간에 덕칠이는 박초시와 맞부닥치지만 마소. (……)(1부)

**죄는 지은 대로 가고 덕은 닦은 대로 가는 법이다** 죄는 지은 데로 가고 덕은 닦은 데로 간다. 죄를 지으면 벌을 받고 덕을 쌓으면 복을 받는다는 말.

> 죄는 지은 대로 가고 덕은 닦은 대로 가는 법이다. 시상이 어수선헐수록에다가 척짓고 살면 안 된다.(6부)

**죄닦음** 잘못을 뉘우침.

> 앞으로 사는 동안 어찌게 죄닦음을 헐까.(2부)

**주걱턱** [명사] 끝이 길고 밖으로 굽어서 주걱처럼 생긴 턱.

> 대불이가 턱 끝에 힘을 주며 주걱턱을 노려보았다.(2부)

**주둥이**  사람 입을 속되게 이르는 말.

대불이가 다그쳐 물어서야 대불이 어머니는 아차 하고 주둥이 싼 자신을 나무람 하였다. (2부)

**주리**  **명사**  예전에 죄인을 심문할 때 두 다리를 한데 묶고 다리 사이에 두 개 긴 막대기를 끼워 비틀던 형벌.

어느 날 수령 앞에 끌려가 주리질을 당한 끝에 그녀는 혼절한 뒤 정신을 수습하지 못했다. (3부)

**주먹총**  **명사**  내지르는 주먹을 강조하여 이르는 말.

하늘에 대고 주먹총이라도 주고 싶었다. (3부)

**주억거리며**  **타동사**  주억거리다. 천천히 위아래로 끄덕거리다.

자신의 나이를 모르는 장쇠는 고개를 주억거리며 어물어물했다. (1부)

**주전부리**  끼니 외에 떡이나 과일, 과자 따위의 군음식을 먹음.

주전부리를 파는 판매원이 신발을 신지 않고 관람석을 요리조리 비집고 다니면서 모찌며 센 배 눈깔사탕 등을 팔았다. (9부)

**죽 쑤어 식힐 동안이 급하다**  애써서 한 일이 완성되기 직전의 마지막 시기를 기다리는 것이 사람을 초조하게 한다는 말.

요년아, 죽 쑤어 식힐 동안이 급하다고 안허드냐. 새벽달 좀 보려고 초저녁버틈 나왔으랴? (3부)

**죽기 아니면 살기재**  죽기 아니면 까무러치기로. 죽기를 각오하고 모든 힘을 다하여.

죽기 아니면 살기재. (7부)

**죽식간**  **부사**  죽이든지 밥이든지 무엇이나. 일이 어떻게 되든지 간에.

그래도 남편이 살았을 때는 서발막대 휘둘러도 거칠 것 없이 가난한 살림이었지만, 죽식간에 웃음이 그치지 않았는데, 하늘같이 믿고 산 남편 하나 죽어 없어지니 온 세상이 적막강산이었다. (1부)

**죽었거니**  죽었다 깨어나도. 결코 절대로.

죽었거니 하고 요구하는 대로 소작료를 바쳤다. (8부)

**죽은 듯이**  **부사**  아무 소리도 내지 않고 꼼짝하지도 않는 모양을 나타내는 말. 자신의 주장을 내세우지 못하고 기가 죽어 있는 모양을 나타내는 말.

동척을 습격했다가 되레 큰 고통을 겪은 새끼내와 부르뫼 개태 등 근동 사람들은 그 후 더욱

기를 펴지 못하고 죽은 듯이 살고 있다.(8부)

**죽은 목숨**　살길이 막혀 죽은 거나 다름없게 된 목숨. 사는 보람이 없거나 억눌려서 지내는 사람을 비유적으로 이르는 말.

죽은 그렇게 되면 죽은 목숨이나 매한가지 아닌가.(7부)

**죽은 정승 산 개만 못흐고**　죽은 정승이 산 개만 못하다. 죽으면 생전 부귀영화가 소용이 없다는 말.

죽은 정승 산 개만 못흐고 맹감을 따묵고 살아도 이승이 좋다는듸, 곤자소니에 발 기름 찌두룩 모자란 것 없이 살던 박초시도 죽음 앞에는 별수가 없당게.(7부)

**죽을 둥 살 둥**　**부사**　있는 힘을 다하여 마구 덤비는 모양을 나타내는 말. 또는 다른 일은 제쳐두고 한 가지 일에만 매우 몰두하는 모양을 나타내는 말.

또, 새끼내 사람들은 죽을 둥 살 둥 방천 쌓는 일에 정신이 팔려 있는데, 배 타고 외방에 나갑네 하고 신둥부러지게 떠벌릴 필요가 없을 것 같기도 했다.(2부)

**줄꾼**　**민속**　줄타기를 업으로 하는 사람.

줄꾼이 온 것이었다.(2부)

**줄레줄레**　**부사**　몸집이 큰 사람이나 동물이 몸을 까불며 경망스럽게 행동하는 모양을 나타내는 말. 해지거나 헝클어져 허름하고 지저분하게 잇달아 있는 모양을 나타내는 말.

살림은 그대로 둔 채 이불이며 솥만 지게에 짊어진 마을 사람들은 줄레줄레 새끼들을 꿰매차고 주막 앞을 지나면서 어서어서 떠나자고 큰 소리를 질러댔다.(1부)

**줄멍줄멍**　**부사**　고르지 않은 여러 개의 큰 물건이 뒤섞여 있는 모양을 나타내는 말.

논밭 한 뙈기 없이 영산강에서 잉어나 가물치를 잡아서, 울타리의 호박덩이처럼 줄멍줄멍 딸린 새끼들을 먹여 살리던, (……)(1부)

**줄패장**　**민속**　고싸움에서 고 위에 올라타고 경기를 지휘하는 우두머리. 부락에서 덕망 있고, 힘이 좋은 사오십 대의 장정으로 뽑는다.

고의 대가리 위에 떠억 버텨선 줄패장은 고함을 지르다가는 순식간에 상대방 고의 줄패장을 꽉 부둥켜안고 고 밑으로 떨어뜨리려고 끙끙 힘을 썼다.(1부)

**중과부적** 【명사】 수효로 많은 수효에 맞서지 못함.

워낙 중과부적이라 많은 사상자만 내고 일월산(日月山)으로 쫓김을 당하고 말았다. (2부)

**중구난방** 【명사】 여러 사람 입은 막기가 어렵다는 뜻으로, 일일이 막아 내기 어렵게 사방에서 마구 지껄여 댐을 이르는 말.

간부들이 모두 잡혀가고 피신해버렸기 때문에 눈에 띄는 지도자 한 사람 없이 중구난방으로 핏대를 올리며 소리만 내지르고 있었다. (4부)

**중늙은이** 【명사】 젊지도 아주 늙지도 않은 늙수그레한 사람.

마을 어귀에 들어서서 양 의원 집을 찾기 위해 사방을 두릿거렸으나 물어볼 만한 사람이 없어 잠시 미적이고 있는데, 옹구바지를 입은 중늙은이가 망태기를 메고 고샅에서 나왔다. (1부)

**줴흔들어** 【타동사】 줴흔들다. 손으로 잡고 흔들다. 자기 세력 아래 두고 마음대로 다루거나 부리다.

강변 쪽에서는 농악 소리와 함성이 자진모리 가락으로 뒤범벅이 되어 밤을 줴흔들어댔다. (1부)

**쥐 소금 먹듯** 어떤 것을 조금씩 조금씩 먹는 모양을 이르는 말.

갑자기 짝귀의 부친이 앓아눕게 되자 약 한 첩이라도 써보는 것이 자식의 도리일 것 같아 의원을 찾아다닌 것이, 야금야금 쥐 소금 먹듯 약값이 들어 한 해 도지를 물지 못하게 되었다. (2부)

**쥐구멍이라도 찾고** 쥐구멍 찾다. 몹시 부끄럽거나 떳떳하지 못할 때에 몸을 숨기려고 애쓰다.

별당에 혼자 거처하고 있는 막음례는 마님을 대하기가 부끄럽고 죄스러운 마음에 쥐구멍이라도 찾고 싶었다. (1부)

**쥐꼬리** 【명사】 매우 적은 분량을 비유적으로 이르는 말.

쥐꼬리만흔 토지보상금이 아직 그대로 남아 있으니 내 걱정 말소. (4부)

**쥐도 새도 모르게** 아무도 모르게.

대불이는 분명히 돌멩이에 싼 협박장을 곡장담 너머 박 초시가 기거하는 사랑채 큰방 채유를 먹인 완자쌍영창 안으로 쥐도 새도 모르게 집어던지고 왔다고 하였다. (1부)

**쥐둥아리** 【명사】 주둥아리. 사람의 입을 속되게 이르는 말. 동물 입, 특히 새 부리를 속되게 이르는 말.

이런 또 쥐둥아릴! (1부)

**쥐락펴락해봤지라우** 타동사 쥐락펴락하다. 권력이나 세력으로 마음대로 부리거나 휘두르다.

선창에서 목대잡이 노릇헐 때 등짐꾼들을 쥐락펴락해봤지라우.(2부)

**쥐방울** 명사 조그맣고 약한 것을 비유적으로 이르는 말.

쥐방울만한 놈이 벌써 친일파가 다 되었더라고요.(8부)

**쥐알만한** 아주 조그맣다는 것을 놀림조로 이르는 말.

이런 쥐알만한 놈이 나서기는!(3부)

**쥐어뜯기라도** 타동사 쥐어뜯다. 손으로 쥐고 뜯어내듯이 당기거나 마구 꼬집다. 단단히 잡고 뜯어내다.

김치근의 아내는 답답한 가슴을 와드득 쥐어뜯기라도 하려는 듯 두 손을 옷고름에 모으며 다시 물었다.(2부)

**쥐어짜고** 타동사 쥐어짜다. 쥐고서 비틀거나 눌러 액체 따위를 꼭 짜내다. 찔끔찔끔 흘리며 울다.

팽나무에 묶인 웅보는 아들의 두 다리를 쓸어안고 엎더서 끄룩끄룩 가래 끓는 목소리로 슬픔을 쥐어짜고 있는 어머니에게 말했다.(1부)

**쥐 죽은 듯** 부사 마치 쥐가 죽은 것처럼 아무 소리도 내지 않고 꼼짝하지도 않는 모양을 나타내는 말.

방바닥에 쓰러지자 쥐 죽은 듯 잠이 들고 말았다.(2부)

**지 덕 체** 지육(智育), 덕육(德育), 체육(體育)을 아울러 이르는 말.

창립당시의 지, 덕, 체 수양을 표방했던 것과 비교해볼 때, 매우 급진적으로 바뀐 것이다.(8부)

**지간** '사이' 방언.

새끼내와 선창은 엎드리면 코가 닿을 지척 지간이었으나 형제가 얼굴을 맞댄 것은 두 달 만이었다.(2부)

**지겟작대기** 명사 지게를 받쳐서 세우는 긴 막대기. 지게를 세울 때는 두 갈래로 갈라져 있는 윗부분을 세장에 걸어 놓으며 지게를 질 때는 보통 한쪽 어깨에 가로 끼운다.

할아버지는 웅보에게 지겟작대기를 가져오게 하여, 그것을 짚고 절뚝거리며 곳간으로 가서

밤송이를 가마니에 넣어 곳간 천장에 매달아두고, 알밤은 소쿠리에 담아 안채로 들고 갔다.(1부)

**지긋한**  형용사  지긋하다. 비교적 많아 듬직하다.

그런 여름에 비해 봄은 소녀 같은 풋풋함과 싱그러움을, 가을은 나이 지긋한 여염집 아낙 같은 단아한 아름다움을 지니고 있는 것 같다.(9부)

**지끈거리는지**  자동사  지끈거리다. 자꾸 몹시 쑤시듯 크게 아프다. 갑자기 세게 깨지거나 부러지는 소리가 자꾸 나다.

대불이가 권대길의 잔에 술을 가득 채우는 동안 권대길은 낙지무침을 입에 넣고 씹다 말고 다친 머리상처가 지끈거리는지 오만상을 찡등그렸다.(4부)

**지달리자면**  타동사  '기다리다' 방언. 보거나 그것이 이루어지길 바라면서 시간을 보내다. 맞이하기를 바라다.

한 달간 지달리자면 보고자퍼서 눈 물캐지겠다.(8부)

**지랄발광**  명사  미친 듯이 마구 어수선하게 떠들거나 함부로 분별없이 하는 행동을 속되게 이르는 말. '간질'을 속되게 이르는 말.

잡녀러 여편네, 제깐 손목에 금테 둘렀간디 개벼룩 털듯 지랄발광이여.(1부)

**지랄허네**  자동사  지랄하다. 욕하여 이르는 말로 말이나 행동을 변덕스럽거나 가볍고 방정맞게 하다. '간질'을 속되게 이르는 말.

지랄허네.(1부)

**지렁이도 밟으면 꿈틀하는 법**  지렁이도 밟으면 꿈틀한다. 아무리 순하고 보잘것없는 사람도 너무 업신여기면 반항한다는 말.

날탕 무식허고 애잔한 농투성이라고 해서 쓸개도 없는 것은 아닙니다. 지렁이도 밟으면 꿈틀하는 법인디 박초시헌테 그렇게 모진 설움을 받고 어찌 참는단 말이오!(3부)

**지리한**  형용사  지릿하다. 오줌과 비슷하다.

여름에는 쇠죽을 쑤느라고 장작불을 많이 지펴 방들이 쩔쩔 끓는데다가 지릿한 쇠지랑물 냄새며 쇠두엄 썩는 냄새 때문에 잠을 이룰 수가 없었다.(1부)

**지밀**  명사  예전에 궁궐의 대전이나 내전 등 임금이 항상 거처하는 곳을 이르던 말. 각 궁방 침실. 아주 은근하거나 비밀스럽다.

파리똥과 빈대피가 촘촘한 구저분한 방에 비하면 대궐의 지밀(至密)처럼 으리으리했다. (5부)

**지발**  **부사** '제발' 방언. 간절하게 바라건대. 여러 사람 중에서 추려 뽑아 씀.

장쇠야, 부탁이다. 저승에까지 가서 종노릇을 하고 싶지가 않아서 그러니, 지발 애비 이마빡에 찍힌 불도장을 지워줘라. (1부)

**지싯지싯**  **부사** 남이 싫어하는데도 개의치 않고 자꾸 괴롭히고 귀찮게 구는 모양을 나타내는 말.

웅보가 지싯지싯 나룻배에서 내리려고 하지를 않자, 늙은 사공은 그들을 강물 속에 밀어 넣을 기세로 달려들어 어깨를 떠밀었다. (1부)

**지악스럽게**  **형용사** 지악스럽다. 마음씨가 더없이 악한 데가 있다. 어떤 일에 덤벼드는 태도가 아주 악착스러운 데가 있다.

대불이한테 곤욕을 당한 일이 있는 텁석부리는 그때의 일을 보복이라도 하려는 듯 유별나게 쌍지팡이를 짚고 나서며 지악스럽게 굴었다. (1부)

**지정거린**  **자동사** 지정거리다. 곧장 내달아 가지 않고 자꾸 머뭇거리다.

박 서방 때문에 잠시 지정거린 웅보는 부르뫼 마을을 떠나 곧장 테메산 쪽으로 발걸음을 서둘렀다. (6부)

**지지거라**  **타동사** 지지다. 불에 달군 물건에 대어 태우거나 눋게 하다. 부쳐 익히다.

웅보 아버지가 답답한 듯 그렇게 묻자 할아버지는 인두를 가져 오거라. 인두를 관솔불에 달궈서 내 이마빡의 불도장을 지지거라 하고 한껏 목소리를 돋우어 말하는 것이었다. (1부)

**지지리**  **부사** 주로 부정적인 뜻을 나타내는 말과 함께 쓰여 매우 심하게.

지지리도 욕심이 없는 놈이어라우. (8부)

**지집**  '계집' 방언. '여자'를 얕잡아 이르는 말.

아, 예, 제 지집입니다요. (1부)

**지집애**  계집애. 나이 어린 여자를 홀하게 이르는 말.

커가는 지집애들이란 하루하루가 달라진다니께. (3부)

**지척지간**  한 자 거리라는 뜻으로 아주 가까운 사이를 비유적으로 이르는 말.

비록 한 지붕은 아니지만 지척지간에 있으니 언제든지 만날 수 있게 된 것이다. (9부)

**지청구**  '꾸지람' 방언.

백석은 지청구를 들을까봐 시위대와 함께 행동하는 동안 형을 피해왔다고 솔직하게 말했다.(9부)

**지친**  　명사　더할 수 없이 가까운 친족이라는 뜻으로 부모와 자녀 사이 또는 형과 아우 사이를 이르는 말. 더할 수 없이 친하다.

그의 할 일이란 불효한 자, 정처(正妻)를 구박한 자, 지친(至親)끼리 소송한 자, 이웃마을끼리 불목한 자, 남녀 간 음란행위를 한 자, 어른에게 불경한 자, 상전을 능멸한 자, 고독한 사람을 업신여긴 자, 환난을 구하지 않는 자, 농사를 게을리 한 자,(1부)

**직성**  　명사　선천적으로 타고난 성질이나 성미.

그는 돌멩이 하나라도 들고 가서 놓아야만 직성이 풀렸다.(1부)

**직신직신**  　부사　지그시 힘을 주어 자꾸 누르는 모양을 나타내는 말. 짓궂은 말이나 행동으로 끈질기게 자꾸 귀찮게 하는 모양을 나타내는 말.

군중들은 미친 듯 소리치며 배를 깔고 엎드려 손발을 떨고 있는 보부상의 허리와 머리를 직신직신 밟아주고 나서 추격을 계속하였다.(4부)

**진배없는**  　형용사　진배없다. 크게 다를 것이 없다.

종문서를 받아 자유로운 몸이 되었다고는 하나, 아직도 양 진사 댁에 매인 몸이나 진배없는 그들 내외는 그저 얼굴 맞대고 앉기만 하면 자식들 걱정이었다.(1부)

**진사립**  　명사　예전에 명주실을 촘촘하게 늘여 붙여서 만든 갓을 이르던 말.

한참 후에야 진사립갓에 도포를 입고 마루에 나온 양 진사는(……)(1부)

**진전**  묵힌 땅.

강변에는 물난리 땜시 농사를 못 짓고 버려진 진전(陳田)이 많을 거니께.(1부)

**진저리를 치곤했다**  　자동사　진저리치다. 몹시 귀찮거나 싫증이 나서 끔찍할 때에 몸을 떨다. 몸에 차가운 것이 닿거나 무서움을 느낄 때에 또는 오줌을 눈 뒤에 몸을 부르르 떨다.

박 씨 부인은 이따금 남편과 함께 보냈던 지난날들이 떠오를 때마다 진저리를 치곤했다.(9부)

**진절머리**  '진저리'를 속되게 이르는 말. 몸에 차가운 것이 닿거나 무서움을 느낄 때에 또는 오줌을 눈 뒤에 몸이 부르르 떨리는 것. 몹시 귀찮거나 싫증이 나서 끔찍할 때 몸을 떠는 것.

> 인천에서 야행을 친 후 한성에서 반년 동안의 삶은 진절머리 나도록 지루했었다. (4부)

**진찬히** **부사** '괜히' 방언. 아무 이유나 실속이 없이.

> 진찬히 깔꾸막 같은 디를 올라댕개도 안되고 무거운 것을 뽈깡뽈깡 들어서도 못써. (7부)

**질겁을 하며** **자동사** 질겁하다. 갑작스러운 일을 당하여 숨이 멈출 정도로 크게 놀라다.

> 그때 막음례의 방 토방에는 쌀분이가 웅크리고 앉아 있다가 웅보가 뛰어나오는 것을 보자 도둑고양이처럼 눈을 치뜨고 질겁을 하며 달아났다. (1부)

**질급하듯** **자동사** 질급하다. 무엇에 몹시 놀라거나 겁이 나서 숨이 막히다.

> 두 사람은 양만석을 보자 질급하듯 놀라며 벌떡 일어서서 허리를 굽혔다. (8부)

**질금거리던** **자동사** 질금거리다. 조금씩 자꾸 내렸다 그쳤다 하다. 조금씩 자꾸 흘리다.

> 주모의 말에, 생솔가지를 분질러 군불을 지피며 연기 때문에 억지 눈물을 질금거리던 대불이가 벌떡 일어섰다. (1부)

**질금질금** **부사** 액체가 조금씩 자꾸 새어 나왔다가 그쳤다가 모양을 나타내는 말. 비가 조금씩 자꾸 내리다 그치다 하는 모양을 나타내는 말.

> 그녀도 대불이가 권한 술잔을 질금질금 마신 탓으로 두 볼에 발그레하게 홍조를 머금었다. (5부)

**질러** **타동사** 지르다. 목청을 높여서 크게 내다.

> 질러봐라. 신랑 신부 방에서 큰 소리 나면 누가 챙피허게! (1부)

**질러놓은** 무엇인가를 박아놓다.

> 방석코는 말을 뱉고는 목침을 베고 다시 벌렁 누워서는 얼기설기 질러놓은 중천장 없는 서까래를 쳐다보았다. (2부)

**질러댔다** **타동사** 지르다. 목청을 높여서 크게 내다.

> 살림은 그대로 둔 채 이불이며 솥만 지게에 짊어진 마을 사람들은 줄레줄레 새끼들을 꿰매차고 주막 앞을 지나면서 어서어서 떠나자고 큰 소리를 질러댔다. (1부)

**질질** **부사** 물이나 땀, 침 따위 액체가 흘러내리는 모양을 나타내는 말.

> 입성이며 하고 다니는 모습은 하이칼라 신사로 보였고 말하는 품이며 생각이 부드럽고 교양

이 질질 흘렀다.(8부)

**질척질척**  **부사**  진흙이나 반죽 따위가 물기가 많아 매우 차지고 진 느낌을 나타내는 말.

질편한 모래사장이 아니면 강물이 질척질척 괴어있는 갈대밭뿐이었다.(1부)

**질탕하게**  질탕히. 신이 나서 정도가 지나치도록 흥겹고 방탕하게. 신이 나서 정도가 지나치게 흥에 겨워 놀다.

발에 채도록 시글시글한 곡식 가마니만 살짝 객줏집에 부려주면, 몇 날은 질탕하게 마시고 놀 수가 있었다.(2부)

**질편하게**  **형용사**  질편하다. 평평하고 탁 트여 넓다. 매우 질거나 젖어 있다.

둑도 없이 질편하게 퍼진 강변에는 군데군데 미루나무와 팽나무들이 듬성듬성 서 있을 뿐 끝없는 갈대밭이 계속됐다.(1부)

**질푸덕**  질퍼덕. 옅은 물이나 진창을 크고 거칠게 밟거나 칠 때 나는 소리를 나타내는 말. 갑자기 맥없이 넘어지거나 아무렇거나 주저앉는 소리를 나타내는 말.

그가 몇 발짝 발을 떼어 옮겼을 때 오까모도는 질푸덕 개똥을 밟았다.(3부)

**짐생**  '짐승' 방언.

머리 검은 짐생은 은혜를 모른담서, 다리 모갱이를 분질러버리겠다고 마님 성화가 이만저만이 아니시다.(1부)

**집단행동**  어떤 특정한 목적이나 뜻을 전달하거나 관철시키기 위해서 집단 전체로서 행하는 행동 및 그때에 성원(成員) 간에 생기는 사회적 상호 작용의 총체.

학생들이 이번처럼 집단행동으로 학생들의 의사를 분명하게 표출해본 적이 한 번도 없었지 않으냐. 이번에 많은 사람들은 학생들이 무엇을 원하고 있고 그 주장이 옳다는 것을 알게 되었을 것이다.(9부)

**집적거려**  **타동사**  건드리거나 말이나 행동으로 공연히 자꾸 성가시게 하다. 자꾸 함부로 손을 대거나 끼어들어 참견하다.

여자 혼자 외딴 주막에서 살자니 건달패들이 집적거려 술장사도 못해먹겠다며 푸념을 늘어

놓다가, 큰방에서 그녀의 아들이 불러대는 소리에 부리나케 방에서 나갔다. (1부)

**집돝**　집에서 기르는 돼지.

자칫 오태수의 청을 들어주었다가는 묏돝 잡으려다가 집돝 잃는 격이 되고 말 것이 분명했고, (……) (4부)

**짓부릅뜬**　**타동사** 짓부릅뜨다. 심하게 부릅뜨다.

웅보가 사공 옆으로 바짝 다가가서 짓부릅뜬 눈으로 쏘아보며 말했다. (1부)

**짓씹어**　**타동사** 짓씹다. 마구 몹시 잘게 씹다. 골똘하게 자꾸 되새기며 생각하거나 느끼다.

회진나루에서 김치근 어머니의 말을 들은 뒤부터는 정신을 놓아버린 자신의 처지에 돌이킬 수 없는 후회를 짓씹어 삼키곤 하는 터였다. (2부)

**징그럽게만**　**형용사** 징그럽다. 만지거나 보기에 소름이 끼칠 만큼 끔찍하게 흉하다. 유들유들하여 역겹다.

그리고 쌀분이는 어찌된 건지 웅보가 징그럽게만 느껴졌다. (1부)

**징헌 거**　**형용사** '징그럽다' 방언. 만지거나 보기에 소름이 끼칠 만큼 끔찍하게 흉하다. 유들유들하여 역겹다.

워매 징헌 거! (1부)

**짜글짜글**　**부사** 적은 양의 액체가 졸아들면서 자꾸 몹시 끓는 소리를 나타내는 말

게다짝을 짜글짜글 끌며 일본사람 하나가 볏섬가리 쪽으로 오고 있다. (3부)

**짜잔한**　짜잔하다. '못나다' 방언. 성품이나 자질, 능력 따위가 일반적인 경우에 비해 많이 부족하다. 예쁘지 않거나 잘생기지 못하다.

너는 이 짜잔한 애비허고 비할 바가 못 된다. (3부)

아이고 지지리도 짜잔헌 사람. (7부)

**짜했는데**　**형용사** 짜하다. 널리 퍼져 매우 떠들썩하다.

장만석의 부인은 노루목에서 바느질 잘하고 음식솜씨가 좋아, 큰일 치르는 양반집 부름을 받아 집에 붙어 있을 사이가 없이 바지런하고 얌전한 여자라고 소문이 짜했는데, 열녀전 끼고 서방질한다는 푼수대로, 남편 만석이가 살쑥 노릇하느라 집을 비우는 동안 이웃집 머슴

놈과 배가 맞았던 것이었다. (2부)

**짝지어 살게 된 지** 부부가 되어 살게 된 것.

그런데 짝지어 살게 된 지 일 년도 미처 못 채우고 바우가 염병에 걸려 덜컥 저 세상 사람이

되고 말았다. (2부)

**짠득짠득** 〔부사〕 매우 끈끈하고 차져 자꾸 달라붙는 모양을 나타내는 말. 매우

끈질겨서 자꾸 자르려고 해도 잘 끊어지지 않는 모양을 나타내는 말.

그럴수록 봉선이는 그에게 털진득찰처럼 짠득짠득 달라붙으려고 할 것이기 때문이었다. (5부)

**짠해서** 〔형용사〕 짠하다. 어떤 일이나 행동이 후회가 되어 아프고 언짢다.

그래도 남자들 얼굴을 보면 짠해서 눈물이 날 것 같으니……. (1부)

**짭짜름한** 〔형용사〕 짭짜름하다. 약간 짠맛이나 짠 냄새가 있다.

선창거리에 들어서면 비릿한 생선냄새와 짭짜름한 젓갈 냄새가 훅 덮쳐온다. (8부)

**짭짤한** 〔부사〕 짭짤히. 음식이 감칠맛이 나게 조금 짜게. 일이 뜻대로 잘되어

실속이 있게.

그녀는 시공서장실의 유리 창문을 활짝 열어놓고 짭짤한 여름의 바닷바람이 묶음으로 휩쓸

려 들어오도록 하였다. (4부)

**짯짯이** 〔부사〕 주의를 기울여 빈틈없고 자세히. 성미가 딱딱하고 깔깔하게.

딸인 듯싶은 젊은 아낙의 말을 들으면서 양 의원은 병자의 입을 벌리게 하여 설태(舌苔)가 낀

혓바닥을 짯짯이 들여다보았다. (1부)

**짱짱한** 〔형용사〕 짱짱하다. 튼튼하고 건강하다. 갈라지기 쉬울 정도로 몹시 건

조하게 군다.

초여름의 짱짱한 햇살은 송곳처럼 푸른 산과 들에 빽빽하게 쏟아져 내렸고 바람조차 숨을

죽여 숨이 막힐 정도로 후텁지근했다. (8부)

**째보** '언청이'를 놀림조로 이르는 말.

칠만이가 째보네 주막 허드레꾼으로 들어온 열흘쯤 뒤부터는 작대기를 들고 꼬박 하루를 사

립문 앞에 서 있어야만 했다. (3부)

**쨈매씨오** 〔타동사〕 '묶다' 방언. 따로 떨어지거나 흐트러지지 않도록 감아 매다.

끈이나 밧줄 따위로 따로 떨어지거나 흐트러지지 않도록 감아 매다.

야물딱지게 좀 쨈매씨오. (8부)

**쩌릿쩌릿** 부사 피가 잘 돌지 못하여 몹시 감각이 무디고 자꾸 아주 세게 아린 느낌을 나타내는 말. 심리적으로 강한 자극을 받아 마음이 몹시 흥분되고 자꾸 떨리는 느낌을 나타내는 말.

이제 다시는 대불이를 만나지 못하게 될지도 모른다는 생각을 하자, 심한 기침을 하고 났을 때처럼 목구멍 속이 쩌릿쩌릿 갈라지는 것 같았다. (4부)

**쩌눌려** 자동사 함부로 마구 눌리다. 심하게 억압되다.

어른이고 아이고 할 것 없이 시래기처럼 온몸에 물기가 쫙 빠져버린 그들은 배고픔과 피로에 쩌눌려 보였다. (1부)

**쪼깐** 부사 '조금' 방언. 정도나 분량이 적게.

그래도 차차 시간이 가면 이무럽게 될 것잉게 쪼깐 참으시씨오. (8부)

**쪼그라들기만** 자동사 쪼그라들다. 부피가 오그라들거나 움츠러들어 작아지다. 기울어 줄어들다.

소처럼 억척스럽게 일을 해도 살림이 불어나지 않고 되레 쪼그라들기만 하였다. (2부)

**쪼작 걸음** 부사 가볍고 느리게 이리저리 걷는 모양을 나타내는 말.

토방을 물러나오다 말고 쌀분이가 우물 옆으로 쪼르르 내닫더니, 탐스럽게 익어 터진 석류 한 개를 따들고 털메기를 끌며 쪼작 걸음으로 웅보 뒤를 따라왔다. (3부)

**쪼작쪼작** 부사 가볍고 느리게 이리저리 자꾸 걷는 모양을 나타내는 말. 부리로 쪼듯이 이리저리 자꾸 헤치는 모양을 나타내는 말.

어머니는 훌쩍거리며 앞장서서 쪼작쪼작 걸었다. (1부)

**쪽발이** 쪽바리라고도 쓰이나 쪽발이가 맞는 표기이다. 일본 전통 신발인 '치케다비(엄지발가락과 검지발가락 사이에 끼우는 형태의 신발)', 대한민국에서는 속칭 '쪼리'라고 불리는 신은 발 모양이 돼지 족발과 닮은 데서 '족발이'라고 부르던 것이 경음화로 '쪽발이'로 굳어졌다. 쪽발이는 일본인을 낮잡아 부르는 말.

쪽바리 새끼들을 죽여라. (9부)

**쪽배** 명사 통나무 속을 파서 만든 작은 배.

어느 날 할아버지는 웅보를 쪽배에 태우고 안개에 덮인 영산강 깊숙이 내려간 일이 있었다.(3부)

**쫄딱**   남은 것이 없이 죄다.

이듬해엔 소만(小滿)이 지나도록 비 한 방울 내리지 않아 모를 내기는커녕 못자리마저 쫄딱 말라붙었다.(3부)

**쫄인**   타동사 '조리다' 방언. 양념한 뒤 국물이 졸아들어 간이 스며들도록 바짝 끓이다.

새우 호박 쫄인 것도 좀 묵어봐라. 칼칼허고 영판 만나야.(8부)

**쫄쫄**   부사 가는 물줄기 따위가 끊이지 않고 세게 흐르는 소리를 나타내는 말. 끼니를 굶어 아무것도 먹지 못한 모양을 나타내는 말.

큰비가 퍼붓는 여름에는 강물이 그렇게도 무섭던 것이. 물이 쫄쫄하게 빠진 초겨울부터 늦은 봄까지는 수면이 그렇게 잔조로울 수가 없었다.(1부)

**쫌보**   명사 졸보. 재주가 없고 옹졸한 사람을 얕잡아 이르는 말.

안 가면 나를 아주 형편없는 쫌보로 만들 텐디 안 가고 견디겠나?(3부)

**쫌팽이**   명사 '좀팽이' 방언. 몸통이 굵지 않고 좀스러운 사람을 얕잡아 이르는 말.

어허, 여자다운 여자 한번 만났는갑다 했더니 이제 봉께 순 쫌팽이로구만 그려!(5부)

**쬐깨만**   '조금' 방언. 시간적으로 짧게.

뒷간에 갔응게 금세 올 거로구만요. 쬐깨만 참으시고 우선 목이나 축이씨요 잉.(4부)

**쭈그렁**   '주름살' 방언. 피부가 노화하여 잡힌 금. 옷이나 종이 따위에 주름이 잡힌 금.

궐녀는 이제 겨우 마흔다섯 살의 한창 포실한 나이인데도 환갑 줄에 앉은 노인네처럼 쭈그렁이가 다 되어 있었다.(4부)

**쭈빗거렸다**   자동사 쭈뼛거리다. 부끄럽거나 무서워서 쉽게 나서지 못하고 자꾸 머뭇거리다. 무섭거나 불안하여 꼿꼿하게 일어서는 듯한 느낌이 자꾸 들다.

아침이 되어 눈을 씻고 보니 풀상투 떼거리들은 그대로 산등성이 쪽에 쭈빗거렸다.(3부)

**쭉정이**   명사 껍질만 있고 속에 알맹이가 들어 있지 않은 곡식이나 과실 따위의 열매. 쓸모없게 되어 사람 구실을 제대로 하지 못하는 사람을 비유적으로 이르는 말.

> 지난여름에 시위가 나서 큰물이 온통 들판을 갈퀴질해버린 듯싶었는데도, 농사꾼들은 쭉정이라도 거두어들이기에 바빴다.(2부)

**쭉지** '죽지' 방언.

> 옳거니! 쭉지 부러진 닭 으디 갈려구!(3부)

**쭐레** '꺼병이' 방언. 옷차림 따위의 겉모습이 썩 어울리지 아니하고 거칠게 생긴 사람을 비유적으로 이르는 말.

> 그러기 쭐레 임금을 일 할 폭으로 올려달라고 헌 것이오.(5부)

**찌걱찌걱** 〔부사〕 느슨해진 짐짝이나 나무틀 따위가 자꾸 흔들리거나 문질러질 때 나는 소리를 나타내는 말.

> 괭이질하는 소리가 찌걱찌걱 달빛이 깔린 고즈넉한 어둠을 깨뜨리듯 크게 들려왔다.(1부)

**찌그락찌그락** 〔자동사〕 데그럭대다. 대수롭지 않은 일로 몹시 옥신각신하며 크게 다투다. 남이 몹시 듣기 싫어할 정도로 자꾸 크게 불평을 늘어놓다.

> 나를 좋아하지도 않고 마주치면 찌그락찌그락 해쌓던 젊은 아기씨마님을 따라온 종년이 있었는디, 그날 밤 복면을 하고 그 종년 방으로 쳐들어가서 요절을 내뿌렀어.(2부)

**찌들어빠진** 〔자동사〕 오래되어 더러워지거나 변하다. 가난이나 일 따위로 어려움을 겪거나 고생하다.

> 그러나 양반들은 찌들어빠진 그들의 마누라를 탐내지 않았다.(1부)

**찌러기** 〔명사〕 성질이 몹시 고약하고 사나운 황소.

> 웅보는 부드럽게 말하며 쌀분이의 허리에 팔을 감았으나, 그녀는 찌러기처럼 사납게 털고 방구석으로 피해 몸을 조그맣게 웅크렸다.(1부)

**찌렁찌렁** 〔부사〕 목소리가 자꾸 크고 세게 울리는 소리를 나타내는 말.

> 집안이 찌렁찌렁 울리도록 어머니한테 동네개가 다친 경위를 다그쳐 물었고, (……)(2부)

**찌룩찌룩** '질척질척' 방언. 진흙이나 반죽 따위가 물기가 많아 매우 차지고 진 느낌을 나타내는 말.

> 올 여름에 찌룩찌룩 날이 궂어쌓서 소금 값이 금값이여.(2부)

**찌적찌적** 부사 '지적지적' 방언. 물기가 있어서 조금 진 듯한 모양을 나타내는 말. 물이 점점 줄어들어서 바닥으로 아주 잦아드는 모양을 나타내는 말.

아직 큰비가 오지 않았기 때문에 새끼내 물은 찌적찌적 겨우 바닥을 적시고 있었다.(1부)

**찍는 소리** 듣기 싫은 소리.

한참 뒤에 웅보가 입을 열자 막음례 배꼽은 툭 불거졌든감! 하고 팩하게 성깔을 세우며 찍는 소리를 하였다.(1부)

**찍소리** 명사 부정이나 금지하는 말과 함께 쓰여 불만이나 반항의 뜻이 담긴 소리를 이르는 말.

이런 판국이라, 양 진사의 눈 밖에 났다가는 땅문서는 고사하고 치도곤을 당할지 모를 일이어서 장쇠 내외는 찍소리 못하고 슬금슬금 뒷걸음질 쳐 사랑채에서 물러나오고 말았다.(1부)

**찍자** 명사 괜한 트집을 잡으며 덤비는 짓을 속되게 이르는 말. '찌그렁이' 방언.

일을 하자니 괜히 뿌질뿌질 울화가 치밀어 만만한 동생 대불이한테 찍자를 부리기가 일쑤였고, 상전들 몰래 슬금슬금 밤도둑처럼 다니던 서당에도 가기 싫어졌다.(1부)

**찐덥지게** 형용사 찐덥지다. 보기에 아주 흐뭇하고 마음에 드는 데가 있다.

쌀분이도 오동녜 하나만을 낳고 아들이 없어 늘 섭섭하던 차에 소바우를 만나게 되자 잃어버렸던 친아들을 다시 찾기라도 한 것처럼 찐덥지게 정을 붙였다.(5부)

**찐득거리는** 자동사 찐득거리다. 매우 끈끈하고 차져 자꾸 들러붙다. 매우 끈질겨서 자꾸 끊으려 해도 잘 끊어지지 않다.

대불이는 말을 하면서 찐득거리는 어둠의 그림자가 달라붙기 시작하는 필순이의 얼굴을 가까이 들여다보았다.(1부)

**찔끈** 부사 '질끈' 방언. 무엇을 매우 단단히 졸라매거나 동이는 모양을 나타내는 말.

그러지 말고, 눈 찔끈 감고 내가 허는 대로 죽은드끼 참고 있어봐.(……)(1부)

**찔러보며** 타동사 찔러보다. 어떤 자극을 주어서 그 속뜻을 알아보다.

밖에서 웅보가 큰 소리를 지르고, 주모가 엉덩이를 들어 올리다시피 해서야 어쩔 수 없이 주모 방에서 나온 그녀는 실뚱머룩한 얼굴로 웅보를 찔러보며 대장간 새 방에 들어갈 생각은 않고 지싯지싯 방문 앞을 배돌기만 하였다.(1부)

**찔벅하며** <u>타동사</u> 찔벅하다. '집적거리다' 방언. 건드리거나 말이나 행동으로 공연히 자꾸 성가시게 하다. 자꾸 함부로 손을 대거나 끼어들어 참견하다.

멜꾼들이 잠시 쉬는 사이, 꼬리잡이로 달라붙던 쌀분이가 웅보 옆으로 와서 옆엣사람 눈치 못 채게 옆구리를 찔벅하며 속삭이듯 말하고는 아낙네들 쪽으로 뛰어갔다.(1부)

**찜부럭한** <u>자동사</u> 찜부럭하다. 고통을 받아 견뎌 내기 힘들어 짜증이 나다.

호의를 거절당한 한 영감은 찜부럭한 얼굴로 대불이를 쏘아보았다.(5부)

**찜찜한** <u>형용사</u> 찜찜하다. 마음에 꺼림칙한 느낌이 있다.

오랜만에 햇살이 처마를 핥아대도록 늦잠을 자고, 곰방대를 물고 느지막이 돈단으로 나온 칠복이 영감이 강바람에 흔들리는 주막 앞 오동나무를 보며 찜찜한 얼굴을 해 보였다.(1부)

**찡등그렸다** <u>타동사</u> 찡등그리다. 마음에 못마땅하여 몹시 찡그리다.

식구들 모두 얼굴을 찡등그렸다.(1부)

ㅈ

# ㅊ

**차돌** 【명사】 야무지고 단단한 사람을 비유적으로 이르는 말.

딸이 커갈수록 월심이의 걱정도 차돌처럼 단단해졌다.(2부)

**차비** '채비' 원래 말. 어떤 일을 하기 위하여 필요한 물건, 자세 따위를 미리 갖추어 차림.

서둘러 아침을 먹은 웅보 내외는 강을 건널 차비를 하였다.(3부)

**찬물을 끼얹은 듯** 찬물 끼얹다. 공연히 트집을 잡아 헤살을 놓거나 좋은 분위기를 망치다.

웅보가 긴 이야기를 마치자 좌중이 찬물을 끼얹은 듯 조용했다.(2부)

**찰딱거렸다** 【자동사】 찰딱거리다. 다른 것에 세게 달라붙었다 떨어졌다 하는 소리가 자꾸 나다.

웅보가 슬며시 적삼 섶 밑으로 손을 넣으면 할머니의 젖무덤은 동아처럼 탐스럽고 인절미처럼 찰딱거렸다.(1부)

**찰브락찰브락** 물이 가볍게 떨어지거나 서로 맞닿는 소리가 잇따라 나다. 물이 가볍게 떨어뜨리거나 서로 맞닿게 하는 소리를 잇따라 내다.

그는 조심스럽게 앉으면서 얼핏 마님을 훔쳐보았는데, 마님은 아닌 밤중에 소세물을 떠놓고, 속치마바람으로 포실한 아랫도리를 드러내놓은 채 팥가루를 뿌려가며 찰브락찰브락 발을 씻고 있는 게 아닌가.(1부)

**참담** 【명사】 몹시 슬프고 괴로움. 끔찍하고 절망적임.

대불이는 더 이상 묻고 싶은 용기를 잃어버린 채, 잠시 멀뚱히 방석코의 참담한 얼굴만 내려다보았다.(2부)

**참새가 방아에 치여 죽어도 짹하고 죽는다** 참새가 죽어도 짹 한다. 아무리 약한 사람이라도 상대방이 지나치게 괴롭히면 이에 대항한다는 말.

허허, 이 사람! 참새가 방아에 치여 죽어도 짹하고 죽는다는데 죽은 듯이 당하고만 살으란

말여?(4부)

**창시** '창자' 방언.

사 원이면 쌀이 두 말이여, 이 창시 없는 여편네야.(5부)

**창애에 친 쥐눈** 창애에 치인 쥐눈. 툭 불거져서 보기 흉하게 생긴 눈을 비유적으로 이르는 말.

권대길은 아내를 향해 창애에 친 쥐눈 모양을 하고 쏘아보며 나무람 하였다.(5부)

**채근** 【명사】 서둘러서 하도록 재촉하다. 어떤 일을 서둘러서 하도록 재촉함.

그는 마님이 무엇 때문에 밤중에 자기를 부르는지 낌새를 못 챘느냐고 쌀분이한테 채근을 해보았으나, 그녀도 전혀 아는 바가 없다고 하였다.(1부)

**채독** 【명사】 채소를 날것으로 섭취하여 생기는 온갖 질병.

채독에 묵은 양식 또박또박 쟁여놓고 사는 양반집으로덜 가봐!(3부)

**채비 사흘에 용천관을 다 지나가게 될 것 같아** 채비 사흘에 용천관 다 지나가겠다. 준비만 하다가 정작 해야 할 일은 못하는 경우를 비꼬아 이르는 말.

아직 싸워보지도 않고 소문부터 퍼졌으니 채비 사흘에 용천관을 다 지나가게 될 것 같아 마음이 덜컹거렸다.(6부)

**채신머리없이** 【부사】 경솔하여 남을 대하는데 위엄과 신용이 없이. '채신없이'를 속되게 이르는 말이다.

김준형은 조선애와 동행을 한 것이 못내 즐거운 듯 채신머리없이 시종 희희낙락하였으나 양만석의 입장에서는 어쩐지 마음이 가볍지가 않았다.(8부)

**챙피** 창피. 체면이 깎이거나 떳떳하지 못한 일로 부끄럽다.

질러봐라. 신랑 신부 방에서 큰 소리 나면 누가 챙피허게!(1부)

**처백혀** '처박혀' 방언. 주로 '처박혀 있다' 꼴로 쓰여 사람이 한 곳에 오랫동안 머물러 있다.

아니 그렇다면, 서울서 건너온 뒤 주욱 이 골방 안에만 처백혀 있었단 말이우?(5부)

**처서** 【민속】 일 년 중 늦여름 더위가 물러가는 때. 이십사절기 하나로 입추(立秋)와 백로(白露) 사이에 있다. 춘분점을 기준으로 하여 태양이 황도(黃道) 150도(度)에 이르는 때로 양력으로 8월 23일경이다. 더위가 물러가고 아침저녁으로 쌀쌀한 기운이 느껴지며 벼가 익는 시기이다.

처서가 지났는데도 날씨는 여전히 더웠다.(8부)

**처쟁여놓고**　처쟁이다. 잔뜩 눌러서 많이 쌓아 두다.

그래, 영감태기는 어느 나라 백성이기에 이 흉년에 굶어 죽어가는 사람들도 못 본 척하고 혼
자만 먹을 것 처쟁여놓고 배터지게 사는 거요?(3부)

**척짓고**　자동사 척짓다. 서로 원한을 품어 미워하거나 대립할 일을 만들다.

시상이 어수선헐수록에다가 척짓고 살면 안 된다.(6부)

**천덕꾸러기**　명사 업신여김과 푸대접을 받는 사람.

천덕꾸러기 종으로 태어나서 여태껏 천대만 받음시롱 애잔흐게 살아왔응께 죽어서라도 호
강 한번 허시게 꽃상애도 내고 만장도 울긋불긋 바람에 날려주고, 또 멋이냐, 귀신돈도 호빡
띄워주그라.(7부)

**천덕스럽기도**　형용사 천덕스럽다. 사람이나 그 성품 낮고 야비한 데가 있다.

천 서방의 딸 방울이는, 댕기머리 치렁치렁 늘인 처녀가 젓 동이를 머리에 이고 이집 저집
낯선 동네를 훑고 다니는 것이 천덕스럽기도 하고 외설스럽기도 하니 그만두고, (……)(2부)

**천둥번개가 칠 때는 천하 사람이 한마음 한뜻이라**　천둥 번개 할 때는 천
하 사람이 한맘 한뜻. 모든 사람이 겪는 천변이나 위험 속에서는 그들의
마음이 하나가 된다는 말.

천둥번개가 칠 때는 천하 사람이 한마음 한뜻이라고 안 허든가. 이럴 때일수록 마음을 합해
야 허네.(6부)

**천리 길도 한 걸음부터**　무슨 일이나 그 일 시작이 중요함을 이르는 말.

천리 길도 한 걸음부터라고, 부지런히 둑을 쌓으면 끝장이 나겠재.(1부)

**천부당만부당**　명사 전혀 이치에 맞지 않거나 옳지 않다. 천 번 만 번 부당하다
는 뜻으로 전혀 이치에 맞지 않거나 옳지 않음을 이르는 말.

쉰네의 시어미가 당골이 되다니, 천부당만부당합니다요.(2부)

**천석꾼**　명사 곡식 천 석을 수확할 만큼 땅과 재산을 많이 가진 부자.

저는 전라도 나주 고을에서 천석꾼 부잣집 3대 독자로 호의호식하며 자랐습니다.(8부)

**천자수모법**　고려와 조선시대 노비는 모계 혈연을 좇는다고 원칙을 정한 법.

천자수모법(賤子隨母法)이라 하여 종이 양민과 혼인하여 아이를 낳는다 해도 그 아이까지 종이 되어야 했다.(1부)

**철나자 망령 난다**  철들자 망령 난다. 지각없이 굴던 사람이 정신을 좀 차리는가 싶더니 이내 망령이 들어 일을 그르치게 됨을 놀림조로 이르는 말. 무슨 일이든 때를 놓치지 말고 제때에 힘쓰라는 말.

참말로 세월이 빠르구만. 철 나자 망령 난다드니, 사는 것이 이런 것인가 하고 알 만항께 청춘이 화살모양 날아가부렀어.(5부)

**철렁하지**  【자동사】 철렁하다. 어떤 일에 크게 놀라 가슴이 내려앉다.

얼마 전까지도 관아에서 대불이를 찾고 있었던지라 철렁하지 않을 수가 없었다.(3부)

**철릭**  【명사】 조선시대 무관이 입던 공복 중 하나. 깃이 곧고 허리가 넓으며, 허리에 주름이 잡히고 큰 소매가 달렸다.

아랫목 횃대에는 빨간 동정에 흰 소매를 단 철릭(貼服)이 걸려 있었다.(2부)

**철천지웬수**  하늘에 사무치도록 한이 맺히게 한 원수.

뭣인고 허니, 염한이허고 물허고는 철천지 웬수라고 생각혀라 이 말이여.(2부)

**철통**  【명사】 쇠로 만든 통. 튼튼하여 조금도 빈틈이 없다.

철통같은 저지선은 쉽게 뚫릴 것 같지가 않았다.(9부)

**첨버텀**  '처음부터' 방언.

첨버텀 한통속이 되어갖고 광대놀음허드끼 맨든 일인디 백번 진고를 헌들 무신 소용이 있겠는가.(2부)

**첫들머리**  '입구'.

송학동(松鶴洞) 조계 첫들머리에도 새로 지은 한옥들이 즐비했다.(4부)

**첫딸은 살림 밑천**  첫딸은 세간밑천이다. 첫딸은 집안 살림에 큰 도움이 된다는 말.

쌀이 일곱 가마니면 적잖다우. 어따다, 그래서 첫딸은 살림 밑천이라고 안합뎌.(1부)

**첫봄**  【명사】 어디에 가거나 어떤 일을 시작하여 처음으로 맞는 봄. 봄이 막 시작되는 무렵.

웅보는 참나무 토막처럼 단단하고 뻣센 다리로 아무리 힘을 쓰고 버둥거려도 첫봄에 솟는

죽순보다 더 부드럽기만 한 그녀의 하반신을 찍어 감았다.(1부)

**첫술** 〔명사〕 음식을 먹을 때 첫 번으로 떠먹는 순가락.

> 첫술에 배부르기를 바라겠는가. 우선 힘을 합해서 둑을 막아보세. 단 한 뼘이라도 우리들 땅을 갖는다는 것이 을매나 오진 일인가.(1부)

**첫술에 배부르기를 바라겠는가** 첫술에 배부르랴. 무슨 일이든지 처음부터 단번에 만족할 수는 없음을 비유적으로 이르는 말.

> 첫술에 배부르기를 바라겠는가. 우선 힘을 합해서 둑을 막아보세. 단 한 뼘이라도 우리들 땅을 갖는다는 것이 을매나 오진 일인가.(1부)

**첫정** 맨 처음으로 생긴 정.

> 여자고 남자고 첫정은 죽을 때까지 못 잊는다는디, 어무니 모시고 가서 막음례를 만나볼 것이재.(1부)

**청명** 〔민속〕 清明. 일 년 중 날이 가장 맑다는 때다. 이십사절기(二十四節氣)의 하나로, 춘분(春分)과 곡우(穀雨) 사이에 있다. 춘분점을 기준으로 하여 태양이 황도(黃道)의 15도(度)에 이르는 때로 양력 4월 5일경이며, 예로부터 한 해의 농사를 시작하는 중요한 날로 여겼다.

> 한식(寒食)이 지나고 곡우(穀雨)가 성큼 가까워지자 농가에서는 침종(浸種)을 서둘렀다.(1부)

**청사초롱** 푸른 사로 겉을 둘러씌운 초롱. 정삼품에서 정이품까지 관원이 밤에 다닐 때 썼다.

> 성탄절이 가까워지면 양림 오거리에서부터 기념관까지 길 양쪽 아카시아 나무에 촛불을 켠 청사초롱을 매달아, 등불의 거리를 만들었다.(8부)

**청올치** 〔명사〕 칡덩굴 속껍질. 칡 속껍질로 꼬아 만든 노끈.

> 청올치 미투리로 죄 없는 땅을 툭툭 차며 봇수세를 받으러 가는 대불이는 잔뜩 심통이 나 있었다.(1부)

**청지기노릇** 남 일을 대신 맡아 지키고 관리하는 일. 예전에 양반집 수청방에 있으면서 여러 가지 잡일을 맡아보고 시중을 드는 사람을 이르던 말.

> 내가 언제까지나 네놈 집 청지기노릇을 해야 씨겄나.(8부)

**청청한** 〔형용사〕 청청하다. 생기가 있어 산뜻하고 푸르다. 맑고 깨끗하다.

말바우 어미한테 준 죽순(竹筍)보다 더 청청한 숫총각의 첫정을 잊지 못하는 것인지도 몰랐다.(2부)

**초근목피** 〔명사〕풀뿌리와 나무껍질이라는 뜻으로 양식이 부족할 때 먹는 험한 음식을 비유적으로 이르는 말. 한약의 재료가 되는 물건을 이르는 말.

우선은 초근목피로 연명이야 할 수 있을 것이고, 산비탈을 파고 감자라도 묻어놓으면 여름은 이겨낼 수가 있을지도 모른다고 생각했다.(1부)

**초라니** 〔민속〕하회 별신굿. 고성과 마산의 오광대놀이 따위의 가면극에 나오는 등장인물로 주로 경망하게 까부는 하인이나 머슴 역을 맡는다. 잡귀를 쫓는 무속 의식에 나오는 나자 중 하나다. 나자는 나례 의식을 거행할 때 탈을 쓰고 귀신을 쫓는 일을 하는 사람을 말한다.

평소에 말수가 적고 뜸직하기만 하던 웅보가 초라니처럼 달떠있는 양을 멀뚱한 눈빛으로 쳐다보고만 있던 웅보 어머니는 마음속으로 만식이 도령이 필시 웅보의 핏줄이 분명한 게로구나 하고 여태껏 미심쩍게 여겨왔던 생각을 비로소 공그려 매조짐 하였다.(6부)

**초롱잠** 〔명사〕머리에 풀이 얽힌 모양을 섬세김한 비녀.

웅보 어머니는 노마님이 숨을 거둘 때 주었던 머리와 끝에 칠보 초화문을 올린 파란 상하초롱잠과, 웅보 어머니가 시집와서 시어머니한테 받은 두툼한 구리반지를 빼서 며느리의 손에 꼭 쥐어주었다.(1부)

**초벌 만벌** 〔민속〕초벌은 벼농사에서 처음으로 김을 매는 일이다. 만벌은 만드리로 마지막으로 김매기를 하는 것이다.

자기 떠나버리면 초벌 만벌 호미질은 누가 할 것이며, 피사리는 누가 한단 말인가.(3부)

**초상술에 권주가 부르기** 초상 술에 권주가 부른다. 분별없이 경망스럽게 행동하는 경우를 이르는 말.

남의 초상술에 권주가 부르기 싫대두 그러는구나. 모래밭에 혀를 박아도 순리대로 살아야 하는 게야.(4부)

**초주검** 〔명사〕몹시 맞거나 다치거나 지쳐서 거의 죽을 지경에 이른 사람.

할아버지의 할머니의 아버지도 부자가 되고 싶은 욕심으로 최 참봉 집 담을 넘다가 종들한테 붙잡혀 초주검이 되게 두들겨 맞은 뒤에 뒤꼍 곳간에 갇히고 말았다.(1부)

**초토작전** 모든 시설이나 물자를 적군이 이용하지 못하도록 불태워 버리는 작전. 주로 패전하여 철수하거나 후퇴할 때 실시한다.

창의병의 씨를 말렸던 의병 초토작전 때도 살아남았으니 결코 죽지 않으리라고 믿었다.(8부)

**초하룻날 묵어보면 열하룻날 또 묵으로 간다** 초하룻날 먹어 보면 열하룻날 또 간다. 한번 재미를 보면 자꾸 해보려고 함을 비유적으로 이르는 말.

목포에서 온 무미(貿米)꾼놈과 배가 맞아서 폴쎄 야행을 치고 말았구먼. 초하룻날 묵어보면 열하룻날 또 묵으로 간다는 말대로 개버릇 남 주겠는가? 그래도 여그 와서 무던히 참었어.(6부)

**촐랑거리는** [자동사] 촐랑거리다. 매우 가볍고 방정맞게 자꾸 까불다 이리저리 자꾸 거칠게 흔들리다.

촐랑거리는 소리의 술을 사발에 따랐더니 옹근 한 잔이 되었다. 그들은 술추렴을 하고 대불이 몫으로 한 잔 요량을 남겨놓았던 것이다.(4부)

**촘촘하게** [형용사] 촘촘하다. 빈 곳이 거의 없을 정도로 매우 좁다.

나이가 들수록 딸의 얼굴에 끌질을 해놓은 것처럼 흠이 촘촘하게 커지는 것이 걱정이었다.(2부)

**총독부** 조선총독부. 일제강점기 조선에 대한 수탈과 억압을 총지휘한 조선 통치의 최고기관. 초기 조선총독부는 종전 통감부 기구를 계승하는 동시에 한국정부소속 관청도 적당히 축소, 흡수해서 급격한 변화를 피하는 과도적 성격을 띠었다. 한국정부소속 관청 가운데 불필요해진 내각, 표훈원, 회계검사국은 폐지하고 학부(學部)를 축소하여 내무부 일국(一局)으로 하는 외에 내무부, 탁지부, 농상공부는 축소하여 존속시켰다. 통감부 사법청은 사법부로 개편하고 새로 총무부를 설치했다. 학부 축소는 경비절약을 내세웠으나 교육정책 부재를 의미하는 것으로 민생 발전을 고려하지 않고 치안에 초점을 두어 간소한 기구가 된 것이다. 총독부는 탄압적 치안위주, 약탈 본위 무단통치조직으로 한민족에게 전체주의적 탄압과 경제적 수탈, 민족문화의 말살과 동화정책을 강요했다.

전국의 관심이 광주로 쏠리자, 총독부는 광주의 사태에 대한 보도를 전면 금지시켰다.(9부)

**총총히** [부사] 발걸음을 아주 재게 떼며 서둘러서 급히 걷는 모양을 나타내는 말. 밤하늘에 촘촘하게 뜬 별이 또렷또렷하게 빛나는 모양을 나타내는 말.

방석코는 무릎을 짚고 일어서서는 때죽나무집 쪽으로 총총히 걸어가 버렸다.⑵부

**추레하게**  〔형용사〕 추레하다. 허술하여 보잘것없고 궁상스럽다. 생생한 기운이
없다.

그렇게 말하는 박영감의 얼굴이 갑자기 추레하게 늙어 보였다.⑷부

**추렴**  모임, 놀이, 잔치 등의 비용을 마련하기 위해서 여럿이 얼마씩 돈이나
물건 등을 나누어 내거나 거둠.

조옿구나. 나 없는 사이에 네들만 술추렴을 허구!⑷부

**추솔했던**  〔형용사〕 추솔하다. 거칠고 까불어서 찬찬하지 못하고 조심성이 없다.

선창에서 등짐꾼들을 부리는 목대잡이 노릇을 할 때나 자신이 때때로 지악스러운 들때밀 같
은 생각이 들어, 조련찮게 추솔했던 마음이 가라앉곤 했다.⑵부

**추슬러**  〔타동사〕 추스르다. 가누어 움직이다.

주모는 펄럭이는 종이심지 불빛에 희붐하게 밝은 방안을 둘러보더니, 두렁치마를 추슬러 올
리며 방으로 들어와서, 아직 썰렁한 방바닥을 손바닥으로 짚어보았다.⑴부

**추연한**  〔형용사〕 추연하다. 처량하고 슬프다.

막음례가 온몸으로 웅보를 가늠하여 받아들이며 추연한 목소리로 물었다.⑷부

**추호**  '추호도', '추호의' 꼴로 쓰여, 가을에 짐승 털이 매우 가늘어지는 데에서
가을 털끝만큼 매우 조금을 비유적으로 이르는 말.

추호도 저의가 있는 것이 아니라고 강조했다.⑻부

**충용한다는**  〔형용사〕 충용하다. 충성과 용맹을 아울러 이르는 말. 충성스럽고
용맹하다.

짐을 운반하는 등짐꾼들에게 과하는 상하세(上下稅), 읍청의 임시비에 충용한다는 명목으로
받는 걸입(乞入)이 있으며, 지방관청의 관노가 시장의 노점을 일일이 임검하면서 세금을 걷
는 시장세가 있었다.⑵부

**측간**  〔명사〕 사람 분뇨를 배설할 수 있도록 만들어 놓은 곳.

그가 겨우 오줌똥을 가리고 아버지의 회초리가 무서워 등불도 없이 혼자 측간 출입을 하게
될 무렵까지 살아 있었던 할머니는, 아버지 어머니와 함께 콧구멍만한 행랑채 문간방 구석
에서 손자를 꼭 껴안고 자곤 했었다.⑴부

**측은지심** 인간 본성에서 우러나오는 마음씨로 다른 사람 불행을 불쌍히 여기는 마음을 말함.

> 순식이를 탓하고 싶다기보다 측은지심으로 마음이 아팠다.⁽⁹부⁾

**치도곤** 　명사　 몹시 혼나거나 맞음. 조선시대 죄인 볼기를 치던 곤장 하나. 버드나무로 넓적하게 만들었으며 곤장 중에서 크기가 가장 컸다.

> 지난해 봄, 그는 봇수세를 받으러 왔다가 박골 마을사람들이 봇수세를 낼 수 없다고 하기에 치도곤을 먹이겠다고 큰소리치다가, 마을 아이들이 돌멩이며 작대기들을 들고 떼거리로 덤벼드는 바람에 혼겁하여 도망친 일이 있었다.⁽¹부⁾

**치레** 　명사　 어떤 일을 치르거나 겪어 낼 때. 당연히 하여야 하는 일이나 과정. 일부 명사 뒤에 붙어 '무슨 일에 실속 이상으로 꾸미어 드러내는 일'이란 뜻을 더하여 명사를 만드는 말.

> 당나귀 뭣 치레 하드끼, 못난 주제에 지집 치레라!⁽¹부⁾

**치부** 　명사　 마음속으로 간주하다. 어떠하다고 마음속으로 간주되다.

> 그리고 누구네 집은 하루 일한 것이 몇 몫이라는 것을 장부에 반드시 치부하여 불평이 없도록 하였다.⁽¹부⁾

**치부책** 　명사　 금품 출납을 기록하는 장부.

> 전달출이가 치부책을 들고 뒤적거리면서 말했다.⁽⁷부⁾

**치상** 상을 치르다.

> 봉창이 희번하게 밝아와서야 밖으로 나와 주모에게 늙은 줄꾼의 죽음을 알리고, 그가 아는 조운창 등짐꾼 몇 사람을 불러오게 하여 치상 준비를 시켰다.⁽²부⁾

**친친 묶고** 　부사　 실이나 노끈 따위로 꼭꼭 감거나 칭칭 동여매는 모양을 나타내는 말.

> 장개동은 홍어와 젓갈 통을 짚으로 여러 번 싸고 가마니에 넣어 새끼로 친친 묶고 있다.⁽⁸부⁾

**칙칙해지는** 　형용사　 칙칙하다. 산뜻하거나 맑지 않고 어두우며 짙다. 어둡고 의뭉스럽다.

> 골짜기의 눈이 녹고 이제 얼음이 풀렸는가 싶으면, 강물은 잠시 꺼끌꺼끌한 물억새잎의 색깔로 변했다가, 큰비와 함께 큰 누룩뱀의 등처럼 검고 칙칙해지는 것이었다.⁽²부⁾

**친구 따라 강남 간다**  자신은 별로 하고 싶지 않은 일을 남이 하는 대로 덩달아 하게 됨을 비유적으로 이르는 말.

해남에서 올라온 보부상패들은 새벽부터 왁자지껄 떠들어대며 지나갔고, 땡그랑땡그랑 요령소리와 함께 길을 재촉하는 소몰이꾼들이며, 친구 따라 강남 간다는 푼수로 별 볼일도 없이 새벽밥을 지어먹고 서둘러 나온 장돌뱅이들하며, 새끼내 앞길은 장꾼들로 벅신거렸다.(1부)

**칠거지악**  〔명사〕 조선시대 아내를 내쫓을 수 있는 이유가 되는 일곱 가지 허물, 곧 시부모에게 순종하지 아니하는 것, 자식을 낳지 못하는 것, 행실이 음탕한 것, 질투하는 것, 나쁜 병이 있는 것, 말이 많은 것, 도둑질을 하는 것 등을 이른다.

부인은 자식 못 낳은 아녀자 칠거지악(七去之惡)을 면할 수 없는 죄스러움 때문에 적자 서얼 가리기에 앞서, 우선 대를 이을 후사를 봐야 하지 않겠느냐는 생각에서(……)(1부)

**칠석날**  〔민속〕 음력 칠월 초이렛날. 칠석날 밤에 은하수 양쪽에 떨어져 있던 견우와 직녀가 일 년에 한 번 만난다는 전설이 있다.

칠월이라 칠석날에 견우직녀가 좋을씨고.(3부)

**칠월 열나흗날**  음력 7월 14일.

그리고 농민들은 죽은 백중의 은혜를 감사히 여겨 해마다 그가 죽은 칠월 열나흗날이면 제사를 지내고 그의 죽은 혼을 위로하였다.(1부)

**침 먹은 지네**  할 말이 있으면서 못 하고 있거나 겁이 나서 기운을 못 쓰고 있는 사람을 비유적으로 이르는 말.

장쇠는, 마음 같아서는 당장 종문서 따윈 필요 없으니 땅을 떼어달라고 생떼라도 쓰고 싶었지만, 침 먹은 지네모양 입을 다문 채였다.(1부)

**침종**  〔민속〕 씨앗이 싹을 틔우기 위해 필요한 물기를 흡수하도록 파종에 앞서 씨를 물에 담가 불리는 일. 싹을 틔우는데 필요한 물기를 흡수하도록 파종에 앞서 씨를 물에 담그다.

청명(淸明), 한식(寒食)이 지나고 곡우(穀雨)가 성큼 가까워지자 농가에서는 침종(浸種)을 서둘렀다.(1부)

**침침**  사물이 보일락 말락 할 정도로 빛이 매우 약하고 어둡다. 스며들어 젖어서 차차 번져 들어감.

산열매를 아무리 많이 먹고 물고기를 잡아다 배를 채워도 오랫동안 곡기를 하지 않은 탓으로 눈이 침침해지고 속이 허심허심하였다.(3부)

# ㅋ

**칼 물고 뜀뛰기**  몹시 위태로운 일을 주저함이 없이 행동에 옮김을 비유적으로 이르는 말.

아이고, 이 양반아, 새끼내서 농사를 짓기란 칼 물고 뜀뛰기여.(1부)

**칼바람**  명사 주로 겨울에 부는 몹시 차고 매운바람. 아주 모질고 심한 괴롭힘이나 박해를 비유적으로 이르는 말.

칼바람 같은 목소리의 다그침에, 웅보는 감히 마님의 분부를 거역하고 되돌아설 용기가 없었다.(1부)

**칼칼히**  '깨끗하다' 방언.

웅보는 얼굴과 손발을 칼칼히 씻은 다음 옷을 갈아입고 쌀분이를 따라나섰다.(1부)

**커녕**  체언 뒤에 붙어 주로 부정을 나타내는 문장에 쓰여 어떤 사실을 부정하는 뜻을 강조할 뿐 아니라 그보다 못한 것까지 부정하는 뜻을 나타내는 보조사. 체언 뒤에 붙어, '그것은 말할 것도 없거니와 도리어' 뜻을 나타내는 보조사.

부엌은 커녕 비를 가릴 거적 한 장 걸쳐져 있지 않은 난장 아궁이라, 매서운 칼바람이 온몸을 휘감았다.(9부)

**켜켜이**  부사 여러 겹으로 포개진 것 각 층마다.

그렇게 해야 마음속에 켜켜이 갈아 앉은 해묵은 앙금이 풀릴 것만 같았다.(8부)

**코가 열댓 자나 빠져**  코가 댓 자나 빠졌다. 근심이 쌓이고 고통스러운 일이 있어 맥이 빠졌다는 말.

영산강이 어둠속에 묻히고 소금점 문을 닫자 새끼내 말바우 주막으로 웅보를 찾아온 손팔만은 코가 열댓 자나 빠져 있는 웅보의 등을 툭툭 치며 재우쳐 말했다.(7부)

**코맹맹이**  명사 코가 막혀서 소리를 제대로 내지 못하는 상태.

대불이는 코를 쥐어 막은 채 코맹맹이 소리를 내며 말했다. 그렇게 말하면서 얼핏 창고 안을

둘러보았다.(4부)

**코빼기도 보이지 않았다**　코빼기도 안 내밀다. 낮추어 이르는 말로 어떤 자리에 전혀 모습을 나타내지 않다.

날이 밝자 젊은 악공을 찾아보았으나 코빼기도 보이지 않았다.(2부)

**코쟁이**　**명사** 코가 크다는 뜻에서 서양 사람을 놀림조로 이르는 말.

코쟁이 말을 흉내 내서 어쩔 겐가.(4부)

**코청을 떼이기**　두 콧구멍 사이를 막고 있는 얇은 막이 떨어지다.

말했다가는 되레 코청을 떼이기 십상이라는 것을 알고 있었기 때문이다.(1부)

**콧구멍만 한 골방**　공간 따위가 아주 좁은 것을 비유적으로 이르는 말.

그날 밤 넷은 권대길의 콧구멍만 한 골방에 무릎을 맞대고 앉아서 밤이 새도록 이야기를 주고받았다.(5부)

**콧방귀를 뀌었다**　콧방귀 뀌다. 남의 말을 가소롭게 여겨 들은 체 만 체 말대꾸를 하지 않다.

졸지에 당한 일이라, 텁석부리는 약간 당황한 듯하면서도 어설프다는 표정으로 콧방귀를 뀌었다.(1부)

**콩밭에 가서 두부 찾고 있네**　콩밭에 가서 두부 찾는다. 사리와 차례를 생각하지 않고 성급하게 덤빈다는 말.

이 양반아, 콩밭에 가서 두부 찾고 있네 잉. 일의 순서도 모름시롱 보채쌓기만 하면 무신 일이 된당가요.(3부)

**콩밭에 서슬 치듯**　성급하게 덤비면서 훼방을 놓는 것.

오죽이나 성님이 보고 싶었으면 콩밭에 서슬 치듯 성화랴 싶어서 내친 김에 귀돌이성님을 꾀었답니다.(6부)

**콩이야 팥이야**　서로 비슷한 것을 가지고 이렇다 저렇다 시비를 다툰다는 것을 이르는 말.

대불이는 사공과 콩이야 팥이야 하고 있을 겨를이 없어, 등짐꾼들한테로 가서 세곡을 무곡선에 옮기는 것을 도와주기로 했다.(2부)

**콩주어먹기**　공기놀이. 작은 돌 다섯 개 또는 여러 개를 땅바닥에 놓고 일정한 규칙에 따라 집고 받고 하는 아이들 놀이.

그러나 둥금이는 아버지와 동생 동네개와 헤어진다는 슬픔보다 친구들과 함께 어울려 콩주 어먹기 놀이를 하며 놀던 돈단의 두껍다리며 좁은 고샅, 다슬기며 징거미를 잡던 마을 앞 시내를 다시 볼 수 없음이 가슴 아팠다.(2부)

**콩팔칠팔** 〔부사〕 하찮은 일을 가지고 시비조로 캐어 따지는 모양을 나타내는 말, 두서없이 마구 지껄이는 모양을 나타내는 말.

콩팔칠팔해쌓지만 말고 서두르소. 곧 날이 새겠네.(1부)

**쾨쾨한** 〔형용사〕 찌든 땀내나 썩은 풀 냄새와 같이 비위에 거슬릴 정도로 고리다.

사람이 오랫동안 거처하지 않은 듯 방에서는 싸늘한 바람과 함께 쾨쾨한 곰팡이냄새가 덮쳐 왔다.(2부)

**쿠리한** 〔형용사〕 퀴퀴하다. 찌든 땀내나 썩은 풀 냄새와 같이 비위에 거슬릴 정도로 구리다.

강바람이 어머니의 쿠리한 입김처럼 포근해지면 노란 세 잎 양지꽃이며 엷은 황록색의 애기 나리꽃이 맨 먼저 피는 금성산 깊은 골짜기 양지쪽 등성이에 할아버지가 십 년 가까이 잠들 어 있었다.(1부)

**쿨럭쿨럭** 〔부사〕 가슴 깊은 곳에서 크고 거칠게 자꾸 나오는 기침 소리를 나타 내는 말.

아침상을 물리고 숭늉으로 입안을 쿨럭쿨럭 헹구고 있는데, 순영이 어머니가 퉁겨내는 목소 리로 손님이 찾아왔다기에 나가보았더니, (……)(5부)

**퀴퀴한** 〔형용사〕 퀴퀴하다. 찌든 땀내나 썩은 풀 냄새와 같이 비위에 거슬릴 정도로 구리다.

할머니 방에서는 여전히 퀴퀴한 청국장 냄새가 진동했다.(8부)

**크렁하게** 〔형용사〕 크렁하다. 눈가에 가득 괴어 곧 흐를 듯하다. 건더기가 적고 국물이 많아 어울리지 않다.

막음례가 크렁하게 젖은 목소리로 말했으나 개똥이는 어미의 말뜻을 잘 알아듣지 못한 듯, 웅보가 머리 위로 치켜올릴 때마다 두 다리를 헤엄치듯 버둥거리며 깔깔대고 웃기만 하였 다.(3부)

**큰 방죽도 개미구멍으로 무너진단 말**　큰 방죽도 개미구멍으로 무너진다. 작은 잘못이라도 초기에 빨리 손을 쓰지 않으면 큰 화를 입는다는 것을 비유적으로 이르는 말.

　항우도 댕댕이덩굴에 엎으러지고, 큰 방죽도 개미구멍으로 무너진단 말 못 들었어?(7부)

**큰애기**　'처녀' 방언.

　질목굽이 큰애기가 오줌만 한번 싸질러대도 새끼내가 온통 물바다가 된다우.(1부)

**큰코다치게**　**자동사** 큰코다치다. 망신이나 봉변을 크게 당하다.

　안 믿으면 종당에는 큰코다치게 될 터이니 잘 생각하게나.(5부)

**키들거리고**　**자동사** 키들거리다. 웃음을 멈추지 못하여 입속으로 실없이 자꾸 웃다.

　얼굴에 개기름이 번지르르하고 목덜미가 뒤룩뒤룩 살찐 뱃사람들이 키들거리고 소리치며 떠들어댔다.(3부)

**키와**　'키우다' 방언. 보살피고 돌보아 기르다. 더 크게 하다.

　입때꺼정 키와갖고 내 속을 상허게 헌당께 잉!(2부)

# ㅌ

**타관** 〔명사〕 자신이 나서 자란 곳이 아닌 다른 지역이나 고장.

우리 어머니께서는 남편한테 문제가 있다는 것을 알고 남편이 타관으로 출타한 틈을 타서 노비를 방으로 불러들여 잠자리를 같이 하셨지요.(8부)

**타령가락** 〔명사〕 승무의 세 번째 대목. 염불 가락에 비해 장단이 빠르며 잦은 어깨춤이 들어간다.

하면서 알아듣지 못할 말로 타령 한 가락을 흥얼거리기까지 했다.(1부)

**탁배기** '막걸리' 방언. 쌀로 빚어서 만든 희부연 색깔의 우리나라 고유 술. 맑은술을 떠내지 아니하고 그대로 걸러 짠 술로 알코올 성분이 적으며 맛이 텁텁하다.

그들을 소금점에서 가까운 때죽나무집 주막으로 끌고 가 탁배기를 사주는 바람에, 허출한 빈속에 술이 들어가자 야릇하게 기분이 달뜨기까지 하였다.(2부)

**탈거지** 〔명사〕 나쁜 결과를 가져올 것 같은 걱정스러운 일.

웅보는 잠시 귀를 쫑긋거리며 행여나 대불이나 쌀분이한테 무슨 탈거지라도 생긴 것이 아닐까 걱정을 하였다.(1부)

**탕패가산** 〔명사〕 집안 재산을 죄다 써서 없앰. 집안 재산을 죄다 없앰.

우리는 관원들의 학대하는 것을 못 이겨 탕패가산하고 살 수 없어 부득이 이 짓을 하고 산다.(4부)

**태과허게** 〔형용사〕 태과하다. 너무 지나치다.

실은 태과허게 나온 결세 땜시 새끼내 대표들과 함께 사또를 만나러 왔구만요.(3부)

**태깔** 〔명사〕 모양과 빛깔.

간밤에도 그녀는 온통 고리짝 속의 옷들을 죄 꺼내놓고 이것저것 걸쳐보고 태깔을 보며 덤성거렸지만, 말바우 어미가 준 것 말고는 입고 갈만한 것이 없었다.(3부)

**태깔스럽게** 〔형용사〕 태깔스럽다. 교만한 태도가 있다.

이 천팔봉이가 공돈이 생겨 한판 놀자는데 뭐를 그리 태깔스럽게 그래싸유.(5부)

**태봉산**    광주 경양방죽 옆에 있던 산. 태봉산에서 발견된 태는 조선조 인조왕이 이괄 난으로 공주에 피신(1624년)하고 있던 중에 왕자를 낳아 태를 묻었다 하여 붙여진 이름이다. 1928년 7월 하순 심한 가뭄이 계속되자 주민들이 태봉산에 암장한 무덤을 파헤치다가 우연히 태실과 함께 많은 유물을 발견하게 되어 먼 전설로 내려오던 태봉산이란 이름을 비로소 고증하게 되었다. 그런데 아지왕자 태가 공주에서 멀리 떨어진 광주의 태봉산에 묻히게 된 데는 전설이 전해지고 있다. 인조대왕과 인열왕후는 피난길에 얻은 왕자(용성대군이라 하는 이도 있음)가 태어나면서부터 잔병이 끊이지 않아 근심이 이만저만 아니었다. 온 궁중이 수심에 잠기고 인열왕후는 근심 끝에 왕자를 안고 백일기도에 나섰다. 몇날 며칠을 절에서 불공을 드리는데 하루는 백발도승이 나타나 이르기를 음악한 지기가 충동해서 계룡산에 묻힌 왕자의 태를 괴롭히니 이대로 두면 수는 돌을 넘기지 못할 것이며 왕후 불심이 갸륵하여 이르노니 왕자 태를 이장하되 광주고을 북쪽에 여의주 모양으로 둥글고 작은 산이 있을 것이니 손바닥만한 금조각을 태와 함께 넣어 그곳에 안장하라고 말하고는 사라졌다. 인열왕후는 필시 왕자를 위해 하늘이 보낸 도승이라 여기고 즉시 도승 분부대로 거행할 것을 하명했고 왕자 태는 아기가 태어난 이듬해 봄 1625년 3월 25일 옮겨졌다. 태봉산에 얽힌 전설은 1928년 7월의 발굴로 사실로 확인된 것이다. 태봉산은 광주역 옆에 위치하였던 해발 52.5m, 넓이 약 1정보 쯤 되는 무덤같이 둥글고 납작한 산이었다. 그러나 1967년 광주시 시가지 정리 계획에 의하여 태봉산을 헐어 경양방죽을 메우면서 사라져 버렸다.

방죽 건너편 지평선을 이루는 들 한가운데에 태봉산이 젖무덤처럼 봉긋하게 솟아있는 것이 보였으며 느티나무와 미루나무, 팽나무들로 에둘러 있는 경양방죽 주변에는 게딱지같은 움막집들이 다닥다닥 붙어 있었다.(8부)

**태질**    **명사** 세게 메어치거나 내던지는 짓.

응신청에서 나올 때까지만 해도 대불이는 하야시를 만나는 대로 태질을 칠 것처럼 마음을

단단히 벼렸었는데, 막상 하야시를 대하게 되자 뜻밖에 차분해졌다.⁽⁴부⁾

**택도 없는 소리** 〔형용사〕 턱없다. 근거가 없거나 이치에 맞지 않다. 수준이나 분수에 맞지 않다.

칠복이 영감이 병자들을 한곳에 모으자는 말에도 택도 없는 소리요. 병자들을 한곳에 모을 집도 없거니와 당장 가족들이 마다헐 거요.⁽¹부⁾

**탱글탱글** 〔부사〕 탱탱하고 둥글둥글한 모양을 나타내는 말.

알토란처럼 토실하고 탱글탱글 탄력이 넘쳐 보이는 봉선의 알몸이 불빛에 타오르는 듯 출렁거렸다.⁽⁵부⁾

**터럭** 〔명사〕 사람이나 길짐승 따위 몸에 난 길고 굵은 털.

부자가 될 생각은 터럭만큼도 없네. 우리 식구 묵고살 땅만 있으면 …….⁽¹부⁾

**터울터울** 〔부사〕 어떤 일을 이루려고 억척스럽게 몹시 애를 쓰는 모양을 나타내는 말.

그들은 해가 떨어진 뒤, 대지와 산과 나무들이 가래침 토해내듯 한 짙은 어둠이 백암산 골짜기를 빈틈없이 덮어버린 뒤에야 산등성이를 타고 터울터울 서둘러 올라갔다.⁽²부⁾

**털 뽑아 제자리에 꽂을** 털 뽑아 제 구멍 메우기. 하는 짓이 융통성이 없고 옹졸한 경우에 이르는 말.

삼 년 전에 해남 땅에서 흘러들어온 홍바우는 평소에도 말주변머리가 없어 마을 사람들하고 잘 어울리기를 싫어하고, 남의 일에 참견을 한다거나 훼방 치는 일도 없이 살아온, 변통성이라고는 털 뽑아 제자리에 꽂을 옹춘마니였다.⁽⁷부⁾

**털 뽑아놓은 망아지** 외모가 보잘 것 없는 것을 비유적으로 이르는 말.

생긴 것은 털 뽑아놓은 망아지 같은데도 꼭 할 말만을 골라서 하고, 말을 할 때마다 눈에서 개똥불이 번쩍이는 것 같았다.⁽³부⁾

**털레털레** 〔부사〕 몹시 지친 모습으로 힘없이 건들거리며 걷거나 행동하는 모양을 나타내는 말.

백년은 주위가 깜깜해서야 털레털레 금성관으로 돌아왔다.⁽⁸부⁾

**털메기** 〔명사〕 굵고 거칠게 삼은 짚신.

약재봉지를 들고 나와 털메기를 꿰는 사이 토마루에 서 있던 손팔만이가 다가와서 손을 잡았

다.(1부)

**털부덕** 〔부사〕 털버덕. 바닥에 아무렇게나 거칠게 주저앉는 소리를 나타내는 말. 손이나 크고 납작한 물건으로 물을 거칠게 치는 소리를 나타내는 말.

쌀분이는 담 밑에 털부덕 주저앉아서 두 손바닥으로 얼굴을 감싸 안은 채 소리 안 나게 창자를 쥐어짜며 울었다.(1부)

**텀턱스럽게** 〔형용사〕 '덤턱스럽다' 방언. 매우 투박스럽게 크고 푸진 데가 있다.

엎친 데 덮친 격으루 조세꺼정 텀턱스럽게 나왔답니다요.(3부)

**텁석부리** 〔명사〕 수염이 짧고 더부룩하게 많이 난 사람을 놀림조로 이르는 말.

텁석부리 장꾼이 발로 땅을 텅텅 구르며 소리를 내지르자, 쌀분이는 두 손바닥으로 얼굴을 쥐어 싸고는 방으로 뛰어 들어가 버렸다.(1부)

**텁텁한** 〔형용사〕 매끄럽지 않거나 개운치 않은 느낌이 있다. 말라 마치 걸쭉한 액체를 마신 것처럼 개운치 않다.

저녁을 물리자 주모는 텁텁한 밑술(母酒)을 두 사발이나 떠 들여 넣어주었다.(1부)

**토끼날** 〔민속〕 음력 정월 첫 묘일(卯日). 이날 여자는 남의 집에 출입하는 것을 꺼렸다.

묘일에는 토끼날이라고 하여, 여자가 일어나 문을 열면 가운이 불길하므로 남자가 먼저 일어났다.(2부)

**토로했던** 〔명사〕 토로하다. 마음속에 품고 있다가 다 드러내어 말하다. 마음속에 품고 있는 생각이나 감정 따위를 다 드러내어 말함.

그러면서 막음례는 간밤에 웅보한테 토로했던 한스러운 눈물은 다 어디에 감춰버렸는지 부끄러움과 슬픔을 잊은 채 자꾸만 웅보의 가슴속으로 빗물 괸 땅에 호미질 하듯 깊숙이 파고들었다.(1부)

**토마루** 〔명사〕 흙으로 쌓아 만든 마루.

방에서 쫓겨나온 식구들은 방문 밖 토마루에 앉아 있었다.(1부)

**토방** 〔명사〕 '뜰' 방언. 방에 들어가는 문 앞에다 약간 높고 편평하게 다져 놓은 흙바닥.

그때 막음례의 방 토방에는 쌀분이가 웅크리고 앉아 있다가 웅보가 뛰어나오는 것을 보자

도둑고양이처럼 눈을 치뜨고 질겁을 하며 달아났다.⒧부)

**토실토실** 【부사】 몸이 살이 올라 꽤 귀엽게 통통한 모양을 나타내는 말.

소금 장사와 젓 장사 덕택에 굶주리지 않았기 때문에 아이들도 토실토실해진 듯싶었다.⑵부)

**토역증** 【명사】 속이 메스껍고 역겨워 토할 듯한 느낌.

어찌됐거나 웅보의 씨를 빌려 자식을 낳았으면서도 안정 없이 웅보의 죽음을 전해 듣고도 눈썹 한 가닥 까딱하지 않는 유씨 부인의 태도에 토역증을 느끼지 않을 수가 없었다.⑺부)

**토호** 【명사】 지방에서 재력과 세력을 바탕으로 양반 행세를 할 정도로 힘을 과시하는 사람. 지방에 자리를 잡고 버텨 세력을 떨치던 호족(豪族).

토호들이 농민들을 업신여겨 함부로 하는 것은 말도 못하고 구경만 할 따름이었다.⒧부)

**톡 쏘다** 맛이나 냄새가 코나 입안을 강하게 자극하는 것을 이르는 말.

홍어는 흑산 것이 최고여라우. 비릿허면서도 들큼허고, 알싸하면서 톡 쏘고, 부드러우면서도 쫄깃쫄깃한 맛, 좋은 홍어는 칼로 저밀 때부텀 다르당께요.⑻부)

**통기** 【명사】 누구를 통하여 어떤 일을 알림. 어떤 일을 누구를 통하여 알리다.

안방 토마루에 이르러 끝례가 통기를 하자 방문이 열리면서 유씨 부인이 방안에 앉은 채 얼굴만 밖으로 내밀었다.⑹부)

**통분** 【명사】 원통하고 분함. 원통하고 분하다.

이 통분을 어찌 풀어야 헐지 사지가 떨릴 따름입니다.⑹부)

**통사정** 【명사】 딱하고 안타까운 형편을 털어놓으면서 애써 사정함, 남의 사정을 잘 알아주다.

웅보는 노루목에 가서 마님한테 통사정을 하여 도움을 청해볼 생각이었다.⒧부)

**통잠** 【명사】 한 번도 깨지 않고 푹 자는 잠.

김치근의 아내는 해가 지붕 위에 덩실하게 걸릴 무렵, 통잠에서 깨어난 시어머니한테 추적추적 울면서 물었다.⑵부)

**통호** 【명사】 지방에서 재력과 세력을 바탕으로 양반 행세를 할 정도로 힘을 과시하는 사람. 토끼 잔털.

양반들이 권세를 믿고 가난하고 약한 농민들의 재물을 약탈해가는 것이나, 토호들이 농민들을 업신여겨 함부로 하는 것은 말도 못하고 구경만 할 따름이었다.⒧부)

**통회**  명사  매우 많이 뉘우치다. 잘못을 매우 많이 뉘우침.

> 양만석은 아직도 통회의 깊은 수렁에서 헤어나지 못한 듯 두 손으로 머리칼을 쥐어뜯으면서 괴로운 표정을 지어보였다.(8부)

**퇴박심**  마음에 들지 않아 물리치거나 거절하는 마음.

> 대불이는 울컥 퇴박심이 일어 자기도 모르게 큰 소리로 내질러버리고 말았다.(6부)

**투덕투덕**  부사  단단한 물체를 잇따라 둔하게 두드리는 소리를 나타내는 말. 얼굴 따위가 두툼하게 살이 찐 모양을 나타내는 말.

> 투덕투덕 마지막 어둠을 털고 광나루에 이르자 희번하게 강둑이 밝아왔다.(1부)

**투실하고**  형용사  투실하다. 살이 보기 좋을 정도로 쪄서 퉁퉁하다.

> 투실하고 물크러지게 흠실흠실한 여자들만 상대하다가 허리가 낭창낭창한 보름달과 잠자리를 같이해본 뒤부터는 그녀를 놓아주려고 하지 않았다.(2부)

**투전**  노름 도구 하나. 또는 그것으로 하는 노름. 두꺼운 종이로 손가락 너비만큼 되게 만들고, 그 위에 문자나 그림 따위를 그려 넣어 끗수를 나타낸다. 60장 또는 80장을 한 벌로 하는데, 실제 쓸 때는 25장 또는 40장을 쓰기도 한다.

> 강원도 홍천(洪川)이 고향이라는 오태수(吳太洙)는 이름난 투전꾼으로 부모한테 물려받은 전답을 옴씰하게 팔아 한몫 단단히 잡겠다고 개항지 인천에 들어온 지가 3년이 넘는다고 하였다.(4부)

**툭박지게**  형용사  툭박지다. 툭툭하고 꾸밈이 없이 수수하다.

> 유복이는 우암이한테 툭박지게 내지르고 나서 돈단을 내려가 진포리 쪽으로 반달음을 쳤다.(6부)

**툽상스러운**  형용사  툽상스럽다. 투박하고 상스럽다.

> 판쇠와 한집에서 종살이를 하다가 함께 풀려나왔다는 키가 작달막하고 턱 끝이 몽글몽글하게 생긴 마흔 안팎의 애꾸눈 남자는 몸피가 크고 툽상스러운 주막 여주인이(……)(1부)

**툽툽한**  형용사  툽툽하다. 국물이 매우 적고 묽지 않다.

> 한 바가지 떠다 준 툽툽한 밀술을 숨도 안 쉬고 쿨럭쿨럭 들이마시고 나서, 손으로 입 가장자리를 쓱 훔치며 웅보를 올려다보았다.(1부)

**퉁겨내는** 자동사 퉁겨지다. 갑자기 겉으로 나오다. 뜻하지 않게 불쑥 나타나다.

아침상을 물리고 숭늉으로 입안을 쿨럭쿨럭 헹구고 있는데, 순영이 어머니가 퉁겨내는 목소리로 손님이 찾아왔다기에 나가보았더니, (……)(5부)

**퉁명스러운** 형용사 퉁명스럽다. 공손하지 않고 무뚝뚝한 데가 있다.

처음에 웅보는 그 아이가 밥을 얻어먹으러 온 것으로 알고, 토마루에 퍽신하게 앉아서 하늘을 쳐다본 채 퉁명스레 반문을 했다.(3부)

**퉁바리맞을** 자동사 퉁바리맞다. 무엇을 말하다가 매몰스럽게 핀잔을 당하다.

그녀는 남편에게 또 퉁바리맞을 것을 각오하고 바득바득 기차 타고 서울 구경을 가자고 졸라대는 것이었다.(5부)

**트적지근** 형용사 트적지근하다. 속이 조금 거북하여 불쾌하다.

일 년여 만에 순영이를 다시 만나고 난 대불이의 기분은 밥 먹고 숭늉을 마시지 않은 것처럼 어딘가 마음 한구석이 트적지근했다.(4부)

**틀스럽게** 형용사 틀스럽다. 보기에 듬직하고 위엄이 있다.

그러자 말뚝벙거지를 깊숙이 눌러쓴, 틀스럽게 생긴 사공은 힐끗 호방등 불빛으로 대불이를 쳐다보더니(……)(2부)

**틉틉한** 형용사 틉틉하다. 액체가 맑지 아니하고 농도가 진하다. 전남 지방 방언이다.

그까짓 훌렁한 죽 한 그릇으로는 시장기도 못 면했겠네요. 틉틉한 모주라도 한 사발씩 드시어요.(1부)

**티격태격** 부사 서로 뜻이 맞지 않아 이러니저러니 시비를 벌이는 모양을 나타내는 말.

그들은 같이 가자거니 가지 않겠다거니 하면서 한참 티격태격 실링이질을 했다.(9부)

**팅팅** 부사 살이 몹시 많이 찌거나 붓거나 하여 아주 팽팽한 모양을 나타내는 말.

웅보는 며칠간 눈이 팅팅 붓게 울었다.(1부)

# ㅍ

**파나마모자**　파나마풀 잎을 잘게 찢어서 만든 여름 모자.

파나마모자에 모시한복을 시원스레 입은 조선애의 아버지가 연못 모퉁이를 돌아오며 큰 소리로 말했다.(8부)

**파슬파슬**　[부사] 덩이진 가루 따위가 물기가 말라 부스러지거나 흩어지기 매우 쉬운 모양을 나타내는 말.

대강 설거지를 끝낸 쌀분이가 참빗으로 머리를 빗고, 궁상맞은 장롱 속에서 파슬파슬 풀을 먹인 치마저고리를 꺼내며 서운해 하는 얼굴로 웅보를 돌아다보았다.(3부)

**팍**　[부사] 힘 있게 치거나 내지르거나 쑤시는 소리를 나타내는 말.

[타동사] 삭힌, –삭히다. 발효시켜서 맛이 들게 하다.

팍 삭은 홍어냄새가 바로 전라도 냄새여. 홍어 냄새 싫어하면 전라도 사람이 아니재.(8부)

**판막이**　[명사] 마지막 승부에서 승리하여 그 판을 마치게 함.

판막이(都結局)를 해서 우승한 사람이 장군이 되어 마을을 돌며 온통 북새판을 이루었을 터인데, 올해 단옷날은 어린아이들이나 어른이나 할 것 없이 해가 이글거리는 하늘만 쳐다보며 데쳐놓은 산나물처럼 힘이 없었다.(3부)

**팔백 냥으로 집을 사고, 천금으로 이웃을 사랬다**　팔백 금으로 집을 사고 천금으로 이웃을 산다. 집을 정할 때에는 집 자체보다도 이웃 인심과 환경을 더 신중히 가려서 정해야 함을 이르는 말.

팔백 냥으로 집을 사고, 천금으로 이웃을 사랬다고 우리 언제꺼정이라도 이렇게 같이 삽시다.(1부)

**팔이 안으로 굽는다**　팔이 안으로 굽다. 혈연관계에 있거나 친분이 두터운 쪽으로 마음이 기울다.

내깐에는 그래도 잔 잡은 팔이 안으로 굽는다는 이치로, 슬세며 송치료 앵겨주면서 서로 매달리는 것도 뿌리치고 네 형한테 소작을 주려고 했등만, 그 바보 멍충이 같은 것이 …….(6부)

**팔자 도망은 독 안에 들어도 못하고**    팔자 도망은 못 한다. 운명은 피하려
야 피할 수 없다는 말.

> 팔자 도망은 독 안에 들어도 못하고, 뒤로 오는 호랑이는 속여도 앞으로 오는 팔자는 못 속인
> 다는 말처럼, 그녀의 운명도 팔자대로 정해져 있을지 모른다는 생각을 해보는 것이었다. (4부)

**패랭이**   **명사**   예전에 대오리로 얽어 만든 갓 하나를 이르던 말.

> 조금 전까지만 해도 솜뭉치를 단 패랭이를 쓴 보부상 대여섯이 평상에 둘러앉아 주거니 받거
> 니 행주(行酒)를 하더니 해가 상투머리에 불을 질러대서야 서둘러 선창으로 뛰어가 버렸다. (1부)

**팩팩거리며**   **자동사**   팩팩거리다. 지지 않으려고 거칠고 고집이 세게 자꾸 대들다.

> 사람들은 팩팩거리며 등짐꾼들이 잠시도 허리를 펼 짬도 주지 않고 몰아세웠다. (2부)

**팩하게**   **자동사**   팩하다. 마음이 너그럽지 못하여 작은 일에도 성을 잘 내다.

> 한참 뒤에 웅보가 입을 열자 막음례 배꼽은 툭 불거졌든감! 하고 팩하게 성깔을 세우며 찍는
> 소리를 하였다. (1부)

**팽개치고**   **타동사**   팽개치다. 마음에 못마땅하여 세차게 집어 내던지다. 마음에
못마땅하여 갑자기 중단하거나 멀리하다.

> 땅이고 하늘이고 다 팽개치고 새끼들 옆으로 달려가고 싶었다. (1부)

**팽돌아**   **자동사**   앵돌다. 홱 토라지다.

> 복 없는 놈은 넘어져도 쇠똥에 입을 맞춘다더니, 천하에 팔난봉한테는 금가락지 안 해준다
> 고 팽돌아져서 목포까지 가버린 월선이 같은 년이나 걸리구, 보잘것없는 귀돌이형한테는 그
> 런…… (5부)

**퍅성**   **명사**   까다롭고 너그럽지 못하여 성을 잘 내는 성질.

> 어머니는 늘 웅보 형이 정이 많고 자상한 것은 자기를 닮았다고 자랑을 하였고, 대불이의 정
> 나미 떨어지는 퍅성이며 매몰스러움은 아버지를 닮았다는 말을 했었다. (2부)

**퍼떡거리지**   **자동사**   퍼떡거리다. 날개를 잇따라 크고 아주 세차게 치다. 꼬리
를 잇따라 아주 세차게 치다.

> 그는 닭의 날갯죽지 밑에 손을 넣어 퍼떡거리지 못하게 한 다음, 모가지를 비틀어 대가리를
> 날갯죽지 잡은 손의 엄지손가락으로 꽉 누르듯 오른팔로 쌀분이의 허리춤을 휘어감은 채 왼
> 손으로 그녀의 팔을 잡았다. (1부)

**퍼뜩** **부사** 어떤 생각이 아주 갑자기 순간적으로 떠오르는 모양을 나타내는 말. '얼른' 방언.

웅보는 송곳 하나 박을 틈도 없이 빽빽하게 괸 어둠의 여기저기를 쿡쿡 쑤셔보다 말고, 퍼뜩 대장간 생각이 머리에 스쳤다.(1부)

**퍼마시고** **타동사** 퍼마시다. 욕심 사납게 마구 마시다.

그들은 곤드레가 되도록 술을 퍼마시고 술값도 치르지 않은 채 바락바락 고함을 지르며 가버렸다.(1부)

**퍼자도** 퍼(퍼지르다) + 자다. 아무렇게나 앉아 팔다리를 편안하게 뻗어 버리다. 함부로 하다.

해가 중천에 떠오를 때까지 드르렁드르렁 낮잠을 퍼자도 괜찮겄재?(1부)

**퍼지르고 앉아** 주로 '퍼질러', '퍼지르고' 꼴로 '앉다'와 함께 쓰여, 사람이 아무렇게나 앉아 팔다리를 편안하게 뻗어버리다.

이날만은 해님이 무렵이 다 되도록 주막의 오동나무 그늘 밑 평상 위에 퍼지르고 앉아 있기만 하였다.(5부)

**퍽신하게** **형용사** 퍽신하다. 부드럽고 탄력이 있으며 푸근하다.

찬물 한 바가지로 공복과 갈증을 한꺼번에 메운 웅보는 토마루 앞에 퍽신하게 앉아서 물달개비 꽃잎 같은 하늘을 쳐다보았다.(1부)

**펑 젖다** 아주 심하게 젖은 모양을 나타내는 말.

쌀분이는 백년의 손을 놓으며 펑 젖은 눈으로 바라보았다.(8부)

**펑퍼짐한** **형용사** 펑퍼짐하다. 둥그스름하면서 편편하게 옆으로 퍼져 있다.

다시 세 갈래의 삼지천(三支川), 펑퍼짐한 건천(巾川)과 합류하여 벽진(碧津)을 이루고, 장성 삼성포(三聖浦)로부터 흐르는 구등천(九登川)과 합세, (……)(1부)

**폐농** **명사** 농사를 그만둠. 농사를 망치다.

녜, 녜, 나리께서 아시다시피 지지난해에는 큰 홍수로 폐농을 했사옵고, 거년에는 또 가뭄 때문에…….(1부)

**포도시** **부사** '겨우' 방언. 힘에 겹게 간신히.

충식이가 나무를 팔아서 포도시 연명하고 있답니다요.(8부)

**포실포실** '토실토실' 방언. 몸이 살이 올라 꽤 귀엽게 통통한 모양을 나타내는 말.

> 포실포실 커가는 나락을 두고 워치기 떠난다냐?(3부)

**포실한** 〔형용사〕 포실하다. 실속이 있고 넉넉하다.

> 속치마바람으로 포실한 아랫도리를 드러내놓은 채 팥가루를 뿌려가며 찰브락찰브락 발을 씻고 있는 게 아닌가.(1부)

**포츠머드 조약** 러일전쟁은 1904년 2월 만주와 한국에 대한 배타적 지배권을 둘러싸고 러시아와 일본 사이에 일어난 제국주의 전쟁이었는데, 1905년 1월 뤼순항[旅順港]이 일본군에 의해 함락되었다. 그러자 열강들의 조정 · 강화 문제가 제기됨에 따라, 결국 미국의 대통령 루스벨트의 중재로 미국 뉴햄프셔 주의 군항도시 포츠머스에서 러시아와 일본 사이에 강화회의가 열렸다. 강화회담은 일본측이 제시한 12개 조항을 토대로 진행되어, 9월 5일 전권외상 고무라 주타로[小村壽太郎]와 러시아의 재무장관 비테와의 사이에 전문 15조, 추가조약 2개조의 강화조약이 조인되었다. 주요내용을 보면 ① 한국에 대한 일본의 지도 · 보호 · 감리권의 승인 ② 뤼순 · 다롄[大連]의 조차권 승인, 창춘[長春] 이남의 철도부설권 할양 ③ 배상금을 청구하지 않는 조건으로 북위 50° 이남의 남사할린 섬 할양 ④ 동해, 오호츠크 해, 베링 해의 러시아령 연안의 어업권을 일본에 양도한다는 것 등이다. 이 조약으로 미국 · 영국뿐만 아니라 패전국 러시아도 일본의 한국 지배를 승인함으로써 일제의 한국 지배가 국제적으로 확인되었으며, 이후 한국은 일제 식민지의 길로 들어섰다.

> 이 포츠머드 조약이란 미국이 일본으로 하여금 조선을 침략해도 좋다는 묵인을 해주는 것이 되고 말았다.(5부)

**폴세** '이미' 방언. 일정한 시간보다 앞서.

> 아무도 저 아낙을 말리지 못 헐 것일세. 폴세, 저 아낙의 골수에 신이 내려와 있어.(2부)

**표출** 〔명사〕 겉으로 드러나다. 속에 있던 것을 겉으로 드러냄.

> 학생들이 이번처럼 집단행동으로 학생들의 의사를 분명하게 표출해본 적이 한 번도 없었지

않으냐. (······)(9부)

**푸념** [민속] 마음에 품은 불평을 말함. 굿을 할 때 무당이 귀신의 뜻을 받아 정성 들이는 사람을 꾸짖음.

> 여자 혼자 외딴 주막에서 살자니 건달패들이 집적거려 술장사도 못해먹겠다며 푸념을 늘어놓다가, 큰방에서 그녀의 아들이 불러대는 소리에 부리나케 방에서 나갔다.(1부)

**푸닥지게** [형용사] 푸닥지다. 많지 않은 것에 대하여 많다고 비꼬아 말할 때에 '푸지다' 뜻으로 쓰는 말.

> 그때마다 팔팔하게 생기가 돌아 푸닥지게 술도 사곤 하였다.(4부)

**푸르죽죽한** [형용사] 고르지 않고 칙칙하게 푸르스름하다.

> 물방개 등처럼 푸르죽죽한 병자의 얼굴에 여름의 아침햇살이 눈부시게 어른거렸다.(1부)

**푸서리** [명사] 잡초나 나무 따위가 무성하고 거친 땅.

> 피막이풀, 자귀풀, 물억새, 명아주, 여뀌, 물달개비, 며느리밑씻개 등 먹을 수도 없는 잡초만이 무성하게 자란 척박한 강변 푸서리 같은 종들의 주름진 얼굴로 느껴졌다.(7부)

**푸성귀** 사람이 직접 심어 가꾼 채소나 저절로 난 온갖 나물을 통틀어 이르는 말.

> 제물포로 가는 화륜선 위에 데쳐놓은 푸성귀처럼 사지를 늘어뜨리고 잠들어 있는 대불이는 꿈속에서 말바우 어미를 만났다.(4부)

**푸수수** [부사] 머리털 따위가 정돈되지 않고 매우 어수선하게 흐트러진 모양을 나타내는 말.

> 순영은 시공서장이 사무실에 있을 때는 되도록이면 키가 커 보이게 하려고 머리털을 푸수수하게 위로 부풀어 보이게 하였다가도 로드 서장이 없으면 다시 얌전하게 다독거리곤 하였다.(4부)

**푸스스** [형용사] 부스스하다. 몹시 어지럽게 일어나거나 흐트러져 있다.

> 기척을 하자 찌그러진 방문이 삐그덕 열리면서 주모인 듯한 젊은 여자가 손으로 푸스스한 머리를 쓰다듬으며 나왔다.(1부)

**푸접** [명사] 남에게 너그럽고 따뜻이 대하는 성질.

> 장차는 어찌될지 몰라도 시방은 개똥이 없이는 못살아요. 고것이 을매나 푸접이 된다고요.(3부)

**푸지드라** [형용사] 푸지다. 매우 많아서 넉넉하다. 매우 많아서 넉넉한 상태에 있다.

흉년이라고 해싸도 선창거리만 오면 푸지드라.⁽²부⁾

**푹신하고** [형용사] 푹신하다. 몸에 닿는 느낌이 부드럽고 탄력이 강하다.

울고 있는 어머니의 품속은 모닥불처럼 뜨거웠고, 솜이불처럼 푹신하게 느껴졌다.⁽²부⁾

**풀상투** [명사] 풀처럼 아무렇게나 틀어 올린 상투.

한동안 멈칫거리다가, 들에서 돌아오는 일꾼들을 따라 큰 기와집 안으로 들어선 모녀는 풀상투를 한 늙은 청지기의 안내로 안방마님의 방에 발을 들여놓았다.⁽²부⁾

**품바** [명사] 장터나 길거리를 돌아다니면서 동냥하는 사람.

품바하고 잘한다.⁽³부⁾

**품자리** 잠자리. 누워서 잠을 자는 곳.

그녀가 십이 년 만이라고 한 것은 두 사람이 품자리를 같이한 지가 그렇게 되었다는 것을 말하고 있음이었다.⁽⁴부⁾

**풋각시** 나이어려 갓 결혼한 여자.

열두서너 살밖에 안된 나이에 머리를 올린 풋각시는 차마 부모 곁을 떠나기가 싫은지 엉엉 소리 내어 울었다.⁽³부⁾

**풋내기** [명사] 경험이 없거나 나이가 어려서 일에 서투르거나 물정을 모르는 사람을 얕잡아 이르는 말. 차분하지 못하여 객기를 잘 부리는 사람을 얕잡아 이르는 말.

이제 갓 들어온 풋내기들을 모아서 뭘 하겠어. 말도 통하지 않을 텐데.⁽⁹부⁾

**풋바심** [명사] 곡식이 완전히 여물기 전에 베어서 떨거나 훑음.

풋바심할 때나 되었으면 걱정이나 덜 할 것인디, 이것들이 어뜨케 사는지 원.⁽¹부⁾

**풋술** [명사] 맛도 모르고 마시는 술.

아닙니다요. 쇤네는 아직 풋술이라서요.⁽¹부⁾

**풍년거지** [명사] 모든 사람이 다 이익을 보는데 자기 혼자만 빠져 이익을 보지 못하는 사람을 비유적으로 이르는 말.

풍년거지가 더 서럽다는데, 집을 떠난 자식들이 빈손으로 떠돌음하며 고생하리라는 걸 생각

하면, 아침저녁 짹짹거리며 두엄발치를 헤적이는 참새들만 봐도, (······)(1부)

**풍년거지가 더 서럽다**  풍년거지 더 섧다. 남들은 다 풍족하게 지내는데 혼자만 가난하면 더욱 서럽다는 뜻으로 남들은 흔히 다 하는 일에 자기만 빠지게 되어 속상한 경우를 한탄하여 이르는 말.

풍년거지가 더 서럽다는데, 집을 떠난 자식들이 빈손으로 떠돌음하며 고생하리라는 걸 생각하면, 아침저녁 짹짹거리며 두엄발치를 헤적이는 참새들만 봐도, 내 새끼들도 배가 고파서 저 참새들 모양 허우적거리고 있겠구나 싶어 목울대가 꽉 막히곤 하였다.(1부)

**풍장**  [민속] 시체를 태워서 뼈를 추린 후 가루로 만들어 바람에 날리는 장사법.
시체를 태워서 뼈를 추린 후 가루로 만들어 바람에 날리는 장사법.

유동 숲 속 나뭇가지에는 어린애의 시체를 용마름에 싸서 걸어놓은 풍장이 자주 있어 밤에 지나기가 으스스했다.(8부)

**풍헌**  [명사] ① 풍교(風敎)와 헌장(憲章). 곧 교육이나 정치로써 세상의 풍습을 교화하는 일과 그 규범을 이른다. ② 조선시대, 면(面)이나 이(里)의 일을 맡아보던 향소직(鄕所職).

원래 풍헌이란, 관속들이 점고(點考)를 핑계 삼아 불시에 마을을 덮쳐 농민들의 재산이나 물건을 약탈해가는 일이 잦아, 이 폐단을 없애기 위해 만든 향소직(鄕所職)인데, (······)(1부)

**프락치**  특수한 임무를 띠고 다른 조직체나 분야에 파견되어 비밀리에 활동하는 사람.

프락치? 정도환이 프락치란 말인가? 확증이 있어?(8부)

**프롤레타리아**  자본주의 사회에서 생산 수단을 가지지 못하고 자기 노동력을 팔아 생활하는 임금 노동자.

부르주아와 프롤레타리아 간의 대립과 갈등은 계급투쟁을 통해서만 해결이 가능하다고 했습니다.

**피붙이**  [명사] 부모, 자식, 형제 등과 같이 혈연관계로 맺어진 육친에 속하는 사람.

바우 역시 어렸을 때 영산강 큰물에 부모를 잃고 꼴머슴으로 그 집에 빌붙어 살아온 터라 피붙이가 없는 외로운 사람이었다.(2부)

**피사리**  [명사] 농작물에 섞여서 자란 피를 뽑아내는 일.

자기 떠나버리면 초벌 만벌 호미질은 누가 할 것이며, 피사리는 누가 한단 말인가.⑶부

**피쟁이** '백정' 방언. 소나 돼지 등을 잡는 일을 업으로 삼는 사람.

소나 돼지를 잡는 피쟁이(백정)들이 집단을 이루고 있다는 사실을 알았다.⑴부

**필시** **부사** 어긋남이 없이 확실히.

필시 주모가 보냈을 것이라고 짐작하면서도 나 줄라고 몰래 슬쩍 떠왔구만 하고 능청을 떨었
다.⑴부

**핑계가 좋아서 사돈네 집에 가겠소** 핑계가 좋아서 사돈네 집에 간다. 제 속
으로는 어떤 일을 좋아하면서 겉으로는 다른 것이 좋은 듯이 핑계를 댄다
는 말.

핑계가 좋아서 사돈네 집에 가겠소 그려. 내는 조랑말을 지켜야 하니께 설사 핑계 대지 말고
냉큼 도령님을 인도하씨오.⑹부

# ㅎ

**하나만 알고 둘은 모르는**  하나만 알고 둘은 모른다. 사물을 한 측면만 보고 두루 보지 못하는 어리석음을 이르는 말.

> 일본을 의심하여 맞싸운다는 것은 하나만 알고 둘은 모르는 경거망동이라, 일본과 맞싸우면 종당에 가서는 망국을 자초하게 될 것이 분명하오.(6부)

**하눌님**  하울님. 믿음의 대상으로 삼는 하느님. 인격적이고 초월적인 존재임을 부정하지는 않지만, 그보다 모든 사람들 속에 내재하고 있는 존재라는 측면이 더 강조된다.

> 하늘뿐만이 아니재. 이 못난 얼금뱅이 서방이 하눌님만큼이나 잘나고 귀하게 보일 거란 말여.(1부)

**하늘과 땅 차이**  두 사물 사이에 큰 차이나 거리가 있음을 비유적으로 이르는 말.

> 네가 아낙들 뒷물 치는 것을 보고 웃는 것허고, 왜놈들이 그것을 보고 웃는 것은 하늘과 땅의 차이가 있다는 것을 알아야 허는겨.(5부)

**하늘이 두 쪽 나는 한이 있더라도**  하늘이 두 쪽 나도. 큰 어려움이나 난관이 있더라도.

> 우리 개동이 아부지가 하늘이 두 쪽 나는 한이 있더라도 입 밖에 내서는 안 된다고 당부허고 또 당부헌 그 이야기를 여그서 해사 쓰끄라우?(7부)

**하늘허고 땅허고 맷돌질허기**  절대로 일어날 수 없는 일이라는 의미.

> 첫, 이 땅덩어리가 으디 나라님 것인가? 나라님은 한번 없어지면 그만이지만, 이 땅덩어리는 하늘허고 땅허고 맷돌질허기 전에는 언제까지나 백성들 것인 게여!(1부)

**하님**  **명사** 예전에 여자 종을 대접하여 부르거나 여자 종들이 서로를 높여 부르던 말.

> 양 진사댁 안방마님이 시집올 때 족두리하님으로 따라온 쌀분이의 나이도 지금의 난초와 같

은 열네 살이었다.⑶부

**하루거리**  하루가 걸리는 거리.

그곳에서 월출산(月出山)을 마주보고 산을 넘어 반나절쯤 가면 영암에 이르게 되고 하루거리
에 강진(康津)이 있었다.⑴부

**하룻강아지 범 무서운 줄 모르고**  하룻강아지 범 무서운 줄 모른다. 경험이
적고 세상 물정 모르는 어린 사람이 철없이 함부로 덤비는 것을 비유적으
로 이르는 말.

하룻강아지 범 무서운 줄 모르고 날뛰지 말고, 당장 무릎을 꿇고 엎드려 빌지 못할까 이노
옴.⑵부

**하룻길**  **명사**  하루 정도 걸어서 도달할 수 있는 거리.

걸어서 하룻길이 되는 서울까지 쇠토막길 위로 설마(雪馬)처럼 미끄러지는 화통을 타고 달리
면 한 시간 반 남짓밖에 걸리지 않는다고 하였다.⑸부

**하먼**  '그렇지' 방언. 형용사 어간 '그러하-'에 어미 '-지'가 붙어서 준 말. 틀림
없이 그렇다는 뜻으로 하는 말. 또는 '그러면' 방언. 앞 내용이 뒤 내용 조건
이 됨을 나타낼 때 쓰여 앞뒤 문장을 이어 주는 말. 주로 명령문이나 청유
문 뒤에 쓰인다.

하먼이라우. 영산포 소학교에서 나주 보통학교로 옮겨서 훈도질 잘 허고 있지라우.⑻부

**하문**  여자 외성기.

만삭이 된 여자가 죽으면 하문으로 아기를 꺼낸 다음 염습을 해야 한다는 것을 대불이는 잘
알고 있었다.⑷부

**하시하는**  **타동사**  하시하다. 얕잡아 낮추어 보다.

이것은 근본적으로 일본인들이 우리 조선 사람들을 하시하는 데서 비롯된 것입니다.⑼부

**하악골**  **명사**  아래턱을 이루는 아치형 뼈. 앞면을 하악체라 하고, 그 양쪽 뒷부
분을 하악지라고 한다.

대불이를 배에 실은 웅보가 큰 소리로 무엇인가 자꾸 물었지만 대불이는 하악골이 굳어버려
아무 말도 할 수가 없었다.⑴부

**하이칼라**  양복에 입는 와이셔츠 운두가 높은 깃. 머리털을 아랫부분만 깎고

윗부분은 남겨서 가르는 서양식 남자 머리 모양.

권대길의 말마따나, 개명바람이 불어 거리마다 하이칼라 양복쟁이들이 활개를 치고, 얼굴이 반반한 은근짜며 논다니패들이 득실거리는 제물포 바닥에서, (……)(4부)

**하지** 〔민속〕 일 년 중 낮이 가장 길고 밤이 가장 짧다는 날. 이십사절기(二十四節氣)의 하나로 망종과 소서 사이에 있다. 춘분점을 기준으로 하여 태양이 황도(黃道)의 90도(度)에 이르는 때로 양력 6월 21일경이다.

그해 여름 하지가 지나서 모내기를 마친 하인들이 누렁이의 목에 홀랑이를 감아, 상여바위 옆 미루나무 가지에 매달고 장작개비로 퍽퍽 소리가 나게 골통을 깨서 죽인 다음 불에 끄슬리는 것을 보고 또 한 번 엉엉 소리 내어 울었다.(1부)

**학 타고 양주 목사 하기** 허리에 돈 차고 학 타고 양주에 올라갈까. 평생 소원하던 것이 한꺼번에 모두 이루어질 수는 없음을 비유적으로 이르는 말.

이까짓 건 할애비 이마빡에 불도장을 찍던 때와 비교하면 학 타고 양주 목사 하기다.(1부)

**학동** 〔명사〕 글방에서 글을 배우는 아이. 초등학교에 다니는 아동.

통학열차를 타기 위해 영산포역에 몰려드는 학동들을 볼 때 한숨 대신 오달진 웃음이 살아나곤 한다.(8부)

**한갓진** 〔형용사〕 한갓지다. 한가하고 조용하다.

그들은 숲속 한갓진 곳에 자리 잡은 오원기념관 앞에 당도했다.(8부)

**한 귀로 흘려버리곤 하였다** 한 귀로 듣고 한 귀로 흘린다. 남의 말을 주의 깊게 듣지 않고 곧 잊는다는 말.

장쇠는 그런 할멈의 말은 한 귀로 듣고 한 귀로 흘려버리곤 하였다. 대꾸조차 해주지 않았다.(1부)

**한 뙈기** 한 + 뙈기. 한은 단위를 나타내는 말 앞에 쓰여 그 수량이 하나임을 나타내는 말. 공간이나 시간, 수량, 정도의 끝. 뙈기는 일정한 경계를 지은 논밭의 면적의 단위를 나타내는 말.

땅 한 뙈기 없이 이 집에서 쫓겨난다면 네 식구 영락없이 입에 거미줄 치게 될 것으로 생각했다.(1부)

**한 시를 참으면 백날이 편하다** 마음이 흥분될 때 한번 꾹 참으면 뒷일이 좋고 그렇지 못하면 반드시 후회할 일이 생긴다는 말.

첩과 한창 배냇짓을 하고 있는 어린 자식의 생명이 위태로울 것 같아 한 시를 참으면 백날이 편하다는 생각으로 몸과 마음을 한꺼번에 대불이한테 붙잡힌 채 견뎌낼 수밖에 없었다.⁽⁶부⁾

**한가락** 명사 어떤 방면에서 나름대로 인정받는 재주나 솜씨.

이 다섯 사람은 아닌 밤중에 서울 남산 꼭대기에 올려놓아도 곰국을 먹을 수 있을 만큼 수완도 좋고 제 앞을 가릴 만큼 한가락씩 하는 사내들이다.⁽⁴부⁾

**한나절** 명사 하루 낮 반 동안.

한나절쯤에 만난 두 사람은 밤이 깊도록 마주앉아서 계속 술사발을 비웠다.⁽²부⁾

**한번 뱉어놓은 말을 주워 담기란** 한번 엎지른 물은 다시 주워 담지 못한다는 의미와 같음. 일단 저지른 잘못은 회복하기 어려우므로 조심을 해야 한다는 말.

그러나 한번 뱉어놓은 말을 주워 담기란, 날아가는 화살을 되돌리기만큼이나 불가능한 일이었다.⁽⁵부⁾

**한사코** 부사 상대방 의견 또는 의지에 반하여 몹시 자기 고집을 세워.

그때 웅보는 나긋나긋한 실버드나무 회초리로, 한사코 다른 길로 빠지려는 윤 초시네 수퇘지의 맷돌처럼 탄탄한 엉덩판을 딱딱 소리가 나게 후려치며 집에까지 몰고 왔었다.⁽¹부⁾

**한솥밥을 먹고 산다** 한솥밥 먹다. 함께 생활하며 집안 식구처럼 가깝게 지내다. 비슷하거나 동일한 일에 종사하다.

한 지붕 아래서 한솥밥을 먹고 산다고는 하지만, 열흘에 한 번씩도 남편 얼굴 보기가 어려웠다.⁽¹부⁾

**한솥붙이** 한솥밥 먹다. 함께 생활하며 집안 식구처럼 가깝게 지내다. 비슷하거나 동일한 일에 종사하다.

(……)죽식간에 같이 끓여먹고 살자고 하여 그냥 한솥붙이가 되어버린 거였다.⁽¹부⁾

**한시바삐** 부사 조금이라도 빨리.

그는, 이제 종이 아니라는 것을 실감하기 위해서라도 한시바삐 양 진사댁에서 떠나야겠다고 마음을 다졌다.⁽¹부⁾

**한양 가서 김서방 찾기** 서울 김서방 찾기. 넓은 서울에서 주소도 모르면서

ㅎ

사람을 찾는다는 뜻으로 잘 모르는 사람을 무턱대고 찾아다니거나 막연한 일을 잘 헤아려 보지도 않고 하려는 경우를 비유적으로 이르는 말.

한양 가서 김서방 찾기재. 어떻게 독촉관을 찾어?(3부)

**할랑할랑** 　부사　 낄 물건보다 낄 자리가 조금 커서 이리저리 자꾸 움직이는 모양을 나타내는 말. 말이나 행동이 조금 가볍고 실없는 모양을 나타내는 말.

이렇게 되어 이제는 아무리 작은 손가방 하나를 들어다 주고 빈손으로 할랑할랑 호텔까지 안내를 해주어도 으레 행하를 받을 것으로 알고 있는 터였다.(4부)

**할아부지** '할아버지' 방언. 아버지의 아버지.

할아버지는 세상을 떠날 때도 웅보의 손을 꼭 잡고는 아가, 할아부지 이마빡 불도장을 부끄럽게 생각지 말라고 말하였다.(1부)

**할퀴고** 　타동사　 할퀴다. 손톱이나 날카로운 도구 따위로 긁어서 상처를 내다. 휩쓸거나 스쳐 지나다.

큰물이 영산강 주변을 갈퀴질하듯 살살이 할퀴고, 가뭄으로 논바닥이 거북이 등처럼 쩍쩍 금이 가, 사네 죽네 하고들 야단들인 흉년에도, 영산포에만 가보면 곡식가마니들이 즐비하였다.(1부)

**핥아대도록** 　타동사　 혀끝이나 혓바닥으로 핥듯하다.

오랜만에 햇살이 처마를 핥아대도록 늦잠을 자고, 곰방대를 물고 느지막이 돈단으로 나온 칠복이 영감이 강바람에 흔들리는 주막 앞 오동나무를 보며 찜찜한 얼굴을 해 보였다.(1부)

**함꾸네** '함께' 방언.

엄니랑 함꾸네 살게 혀주라고……(2부)

**함지사지** 　명사　 목숨이 위태로운 처지에 빠짐.

앞으로의 세상은 세운이 크게 변천하여 천지도 개벽되고 나라도 또 비참한 지경에 이르게 되어 함지사지출생(陷地死地出生)이니라.(2부)

**함포고복** 　명사　 실컷 먹고 배를 두드린다는 뜻으로 먹을 것이 풍족하여 즐겁게 지냄을 이르는 말. 먹을 것이 풍족하여 즐겁게 지내다.

억조창생 백성들이 함포고복 좋을씨고.(3부)

**합수** '똥' 방언.

그나마도 합수(똥물)를 많이 마셨기 땜시 게우 운신을 허실 수 있었구만이라우.(7부)

**핫저고리** [명사] 솜을 넣어 만든 저고리.

할아버지는 춥고 음침한 곳간 속에서 핫저고리를 벗어 손에 감고 끙끙대며 밤을 까고 있었는데, 말린 쇠가죽보다(……)(1부)

**항우도 댕댕이덩굴에 엎으러지고** 항우도 댕댕이덩굴에 넘어진다. 작고 보잘것없다고 하여 얕보다가는 낭패를 보게 된다는 말.

항우도 댕댕이덩굴에 엎으러지고, 큰 방죽도 개미구멍으로 무너진단 말 못 들었어?(7부)

**항차** [부사] 앞 내용보다 뒤 내용에 대한 더 강한 긍정을 나타낼 때 쓰여 앞뒤 문장을 이어 주는 말.

남자와 여자란 것은 뒷간에서 얼핏 마주치기만 해도 정이 붙는다는디, 항차 병을 고쳐준담서 처자 응뎅이를 까고 찝게로 밑구멍에 맥힌 게껍질들을 다 뽑아줬응께 오직허겄소.(2부)

**해구값** 해웃값. 남자가 기생이나 창녀 등과 육체관계를 맺고 그 대가로 주는 돈.

접시꽃은 왜 안 오는 겨? 어젯밤에 해구값을 듬뿍 주었는듸?(4부)

**해꾸지** '해코지' 방언. 남을 해치고자 하는 짓.

(……)형님이 사죄허기를 잘했어요. 그나저나 언젠가는 해꾸지를 할 건디…….(1부)

**해너미** 해가 막 넘어가는 때.

이날만은 해넘이 무렵이 다 되도록 주막의 오동나무 그늘 밑 평상 위에 퍼지르고 앉아 있기만 하였다.(5부)

**해수병** [명사] 기침을 심하게 하는 병.

해수병으로 나이가 들수록 숨이 가빠진 할아버지는 여름날 밤에는 잠을 이루지 못한 채, 벽에 등을 기대고 어슷하게 발을 뻗대고 앉아 밤을 새우는 날이 많았다.(1부)

**해쌓고** 자주 되풀이 하다. 행위로 실현하다.

방돌이 꺼지는 듯한 한숨과 함께 알아듣지 못할 소리로 쭝얼쭝얼 해쌓고, 두 눈이 퀭하게 깊어지며 빼빼 말라갔다.(2부)

**해토머리** [명사] 봄이 되어 얼었던 땅이 녹아서 풀리기 시작할 때.

해토머리 무렵에 꼭 돌아오라면서 검정 두루마기와 옷 한 벌을 지어주었던 봉선이는 지금쯤 눈이 빠지게 그를 기다리다 지쳐서 두 눈이 물커졌을 것이었다.(6부)

**해필이면** 부사 '하필이면' 방언. 달리하거나 달리 되지 않고 어찌하여 꼭. 되어 가는 일이나 결정된 일이 못마땅하여 돌이켜 묻거나 꼭 그래야 하는 이유를 진지하게 캐물을 때 쓰인다.

해필이면 ······.(6부)

**핼끔** 부사 가볍게 곁눈질하여 재빨리 쳐다보는 모양을 나타내는 말.

대불이가 화를 내듯 말하자, 봉선이가 고개를 돌려 핼끔 눈초리를 말아 올리는 듯싶었다.(5부)

**햇무리** 명사 해 둘레에 둥글게 나타나는 흰빛 테. 햇빛이 대기 속 수증기에 반사되어 생긴다.

선창 객주거리와 마방집 부근에는 종문서 하나만을 받아 쥐고 쫓겨나오다시피 한 종들이 거렁뱅이 떼나 다름없이 질펀하게 앉아서는 희불그레하게 떠오른 햇무리를 쳐다보고 있었다.(1부)

**행동거지** 명사 몸을 움직여 하는 모든 동작이나 행동. 몸가짐 따위를 이르는 말.

대불이가 집에 있는 동안 그의 형 웅보는, 설날에서부터 열이튿날까지의 십이지일(十二支日)의 일진을 짚어가며 식구들의 행동거지를 일일이 간섭하였다.(2부)

**행창** 명사 떠돌아 다니며 드러내 놓고 창기 노릇을 함.

이 집에 아랫녘 장사허는 행창이 두어 년 있는 줄 안다니깐 그러네!(3부)

**행티** 명사 심술을 부려 남을 해롭게 하는 버릇.

걸핏하면 행티나 부리고 매일 장취로 술에 취해 여자를 꼬드기는 데만 머리를 써온, 인정머리라고는 담배씨만큼도 없는 막된 사람으로 알고 있던 그가, (······)(1부)

**행하** 명사 이전에 아랫사람 수고를 갚거나 경사 따위가 있을 때 자축하는 뜻으로 주인이 자기 하인에게 주던 돈이나 물건. 이전에 품삯 이외에 더 주던 돈.

코쟁이한테 행하(行下)로 1불짜리 지폐 한 장을 받은 대불이는 꾸벅 절을 하고 물러섰다.(4부)

**향허게** 타동사 향하다. 정면이 되게 하다. 묏자리나 집터 따위의 앞쪽 방향. 이십사방위로 나타낸다.

처마를 동쪽으로 향허게 허소.(1부)

**허구리** 명사 허리 양쪽의 갈비뼈 아래 잘록한 부분. 위아래가 있는 물건의 가운데 부분.

웅보가 노비였을 때 등에 올라타서 발길로 허구리를 차고 손으로 엉덩이를 치며 네 발로 기어 다니게 했던 일이 생각났다.(8부)

**허덕지덕** 〔부사〕 몹시 힘에 겨워 자꾸 쩔쩔매며 애쓰는 모양을 나타내는 말.

웅보는 새벽부터 허덕지덕 싸댄 탓으로 몸이 나른하여 곧 어머니 방에서 물러나와 건넌방으로 들어가 방바닥에 벌렁 몸을 뉘었다.(6부)

**허드레** 〔명사〕 낡거나 허름하고 그다지 중요하지 않아 함부로 쓸 수 있는 물건.

선창에서 등짐꾼 노릇을 하는 허드레꾼들이란 하나같이 방퉁이들 같아서 특별하게 생각나는 사람이 없었다.(2부)

**허랑허랑** 〔부사〕 기력이 약하여 이리저리 쓰러질 듯이 걷는 모양을 나타내는 말.

식솔을 근동에 두고 돈벌이를 나온 사람들도 몇 사람씩 어울려 움막을 치고 살거나, 아니면 못 쓰게 된 선창의 창고를 빌려 쓰고 있는가 하면, 뜨내기들이란 허랑허랑하여 객줏집이나 주막의 봉놋방에 살면서 버는 족족 술과 계집질에 탕진했다.(2부)

**허리춤** 〔명사〕 허리가 달린 아래옷에서 그 허리를 접어 여민 윗부분. 바지나 치마 따위에서 허리 부분과 살 또는 그 옷과 속옷과의 사이를 이른다.

평상에 걸터앉은 장꾼의 허리춤에 술병이 엎질러지면서 바지가 온통 술에 젖고 말았다.(1부)

**허물 벗는 것 같다** 뱀이나 매미, 누에 따위가 껍질을 벗어 갈다.

따리를 풀듯 안개 낀 영산강이 꿈틀거리는 것을 보고 강이 허물을 벗는 것 같다고 했더니, 할아버지는 허물을 벗는 게 아니라 숨을 쉬는 것이라고 하였다.(3부)

**허방치고** 허방 치다. 뜻대로 되지 않고 실패로 돌아가다.

걱정 말고 내가 시키는 대로만 허써요. 따돌림당헐까 무서워 조운창으로 나왔다간 모든 일을 허방치고 말 거요.(2부)

**허벅다리** 사람 넓적다리에서 몸통에 붙어 있는 위쪽 부분.

대불이는 객주거리 공터에서 들려오는 장고 소리와 염불타령을 들으며, 보름달의 허벅다리를 베고 반듯하게 누워 있었다.(2부)

**허섭쓰레기** 허섭스레기. 좋은 것을 골라내고 남은 허름하고 하찮은 물건.

선창 주변에 버려진 허섭스레기며 생선 썩는 냄새가 눅눅한 밤바람을 타고 퍼졌다.(4부)

**허심허심하였다**  부족함을 느끼다.

산열매를 아무리 많이 먹고 물고기를 잡아다 배를 채워도 오랫동안 곡기를 하지 않은 탓으로 눈이 침침해지고 속이 허심허심하였다.(3부)

**허여멀건**  〔형용사〕 허여멀겋다. 매우 희고 깨끗하다. 흰빛을 띠면서 묽다.

통식장에는 키가 크고 얼굴이 허여멀건 코쟁이들이 많이 눈에 띄었다.(5부)

**허우대가 멀쑥한**  겉으로 체격이 좋고 지저분하지 않아 훤하고 깨끗하다.

그러던 어느 날 영산포에 입성이 깨끗하고 허우대가 멀쑥한 웬 사람이 나타나서 폐경이 되어버린 새끼내 들을 여기저기 살펴보며 돌아다녔다.(3부)

**허우룩해지는**  〔형용사〕 허우룩해지다. 매우 친하게 지내던 사람과 이별하여 텅 빈 것같이 허전하고 서운하다.

새끼내로 내려가던 대불이는 갑자기 기분이 허우룩해져서 발길을 돌려오던 길을 되짚어 올라왔다.(2부)

**허위단심**  〔명사〕 주로 일부 용언 앞에서 부사어로 쓰여 일정한 목적지까지 가려고 허우적거리며 무척 애를 쓰는 모양을 나타내는 말.

그러면서 그는 봉선이한테 잠깐 기다리라고 하고는 돈단 위로 허위단심 뛰어올라갔다.(5부)

**허위의식**  마르크스주의 용어 중 하나. 계급 사회에서 지배 계급 이해관계로 인해, 사상이 현실을 올바르게 반영하지 않고 그 모습을 왜곡하고 있는 것을 이른다.

생각에 거기에 미치자 그동안 자신의 삶이 얼마나 허위의식에 매몰되어 있었는가 싶어 뼈저리게 후회 되었다.(9부)

**허위허위**  〔부사〕 팔다리를 자꾸 이리저리 내젓는 모양을 나타내는 말. 몹시 힘들어 하는 모양을 나타내는 말.

웅보가 돈들막에 서서, 바람이 불지 않아 연기가 기둥처럼 하늘로 뻗질러 올라가는 모습들을 보고 있는데 난초가 허위허위 뛰어내려왔다.(3부)

**허정허정**  〔부사〕 힘이 없어서 잘 걷지 못하고 자꾸 비틀거리는 모양을 나타내는 말.

그것은 어쩌면 말바우 어미가 영원히 그의 곁을 떠나버렸을 때와 같은 허정허정한 기분이

될 듯싶었다.(4부)

**허천** 몹시 굶주리거나 궁하여 체면 없이 함부로 먹거나 덤빔.

> 툭 깨놓고 말해서 그때 쌀 일곱 가마니에 팔려갔더라면, 배가 고파 허천나게 게를 삶아묵고 창자가 맥히게 되지는 않았을 것이 아닌가 말여.(1부)

**허청** 〔명사〕 헛간으로 쓰이는 집채.

> 방은 어려서 술래잡기놀이를 할 때 더그매나 허청의 멱둥구미 안에 술래가 찾을 수 없게 깊숙이 숨을 수 있는 곳처럼 마음이 느긋하게 풀리는, 이 세상에서 가장 은밀한 장소였다.(1부)

**허출한** 〔형용사〕 허출하다. 허기가 지고 출출하다.

> 웅보네 세 식구는 허출한 김에 훌렁한 서속 죽 한 사발씩 둘러 마셔 시장기를 메웠다.(1부)

**허투루** 〔부사〕 아무렇게나 마구 되는대로.

> 가난헌 백성들을 허투루 짓밟았다가는 어느 귀신이 잡어갈지 모른다고!(2부)

**허퉁허시지라우** 〔형용사〕 '허망하다' 방언. 무엇이 기대와 달리 보람이 없고 허무하다.

> 백년이를 나헌테 보내고 나니 영판 허퉁허시지라우.(8부)

**허튼소리** 〔명사〕 함부로 지껄이는 말.

> 허튼소리 마슈.(2부)

**허튼타령** 민속 무용 반주 하나로 주로 승무, 검무, 북춤, 한량무와 같은 민간 무용이나 봉산 탈춤, 경기도 무무에서 반주 음악으로 쓰인다.

> 자, 그러면 이번에는 장단을 스리슬쩍 허튼타령으로 넘겨놓고서, 장단을 맞춰가며 발짝을 떼어보는데, (……)(2부)

**허파에는 개명시대의 허황한 바람이 가득** 허파에 바람 들다. 실없이 행동하거나 지나치게 웃어 대다. 마음이 들뜨다.

> 대불이가 보기에 순영이의 허파에는 개명시대 허황한 바람이 가득 들어차 있는 것 같았다.(4부)

**허허실실** 〔명사〕 상대방 허점을 찌르고 실리를 얻는 계략.

> 허허실실이라고 허지 않던가. 하야시놈은 설마 자네가 여기로 올 줄은 모르고 있을 걸세.(5부)

**헌 짚신도 짝이 있다** 짚신도 제짝이 있다. 아무리 못난 사람도 배필은 있다는 말.

헌 짚신도 짝이 있다는디, 내 신세는 뭣이당가요.(1부)

**헌거로이** 〔부사〕 풍채가 좋고 의기가 당당한 데가 있게. 너그럽고 인색하지 않은 데가 있게.

방 윗목에 어머니가 옆구리에 끼고 왔던 조그마한 옷 보퉁이만 유난히 헌거로이 남아 있었다.(2부)

**헐겁게** 〔형용사〕 꼭 맞지 않아서 따로 노는 느낌이 있다.

하루 소금 장사를 한 벌이로 보리쌀 두 됫박씩을 받아들고 새끼내로 돌아오는 그들 세 사람은 오랜만에 기분이 헐겁게 툭 트였다.(2부)

**헐근벌근** 숨이 가빠 자꾸 몹시 헐떡이며 그르렁거리는 모양을 나타내는 말.

숨이 턱 끝까지 차오르도록 헐근벌근 마을로 뛰어 들어온 대불이는 재빨리 몸을 돌려 그 자리에 버티고 서서는 왕방울 눈에 심지를 돋우며 날카로운 눈초리로 아이들을 쏘아보았다.(1부)

**헐끄냐** '할 것이다' 방언. '것이다'는 관형사형 어미 '-은', '-는', '-을' 뒤에 쓰여 일정한 일이나 사건, 사실을 나타내는 말.

맘속에 부처님이 들어 있으면 뭘 하고, 금강산이 들어 있으면 뭘 헐끄냐. 평생을 매인 몸인데.(1부)

**헐떡이며** 〔타동사〕 헐떡이다. 자꾸 몹시 가쁘고 급하게 쉬다.

젊은 악공이 숨을 헐떡이며 봉팔이 노인을 등에 업고 들어왔다.(2부)

**헐쑥한** 〔형용사〕 헐쑥하다. 여위고 핏기가 없다.

동천이는 여전히 핏기 없이 헐쑥한 얼굴에 허기에 지친 모습이었다.(4부)

**험시로** '하면서' 방언.

같은 일을 험시로, 누구는 굶고 누구는 세 끼 또박또박 찾어묵고 헐 수가 없다.(1부)

**협수룩한** 〔형용사〕 협수룩하다. 더부룩하게 많이 나서 어수선하다. 단정하지 못하고 허름하다.

눈이 크고 협수룩한 젊은이가 간절하게 부탁을 했다.(8부)

**헛바람** 쓸데없이 부는 바람.

난초의 말에 대불이는 퍼허 하고 이빨 사이로 헛바람을 토해내고 말았다.(2부)

**헛웃음** 어처구니가 없거나 가소로워서 피식 터져 나오는 웃음. 마음에 없이 겉으로 웃는 거짓 웃음.

분하고 슬프지가 않은 대신 억울하다는 생각에 자꾸 헛웃음이 나왔다.(4부)

**헛품**  **명사** 소득 없이 헛되이 바친 힘이나 수고.

정서를 쓰려고 송월촌에까지 뛰어갔다 왔고, 관아라면 담벽도 보기 싫었지만 큰마음 먹고 강을 건너온 것인데 괜히 헛품만 버리게 된 것을 생각하니 스스로의 어리석음에 대해 화가 치밀었던 것이다.(3부)

**헤벌어지게**  **자동사** 헤벌어지다. 모양새 없이 넓게 벌어지다. 모양새 없이 넓다.

손팔만은 그들 세 사람을 보자 헤벌어지게 웃으며 반가워하였다.(2부)

**헤아림**  **타동사** 헤아리다. 하나씩 더해서 꼽다. 미루어 짐작하거나 가늠하여 살피다.

그들의 슬픔이 그러한데, 자식을 잃은 치근이 어머니의 마음이야 벌써 숯가마가 되었거나 쑥밭보다 더 황폐하여 신이 내려오게도 생겼다고들 헤아림하고 있는 터였다.(2부)

**헤적이는**  **타동사** 헤적이다. 벌려 거볍게 젓다. 탐탁하지 않은 태도로 자꾸 마구 들추거나 파서 헤치다.

아침저녁 짹짹거리며 두엄발치를 헤적이는 참새들만 봐도, 내 새끼들도 배가 고파서 저 참새들 모양 허우적거리고 있겠구나 싶어 목울대가 꽉 막히곤 하였다.(1부)

**헹구어가며**  **타동사** 헹구다. 다시 깨끗한 물에 넣거나 담가 비누 성분을 없어지게 하거나 더 깨끗하게 하다. 깨끗한 물을 넣어 씻다.

여러 차례 수건을 정한 물에 헹구어가며 정성스럽게 문질러댔다.(2부)

**혁명가** 대중들에게 혁명에 대한 필연성을 납득시키고 그 정신을 북돋우기 위해 만든 노래.

여자고보생들도 일시에 나가다가 경찰과 학교 당국자에게 감금을 당하여 방성통곡을 하며 혁명가와 '강강수월래'를 병창하였다.(3부)

**형문**  **명사** 예전에 형장으로 죄인의 정강이를 때리며 죄를 심문하던 형. 형장으로 죄인의 정강이를 때리며 문초하다.

종이 종을 부리면 식칼로 형문을 친다더니 요런 불상놈 보거나. 우리가 언제 봇물로 농사를 지었는데 물세를 내란 말여! 하면서 되레 대불이를 쥐어박듯 나무랐다.(1부)

**형용** 명사 사람이나 사물의 생긴 모양. 말이나 글 또는 몸짓 등으로 나타내다.

그들 중에는 작대기를 짚고 절뚝거리며 오고 있는 사람도 있었는데, 풀상투머리가 두엇 되었고 나머지는 상투도 댕기머리도 아닌 쑥대머리 귀신 형용 그대로였다. (3부)

**형평사** 1923년 5월 진주에서 백정을 주축으로 한 천민 계급이 평등을 기치로 하여 조직했던 단체. 일본 관헌 탄압으로 1936년에 대동사(大同社)로 이름을 고치고, 피혁 회사를 만들어서 복리를 도모하였다.

그들은 다음날 진주에서 형평사 주최로 열리는 강연회에 연사로 초대되어 가는 길이다. (8부)

**호남가** 남도창의 단가. 호남 일대의 지명에 따른 풍경들을 엮어 나가는 내용의 노래이다.

마을 어귀 물목굽이에서 아낙들과 만나자, 앞서 가던 판쇠가 갑자기 목청을 돋우어 호남가(湖南歌)를 뽑았다. (2부)

**호드득호드득** 부사 작은 빗방울 따위가 갑자기 잇따라 떨어질 때 나는 소리를 나타내는 말. 깨나 콩 따위를 볶을 때 작게 잇따라 튀는 소리를 나타내는 말.

대불이가 웅보를 끌다시피 하여 기름심지불이 호드득호드득 튀는 자그마한 골방으로 들어섰다. (3부)

**호랑이가 굶으면 환관도 먹는다** 굶고 보면 음식 좋고 나쁜 것을 가리지 않게 된다는 말.

호랑이가 굶으면 환관도 먹는다고 안 허드남, 당장 굶어죽게 되었는디 앞뒤 가리게 생겼는가. (1부)

**호랑이날** 민속 정월 첫 인일. 이날 여자가 외출하여 남의 집에서 대소변을 보면 그 집의 가족이 호환을 당한다는 속설이 있으므로 산골에 사는 부녀자들은 바깥출입을 꺼렸다.

상축일인 첫 축일에는 소달깃날이라고 하여 송아지한테는 말려둔 취나물을 삶아 먹였으며, 첫 인일(寅日)에는 호랑이날이라고 하여 식구들이 문밖출입을 못하게 하였다. (2부)

**호랑이도 쏘아놓고 나면 불쌍하다** 아무리 밉던 사람도 그가 죽게 되었을 때는 측은하게 여겨진다는 말.

호랑이도 쏘아놓고 나면 불쌍하다고 안허든가? 자네 맴이 안 좋으면 그냥 살려 보내세.(6부)

**호랑이를 잡을라면 호랑이굴 속으로 들어가야 헌다**  호랑이 굴에 가야 호랑이 새끼를 잡는다. 뜻하는 성과를 얻으려면 그에 마땅한 일을 하여야 함을 이르는 말.

웬수를 갚을라고 그랬겄재. 호랑이를 잡을라면 호랑이굴 속으로 들어가야 헌다고 안 허든.(1부)

**호랑이한테 강아지 앵겨주는 격**  무서운 상대에게 한없이 약한 것을 안겨준 것을 이르는 말.

그놈한테 난초를 맡기다니. 호랑이한테 강아지 앵겨주는 격이재. 그놈은 지 의붓어미를 붙어묵고 쫓겨난 호로불상놈이여. 나 없으면 우리 난초 그놈이 요절을 내고 말 것인디……(2부)

**호로자식**  호래자식. 막되게 자라 교양이나 버릇이 없는 사람을 얕잡아 이르는 말.

호로자식이라니라우? 말 다했소?(7부)

**호미씻기**  [민속] 음력 7월쯤에 농가에서 논매기 만물을 끝내고 날을 받아 하루를 즐기며 노는 일.

텃밭에 고추모종을 내고 호미 씻을 사이도 없이 방에 들어와 훨쩍 방문을 열어놓고 허리를 펴고 누웠는데, (……)(1부)

**호박씨 그만 까**  호박씨 까다. 안 그런 척 내숭을 떨면서 몰래 나쁜 짓을 하다.

허, 이 사람! 호박씨 그만 까란 말이여.(2부)

**호비칼**  [명사] 나무 따위의 속을 호벼 파내는 데 쓰는 칼. 몸이 바짝 굽고 칼날이 양쪽으로 나 있다.

식구들이 잠든 첫새벽에 물고기의 배를 따는 호비칼을 품고 기다시피 하여 집을 나가 최 참봉네 앞에서 칼로 배를 갈라 창자를 들어내 놓은 채 죽었다.(1부)

**호빡**  [부사] '흠뻑' 방언. 분량이 가득차고도 남을 만큼 아주 넉넉한 상태를 나타내는 말. 물이나 빛, 분위기 따위에 푹 배도록 몹시 젖은 모양을 나타내는 말.

천덕꾸러기 종으로 태어나서 여태껏 천대만 받음시롱 애잔흐게 살아왔응께 죽어서라도 호강 한번 허시게 꽃상애도 내고 만장도 울긋불긋 바람에 날려주고, 또 멋이냐, 귀신돈도 호빡

띄워주그라. (7부)

**호사허는구만** 〔형용사〕 호사하다. 호화롭게 사치하다.

아심챦허네. 막음례 덕택에 호사허는구만. (8부)

**호의호식하며** 〔자동사〕 호의호식하다. 잘 입고 잘 먹으며 좋은 생활을 하다. 좋은 옷과 좋은 음식이라는 뜻으로 잘 입고 잘 먹음을 이르는 말.

저는 전라도 나주 고을에서 천석꾼 부잣집 3대 독자로 호의호식하며 자랐습니다. (8부)

**호쾌한** 〔형용사〕 호쾌하다. 크고 활발하여 시원시원하다.

그 사이에 김준형이 다급하게 구두 뒤꿈치를 밟아 찍찍 끌고 튀어나오더니 조선애를 발견하고 호쾌한 목소리로 거듭 원더풀을 외쳐대며 아이들처럼 반가워했다. (8부)

**호환** 사람이나 가축이 호랑이에게 입는 화.

선교사들이 처음에는 저쪽 무등산자락에다 자리를 잡으려고 했었는데 호환이 무서워서 광주천 이쪽으로 정했다는 말을 들었습니다. (8부)

**혼겁** 〔명사〕 혼이 빠지도록 겁을 냄.

마을 아이들이 돌멩이며 작대기들을 들고 떼거리로 덤벼드는 바람에 혼겁하여 도망친 일이 있었다. (1부)

**혼구멍** 속된 말로 매우 심하게 꾸지람을 듣거나 벌을 받다.

네년들 오늘밤에 우리 형제들을 소홀히 모셨다가는 혼 구멍이 날 줄 알아라! (5부)

**혼뜨게** 〔자동사〕 혼뜨다. 몹시 놀라거나 무서워서 혼이 떠나갈 지경에 이르다.

그는 마치 혼뜨게 꾸중을 당한 기분이었다. (1부)

**혼몽** 〔명사〕 정신이 흐릿하고 가물가물함. 흐릿하여 가물가물하다.

몸의 살점이 떨어져나가는 것 같고 정신을 맷돌에 갈아놓은 듯 생각이 혼몽한 가운데서도 그녀는 관가에서 무엇 때문에 백암산의 동학도인들을 찾아내려고 하는 것인지 알 수가 없었다. (3부)

**혼비백산** 매우 놀라거나 혼이 나서 넋을 잃다. 혼백이 사방으로 흩어진다는 뜻으로, 매우 놀라거나 혼이 나서 넋을 잃음을 이르는 말.

시위대가 시내를 한 바퀴 도는 동안에 일본인들이 모두 혼비백산 도망을 쳐, 거리에서 일본인의 모습이 완전히 사라진 하루였다고도 보도했다. (9부)

**홀짝거렸다** 〔타동사〕 홀짝거리다. 조금씩 자꾸 들이마시다. 콧물을 조금씩 들이마시면서 자꾸 흐느껴 울다.

요리가 나올 때까지 셋은 입을 꾹 다물고 물만 홀짝거렸다.(9부)

**혼쭐나게** 〔자동사〕 혼쭐나다. 매우 놀라거나 힘들거나 무서워서 정신이 빠질 지경이 되다. 몹시 호되게 꾸지람을 듣거나 벌을 받다.

얼마 전 사거리 주막에서 대불이한테 혼쭐나게 당했던 나졸들이 그녀를 알아보고는 대불이의 행방을 족쳤다. 그녀는 모른다고 잡아뗐다.(3부)

**홀랑이** 홀랑게. '매듭' 방언.

그해 여름 하지가 지나서 모내기를 마친 하인들이 누렁이의 목에 홀랑이를 감아, 상여바위 옆 미루나무 가지에 매달고 장작개비로 퍽퍽 소리가 나게 골통을 깨서 죽인 다음 불에 끄슬리는 것을 보고 또 한 번 엉엉 소리 내어 울었다.(1부)

**홀맺히는** 〔자동사〕 홀맺히다. 풀리지 않도록 단단히 옭아매어지다.

더욱이 시어머니 하는 말이 죽은 아들이 무덤까지 데리고 갔었다고 하니, 마음이 여러 가지로 심란하게 홀 맺히는 것이었다.(2부)

**홀아비는 이가 서 말이고 과부는 은이 서 말** 과부는 알뜰하게 살림을 꾸려 제법 재물을 모아두는 반면, 홀아비는 그렇지 못해 곤궁하게 살기 십상이라는 말.

홀아비는 이가 서 말이고 과부는 은이 서 말이라고 허는 말이 있지만, 귀돌이형의 그 과부는 은이 아니라 금이 서 말이라우.(5부)

**홍두깨** 〔명사〕 빨래한 옷감을 감아서 다듬잇돌 위에 얹어 놓고 반드럽게 다듬는, 단단한 나무로 만든 방망이. 주로 박달나무로 만든다.

아니 원, 홍두깨로 소 몰 듯하는구만. 그 새를 못 참아서 방부텀 만드네.(1부)

**홍두깨로 소 몰드끼** 홍두깨로 소를 몬다. 적합한 것이 없거나 급해서 무리한 일을 억지로 하는 경우를 비유적으로 이르는 말.

허 참, 형님. 홍두깨로 소 몰드끼 허지 말고 조단조단 이약을 좀 해보씨요 잉.(2부)

**홍어 삼합** 홍어와 삶은 돼지고기와 묵은 김치를 한꺼번에 싸서 먹는 전라도 전통 음식.

막음례는 그렇게 말하고 일어서서 나가더니 막걸리 주전자와 홍어 삼합을 소반에 받쳐들고 들어왔다. (8부)

**홍탁**　홍어와 막걸리. 홍어 안주에 가장 잘 어울리는 술은 막걸리를 이르는 말.

아, 홍탁 생각 간절했지요. 다른 건 다 잊고 참을 수 있었는데 이 홍탁 맛만은 잊을 수가 없드만요. (8부)

**홑치마**　명사　속에 아무것도 입지 않고 입은 치마. 한 겹으로 된 치마.

홑치마가 가슴 위로 똘똘 말려 올라가버려 아랫도리가 그대로 드러난 보름달이 소스라치듯 일어나며 홑치마를 내렸다. (2부)

**화냥기**　명사　이성 관계가 복잡하거나 상대를 자주 바꾸는 여자의 기질.

타고난 화냥기 워디로 갔을랍뎌? (4부)

**화드득거리면서**　자동사　화드득거리다. 갑자기 세게 나오는 소리가 잇따라 나다. 불똥을 튀기며 타는 소리가 잇따라 나다.

그는 학동들과 학부모들이 옆에서 보고 있다는 것도 잊은 채 열 살 안팎의 아이들처럼 화드득거리면서 어쩔 줄을 몰라했다. (7부)

**화랭이**　민속　'무당' 방언.

죽은 당골 월심이가 굿을 할 때마다 피리를 불어준 화랭이 옥색 두루마기가, (……) (2부)

**화약을 지고 불 속으로 뛰어드는**　화약을 지고 불로 들어간다. 스스로 위험한 일을 하려고 들어가는 경우를 이르는 말.

지금같이 어지러운 세상에 나간다는 것은 화약을 지고 불 속으로 뛰어드는 것이나 진배가 없느니라. (1부)

**화초가**　민속　오구굿에서 연꽃을 들고 춤을 추면서 부르는 무가(舞歌)이다. 죽은 사람을 극락 연화대(蓮花臺)로 보내는 것을 나타내며, 시왕(十王) 앞에 꽃을 바쳐서 죽은 사람 저승길을 부탁하는 내용이다.

괭이를 어깨에 메고 맨 뒤에 따라오던 갈퀴가 상엿소리 대신 화초가를 불렀다. (2부)

**화통**　기차나 기선.

칙칙폭폭 화통 타고 서울이나 한번 댕겨오자니께유. (5부)

**확**　명사　방앗공이로 찧을 수 있게 절구 모양으로 우묵하게 판 돌.

그 할머니가 디딜방앗간에서 손으로 확 속의 떡가루를 휘젓다가 방앗공이에 머리를 맞아 피를 쏟고 시난고난 앓은 뒤, 초여름 감또개 떨어지듯 힘없이 숨이 끊어진 날부터 웅보는 할아버지 곁으로 잠자리를 옮겼었다.(1부)

**환송연** 명사 영전을 하거나 좋은 일로 떠나는 사람을 기쁘게 보내면서 베푸는 잔치.

안광철은 간밤에 밤늦도록 벌어진 환송연 때문에 잠을 못 잤다면서 선실에서 낮잠을 퍼질러 자고 이제야 일어난 것이다.(8부)

**환심을 사려고** 환심 사다. 마음에 들도록 여러 방법으로 힘쓰다.

그러나 영국이 거문도를 점령하고 섬사람들한테 환심을 사려고 한 것은 다 속셈이 있어서였다.(1부)

**환장** 명사 마음이 정상적인 상태를 벗어나 뒤집히다. 마음이나 행동 따위가 정상적인 상태를 벗어나 제정신이 아닌 듯한 상태로 됨.

허, 내 속을 이르케 몰라주니 내가 환장하겠구만. 맞고 안 맞고가 어디 있어. 맘 맞으면 다 맞는 거재!(1부)

**활개를 치고** 활개 치다. 제 세상처럼 함부로 날뛰다. 걸을 때에 두 팔이나 다리를 세차게 앞뒤로 흔들다.

그들은 활개를 치고 선창 나들이를 하며 입벌이를 하였다.(3부)

**활동사진** '영화' 이전 말. 움직이는 사진이라는 뜻으로 영화가 처음으로 일본에 들어와 흥행물로 공개되면서 붙은 이름이다.

때로는 섬사람들을 군함에 데리고 가서 활동사진이라는 진기한 것을 보여주기도 하였다.(1부)

**홧김에 서방질한다** 화를 참지 못하여 차마 못할 짓을 하게 됨을 이르는 말.

조금만 더 기다렸던들 대불이를 다시 만날 수가 있었을 터인데, 그 각설이패들이 우암이를 데리고 온 것에 버르르 앙칼이 살아나, 홧김에 서방질한다는 푼수로 방석코한테 시집을 가버린 죄닦음이라 생각한 것이었다.(6부)

**홧병** 몹시 답답하거나 분한 마음이 쌓이고 쌓여 생긴 병.

괜히 개명바람만 불어갖구 가난하고 애잔헌 조선사람 홧병만 나게 생겼어!(5부)

**황국신민** 일제강점기 일본이 자국민을 천황이 다스리는 나라 신하된 백성이라는 의미로 이르던 말.

황국신민이라면 명치절 날 당연히 신사참배를 하는 것도 모르고 있단 말이야?(9부)

**황정**  [명사] 흉년에 백성을 구제하는 정책.

황정을 펴고 기민들을 진휼하기는커녕 수조관 한번 와보지도 않고 그대로 전세가 나온 것이다.(3부)

**홰**  [명사] 닭이나 새가 올라앉았도록 닭장이나 새장 속에 가로지른 나무 막대.

첫닭이 홰를 치자 서둘러 옷 보통이 하나만을 챙겨 마을 앞 팽나무 밑으로 나온 웅보는, 미리 나와서 기다리고 있던 쌀분이를 데리고 재 너머 송월촌(松月村) 홍 거사(洪居士)한테 하직 인사를 하러 갔다.(1부)

**홰대 밑에 더벅머리 셋이면 날고뛰는 놈도 벨수가 없기**  홰대 밑에 더벅머리 셋이면 날고뛰는 놈도 별수가 없다. 방안에 더벅머리 한 어린아이가 셋이 있으면 아무리 재주 있는 사람도 어쩔 수 없다는 뜻으로 어린 자식이 셋이나 딸리면 그 치다꺼리에만 얽매여 꼼짝도 할 수 없음을 이르는 말.

그러고 홰대 밑에 더벅머리 셋이면 날고뛰는 놈도 벨수가 없기는 네눔이나 우리나 매한가지재만…… 그래도 우리가 이러는 것은 사람답게 살고 사람답게 죽자는 것이랑께.(7부)

**횃불놀이**  [민속] 음력 정월 대보름날 달이 뜰 때 전국 곳곳에서는 쥐불놀이와 지신밟기 등 다채로운 민속놀이가 벌어지고 있다. 마을 청년들이 마른나무나 짚으로 산기슭에 만들어 놓은 달집을 태우며 즐긴다.

달빛은 눈이 내리는 날의 대낮만큼이나 밝고, 별은 금성산 횃불놀이하던 날 밤의 화심(火心)보다 빛나고, 바람은 숨을 거둔 듯 은회색의 물억새꽃 하나 움직이지 않는 날 밤의 영산강은 꿈속처럼 고즈넉했다.(2부)

**횃불싸움**  [민속] 정월 대보름에 하는 민속놀이 하나. 각 마을의 청년들이 홰를 만들어 진을 치고 있다가 보름달이 솟아오를 무렵에 농악 소리에 맞추어 손에 횃불을 들고 서로 싸워 승부를 겨룬다. 이 놀이에서 진 편은 그해에 흉년이 든다고 한다.

불 하나만은 그들이 마음 놓고 밝힐 수가 있었기 때문에, 집집마다 여기저기에 불을 밝힌 새끼내 마을의 섣달 그믐날 밤은 횃불싸움을 하는 강변보다 더 휘황했다.(2부)

**횃불잡이** 민속 횃불을 손에 든 사람. 고싸움놀이에서 길을 인도하는 사람들이다.

> 농악대는 가락도 없이 징징 까강깡 짖어댔고, 횃불잡이들과 소사각영기(小四角令旗)와 대사각영기(大四角令旗), 덕석기를 든 깃대잡이들도 발을 동동 구르며 고래고래 소리치고 횃불과 기를 마구 흔들었다. (1부)

**회목발목** 오목함과 볼록한 발목.

> 줄꾼은 두 무릎을 꿇고 회목발목에 줄을 건 다음 두 무릎 황새두렁넘기를 보여주었다. (2부)

**후끈거리는** 자동사 후끈거리다. 뜨거운 기운을 받아 자꾸 몹시 달아오르다. 열기 따위로 뜨거울 정도로 몹시 달아오르다.

> 웅보는 심장이 후끈거리는 것을 참느라고 혀끝으로 침을 발라가며 입술을 축였다. (1부)

**후담** '이후' 방언. 이제부터나 일정한 때로부터 뒤.

> 그러면서 할아버지는 너도 후담에 커서 자식을 낳고 살 때가 되면 영산강이 우는 소리를 들을 수 있을 게다고 하면서 그 큰 손으로 웅보의 머리를 쓸어주었다. (1부)

**후드득** 부사 굵은 빗방울 따위가 갑자기 떨어질 때 나는 소리를 나타내는 말.

> 주위가 완전히 어두워지자, 예닐곱 살쯤 되어 보이는 사내아이가 후두둑 뛰어 들어오며 밥을 달라고 소리쳤다. (1부)

**후려치며** 타동사 후려치다. 주먹이나 사물로 휘둘러 갈기다.

> 그때 웅보는 나긋나긋한 실버드나무 회초리로, 한사코 다른 길로 빠지려는 윤 초시네 수퇘지의 맷돌처럼 탄탄한 엉덩판을 딱딱 소리가 나게 후려치며 집에까지 몰고 왔었다. (1부)

**후미진데다가** 형용사 후미지다. 굽어서 휘어들어간 곳이 깊다. 매우 구석지고 으슥하다.

> 그렇잖아도 주막이 마을허곤 뚝 떨어져서 후미진데다가, 우리 모자에 적적하던 차에 잘됐지 뭐유. (1부)

**후북이** '흠뻑' 방언. 분량이 가득차고도 남을 만큼 아주 넉넉한 상태를 나타내는 말. 물이나 빛, 분위기 따위에 푹 배도록 몹시 젖은 모양을 나타내는 말.

> 그는 하이칼라 머리 위에 후북이 쌓인 눈을 털지 않았다. (5부)

**후비적거리더니** 타동사 계속 거세게 마구 긁어 파내다.

웅보는 손가락으로 콧구멍을 후비적거리더니 코딱지를 뜯어 하늘로 튕겼다.(1부)

**후줄그레** 〔형용사〕 후줄그레하다. 후줄근하다. 약간 젖어 추레하다.

　아무것도 할 일이 없어진 새끼내 사람들은 남자 여자 할 것 없이 모두 후줄그레 젖은 몸으로, 맥이 탁 풀려 우두커니 냇물만 보고 서 있었다.(1부)

**훌렁한** 〔형용사〕 훌렁하다. 물건이 빠지거나 벗겨질 정도로 몹시 헐겁고 넓다. 한꺼번에 남김없이 싹 날리다.

　웅보네 세 식구는 허출한 김에 훌렁한 서속 죽을 한 사발씩 둘러 마셔 시장기를 메웠다.(1부)

**훑다** 〔타동사〕 한쪽으로부터 죽 더듬거나 살피다. 깎아 내거나 떨어지게 하다.

　웅보는 한동안 영산강을 훑고 온 달콤한 강바람에 취해 콧구멍을 벌름거리며 어둠속에 서 있었다.(1부)

**훗훗하게** 〔형용사〕 훗훗하다. 좀 갑갑할 정도로 덥고 후끈한 기운이 있다. 마음을 부드럽게 녹여 주는 따뜻한 정이 있다.

　몸 전체로 훌쩍거리며 우는 막음례를 쳐다보는 순간, 불잉걸 같은 것이 목울대에 훗훗하게 차올랐다.(1부)

**훨쩍** 〔부사〕 넓고 멀리 한껏 시원스럽게 트인 모양을 나타내는 말. 닫혀 있던 것이 한껏 시원스럽게 열리거나 열려 있는 모양을 나타내는 말.

　그들은 방문을 훨쩍훨쩍 열어젖히고 늘비하게 누워 있었다.(1부)

**훼파** 헐어 깨뜨림. 헐리어 깨뜨려지다.

　독립협회의 탄압은 지방에까지 뻗치어, 황주지회에서는 군수가 회원 30여 명을 잡아 가둔 뒤 회원의 집들을 훼파(毁破)하였고, (……)(4부)

**휑뎅그렁하고** 〔형용사〕 휑뎅그렁하다. 물건이 거의 놓여 있지 않아 텅 빈 것같이 매우 허전하다. 비어 있어 매우 허전하다.

　삭신은 물 묻은 솜뭉치처럼 나른했으나, 머릿속이 휑뎅그렁하게 비어 있는 기분이었다.(5부)

**휘너우러진** 〔자동사〕 휘어우러지다. 모여 하나의 큰 덩어리나 판을 이루게 되다.

　나룻배가 회진(會津) 조금 못 미쳐서 물달개비며 자귀풀, 물봉선이 휘너우러진 강변에 닿자, 김치근의 어머니 둥금이는 다시 보이지 않는 힘센 남자가 보듬어 내려주기라도 하듯, 성큼 나룻배에서 내려 갈대밭 속으로 들어갔다.(2부)

**휘뿌려** 홀뿌리다. 마구 날려 떨어뜨리다.

> 눈은 그치지 않고 드세어진 바람과 함께 휘뿌려 눈앞을 막았다.⑵부

**휘움** [형용사] 조금 휘어져 있다.

> 까마귀들은 낚싯바늘처럼 휘움한 부리로 잠이 덜 깬 마을사람들의 뇌수를 쪼아대듯, 회색빛 고통을 주며 울었다.⑴부

**휘적휘적** [부사] 팔다리를 크게 흔들며 걷는 모양을 나타내는 말.

> 막음례는 떨떠름한 마음으로 휘적휘적 별당에 돌아와 힘없이 댓돌에 무릎을 세우고 앉았다.⑴부

**휘정거려** [타동사] 휘정거리다. 자꾸 마구 저어서 흐리게 하다.

> 괜히 그녀 이야기를 꺼내 대불이의 마음을 벌집이 되게 휘정거려놓고 싶지가 않았다.⑸부

**휘주근하게** [형용사] 휘주근하다. 풀기가 빠져서 축 늘어진 상태에 있다. 몹시 지쳐서 기운이 없다.

> 그제야 웅보는 마치 도살장에 끌려가는 소처럼 두 어깻죽지를 휘주근하게 늘어뜨리고 어슬렁어슬렁 마루로 올라갔다.⑴부

**휴면상태** 거의 활동을 하지 않는 상태.

> 물론 형식상의 해체일 뿐, 내용적으로는 조직의 명칭을 바꾸거나, 당분간 휴면상태에 있다가, 언제고 기회를 봐서 다시 재가동하기로 했다.⑼부

**흉년 거렁뱅이가 더 서럽다** 흉년거지 더 섧다. 먹을 것을 얻기가 몹시 어려워서 애를 쓰나 얻는 것은 적다는 말.

> 흉년 거렁뱅이가 더 서럽다고, 이 흉년에 누가 을매나 동냥을 주겠어요.⑴부

**흉년에 굶주리면서도 씨앗망태는 베고 죽는다** 농사꾼은 굶어 죽어도 종자는 밥을 해먹지 않음을 비유적으로 이르는 말.

> 내리 삼 년 흉년에 굶주리면서도 씨앗망태는 베고 죽는다는 푼수로 그들은 거렁뱅이 노릇을 하면서도 못자리할 씨나락을 마련해 돌아온 거였다.⑶부

**흉년에는 새끼들은 배 터져 죽고 엄씨들은 배곯아 죽는다** 흉년에 어미는 굶어 죽고 아이는 배 터져 죽는다. 흉년에 보채는 아이들은 지나치게 많이 먹고 어른들은 굶게 되는 데서 이르는 말. 가난한 살림에서는 아이들은 많

이 먹고 어른들은 못 먹는 것이 보통이라는 말.

저러니께, 흉년에는 새끼들은 배 터져 죽고 엄씨들은 배곯아 죽는다고 허는갑구만유.(1부)

**흉물스러운** 형용사 흉물스럽다. 흉하고 괴상한 데가 있다. 음흉한 데가 있다.

그녀는 하야시의 흉물스러운 모습을 볼 때마다 다리가 마흔두 개나 달린 노랑머리 왕지네가 스멀스멀 그녀의 등짝에 기어 다니는 것 같은 징그러움 때문에 속이 느글거렸다.(4부)

**흐드득거리며** 자동사 흐드득거리다. 갑자기 떨어지는 소리가 잇따라 나다.

그제야 웅보는 천천히 팔과 다리를 풀고 목화씨기름에 젖어 흐드득거리며 타고 있는 기름 쟁반에 입바람을 불어 불심지를 죽였다.(1부)

**흐드러지게** 형용사 흐드러지다. 한창 만발하여 매우 탐스럽다. 매우 흐뭇하고 넉넉하다.

가을에는 아무것도 먹지 않고 곡식이 흐드러지게 익은 들만 멀뚱히 바라보아도 창자 속이 뿌듯해오게 마련이다.(2부)

**흐물흐물** 부사 아주 푹 익어서 매우 무른 모양을 나타내는 말. 매우 힘이 없어 뭉그러지거나 늘어지는 모양을 나타내는 말.

그녀는 남편이 뱀에 물렸다는 말을 듣고, 꿈에 나타났던 사람 얼굴의 큰 구렁이 생각이 뇌리를 빠개는 것 같아 흐물흐물 주저앉고 말았다.(1부)

**흔연스럽게** 형용사 흔연스럽다. 기쁘거나 반가워 기분이 좋은 듯하다.

그녀는 당당하면서도 흔연스럽게 양만석을 대했다.(8부)

**흘금흘금** 부사 곁눈으로 자꾸 슬며시 노려보는 모양을 나타내는 말.

대불이가 정신없이 참나무숲 등성이로 기어 올라가는 것을 흘금흘금 쳐다보고 있던 고달준의 과부 주모가 끌끌 혀를 찼다.(3부)

**흘긋** 부사 재빨리 슬며시 노려보는 모양을 나타내는 말. 무엇이 눈에 잠깐 나타나 보이는 모양을 나타내는 말.

대불이는 흘긋 안방 쪽을 훔쳐보았다.(5부)

**흘레** 명사 수태를 하기 위해 짐승 암컷과 수컷이 관계함.

순간 웅보는 작년 봄 아버지와 함께 송월촌 윤 초시네 수퇘지를 몰고 와서 양 진사네 암퇘지와 흘레를 붙이던 기억이 퍼뜩 살아났다.(1부)

**흘려듣지는** [타동사] 흘려듣다. 주의 깊게 듣지 아니하다. 다른 사람들이 주고받는 소리가 우연히 귀에 들려 어떤 소식을 얻어듣다.

> 보름달도 대불이가 새끼내 사람이라는 것을 알고 있는 터라, 그냥 흘려듣지는 않으리라 믿었다.(2부)

**흙을 파먹고 살아오면서** 농사를 생업으로 하다.

> 그는 주안에서 흙을 파먹고 살아오면서 단 한 번도 고향을 떠날 생각을 해보지 않았었다.(4부)

**흠벅진** [형용사] 흐벅지다. 탐스러울 정도로 두툼하고 부드럽다. 매우 많다.

> 그런데도 말바우 어미는 어떤 논다니 여자들에게서도 느낄 수 없는 포근하고 흠벅진 맛이 있었다.(5부)

**흠뻑** [부사] 분량이 가득차고도 남을 만큼 아주 넉넉한 상태를 나타내는 말. 물이나 빛, 분위기 따위에 푹 배도록 몹시 젖은 모양을 나타내는 말.

> 말바우 어미와 살을 비비고, 흠뻑진 젖무덤에 손을 얹고 누워 있으면 아무리 성질이 불같이 솟다가도 편안하게 누그러지곤 하였다.(2부)

**흠실흠실** [부사] 너무 익거나 삶아져서 물크러질 정도로 몹시 무른 모양을 나타내는 말.

> 투실하고 물크러지게 흠실흠실한 여자들만 상대하다가 허리가 낭창낭창한 보름달과 잠자리를 같이해본 뒤부터는 그녀를 놓아주려고 하지 않았다.(2부)

**희끄무레하게** [형용사] 희끄무레하다. 꽤 흰 듯하다.

> 그때 관솔불에 희끄무레하게 비쳐 보이는 할아버지의 얼굴은 청동색으로 변한 징처럼 무겁게 굳어져 있는 것 같기도 하고, 잎이 떨어진 마당 앞 늙은 팽나무 같기도 하였다.(1부)

**희끔** [형용사] 희끔하다. 희고 깨끗하다.

> 깨끗하게 벌초를 해놓은 무덤 옆 풀 섶 위에 희끔 달빛에 비쳐 보여, 가까이 들여다보았더니 흙 묻은 해골바가지였다.(1부)

**희끗희끗** [부사] 여러 군데에 흰 빛깔이 섞여 있는 모양을 나타내는 말. 자꾸 빠르게 곁눈질하는 모양을 나타내는 말.

> 날씨가 제법 드습다 싶어선지, 개산 쪽 비탈에는 보리밭 김을 매는 아낙네들이 희끗희끗 앉아 있었으며, 영산강변에도 쑥이며 씀바귀, 냉이를 캐는 아이들이 듬성듬성 눈에 띄었다.(1부)

**희떠운**　형용사　희떱다. 속은 비어 보잘것없으나 겉은 그럴듯하고 호화롭다. 가진 것은 한 푼 없어도 손이 크고 마음이 넓다.

줄꾼은 겁은 났지만 아무렇지도 않은 것처럼 큰 소리로 하는 희떠운 소리를 하였다. (2부)

**희번하게**　형용사　희번하다. 동이 터서 허연 햇살이 약간 비치어 조금 훤하다.

그들이 광나루 나루터에 도착했을 때는 어느덧 희번하게 동이 터오고 있었다. 나루터에 도착한 그들은 사공이 나올 때까지 떨고 기다렸다. (1부)

**희부옇게**　형용사　희부옇다. 희끄무레하고 부옇다.

웅보의 태몽을 꾸었을 때도 행랑채 두엄발치 옆 접시감나무에서 감또개가 소도록이 빠지고, 나무에 물이 오르느라 산자락이 희부옇게 출렁이는 봄이었다. (1부)

**희불그레**　형용사　희불그레하다. 사물이나 그 빛깔이 희고 붉은 기운이 있다.

나루터 언덕 소나무 가지에 걸려 있던 마지막 어둠의 그림자가 거뭇거뭇 벗겨지고, 동쪽 하늘이 희불그레 밝아오기 시작해서야, 늙수그레한 사공이 큼큼 헛기침을 토해 미명을 쫓으며 나타나자, 그들은 얼어붙었던 몸과 마음이 확 풀려버린 듯싶었다. (1부)

**희붐한**　형용사　희붐하다. 날이 새려고 빛이 희미하게 감돌아 밝은 듯하다.

주모는 펄럭이는 종이심지 불빛에 희붐하게 밝은 방안을 둘러보더니, 두렁치마를 추슬러 올리며 방으로 들어와서, 아직 썰렁한 방바닥을 손바닥으로 짚어보았다. (1부)

**희치희치**　부사　피륙이나 종이 따위가 군데군데 쏠리어 뭉쳐서 미어진 모양을 나타내는 말. 물건의 매끄러운 면이 무엇에 스쳐서 군데군데 벗겨진 모양을 나타내는 말.

김개동은 조끼주머니에서 희치희치 닳고 실밥이 터져 너덜너덜한 비단천의 낡은 쌈지를 뽑더니, 써럭초 사이에 파묻혀 이는 손가락만한 새 인장을 꺼냈다. (4부)

**희한하구마**　형용사　희한하다. 보기에 매우 드물거나 신기하다.

삼합이라, 그 맛 한번 참 희한하구마. 임자도 한번 묵어보소마. (9부)

**히뜩거리며**　타동사　히뜩거리다. 몸을 뒤로 젖히며 자꾸 힘없이 넘어지거나 구르다. 얼굴을 돌리며 슬쩍슬쩍 자꾸 뒤를 돌아보다.

가래연줄을 추석거리던 그들 또래 중에서 제일 나이가 많아 보이는 한 아이가 대불이를 향해 눈을 히뜩거리며 비아냥거렸다. (1부)

**힐끔** 〈부사〉 곁눈질하여 재빨리 쳐다보는 모양을 나타내는 말.

그제야 양 의원의 딸인 듯싶은 처자는 힐끔 손팔만 쪽으로 눈길을 돌리더니(……)(1부)

**힘겨루기** 〈명사〉 둘 이상 대상이 서로 버티어 승부를 다투는 일.

이곳에서 시위대와 경찰 사이에 밀고 밀리는 힘겨루기를 계속했다.(9부)

**힘꼴** 〈명사〉 '힘'을 낮추어 이르는 말.

손팔만은 대불이가 힘꼴깨나 쓰는 것을 알고 있는 터라, 그의 말대로 고수머리한테 달려들지 않고 참았다.(1부)